MANFRED BOMM

Todesstollen

MANFRED BOMM

Todesstollen

Der sechzehnte Fall für August Häberle

GMEINER SPANNUNG

Bisherige Veröffentlichungen im Gmeiner-Verlag:
Lauschkommando (2015), Machtkampf (2014), Grauzone (2013), Mundtot (2012), Blutsauger (2011), Kurzschluss (2010), Glasklar (2009), Notbremse (2008), Schattennetz (2007), Beweislast (2007), Schusslinie (2006), Mordloch (2005), Trugschluss (2005), Irrflug (2004), Himmelsfelsen (2004)

Personen und Handlung sind frei erfunden.
Ähnlichkeiten mit lebenden oder toten Personen
sind rein zufällig und nicht beabsichtigt.

Besuchen Sie uns im Internet:
www.gmeiner-verlag.de

Im Ehnried 5, 88605 Meßkirch
Telefon 07575/2095-0
info@gmeiner-verlag.de

1. Auflage 2016

Lektorat: Claudia Senghaas, Kirchardt
Herstellung: Mirjam Hecht
Umschlaggestaltung: U.O.R.G. Lutz Eberle, Stuttgart
unter Verwendung eines Fotos von: © Donna – Fotolia.com
Druck: GGP Media GmbH, Pößneck
Printed in Germany
ISBN 978-3-8392-1858-7

Gewidmet allen, die sich trotz der großen Errungenschaften unserer Zeit einsam und verlassen fühlen, weil sie nicht am Luxus und Wohlstand derer teilhaben dürfen, die es auf geschickte, bisweilen aber wenig legale Weise zu Macht und Vermögen gebracht haben. Mögen all jene, die in das Räderwerk von Arbeitsdruck, Ausbeutung und Mobbing geraten sind, immer noch an das Gute glauben, das bisweilen leider viel zu spät obsiegt. Manchmal dauert es sehr lange, bis die Gerechtigkeit für Ausgleich und Zufriedenheit sorgt und jenen Genugtuung verschafft, die darunter hatten leiden müssen. Vergessen wir deshalb nie: Glaube versetzt Berge – und es gibt immer ein Licht am Ende des Tunnels.

1

Wie Pyramiden, gespenstisch und tiefschwarz, zeichneten sich die riesigen Schutthalden vom nachtgrauen Hintergrund ab. Immer, wenn Frank Niedermeier im grellen Scheinwerferlicht seines Radladers abrutschendes Gestein zusammenschob, um den Weg durch diese Deponie frei zu halten, fühlte er sich wie auf einem fremden Planeten. So musste es sein, wenn eines fernen Tages Menschen den unwirtlichen Mond oder den Mars besiedelten. Der junge Mann, der seine PS-starke Maschine einige Male hin und her rangierte, hätte sich diese bizarre Landschaft aus Abraumhalden auch als Kulisse für einen Science-Fiction-Film vorstellen können. Oder für einen Western, der in einem abgelegenen Tal einer Steinwüste spielte, wo jeden Augenblick Cowboys oder Banditen auftauchen würden.

Doch hier war weder Hollywood noch eine ferne Welt. Niedermeier, ein stämmiger Kerl aus Kärnten, hatte auf der Schwäbischen Alb einen Job, der ihm, wenn alles gut ging, noch jahrelang erhalten blieb. Sein Arbeitgeber – ein großes österreichisches Unternehmen – galt als Spezialist für die Aufbereitung von Abraumgestein aller Art, weshalb die Deponie so etwas wie ein Schotterwerk ohne Steinbruch war.

Den Rohstoff, den die Brechanlagen zu Kies und Schotter zerkleinerten, gab's in Hülle und Fülle. Denn seit vor zwei Jahren damit begonnen worden war, die Tunnelröhren für die Schnellbahntrasse Stuttgart-Ulm zu graben, spuckte das Förderband, das inzwischen dreieinhalb Kilometer weit in die beiden nebeneinanderliegenden Stollen hineinreichte, unablässig Steinbrocken aus. Ratternd und scheppernd transportierte es seine schwere Fracht aus den Tiefen des Mittelgebirges quer über das weitläufige Baustellenareal, vorbei an den Bürocontainern, hinüber zu den immer höher aufragenden künstlichen Hügeln. Dort, wo das Förderband wie eine schiefe Ebene zum Himmel gereckt endete, fielen die Gesteinsbrocken dumpf polternd herab und ließen diese kegelförmigen Hügel wachsen, von denen es mittlerweile mehr als ein Dutzend gab. Sobald wieder einer hoch genug war, wurde das Ende der Transportanlage neu ausgerichtet. Bis das Material hier ankam, hatte es bereits ein Brechwerk passiert, in dem es zu handlichen Stücken gepresst und zerbröselt wurde.

Beim Anblick dieses automatisierten Ablaufs musste Niedermeier bisweilen gegen ein seltsam beklemmendes Gefühl ankämpfen – insbesondere nachts, wenn das Förderband wie ein Ungeheuer in den schwarzen Himmel ragte und unablässig Gesteinsbrocken spuckte. Nicht auszudenken, wenn irgendwo auf der langen Transportstrecke ein Mensch in das Räderwerk dieser Maschinerie geriet. Niemand würde die Todesschreie hören.

Niedermeier versuchte, solche Gedanken schnell wieder loszuwerden. In den vier Jahren, seit er bei diesem Unternehmen beschäftigt war, hatte er längst erkannt, dass auf Baustellen dieser Größenordnung tausenderlei Gefahren lauerten. Ständig und überall waren Sorgfalt und Umsicht höchstes Gebot. Außerdem gab es mehr als genug Sicherheitsvorschriften: Schutzhelm und Warnweste tragen, striktes Alkoholverbot, rücksichtsvoll fahren. Ganz abgesehen von einem ganzen Katalog an Bestimmungen und Regeln, manche davon ziemlich kleinlich, wie der junge Mann es empfand.

Selbstverständlich war gerade in der Nachtschicht hier draußen erhöhte Aufmerksamkeit gefragt. Auch wenn die

Betriebsamkeit des Tages vorbei war, musste auf den schlecht beleuchteten Wegen und an den vielen unübersichtlichen Stellen jederzeit mit Fahrzeugen oder gar Personen gerechnet werden, die irgendwo auf diesem Gelände etwas zu erledigen hatten. Das konnten Ingenieure oder Poliere der unterschiedlichen Baufirmen sein, aber auch Geologen oder sogar die Vertreter der Bauaufsicht, die zum Leidwesen der Arbeiter zu den unmöglichsten Zeiten auftauchten.

Niedermeier hatte erst vorhin, als er mit seinem Radlader zur Deponie gefahren war, die Schutzwesten einiger Personen reflektieren sehen. Jetzt, während sein monsterhaftes Gefährt an den Abraumhalden entlangholperte und wie ein Schneepflug einige Gesteinsbrocken zur Seite schob, bemerkte er im linken Augenwinkel wieder eine Bewegung. Im Streulicht der Scheinwerfer zeichnete sich auf dem breiten geschotterten Weg die Silhouette einer Person ab, an der ebenfalls Leuchtstreifen reflektierten. Sie schien sich zu entfernen, abwärts zu den Bürocontainern des Betonherstellers, die in einer Mulde standen. Alles ganz normal, dachte Niedermeier, für den diese nächtlichen Fahrten mit dem Radlader eine willkommene Abwechslung zu seiner üblichen Arbeit darstellten. Tagsüber war er damit beschäftigt, die Abfuhr des aufbereiteten Materials zu überwachen. Wenn es jedoch personelle Engpässe gab, wie am späten Abend, dann war er gerne bereit, auch mal einzuspringen und Überstunden zu leisten.

Während er die Baumaschine mit geübten Griffen bediente, die hydraulische Schaufel hob und senkte, das grobe Material zusammenschob und gegen die Abraumhalde presste, ließ er seinen Gedanken freien Lauf – beflügelt von dieser lauen Nacht. Er öffnete das Seitenfenster des Führerhauses. Doch statt der erhofften sommerlichen Düfte, wie er sie in dieser Jahreszeit von der heimischen

Landwirtschaft her kannte, wehten ihm beißende Dieselabgase entgegen. Sie machten ihm schmerzhaft bewusst, dass er diese traumhafte Sommernacht mit ihrem zunehmendem Mond nicht genießen konnte, und die Sehnsüchte, die sie weckte, nicht zu erfüllen waren. Eigentlich waren solche Stunden viel zu schade, um sie auf einer Baustelle zu vergeuden, dachte er und wünschte sich zu seiner Freundin nach Kärnten zurück. Doch die Vernunft zerrte ihn in die Realität: Du bist auf den Job und das Geld angewiesen, hämmerte es in seinem Kopf.

Geld. Natürlich Geld. Ihm blieb doch gar nichts anderes übrig, als hier zu malochen. Wie vielen anderen auch. Anfangs hatte er noch geglaubt, ein Job im Freien sei für ihn, den Naturburschen, genau das Richtige. Doch er hatte schnell erkennen müssen, dass er sich nicht im Kreise Gleichgesinnter befand. Die meisten seiner Kollegen hatten wenig Sinn für derlei Romantik. Ihnen ging's allein um die Knete. Für die Schönheiten einer solchen Mondnacht mit den vielen, hier oben besonders prächtig strahlenden Sternen gab es da keinen Platz. Wer nahm schon zur Kenntnis, dass gerade jetzt Venus und Jupiter am Westhorizont ganz dicht beieinanderstanden und hell wie Ufos strahlten? Niedermeier war davon überzeugt, dass den meisten Menschen einfach das Gespür für die Natur verloren gegangen war, die sogar eine Großbaustelle mit tausendfachem neuen Leben füllen konnte.

Für ihn war es schlichtweg ein Wunder, dass sich all das schwirrende Kleingetier, das gerade um die Scheinwerfer des Radladers wirbelte, wieder hatte aufrappeln können, obwohl eine gewaltige Wunde in die Landschaft gerissen worden war.

Niedermeier musste bei solchen Gedanken gegen sein schlechtes Gewissen ankämpfen, das ihn mahnte, doch selbst an dieser Zerstörung maßgeblich beteiligt zu sein. Während er in seinem Führerhaus Pedale und Schalthebel wie automatisiert bediente und wieder eine Schaufel voll abgerutschten Materials vor sich herschob, als sei es Schnee, formte sein Unterbewusstsein ein Bild dieser Landschaft, wie sie noch vor zwei Jahren ausgesehen haben mochte.

Wer hätte auch wohl in der kleinen Gemeinde Hohenstadt, hier in Süddeutschland, jemals gedacht, dass eines Tages tief unterm östlichen Ortsrand eine Eisenbahnlinie verlaufen würde, die von Politikern gerne vollmundig als die »Magistrale zwischen Paris und Budapest« bezeichnet wurde?, überlegte er. Doch obwohl die Trasse mit all ihren Tunnels Bestandteil des umstrittenen Bahnhofsprojekts »Stuttgart 21« war, hatte es offenbar in der Abgeschiedenheit der Schwäbischen Albhochfläche bisher keinerlei Widerstände oder Proteste gegeben, die mit den Vorkommnissen in Stuttgart vergleichbar gewesen wären.

Trotzdem war das gesamte Baustellengebiet weiträumig abgesperrt, mit Kameras überwacht und durch einige strenge Zugangskontrollen gesichert worden. Allerdings schienen diese Maßnahmen weniger zum Schutze vor etwaigen militanten Projektgegnern ergriffen worden zu sein, als viel mehr zur Abschreckung neugieriger »Baustellentouristen«.

Niedermeier hatte jedenfalls in den Monaten, seit er hier war, den Eindruck gewonnen, von einem Stück heile Welt umgeben zu sein. Der abschätzigen Behauptung einiger seiner Kollegen, hier oben sagten sich »Fuchs und Hase Gute Nacht«, wollte er nicht zustimmen. Immerhin verlief gleich hinter den Abraumhalden die stark frequentierte Autobahn A8, die Karlsruhe mit Stuttgart und München und darüber hinaus auch mit Kärnten verband. An ihr hatten sich die Planer der Eisenbahntrasse orientiert, als eine kurze Verbindung über die Schwäbische Alb – und damit ein Ersatz für die kurvenreiche Geislinger Steige – gesucht worden war. Doch während die Autobahn über Aichelberg und Drackensteiner Hang die topografisch anspruchsvolle Nordkante der Schwäbischen Alb überwand, sollte dies die Eisenbahn dort in mehreren Tunnels tun – und zwar ziemlich gradlinig und mit nur sanften Kurven, aber trotzdem hinauf bis zum höchsten Punkt weit und breit.

Nach Meinung Niedermeiers wäre es sinnvoller gewesen, einen nahezu ebenen, dann jedoch weitaus längeren Basistunnel durch die ganze Alb zu treiben. Aber vermutlich waren solche Überlegungen gleich von vorneherein an den deutlich höheren Kosten gescheitert. Außerdem, so hatte er gehört, träumte man in der Gemeinde Merklingen auf der Hochfläche gerade von einem eigenen Bahnhof.

Aber was ging ihn dies alles an?, stellte er selbstkritisch seine sinnlose Grübelei infrage. Wahrscheinlich, so mutmaßte er, hatten sie in dieser Gegend Jahrzehnte lang geplant und, wie üblich, unzählige Streckenvarianten diskutiert. Jetzt, nachdem seit zwei Jahren die Arbeiten auf Hochtouren liefen, brauchte sich niemand mehr Gedanken über den Trassenverlauf zu machen. Denn nun galt es für die Baufirmen, einen engen Zeitplan einzuhalten.

Niedermeier wurde sich wieder bewusst, an einem Jahrhundert-Projekt mitwirken zu können. Begeisterung und Stolz bemächtigten sich seiner Gefühle und vertrieben die melancholischen Gedanken. Wie lange er in sie versunken gewesen war, hätte er nicht mehr sagen können.

Den Radlader hatte er unbewusst gesteuert – bis irgendetwas die Gedankenbilder verblassen ließ. Etwas, das seine Augen eher beiläufig erfasst hatten. Etwas, das nicht zu den roh belassenen und ineinander verkeilten Gesteinsbrocken passte, die unter der hochgehobenen Schaufel des Radladers im Scheinwerferlicht harte Schatten warfen. Zuerst war es der rötliche Schimmer, der zwischen dem weiß-grauen und dunklen Gestein an Eisenerz erinnerte. Doch solches gab es in dieser geologischen Schicht nicht, rief sich Niedermeier in Erinnerung. Instinktiv umklammerte er einen Schalthebel fester und trat kräftig auf die Bremse. Ohne den Fuß von diesem Pedal zu nehmen, erhob er sich umständlich aus seinem Sitz, um durch die staubige Windschutzscheibe hindurch besser auf das Abraummaterial sehen zu können.

Es dauerte zwei, drei Sekunden, bis es seinem Gehirn gelang, aus dem rötlichen Objekt zwischen all den Gesteinsbrocken etwas Vernünftiges zu erkennen. Etwas Vernünftiges?, schoss es Niedermeier durch den Kopf. Ihm stockte der Atem. Es musste eine Täuschung sein. Ganz sicher. Sein Gehirn gaukelte ihm aus den unzähligen Formen dieser Steine gewiss ein Bild vor, das es gar nicht gab. So, wie es beim Blick in Wolkenberge oftmals Figuren, Gesichter oder Tiere erscheinen ließ.

Niedermeier verharrte halb stehend, halb sitzend und eingezwängt hinterm Lenkrad, noch immer den rechten Fuß fest aufs Bremspedal gedrückt. Er wandte seinen Blick kurz zur Seite, um das schreckliche Bild zu löschen und ein neues formen zu lassen. Doch auch diesmal war das Schreckliche deutlich zu sehen. Ganz real.

Niedermeier atmete tief durch und ließ sich in seinen Fahrersitz sinken. Tausend Gedanken jagten gleichzeitig durch seinen Kopf.

Er stand strahlend vor ihr und nahm den gelben Schutzhelm ab. »Was für eine schöne Nacht«, sagte Lukas Brunner mit einem Akzent, der seine oberbayrische Herkunft nicht verleugnen konnte. Er stammte zwar aus Freilassing, ganz im Südosten Bayerns, doch seine familiären Wurzeln hatte er in Kärnten. Dort waren einige seiner Verwandten ebenfalls im Tunnelbau tätig und galten als gewiefte Experten auf diesem Gebiet. Brunner, Mitte 40 und als Bauingenieur dieser Familientradition gefolgt, hatte wieder einmal Überstunden gemacht und dabei festgestellt, dass die Mineure im Steinbühltunnel ihren Zeitplan bislang einhalten konnten. Zehn Meter pro Tag baggerten und sprengten sie sich vorwärts. Bis jetzt hatte das Gestein keine bösen Überraschungen beschert.

Brunner streifte seine rot reflektierende Schutzweste ab und zog sich einen Stuhl an den Schreibtisch der Geologin, die an zwei Computermonitoren gleichzeitig zu arbeiten schien. Vor ihr türmten sich Pläne und Aktenordner. »Willst du Kaffee?« Natascha Frese, die ihr Studium erst vor zwei Jahren abgeschlossen und trotz ihrer mangelnden Praxis diese Stelle bekommen hatte, sah ihn stirnrunzelnd an – eine Mimik, die er nicht zu deuten vermochte.

»Wenn du hast?«, sagte er leicht verunsichert. Sie holte eine große Tasse hervor und goss ihm aus einer Warmhaltekanne Kaffee ein.

»Findest du nicht auch, dass man solche Nächte anderweitig nutzen sollte, als nur für Arbeit?« Seine Frage klang wie eine versteckte Aufforderung.

»Ach, Lukas«, erwiderte sie, warf ihre langen Haare über die Schulter und sah ihn im grellen Licht der Leuchtstoffröhren durchdringend an. »Auch ich könnte mir Schöneres vorstellen, als nächtelang hier zu sitzen. Aber ich hab den Eindruck, je mehr ich schufte, desto weniger sehe ich Land.«

»Fang bloß nicht schon mit einem Burn-out an, Mädel«, sagte er und nahm einen Schluck Kaffee. »Auf so einer Baustelle wie dieser geht's etwas rauer zu als in einer Vorlesung.«

»Versuch mir jetzt bitte nicht einzureden, der Job hier sei nichts für Frauen.« Sie holte tief Luft.

Brunner erkannte, dass sie jetzt nicht in der Stimmung war, sich ihm und seinen Bemerkungen zu widmen. »Ist nur gut gemeint«, beschwichtigte er. »Ich wollte nur sagen, dass du rechtzeitig nach dir selbst schau'n sollst, eh' es zu spät ist.«

Sie rückte ihre auffällige Designerbrille zurecht und gab sich selbstbewusst. »Lukas, wir können gerne mal wieder ausgehen. Du weißt, ich hab das neulich in Ulm genossen, aber lass mir bitte Zeit. Ich brauch noch ein paar Tage, dann hab ich die geologische Prüfung für den aktuellen Abschnitt abgeschlossen.« Sie deutete auf die großformatigen Pläne, die vor ihr ausgebreitet waren.

Brunner nickte verständnisvoll. Er hatte etwas sagen wollen, hielt aber seine Worte zurück. Es wäre der falsche Zeitpunkt gewesen. Aber irgendwann musste er es ansprechen. Er rang sich ein Lächeln ab und zeigte sich an ihrer Arbeit interessiert: »Bist du heut Abend auch schon drin gewesen?«

»Im Weststollen, ja«, erklärte sie schnell. »Sie kommen weiterhin gut voran. Der Weißjura hat trotz heftiger Verkarstung auch noch keine großen Hohlräume beschert.«

»Gott bewahre uns«, seufzte Brunner. »Stell dir vor, davon kriegen irgendwelche Höhlenforscher Wind, was dann hier abginge.«

»Keine Panik«, gab sie zurück, »die baden-württembergischen Höhlenforscher wollen mit der Bahn kooperieren. Sie dürfen etwaige Höhlen dokumentieren, mussten sich aber verpflichten, ihre Erkenntnisse während der Bauphase nicht zu veröffentlichen.«

»Weiß ich, ja. Aber …«, er lächelte ihr vielsagend zu, »… am zweckmäßigsten wär's natürlich, wenn gleich gar keine Höhlen gefunden würden. Wenn du verstehst, was ich meine.«

Natascha Frese schob ihre Computermaus hin und her, um anzudeuten, dass sie sich jetzt auf keine Konversation einlassen wollte. »Du, es ist Viertel vor eins. Ich muss noch dringend diesen Text hier fertigstellen.« Sie deutete mit einer Kopfbewegung auf den Bildschirm. »Und morgen früh um halb neun taucht schon wieder einer von Klemper-Beton …«

»Okay, okay«, gab sich Brunner geschlagen und trank seine Tasse leer. Leicht säuerlich entschied er, dann doch noch den Namen zu nennen, den er vorhin nicht hatte erwähnen wollen. Er stand auf und ließ beim Öffnen der Tür eine Bemerkung fallen, die ihre Wirkung nicht verfehlte. »Und um die Mittagszeit hast du dann einen Termin mit …«, er drehte sich wieder um und sah, wie Natascha ihren Kopf vom Bildschirm wandte, weshalb er eine Sekunde verstreichen ließ, bis er weitersprach, »… mit Simon, nehm ich an.«

Ihre Blicke trafen sich, als würden gleich gefährliche Funken sprühen. Natascha schien mit sich zu ringen, ob sie einen Gegenstand nach ihm werfen oder einfach hinauslachen sollte. Doch sie ließ sich nichts davon anmerken, sondern überlegte kurz. »Ist er denn gekommen?«, fragte sie spitz. Brunner war irritiert. Natürlich wusste er, worauf sie anspielte. Doch bevor er etwas erwidern konnte, erfüllte die schnell herannahende Sirene eines Einsatzfahrzeugs den Raum. Dann zuckten vor dem Bürofenster Blaulichter durch die Nacht. Irgendwie war er erleichtert, auf diese Weise einer Antwort ausweichen zu können.

Natascha sprang auf und war mit zwei, drei Schritten am Fenster. Doch die Scheiben spiegelten vor der Schwärze der Nacht nur den hellen Innenraum wider. Dazwischen deuteten einzelne Lichtpunkte die Scheinwerfer an, die punktuell das Baustellenareal ausleuchteten. Brunner war von der Tür, die in den schmalen Gang des Bürocontainers führte, ebenfalls zum Fenster geeilt, um es mit einem energischen Ruck aufzureißen. Sofort heulte ihnen intervallmäßig die Sirene entgegen. Zu welcher Art Einsatzfahrzeuge sie gehörte, ließ sich nicht feststellen. Das zuckende Blaulicht hatte sich schnell über die Baustraße in Richtung der Deponie entfernt und war nun außer Sichtweite. Schon aber hörte es sich so an, als näherten sich von der Zufahrt her weitere Sirenen.

»Es wird doch hoffentlich nicht brennen im Stollen«, flüsterte Natascha und rückte am engen Fensterrahmen nah an Brunner heran, um besser in die Dunkelheit hinaussehen zu können. Dabei legte sie unbewusst einen Arm um seine Schulter.

Die erschöpfte Person, die sich im tiefschwarzen Schlagschatten, den die Abraumhalden im diffusen Scheinwerferlicht warfen, versteckt hielt, war in der Bewegung erstarrt, als die heulende Sirene eines Einsatzfahrzeugs lauter und anschwellender wurde. Zunächst hatte es sich noch so angehört, als dringe der schaurige Ton nur von der nahen Straße herüber, die Hohenstadt mit Merklingen verband. Doch jetzt bestand kein Zweifel mehr, dass sich die Sirene dem Baustellen-Areal näherte. Alarm?, fühlte sich die Person schockiert, die in dieser mondhellen Nacht zwischen den Hügeln der Deponie völlig außer Atem in Deckung gegangen war. Hatte es einen Alarm gegeben? Automatisch ausgelöst? Jetzt bloß keine Panik. Ruhe bewahren, auch wenn die Pulsfrequenz ins Unermessliche stieg. Keine verdächtigen Geräusche verursachen, hämmerte es im Kopf, obwohl doch das ratternde Förderband ohnehin jeden Tritt auf dem geschotterten Untergrund übertönte.

Inzwischen hatte das Einsatzfahrzeug offenbar angehalten, die Sirene verstummte. Doch von ferne drang eine weitere Sirene herüber. In schneller Folge zuckte das Blaulicht an den steilen Abraumhalden entlang, die der dunkel gekleideten Person noch immer Schutz boten. Doch jetzt, nachdem weitere Sirenen durch die Nacht heulten, schien es gefährlich zu werden. Hatte es etwas zu bedeuten, dass der Motor des Radladers vor einer Viertelstunde abgestellt worden war, obwohl die Arbeiten noch gar nicht beendet sein konnten? Hatte der Fahrer gar bemerkt, dass sich jemand auf der Deponie aufhielt?

Flucht? Aber wohin? Auf keinen Fall durchs Gelände. Das wäre viel zu auffällig, zumal jetzt, nachdem ein Einsatzfahrzeug nach dem anderen heranraste. Jetzt bloß nicht gesehen werden. Schon gar nicht in diesem Zustand.

Aber wohin? Die Deponie war zur Autobahn hin mit einem hohen Zaun umgeben. Dort gab es gewiss Videokameras, die auch bei Dunkelheit gestochen scharfe Bilder lieferten. War die Falle jetzt zugeschnappt?

Würde er einen Schutzhelm tragen, hätte er sich ziemlich sicher sein können, nicht gleich aufzufallen. Bei so vielen Arbeitern, die hier ständig ein und aus gingen, war es unmöglich, dass jeder jeden kannte. Aber wenn man sich ohne das übliche Outfit hier bewegte, konnte es durchaus kritische Blicke geben. Auch in der Nacht. Und außerdem gäbe es möglicherweise unliebsame Begegnungen mit Personen, die vom Lärm der Einsatzfahrzeuge angelockt wurden.

Und den Sirenen nach zu urteilen, kam eine ganze Armada von Einsatzfahrzeugen angerast. Großalarm auf der Baustelle? War etwas Schlimmes entdeckt worden? Wurde gar schon jemand gesucht? Wenn ja, dann erschien es erst recht geboten, möglichst schnell zu verschwinden. Alles ließ darauf schließen, dass sogar ein ganzes Spezialeinsatzkommando (SEK) anrückte.

»Etwas verdammt Unappetitliches.« Die Stimme, die um 1.14 Uhr aus dem Telefonhörer krächzte, verhieß nichts Gutes. Gerade noch im Tiefschlaf, jetzt aber schlagartig hellwach geworden, lauschte August Häberle den Schilderungen seines Kollegen vom Kriminaldauerdienst, während seine Ehefrau Susanne bereits ahnte, dass auf ihren Mann wieder arbeitsreiche Tage zukommen würden. Dabei hatte er sich so sehr gewünscht, die letzten Tage vor seinem Ruhestand einigermaßen stressfrei über die Runden zu kriegen. Sie drehte sich um und zog die Bettdecke übers Ohr, obwohl sie jetzt auch nicht mehr schlafen konnte. Gleich würde August aus dem Bett springen und zu irgendeinem Tatort fahren. Wie seit Jahr und Tag. Trotz aller dienstlichen Widrigkeiten, die es nach der baden-württembergischen Polizeireform gegeben hatte, war er noch immer hoch motiviert. Für einen kurzen Moment überlegte sie, wie er seine freie Zeit im Ruhestand verbringen würde und ob er es psychisch überhaupt verkraften konnte, keine kniffligen Fälle mehr lösen zu dürfen.

»Ach«, kommentierte er knapp und betroffen, was ihm der Kollege aus Ulm geschildert hatte. »Und wo ist das genau?«, vergewisserte er sich, um dann zu erwidern: »Kenn ich natürlich. Ich werd in einer Dreiviertelstunde dort sein.« Er beendete das Gespräch und strich seiner Frau liebevoll über die Haare, als habe er ihre Gedanken erraten: »Tut mir leid, aber ich glaube, da bahnt sich mein letzter großer Fall an.«

Susanne hob den Kopf und drehte sich wieder zu ihm. »Ist denn so was Schlimmes passiert?«

Er sah ihr tief in die Augen und überlegte, ob er aussprechen sollte, was ihm der Kollege soeben gesagt hatte. Dann atmete er tief durch und flüsterte: »Vielleicht sogar das Schlimmste überhaupt ist passiert. Ich ruf dich an.« Er stand auf, während Susanne jetzt ebenfalls hellwach wissen wollte: »Was heißt das? Bitte, August, nur ein Stichwort.«

»Sie haben möglicherweise eine Leiche gefunden. Bei diesem neuen Eisenbahntunnel in Hohenstadt oben.«

Die dunkel gekleidete Person, die sich seit fast einer halben Stunde schon zwischen den Abraumhalden versteckt gehalten hatte, war noch eine Zeit lang regungslos stehen geblieben. Doch je mehr Einsatzfahrzeuge eintrafen, desto geringer wurde die Chance, das Gelände unbemerkt verlassen zu können. Der geschotterte Weg, der zu der Baustraße in Richtung Ausgang führte, war von Polizisten, Feuerwehrleuten und Dutzenden von Bauarbeitern bevölkert und bot ein unüberwindbares Hindernis. Als jetzt auch noch ein Hubschrauber auftauchte, gab es hinter den Schuttbergen keine ausreichende Deckung mehr. Es blieb nur eine einzige Möglichkeit, dem Licht zu entkommen: ein Stapel Kunststoffrohre, von denen jedes einzelne etwa zehn Meter lang war. Ihr Durchmesser von etwa einem halben Meter bot zwar im Inneren einem erwachsenen Menschen nicht sonderlich viel Platz, doch gelang es mühelos, hineinzurobben und von der Bildfläche zu verschwinden. Was aber, wenn sie das gesamte Gelände durchkämmten und sogar Hunde einsetzten?, durchzuckte es die Person, die sich erst jetzt, beim Umdrehen von Bauch- auf Rückenlage der Enge bewusst wurde, von der sie in dieser rauen und stockfinsteren Röhre umgeben war. So beklemmend musste es sich auch in älteren Kernspintomografen anfühlen.

Eine schnelle Flucht jedenfalls war ausgeschlossen. Wieder herauszukriechen, das ging nur mit den Beinen voraus und unter allergrößter Anstrengung, denn die Knie ließen sich hier drinnen nur minimal anwinkeln.

Platzangst, signalisierte das Gehirn. Platzangst. Panik.

Der Versuch, am liegenden Körper vorbei an den Füßen und damit in Richtung Ausgang zu schielen, flößte noch mehr Angst ein, denn der Kopf stieß bei jeder Bewegung gegen die Rundung des Rohrs, das unter den dröhnenden Schallwellen des Helikopters vibrierte. Die Öffnung war als grau-schwarzes Loch zu erkennen, das wie ein großes Teleskop nur einen winzigen Ausschnitt der Umgebung abbildete. Aus dieser Perspektive waren es ein paar Quadratmeter schummrig angestrahlter Schutthalde.

Die quälende Enge schien den Atem zu rauben, während diese verdammte Platzangst die Frequenz des Pulsschlags ins Unermessliche steigerte. Die Ungewissheit über das, was da draußen vor sich ging, projizierte in rasender Geschwindigkeit Angstszenarien: Würden sie die gestapelten Rohre beiseiteschaffen? Hochhieven? Oder gar versehentlich verschütten? Was, wenn in unmittelbarer Nähe ein Feuer ausbrach? Wenn jetzt der Kreislauf kollabierte? Oder wenn ein Baustellenfahrzeug versehentlich über die Rohre rollte?

Mittlerweile waren auf der Großbaustelle »Pfaffenäcker« – so benannt nach einer alten Flurbezeichnung der Gemarkungsgemeinde Hohenstadt – sämtliche Scheinwerfer angeschaltet worden. Allerdings reichten sie nicht, um jeden Winkel des weitläufigen Areals auszuleuchten – vor allem aber auch nicht die gesamte Deponiefläche. Nachdem das Förderband abgeschaltet worden war, hatte sich vorübergehend eine unheimliche Stille breitgemacht, nur unterbrochen vom Heulen der Martinshörner. Auf der Baustraße, die sich an den mehrstöckigen Wohncontainern im Eingangsbereich vorbei durch eine Mulde zur Deponie hinüberschlängelte, parkten unzählige Einsatzfahrzeuge dicht hintereinander. Ganz vorne stachen die hellen Rettungs- und ein Notarztwagen heraus, weiter hinten zwei Fahrzeuge der

Feuerwehr Hohenstadt, die vorsorglich alarmiert worden war, falls technische Hilfe nötig sein würde.

Noch bevor die Bereitschaftspolizei in Göppingen mehrere mobile Lichtmasten herbeischaffen konnte, war bereits ein Hubschrauber herangeflogen, der nun einen Höllenlärm verbreitete, weil er in knapp 30 Metern Höhe über dem Areal schwebte und mit starken Scheinwerfern die Szenerie von oben beleuchtete. Spätestens jetzt wurden alle Arbeiter, die in den nahen Wohncontainern schliefen, auf das Spektakel aufmerksam. Inzwischen war auch eine Videoverbindung zwischen dem Hubschrauber und dem Einsatz- und Lagezentrum Ulm geschaltet, sodass dort an Monitoren die Situation aus der Vogelperspektive beobachtet werden konnte.

Unterdessen trafen bei der Deponie weitere Einsatzkräfte ein und versuchten vergeblich, die vorderste Abraumhalde zu besteigen, auf die noch bis vor wenigen Minuten das Förderband seine Ladung geschüttet hatte. Das Vorhaben erwies sich als viel zu gefährlich, weil mit jedem Schritt, den die Männer und Frauen taten, das instabile Material wie auf einer Geröllhalde im Gebirge nachrutschte. Das Führungs- und Lagezentrum in Ulm forderte deshalb die Feuerwehrdrehleiter aus Laichingen sowie die Bergwacht aus Gruibingen an. Diese Einsatzkräfte würden in der Lage sein, die Schutthalde mit entsprechender Ausrüstung zu erklimmen oder sie von einem hochgehievten Rettungskorb aus zu inspizieren.

Einsatzkräfte der Bereitschaftspolizei Göppingen machten sich unterdessen über das kilometerlange Transportband her, dessen stehen gebliebene Last jedoch auf der rund 300 Meter langen Strecke zwischen Tunnel und Deponie unter einer Plastikplane verborgen war. Erschwerend kam hinzu, dass es teilweise in schwindelerregender Höhe auf einer Stahlgitterkonstruktion verlief und nur mithilfe einer Hebevorrichtung erreicht werden konnte.

Drinnen in den beiden Stollen waren auf Anordnung des Polizeipräsidiums die Arbeiten am sogenannten »Vortrieb«, wie in der Fachsprache das Graben, Sprengen und Bohren an vorderster Front genannt wurde, eingestellt worden. Beamte der Spurensicherung ließen sich mit einem klapprigen Kleinbus der Tunnelbauer mehr als dreieinhalb Kilometer weit in den Untergrund fahren. Ihr Interesse galt der Brechanlage, die dort am Beginn des Förderbands das Gestein ein erstes Mal zerkleinerte.

Mittlerweile war die ganze Baustelle aus der nächtlichen Ruhe gerissen. Viele Bauarbeiter hatten ihre Wohncontainer verlassen, um zur hell erleuchteten Deponie zu eilen. Im ohrenbetäubenden Dröhnen des Hubschraubers beschränkten sich ihre Gespräche jedoch auf kurze Zurufe, ergänzt durch heftige Gesten.

Die Beamten des Kriminaldauerdienstes versuchten genervt, sich ein erstes Bild von dem Geschehen zu machen, und notierten Namen und Adressen von Personen, die auf dieser Baustelle Verantwortung trugen. Außerdem verlangte die Ulmer Einsatzzentrale unablässig neue Informationen, die zum gegenwärtigen Zeitpunkt aber nicht zu beschaffen waren. Sogar der Polizeipräsident hatte sein Kommen angedroht, wie die Ermittler diese Ankündigung empfanden. Und auch der nächtliche Bereitschaftsdienstler der Staatsanwaltschaft war bereits unterwegs.

Die Kriminalisten, die sich, umgeben von den vielen Bauleuten, in deutlicher Minderzahl fühlten, konzentrierten sich auf den einzigen Zeugen, den sie bisher ausfindig machen konnten: Frank Niedermeier. Der junge Mann mit dem vollen schwarzen Haar und dem unrasierten Gesicht saß in einem Kleinbus und zitterte, während ein ebenso junger Kriminalist handschriftlich ein kurzes Protokoll aufnahm. »Wenn ich Sie richtig verstehe«, wiederholte er, »dann ist Ihnen diese Hand rein zufällig aufgefallen.«

»Ja, hätt ich nicht genau hingeschaut, wär sie mit der nächsten Schaufelladung in dieser Schutthalde verschwunden«, erwiderte Niedermeier. Er hatte im ersten Schreck noch geglaubt, irgendjemand habe sich einen Spaß erlaubt und einen jener Scherzartikel weggeworfen, wie es sie meist zu Halloween oder auch zur Fastnacht gab – also eine ziemlich echt aussehende menschliche Hand aus Kunststoff. Doch die dunkelrote Verfärbung und die Art und Weise, wie der zerbrochene Gelenkknochen hervorstand, ließen auf etwas Schreckliches schließen. Niedermeier hatte dann sofort seinen Chef angerufen, der innerhalb einer halben Stunde zur Stelle gewesen war und diesen zwischen Gesteinsbrocken liegenden Körperteil vorsichtig mit der Spitze eines aufgeklappten Meterstabs abgetastet hatte, bis an der Echtheit keinerlei Zweifel mehr bestand. »Verdammte Scheiße«, hatte der Chef gebrummt und auf seinem Handy 110 getippt, »das hat uns gerade noch gefehlt.«

2

Philip Mende, gerade erst zum Oberkommissar ernannt, und sein etwas jüngerer Kollege Thomas Keller, der noch auf diese Beförderung warten musste, waren nach dem Notruf gleich losgefahren. Jetzt saßen sie, mit Warnwesten und Schutzhelmen ausgestattet, in der Fahrerkabine des verdreckten VW-Kastenwagens und ließen sich von einem Bauarbeiter in den Stollen bringen. Zuvor hatte ihnen der aufgeregte Mann noch pflichtgemäß die Funktion des Selbstretter-Geräts erläutert, das bei plötzlichem Sauerstoffmangel ein einstündiges Überleben garantiert.

Die beiden Kriminalisten beschlich ein mulmiges Gefühl. Nie zuvor waren sie so weit in einen Berg hineingefahren. Dicke Wassertropfen, die gegen die Windschutzscheibe klatschten, erweckten den Eindruck, das mit rohem Beton verfestigte Deckengewölbe über ihnen sei gar nicht so stabil, wie es aussah. Die Sohle des Stollens, dessen Durchmesser sie auf über zehn Meter schätzten, war ein einziger lehmiger Weg, über den das Fahrzeug holperte und rumpelte, während hinter ihnen im geschlossenen Laderaum allerlei Werkzeuge und sonstige Utensilien bei jeder Unebenheit schepperten und klapperten. Die verschmutzten Scheinwerfer des Transporters warfen nur ein spärliches Licht und tanzten mit jeder Unebenheit über diese unterirdische Piste. Beidseits markierten senkrecht an die Wände montierte Leuchtstoffröhren den Streckenverlauf – bis der Stollen weit vorne in eine Rechtskurve überging und sich tiefer in den Berg senkte. »Da brauchen S' keine Angst zu haben, das hält«, hatte der Mann am Steuer, ein altgedienter Bauarbeiter mit zerfurchtem Gesicht, gleich beim Einfahren in den östlichen der beiden Stollen gesagt und hinzugefügt: »Das ist jetzt der Tunnel für die Fahrtrichtung Stuttgart, nebenan wird der für die Gegenrichtung gebaut, nach Ulm. Im Abstand von etwa 20 Metern.«

»Gleichzeitig?«, fragte Mende nach, der den Mittelplatz auf der Sitzbank eingenommen hatte.

»Ja, gleichzeitig. Deshalb sind immer zwei Schichten im Berg. Und die beiden Stollen«, er deutete nach links zu einer gewölbeartigen Ausbuchtung, »die sind in regelmäßigen Abständen durch sogenannte Querschläge miteinander verbunden. Alle 500 Meter.«

Als Kommissar Thomas Keller, der bisher schweigend die Tunnelfahrt auf sich hatte wirken lassen, zu husten begann, sah sich der Bauarbeiter veranlasst, auf das riesige Rohr zu deuten, das ein Stück weit in den Stollen hineinführte. »Damit werden die beiden Röhren ›bewettert‹, wie wir hier sagen. Frischluft kommt da genügend rein, aber Staub lässt sich nicht vermeiden. Manchmal ist's ganz schlimm, wenn gesprengt wird.«

»Gesprengt?«, wiederholte Mende ungläubig. »Da wird gesprengt, wenn Leute drin sind?«

»Ja klar. Sie können doch nicht jedes Mal kilometerweit rausfahren. Natürlich sind da strenge Richtlinien zu beachten. Und Abstände einzuhalten.«

Keller, der von seiner Position aus im diffusen Licht das Gewirr vieler Kabel, Schläuche und sonstiger Installationen an sich vorbeiziehen sah, darunter auch Schaltkästen und Trafostationen, deutete zu einer Vorrichtung, die über ihm dem Stollenverlauf folgte. »Und das Ding da oben ist wohl das Förderband, oder seh ich das falsch?«

»Nein, das sehen Sie nicht falsch. Es läuft aus dem Stollen raus bis zur Deponie und es muss hier drinnen hin und wieder verlängert werden – wenn die Mineure weit genug vorangekommen sind«, erklärte der Fahrer und steuerte den Kleinbus links an einem abgestellten Radlader und einem monströsen Bagger vorbei. »›Mineure‹«, fügte er erklärend an, »so heißen die Jungs, die ganz vorne sind und sich in den Berg beißen, an der ›Ortsbrust‹, wie es in der bergmännischen Sprache heißt.«

»Dieses Förderband«, fragte Keller weiter, »das gibt's nur hier im Oststollen, nicht aber auch nebenan im Weststollen?«

»So ist es«, bestätigte der Bauarbeiter. »Wir haben nur dieses eine. Das Material vom anderen Stollen wird mit Radladern oder Dumpern über solche Querschläge herübertransportiert, wie ich Ihnen gerade einen gezeigt hab.«

»Da herrscht dann aber zeitweilig reger Verkehr«, stellte Mende fest, während der redselig gewordene Fahrer bereits wieder auf etwas anderes aufmerksam machte. »Das Wasser in dem Becken hier«, er zeigte nach rechts, wo sich Leuchtstoffröhren in einer Wasserfläche spiegelten, »das ist von unterirdischen Quellen. Wird hier gesammelt und abgepumpt.« Wieder rumpelten sie an einer riesigen Maschine vorbei. »Sind Spritzbüffel«, kommentierte der Mann hinterm Steuer. Weil seinen schweigenden Beifahrern offenbar der Sinn nicht nach heiterem Rätselraten stand, gab er gleich die Erklärung dazu: »›Spritzbüffel‹, so nennen die Mineure ihr Gerät, mit dem der Beton an die Wand gespritzt wird.«

Nach kurzem Schweigen zeigte sich Mende an etwas anderem interessiert: »Wie muss man sich das vorstellen, wie viele Leute sind eigentlich immer in diesen beiden Stollen drin?«

»Das kann man nie genau sagen. Kommt drauf an, was gerade an Arbeiten anfällt. Vermutlich sind's so um die 20«, erwiderte der Angesprochene. »Pro Schicht und Stollen sechs Mann an der ›Ortsbrust‹, also ganz vorne. Und dann noch Fahrer von Baggern, Dumpern und Radladern, dazu eine Aufsicht an der Brechanlage beim Förderband. Außerdem je nach Bedarf auch Leute von Fremdfirmen – und natürlich ab und zu auch die Bauaufsicht. Außerdem Ingenieure und Poliere. Es kommt immer drauf an, was gerade anfällt. Nachts sind's weniger als tagsüber. Obwohl's ja hier drin keinen Unterschied gibt zwischen Tag und Nacht.« Er richtete den Zeigefinger nach vorne, wo ein völlig verschmutzter Kastenwagen dicht an der rechten Stollenwand stand. »Sie sehen ja, da stehen sogar Autos rum.«

»Wer sind die Leute, die hier einfach so parken?«, wollte Keller wissen, der im Vorbeifahren sah, dass an dem Auto kein Kennzeichen angebracht war.

Der Fahrer runzelte die Stirn. »Das ist, soweit ich weiß, ein Auto der Bauaufsicht.«

»Der stellt seine Karre einfach hier ab und geht zu Fuß? Hier drin?«

»Kann sein, ja. Manche von denen stecken ihre Nase überall rein. Wegen der Sicherheitsvorschriften.«

Mende stellte fest: »Die Bauaufsicht ist also nicht nur für die ordentliche Abwicklung der Aufträge zuständig?«

»Nein, nicht nur. Es wird auch kontrolliert, ob sich jeder an die Vorschriften hält. Manche lassen sogar kontrollieren, ob auf den Baustraßen nicht zu schnell gefahren wird. Und so weiter und so weiter.« Der Mann machte eine abschätzige Handbewegung und deutete mit dem Kopf nach vorne. »Aber vielleicht ist er dort.« Im fahlen Licht tauchte auf der rechten Seite eine größere Apparatur auf, in die sich das Förderband senkte. »Ziel erreicht«, kommentierte er und fuhr langsam an der Brechanlage vorbei, die größenmäßig weitaus weniger spektakulär wirkte, als es die Kriminalisten vermutet hatten. Von den Ausmaßen her erschien sie ihnen eher wie ein schwer beladener Container-Sattelzug mit Kettenfahrwerk.

Der Fahrer ließ den Kleinbus noch ein Stück weiter holpern und stellte ihn hinter einem beleuchteten Schutzraum ab, an dessen halb geöffneter Tür ein schnauzbärtiger Mann mittleren Alters auf die angekündigten Kriminalisten wartete. »Das ist Herr Bulling«, erklärte der Bauarbeiter, während sie ausstiegen und gemeinsam in der staubig-milden Luft des Tunnels auf ihn zugingen.

»Man hat mich informiert«, begann Bulling mit belegter Stimme nach der kurzen Begrüßung. »Kommen Sie, bitte.« Er ging voraus in den kleinen, ganz in Weiß gehaltenen und steril wirkenden Schutzraum, den sie hier »Rettungscontainer« nannten. Im grellen Licht deutete er zu den Sitzen, die entlang der linken Wand aneinandergereiht waren. Dort ließen sich die beiden Kriminalisten nieder, während Bulling die Tür schloss, auf der gegenüberliegenden Bankreihe Platz nahm und der Fahrer draußen blieb. »Ist es tatsächlich so schrecklich, wie man sagt?«, erkundigte sich Bulling, nahm seinen Helm ab und strich verlegen die Ärmel seines Overalls glatt. Offenbar hatte ihn die Nachricht ziemlich betroffen gemacht. »Weiß man schon Genaueres?«, fragte er weiter, nachdem er keine Antwort erhalten hatte und die Beamten nur stumm nickten.

»Wir können Ihnen einige Fragen leider nicht ersparen«, kam Mende zur Sache und legte seinen Schutzhelm neben sich auf einen Metallbehälter. Sein jüngerer Kollege kramte aus der Jacke unter der Warnweste einen Notizblock hervor.

Bulling fuhr mit einer schwieligen Hand durchs schüttere grau melierte Haar, das verschwitzt am Kopf klebte und die Umrisse seines Schutzhelms abzeichnete. »Das heißt, Sie gehen davon aus, dass es hier passiert ist?« Auf seiner Stirn glänzten Schweißperlen.

»Derzeit glauben wir noch gar nichts«, erwiderte der Kriminalist. »Es scheint aber so, als müssten wir vom Schlimmsten ausgehen.«

»Vom Schlimmsten«, echote Bulling, dessen Oberlippenbart ein leichtes Zittern verriet. »Was muss man sich darunter vorstellen?«

»Darüber reden wir erst, wenn wir über alles Gewissheit haben. Vorläufig wollen wir uns nur ein Bild davon verschaffen, wie das Abraummaterial von hier zur Deponie gelangt.«

»Automatisch«, erwiderte Bulling und umklammerte einen Meterstab, der seitlich von ihm auf einem Behältnis lag. »Das Material, das vorne anfällt, wird von den großen Dumpern, diesen Muldenkippern oder Radladern hierhergebracht und in die Brechanlage gekippt. Das ist alles.«

»Und dann?«

»Nichts und dann. Die Maschine zerkleinert die großen Brocken auf Stücke von etwa 20 Zentimeter Durchmesser – dann läuft alles auf diesem Band raus. Sie haben's wahrscheinlich auf der Herfahrt gesehen.«

»Etwa dreieinhalb Kilometer durch den Stollen«, zeigte sich Keller informiert und nahm jetzt ebenfalls den Helm ab, »und dann geht's noch übers Freigelände zur Deponie. Gibt's unterwegs weitere Brechanlagen?«

»Nein, das geht direkt zur Deponie. Und sobald sich der Vortrieb weiter entfernt, rücken wir mit der Brechanlage nach und verlängern das Transportband.«

»Wie dürfen wir uns nun Ihre Aufgabe hier drinnen vorstellen?«, wollte Mende wissen.

Bulling stutzte und wurde misstrauisch. »Sie wollen damit aber nicht andeuten, dass hier …«

»Nichts wollen wir andeuten«, fuhr ihm der Kriminalist charmant über den Mund. »Haben Sie bitte Verständnis dafür, dass wir die ganzen Arbeitsabläufe kennen müssen. Also: Sie haben hier die Aufsicht, oder wie sehen Sie Ihre Aufgabe?« Mende ließ am Tonfall nun erkennen, dass er keine Zeit mit Small Talk vergeuden wollte.

»Aufsicht ist vielleicht der falsche Begriff. Ich kontrolliere die Abläufe und muss eingreifen, falls die Brechanlage mal verstopft. Kein besonders aufregender Job. Meist machen das Polen, aber bei dieser Schicht mach ich's.«

»Die Anlage kann verstopfen?«, fragte Keller dazwischen und machte sich Notizen.

»Natürlich kommt das vor. Nicht oft, nein, aber wenn, dann bleibt sie stehen, und ich muss eingreifen«, erklärte Bulling und streifte die Ärmel seines Overalls bis zum Ellbogen hoch, worauf die kräftigen Bauarbeiterarme zum Vorschein kamen.

»Sie müssen also ständig präsent sein, hier in diesem Container?«, wollte Mende wissen.

Bulling runzelte die Stirn. »Nein, nicht hier. Das ist nur für den Notfall. Ist Vorschrift. Wenn gesprengt wird oder was passieren würde. Mein Arbeitsplatz ist da draußen auf der Brechanlage, aber natürlich muss ich zwischendurch mal aufs Klo – das haben wir hier drin auch.« Er deutete auf eine Trockentoilette.

»Das heißt, die Anlage ist auch mal eine Zeit lang unbeaufsichtigt«, stellte Mende fest.

»Ja, klar. Es kann auch vorkommen, dass mich jemand anruft, dann geh ich zum Telefonieren da runter.«

»Hier funktioniert das Telefon?«, staunte Mende.

»Ja, das Handy funktioniert, sofern es ins interne Netz hier eingeloggt ist. Das ist gleichzeitig zur Sicherheit. Man kann uns orten. Die Jungs draußen wissen jederzeit, wer sich wo im Stollen aufhält.«

Keller machte eifrig Notizen.

Bulling sah die beiden Besucher nacheinander an. »Und jetzt werden Sie mich gleich nach einem Alibi fragen, oder was?«

Keiner ging auf die Frage ein. Stattdessen bohrte Mende weiter: »Wann hat heute Ihre Schicht begonnen?«

Bulling überlegte. »Um 18 Uhr.«

»Dann müssten Sie bald Feierabend haben.«

Bulling schüttelte den Kopf. »Sie dürfen an so eine Baustelle nicht die gleichen Maßstäbe anlegen, wie man sie von der Industrie oder den Behörden her kennt. Hier kannst du die Arbeit nicht einfach hinschmeißen, wenn die Zeit abgelaufen ist. Hier wird rund um die Uhr gearbeitet, Tag und Nacht. Die Schicht der Mineure da drinnen geht zehn Stunden, jeweils zehn Tage am Stück. Heute früh ist Schichtwechsel.« Er sah die Kriminalisten durchdringend an, doch diese schienen von solchen Arbeitszeiten nicht sonderlich beeindruckt zu sein. Bulling ergänzte trotzdem: »Nach zehn Tagen gibt's fünf Tage am Stück frei. Und nur an Weihnachten und Ostern ist der Betrieb eingestellt. Und am Barbarafest.«

Die Kriminalisten wollten das Thema nicht vertiefen. Nicht jetzt. Mende kam deshalb auf etwas anderes zu sprechen: »Dort vorne steht ein Kleintransporter, offensichtlich von der Bauaufsicht. Haben Sie eine Ahnung, wo sich die Person aufhält, die damit unterwegs ist?«

Bulling holte tief Luft. »Das Auto wird dem Mitterhofer gehören, nehm ich mal an. Simon Mitterhofer. Einer von der Bauaufsicht …« Er brauchte einige Momente, um eine passende Formulierung zu finden. »Der kommt zu allen möglichen und unmöglichen Zeiten dahergelaufen.«

»Er war heute Nacht auch schon hier?«, wurde Mende hellhörig.

»Ja, vor drei, vier Stunden, genau hab ich nicht aufgepasst. Er war hier und hat im Rettungscontainer den Feuerlöscher kontrolliert. Letztes Prüfungsdatum und so weiter. Eigentlich völliger Quatsch. Wir sind gerade mal knapp zweieinhalb Jahre hier. Da werden wohl kaum uralte Feuerlöscher rumhängen.«

»Und das macht er mitten in der Nacht? Danach ist er wieder gegangen?«

»Angebliche Kontrollgänge, unangekündigt natürlich. Wenn Sie mich fragen: reine Langeweile. Schikane. Aber ich weiß nicht, wohin er dann gegangen ist. Bei mir hat das Telefon geschellt und ich bin hier rein zum Telefonieren.« Bulling lehnte sich zurück und verschränkte die Arme.

»Wenn er nicht zu seinem Auto ist, wo könnte er dann geblieben sein?«, bohrte Mende hartnäckig weiter.

»Rüber in den Weststollen. Da vorne durch den Querschlag.« Bulling zeigte in die entsprechende Richtung.

»Ihnen ist aber nicht aufgefallen, dass sein Auto noch immer hier vorne steht?«

»Ich weiß nicht, wo es steht«, gab Bulling leicht gereizt zurück. »Wenn es vor der Brechanlage steht, kann ich es von hier aus nicht sehen. Außerdem sind das fast 50 Meter. Aber Sie haben's doch geseh'n.«

»Und wenn Ihnen das Auto aufgefallen wäre? Wäre es für Sie ein Grund gewesen, jetzt einmal nachzuschauen, wo dieser Mitterhofer geblieben ist?«

»Ich könnte nicht mal mit Bestimmtheit sagen, ob es Mitterhofers Auto ist. Die Fahrzeuge hier haben meist gar kein Kennzeichen, weil sie nie außerhalb des Geländes genutzt werden. Hätten Sie mir jetzt nicht gesagt, dieses Auto gehöre der Bauaufsicht, hätte ich es auch nicht unbedingt mit Mitterhofer in Verbindung gebracht.«

»Sie wollen also damit sagen, dass Sie sich über das Auto, sofern Sie es beim Verlassen des Stollens gesehen hätten, gar keine allzu großen Gedanken gemacht hätten?«, vergewisserte sich der Kriminalist.

»Ja, genau das hab ich gemeint.« Bulling kratzte sich im Oberlippenbart. »Wie ich doch schon sagte: Auf so einer Großbaustelle, wo viele Firmen zusammenarbeiten, wo Menschen nahezu aller Altersgruppen, unterschiedlicher Nationalitäten und mit ihren verschiedenartigen Mentalitäten aufeinandertreffen, da ist manches anders als woanders. Da gibt's auch soziale Kluften – zwischen den gut verdienenden Österreichern und den Leiharbeitern aus Polen. Das Lohnniveau von uns Deutschen kann mit dem der Österreicher auch nicht mithalten.«

»Nun mal ganz konkret gefragt«, gab sich der Kriminalist entschlossen: »Wenn da draußen ein Mensch in diese Brechanlage fällt – würden Sie das auf jeden Fall mitkriegen, oder ist es denkbar, dass dies an Ihnen vorbeiginge? Eigentlich ist es doch Ihr Job, diesen Arbeitsablauf zu überwachen, oder sehe ich das falsch?«

Bullings Gesichtszüge versteinerten sich. »Sie wollen damit also sagen, dass da ein Mensch …?«

»Ich habe Sie etwas Konkretes gefragt und bitte Sie um eine konkrete Antwort.«

Bulling war ob dieser energischen Aufforderung sichtlich irritiert. »Ich hab Ihnen doch gesagt, ich steh nicht ständig neben dieser Anlage. Wenn da draußen einer reinfällt oder ein Verrückter reinspringt, krieg ich das natürlich nicht unbedingt mit, wenn ich nicht danebenstehe. Und das tue ich nicht immer. Sie müssen bedenken, dass es hier im Normalfall ziemlich laut zugeht. Üblicherweise dröhnen hier die Maschinen; die Brechanlage ist höllisch laut, das Förderband ebenso, und dann rauscht auch noch die Belüftungsanlage, wie Sie feststellen können. Hilfeschreie sind bei vollem Betrieb mit Sicherheit nicht zu hören. Schon gar nicht, wenn ich hier drin telefoniere oder auf der Toilette bin.« Bulling bemerkte, dass ihm die beiden Kriminalisten aufmerksam zuhörten. Er wurde zunehmend unsicherer: »Befürchten Sie denn, dass hier ein Unfall passiert ist? Hier, an dieser Anlage bei mir?«

Mende sah seinem Gegenüber fest in die Augen und ergänzte dessen Frage: »Oder ein entsetzliches Verbrechen. Ein so entsetzliches, dass der Täter, der so etwas tut, besonders skrupellos sein muss.«

Bulling nickte betroffen.

Wie viel Zeit inzwischen verstrichen war, konnte die Person, die in dem Plastikrohr nahezu regungslos verharrte, nicht annähernd schätzen. Gefühlt wahrscheinlich zwei Stunden, in Wirklichkeit vermutlich nicht mal eine halbe. Die Armbanduhr hatte keine Leuchtfunktion, und auch sonst gab es nichts, aus dem sich die Zeit hätte erahnen lassen. Die liegende Körperhaltung verursachte Rückenschmerzen und ließ, eingezwängt in das kreisrunde Rohr, gerade einige seitliche Drehbewegungen zu. Drei-, viermal hatten grelle Lichtblitze starker Scheinwerfer an der Öffnung gezuckt. Außerdem wurde die Luft stickiger, verursacht durch feinen Staub, den der Helikopter unablässig aufwirbelte. Die Triebwerke mit ihren Rotoren tobten gewiss nur in geringer Höhe. Der Rotorenlärm verschluckte gnadenlos jedes andere Geräusch, sofern es überhaupt eines gab. Aber ganz sicher musste es da draußen andere Geräusche geben. Den vielen Einsatzfahrzeugen zufolge, die auf das Gelände gekommen waren, wimmelte es gewiss von unzähligen Polizisten, Feuerwehrleuten und vermutlich auch Rettungssanitätern. Nicht umsonst schwebte der Hubschrauber so lange in der Luft. Dies alles ließ befürchten, dass kein Ende des Einsatzes absehbar war. Vermutlich vergingen noch Stunden, bis alle wieder das Areal verlassen hatten. Und dann war's sicher längst taghell. Überhaupt: Jetzt Ende Juni, kurz nach der Sommersonnwende, ging die Sonne doch bereits kurz nach fünf auf. Inzwischen rebellierte die Blase, die irgendwann ihr dringendes Bedürfnis nicht mehr würde zurückhalten können. Tausend Gedanken schossen durch den Kopf – und sie alle erbrachten nur eine Erkenntnis: Die Lage ist aussichtslos. Spätestens dann, wenn sie Spürhunde einsetzten, war alles vorbei. Und sie würden kommen, diese Hunde. Also doch wieder raus? Am besten noch, solange es dunkel war und da draußen ein unübersichtliches Durcheinander herrschte, in dem zumindest eine geringe Chance bestand, zu entkommen. Aber der Hubschrauber? Hatte er Videokameras an Bord? Wärmebildkameras, Nachtsichtgeräte? Sie würden vermutlich sofort erkennen, wenn jemand aus einem der gestapelten Rohre kroch. Oder vielleicht doch nicht? Wenn es wenigstens möglich wäre, einen vorsichtigen Blick aus der Öffnung zu riskieren. Diese war zwar nur einen halben Meter von den Füßen entfernt, aber ein Hinauskriechen würde bedeuten, dass zuerst der ganze Körper im Freien sein müsste, um sich orientieren zu können. Und vorwärts bis zum andern Ende des gewiss mehr als zehn Meter langen Rohres zu robben, kam allein schon der erforderlichen Kraftanstrengung wegen nicht infrage. Von der zunehmenden Klaustrophobie, dieser panischen Angst vor der Enge, die in der staubigen Luft unerträglich zu werden schien, einmal ganz abgesehen. Zurück, vorwärts, ausharren? Die Platzangst drohte inzwischen jeden beruhigenden Gedanken aufzufressen. Panik bemächtigte sich des ganzen Körpers.

Häberle hatte während der Fahrt über die nächtliche Albhochfläche mit sich gerungen, ob er seinen jungen Kollegen Mike Linkohr aus dem Schlaf klingeln sollte. Doch bei dem Gedanken, ihn womöglich beim trauten Zusammensein mit einer »neuen Flamme« zu stören, nahm er davon Abstand. Er wollte schließlich nicht schuld daran sein, falls eine neuerliche Beziehung seines Kollegen schon wieder in die Brüche ging. Viel zu oft schon war dies geschehen. Dabei hatte es voriges Jahr ganz danach ausgesehen, als würde es mit einer jungen Beamtin des Spezialeinsatzkommandos etwas fürs Leben werden. Weshalb es für Linkohr wieder in einem Desaster endete, vermochte Häberle bis heute nicht nachzuvollziehen. Jedenfalls war die Kollegin längst wieder versetzt worden.

Vorläufig ging's auch ohne Linkohr, beschloss der Chefermittler. Er wollte erst einmal selbst sondieren, ob der Einsatz tatsächlich so aufregend war, wie es am Telefon geklungen hatte.

Vermutlich wuselte es inzwischen auf der Baustelle von jeder Menge Wichtigtuern aus Ulm. Vor allem aber – das hatte Häberle bereits erfahren – war mit dem Polizeipräsidenten höchstpersönlich zu rechnen. Schließlich konnte ein mögliches Tötungsdelikt an der Neubaustrecke der Eisenbahn auch eine politische Dimension haben. Angesichts der Vorfälle um »Stuttgart 21« galt alles, was im Dunstkreis dieses Projekts geschah, als heißes Eisen. Schon jetzt malte sich Häberle aus, wie wieder Maulkörbe verpasst und die höchste Geheimhaltungsstufe ausgerufen wurde. Obwohl jeder, der die Mechanismen der Medien kannte, eigentlich wissen musste, dass dann alles viel schlimmer wurde: Sowohl die Journalisten als auch die ewigen Projektgegner würden so lange bohren und recherchieren, bis die Öffentlichkeit wieder über die angebliche Unfähigkeit der Planer sowie über Sinn und Unsinn dieser Neubaustrecke diskutierte. Garantiert würde erneut das ganze Repertoire von Sicherheitsmängeln und fragwürdigen Gutachten aufgewärmt.

Noch einen Monat, kam es Häberle in den Sinn. Mit heute 24 Arbeitstage – dann hatte er den ganzen Irrsinn hinter sich. Den Irrsinn mit dieser unausgegorenen baden-württembergischen Poizeireform und den ewigen Schönrednern und Dummschwätzern. Dann würde er sich zurückziehen, weiterhin den jungen Frauen der Turnerschaft Göppingen den Judo-Sport nahebringen und im Wohnmobil ausgedehnte Reisen unternehmen. Doch je näher der Termin rückte, umso stärker drängte sich ein anderer Gedanke in den Vordergrund, den er nie für möglich gehalten hätte: Dann wirst du nie wieder einen großen Fall lösen dürfen. Nie wieder. Er verdrängte diese Vorstellung. Nein, er gehörte doch nicht zu denen, deren einziger Lebensinhalt der Beruf war. Womöglich bis ins hohe Alter. Zu glauben, man sei unersetzlich, war eine fatale Fehleinschätzung. Es war besser, den richtigen Zeitpunkt zum Gehen selbst zu bestimmen, als abzuwarten, bis sich keiner mehr zu sagen traute, es sei höchste Zeit, zu verschwinden.

Nein, er wollte sich von niemandem mehr fremdbestimmen lassen – schon gar nicht von jenen, die mangelnde Kompetenz durch Arroganz auszugleichen versuchten. Noch immer hatte er das Zerwürfnis mit der Ulmer Polizeiführung nicht überwunden, von der er voriges Jahr wegen seiner zugegebenermaßen etwas unkonventionellen Ermittlungen in Italien gemaßregelt worden war. Weil er jedoch den politisch durchaus delikaten Fall sehr pragmatisch, vor allem aber erfolgreich gelöst hatte und es sogar gelungen war, die Medien einigermaßen fernzuhalten, konnte ihm dienstlich kein Strick daraus gedreht werden. Allerdings dürfte dabei auch das nahende Ende seiner Dienstzeit eine Rolle gespielt haben. Schließlich wäre es in der Öffentlichkeit nicht gut angekommen, hätte man einen weithin bekannten und beliebten Ermittler noch kurz vor der Pensionierung in die Wüste geschickt.

Das Verhältnis nach Ulm war seither jedenfalls frostig. Umso mehr wunderte er sich, dass er jetzt sogar mitten in der Nacht nach Hohenstadt gerufen wurde. Das konnte zweierlei bedeuten, überlegte er: Entweder fand sich kein kompetenter Kriminalist, der bereit gewesen war, um diese Zeit die Ermittlungen zu übernehmen, was ziemlich wahrscheinlich war – oder irgendjemand in Ulm hatte sich tatsächlich durchgesetzt und ihn für den Richtigen gehalten. Häberle nahm sich vor, die Begegnung mit dem Polizeipräsidenten emotionslos anzugehen. Mit Hohenstadt verbanden ihn ohnehin gemischte Gefühle. Vor ziemlich genau zehn Jahren hatte er sich dort oben mit dem bis heute nebulös gebliebenen Fall einer verkohlten Leiche herumschlagen müssen. Wenn er daran denken musste, quälte ihn noch immer der Gedanke, damals möglicherweise einem Trugschluss aufgesessen zu sein.

Auch diesmal, so dachte er, als er von Weitem den grellen Lichtkegel des schwebenden Hubschraubers sah, schien es nicht gerade einfach zu werden. Schließlich gab es bislang nur den Teil einer Leiche. Und wer konnte jetzt schon sagen, dass es überhaupt eine ganze gab?

War es tatsächlich so oder eine Täuschung? War es nur Einbildung und ein Wunschtraum, der den Realitätssinn vollends lähmte? Nein, nein, meldete sich die Vernunft: Der Helikopter hatte abgedreht, sein Dröhnen war eine Nuance leiser geworden. Vermutlich war die Position geändert worden.

Rücken und Nacken schmerzten höllisch, das rechte Bein fühlte sich taub an. Die Person, die noch immer eingezwängt in dem engen Rohr und in stickiger Luft durchhielt, verspürte zum ersten Mal nach einer halben Ewigkeit quälenden Wartens, wie sich ein Teil der Spannung langsam löste. Die Entscheidung war gefallen: nichts wie raus aus diesem selbst gewählten Gefängnis, solange der Morgen noch nicht graute. Es kostete viel Kraft, das Fußgelenk so weit wie möglich anzuwinkeln, um in dem Plastikrohr mit den Absätzen der Schuhe einen einigermaßen griffigen Halt zu finden. Nur so konnte sich die auf dem Rücken liegende Person Zentimeter für Zentimeter zurück zum Eingang ziehen, während die Hände überm Kopf gleichzeitig den ganzen Körper in diese Richtung zu schieben versuchten.

Der Magen rebellierte, das Gedärm blähte und die Blase drohte zu platzen. Jetzt galt es, die Zähne zusammenzubeißen und sich auch nicht von dem anschwellenden Motorengeräusch einer Baumaschine nervös machen zu lassen. Die Person atmete schwer, als die Schuhabsätze nach unzähligen kleinen ruckartigen Bewegungen endlich den Rand des Rohres ertasteten. Weil das dröhnende Maschinengetöse wieder abgeebbt, der Hubschrauber aber wieder lauter geworden war, war Eile geboten. Die Schuhe fanden auf dem geschotterten Untergrund besseren Halt, sodass endlich die Knie ins Freie ragten und sich der Oberkörper nun vollends aus dem engen Gefängnis schieben ließ.

Augenblicke später erhob sich die dunkel gekleidete Gestalt vorsichtig und unter starken Schmerzen aus der Rückenlage, blieb aber in geduckter Haltung an das Rohr gelehnt stehen. Die Deponie nebenan war noch immer in gleißendes Scheinwerferlicht getaucht, die Feuerwehrdrehleiter ragte in den Nachthimmel, und zu dem hell erleuchteten Stück Förderband, das von hier aus zu sehen war, reckten sich die Arbeitsplattformen von hydraulischen Hubsteigern hinauf. Auf deren Plattformen versuchten mehrere Dutzend Einsatzkräfte hämmernd und bohrend, die Abdeckungen zu entfernen. Immer wieder segelten irgendwelche weggeworfenen Blechteile oder Planenstücke zu Boden.

Die Person verschmolz langsam mit dem tiefschwarzen Schatten, den eine dieser mächtigen Abraumhalden im Scheinwerferlicht warf. Eines war klar: Wenn es überhaupt eine Chance gab, in diesem hektischen Treiben der unzähligen Menschen zu entkommen, dann nicht durch verdächtiges Davonschleichen, sondern durch offensives Vorgehen.

Drei, vier Minuten lang schätzte die Gestalt die Situation ein, beobachtete den Helikopter und kämpfte mit der Frage, ob es auf dem weitläufigen Gelände gelingen konnte, unauffällig zwischen die vielen Menschen unterzutauchen. Solange es noch dunkel war und die Baustelle nur punktuell beleuchtet wurde, würde in dem Durcheinander von Einsatzkräften, Bauarbeitern und ganz normal gekleideten Personen kaum jemand auffallen, der keiner dieser Gruppen angehörte. Wichtig war es nur, jetzt keine Unsicherheit zu zeigen und so zu tun, als habe man, wie all die vielen anderen, eine wichtige Aufgabe zu erledigen. Nur drüben am Ausgang galt es nachher, Vorsicht walten zu lassen. Möglicherweise war dort ein Securitymann postiert, der jetzt in den Nachtstunden das Gelände bewachte. Wer jetzt zu Fuß hinausging, war verdächtig. Denn schließlich gab es draußen in der näheren Umgebung des Areals nicht einmal einen Parkplatz.

Noch während sich die Gedanken darum drehten, erhob sich die Person langsam, um aus dem dunklen Hintergrund des Geschehens in das fahle Streulicht der Scheinwerfer zu huschen. Doch die Erleichterung, diese Schritte gewagt zu haben, wurde von einer schockierenden Feststellung zunichtegemacht: Sie war weg. Die Kamera war weg. Auch nervöses Durchsuchen aller Jacken- und Hosentaschen half nichts. Nirgendwo war die Kamera zu ertasten. Natürlich. Sie war in dem Rohr verloren gegangen. Du Idiot, hallte es durch den Kopf. Du verdammter Idiot! Du hast wie ein erbärmlicher Anfänger ein Beweismittel hinterlassen. Und jetzt?, dröhnte die innere Stimme im Schädel.

Häberle hatte das Ziel nicht verfehlen können. Der am Nachthimmel schwebende und weithin sichtbare Hubschrauber wies mit seinen Scheinwerfern die Richtung. Trotzdem bedurfte es noch einiger Ortskenntnisse, um die offizielle Zufahrt zur Baustelle zu finden. Dort waren dann aber die großflächigen Tafeln nicht zu übersehen, mit denen auf das Bahnprojekt, das Portal Hohenstadt und die daran beteiligten Firmen hingewiesen wurde. Nach einigen Hundert Metern erreichte er das umzäunte Areal, dessen Zufahrtsschranke wider Erwarten offen war. Er folgte, wie von den Kollegen am Funk beschrieben, zunächst dem Asphaltweg, passierte die zweistöckigen Wohncontainer und traf nach den flachen Bürocontainern auf die Baustraße, entlang derer sich die Einsatzfahrzeuge bis zum Lichtkegel des Hubschraubers aneinanderreihten. Häberle ließ seinen Wagen langsam an ihnen vorbeirollen und musste schließlich vor einer Gruppe Männer anhalten, die dicht gedrängt am rot-weißen Absperrband standen. Der Kriminalist betätigte die Lichthupe, worauf von vorne ein Uniformierter auftauchte, der offenbar über sein Kommen informiert war und mit einer forschen Handbewegung die Neugierigen zur Seite scheuchte. Dann öffnete er die Absperrung und ließ Häberle noch ein Stück weiter in Richtung Deponie fahren. Dort verfolgte mehr als ein Dutzend Personen, vom Scheinwerfer des Hubschraubers und einiger Lichtmasten grell angestrahlt, wie sich die Feuerwehrdrehleiter langsam hob. Vorne an ihr war der Rettungskorb befestigt, mit dem bei Brandeinsätzen bedrohte Bewohner aus oberen Etagen geholt werden konnten. Jetzt nutzte ihn ein Kriminalist, um diese Abraumhalde von oben aus der Nähe inspizieren zu können. Neben ihm hantierte ein Feuerwehrmann mit einigen Schalthebeln und manövrierte den Korb in die gewünschte Position, musste jedoch darauf achten, dass er nicht gegen das Transportband stieß.

Häberle ging pflichtgemäß auf den Polizeipräsidenten zu, um den herum sich die Einsatzkräfte mit höheren Dienstgraden scharten. Nach einer unterkühlten Begrüßung, die allein schon des großen Lärms wegen kurz und knapp ausfiel, gab ihm der Präsident per Zuruf zu verstehen, ihn zu einem Mannschaftstransportwagen zu begleiten, in dem bei geschlossener Tür ein Gespräch in normaler Lautstärke möglich war.

»Betrachten Sie's als Zeichen dafür, dass ich Sie trotz der Geschichte aus dem vergangenen Jahr für befähigt halte, die Ermittlungen zu übernehmen«, begann Ulms oberster Polizeichef, auf dessen Schulterklappen der Uniformjacke zwei goldene Sterne, umgeben von einem halbkreisförmigen Eichenkranz prangten. Gewiss sein ganzer Stolz, dachte Häberle, ohne auf dessen versöhnliche Bemerkung einzugehen. Er lehnte sich auf dem unbequemen Sitz zurück und sah an dem Präsidenten vorbei zur Fensterscheibe, in der nur die Strahlenkränze der grellen Scheinwerfer zu erkennen waren.

»Über den Stand der Dinge sind Sie sicher informiert«, gab sich der Polizeichef sachlich, um trotzdem zusammenzufassen: »Menschliche Hand aufgefunden – hier auf dieser Abraumhalde«, er deutete in die entsprechende Richtung, »und der Verdacht liegt nahe, dass sich dort noch weitere Teile eines Körpers finden.«

Häberle räusperte sich. »Wir müssen also davon ausgehen, dass wir's mit einer zerstückelten Leiche zu tun haben«, brachte er es emotionslos auf den Punkt.

»Nach Lage der Dinge, ja.«

»Gibt es schon Erkenntnisse darüber, wann etwa die Hand abgetrennt wurde?«

»Schwierig zu sagen. Der Notarzt geht von maximal zwölf Stunden aus.«

»Ach«, entfuhr es Häberle. »Das heißt, wir haben's mit einem ganz aktuellen Ereignis zu tun.«

»Davon ist auszugehen. Deshalb ist zu befürchten, dass dort, wo das Transportband endet, noch weitere Teile zu finden sind.«

»Die Hand«, überlegte Häberle, »lag aber nicht oben, sondern ziemlich weit unten, wenn ich das richtig verstanden habe.«

»Der Fahrer eines Radladers hat sie entdeckt, wohl eher zufällig. Sie wird vermutlich über die steile Halde mit dem Gestein herabgerutscht sein.«

»Denkbar«, konstatierte Häberle. »Aber es könnte sie genau so gut jemand dort hingeworfen haben.« Er überlegte. »Falls sie vom Förderband kam, könnte es auch ein Unfall gewesen sein. Oder kann dies bereits völlig ausgeschlossen werden?«

»Kann es natürlich nicht. Mende und Keller schauen sich die Anlage derzeit an.«

»Vermisst wird niemand?«, fragte Häberle.

»Wie soll man das jetzt schon wissen? Hier wird rund um die Uhr gearbeitet und gewohnt. Wir werden uns zuerst die Abläufe anschauen müssen.« Häberle wollte etwas sagen, doch der Präsident fiel ihm ins Wort: »Noch etwas, Herr Häberle. Auch wenn Sie es nicht gerne hören wollen, aber Sie sollten bei der Vorgehensweise im Auge behalten, dass wir's hier mit einer sehr sensiblen Baustelle zu tun haben.«

Schon wieder, ärgerte sich Häberle. Natürlich. Das gesamte Eisenbahnprojekt war noch immer ein Politikum mit großer Geheimnistuerei. Und in einem Dreivierteljahr waren in Baden-Württemberg wieder Landtagswahlen. Da durfte innerhalb der reformgebeutelten Polizei jetzt nichts mehr anbrennen, denn – wer weiß – möglicherweise gehörte der nächste Innenminister wieder einer anderen politischen Richtung an.

»Auch wenn die Bahn gesteigertes Interesse daran haben dürfte, so ein Verbrechen – wenn's denn eines war – zu verschweigen, wird sich dies nicht durchhalten lassen«, erwiderte Häberle süffisant. »Halb Hohenstadt wird bei diesem Höllen-Spektakel schon jetzt auf den Beinen sein. Da werden wir kaum verkünden können, alles sei nur halb so schlimm oder gar nur eine Übung gewesen.«

Der Präsident holte tief Luft und verzichtete auf eine Entgegnung. Stattdessen gab er zu bedenken: »Wir können nicht ausschließen, dass militante Projektgegner einen Anschlag verübt haben. Oder vielleicht sogar Terroristen.«

Häberle musste sich insgeheim eingestehen, an diese Varianten noch gar nicht gedacht zu haben. Damit hätte der Protest, der sich bisher auf Stuttgart beschränkt hatte, eine völlig neue Qualität bekommen.

»Wer ist hier der Chef der Baustelle?«, fragte er, um sich die Vorgehensweise zurechtlegen zu können.

»Bauherr ist die Bahn, das ist klar. Es ist noch niemand von denen da. Was den Stollenbau anbelangt, handelt es sich um eine Arbeitsgemeinschaft von mehreren Firmen. Ein Bauingenieur ist wohl bereits vor Ort. Aber für die Brechanlagen und das Förderband ist wieder eine andere Firma zuständig.«

Häberle malte sich mit gemischten Gefühlen aus, welch immenser Ermittlungsaufwand ihm bevorstand. »Mit fünf, sechs Mann kommen wir da nicht weiter«, warf er ein.

»Wer sagt denn ›fünf, sechs Mann‹«, fuhr ihm der Präsident barsch über den Mund. »Sie kriegen, was Sie brauchen – falls wir es mit einem Verbrechen zu tun haben. Ich werde von jedem Polizeirevier ein paar Mann abstellen.«

Häberle nahm's kommentarlos zur Kenntnis, wohl wissend, dass die Personaldecke in den einzelnen Revieren inzwischen so dünn geworden war, dass von dort guten Gewissens kein einziger Beamter mehr abgezogen werden konnte.

Noch bevor er seine Wünsche zur Ausstattung einer Sonderkommission äußern konnte, klopfte es zaghaft an die hintere Seitentür des Kombis. Der Präsident beugte sich zum Türgriff und öffnete, worauf sofort das schmetternde Rotorengeräusch des Helikopters in voller Intensität über sie hereinbrach. Draußen stand ein Uniformierter, der mit Handzeichen zu verstehen gab, dass er etwas mitteilen wolle. Er bückte sich in den Kombi hinein, legte beide Hände trichterförmig um den Mund, um schreiend den höllischen Lärm zu übertönen: »Sie haben noch was gefunden.«

3

Die Männer, die sich in den beiden Stollen Zentimeter um Zentimeter in das Gebirge hineinkämpften, waren bereits vor über einer Stunde aufgefordert worden, ihre Arbeit einzustellen. Einen Grund hatte man ihnen nicht genannt. Es war ihnen übers interne Handynetz lediglich mitgeteilt worden, dass die Entscheidung nichts mit mangelnder Sicherheit zu tun habe, sondern »aus organisatorischen Gründen« erfolge. Sie waren dennoch beunruhigt, schließlich standen sie doch unter einem enormen Zeitdruck, weshalb rund um die Uhr gearbeitet werden musste. Jetzt, nachdem alle Maschinen abgestellt waren, herrschte eine geradezu bedrohliche Stille in dieser Unterwelt. Nirgendwo in diesem inzwischen dreieinhalb Kilometer langen Stollen dröhnte mehr eine Maschine. Nur das monotone Rauschen der Belüftungsanlage bescherte den geplagten Ohren der Männer ein sanftes Geräusch. Irgendwo klatschte tropfendes Wasser in eine Pfütze.

Das Warten auf eine neue Nachricht zog sich quälend in die Länge. Inzwischen häuften sich die gegenseitig gestellten Fragen, auf die es keine Antworten gab, weil alles, was vermutet wurde, nur Spekulation war. Auch der Kontakt zu den Kollegen im Parallelstollen erbrachte keine weiteren Erkenntnisse. Wäre jedoch etwas Ernstes geschehen, darin waren sie sich einig, hätte man sie längst alle zum Verlassen des Stollens oder zum Rückzug in einen Rettungscontainer aufgefordert.

Als erfahrene Mineure, die sie waren, hatten sie volles Vertrauen in die Technik und erst recht in die Kollegen außerhalb des Berges. Und als Team konnten sie sich ohnehin aufeinander verlassen. Insbesondere hier unten galt es, in jeder Situation Ruhe zu bewahren.

Außerdem gab's für den Notfall besagten rauchgasdichten Rettungscontainer, in dem für jeden ein Set zur Notfallbeatmung bereitlag: eine Atemmaske, die mit einem Gerät verbunden war, das die Atemluft wieder mit Sauerstoff anreicherte. Sie fühlten sich als eine verschworene Gemeinschaft, in der junge und ältere Kollegen 100-prozentig miteinander harmonierten. Konkurrenzdenken war hier unten fehl am Platze, ja sogar gefährlich. Damit dies über Jahre hinweg problemlos funktionierte, wurde die personelle Zusammensetzung der Teams auch so gut wie nie verändert – und sie blieben selbst dann beieinander, wenn's auf eine neue Baustelle ging. Dies mochte auch daran liegen, dass die österreichischen Tunnelbauer häufig sogar miteinander verwandt waren. In manchen Familien hatte der Beruf des Mineurs über Generationen hinweg eine lange Tradition.

In Kärnten und in der Steiermark schien die Faszination dieses Berufes noch nichts von ihrer Anziehungskraft verloren zu haben – und dies, obwohl der Job trotz aller modernen Maschinen eine Knochenarbeit war. Aber den Kampf mit dem Berg aufzunehmen, das hatte auch mit Pioniergeist zu tun. An einem Projekt beteiligt zu sein, das noch in Hunderten von Jahren den Menschen künftiger Generationen Respekt abverlangte, das war schon ein besonderes Gefühl. Und außerdem konnte man auf solchen Baustellen gutes Geld verdienen. Dafür jedoch musste man einen Teil des Familienlebens opfern, oft jahrelang in Wohnbaracken hausen und sich damit abfinden, nur alle zehn Tage nach Hause fahren zu können. Dann gab's zwar turnusmäßig fünf Tage frei, doch oft gingen schon zwei davon für die weite Hin- und Rückfahrt drauf. Die deutschen Kollegen sahen trotzdem bisweilen neidisch auf die österreichischen, die von ihren Firmen nach besseren Tarifverträgen entlohnt werden mussten. Dass polnische Leiharbeiter noch weitaus weniger verdienten, ließ herbe Kritik an diesen sozialen Verwerfungen aufkommen.

Als endlich eine Nachricht von draußen eintraf, war dies keine Aufforderung, den Schichtbetrieb wieder aufzunehmen, sondern die Anweisung, bis zur Brechanlage am Förderband zurückzukehren. Wieder ohne Nennung von Gründen.

Dort warteten Bulling und die beiden Kriminalisten auf ihr Eintreffen.

Während im Oststollen von Weitem zwei Lichtpunkte auftauchten, die zwischen den Reihen greller Leuchtstoffröhren flackerten und auf ein Fahrzeug schließen ließen, das auf holprigem Untergrund näher kam, bog bereits vom Weststollen ein völlig verschmutzter Kombi aus dem Querschlag in Richtung der Brechanlage ein.

Sechs Männer stiegen aus, deren widerstandsfähige Kleidung dick mit feuchtem Lehm überzogen war. Die Farbe ihrer Helme ließ sich nur erahnen, und in den Gesichtern klebte der erdige Schmutz einer langen Nachtschicht. Während sie mit kritischen Blicken einen Gruß murmelten, der sich wie »Servus mitanand« anhörte, bat Bulling noch um Geduld, bis die Kollegen aus dem anderen Fahrzeug eintrafen. Eine halbe Minute verstrich in gespannter Stille. Dann endlich kletterten auch die anderen ebenso verschmutzt aus einem Kastenwagen. Dass sie nicht nur von Bulling, sondern auch von zwei Männern erwartet wurden, die mit ihrer legeren Kleidung in keiner Weise zu dieser Umgebung passten, steigerte ihr Misstrauen.

Bulling wischte sich mit dem Handrücken Schweiß von der Stirn. Ihm war es nach dem Gespräch mit den beiden

Kriminalisten trotz der relativ kühlen Temperatur, die hier im Stollen herrschte, noch immer heiß. »Um es kurz zu machen«, sagte er und schaute einen nach dem anderen der Mineure an, »es hat ein Unglück gegeben.« Nach diesen Worten blieb es so still, dass trotz des Frischluftgebläses tropfendes Wasser zu hören war. Bulling räusperte sich und fuhr fort: »Die Herren sind von der Ulmer Kriminalpolizei, und sie haben angeordnet, dass die Arbeiten eingestellt werden müssen.« Die Mineure wandten keinen Blick von ihm. »Wir müssen befürchten, dass jemand in die Brechanlage geraten ist.«

Einige der Mineure verzogen ihr Gesicht, denn sie waren sich sofort bewusst, welche Konsequenzen dies nach sich zog. Kriminalist Philip Mende sah die Gelegenheit gekommen, das Gespräch an sich zu reißen. »Ich darf uns vorstellen. Das hier«, er zeigte auf den Mann neben sich, »ist mein Kollege Thomas Keller, und ich bin Philip Mende. Wir sind hierhergekommen, um den Arbeitsablauf kennenzulernen. Also wo das, was Herr Bulling bereits angedeutet hat, geschehen sein könnte.«

»Entschuldigen S'«, meldete sich einer der Älteren aus der Gruppe mit steirischem Dialekt. »Woaß ma denn, um wen es sich bei dem Verunglückten handelt?«

»Das können wir leider nicht sagen. Wir haben sogar eine geringe Hoffnung, die Person noch lebend zu finden.«

»Entschuldigen S'«, unterbrach ihn ein anderer der zwölf Männer, die sich im Halbkreis versammelt hatten, »wie darf man das verstehen?«

Mende zeigte Verständnis für die Neugier, entschied aber, nicht allzu sehr ins Detail zu gehen. »Wir haben bisher nur eine abgetrennte Hand gefunden draußen auf der Abraumhalde.«

Wieder machte sich betretene Stille breit. Alle konnten sich vorstellen, was Mendes Hinweis bedeutete. Der Kriminalist kam deshalb auf sein Anliegen zurück. »Wir sind gerade dabei, die Situation auf der Baustelle sowohl hier drinnen als auch draußen zu sondieren. Das heißt: Wir brauchen die Personalien aller, die heute Nacht auf der Deponie oder hier im Stollen arbeiten.«

Ein kurzes Raunen ging durch die Gruppe der Mineure. Mende wollte gar nicht so genau hinhören. Wahrscheinlich befürchteten alle bereits Unannehmlichkeiten mit der Polizei und zum Kreis der Verdächtigen zu gehören, falls ein Fremdverschulden aufgedeckt würde. »Keine Sorge, meine Herren«, beruhigte der Kriminalist, »unsere Maßnahme betrifft alle gleichermaßen: die Poliere genauso wie die Bauingenieure oder wer auch sonst noch alles hier ist.« Er hatte dies mit einem Seitenblick auf Bulling gesagt, der nun zustimmend nickte. »Zum Verständnis«, fuhr Mende an die Männer gewandt fort: »Sie waren also zu sechst jeweils in einem dieser beiden Stollen. Darf ich fragen, wie weit das von hier etwa entfernt ist?«

Die Männer sahen sich gegenseitig an, bis der offenbar älteste sich mit breitem kärntnerischen Dialekt zu einer Antwort durchrang: »Mir san fast gleich weit. Von hier dürften's jetzt so um die 300 Meter bis zum Vortrieb sein.«

»Seit wann sind Sie heute schon hier drin – ich meine, wann hat Ihre Schicht begonnen?«

»Um sechs am Abend.«

»Und seither sind Sie dann alle sechs jeweils die ganze Zeit zusammen?«

Eine junge Stimme fuhr dazwischen: »Woll'n S' jetzt ein Alibi von uns oder was?«

»Ich sagte doch«, blieb Mende gelassen, »wir wollen nur wissen, wer wann wo war. Nicht als Alibi, sondern um überhaupt abschätzen zu können, wie sich die Situation dargestellt hat.«

»Wir war'n die meiste Zeit z'samm. Wie immer«, erklärte jener, der sich zum Wortführer gemacht und sich inzwischen als Stefan Pichler vorgestellt hatte. »Aber Sie müssen sich das so vorstell'n, dass wir in regelmäßigen Abständen das Abraummaterial hierher zur Brechanlage fahr'n müssen. Nach jeder Sprengung. Denn dort hinten, wo wir arbeit'n, am Vortrieb, wenn S' versteh'n, was ich mein, da geht's ziemlich eng her. Wir treib'n den Stoll'n ja nicht gleich in der Größe, wie Sie ihn hier seh'n, in den Berg, sondern anfangs nur im oberen Drittel. Man nennt das die ›Kalotte‹. Erst wenn wir wieder ein paar Meter g'schafft ham und die ›Firte‹, also das Gewölbe, mit Stahlmatten und Spritzbeton gesichert ist, wird das mittlere Drittel abgetragen. Wir sag'n dazu die ›Strosse‹. Da wird gesprengt oder gebaggert, je nachdem, wie hartnäckig das Gebirge ist.«

Mende zeigte sich dankbar für diese Erläuterungen und nickte interessiert. »Und dann erst kommt der untere Teil dran, sozusagen das unterste Drittel vom Stollen?«

»Ja, das haben S' richtig kapiert: die Sohle, also das, auf dem wir hier stehen und auf dem mal das Gleis liegen wird.«

»Und wer bringt dann das Abraummaterial hierher zur Brechanlage?«

»Das macht einer von uns – mit dem Dumper, einem großen Mulden-Lkw bis zum Zwischenlager. Und von da wird's mit dem Radlader zum Brecher gebracht.«

»Wie oft geschieht dies?«

»Je nachdem, wie's vorangeht. Nach einer Sprengung, wenn viel loses Material rumliegt, fährt man öfters. Wenn man aber kräftig bohren oder baggern muss, dauert's länger.«

»Wie oft ist man beispielsweise heute schon in dieser Schicht hin- und hergefahren?«, erkundigte sich Mende weiter.

»Ich kann nur für den Weststoll'n drüb'n reden. Da dürften's jetzt mit dem Radlader vom Zwischenlager hierher seit Schichtwechsel vielleicht 20 Fahrten g'wesen sein.«

Ein anderer Mann stimmte mit sonorer Stimme zu: »Das kann ich auch für'n Oststoll'n hier sag'n.«

»Gibt es …«, Mende versuchte, seine Frage möglichst harmlos und diplomatisch klingen zu lassen, weshalb er kurz überlegte, »gibt es in jeder Schicht spezielle Fahrer, die für den Radlader oder den Mulden-Lkw zuständig sind, oder geht das reihum?«

»Sowohl als auch«, antwortete Wortführer Stefan Pichler schnell. »Je nachdem, wer a bissel Abwechslung braucht und wer g'rad mal fahren will.«

»Das heißt also, jeder von Ihnen ist heute Nacht schon mal gefahren?«

Allgemeines Kopfnicken bestätigte dies, worauf Mende sofort weiterbohrte: »Ihnen ist dabei aber hier an dieser Brechanlage nichts Außergewöhnliches aufgefallen?«

Die Männer schüttelten ihre Köpfe und zuckten mit den Schultern, worauf sich erneut Pichler, der nun seinen Helm abnahm und auch den Schweiß von der Stirn wischte, zu Wort meldete: »Sie dürfen mir gerne glaub'n, dass hier, wenn's Unregelmäßigkeiten oder Außergewöhnliches gäbe, sofort drüber g'sproch'n würd'. Hier wird nichts verschwieg'n.«

»Gab's bei diesen Fahrten dann auch Kontakt mit Herrn Bulling?« Mende reagierte nicht auf den erschrockenen Seitenblick jenes Mannes, dessen Namen er soeben ausgesprochen hatte.

»Es kann sein und kann mal wieder nicht sein«, antwortete der Mann aus Kärnten. »Manchmal ist er da, dann winkt man sich zu – oder er ist im Container. Wir brauch'n ihn nicht, wenn wir eine Schaufel voll in die Anlage werf'n.«

»Und andere Personen?«, fragte Mende nach, »waren andere im Stollen?«

Der Mann schien zu überlegen, ob er wieder antworten wollte, rang sich dann aber dazu durch: »Bei uns hat mal diese Geologin vorbeig'schaut, die Frau Frese. War aber sicher reine Routine. So um zehn wird's g'wesen sein. Hat wohl irgendein Messinstrument abgelesen.«

Kommissar Keller notierte den Namen.

»Bei uns im Oststollen«, meldete sich ein anderer unterdessen zu Wort, »war niemand da. Zumindest nicht vorne an der Ortsbrust.«

»Und woanders?«, wurde der Kriminalist hellhörig.

»Wie soll ich das wiss'n? Da müssten S' den Herrn Bulling frag'n.«

Bulling, der den Gesprächen gefolgt war und sich in den Hintergrund zurückgezogen hatte, fühlte alle Augen auf sich gerichtet. Ohne auf eine Bemerkung des Kriminalisten zu warten, gab er zögernd eine Antwort: »Außer dem Mitterhofer war keiner da.«

»Okay«, gab sich Mende zufrieden. »Mein Kollege wird jetzt all Ihre Personalien aufnehmen, und dann müssten wir Sie bitten, dass Sie uns die nächsten Tage zur Verfügung stehen. Wir werden aber versuchen, Sie nicht in Ihrer Ruhephase zu stören. Ist Ihnen denn heute Nacht auch jemand von der Bauaufsicht begegnet?«

Wieder kurzes Schweigen, dann meldete sich erneut Pichler zu Wort, der seinen Helm noch nicht wieder aufgesetzt hatte. »Bauaufsicht? Wieso denn Bauaufsicht?«

Jetzt fühlte sich Bulling zu einer Erklärung veranlasst: »Da vorne unterm Förderband soll ein Auto der Bauaufsicht stehen, sagen die Herren hier. Bei mir ist der Mitterhofer kurz gewesen und hat die Feuerlöscher kontrolliert – heute Nacht. Und dann ist er vermutlich in den Weststollen rüber. Ich weiß es nicht genau, denn ich wurde ans Telefon gerufen. Danach ist er weg gewesen. Er müsste also in den Weststollen rüber sein.«

Die Mineure aus dem westlichen Teil des Tunnels sahen sich ungläubig an, worauf einer erklärte: »Uns ist er nicht aufgefallen. Weder am Vortrieb noch unterwegs – und auch nicht im Querschlag.«

Mende blieb hartnäckig: »Da sind Sie sich ganz sicher?«

»Ja, absolut.« Alle um ihn herum nickten.

»Gibt es dort eine Möglichkeit, sich zu verstecken?«

»Na ja, Sie haben ja auf der Herfahrt sicher geseh'n, wie's hier drinnen überall ausschaut«, erklärte der Mann etwas verlegen. »Auch drüben hat's einen Rettungscontainer, Radlader, Bohrwagen, Spritzmobil, Betonmischer, Bagger, Dumper, Trafostationen und einen Aufenthaltscontainer. Natürlich wird auch nicht jede Ecke ausgeleuchtet.«

Ein anderer mischte sich ein. »Dem Mitterhofer ist ohne Weiteres zuzutrauen, dass er mal wieder den Zustand von irgendeinem dieser Fahrzeuge überprüft hat.«

»Aber gesehen hat ihn niemand?«, bohrte der Kriminalist weiter. »Weder im Weststollen noch im Oststollen – und auch hier nicht?«

Bulling hob verständnislos die Schultern.

Es war nur eine kurze Bewegung gewesen drüben am Eingangsbereich, wo vor den Wohncontainern die Autos der Beschäftigten parkten. Das Licht der wenigen Lampen verblasste im Vergleich zu den grellen Scheinwerfern, die knapp 400 Meter entfernt das Deponiegelände einhüllten, als werde dort gerade ein Action-Film gedreht. Und über allem schwebte noch immer der Helikopter, der für zusätzliche Helligkeit aus der Luft sorgte und gleichzeitig mit den

Aufnahmen seiner Videokameras weiterhin die Einsatzzentrale in Ulm mit Livebildern versorgte.

Alle Schichtarbeiter, die zu dieser Zeit in ihren Wohncontainern geschlafen hatten, waren mittlerweile auf den Beinen und so nah wie möglich zum Geschehen vorgedrungen. Wilde Gerüchte machten die Runde, doch fand sich kein Verantwortlicher, der sie hätte bestätigen oder dementieren können.

Das Interesse aller richtete sich auf die Abraumhalden, sodass niemand bemerkte, wie sich aus den tiefschwarzen Schatten, die die Wohncontainer warfen, eine Gestalt löste und langsam auf die offen stehende Schranke zustrebte. Der Silhouette nach zu urteilen, handelte es sich um einen Mann, der keinen Schutzhelm zu tragen schien. Die dunkle Bekleidung passte durchaus zu den üblichen Arbeitsanzügen.

Nichts in seinen Bewegungen deutete darauf hin, dass er es eilig haben könnte. Doch in Wirklichkeit musste er sich zwingen, möglichst unauffällig langsam zu gehen. Obwohl er sich ziemlich sicher war, in diesem Bereich des Areals jetzt keinem Verantwortlichen der Baustelle zu begegnen, so musste er dennoch befürchten, dass es einen privaten Sicherheitsdienst gab, der sich von den turbulenten Ereignissen auf der Deponie nicht ablenken ließ. Hätte er das Gelände noch am frühen Abend verlassen, wäre er wohl kaum aufgefallen, aber jetzt, nachdem so viele Polizei- und Feuerwehrfahrzeuge angerückt waren, konnte es durchaus sein, dass die Eingänge strenger kontrolliert wurden. Andererseits, so versuchte er sich zu beruhigen, mussten sie ja nicht gleich zwangsläufig auf die Jagd nach einem Verbrecher gehen. Egal, was die Polizei im Schilde führte, nun war es ratsam, möglichst unauffällig und unerkannt zu verschwinden – nach allem, was er soeben gesehen hatte.

Auch wenn ihm sein Vorhaben äußerst riskant erschien und weniger vom Verstand, als viel mehr von steigender Panik geleitet war.

Seine Schritte beschleunigten sich, je näher er der hoch aufragenden Schranke kam. Dort war natürlich mit Überwachungskameras zu rechnen, weshalb er seinen Kopf zur Seite und den Kragen seiner Jacke bis zur Nase hochzog. Falls er gefilmt wurde und man die Aufnahmen auswertete, würde man natürlich registrieren, dass er zu Fuß unterwegs war. Hier, weit außerhalb jeglicher Ortschaft, kam nämlich normalerweise niemand ohne Auto auf die Baustelle.

Noch fünf, sechs Schritte bis zur offenen Schranke, schätzte er, wurde automatisch schneller, spürte beschleunigten Pulsschlag, kam sich wie ein Verbrecher vor, der heimlich flüchtete. Aber was bedeutete es schon, das Areal zu verlassen?, mahnte ihn sein Gewissen. Auch wenn du schon draußen bist, können sie dich noch schnappen. Natürlich.

Noch schlimmer wär's, überkam ihn ein scheußliches Gefühl, wenn sie ihn in Verbindung mit jenem Geschehen bringen würden, das in den vergangenen Stunden für so viel Aufruhr gesorgt hatte.

Dann endlich: geschafft. Der Schritt in die Freiheit. Gelände verlassen. Ängste und Panik abgestreift. Er fühlte sich so frei, als sei er gerade einem Gefängnis entronnen. Doch dann traf es ihn tief ins Mark. Ins entfernte Knattern des Helikopters mischte sich eine bellende Männerstimme: »Halt, stehen bleiben!« Gleichzeitig wurde ein greller Lichtstrahl auf ihn gerichtet, sodass sein Körper einen langen Schatten nach vorne warf. »Sofort stehen bleiben. Halt.«

Er war bis ins Innerste zusammengezuckt, spürte weiche Knie, wollte rennen, doch sein Körper versagte ihm den Dienst. Er verharrte in der Bewegung. Flucht sinnlos, meldete auch sein Gehirn, denn hinter sich hörte er schnelle Schritte auf dem Asphalt. »Stehen bleiben. Sicherheitsdienst. Zugangskontrolle«, bellte es erneut, während der wild am Boden hin und her tanzende Lichtstrahl auf einen spurtenden Verfolger schließen ließ.

In diesen Bruchteilen einer Sekunde, als er sich umzudrehen begann und den Lichtstrahl so drohend wie eine Laserkanone auf sich zuschießen sah, hatte sein Verstand eine Lösung parat: Greif in die rechte Jackentasche. Deine Waffe. Lass dich auf keine Auseinandersetzung ein. Mach kurzen Prozess.

Reflexartig hatte er das kleine Döschen umklammert und den Zeigefinger auf dem nach unten gewölbten Auslöseknopf in die richtige Position gebracht. Sein Herz schlug bis zum Hals, während er bereits den heißen Atem des Verfolgers spürte, der ihn jetzt aus allernächster Nähe mit der starken Lampe blendete. Trotzdem konnte er die Umrisse dieser Person erkennen, die ihm körperlich überlegen zu sein schien. Sich auf einen Kampf einzulassen, war sinnlos. Er konzentrierte sich auf seine eigene Strategie und reagierte überhaupt nicht auf die wütend gebrüllte Frage: »Wer bist du?«

Dass die starke Lampe noch immer auf sein Gesicht gerichtet war, wertete er als untrügliches Zeichen dafür, dass sein Verfolger gar nicht darauf achtete, was er jetzt mit der rechten Hand aus der Jackentasche gezogen hatte. Augenblicke später war dem Sicherheitsdienstler das Brüllen gründlich vergangen. Er hatte nicht einmal noch per Funk um Hilfe rufen können.

*

Darko Bulling hatte nach dem Gespräch mit den Kriminalisten seinen Arbeitsplatz bei der Brechanlage verlassen und war gemeinsam mit den Mineuren in einem der Kleinbusse aus dem Stollen gefahren. Draußen blinkten ihnen Blaulichter entgegen, überstrahlt von den starken Scheinwerfern des stationär schwebenden Helikopters. Erst jetzt wurde ihnen das ganze Ausmaß dessen bewusst, worüber sie in der vergangenen halben Stunde gesprochen hatten.

Ein Weiterkommen gab es auf der Baustraße nicht. Viel zu viele Einsatzwagen versperrten den Weg. Die Fahrer der beiden Kleinbusse parkten deshalb in einigem Abstand, von wo aus alle Passagiere zu Fuß weitergingen und sich im allgemeinen Durcheinander des nächtlichen Großeinsatzes bald aus den Augen verloren.

Keiner von ihnen würde jetzt aber zu den Wohncontainern gehen, in denen die meisten einquartiert waren und teilweise sogar schichtweise ihre Zimmer miteinander teilten.

Jetzt sah es jedenfalls nicht danach aus, als würde die abgebrochene Schicht wieder aufgenommen. Bulling schätzte, dass sogar noch die nächste Schicht ausfallen würde. Erst jetzt, beim Anblick all dieser Rettungskräfte, spürte er, wie ihn dieses Ereignis emotional ergriffen hatte. Er sog im Lärm des Hubschraubers die frische Nachtluft in sich hinein und versuchte, wieder einen klaren Gedanken zu fassen. Abseits der aufragenden Feuerwehrdrehleiter blieb er stehen. Sein Blick verfing sich an ihr und wanderte langsam zum Förderband hinauf, das im gleißenden Scheinwerferlicht schräg in den Nachthimmel zielte.

Wie lange dauerte es wohl, bis das Gestein, das drinnen im Stollen zerkleinert wurde, hier oben ankam? Etwa vier Kilometer musste es mittlerweile bis hierher zurücklegen. Nie zuvor hatte er sich Gedanken darüber gemacht.

Vermutlich betrug die Geschwindigkeit des Transportbands etwa zwei Meter pro Sekunde, schätzte er und errechnete überschlagsmäßig, dass das im Stollen angelieferte Abraummaterial dann rund eine halbe Stunde unterwegs war. Wenn sich noch immer menschliche Körperteile auf dem Förderband fanden, konnte man ziemlich genau zurückrechnen, wann das Opfer in die Brechanlage geraten sein musste.

Bulling entschied, den Ort zu verlassen und nach Merklingen hinüberzufahren, wo er sich eine kleine Wohnung gemietet hatte.

Häberle hatte nicht richtig verstanden, was der Uniformierte dem Polizeipräsidenten ins Ohr geschrien hatte. Erst als die Fahrzeugtür wieder geschlossen war und das Dröhnen des Helikopters nur noch gedämpft ins Wageninnere drang, wiederholte der Präsident mit versteinertem Gesicht, was er soeben erfahren hatte: »Sie haben ein Ohr gefunden, ein menschliches Ohr.«

Häberle rang nach Worten: »Entsetzlich.« Die beiden Männer schwiegen sich an. Häberle war es als langjähriger Kriminalist gewohnt, mit Schreckensbildern einigermaßen umzugehen, während er den vagen Verdacht hegte, dass sein oberster Vorgesetzter weitaus seltener an der sogenannten Front gewesen war, wo man sich solcher Anblicke nicht entziehen konnte. Häberle kamen die unappetitlichen Bilder einiger Menschen in den Sinn, die von Zügen überrollt worden waren. Nie zuvor hatte er aber ein Opfer gehabt, das in so eine Gesteinszerkleinerungsmaschine geraten war.

Und wenn es Mord war? Ein kaltblütiger Mord? Kein Gerichtsmediziner konnte anhand dessen, was von so einem armen Menschen übrig blieb, noch die Todesursache feststellen. Eigentlich ein perfekter Mord, wenn es nicht schnell genug gelang, die Umstände genau nachzuvollziehen.

Noch keimte ein Funken Hoffnung in ihm, dass sie es vielleicht doch »nur« mit einem fürchterlich verletzten Opfer zu tun hatten, das irgendwo auf dem Förderband lag, dessen Abdeckung von Spezialkräften, Helfern der Bergwacht sowie einigen Freiwilligen aus den Reihen der Bauarbeiter abmontiert wurde.

»Herr Häberle«, sagte der Präsident mit mäßiger Lautstärke, sodass der Kriminalist Schwierigkeiten hatte, es überhaupt zu verstehen, »ich erwarte von Ihnen, dass wir die Sache sauber aufklären. Quartieren Sie die Sonderkommission am besten auf dem Gelände hier ein. Lassen Sie sich hier in diesen Bürocontainern Räumlichkeiten und Datenanschlüsse zur Verfügung stellen. Egal ob Unfall oder eine Straftat – die Fäden laufen hier oben zusammen. Da bin ich mir ganz sicher.«

Wieder klopfte es an der Tür, worauf sich Häberle zum Öffnungsgriff beugte und sogleich in das Gesicht eines jungen verschüchterten Wachtmeisters blickte. »Entschuldigen Sie«, versuchte dieser den Helikopterlärm zu übertönen, nahm jedoch gleich eine untertänige Haltung ein, als er den Präsidenten erblickte, »aber ich soll Ihnen melden, dass es im Eingangsbereich einen Zwischenfall gegeben hat.«

Häberles Bilder von schrecklich zugerichteten Opfern waren verflogen. Er bewegte seinen fülligen Körper sportlich-schnell aus dem Kombi, während der nicht minder gut genährte Präsident es weniger flott schaffte.

Sofort traf sie wieder das ohrenbetäubende Heulen, Knattern und Dröhnen des Hubschraubers. Ein Kriminalist, den Häberle nur vom Sehen her kannte, näherte sich mit schnellen Schritten und trat ganz dicht an die beiden Männer heran, um ihnen das Neueste in die Ohren brüllen zu können: »Ein Unbekannter hat 'nen Wachmann vom Securitydienst vermutlich mit Pfefferspray außer Gefecht gesetzt.«

Der Präsident reagierte ungeduldig: »Und? Hat man den Kerl?«

»Nein«, entgegnete der Kriminalist bedauernd, als habe er dies zu verantworten. »Der Wachmann hat nichts mehr sehen können.«

Während Häberle gedanklich zusammenfasste, was er in der vergangenen halben Stunde erfahren hatte, wurde der Präsident energisch: »Gelände sofort umstellen, alles abriegeln. Alle Straßen. Hubschrauber abziehen und im Umkreis von zehn Kilometern fahnden.«

Häberle sah auf die Armbanduhr: 2.58 Uhr. In zwei Stunden würde nach dieser sternenklaren und mondhellen Sommernacht das Morgengrauen einsetzen. Wobei ihm allein das Wort »Grauen« einen Schauer über den Rücken jagte.

4

Das Röcheln im Gras war verstummt. Als die dunkle Gestalt im fahlen Licht des Mondes nach dem Körper griff, fühlte sich alles leblos an. Wie ein Sack, dachte der Mann, der das Ausmaß dessen, was er soeben angerichtet hatte, noch nicht realisierte. Tot? Waren die Schläge, die er in unbändigem Zorn und wilder Wut gegen diesen Kerl ausgeteilt hatte, viel zu heftig gewesen? Jetzt bloß weg – aber ihn nicht zurücklassen. Sondern beseitigen, spurlos, für immer und ewig.

Solange auf dieser einsamen Landstraße kein Auto kam und der Hubschrauber stationär da drüben über der Baustelle blieb, konnte er das Opfer im Schutze der Dunkelheit in den Kofferraum des Autos verfrachten. Dort war die Rückbank zur Vergrößerung der Ladefläche dauerhaft zusammengeklappt. Er schwenkte die Heckklappe auf und nahm den leblosen Körper von hinten in den sogenannten Bergegriff: unter den Achseln des Opfers durchgreifen, dann am abgewinkelten linken Unterarm fest umklammern und rückwärtsgehend wegziehen. Genauso, wie man es im Soforthilfe-Kurs der Fahrschule lernte. Er, der dem leblosen Mann an Größe und Gewicht deutlich überlegen war, schaffte es ohne allzu große Anstrengung, ihn auf die Ladefläche zu heben und den Körper in der Enge des Raumes zusammenzudrücken. Dass dabei die blutende Platzwunde eine Spur in der Filzunterlage hinterließ, nahm er erschrocken zur Kenntnis. Im schummrigen Licht sah er auch Blut und Erbrochenes an seinen eigenen Händen. Er versuchte, es mit einem Papiertaschentuch wegzuwischen, das er sorgfältig in einem Seitenfach des Kofferraums verstaute. Spuren dieser Art waren gefährlich. Er musste möglichst bald das ganze Fahrzeug reinigen und seine eigenen Klamotten vollständig entsorgen, weil gewiss Mikrofasern von der Kleidung des Opfers daran hafteten – sofern man dessen Leiche irgendwann einmal irgendwo entdecken würde.

Noch etwas, mahnte ihn das schlechte Gewissen. Das Handy. Das verdammte Handy. Er tastete die Kleidung des Toten ab, fühlte dabei ein Smartphone in der Innentasche der Arbeitsjacke und stieß auch auf ein Schlüsseletui. Mit der Funktion des Smartphones wollte er sich nicht lange aufhalten, warf es auf den Asphaltboden und trat mehrere Male mit seinen festen Schuhen darauf, bis es vollständig zersplitterte und in viele Teile zersprang. Die Überreste kickte er in den Straßengraben, das Schlüsseletui steckte er ein. Wahrscheinlich ließ sich damit die Wohnung des Toten öffnen, die er kannte.

Noch rechtzeitig, bevor am Horizont ein Autoscheinwerfer auftauchte, hatte er die Heckklappe zugeworfen und den Motor gestartet. Er preschte einem Ziel entgegen, das sich in den vergangenen Minuten in Panik und Angst in seinem Kopf geformt hatte, ohne Sinn und Verstand, ohne der Vernunft Platz zu gebieten.

Die Zeit für sein Vorhaben war jedenfalls günstig. 3.12 Uhr zeigte die digitale Uhr im Armaturenbrett. In 18 Minuten legte die Nachtschicht in der Betonfabrik, die sie am Fuße der Schwäbischen Alb beim dortigen Boßlertunnel zur Herstellung einzelner Tunnelfertigteile eigens errichtet hatten, eine längere Pause ein. Und er wusste, dass sich der Aufenthaltsraum für die Arbeiter ein ganzes Stück weit entfernt in einem Wohncontainer befand. Von dort aus konnte man nicht zur Fabrikationshalle herübersehen. Und die Pause dauerte bis 4.30 Uhr.

Zwar tat er sich mit der Orientierung schwer, aber den Weg hinab nach Aichelberg, zum Standort dieser Fabrik, war er schon oft gefahren. Er kannte deshalb auch die Schleichwege und Abkürzungen, die von dem Städtchen Weilheim/Teck aus zu der Betonfabrik führten, vorbei an Getreidefeldern und Wiesen. Er schaltete die Scheinwerfer aus und wurde sich erst in diesem Moment des glücklichen Umstands gewahr, dass er noch ein Fahrzeug älteren Baujahrs besaß, an dem sich die Beleuchtung komplett löschen ließ. Beim neuen Tagfahrlicht, das beim Starten des Motors automatisch anging, war dies nicht mehr so ohne Weiteres möglich. Keinen Gedanken hatte er bisher daran verschwendet. Nun aber rollte sein Auto in die abgeschiedene Dunkelheit und er war fest entschlossen, jetzt auszuführen, was in den vergangenen Minuten in ihm gereift war. Denn es gab nur noch diesen einen Ausweg. So suggerierte es ihm sein tobendes Gehirn, das völlig außer Kontrolle geraten war.

Er stoppte den Wagen bei einem Getreidefeld, erblickte ein paar Hundert Meter entfernt die Lichter der nahen Autobahn A8, hörte das unablässige Rauschen von Reifen und Motoren und sah die beleuchtete Betonfabrik, in der die sogenannten »Tübbinge« gegossen wurden, wie Fachleute die ovalen Fertigteile nannten. Der Mann stieg aus und schwenkte die Heckklappe auf. Sein brodelndes Unterbewusstsein hatte ihm übermittelt, dass sein Opfer nackt sein musste, wenn der Plan klappen sollte. Kleidung wäre hinderlich.

Schock im Licht der Kofferraumbeleuchtung: Der Tote, der unförmig zusammengedrückt und mit angewinkelten Beinen auf dem Rücken lag, starrte ihn mit weit aufgerissenen Augen an. Für eine panische Schrecksekunde lang glaubte er, dieser Mann sei noch am Leben. Geschockt und wie elektrisiert stieß er zaghaft mit dem Zeigefinger gegen einen Oberarm. Weil sich nichts rührte, umklammerte er die kalte Hand, um dann die Gewissheit zu haben: da gab es kein Leben mehr.

Er griff nach einem scharfen Messer, das zwischen mehreren CDs im Handschuhfach lag, und begann in aller Eile und schwer atmend, die Kleider des Toten aufzuschneiden und sie in Stücken vom Körper zu reißen. Der sommerlich leichte Stoff leistete kaum Widerstand, sodass die Leiche bereits nach wenigen Minuten entblößt war. Stirnschweiß tropfte auf die hell im Mondlicht schimmernde weiße Haut des behaarten Bauches, während die Augen noch immer weit geöffnet waren.

Dann ein Geräusch. Quietschend und die Nacht durchdringend. Der Mann, der vor der offenen Heckklappe stand, schreckte auf, verharrte mit dem Messer in der Hand. Kam da jemand? Sein Blutdruck pulste nach oben, seine Augen scannten die schwarzgraue Nacht ab, in der sich die Konturen der Schwäbischen Alb hinter den Straßenlampen von Weilheim abzeichneten. Aber nirgendwo eine Bewegung. Oder war da ein Auto, das ebenfalls ohne Licht auf den Feldwegen fuhr? Nein, nichts. Es war das Bremsen eines Lastzugs drüben auf der Autobahn gewesen, beruhigte er sich, stopfte die zerschnittenen und nun zusammengeballten Kleider in eine Ecke des Kofferraums und versteckte zwischen ihnen das Messer. Alles musste er nachher so schnell wie möglich verschwinden lassen.

Jetzt aber war es höchste Zeit, die Arbeitspause im Betonwerk zu nutzen. Er steuerte seinen Golf über einen Schleichweg in das Fabrikgelände und stellte ihn vor dem matt beleuchteten Rolltor ab, dessen elektrischer Öffnungsmechanismus ihm geläufig war. Kaum hatte es sich einen Meter gehoben, bückte er sich vorsichtig ins Innere des Gebäudes, um zufrieden festzustellen, dass die Arbeit wie erhofft ruhte und die Maschinen vor der Pause so abgestellt worden waren, wie er es erwartete. Die Luft roch nach frischem Beton, einige Motoren brummten vor sich hin, die Leuchtstoffröhren erhellten die Produktionshalle, in der Metallvorrichtungen aufragten, zwischen denen sich mattenartige Stahlgeflechte türmten, allesamt leicht gewölbt. Er stellte zufrieden fest, dass alles wie üblich aussah. Bei den aus Stahlstäben geformten »Matten« handelte es sich um sogenannte Bewehrungskörbe, die als Gerippe für die Betonteile dienten. Wie ein herkömmliches Baustahlgewebe beim normalen Betonbau.

Doch das Interesse des Mannes galt einer grün umrandeten, nach oben gewölbten behälterartigen Vorrichtung, die gleich beim Rolltor stand und beidseits ein Metallpodest mit fünf Stufen aufwies. Es war, das wusste er, der massive Behälter, in dem die »Tübbinge« in Beton gegossen wurden. Mit zwei kräftigen Sprüngen erklomm er eines der Podeste und vergewisserte sich, dass das Stahlgeflecht fürs nächste Teil bereits eingelegt war. Genau so, wie er es sich ausgemalt hatte.

Jetzt musste aber alles ganz schnell gehen. Seine Augen blieben beim Blick nach oben an den mächtigen gelben Eisenteilen des Laufkrans hängen, der dort fest verankert war. Mit ihm, das hatte er hier selbst schon einmal gemacht, wurden die Stahlgeflechte in die Betonformen gehievt. Ihm war die Technik geläufig und er wusste, dass sich der Deckenkran über eine Fernsteuerung bewegen ließ.

Er spürte sein Herz bis zum Hals pochen, Schweiß brannte in den Augen, das Blut pulste immer kräftiger im Kopf und drohte ihn zu sprengen. Damit sein Plan klappte, musste das schwere Baustahlgeflecht kurz aus der Form gehoben werden. Er bugsierte mit der Fernsteuerung den Laufkran an die entsprechende Stelle, stoppte ihn und ließ die Hebevorrichtung absenken, bis sie diesen Bewehrungskorb berührte und sich die straffen Seile entspannten.

Wieder schwang er sich auf das Podest, verankerte die Haken an mehreren Stellen im Stahlgewebe und gab per Knopfdruck dem nur sanft röhrenden Kran den Befehl, die schwere Last anzuheben. Langsam ruckte das gewölbte Metallgeflecht aus der Form, bis es knapp über der grünen Kante des massiven Behälters schwebte. Er versuchte, sich trotz der panischen Angst auf die Vorgehensweise zu konzentrieren. Nichts durfte schiefgehen, nicht die kleinste Kleinigkeit. Aber noch lief alles nach Plan. Nur eines durfte nicht geschehen: dass irgendein Arbeiter zu früh aus der Pause zurückkam. Aber was, wenn doch? Mit einem einzigen würde er's noch aufnehmen können — aber eine Flucht schien dann aussichtslos.

Er hatte darauf geachtet, dass die gewölbte »Stahlmatratze« nur so weit angehoben wurde, dass ihr unteres Teil noch mit der Oberkante des Behälters verankert blieb und sie somit nicht ins Schwanken geraten konnte.

Denn jetzt stand der heikelste Schritt bevor: Er musste an der schmalen Querseite mehrere Stahlstäbe durchflexen, um eine genügend große Öffnung zu schaffen, durch die er sein Opfer in den 65 Zentimeter hohen Leerraum zwischen den beiden Stahlmatten würde hineindrücken können, den das Metallgeflecht bildete.

Er hielt inne, wischte sich Schweiß von der Stirn und wurde von einem schockierenden Gedanken erfasst, der ihn wie die Ernüchterung nach einer durchzechten Nacht traf: Bist du wahnsinnig geworden? Du hinterlässt hier jede Menge Spuren. Schweiß, den du an den Händen hast, bleibt an der Fernsteuerung des Krans kleben, auch am Geländer des Podests, sogar auf dem Boden, überall. Wenn das Opfer nicht für alle Ewigkeit im Boßlertunnel verschwindet, werden sie dich kriegen. Genetisches Material hast du inzwischen genügend hinterlassen. Ihn schauderte bei diesem Gedanken.

Und doch wurde er innerlich getrieben. Getrieben vom Wahnsinn, aber auch von einer gewissen Befriedigung, dass bisher alles reibungslos geklappt hatte. Mit jeder Minute, die ohne Zwischenfälle verstrich, stieg die Hoffnung, den Plan vollends ungestört ausführen zu können. Aber noch lag die Leiche draußen in seinem Auto. Und das Zeitfenster, das ihm blieb, wurde immer enger.

*

Während weiterhin die Feuerwehrdrehleiter mit dem Rettungskorb langsam an der Schutthalde entlangschwebte, waren mehrere Dutzend Hubsteiger herangekarrt worden, von denen aus nun fieberhaft die gelbe Kunststoffplane beseitigt wurde, mit der das Förderband außerhalb des Tunnels auf eine Länge von etwa 400 Metern abgedeckt war. Gleichzeitig suchten andere Einsatzkräfte die weitere Streckenführung der Transportanlage innerhalb des Oststollens ab. Sie verlief dort zwar ohne Abdeckung, erstreckte sich aber rund dreieinhalb Kilometer weit in den Tunnel hinein und war in mehreren Metern Höhe installiert.

Wenn es überhaupt noch eine Chance gab, einen Schwerverletzten zu finden, dann musste er sich irgendwo auf diesem Transportband befinden. Davon waren jedenfalls die Verantwortlichen der Rettungskräfte überzeugt. Alles deutete ihrer Meinung nach darauf hin, dass die beiden bisher aufgefundenen Teile eines menschlichen Körpers nicht vom Boden aus auf die Abraumhalde geworfen worden, sondern tatsächlich über das Transportband herabgefallen waren. Der inzwischen eingetroffene Gerichtsmediziner Dr. Frank Kräuter aus Ulm hatte im Kombi der Spurensicherung die abgetrennte Hand und das Ohr untersucht. Angesichts des frischen Blutes ging er davon aus, dass das Unglück »noch nicht lange zurückliegt, allenfalls vier bis sechs Stunden«.

»Also so zwischen 21 und 23 Uhr demnach«, konstatierte einer der Kriminalisten, der dem Arzt gegenübersaß, der die beiden makabren menschlichen Asservate wieder fein säuberlich in Plastikhüllen verpackte und seine Schutzhandschuhe auszog.

»Es ist eindeutig eine männliche Hand«, stellte er fest und ergänzte: »Eine rechte Hand. Abgetrennt im Bereich des Carpus, der Handwurzel. Insgesamt sieht sie noch frisch aus, weist keine Fäulnisveränderungen auf, und die Muskelanteile sind noch feucht. Deshalb meine Einschätzung, dass das Abtrennen nicht länger als sechs Stunden zurückliegt.« Kräuter schränkte allerdings ein: »Zur Todesursache lässt sich nichts sagen. Der Tod muss nicht zwangsläufig durch die Brechanlage eingetreten sein. Es könnte auch eine frische Leiche geschreddert worden sein.«

»Lässt sich etwas über das Alter sagen?«, wollte der Beamte wissen.

»Schwierig zu sagen.« Dr. Kräuter warf noch einen Blick auf die dunkelrot verfärbte Hand. »Zunächst mal würd ich sagen, ist es nicht die Hand eines Büromenschen. Sie ist kräftig, weist aber keinerlei Verletzungen oder Schwielen auf.«

»Einer vom Bau?«

»Ja, würde ich mal so meinen. Allerdings sieht es nicht so aus, als habe er in jüngster Zeit mit schwerem Gerät umgehen müssen. Wie gesagt, keine ausgeprägten Schwielen, falls Sie das meinen. Zum Alter – na ja, mittleres Alter schätzungsweise, ohne mich festlegen zu wollen.«

»Und das Ohr?«

»Ein linkes Ohr, abgerissen, nicht geschnitten.« Der Rechtsmediziner ließ an seinem Befund keinen Zweifel erkennen.

»Welche Rückschlüsse liegen Ihrer Ansicht nach nahe?«

»Der Ermittler sind Sie«, verzog der Arzt das Gesicht, wie immer emotionslos, »ich liefere Ihnen Fakten, die Schlüsse daraus müssen Sie ziehen.«

»Und was denken Sie?«

»Um ehrlich zu sein: Wenn ich so sehe, was hier auf dieser Baustelle abgeht, welche Maschinen und Apparaturen hier im Einsatz sind, dann befürchte ich, dass Sie noch mehr Einzelteile finden werden.«

»Also keinen Lebenden mehr«, stellte der Kriminalist fest und erwartete keine Antwort darauf.

Häberle hatte dem Präsidenten vorgeschlagen, ihn im Dienstwagen mit zum Eingang zu nehmen, wo inzwischen der Sercuritymann ärztlich versorgt und vernommen wurde. Zwar hatte der oberste Chef für eine kurze Sekunde gezögert und offenbar überlegt, ob dies seiner Position angemessen war, rang sich dann aber doch dazu durch. Während der kurzen Fahrt entlang der vielen abgestellten Polizei- und Feuerwehrautos herrschte Schweigen zwischen ihnen. Häberle grinste still in sich hinein. Nach den Missklängen des vergangenen Jahres hätte er es sich im Traum nicht mehr vorstellen können, jemals noch den Präsidenten chauffieren zu dürfen.

Bereits kurz vor der offenen Schranke, abseits des Bürocontainerkomplexes, trafen sie auf mehrere Uniformierte und einen Wagen des Arbeitersamariterbundes.

»Wieso ist denn diese Schranke offen?«, brummte der Präsident gereizt vor sich hin, als er und Häberle ausstiegen und auf die Personengruppe zugingen. Der hünenhafte Mitarbeiter des privaten Sicherheitsdienstes fühlte sich bereits wieder besser, nachdem die Wirkung des mutmaßlichen Pfeffersprays nachgelassen hatte. Häberle schüttelte ihm die eiskalte Hand, erfuhr, dass er Jan Marusch hieß, und bat ihn in einen bereitstehenden Kleinbus der Polizei, wohin ihnen der Präsident folgte und die Schiebetür hinter sich zuzog. Zu dritt nahmen sie um einen Klapptisch herum Platz.

Häberle erklärte dem Mann, dessen Augen stark gerötet waren, dass es auf jedes Detail ankomme. »Sie haben also eine Person gesehen und sie stellen wollen.«

»Ja, da vorne an der Schranke«, sagte er mit leicht sächsischem Zungenschlag und deutete in die entsprechende Richtung. »Ich war gerade auf dem Weg zu den Büros der Bahn, als ich die Person sah.«

»Und dann?«, drängte Häberle ungeduldig, während der Suchscheinwerfer des Hubschraubers, der nun über sie hinwegschwebte, auf der schmalen Zufahrtstraße entlangtanzte.

»Ich bin sofort rüber, hab die Person angeleuchtet und bin ihr hinterhergerannt. Wie sich rausstellte, war's ein Mann. Er hat ziemlich schnell aufgegeben, ist stehen geblieben, und als ich ihm nahe kam, hat er mir, noch ehe ich's verhindern konnte, dieses Zeug ins Gesicht gesprüht.« Jan Marusch wischte sich mit einem Papiertaschentuch über die Augen, die immer noch heftig zu brennen schienen.

»Können Sie ihn beschreiben?«

»Schwierig zu sagen. Ich hab ihn nur kurz mit der Lampe geblendet. Er trug keinen Bauhelm – das ist mir sofort aufgefallen. Also demnach keiner von der Baustelle hier.«

»Und das Gesicht?«

»Normal, kein Bart, keine Brille. Das Alter ist schwer zu schätzen. Etwas älterer Typ, vielleicht um die 50, aber da will ich mich nicht festlegen. Ich kann mich nicht entsinnen, ihn jemals gesehen zu haben. Aber es ging ja auch alles so schnell.«

»Hat er etwas gesagt?«

»Nein, nichts. Keinen Ton.«

»Und nach der Attacke haben Sie nichts mehr sehen können?«, mischte sich der Präsident jetzt ein.

»Wie hätte ich auch?«, schnauzte Marusch missmutig, als sei ihm ein Vorwurf gemacht worden. »Kriegen Sie mal so eine Ladung ins Gesicht!« Der Präsident lehnte sich ob dieser despektierlichen Bemerkung zurück.

»Kommt es öfter vor, dass Sie hier oben fremde Personen entdecken?«, wollte Häberle wissen.

»Gott sei Dank nicht. Manchmal sind es einige Wanderer, die die Verbotsschilder ignorieren.«

»Aber nachts wird hier ständig bewacht?«

»Ja, natürlich. Sie müssen aber bedenken, wie groß das Gelände hier ist. Da können Sie nicht überall gleichzeitig sein. Dazu bräuchten sie eine halbe Armee.«

»Ich nehme an, dass es Videoüberwachung gibt – und Bildaufzeichnung.«

»Gibt es. Einige Bilder kann man sogar aktuell im Internet abrufen, wie etwa vom Eingang des großen Stollens da drüben.«

Häberle kündigte an, die Aufzeichnung der vergangenen Stunden auswerten zu wollen, und ließ durchblicken: »Nach Lage der Dinge wird es ja wohl kaum einer sein, den man hier oben kennt.«

Der Präsident pflichtete ihm bei: »Einer von hier hätte ja nicht flüchten müssen, sondern einfach ganz unauffällig dableiben können.«

Häberle bohrte weiter: »Ist Ihnen in dieser Nacht sonst noch etwas aufgefallen?«

Marusch wischte sich erneut über die Augen. »Nun ja …« Er rang nach Worten. »Wie soll ich das sagen. Ich hatte den Eindruck, es war mehr los als sonst.«

»So?«, wurde Häberle hellhörig.

»Na ja, es waren mehr Leute unterwegs als üblich. Ich hab mir noch gedacht, wahrscheinlich ist's die laue Nacht, die noch den einen oder anderen rausgelockt hat.«

»Haben Sie konkret jemanden gesehen oder erkannt?«, wollte der Präsident wissen.

Der Angesprochene war verlegen. »Gesehen ja – aber ich kenne die Leute hier doch nicht alle namentlich. Aufgefallen ist mir nur, dass da auch eine Frau unterwegs war, vielleicht so gegen halb elf, es war bereits dunkel, drüben vor dem Weststollen.«

Häberle nahm sich vor, gleich im ersten Morgenlicht die örtlichen Gegebenheiten zu besichtigen.

»Kommt das öfter vor, dass hier nachts Frauen unterwegs sind?«, zeigte sich der Präsident interessiert.

»Nicht – aber Sie müssen wissen, dass auf der Baustelle natürlich auch Frauen beschäftigt sind. Und die, die ich gesehen habe, gehört ganz sicher zu einem der Teams. Soweit ich weiß, wird da auch eine junge Geologin beschäftigt.«

»Und wer ist Ihnen sonst noch aufgefallen?«, forschte Häberle ruhig nach. Der Helikopter hatte offenbar abgedreht, sodass der Fluglärm nur noch gedämpft in den Kleinbus drang.

»Na ja, als ich das zweite Mal zum Stollenportal rübergefahren bin – was vielleicht so gegen kurz nach halb eins war …«

»Kurz nach halb eins«, unterbrach ihn der Präsident, um die Daten genau festzuhalten. »Der Alarm ist bei uns um 0.38 Uhr eingegangen.«

»Okay, das Trara mit den Einsatzfahrzeugen war schon losgegangen. Da hab ich eine männliche Person gesehen, die in Richtung Deponie gegangen ist.«

»Auch nichts Außergewöhnliches?«, wollte Häberle wissen.

»Wie ich doch sage: Es sind immer Leute unterwegs.«

»Aber Sie sind doch für die Sicherheit zuständig«, bellte der Präsident, als wolle er dem Securitymann einen Vorwurf machen.

»Nun mal halblang«, ließ dieser sich nichts gefallen. »Ich kontrollier nicht jeden, der sich innerhalb des Areals bewegt. Ich bin dafür verantwortlich, dass niemand verbotswidrig in das Gelände eindringt. Aber wer hier drinnen rumläuft, entzieht sich meiner Kenntnis.«

»Wohin ist diese Person gegangen?«, blieb Häberle sachlich.

»Der Mann hat wohl irgendetwas an den Rohren vermessen, die da zuhauf rumliegen«, erwiderte Marusch. »Ich hab ihn nur schemenhaft im Scheinwerferlicht sehen können.«

Häberle nickte. »Sie sagen, es seien mehr Leute als üblich unterwegs gewesen.«

»Gefühlsmäßig ja. Es gibt Nächte, da treffen Sie hier draußen keinen Menschen, wenn's regnet und kalt ist – und nun waren's innerhalb weniger Stunden gleich drei.«

»Drei?«, staunte der Präsident.

»So gegen 23 Uhr oder etwas danach hat der Radladerfahrer damit angefangen, die Abraumhalden zu ordnen – oder wie man dazu auch sagen mag.«

»Sonst sind Ihnen aber keine verdächtigen Personen aufgefallen?«, wollte der Präsident klargestellt wissen.

Marusch zögerte, als ob er scharf nachdenken müsse. »Nein, keine. Und Sie dürfen mir glauben, meine Herren …«, Marusch wischte wieder über seine Augen, »… mir entgeht hier nichts. Außerdem gibt es die Videoaufzeichnungen von den Kameras. Wenn sich hier jemand reingeschlichen hat, ist er da drauf. Und dann kriegen wir den Kerl, der hier sein Unwesen getrieben hat.«

Er war inzwischen schweißgebadet. Die ungewöhnliche Schwüle der Nacht, die an tropische Verhältnisse erinnerte, hatte ihm stark zugesetzt. Es war glücklicherweise verhältnismäßig einfach gewesen, mit einem Winkelschleifer einige Stäbe des Bewehrungskorbs zu durchtrennen. Nur das kreischende Geräusch hatte ihn verunsichert. War es durch das halb offene Rolltor weithin hörbar gewesen?

Nachdem er die Schleifmaschine wieder dorthin gelegt hatte, wo sie immer lag, sammelte er die abgetrennten Stäbe ein, hastete zum Auto und warf sie in den Fußraum des Beifahrersitzes. Jetzt stand ihm der schwierigste Teil bevor: Unbekleidete Leiche aus dem Kofferraum hieven, sie im üblichen Bergegriff so schnell wie möglich aus dem Lichtkegel eines Strahlers ziehen und unterm halb offenen Rolltor in die Halle zerren.

Die nackten Fersen des Opfers glitten schabend über den rauen Asphalt, überwanden mit einem Ruck die Metallschwelle des Tores und rutschten schließlich lautlos über den festen Boden der Halle.

Der Mann, der die Leiche im festen Klammergriff hatte, spürte deutlich, wie seine Kräfte nachließen. Jetzt aber musste er durchhalten. Durchhalten oder alles verlieren, hämmerte es in seinem Kopf. Nur wenn dieser Kerl, den er vor einer Stunde totgeschlagen hatte, für immer verschwand, kehrte wieder Ruhe ein.

Ruhe? Welche Ruhe? Nie mehr wirst du Ruhe haben.

Er verfluchte diese Gedanken, stolperte beim Rückwärtsgehen beinahe über die Stufe zum Podest. Es bedurfte der letzten Kraftreserve, den Toten hochzuschleppen.

Hatte er sich übernommen? Als die nackte Leiche auf

dem Podest neben ihm lag, überkamen ihn heftige Schmerzen in der Brust. Herzinfarkt? Würde er gleich zusammenbrechen, hier, neben dieser Leiche?

Allein diese Vorstellung jagte ihm die Pulsfrequenz noch weiter nach oben. Nein, er brachte dies alles zu einem Ende. Er selbst.

Er holte tief Luft, packte mit seinen Bärenkräften den Toten an Rücken und Gesäß und hievte ihn in die schmale Öffnung, die er in das Stahlmattengeflecht geschnitten hatte. Doch die rauen Stahlstäbe und der nur 65 Zentimeter hohe Leerraum zwischen den beiden Geflechten erwiesen sich als äußerst schwierig: Die abgesägten Teile verhakten sich in der Haut und es bedurfte allergrößter Anstrengung, den gesamten Körper in die Öffnung zu drücken. Doch mit jeder Sekunde, die verstrich, schien der Mann die allerletzten Reserven seiner Energie zu mobilisieren. Wie jemand, der sich in Todesangst beim Ertrinken an jeden Strohhalm klammert.

Wie spät war es eigentlich? Wann war die Pause der Arbeiter vorbei? Schnappte das Zeitfenster zu? Saß er in der Falle?

Beinahe wäre ihm entgangen, dass er die Leiche innerhalb des engmaschigen Geflechts so weit wie möglich nach rechts zerren musste – dorthin, wo beim Einfüllen des Betons eine seitliche Metallkonstruktion einen Teil der gewölbten Form bedeckte.

Zwei, drei wertvolle Minuten verstrichen, bis er, mühsam durch die Stahlarmierung hindurch, sein Opfer in diese Endposition gebracht hatte.

Erschöpft und geradezu apathisch sprang er mit zwei Sätzen von dem Podest, griff zur Fernsteuerung des Krans und ließ die Hebevorrichtung vorsichtig absenken – bis der Bewehrungskorb fest in der Form saß und die Leiche unter der seitlichen Abdeckung der Wölbung verschwand.

Der Arbeiter, der nachher den Beton einfüllte, würde so die Leiche nicht sehen.

Dann ließ er den Laufkran wieder in seine Anfangsposition zurückrollen, vergewisserte sich mit einem panischen Blick, ob er Verdächtiges hinterlassen hatte, schlüpfte unterm halb offenen Rolltor nach draußen und ließ es nach unten gleiten. Er drückte die Heckklappe seines Autos sanft zu, atmete hinterm Steuer schwer durch und startete den Motor. Die digitale Uhr im Armaturenbrett zeigte 4.21 Uhr. Und er hatte noch etwas vor. Dies musste erledigt werden, bevor der Morgen graute. Viel Zeit blieb ihm da nicht mehr.

5

Als ein Mitarbeiter des Baustellenbüros der Bahn den Polizeipräsidenten und einige Kriminalisten in Empfang nahm, graute bereits der Sommermorgen. Im weiten Umkreis lief die Fahndung nach dem Unbekannten, der den privaten Wachmann außer Gefecht gesetzt hatte. Allerdings erschien Häberle diese Aktion wenig Erfolg versprechend. »Der wird kaum zu Fuß gekommen sein«, hatte Häberle gegrummelt. »Wahrscheinlich hat er sein Auto an der Straße drüben abgestellt und ist längst über alle Berge.«

Der lang gezogene flache Komplex der Bürocontainer war inzwischen hell erleuchtet, und ein Mann, der sich als Bauingenieur vorgestellt hatte, ging voraus in einen spartanisch eingerichteten Konferenzraum, wo Häberle als einzige Besonderheiten eine große Video-Projektionsanlage und eine moderne Kaffeemaschine ausmachte.

»Hier können Sie sich niederlassen«, sagte der Mann, während von außen allerlei Insekten um die Fensterscheiben flirrten. »Internetanschluss gibt's hier auch«, fuhr der Mann fort und deutete auf einige Steckdosen.

Der Polizeipräsident erteilte Anweisungen, worauf mehrere Kriminalisten sofort zu telefonieren begannen, um in Ulm das technische Equipment für die Arbeit der Sonderkommission anzufordern.

»Wir sollten nicht übersehen«, verschaffte sich Häberle Gehör, um die allgemeine Hektik zu relativieren, »dass wir zum gegenwärtigen Zeitpunkt auch einen Unfall in Betracht ziehen müssen.« Noch bevor der Präsident etwas erwidern konnte, trafen die beiden Kriminalisten Philip Mende und Thomas Keller ein. Ihre Kleidung verschmutzt, ihre Gesichter blass und übermüdet. Dass sie hier im Bürocontainer, wohin sie von Kollegen verwiesen worden waren, auf den obersten Chef stoßen würden, verwunderte sie sichtlich. Häberle rettete die Situation, indem er sie beiseitenahm und in einen kleinen Raum führte, der als Besprechungszimmer dienen sollte. »Ihr kommt gerade aus dem Berg?«, fragte Häberle und besah sich die beiden von oben bis unten. »Ziemlich schmutzige Sache«, stellte er verständnisvoll fest, zog die Tür zu und setzte sich mit den beiden an einen kleinen Tisch, der den Planern und Konstrukteuren offenbar als Aktenablage diente. Häberle nahm zufrieden zur Kenntnis, dass sich der Präsident nicht hereingedrängt hatte, sondern sich stattdessen draußen energisch um Organisatorisches kümmerte.

»Kein gemütlicher Job im Stollen«, griff Thomas Keller die Bemerkung Häberles auf. »Lieber im Drogenmilieu ermitteln, als in so einem Loch arbeiten.«

Mende nickte zustimmend und wischte mit einem Papiertaschentuch feuchten Lehm vom Ärmel der Freizeitjacke. Dann begann er, die Erkenntnisse der vergangenen Stunden zu erläutern. »Ziemlich undurchsichtige Sache«, resümierte er schließlich. »Im Prinzip kann jeder den armen Kerl in die Brechanlage gestoßen haben.«

Sein Kollege ergänzte: »Falls wirklich dieser Kontrolleur von der Bauaufsicht das Opfer ist, könnte er sich auch bei irgendeiner Überprüfung zu weit in die Maschine reingebeugt haben.« Es klang so, als wäre ihm diese Version am liebsten. Sie würde weitaus weniger umfangreiche Ermittlungen nach sich ziehen.

Häberle holte tief Luft und unterrichtete die beiden Kriminalisten von dem nächtlichen Überfall am Eingang. »Ich mag nicht so recht glauben, dass dies ein Zufall war«, ließ er seinen Gedanken freien Lauf. »Da legt sich einer mit einem Security-Menschen an und haut ab, während kurz zuvor jemand in die Brechanlage fällt.«

Oberkommissar Mende stimmte dem Chefermittler zu. »Wir müssen zweifelsohne befürchten, dass tatsächlich das eine mit dem anderen etwas zu tun hat. Aber solange wir nicht wissen, wer das Opfer ist, fehlen uns die Ansatzpunkte.«

Noch bevor Häberle etwas erwidern konnte, wurde die Tür aufgerissen. Der Präsident bugsierte einen verschüchterten jungen Uniformierten herein und forderte ihn auf, eine überbrachte Meldung noch einmal zu wiederholen. »Entschuldigen Sie, wenn ich Sie störe«, begann er mit Blick auf Häberle, wurde jedoch von dem obersten Polizeichef brüsk unterbrochen: »Halten Sie sich nicht lange mit unnötigen Entschuldigungen auf, sondern kommen Sie zur Sache.«

Der junge Mann sah sich verunsichert um. »Man hat noch etwas gefunden«, sagte er. »Vermutlich den Beckenknochen eines menschlichen Körpers, einige Stofffetzen von einer Arbeitskleidung und Teile eines Schutzhelms.«

Betretene Stille machte sich breit, bis der Polizeipräsident sachlich seine Schlüsse zog: »Wenn der Schutzhelm zerstört ist, dürfte auch der Kopf betroffen sein.«

Für Häberle hätte es dieses Hinweises nicht bedurft. »Dann müssen wir jetzt also definitiv von einem Todesfall ausgehen«, erklärte er mit der pietätvollen Zurückhaltung eines erfahrenen Kriminalisten. Er spürte jedoch, dass der junge Mann noch etwas zu vermelden hatte, und ließ ihm Zeit.

Der Präsident allerdings drängte auf Eile. »Und das Auto?«, gab er das Stichwort.

»Ja,«, machte der Uniformierte vom Dienstgrad eines Polizeimeisters weiter, »drüben bei den Lindenhöfen steht neben der Straße ein Fahrzeug, das mit unserer Sache etwas zu tun haben könnte.« Er sah wieder verunsichert in die Runde. »Die Kollegen haben eine Halteranfrage gemacht. Zugelassen ist das Auto auf einen Mann, der als militanter Gegner des Bahnprojekts gilt. Das Amtsgericht Stuttgart hat ihn vor zwei Jahren wegen Körperverletzung zu einer Geldstrafe verurteilt.«

Natascha Frese hatte keine Sekunde geschlafen. Als sie die Vorhänge der kleinen Einliegerwohnung aufzog, die sie in Laichingen angemietet hatte, strahlte ihr die Morgensonne bereits grell ins Gesicht. Es war zwar erst kurz nach halb sieben, aber hier oben auf der Albhochfläche, dazu noch in südlich geneigter Hanglage, behinderte kein Baum und kein hohes Haus die Sicht zum Osthimmel.

Die junge Frau öffnete das Fenster und sog die frische Morgenluft in sich hinein. Ihr Schädel brummte, als hätte sie eine lange Partynacht in einer Disco verbracht. Doch es war nicht pausenloses Tanzen gewesen, das ihrem Körper die ganze Energie entzogen hatte, sondern ihr psychischer Zustand. Die schrecklichen Ereignisse der vergangenen Nacht lasteten bleischwer auf ihrer Seele.

Wenn es stimmte, was einer der Männer gesagt hatte, dann musste ein schlimmes Unglück geschehen sein. Sie und ihr Kollege Lukas Brunner waren nach dem Eintreffen der vielen Rettungsfahrzeuge bis zur Absperrung vorgegangen, ohne jedoch Konkretes in Erfahrung bringen zu können. Gerüchteweise hatte es in der Gruppe der Bauarbeiter geheißen, dass auf der Abraumhalde Leichenteile gefunden worden seien. Natascha war nicht darauf erpicht gewesen, näher an das Geschehen heranzukommen. Sie hatte deshalb auch ihren Begleiter Lukas davon abgehalten, sich gegenüber den Polizisten als Bauingenieur auszuweisen, um die Absperrung passieren zu dürfen. »Da ist jetzt vornehme Zurückhaltung angebracht«, hatte sie ihm empfohlen. »Du wirst noch früh genug mit der Sache konfrontiert, glaub mir das.«

»Ich?«, hatte Lukas verwundert reagiert, ohne darauf weiter einzugehen.

Die restliche Nacht über war ihr dieser wortkarge Dialog nicht mehr aus dem Sinn gegangen. Sie hatten beide auf eine seltsam unlogische Art reagiert, ohne auszusprechen, warum eigentlich. Lukas war merkwürdigerweise sofort auf ihren Vorschlag eingegangen, in dieser Situation nicht vorzupreschen, obwohl er vermutlich gerne nähere Details zu dem Großeinsatz erfahren hätte.

Ganz sicher hatten ihn ähnliche Gedanken geplagt, wegen derer sie anschließend nicht einschlafen konnte. Eines stand fest: Wenn es tatsächlich einen Unfall mit dem Transportband und der Brechanlage gegeben hatte, war zumindest sie noch kurz zuvor ganz nah am Tatort gewesen. »Tatort«. Das Wort hallte in ihrem Kopf schaurig nach. Sie erschrak über dieses Wort, das sich einfach so in ihre Gedankenwelt geschlichen hatte. »Tatort«. Sie wollte dieses widerliche Wort so schnell wie möglich loswerden. Wahrscheinlich hatte es sich durch die gleichnamige Fernsehserie in ihr Unterbewusstsein gebrannt.

Sie streifte ihr hellblaues Kurzarmshirt ab, schlüpfte aus ihrem Shorty und griff zu der Designerbrille, ohne die sie die Umwelt nur unscharf wahrnehmen konnte. Jetzt, da sie splitternackt am offenen Fenster stand, wollte sie sich aber vergewissern, dass sich keiner der Nachbarn von einem der kleinen Häuschen aus an ihrem wohlgeformten schlanken Körper ergötzte. Auch wenn sie solche Blicke manchmal durchaus genoss, so war ihr heute Morgen nicht danach.

Die kühle Luft strich angenehm über ihre Haut, während sich in ihren langen Haaren die Sonnenstrahlen verfingen. Nataschas Blick blieb an einem rot blühenden Rosenstrauch hängen, der das Grundstück wenige Meter vor ihrem Fenster begrenzte.

Doch so schön das dunkle Rot im Sonnenlicht strahlte – es war nicht dazu angetan, ihre Stimmung aufzuhellen. Das wilde Karussell in ihrem Kopf ließ sich nicht anhalten. Allein schon das riesige Polizeiaufgebot der vergangenen Nacht beunruhigte sie noch immer. Dies alles verhieß nichts Gutes. Und natürlich würden alle Personen, die auf der Baustelle gewesen waren, zu einem Verhör geladen.

»Verhör«. Wieder so ein Wort.

Natascha wandte sich vom Fenster ab, um ins Bad zu gehen. Das Gesicht, das ihr aus dem Spiegel entgegenblickte, war aschfahl. Einziger Farbtupfer war die Brille, deren markantes Gestell wenigstens die Augenränder ein wenig kaschierte.

Natascha zog einige Grimassen, rümpfte vor sich selbst die Nase und entschied, in die Dusche zu steigen. Doch davon hielt sie der sirenenartige Rufton ihres Smartphones ab. So früh?, staunte sie. Es war noch nicht einmal 7 Uhr. Mit wenigen Schritten hatte sie das Gerät erreicht, das auf ihrem Nachttischchen lag. Die Nummer auf dem Display war ihr vertraut. Sie gehörte Lukas.

»Ja«, meldete sie sich unterkühlt. Lukas hatte noch nie um diese Zeit angerufen.

Er war von ihrem harten Tonfall überrascht. »Stör ich dich? Hab ich dich geweckt?«

»Nein, nein«, beeilte sie sich, ihre Stimme etwas sanfter klingen zu lassen. »Aber wenn du um diese Zeit anrufst, muss etwas passiert sein.« Sie setzte sich aufs Bett.

»Keine Panik, liebe Natascha«, kam es zurück. »Noch ist nichts passiert. Noch nicht.«

»Noch nicht?« Sie sprang auf, sodass ihre festen Brüste bebten.

Inzwischen war Mike Linkohr eingetroffen. Der Ulmer Kriminaldauerdienst hatte ihn aus dem Schlaf gerissen und zum Einsatzort auf die Hohenstadter Baustelle beordert. Zu ziemlich früher Morgenstunde, wie er es empfand. Es war gerade erst kurz vor halb acht, als er sich an den großen Hinweisschildern in Richtung der Zufahrt zum Tunnelareal orientierte. Auf dem Parkplatz vor den Bürocontainern nahm ihn ein junger Wachtmeister in Empfang und führte ihn durch einen langen Gang, dessen Wände mit bedruckten Papieren übersät waren, zu Häberles provisorischem Besprechungsraum. Unterwegs kamen sie auf Tuchfühlung mit dem Polizeipräsidenten, der sich gerade mit einem Kriminalisten unterhielt, sie aber gar nicht zur Kenntnis nahm. Linkohr, der wegen seines guten Verhältnisses zu Häberle bei den leitenden Beamten im Präsidium eher kritisch beäugt wurde, war erleichtert, dass es zu keiner Konversation kam, und stand kurz darauf in Häberles Büro. Als der Wachtmeister wieder verschwunden war, begrüßte Linkohr den Chefermittler und die beiden Ulmer Kollegen Mende und Keller.

»Zum Frühaufstehen verdonnert«, frotzelte Häberle in Anspielung auf Linkohr und überlegte, wo der junge Kollege wohl seine Nacht verbracht haben mochte. Immerhin sorgten Linkohrs Liebesabenteuer seit Jahr und Tag für Klatsch und Tratsch im Kollegenkreis. Wobei zwischen Dichtung und Wahrheit gewiss nur ein schmaler Grat lag.

»Wenn die Pflicht ruft, bin ich zur Stelle«, erwiderte Linkohr und zog sich einen Holzstuhl an den Besprechungstisch. »Da scheint hier oben ja ziemlich was abgegangen zu sein.«

»So könnte man es formulieren«, kam Häberle zur Sache und erläuterte kurz und prägnant den derzeitigen Stand der Ermittlungen. »Unsere Kollegen aus Ulm«, er deutete auf Mende und Keller, »haben schon ganze Arbeit geleistet – wie man sieht.«

Linkohr hatte deren verschmutzte Kleidung längst bemerkt.

»Und auch wir werden nicht umhinkommen, uns in diesen Stollen umzusehen«, erklärte der Chefermittler weiter. »Die Arbeiten sind eingestellt – was die Leute von der Bahn nervös macht, wie Sie sich vorstellen können.« Häberle grinste. »Im Übrigen haben die Radiosender schon angerufen – und auch der Sander hat sich gemeldet, aber die Bahn will keinen Journalisten aufs Gelände lassen.«

»Der Sander«, echote Linkohr, »vermutlich sein letzter großer Fall vor der Rente.«

»Und ganz sicher meiner auch«, kommentierte Häberle schnell. »Übrigens auch von Watzlaff und Schwenger.« Gemeint waren der Leiter des für Hohenstadt zuständigen Geislinger Polizeireviers sowie der Amtsrichter, mit dem sie es seit Jahr und Tag zu tun hatten. »Wenn wir vier weg sind – Sander, Watzlaff, Schwenger und ich –, dann brechen neue Zeiten an. Und bei unserem Lokalblatt zieht im November auch ein neuer Chef auf. Ja, Herr Kollege, die Zeiten werden sich ändern«, witzelte Häberle, wobei seine Zuhörer nicht abschätzen konnten, wie ernst seine Bemerkung zu nehmen war. »Jedenfalls«, so wurde er wieder sachlich, »müssen wir so schnell wie möglich wissen, wer das Opfer ist – und wenn wir Gewissheit über die Identität haben, dürfte zu klären sein, wann und wie alles abgelaufen ist.«

Oberkommissar Philip Mende strich sich durchs füllige Haar. »Falls das Opfer jener sein sollte, den ich im Auge habe, dürfte auch schon ein mögliches Motiv im Raum stehen.«

»Dieser Mensch von der Bauaufsicht«, resümierte Häberle aus den vorausgegangenen Schilderungen der beiden Kollegen. »Ein gewisser …«, er blätterte in seinen handschriftlichen Aufzeichnungen, »Simon Mitterhofer, einige bezeichnen ihn auch als Bauwart.«

»Bauwart?«, fragte Linkohr erstaunt.

»Kontrolleure«, erklärte Thomas Keller. »Das sind Leute von externen Baubüros, die mit der Überwachung aller möglichen Bestimmungen beauftragt sind, die die Polizei rufen können oder die Berufsgenossenschaft.«

»Meist nicht sonderlich beliebt«, ergänzte Mende aus den Schilderungen von Bulling und den Mineuren. »Meckern an vielem rum und spielen sich auf. Das kommt bei den Jungs im Stollen nicht gut an.«

»Sesselfurzer«, kommentierte Häberle, womit er auf despektierliche Weise Bürokraten und Theoretiker, Dummschwätzer und Schönredner, vor allem aber auch Emporkömmlinge meinte, die mit Arroganz und Überheblichkeit mangelnde Kompetenz und fehlendes Fachwissen zu überspielen versuchten. Er wollte jetzt nicht noch mehr dazu sagen. Denn schließlich waren die Tage gezählt, an denen er sich dienstlich mit solchen Typen herumärgern musste, die sich – wie er oft zu sagen pflegte – »in dieser Republik wie die Karnickel vermehren«. Und zwar gleichermaßen in Politik und Wirtschaft.

Linkohr griff Mendes Hinweis auf ein mögliches Motiv auf: »Sie meinen, dieser Simon Mitterhofer hat sich derart unbeliebt gemacht, dass ihn jemand beseitigen wollte?«

»Auszuschließen ist das nicht.«

»Gibt es konkrete Hinweise dafür?«, wollte Linkohr wissen.

»Es könnte danach aussehen. Ich hab das Gefühl, dass die Mineure noch mehr dazu sagen können, als sie heut Nacht bereit waren«, meinte Mende. »Wir haben schon versucht, diesen Mitterhofer aufzutreiben. Sein privater Pkw steht nämlich hier vorne auf dem Parkplatz – aber jetzt kommt's, liebe Kollegen: An dem Auto haben wir zwei platte Reifen festgestellt. Zerstochen – und zwar jene auf der rechten Seite, die dicht am Gebäude steht.«

Ein Raunen ging durch die Reihen, doch Mende fuhr fort: »Und daheim, in seiner Mietwohnung drüben in Oberdrackenstein, ist er jedenfalls nicht.«

»Mit den platten Reifen hätte er auch gar nicht wegfahren können«, warf Linkohr ein. Während er dies sagte, erfüllten die elektronischen Töne von Häberles Handy den Raum. Der Chefermittler fingerte das Gerät aus der Tasche seiner Jeansjacke. »Ja?«

Er lauschte kurz und sagte: »Soll kommen. Hat er gesagt, worum's geht?«

Häberle bestätigte die Antwort mit einem »Okay« und schaltete ab. »Der Bürgermeister von Hohenstadt will mit mir sprechen. Er hat den Kollegen nur gesagt, er habe möglicherweise einen interessanten Hinweis.«

Der Mann wirkte erschöpft. Seine Wanderjacke hatte er nur oberflächlich mit taunassem Gras säubern können, an den festen Schuhen klebte lehmiges Erdreich. Gunnar Rodefeld war es durchaus gewohnt, sich stundenlang durch unwegsames Gelände zu schlagen, auch nachts und unter widrigen Umständen. Mehrere Jahre hatte er sich einst für die Bundeswehr verpflichtet, doch obwohl er mit knapp über 30 wieder in seinen studierten und erlernten Beruf des Tiefbauingenieurs zurückgekehrt war, blieb die Begeisterung für Aktivitäten unter freiem Himmel erhalten. Er joggte, wanderte und war zufrieden, dass seine Freundin Verständnis für seine Begeisterung an der Natur zeigte.

Doch an diesem Sommermorgen war er wieder einmal allein unterwegs. Mit der Begründung, er wolle die erwachende Tierwelt im ersten Morgengrauen sehen, war er bereits am späten Abend von seiner Wohnung bei Stuttgart auf die Albhochfläche gefahren, um in einer dieser Nächte, die jetzt, Ende Juni, nur für wenige Stunden richtig dunkel wurden, das vielfältige Leben in Wald und Flur zu studieren und zu genießen. Und diese klare Nacht mit dem fast vollen Mond hatte sich dafür geradezu angeboten.

Er werde, so hatte er seiner Freundin Gabriele versprochen, längst wieder zurück sein, wenn sie um acht das Ingenieurbüro öffnete, in dem sie für ihn arbeitete. Dieser Termin jedoch war inzwischen verstrichen. Rodefeld hielt es allerdings für nicht ratsam, sie anzurufen und über den Grund seiner Verspätung zu informieren. Um keine elektronischen Spuren zu hinterlassen, hatte er sogar bereits bei der Abfahrt am späten Abend sein Handy abgeschaltet. Seit den Abhöraffären der letzten Jahre war er gegenüber jedem und allem misstrauisch geworden.

Jetzt ärgerte er sich, dass er trotzdem so leichtsinnig gewesen war und seinen Mercedes der GLK-Klasse unweit eines Aussiedlerhofs abgestellt hatte. Auch wenn der Geländewagen auf einen Förster oder Landwirt schließen ließ, so konnte doch das Stuttgarter Kennzeichen hier oben auf der Alb, wo die Landkreise Göppingen und Alb-Donau aneinanderstießen, gewissen Argwohn erregen. Wie hätte er aber auch ahnen können, dass sein Zeitplan gründlich danebengehen würde?

Nachdem es ihm gelungen war, einen Zaun zu übersteigen und Hals über Kopf aus dem Baustellenareal zu flüchten, hatte er es für sinnvoll erachtet, zunächst einmal das

Weite zu suchen, die Autobahn A8 zu überqueren und in einem nahen Waldstück Schutz zu suchen.

Rodefeld hatte sich zuerst jenseits der Autobahn in ein Waldstück verzogen, um dem Helikopter zu entkommen, weil dieser den Einsatz von Wärmebildkameras befürchten ließ. Er war deshalb im Schutze des dichten Blätterdachs Richtung Westerheim gegangen, hatte dann aber Feldstetten tangiert und von dort aus auf Laichingen zugehalten. Als der Morgen gegraut hatte, war er in freier Landschaft den Heckenstreifen gefolgt, um notfalls mit einem Sprung in das Gehölz von der Bildfläche zu verschwinden. Solange sie keine Hunde einsetzten, konnte er sich auf diese Weise sicher fühlen.

Jetzt, viele Stunden später, hatte er in respektablem Bogen und nach vielen Kilometern einen weiten Halbkreis zurückgelegt. Auf den Straßen ebbte bereits der morgendliche Berufsverkehr wieder ab, erste Landwirte waren mit Traktoren und Heuwagen auf den Feldwegen unterwegs. Rodefeld zog es jedoch vor, weiterhin im Schutze von Hecken oder Wäldern zu bleiben. Trotzdem ließ es sich nicht vermeiden, die Deckung zu verlassen, um abseits der Hohenstadter Großbaustelle, irgendwo bei dem Weiler Widderstall, die Autobahn durch eine Unterführung zu queren und auf einem schmalen Asphaltweg weiterzugehen. Ein risikoreiches Vorhaben, wie er sich eingestehen musste, doch fiel er an einem solchen sonnigen Sommermorgen als Wanderer weitaus weniger auf, als wenn man ihn noch während der Nacht entdeckt hätte.

Von Weitem konnte er allerdings nicht abschätzen, was sich auf der Tunnelbaustelle abspielte. Seine Ortskenntnis, die er im Laufe des vergangenen Jahres hier oben erworben hatte, war so gut, dass er nicht einmal sein Navigationsgerät brauchte, um sich in einem letzten Waldstück zurechtzufinden und seinem abgestellten Auto zu nähern. Zufrieden stellte er durch das Dickicht des Unterholzes fest, dass es noch auf dem Seitenstreifen eines Feldwegs parkte, in Sichtweite zu einem Aussiedlerhof, an dem ein Lieferwagen und ein Traktor standen. Einige Männer machten sich dort an einem landwirtschaftlichen Anhänger zu schaffen. Ein Gabelstapler kurvte herum und lud irgendeine Maschine ab.

Rodefeld blieb in Deckung, scannte mit seinen scharfen Augen die Umgebung und entschied, zügig aus dem Wald zu treten und wie ein Frühwanderer oder Jäger auf den geparkten Geländewagen zuzugehen. Noch knapp 100 Meter waren es, während der er die warme Morgensonne auf seiner Schulter spürte. Er kramte den Zündschlüssel aus einer der vielen Taschen seiner Outdoorhose und ließ das Schloss per Fernsteuerung klicken. Noch einmal sah er sich prüfend und misstrauisch um – eben so, wie er es während seiner Bundeswehrzeit gelernt hatte. Er musste daran denken, dass er sich einstens sogar für einen Einsatz in Afghanistan hatte verpflichten wollen, doch dann hatte ihn Gabriele davon abgehalten. Ihr zuliebe war er dageblieben, obwohl er damals hart und ausdauernd für einen solchen Einsatz in Krisengebieten trainiert hatte.

Immerhin aber konnte er Kondition und Ausbildung nun wenigstens bei seinen privaten »Einsätzen« anwenden – und diese lagen durchaus auch im Interesse der Allgemeinheit. Zumindest war er davon felsenfest überzeugt. Außerdem spielte er längst mit dem Gedanken, einmal irgendwo in Südamerika als Ranger in einem Naturpark zu arbeiten.

Einigermaßen erschöpft ließ er sich hinterm Steuer nieder, griff zu einer Flasche Mineralwasser, die auf dem Beifahrersitz lag, und trank die Hälfte davon in einem Zug leer. Erst jetzt spürte er Hunger und sogar stechende Schmerzen im Bauch. Doch obwohl er sich nach einem Frühstück sehnte, wollte er heute keine Sekunde mehr länger in dieser Gegend bleiben. Er beschloss, sofort nach Stuttgart zurückzufahren, startete den Motor und rangierte rückwärts in die Straße hinein, um sich dann Richtung Hohenstadt zur dortigen Behelfseinfahrt der Autobahn zu entfernen. Kaum hatte er das Automatikgetriebe auf »D« gestellt, um nun kräftig zu beschleunigen, signalisierte ihm das Unterbewusstsein Gefahr: Vorne links, bei dem Aussiedlerhof, hatte sich der Lieferwagen, der hinter dem Traktor gestanden war, in Bewegung gesetzt und bog unmittelbar vor dem herannahenden Geländewagen zügig nach links in die Straße ein. Rodefeld trat instinktiv auf die Bremse und rief reflexartig »Idiot«. Reifen quietschten, die Sprudelflasche knallte vom Beifahrersitz in den Fußraum, der Pkw kam zum Stillstand. Der Lieferwagen, der ihn zu diesem Bremsmanöver genötigt hatte, war wider Erwarten nicht davongerast, sondern versperrte ihm jetzt die Weiterfahrt.

Rodefelds beschleunigter Puls begann noch mehr zu rasen. Hatte man ihm eine Falle gestellt?

Rund 20 Kilometer entfernt, über den Bergen und Steilhängen der nördlichen Schwäbischen Alb, wo die Autobahn entlang des Aichelbergs der Landeshauptstadt Stuttgart und somit den Niederungen des Neckartals zustrebt, war eine weitere Großbaustelle eingerichtet worden. Seit zwei Monaten fraß sich von hier aus eine riesige Tunnelbohrmaschine den Mineuren auf der Alb entgegen. Das topografisch tiefer gelegene Gestein, das keine Verkarstungen und Hohlräume befürchten ließ, machte den Einsatz eines solchen Ungetüms möglich. Diese Technologie erforderte deutlich weniger Knochenarbeit als der herkömmliche Stollenbau.

Heute allerdings legte sich die Nachricht aus Hohenstadt wie ein Schatten auf das Gemüt aller Arbeiter und Angestellten. Stillstand gab es aber trotzdem nicht – obwohl die beiden Baustellen eng miteinander zusammenhingen. Beide trennte jedoch ein tiefer Taleinschnitt, der einmal mit einer Brücke überspannt werden sollte.

Anton Trennbalder, ein Mann mit jugendlichem Elan und erfahren im Betonbau, war hier unten für die Herstellung der sogenannten Tübbinge zuständig, wie in der Fachsprache die vorgefertigten Betonschalen zur Stabilisierung und Auskleidung des Stollens genannt wurden. Die Einzelteile, die sich der Rundung des Tunnels anpassen mussten, wurden nur knapp einen Kilometer entfernt in einer eigens dafür erbauten Fabrikhalle pausenlos produziert. Aus jeweils sieben von ihnen setzte sich ein riesiger Betonring zusammen.

Im Zweimetertakt ging's auf diese Weise vorwärts. Im günstigsten Fall bis zu 30 Meter täglich. Vergleichsweise wenig, gemessen an den neun Kilometern, die zu bewältigen waren, ehe im tiefen Taleinschnitt zwischen Mühlhausen und Wiesensteig wieder Tageslicht erreicht sein würde. Dort stellte künftig eine Brücke die Verbindung zum nächsten Tunnelabschnitt her, der hinauf nach Hohenstadt führte.

Auch Trennbalder war mit dem Baufortschritt zufrieden und brachte dies gegenüber seinen engsten Mitarbeitern zum Ausdruck. Er wollte bei dem morgendlichen Gespräch in seinem Containerbüro von den schrecklichen Geschehnissen ablenken, die sich zum Hauptthema entwickelt hatten. »Ich geh mal davon aus, dass wir hier in unserem Zeitplan nicht zurückgeworfen werden«, stellte er im Hinblick auf den Baustopp am Steinbühltunnel bei Hohenstadt fest.

Einer der drei anwesenden Mitarbeiter zog eine kritische Miene. »Der Feuerstein hat auch schon angerufen und wollte dich sprechen. Er will wissen, wie's bei uns läuft.« Den Mann namens »Feuerstein« kannte jeder auf der Großbaustelle. Er war Bauingenieur mit Leib und Seele und verantwortlicher Projektleiter für den Streckenabschnitt mit den beiden großen Tunnels. Sein Fachwissen und sein sympathisches Auftreten als rheinische Frohnatur, die er war, verliehen ihm auch bei den Arbeitern auf der Baustelle Anerkennung und Respekt.

Trennbalder, der seinem Akzent zufolge aus dem Großraum Dresden stammen musste, gab zu bedenken: »Natürlich müssen wir damit rechnen, dass auch bei uns die Kripo aufkreuzt, zumindest, wenn sich bewahrheiten sollte, dass es dieser Mitterhofer ist, der da verunglückt ist.« Er überlegte und fügte an: »Im Übrigen wohnt Mitterhofer, soweit ich weiß, droben in Oberdrackenstein, diesem kleinen Nest dicht an der Baustelle.«

Einer aus der Mitarbeiterrunde blickte stirnrunzelnd auf seine Kollegen: »Ihr wisst doch hoffentlich, dass sich der Kerl ziemlich unbeliebt gemacht hat.«

Trennbalder nickte und strich mit den Fingern der rechten Hand über sein glatt rasiertes Kinn. »Erst vergangenen Freitag war er wieder da, um die Temperatur im Beton zu testen.«

»Wenn du mich fragst, Anton, der hat doch eine Macke«, wurde der Dritte aus der Runde jetzt deutlich. »Der rennt doch nur mit seinem Fieberthermometer rum und würde sich diebisch freuen, uns eine Abweichung nachweisen zu können. Manchmal frag ich mich, für wen uns der eigentlich hält und auf welcher Seite der steht.«

Trennbalder wurde ungewöhnlich ernst, wie seine Mitarbeiter es empfanden. »Ich rate dringend davon ab, solche Äußerungen gegenüber der Polizei zu machen – falls die hier auftauchen sollte. Wir alle wissen, wie unbeliebt dieser Mitterhofer ist. Da kann man sehr schnell in etwas hineingezogen werden, was man nur schwer wieder loswird.« Er sah in die Runde. »Bitte denkt daran. Im Interesse von uns allen und vor allem unserer Baustelle.«

6

Der Bürgermeister von Hohenstadt war schon mehrere Male im Bürocontainer gewesen. Im Vorfeld des Tunnelbaus hatte es ziemlichen Ärger gegeben, weil sich die Feuerwehr der kleinen Gemeinde außerstande sah, bei einem Großbrand auf der Baustelle den ersten Löschangriff zu bewältigen. Es hatte einiges behördlichen Drucks bedurft, bis die Bahnoberen endlich bereit gewesen waren, eine eigene Stollen-Feuerwehr einzurichten. Und erst vor einigen Tagen hatten er und sein Gemeinderat sich gegen zusätzliche Deponieflächen für Abraummaterial auf Hohenstadts Gemarkung ausgesprochen.

Gunter Grünbort, der seit Jahren der Kommune auf den Anhöhen der Mitteleuropäischen Wasserscheide vorstand, fand sich in dem Container-Komplex zurecht. Inzwischen war die vormittägliche Betriebsamkeit in vollem Gange, wenngleich sich auch hier die Gespräche nur um die nächtlichen Zwischenfälle drehten. Wie ein Lauffeuer hatte sich die Nachricht gleich nach Arbeitsbeginn verbreitet. Ein Abteilungsleiter war daraufhin durch alle Büros geeilt, um die Angestellten zu absolutem Stillschweigen zu verdonnern. »Falls irgendwo ein Gespräch von Journalisten auflaufen sollte, muss es sofort an Feuerstein weitergeleitet werden«, hatte er geschnarrt und nervös hinzugefügt: »Anweisung aus Stuttgart.«

Als er eines der Büros verließ, traf er auf dem langen Flur mit Grünbort zusammen, den er sofort als den Bürgermeister von Hohenstadt erkannte. »Ach«, entfuhr es ihm, »Sie auch hier?«

Grünbort war gleichermaßen überrascht, seinen Kontrahenten aus der zurückliegenden Feuerwehr-Diskussion vor sich zu haben. »Freut mich, Sie wieder mal zu sehen«, sagte er spontan und grinste übers ganze Gesicht. »Leider ist der Anlass wieder mal nicht erfreulich.«

»Sie kommen … wegen dieser Sache?«, gab sich der Abteilungsleiter verunsichert.

»Ich hab ein Gespräch mit Herrn Häberle«, erwiderte Grünbort unterkühlt und wollte weitergehen, doch der Bahn-Mitarbeiter ließ sich nicht abspeisen: »In Ihrer Eigenschaft als Bürgermeister – oder wie darf ich das verstehen?«

Grünbort, der durchaus schlagfertig sein konnte, erwiderte schnell: »Wenn Sie mich so fragen, muss ich Ihnen leider sagen, dass Sie das auch nicht zu verstehen brauchen. Guten Tag.« Sprach's und ließ den Mann, dessen forsches Auftreten ihm während der Diskussion über die Feuerwehr unangenehm aufgefallen war, einfach stehen. Schnösel wie der kamen ihm gerade recht. So konnten sie vielleicht in der Anonymität einer Großstadt auftreten, nicht aber hier oben auf dem Land.

Wenig später saß Grünbort dem Chefermittler gegenüber, bedankte sich für den schnellen Termin und empfand es als erfrischend, nach dem unliebsamen Zusammentreffen mit dem Bahnmitarbeiter auf einen bodenständigen Kriminalisten gestoßen zu sein.

Auch Häberles erster Eindruck war von Sympathie geprägt. »Sie sind gekommen, um mir einen interessanten Hinweis zu geben?«, kam er schließlich zur Sache. Er vermied es jedoch, ungeduldig zu wirken, denn er hätte sich mit dem Mann gerne noch eine Weile unterhalten. Jetzt aber war nicht die Zeit für einen Plausch.

Grünbort, dessen violette Krawatte nicht zu seinem jetzt gerade roten Gesicht passen mochte, sah sich um, als wolle er prüfen, ob die Tür geschlossen war. »Das muss unter uns bleiben«, begann er mit gedämpfter Stimme. »Nachdem heut Nacht hier wohl einiges los war und sogar unsere Feuerwehr gerufen wurde, hab ich mir erlaubt, das Polizeirevier anzurufen, von wo man mich aber sofort ans Ulmer Präsidium verwiesen hat.« Dem Tonfall nach schien er darüber ziemlich verärgert gewesen zu sein. »Wissen Sie, seit die in Ulm alles an sich gerissen haben, darf noch nicht mal der Herr Watzlaff, unser Revierleiter in Geislingen, mit uns Bürgermeistern reden. Das nennt sich dann ›Bürgernähe‹!« Er verzog das Gesicht zu einem gequälten Lächeln. »Mein Feuerwehrkommandant konnte mir wenigstens sagen, dass man wohl die Überreste eines menschlichen Körpers gefunden hat – auf diesem Transportband.«

Häberle wollte nicht darauf eingehen, obwohl er die Verärgerung des Mannes voll und ganz nachvollziehen konnte. Grünbort fuhr fort: »Die Polizei hat mich an den Präsidenten verwiesen, der mir am Telefon kurz bestätigt hat, dass es wohl einen rätselhaften Todesfall gegeben hat und man jetzt rund um unsere Gemeinde nach einer Person fahnde, die einen Wachmann niedergeschlagen habe.«

Häberle verzichtete darauf, den Sachverhalt mit dem Wachmann zu korrigieren. Der war schließlich nicht »niedergeschlagen«, sondern mit Pfefferspray außer Gefecht gesetzt worden.

»So etwas beunruhigt unsere kleine Gemeinde«, machte Grünbort weiter. »Obwohl wir natürlich gleich von vorneherein befürchtet hatten, dass mit so vielen Arbeitern und dieser Containersiedlung auch Unruhe in den Ort kommen würde. Immerhin leben und arbeiten hier auf diesem Gelände viele Nationalitäten eng beieinander. Das werden Sie wissen.« Der Bürgermeister wartete vergeblich auf eine Reaktion Häberles, der ihm gespannt zuhörte. »Bisher können wir uns aber überhaupt nicht beklagen«, beeilte sich Grünbort, zu betonen. »Es hat in den zwei Jahren, seit sie hier sind, so gut wie keine Probleme gegeben. Aber seit einigen Wochen gibt es gewisse Gerüchte, die ich Ihnen einfach nicht vorenthalten möchte.«

Häberle lehnte sich zurück, worauf der Bürostuhl unter dem Druck seines voluminösen Körpers bedrohlich ächzte. »Dann lassen Sie mal hören.«

»Es muss nicht unbedingt etwas von Bedeutung sein«, schwächte der um Sachlichkeit bemühte Bürgermeister ab, um keine allzu großen Erwartungen aufkommen zu lassen. »Aber ich halte es für meine Pflicht, es Ihnen mitzuteilen.«

Häberle war von dem ehrlichen Engagement dieses Mannes angetan. Derlei kooperative Zusammenarbeit hatte er während seiner langjährigen Berufslaufbahn meist nur in ländlichen Bereichen erfahren, wo sich der »Schultes«, wie man im Schwäbischen zu sagen pflegte, halt noch mit seiner Gemeinde und den Menschen identifizierte. Sobald eine Kommune größer war oder gar durch diese unseligen Eingemeindungen ihre Identität verloren hatte, saßen im Rathaus meist nur noch die staubtrockenen und in ihren Hochschulen zu windschlüpfrigen Verwaltern geschliffenen Bürokraten.

Grünbort räusperte sich. »Ich will aber niemanden anschwärzen, verstehen Sie? Vor allem ist mir weiterhin an einem guten Verhältnis zu den Baufirmen gelegen – nachdem ich mit der Bahn schon wegen der Feuerwehrgeschichte im Clinch gelegen bin.«

Häberle nickte. Er hatte davon in der Zeitung gelesen. »Ich versichere Ihnen, dass alles, was hier drinnen zwischen uns beiden gesprochen wird, auch unter uns bleibt.«

Das Mobile Einsatzkommando aus Göppingen hatte ganze Arbeit geleistet: Noch bevor Gunnar Rodefeld reagieren konnte, war sein Mercedes-Geländewagen von Männern in Kampfanzügen umstellt, Maschinenpistolen im Anschlag. Ohne Widerstand zu leisten, hatte er das Fahrzeug mit weichen Knien verlassen, die zitternden Hände erhoben, und sich zu einem Mannschaftstransportwagen bringen lassen, der hinter dem Aussiedlerhof parkte. »Darf ich fragen, was das soll?«, war alles, was er mit schwacher Stimme hervorpressen konnte. Eine Antwort bekam er nicht. Stattdessen tasteten zwei Beamte seine Kleidung von oben bis unten ab, ohne jedoch aus den Taschen etwas Verdächtiges zutage zu fördern. »Ich will wissen, was das soll«, fasste sich Rodefeld jetzt wieder und besann sich seiner Nahkampfausbildung bei der Bundeswehr. Allerdings würde es in dieser Situation und unter diesen Umständen keinen Sinn machen, davon Gebrauch zu machen. Er erhielt keine Antwort und wurde wortlos zu dem Kleinbus gezerrt, in dem er an einem Klapptisch gegenüber zwei Beamten Platz nehmen musste.

»Ihre Personalien«, forderte ihn einer der Uniformierten auf. Rodefeld holte, ohne zu zögern, seinen Geldbeutel hervor und entnahm ihm Personalausweis und Führerschein. Die Polizisten warfen einen prüfenden Blick darauf und nickten sich zu. Rodefeld schwieg.

»Wo sind Sie hergekommen?«, herrschte ihn einer der beiden an.

»Wieso interessiert Sie das?«

»Die Fragen stellen wir.«

»Ich habe aber ein Recht darauf, zu erfahren, was hier vorgeht«, konterte Rodefeld, der die vorausgegangenen Schrecksekunden jetzt überwunden hatte.

»Sie stehen im Verdacht, widerrechtlich in das Baugelände eingedrungen zu sein«, erklärte der wortführende Beamte. »Hausfriedensbruch ist das Mindeste, was man Ihnen anlasten kann. Also: Wo waren Sie?«

»Wandern«, antwortete Rodefeld und gab sich verwundert. »Frühwanderung. Natur beobachten vor und nach Sonnenaufgang. In einer mondhellen Nacht.« Er deutete in den Sommervormittag hinaus. »Wir haben gerade die Tage der Sommersonnwende hinter uns. Längste Tage, kürzeste Nächte.«

»Schweifen Sie nicht ab«, schnarrte der Uniformierte, der offenbar nicht gewillt war, Rodefelds harmloses Auftreten hinzunehmen. »Sie wollen also behaupten, die ganze Nacht hier gewandert zu sein.«

»Muss ich mich wiederholen?« Rodefeld hatte sein Selbstbewusstsein wieder gefunden. »Im Übrigen sehe ich keinen Grund, weshalb Sie mich festhalten wollen.«

Der Polizist blieb schlagfertig: »Verdacht des Hausfriedensbruchs, wie ich schon sagte.«

Jetzt schaltete sich auch der andere Beamte ein: »Ich denke, dass unsere Kollegen von der Sonderkommission ein paar ernste Worte mit Ihnen wechseln möchten.«

»Sonderkommission?«, entfuhr es Rodefeld erschrocken. »Ich denke, es geht um Hausfriedensbruch.«

»Wenn Sie sich da nur nicht täuschen«, entgegnete der Wortführer.

Die Sonne stand bereits hoch am Horizont, eine ungewöhnliche Stille lag bleiern über der Baustelle. Für die Einsatzkräfte, die noch immer auf dem stillstehenden Transportband nach menschlichen Überresten oder anderen Spuren suchten, schien die schweißtreibende Arbeit kein Ende zu nehmen. Meter um Meter mussten in teilweise Schwindel erregender Höhe die Abdeckung beseitigt und das gebrochene Material genauestens unter die Lupe genommen werden.

Hingegen waren die Arbeiten auf der Abraumhalde inzwischen eingestellt worden. Bergwacht und Feuerwehr hatten ihre Gerätschaften wieder abgezogen. In den frisch aufgeschichteten Bereichen der Deponie waren keine Knochenteile oder Gliedmaßen mehr entdeckt worden.

Die jeweiligen Leiter der Einsatzgruppen gingen davon aus, dass sich auf dem Transportband noch weitere Spuren fanden. Wie richtig sie mit ihrer Einschätzung lagen, zeigte sich kurz vor der Mittagszeit. Zwei Bauarbeiter, die zusammen mit einem Beamten der Spurensicherung seit Stunden der prallen Sonne ausgesetzt waren, stießen beim Abnehmen eines weiteren Teils der Kunststoffabdeckung auf zerknüllte Stoffreste, die einmal eine Hose gewesen sein mussten. Ein paar Meter weiter jagte ihnen zwischen dicken Gesteinsbrocken der Anblick eines dunkelrot verfärbten Klumpens einen Schauer über den Rücken. Nach kurzer Atemlosigkeit griff einer der Männer mit der behandschuhten Hand zu den Lehm verschmierten Steinen, um sie vorsichtig auf die Seite zu schichten. Damit wurde der Blick auf das Entsetzliche frei: ein abgetrennter Fuß, der noch zur Hälfte in einem zerfetzten blauen Socken steckte.

Sofort wurde Gerichtsmediziner Dr. Frank Kräuter mit einem Hubsteiger zum Fundort in die Höhe gehievt, um die Überreste eines menschlichen Körpers fachgerecht sicherzustellen.

Eine halbe Stunde später stellte er vor Mitgliedern der Sonderkommission fest: »Wir haben inzwischen so viele Knochen- und Organteile gefunden, dass wir mit Sicherheit ausschließen können, dass diese Person noch lebt.«

Betretenes Schweigen im Raum, das der Mediziner mit leicht sächselndem Akzent nur kurz gewähren ließ, machte sich breit. »Meine anfangs geäußerte Vermutung, dass es sich um eine männliche Person handelt, hat sich mittlerweile auch bestätigt. Zum Alter vermag ich noch nichts Genaues zu sagen, aber das Opfer dürfte weder ganz jung noch ganz alt gewesen sein.«

»Genauerer Todeszeitpunkt?«, fragte eine Männerstimme dazwischen.

»Innerhalb der letzten zwölf Stunden, mal ganz vage gesprochen. Aber der Trocknungszustand des Blutes lässt diese Vermutung zu.«

»Die Frage nach der Todesursache erübrigt sich wohl«, resümierte ein anderer Kriminalist.

»Nach dem derzeitigen Erkenntnisstand, ja. Forensisch-toxikologische Untersuchungen könnten jedoch Aufschluss darüber geben, ob die Person vor ihrem Tod Drogen oder Ähnliches zu sich genommen hat. Aber das brauche ich Ihnen ja nicht näher zu erläutern.«

Die Kriminalisten warteten gespannt auf die Ausführungen eines Kollegen, der die aufwendige Suche auf dem Transportband koordinierte. »Wir haben in der vergangenen Stunde aber noch mehr entdeckt«, ergriff er das Wort vor den Ermittlern, die an Schreibtischen saßen oder sich an die mit Bauplänen vollgepinnten Wände lehnten. »Es gibt noch einmal Überreste von einem zermalmten Schutzhelm.« Der Beamte hob einen Plastikbeutel in die Höhe, der rötliche Plastikteile enthielt. »Von Farbe und Beschaffenheit müssen sie von einem anderen stammen, als von dem, dessen Teile wir heute Vormittag schon gefunden haben.«

»Zwei Helme also?«, fragte eine junge Frau dazwischen.

»Sieht ganz danach aus.«

Ein Raunen ging durch die Mannschaft, bis sich ein junger Kommissaranwärter zu Wort meldete: »Kommt es denn hin und wieder vor, dass so ein Helm versehentlich in die Brechanlage fällt – oder vielleicht ein defektes Stück auf diese Weise entsorgt wird?«

Der Einsatzleiter zeigte sich ratlos. »Keine Ahnung, da müssen wir die Leute vom Bau fragen.«

»Und wenn das ungewöhnlich ist?«, blieb der eifrige Kriminalist hartnäckig.

»Dann, Herr Kollege, dann muss es entweder zwei Tote geben«, er sah ernst in die schweigende Runde, »oder es hat einen Kampf gegeben, bei denen Opfer und Täter ihre Helme verloren haben.«

Vieles deutete inzwischen darauf hin, dass Simon Mitterhofer von der Bauaufsicht spurlos verschwunden war: Sein Privat-Pkw parkte mit zwei platten Reifen vor den Bürocontainern, und in seiner Mietwohnung in Oberdrackenstein ging niemand ans Telefon. Ob es Angehörige gab, konnte bislang nicht geklärt werden. Eine Streife des zuständigen Geislinger Polizeireviers war an seiner Adresse gewesen, doch hatte auf mehrfaches Klingeln niemand geöffnet. Die Jalousien waren geschlossen, und auch die Besitzer des schmucken Häuschens in sonniger Südhanglage, ein Rentner-Ehepaar, hatten nicht sagen können, wo sich der Mieter ihrer Einliegerwohnung aufhielt. Sie waren davon ausgegangen, dass er Nachtschicht haben würde, wie so oft. Den Streifenbeamten hatten sie angeboten, mit einem Zweitschlüssel die Wohnung Mitterhofers zu öffnen. Doch die Polizisten wollten dies ohne die »Kollegen von der Kripo« nicht veranlassen.

Linkohr fuhr deshalb gemeinsam mit Oberkommissar Philip Mende in das nur etwa drei Kilometer entfernte Örtchen auf der Albhochfläche.

Mende kratzte sich im schweißnassen Haar. »Sag mal, kannst du dir vorstellen, dass unsere Geschichte etwas mit diesen Dauerprotestlern gegen das Bahnprojekt in Stuttgart zu tun hat?«

Linkohr antwortete unerwartet schnell: »Ich hab heut früh mit Häberle drüber gesprochen. Er geht davon aus, dass man bei unseren obersten Herrschaften zumindest so etwas befürchtet.«

»Die machen sich gleich in die Hose«, meinte Mende. »Wahrscheinlich soll von der ganzen Sache nichts an die Öffentlichkeit dringen dürfen. Um ehrlich zu sein, Mike, manchmal hab ich den Eindruck, wir sind eine *Geheimpolizei* geworden.«

Linkohr staunte, wie offen dieser Kollege daherredete. Dabei musste sich Philip in Acht nehmen, dass solche Äußerungen nicht in die Chefetagen vordrangen, sonst fänden sich ganz schnell Gründe, weshalb die Beförderung zum Hauptkommissar hinausgeschoben werden musste. Linkohr, der diesen Dienstgrad längst erreicht hatte, wunderte sich, dass der nur wenig jüngere Mende offenbar erst relativ spät Oberkommissar geworden war.

Während des Gesprächs hatte Linkohr die gesuchte Adresse in einem kleinen Neubaugebiet gefunden. Ein blau-weißer Mercedes-Streifenwagen der Geislinger Polizei parkte vor einem Grundstück, dessen Frühlingsblumenpracht im Sonnenlicht erstrahlte.

Linkohr hielt dahinter. Als sie ausstiegen, kamen ihnen sogleich zwei Uniformierte entgegen und begrüßten sie. Aufmerksam beäugt von einigen Nachbarn, gingen die vier Männer durch den Vorgarten zu dem kleinen Häuschen, wo sie von dem Besitzerehepaar empfangen wurden. »Sie sind aber schnell«, staunte der braun gebrannte, sportliche Mann, der vom Äußeren ein Mittfünfziger hätte sein können. Auch seine Frau, so dachte Linkohr, wirkte so attraktiv, als sei sie ein Model für die »Mode ab 50«. Möglicherweise waren die beiden vorzeitig in den Ruhestand getreten, überlegte der Kriminalist, kurz bevor er den Grund des Polizeieinsatzes wiederholte, den die Geislinger Kollegen bereits genannt hatten.

»Uns ist inzwischen etwas eingefallen«, erklärte der Mann, der sich als Dietmar Freudenreich vorgestellt hatte, auf dem Weg die Steintreppe hinab zur Einliegerwohnung. »Heut früh ist Herr Mitterhofer heimgekommen, vielleicht so gegen halb fünf oder so.«

Linkohr blieb stehen, worauf auch der vor ihm gehende Freudenreich stoppte. »Wie? Er ist also doch gekommen?«, staunte der Kriminalist. Den Streifenbeamten hatten sie doch etwas ganz anderes erzählt.

»Ja, nachdem uns Ihre Kollegen gebeten hatten, wir sollen mal da unten klopfen und versuchen, den Herrn Mitterhofer zu wecken, da ist meinem Mann eingefallen, dass er heut früh etwas gehört hat«, schaltete sich nun Frau Freudenreich ein, die den beiden Kriminalisten gefolgt war.

»Sie haben etwas gehört?«, wiederholte Mende. »Geräusche oder Stimmen?«

»Geräusche. Ein Öffnen der Tür. Wissen Sie, das Haus ist ziemlich hellhörig«, antwortete Freudenreich und holte einen einzelnen Schlüssel aus der Hosentasche.

»War es denn ungewöhnlich, dass Herr Mitterhofer um diese Zeit erst heimkam?«, wollte Linkohr wissen.

»Nein, natürlich nicht«, beeilte sich Freudenreich zu ergänzen. »Er hat Schichtdienst. Drüben auf der Tunnelbaustelle. Aber das müssten Sie doch wissen.«

Linkohr nickte, bat den Hausherrn zur Seite und klopfte kräftig mit der Faust gegen die Tür. »Herr Mitterhofer, Herr Mitterhofer. Bitte öffnen Sie. Kriminalpolizei«, rief er. Weil sich nichts rührte, gab er Freudenreich mit der Hand ein Zeichen, die Tür aufzuschließen.

Linkohr und Mende traten näher, die Streifenbeamten drängten die Frau zur Seite, um ebenfalls dicht herankommen zu können.

Als der Hausbesitzer den Schlüssel im Schloss gedreht hatte und die Tür langsam nach innen aufschwenkte, blickten sie in einen stockfinsteren Flur. Freudenreich knipste den Lichtschalter an, worauf ein greller Halogenstrahl auf ein farbenfrohes Gemälde an der linken Wand fiel. Alle Türen standen offen und führten in abgedunkelte Räume.

»Herr Mitterhofer«, rief Linkohr noch einmal. »Sind Sie da?«

Stille. »Das Schlafzimmer ist links«, flüsterte Freudenreich, dessen Stimme innere Aufregung verriet.

Die beiden Streifenbeamten gaben ihm und seiner Ehefrau wortlos zu verstehen, sich im Hintergrund zu halten. Linkohr und Mende folgten hingegen den Uniformierten, die ihre Waffen gezogen hatten, die sie nun mit beiden Händen umklammerten und mit gestreckten Armen auf die dunklen Räume gezielt hielten.

Noch einmal lauschten sie in die Dunkelheit. Nichts. Kein Geräusch. Tödliche Stille. Einer der Uniformierten näherte sich vorsichtig der offen stehenden Schlafzimmertür, während sein Kollege von schräg gegenüber die Situation nach allen Seiten hin sicherte. Unterdessen blieben die Blicke der beiden Kriminalisten auf die anderen dunklen Türöffnungen gerichtet, in denen sich das Licht des Halogenstrahlers verlor. Linkohr ärgerte sich, wieder einmal keine Dienstwaffe dabeizuhaben. Ähnlich erging es Mende.

Doch die uniformierten Kollegen schienen die Lage voll im Griff zu haben. Immerhin waren sie es bei ihren täglichen Einsätzen gewohnt, sekundenschnell, vor allem aber auch auf jegliche Art von Zwischenfällen zu reagieren.

Einer der beiden nahm vorsichtig die linke Hand von der Waffe und fingerte mit einem schnellen Griff um den hölzernen Rahmen der Schlafzimmertür, wo er den Lichtschalter vermutete. Augenblicklich flammte ein blendendes Licht auf und erhellte den Raum.

Während Linkohr und Mende zurückgeblieben waren, um die anderen Türen nicht aus den Augen zu lassen, verstrichen ein paar Augenblicke angespannter Stille – bis es einem Uniformierten entfuhr: »Ach Gott.« Es klang nicht geschockt, aber überrascht.

Rodefeld war blass, seine Augen waren müde. Nur widerwillig war er den Männern des Mobilen Einsatzkommandos in Häberles Büro gefolgt.

»Kaffee?«, fragte der Chefermittler ruhig, nachdem die Kollegen den Raum verlassen hatten und Rodefeld Platz genommen hatte. Der Mann, an dessen Schuhen und Wanderkleidung getrockneter Lehm haftete, presste ein knappes »Ja, bitte« hervor und besah sich seine verschmutzten Fingernägel. Häberle verschwand kurz im Nebenraum und bat die inzwischen ebenfalls nach Hohenstadt gekommene Sekretärin um zwei Tassen Kaffee.

»Die Kollegen haben Sie ein bisschen unsanft aufgehalten«, zeigte er sich verständnisvoll und mit väterlich sonorer Stimme »Aber hier oben ist heute einiges los.«

»Und da schnappen die sich halt den Nächstbesten«, meckerte Rodefeld, dessen Hände zitterten.

»Nicht den Nächstbesten«, erwiderte Häberle gelassen. »Sondern jeden, der sich verdächtig macht.«

»Was ist denn überhaupt passiert?«, wollte Rodefeld wissen, als fiele ihm ein, dass er bisher gar nicht danach gefragt hatte.

»Jemand ist auf der Baustelle zu Tode gekommen«, erklärte Häberle. »Und wir müssen nach Lage der Dinge davon ausgehen, dass es kein Unglücksfall war.«

»Ein Toter?« Rodefelds Augen wurden groß vor Staunen.

»Ja«, blieb Häberle emotionslos. »Und weil im Laufe der Nacht jemand beim Verlassen des Baustellenareals einen privaten Wachmann außer Gefecht gesetzt hat, sind die Kollegen überall da draußen auf der Suche nach diesem Unbekannten.«

»Jetzt versteh ich: Da komm ich also von meiner Nachtwanderung zurück und bin gleich verdächtig.«

»So kann man das vereinfacht ausdrücken, ja«, bestätigte Häberle, während die angegraute Sekretärin den Kaffee servierte und sofort wieder verschwand. Rodefeld griff gleich nach der Tasse und nahm einen kräftigen Schluck, obwohl ihm in seiner körperlichen Verfassung ein Tee lieber gewesen wäre.

»Ihr Wagen war in der Nähe geparkt«, kam Häberle vorsichtig zur Sache.

»Ist das verboten?«

Der Kriminalist grinste. »Streng genommen, ja. Ihr Wagen stand auf dem Grünstreifen.«

»40 Euro Buße, oder was?« Rodefeld reagierte verärgert.

»Quatsch«, beruhigte Häberle. »Um solche Kinkerlitzchen kümmern wir uns nicht. Uns würde nur interessieren, wo Sie die Nacht über waren.«

»Und ob ich in der Baustelle hier drin war, stimmt's?«, ergänzte der junge Mann gereizt.

»Sie bringen's auf den Punkt«, gab sich Häberle entwaffnend. »Also – wie war's?« Auch er nahm einen Schluck Kaffee.

Rodefeld steckte die Hände in die Jackentaschen. »Ich weiß nicht, ob ich verpflichtet bin, darauf zu antworten.«

Häberle zuckte mit den breiten Schultern. »Vielleicht sollte ich Ihnen erklären, dass es sich hier um ein Vieraugengespräch handelt – falls Sie verstehen, was ich meine.« Er lächelte gütig – ein Vorgehen, das schon manchen dazu bewogen hatte, sich gesprächsbereiter zu zeigen. »Außerdem können Sie davon ausgehen«, fuhr Häberle fort, »dass wir Ihre Akte schon kennen.«

»Akte?«, entfuhr es Rodefeld. »Welche Akte denn?«

»Körperverletzung bei den Demos am Bahnhof.«

Das genügte, um Rodefelds gekünstelte Gelassenheit zu knacken. »Ach, daher weht der Wind. Vorbestraft – und schon ist man dran.« Rodefeld griff energisch zur Tasse und trank sie leer.

»Falsch. Völlig falsch. Ich wollte damit nur sagen, dass Sie sofort alle Mutmaßungen ausräumen können, wenn Sie erklären, was vergangene Nacht war.«

Rodefeld schwieg kurz. »Wenn Sie jetzt damit anfangen, mich am Tod von irgendjemandem verantwortlich zu machen, dann wird's wohl Zeit, dass ich mir einen Anwalt nehme.«

Häberle hob beschwichtigend die Unterarme, wie er dies in solchen Fällen immer tat, um ein Gespräch nicht eskalieren zu lassen. »Langsam, langsam.« Er holte tief Luft, worauf sich sein eng bemessenes Jeanshemd bedrohlich spannte. »Kurze Frage, kurze Antwort – und Sie können wieder gen Stuttgart fahren: Was haben Sie heut früh oder heut Nacht hier oben gemacht?«

»Ich kann nur wiederholen, was ich Ihren Kollegen schon gesagt habe: Ich hab Tiere beobachtet, bei Nacht und in den frühen Sommermorgen hinein.« Er runzelte die Stirn und sah den Kriminalisten skeptisch an, als traue er ihm keinerlei Naturkenntnisse zu. »Die kurzen Nächte sind sternenklar und bei zunehmendem Mond wie jetzt sogar richtig hell. Traumhaft schön. Vollmond ist übrigens übermorgen, am 2. Juli.« Rodefeld war davon überzeugt, dass ein altgedienter Kriminalbeamter kaum eine Ahnung von der Himmelsmechanik hatte. Häberle stoppte den Redefluss.

»Und deshalb waren Sie gestern sozusagen ab Mitternacht hier oben unterwegs?«

»Ja, weil man in solch lauen Sommernächten Tiere beobachten und den Duft des Sommers einatmen kann.«

»Und warum gerade hier oben, ausgerechnet so dicht an dieser Baustelle?«

»Ist das verboten?«

»Nicht verboten. Nur etwas merkwürdig, finden Sie nicht?«

»Natürlich war ich schon mal hier oben und hab mir diese Wunde in der Landschaft angeschaut. Vor einigen Monaten schon. Dabei ist mir die Idee gekommen, in einer Sommernacht durch die Wälder zu ziehen.«

»Ganz allein?«, stellte Häberle fragend fest.

»Ja, ganz allein. Ohne Komplizen oder Frauen«, erwiderte Rodefeld forsch-frech, wie es der Ermittler empfand.

Häberle überlegte, wie sein Gegenüber auf die nächste Frage reagieren würde. »Okay. Sie haben auch niemanden …« – er ließ es eher nebensächlich klingen – »… der Sie hier oben unterstützt?«

»Unterstützt?«, echote Rodefeld schnell. »Wie darf ich das denn verstehen?«

»Wie ich es sagte: Jemanden, der vielleicht Verständnis dafür hat, dass Sie hier mal einen kritischen Blick auf diese in manchen Kreisen etwas ungeliebte Baustelle werfen.«

»Jetzt hören Sie doch bitte damit auf, Herr Kommissar. Ich hab hier weder einen Komplizen noch einen Sympathisanten. Ich hab zwar in Stuttgart bei den Demos mitgemacht, vor vier, fünf Jahren – das ist doch unbestritten. Aber jetzt wird das Ding gebaut, und damit hat sich für mich die Sache erledigt.«

Häberle nickte. Er wollte das Thema nicht vertiefen, sondern einen anderen kritischen Punkt ansprechen. »Jetzt hab ich nur noch eine kleine Bitte, die aber Ihr Verständnis voraussetzt.«

»So?« Auf Rodefelds Stirn glitzerten Schweißperlen. Im Bürocontainer war es unerträglich heiß geworden.

»Dürfen meine Kollegen mal eine Schmutzprobe von Ihren Händen nehmen?«

»Eine *was*?«, empörte sich Rodefeld. Gerade erst hatte er sich beruhigt, doch jetzt reagierte er erneut aufbrausend.

»Nur die Abnahme oberflächlicher Schmutzpartikel – mit einer Spezialfolie.«

»Wie bitte? Wozu soll denn das gut sein?«

»Zu Ihrem eigenen Schutz, Herr Rodefeld«, erklärte Häberle. »Wenn stimmt, was Sie uns gesagt haben, dann wird damit nur bestätigt, dass Sie nichts mit der Sache zu tun haben.«

»Mit der Sache mit dem Toten? Das wollen Sie doch sagen.«

»Richtig.«

»Und welche Art von Schmutzpartikeln suchen Sie?«

»Nicht wirklich Schmutz«, entschied sich Häberle für eine klare Aussage. »Sondern Reste von Pfefferspray.«

Rodefeld musste das Gehörte zuerst verdauen. »Pfefferspray?«, wiederholte er ungläubig. »Und das wollen Sie an meinen Händen nachweisen?«

»Am liebsten nicht«, erwiderte der Chefermittler. »Wir wollen Sie doch entlasten, oder?«

Rodefeld stockte der Atem. Er sah den Kriminalisten zweifelnd an.

7

Darko Bulling hatte keine Sekunde geschlafen. Er fror und zitterte, obwohl er sich den Schmutz der vergangenen Nacht heiß und gründlich weggeduscht und die Arbeitskleidung gleich in die Waschmaschine geworfen hatte, die ihm im Keller seiner gemieteten Zweizimmerwohnung in Merklingen zur Verfügung stand. Er spürte Schmerzen in sämtlichen Gliedern und konnte keinen klaren Gedanken fassen. Wie ein wild gewordenes Video rasten die Bilder der letzten Stunden durch sein Gehirn: die beiden Kriminalisten bei ihm im Stollen, die Berichte von aufgefundenen Leichenteilen, Mitterhofers Dienstfahrzeug – und der gigantische Polizeieinsatz. Bulling hatte sich in den frühen Morgenstunden erschöpft aufs Bett fallen lassen. Doch die bösen Gedanken umwaberten ihn wie der graue Schleier einer irrationalen Gespensterwelt. Er versuchte zu rekonstruieren, wie er nach dem Gespräch mit den Kriminalisten und den Mineuren den Stollen verlassen hatte – und wie erleichtert er gewesen war, in dem unübersichtlichen nächtlichen Chaos aus Polizei und Feuerwehr keine weiteren Kollegen mehr getroffen zu haben. Er hatte noch eine Zeit lang den Einsatzkräften zugesehen, war dann aber müde und erschöpft weggegangen und bei den Bürocontainern in sein Auto gestiegen, um heimzufahren. Aber die Ruhe, die er in seiner kleinen Wohnung rund sieben Kilometer entfernt in Merklingen hatte finden wollen, war nicht in ihn eingekehrt. Viel zu viel gab es zu erledigen. Viel zu viel war in den vergangenen Stunden über ihn hereingestürzt.

Jetzt, kurz vor Mittag, rebellierte sein Magen. Vermutlich war der Kaffee zu stark gewesen. Während er in den hellen Sonnentag hinausstarrte, ohne Details wahrzunehmen, schreckte ihn das schrille Klingeln an der Haustür auf.

Besuch? Unangekündigt? Der Briefträger? Die Polizei? Er sprang auf, strich vor dem Spiegel das schüttere Haar zurecht und fuhr mit dem Zeigefinger über den Oberlippenbart. Dann entriegelte er die Tür und war erleichtert und erstaunt gleichermaßen, in ein bekanntes Gesicht zu schauen. Stefan Pichler aus Kärnten, der älteste von den Mineuren, der sich vergangene Nacht zum Wortführer gemacht hatte. »Du?«, begrüßte ihn Bulling nicht gerade sonderlich erfreut.

»Hab ich dich g'weckt?«, fragte der unrasierte Mann zurück. »Schaust ziemlich mitg'nommen aus.«

»Komm rein«, forderte ihn Bulling auf und öffnete die Tür vollends. »Tut mir leid, aber ich seh nicht grad salonfähig aus.« Er räumte einige frische Arbeitsklamotten beiseite, die auf einem Holzstuhl lagen, ließ an einem Schrank einige offene Klappen zuschnappen und stellte ein leeres Glas in das kleine Spülbecken. »Hast du die Nacht gut verdaut?«, fragte er den bärenstarken Mann, der schon ein Leben lang auf dem Bau arbeitete.

»Verdaut ist gut, Darko«, seufzte dieser und sank müde auf den Stuhl. »Ich hab dich überhaupt nicht mehr g'sehn.«

Auch Bulling setzte sich und rückte seinen Stuhl an den viereckigen Tisch. »Ich dich auch nicht«, gab er einsilbig zurück.

»Aber ich bin beunruhigt«, sagte Pichler mit belegter Stimme und versuchte seinen Kärntner Dialekt zu unterdrücken. »Dir ist hoffentlich klar, was das für uns vorne im Berg bedeutet. Wir sind alle ziemlich g'schockt.«

Bulling schloss kurz die Augen und spürte, wie sein Puls wieder zu rasen begann. »Natürlich weiß ich das, Stefan, das darfst du mir glauben. Ich hab mich deshalb vor diesen Kripoleuten zurückgehalten, als die plötzlich bei mir aufgetaucht sind.«

»Hab ich g'merkt«, meinte Pichler. »Aber wir müss'n befürcht'n, dass die noch mal kommen. Drüben bei den Büros haben's ein ganzes Präsidium eingerichtet, oder wie das hier in Deutschland so heißt.«

»Was?« Durch Bullings Körper wallte ein Adrenalinstoß. »Die legen uns ja die ganze Baustelle lahm!«

»Mindestens einen Tag, heißt es«, erwiderte Pichler und sah sein Gegenüber kritisch an. »Die Leute in meiner Schicht sind ziemlich beunruhigt. Und ich bin es auch.«

»Und ich?«, unterbrach ihn Bulling. »Glaubst du, ich bin weniger beunruhigt? Wenn's da tatsächlich den Mitterhofer erwischt hat, sind wir's doch, die zuletzt ganz nah an ihm dran waren.« Bullings Stimme zitterte. Er versuchte aber, es sich nicht anmerken zu lassen.

Pichler nickte. »Gesehen hat ihn von uns keiner – außer dir«, sagte er leise.

»Außer mir«, bestätigte Bulling seufzend. »Ja, außer mir. Er hat sich bei mir rumgetrieben, ist in den Rettungscontainer und hat diese lächerlichen Feuerlöscher geprüft. Aber wo er dann hin ist – keine Ahnung. Bei mir hat das Handy vibriert und ich hab ihn stehen lassen.«

»Du meinst tatsächlich, er ist durch den Querschlag …?«

»Ja, muss er ja. Sonst wär er mir sicher noch in unserem Stollen aufgefallen. Warum willst du das so genau wissen? Ist es für dich so wichtig?«

»Weil die Polizisten wiederkommen werd'n, verstehst? Die werden rauskrieg'n, was der Mitterhofer für einer war. Und sie werden jeden Einzelnen von uns verdächtigen.«

Bulling nickte betroffen. »Wahrscheinlich hast du recht.«

»Zeig mir einen auf der Baustelle hier und drunten in Aichelberg, den er in den vergangenen eineinhalb Jahren nicht bis aufs Blut gereizt hat«, forderte Pichler.

»Wahrscheinlich wirst du keinen finden, der ihm nun ernsthaft eine Träne nachweint«, bestätigte Bulling.

»Du entsinnst dich an den Egger Christian im Dezember, am Tag nach der Barbarafeier …«, wurde Pichler deutlich.

Egger. Natürlich Egger. Der Vorfall vom Dezember vorigen Jahres. Nach dem Barbarafest, das die Mineure am 4. des Monats zu Ehren des Namenstags ihrer Schutzpatronin Barbara feiern. Natürlich floss in der Freizeit dann auch Alkohol – und zwar bisweilen so viel, dass jeder Bauarbeiter, wenn er wieder zur Schicht kam, oftmals noch eine geringe Menge Restalkohol im Blut hatte. Weil aber überall auf der Baustelle 0,0 Promille vorgeschrieben waren, war es für Mitterhofer ein Leichtes gewesen, den Mineuren bei einem Alkotest gravierende arbeitsrechtliche Verstöße nachzuweisen. Kein Einziger war zwar wirklich betrunken gewesen, doch schon 0,2 oder 0,3 Promille hatten für Abmahnungen und, noch schlimmer, sogar für eine fristlose Entlassung ausgereicht. Wie bei eben jenem Christian Egger, dessen Fall nun Pichler angesprochen hatte. Egger war zweifacher Familienvater und auf den guten Verdienst im Tunnelbau angewiesen gewesen, zumal daheim in Kärnten ein Eigenheim abbezahlt werden musste.

»Du weißt genau, wie's bei den Leuten seither gärt«, erinnerte Pichler. »Ich sag dir, Darko, jeder Einzelne von denen im Berg – und sogar hier draußen – hätte dem Mitterhofer gern mal eine aufn Schädel geschlagen.«

Bulling wollte nicht widersprechen. Stefan Pichler hatte recht. Absolut.

Es war totenstill gewesen. Nachdem sich einer der beiden uniformierten Beamten ins Schlafzimmer von Simon Mitterhofer vorgewagt und eine erstaunte Bemerkung von sich gegeben hatte, wandten sich sein Kollege und die beiden Kriminalisten blitzschnell den anderen Räumen zu, knipsten Lichter an und sahen überall dasselbe: herausgerissene und durchsuchte Schubfächer, offene Schranktüren, verwüstete Bücherregale. Ein ähnlicher Anblick hatte sich dem Beamten geboten, der als Erster ins Schlafzimmer vorgedrungen war und deshalb seine Verwunderung zum Ausdruck gebracht hatte.

Während die vier Polizeibeamten Fenster und Terrassentür nach Einbruchsspuren überprüften, jedoch keine entdeckten, blieb das Rentnerehepaar geschockt und ratlos in der Diele stehen, als sei es ihnen unangenehm, die Wohnung ihres Mieters zu betreten.

»Da hat einer ganze Arbeit geleistet«, stellte Philip Mende fest, als er in einem kleinen Büroraum die herausgerissenen Internetkabel sah, deren Steckverbindungen auf der leeren Schreibtischplatte endeten. »Hier dürfte ein Laptop gestanden sein.«

Linkohr erfasste mit einem Blick, dass nirgendwo ein Speichermedium lag. Auch hier waren die Schranktürchen offen, Schubladen halb herausgezogen.

»Hier war jemand drin«, hörte er hinter sich die aufgeregte Stimme von Dietmar Freudenreich, der sich bis zur Tür vorgewagt hatte. »Da hat jemand alles durchsucht.«

»Eindeutig«, Linkohr drehte sich zu ihm um. »Und genau das haben Sie heut Morgen vermutlich gehört.«

Jetzt war auch Frau Freudenreich näher gekommen. »Wie ich doch sagte«, ereiferte sie sich, »mein Mann hat etwas gehört. Eine Tür.«

»Ja, muss wohl so gegen halb fünf gewesen sein, denk ich mal. Es war noch dunkel«, ergänzte ihr Mann.

»Mehr als eine Tür haben Sie aber nicht gehört?«, vergewisserte sich Linkohr.

»Nein. Es hat sich halt so angehört, als sei Herr Mitterhofer heimgekommen. Von der Nachtschicht.«

Linkohr ging an den beiden vorbei in die Diele, um das Türschloss aus der Nähe zu betrachten. »Bitte nicht mehr berühren«, sagte er. »Es ist aber unbeschädigt. Wir müssen davon ausgehen, dass der Einbrecher einen Schlüssel hatte.«

Mende, der jetzt ebenfalls hinzutrat, überlegte kurz. »Vergiss nicht, dass es auch noch eine andere Variante geben könnte. Vielleicht war Mitterhofer selbst hier, hat das alles vorgetäuscht und mitgenommen, was ihn belastet hätte.«

»Ihn belastet?«, staunte Linkohr. Er konnte den Gedankengängen seines Kollegen nicht so schnell folgen.

Mende schwieg. Im Beisein des Ehepaars wollte er offenbar seine Überlegungen nicht preisgeben.

Nachdem Häberle gedroht hatte, eine richterliche Anordnung einzuholen, war Rodefeld damit einverstanden gewesen, sich mit einer Spezialfolie die möglicherweise an seinen Händen haftenden feinen Schmutzpartikel abnehmen zu lassen. Der Kriminalist zeigte sich wieder versöhnlich und entließ den genervten Mann mit dem Hinweis, er werde wieder von den Ermittlern hören.

Häberle kämpfte mit zunehmender Müdigkeit, stand auf und ging zu den Kollegen in den Nebenraum. Dort scharten sich einige um einen Bildschirm, an dem der Versuch unternommen wurde, die Speicher der Videoüberwachungsanlagen auszulesen. Der Chefermittler erkundigte sich beim Näherkommen, ob schon etwas zu sehen sei.

»Chef«, entfuhr es dem langhaarigen Computerspezialisten, der an der Tastatur saß, »das wird noch ein paar Stunden dauern. So einfach geht das nicht. Außerdem gibt's hier ein paar Kameras.«

»Vorläufig reichen uns die Aufzeichnungen vom Eingangsbereich.«

»Okay«, erwiderte einer aus der Runde enttäuscht, »aber wenn du davon ausgehst, dass vergangene Nacht hier drin einige Illegale unterwegs waren, dann sollten wir uns auch die Kameras entlang des Zauns vornehmen. Ich glaub kaum, dass Eindringlinge einfach durch den offiziellen Eingang kommen.«

Häberle knurrte etwas Unverständliches, wurde aber von einer jungen Frau unterbrochen. »Wir sollten auch nicht nur die Baustelle hier oben ins Visier nehmen, sondern auch die andere – drunten bei Aichelberg. Am Boßler-Tunnel.«

»So?«, zeigte sich Häberle nicht gerade erfreut darüber. Er musste ein Gähnen unterdrücken.

»Ja, dieser Mitterhofer war auch für die Aufsicht dort unten zuständig. Außerdem hängt das wohl organisatorisch irgendwie zusammen.« Sie blätterte in ihren Unterlagen. »Es gibt da einen, der hier wie dort für die Qualitätssicherung zuständig ist. Vielleicht könnte der Herr Linkohr, wenn er gerade unterwegs ist, schon mal bei dem vorbeischauen.«

»Wie heißt er denn?«

»Anton Trennbalder.«

Häberle stimmte nickend dem Vorschlag zu. »Hat man denn von Linkohr schon etwas gehört?«

»Nein, noch nicht.«

Er beauftragte die Sekretärin, die sich in einem winzigen Nebenraum eingerichtet hatte, für Verpflegung zu sorgen. »Ich will mir mal diesen Bulling unter die Lupe nehmen, der den Mitterhofer zuletzt lebend gesehen hat.« Häberle sah auf die Armbanduhr. »Wird ja jetzt wohl ausgeschlafen haben. Ich fahr zu ihm rüber nach Merklingen.« Draußen auf dem grell erleuchteten Flur kam ihm ein Mann entgegen, der sich ihm bereits im Laufe des Vormittags als Verantwortlicher des Bauprojekts vorgestellt hatte. Allerdings wollte ihm dessen Name nicht mehr einfallen. Feuerstein oder so ähnlich.

»Sie sind ja mit ziemlich großer Mannschaft hier angerückt«, stellte der kurzhaarige Mann im Freizeithemd mit leicht kritischem Unterton fest. Vom Akzent her musste er aus dem Ruhrgebiet stammen.

Häberle hielt kurz inne. »Wenn wir was anpacken, dann machen wir das richtig.« Noch während er es sagte, fiel ihm ein, dass diese Bemerkung in Bezug auf die oft kritisierte Planung des Eisenbahnprojekts auch zweideutig ausgelegt werden konnte. Er ließ sich jedoch nicht beirren, sondern fuhr fort: »Außerdem ist's nicht einfach, hier oben den Durchblick zu bewahren.«

Sein Gegenüber lächelte sympathisch. »Wenn Sie erst einmal das System durchschauen, dann werden Sie merken, dass alles genau durchstrukturiert ist.«

»Wir sind dabei, dies zu erkennen«, lächelte Häberle selbstzufrieden und wollte weitergehen.

Doch der Mann, der geradezu jung und dynamisch wirkte, obwohl er auch schon über 50 war, wollte mit charmantem Unterton wissen: »Sie werden aber nicht mehr allzu lange unseren Betrieb hier aufhalten? So tragisch das alles ist, aber Sie wissen ja, die Öffentlichkeit beäugt sehr kritisch, was sich auf dieser Baustelle tut.«

Häberle griff diese Bemerkung dankbar auf: »Da dürften Sie recht haben. Kritisch beäugt von allen Seiten. Aber die heftigsten Gegner tummeln sich ja wohl in Stuttgart.«

Feuerstein runzelte die Stirn. »Ich hoffe, dass wir weiterhin hier oben verschont bleiben.«

Der Kriminalist entschied, dieses Thema nicht hier auf dem Flur zu vertiefen. »Befürchtungen irgendwelcher Art gibt es keine?«, fragte er stattdessen vorsichtig.

»Müsste es welche geben?«, erwiderte Feuerstein so schnell, als ob er von Häberle sowieso ein klares »Nein« erwartete.

Doch der Kriminalist wich aus. »Vielleicht sollten wir uns heute über dieses Thema noch ausführlicher unterhalten.« Er wollte weitergehen, aber Feuerstein drängte offensichtlich auf Klarheit, ohne dies allzu deutlich zeigen zu wollen. »Sie rechnen mit längeren Ermittlungen?«

Häberle ging nicht darauf ein. »Sie werden Verständnis dafür aufbringen müssen, dass wir zum Zeitablauf unserer Arbeit noch nichts sagen können. Tut mir leid, aber ich verspreche Ihnen, dass wir nicht länger als nötig Ihre Gastfreundschaft in Anspruch nehmen werden.« Er lächelte dem verdutzten Projektleiter zu und strebte dem Ausgang entgegen. Im Freien schlug ihm die Hitze eines Sommertags entgegen. Die Sonne blendete, kein Lüftchen sorgte für Erfrischung. Er knöpfte einen weiteren Hemdknopf auf, wischte sich den Schweiß von der Stirn und stieg in seinen Dienstwagen.

Knapp zehn Minuten später hatte er im jenseits der Autobahn gelegenen Merklingen Bullings Einliegerwohnung im beschaulichen Wacholderweg am Ortsrand gefunden. Auf sein Klingeln hin öffnete ein kräftiger breitschultriger Mann, dem die Müdigkeit ins unrasierte Gesicht gemeißelt stand. Die muskelbestückten Oberarme quollen aus einem kurzärmligen Jeanshemd, der Händedruck war fest und der eines zupackenden Bauarbeiters. Verbrauchte Luft drang aus der Wohnung, es roch nach Schweiß und Kaffee. Bulling reagierte verunsichert, als sich Häberle vorstellte, schien sich aber sofort wieder im Griff zu haben. »Sie dürfen gerne hereinkommen«, sagte er schließlich, nachdem sich Häberle für den unangemeldeten Besuch entschuldigt und gesehen hatte, dass sich noch eine weitere Person im Inneren der kleinen Wohnung aufhielt. »Das ist Herr Pichler«, sagte Bulling und deutete auf den Mann, der an einem kleinen Tisch gesessen hatte und nun aufsprang. »Mit ihm haben Ihre Kollegen heut Nacht auch noch gesprochen.«

Häberle erinnerte sich, dass Keller und Mende diesen Namen erwähnt hatten. Er schüttelte die ebenfalls kräftige Hand dieses Mannes, worauf sie sich alle drei an dem kleinen Tisch niederließen. »Wollen Sie auch Kaffee?«, fragte Bulling, doch Häberle lehnte ab. Zwar hätte ihm jetzt ein muntermachendes Getränk die Müdigkeit vertrieben, doch hielt er es für nicht angemessen, sich hier bewirten zu lassen. Gleich beim Betreten des Zimmers war ihm die Unordnung aufgefallen, die zweifelsohne auf das Fehlen einer Hausfrau schließen ließ. »Sehr spartanische Unterkunft«, meinte Häberle, um ein Gespräch in Gang zu bringen.

»Spartanisch, aber praktisch und günstig. Vor allem komfortabler als in den Wohncontainern«, erwiderte Bulling. »Ich hab's nicht so mit den Massenquartieren auf der Baustelle. Und von hier aus sind's auch nur ein paar Autominuten bis zur Arbeit rüber. Gemütlicher krieg ich's an den freien Tagen, daheim im Hohenlohischen.«

»Er hat's da einfach«, mischte sich Pichler ein. »Bei den meisten anderen von uns ist der Weg weit nach Hause. Viele kommen aus Österreich. Kärnten, Steiermark.« Er quälte sich ein müdes Grinsen ins blasse Gesicht. »Von ganz weit hinten.«

»Dafür verdient ihr auch mehr Knete«, meckerte Bulling.

Häberle wollte jetzt nicht über die Arbeitsbedingungen reden, sondern kam schnell auf den Grund seines Besuches. »Es ist gut, dass ich Sie beide hier antreffe«, erklärte er lächelnd und versuchte, die beiden Männer charakter- und altersmäßig einzuschätzen. Bulling taxierte er auf knapp über 40 und als energischen Typ mit Durchsetzungsvermögen. Pichler machte einen älteren Eindruck, stand seinem Kollegen aber, was die Statur anbelangte, in nichts nach. Beide waren keine Typen, die viel Zeit ihres Lebens in einem Büro zugebracht hatten. Sie konnten ganz gewiss kräftig zupacken.

»Bitte erzählen Sie mir aus Ihrer Sicht, wie die vergangene Nacht abgelaufen ist«, sagte Häberle schließlich. Was er zu hören bekam, deckte sich mit den Schilderungen der beiden Ulmer Kriminalisten. »Mehr, als dass Herr Mitterhofer irgendwelche Feuerlöscher geprüft hat, können Sie zu ihm nicht sagen?«, fasste Häberle abschließend Bullings kurze Äußerungen zusammen.

»Nein, weil dann mein Handy vibriert hat und ich wegen des Lärms in den Rettungscontainer rein bin. Wenn im Stollen alle Maschinen laufen, können Sie nicht telefonieren«, betonte Bulling und spielte mit der linken Hand an seiner leeren Kaffeetasse. Sein Arm war trotz der Arbeit im Stollen sonnengebräunt, nur ein heller Streifen am Handgelenk ließ eine Armbanduhr vermuten.

Ganz sicher war nach zwölfstündiger Schicht im Untergrund der Drang nach wärmender Sonne riesengroß, insbesondere an so schönen Sommertagen wie den momentanen. Der Kriminalist mochte sich gar nicht vorstellen, einen solchen Sommer größtenteils unter Tage verbringen zu müssen. Für den Bruchteil einer Sekunde hatte ihn diese Vorstellung abgelenkt, doch dann vertrieb er solche Gedanken aus seinem Kopf und konzentrierte sich auf das von Bulling erwähnte Telefongespräch. »Darf ich fragen, wer angerufen hat?«

Bulling schien mit dieser Frage gerechnet zu haben. »Keine Ahnung. Es war keiner mehr dran, bis ich im Container war.«

»Und eine Nummer hat's auf dem Display auch nicht angezeigt?«

»Nein, hat's nicht.« Bulling runzelte die schweißnasse Stirn.

»Es gibt im Stollen ein eigenes Handynetz?«

»Ja, aber fragen Sie mich nicht, wie das technisch funktioniert.«

Häberle nickte. »Und wie Sie wieder aus dem Container heraus sind, war Mitterhofer weg?«, stellte er fragend fest.

»So war's.«

Der Chefermittler wandte sich an Pichler: »Aber zu Ihnen vor an …« – Häberle musste sich den Fachbegriff in Erinnerung rufen – »… an den Vortrieb ist er nicht gekommen?«

»G'seh'n haben wir ihn nicht. Meine Kollegen und ich. Und nebenan im Oststollen ist er auch nicht aufgefall'n, haben die heut Nacht g'sagt.«

Häberle sah zu Bulling und fasste zusammen: »Mitterhofer ist also dann spurlos verschwunden.«

Bulling blieb gelassen. »Mehr kann ich dazu wirklich nicht sagen.«

»Ist er wieder in Richtung der Brechanlage gegangen, hinter der sein Fahrzeug stand?«

»Keine Ahnung. Wirklich nicht«, versicherte Bulling. »Ich war noch ein paar Minuten im Rettungscontainer, bin auf die Toilette – und als ich wieder rauskam, war niemand mehr da.«

Häberle gab sich damit zufrieden, zumal er sich den Arbeitsablauf noch nicht genau vorstellen konnte. Er kam deshalb auf einen anderen Punkt zu sprechen: »Es soll, so sagen meine Kollegen, noch jemand anders im Stollen gewesen sein …« Er hatte sich den Namen dieser Frau namens Frese eingeprägt, wollte sein Wissen aber jetzt nicht preisgeben. »Wen haben Sie gesehen?«

Bulling und Pichler blickten sich an, als wolle jeder dem anderen mit der Beantwortung den Vortritt lassen. »Na ja«, fühlte sich Bulling angesprochen und sah nervös zu einem alten analogen Wecker, der auf einem Regal neben dem Spülbecken vor sich hin tickte, »es war heut Nacht die Rede von Frau Frese. Tut mir leid, ich hab sie nicht gesehen. Aber du«, er wandte sich an Pichler, »du hast doch gesagt, du hast die Frese gesehen.«

»Ja, so gegen zehn. Sie hat irgendwas mit dem Lasergerät vermess'n. Ich hab sie nur kurz geseh'n, war 50, 60 Meter hinterm Vortrieb. Reden können S' bei dem Lärm nichts, Herr Kommissar. Man winkt sich halt zu – und fertig.« Pichler schien es leid zu sein, die Aussage von vergangener Nacht wiederholen zu müssen.

»Ich möchte Sie nicht länger behelligen«, sagte Häberle, der Bullings Ungeduld bemerkt hatte, »aber mich würde abschließend noch interessieren, wie das Verhältnis zu Herrn Mitterhofer war – zu ihm, als Baukontrolleur.«

Wieder zögerten die beiden Angesprochenen eine Antwort hinaus. »Nun ja«, ergriff erneut Bulling das Wort. »Es ist wie überall auf solchen Großbaustellen. Da läuft nicht immer alles rund. Eine gewisse Überwachung der Vorschriften ist sicherlich notwendig.«

Häberle hatte eine konkretere Antwort erwartet, weshalb er nachbohrte: »Und der, der überwacht, macht sich natürlich unbeliebt. Wie ein Polizist, der Parksünder aufschreibt.« Er lächelte.

»In Einzelfällen wird man dies so sagen können«, griff Bulling den Vergleich auf. »Aber Sie müssen bedenken, hier geht's um sehr viel: Sicherheit, Qualität, Ordnung.«

»Der Mitterhofer ist also so etwas wie eine Baupolizei?«

»Nein, nicht so direkt. Er ist Angestellter eines externen Ingenieurbüros, das beispielsweise darüber wacht, ob der Beton beim Einbau die richtige Temperatur hat.«

»Und welche Aufgaben obliegen ihm noch?«

»Da müssen Sie das Ingenieurbüro fragen. So genau weiß ich das auch nicht«, wehrte Bulling ab. »Man sagt aber, er renne auch mit so einer Laserpistole rum, wie sie die Polizei für die Geschwindigkeitskontrolle benutzt. Ob das stimmt, weiß ich nicht.«

»Ach?«, staunte Häberle, »warum das denn?«

»Weil auch hier auf dem Gelände gerast wird. Was glauben Sie, was hier im Normalfall, wenn richtig voll gearbeitet wird, los ist. Lkw, Radlader, Pkw, Bagger, Planierraupen – vor allem aber die Lkw, mit denen das Abraummaterial abgeholt wird. Die Jungs haben's eilig. Zeit ist Geld.«

»Da wird richtig das Tempo kontrolliert?«, wiederholte Häberle. »Wie schnell darf man denn hier drin fahren?«

»30, soweit ich weiß. Fragen Sie mich jetzt aber nicht, ob's da irgendwelche Sonderregeln gibt, ich bin kein Lkw-Fahrer.« Bulling runzelte verunsichert die Stirn. »Sie gehen also tatsächlich davon aus, dass Mitterhofer der Tote ist?«

Häberle war auf diese Frage gefasst gewesen. Aber wahrscheinlich hatte sich längst das Gerücht verbreitet, nur Mitterhofer könne das Opfer sein, nachdem er spurlos verschwunden und sein Privatauto mit platten Reifen zurückgeblieben war.

»Nach Lage der Dinge sieht es so aus«, bestätigte Häberle.

»Und dass alles ein schrecklicher Unfall war, halten S' nicht mehr für möglich?«, mischte sich jetzt Pichler wieder ein.

»Für möglich halten wir grundsätzlich alles. Das ist unser Job«, entgegnete Häberle, »aber ich weiß nicht, ob sich bereits herumgesprochen hat, dass vergangene Nacht vorne am Tor ein Wachmann angegriffen worden ist. Von einem Unbekannten. Wir müssen also davon ausgehen, dass sich jemand illegal auf dem Areal aufgehalten hat.«

Bulling nickte. »Ja, so sagen die Kollegen hier. Pfefferspray soll's gewesen sein«, gab er sich wissend und schaute wieder auf den Wecker. »Tut mir leid, aber ich hab noch einiges zu erledigen …«

»Schon gut.« Häberle nickte verständnisvoll, erhob sich und stellte beiläufig noch eine Frage: »Könnten Sie auf Anhieb jemanden benennen, der daran interessiert gewesen sein könnte, den Herrn Mitterhofer zu beseitigen?«

»Wie?«, war Pichlers spontane Reaktion. »Beseitigen?«

Häberle sah die beiden Männer, die inzwischen ebenfalls aufgestanden waren, nacheinander an. »Ja, beseitigen.«

Bulling brauchte eine Sekunde länger. »Sie meinen …? Hier bei uns …?«

Der Chefermittler nickte. »Ja, hier oder auf der anderen Baustelle drunten am Aichelberg.«

Bulling suchte Blickkontakt zu Pichler und sagte nach kurzem Überlegen: »Können wir uns nicht vorstellen. Nein. So ein abgrundtiefer Hass ist niemandem zuzutrauen, den wir kennen.«

»Wir?«, wollte Häberle genauer wissen.

»Wir, ja«, Bulling schien zu bemerken, dass er nicht nur für sich gesprochen hatte, weshalb er klarstellte: »Der Herr Pichler und ich. Wir haben uns vorhin darüber unterhalten.«

Häberle ging zur Tür, um sie zu öffnen, blieb dann aber stehen. »Wie haben Sie beide denn nach dem Gespräch mit meinen Kollegen den Stollen verlassen?«

Die Blicke der beiden Angesprochenen trafen sich, als warte jeder auf die Antwort des anderen. Nach kurzem Zögern erklärte Bulling: »Ich bin mit den Mineuren vom

Oststollen rausgefahren – und Stefan im Kombi mit seinen Kollegen.«

Häberle lächelte zufrieden. »Noch eine allerletzte Frage« – es klang eher beiläufig – »ist Ihnen der Name Rodefeld ein Begriff? Gunnar Rodefeld?«

Pichler schüttelte schulterzuckend den Kopf. Bulling kniff die Augen zusammen, als müsse er nachdenken. »Rodefeld?«

»Ja, Rodefeld, ein jüngerer Mann, wohl Bauingenieur.«

»Hier bei uns?«

»Kennen Sie ihn?«, blieb Häberle hartnäckig.

»Nein, nie gehört. Nein«, antwortete Bulling jetzt selbstsicher.

Als Linkohr die Spurensicherung zu Mitterhofers Wohnung nach Oberdrackenstein bestellt hatte, war er von der Ulmer Kollegin gebeten worden, mit Mende zusammen gleich weiter nach Aichelberg zu fahren, um den Beton-Experten beim dortigen Tunnel aufzusuchen. Möglicherweise könne dieser Mann namens Anton Trennbalder, den sie bereits telefonisch auf den Besuch des Kriminalisten vorbereitet hatte, auch etwas zur Person des mutmaßlichen Opfers sagen.

Linkohr entschied, über das nahe Hohenstadt die dortige Behelfseinfahrt der Autobahn A8 anzusteuern und über den engen Drackensteiner Hang die Höhenstufe der Schwäbischen Alb zu überwinden.

Überm Asphalt der Gefällstrecke flimmerte die heiße Luft, als sie die endlose Kolonne der talabwärts kriechenden Lkw überholten. »Die Eisenbahn bauen sie, aber mit der Autobahn will's nicht klappen«, brummte Mende auf dem Beifahrersitz vor sich hin. »Ein ähnliches Nadelöhr gibt's auf den deutschen Autobahnen wohl kaum ein zweites Mal.«

»Die laborieren doch noch mit der Finanzierung rum«, gab Linkohr zurück. »Eine Zeit lang wollten sie das Ding noch privat finanzieren und Mautstellen einrichten.« Der Kriminalist schüttelte verständnislos den Kopf. »Wegen diesem ›Maulwurfshügel‹ Schwäbische Alb eine Mautstelle! Was glaubst du, was es da für Stauungen gegeben hätte! Täglich wie aufm Brenner an der Mautstelle Sterzing. So was kann nur Schwachköpfen einfallen.«

»Aber jetzt lassen sie's wohl«, glaubte Mende zu wissen, während sie die Talsohle erreichten und nun endlich dreispurig auf Stuttgart zubrettern konnten.

»Das mit der Maut hat der Bajuware aus München ja jetzt auf andere Weise durchsetzen wollen«, grantelte Linkohr, wie er es von Häberle gelernt hatte.

»Du meinst den Seehofer.«

»Ja, der hat die Merkel doch weichgeklopft und alle mit einem vermurksten Gesetz übern Tisch gezogen. Und die ganze Republik hat längst vergessen, was die Merkel vor der Bundestagswahl verkündet hat.« Linkohr versuchte, sie mit hängenden Mundwinkeln nachzuäffen: »›Mit mir wird es keine Pkw-Maut geben.‹ Man kann dieses verlogene Versprechen nicht oft genug in Erinnerung rufen.«

Mende nickte heftig. »Und jetzt hat man unter dem Zwang der EU vorige Woche den ganzen Krempel zurückgezogen. Ich wette, Mike, wie das endet: Man wird scheinheilig dem Volk erklären, dass man nun leider die einheimischen Autofahrer nicht über die Kfz-Steuer entlasten dürfe – und Schuld an allem sei die böse EU.«

»So funktioniert Politik«, meinte Linkohr, der in dieser Hinsicht viel von Häberles Einstellung gelernt hatte.

»Und der ›deutsche Michl‹, sprich: Der dumme Wähler lässt sich verarschen. So glasklar wie in Sachen Maut wurde selten eine Politikerlüge entlarvt. Aber wen schert's schon?«

»Dabei weiß doch jeder«, warf Mende ein, »dass die Einnahmen aus der Maut nicht für den Straßenbau genutzt werden. Wer das nach allem, was in diesem Lande läuft, noch glaubt, muss ganz schön naiv sein.« Er wischte sich Schweiß von der Stirn. Die Klimaanlage im Dienstfahrzeug schien nicht richtig zu funktionieren. »Das alles ist doch mit diesem Eisenbahnprojekt hier nicht anders«, kam er wieder auf ihr aktuelles Thema zurück. »Ein Prestigeobjekt einiger profilsüchtiger Politiker hat das ins Rollen gebracht – und nun muss man's durchziehen, koste es am Ende, was es wolle.«

»Darüber brauchen wir gar nicht mehr zu diskutieren«, wehrte Linkohr ab, als sie den Tunnel der sogenannten Grünbrücke abseits des Aichelbergs passierten. »Der ›point of no return‹ ist bei diesem Ding überschritten. Außerdem hat's einen Bürgerentscheid gegeben, der keine Mehrheit gegen das Projekt zustande gebracht hat. Also macht es nun wirklich keinen Sinn mehr, wenn montags noch immer irgendwelche Demonstranten in Stuttgart auf die Straße gehen und jedes Mal unsere Kollegen dort in Atem halten.«

Mende wollte etwas erwidern, verzichtete aber darauf, weil sie bereits die Ausfahrt Aichelberg erreicht hatten. Die Tunnelbaustelle abseits der Autobahn hatte in den vergangenen beiden Jahren eine riesige Wunde in die idyllische Voralblandschaft gerissen und sogar einen kompletten Aussiedlerhof verschlungen.

Auch hier türmten sich gewaltige Erdmassen auf, ein Kran ragte in die Höhe, und eine neue Brücke ließ bereits erahnen, dass über sie einmal parallel zur Autobahn die Schnellbahntrasse direkt zum neun Kilometer langen Boßler-Tunnel verlaufen würde, einem der längsten in ganz Deutschland. Linkohr rief sich die Schilderungen seiner

Kollegin in Erinnerung, die ihm die Zufahrt zu den Baucontainern beschrieben hatte. Tatsächlich zweigte nahe der neuen Brücke rechts ein schmales Asphaltband ab, das an einer Schranke endete, an der sich Linkohr über eine Sprechanlage anmelden musste. Die Frauenstimme im Lautsprecher wusste offenbar Bescheid, und sofort war die Zufahrt frei. Der Kriminalist folgte der Baustraße, wich einigen entgegenkommenden Lkw aus und erreichte nach gut einem halben Kilometer und über eine Kuppe hinweg den Standort zweistöckiger Bürocontainer, vor denen sich seltsame Stahlgitterkonstruktionen türmten. Ihnen schloss sich eine große Fabrikhalle an, deren sauberes und modernes Aussehen darauf schließen ließ, dass sie erst vor Kurzem errichtet worden war. Sechs Silotürme und schwere Lastwagen mit rotierenden Betonsilos deutete Linkohr als sicheres Zeichen dafür, sein Ziel erreicht zu haben. Als die beiden Kriminalisten ausstiegen, lag das Gelände in der prallen Mittagssonne. Zwischen den Gebäuden staute sich die Gluthitze. Sie beschleunigten ihre Schritte, um im Schatten der hohen Silos Schutz zu finden. Dort eilte ihnen bereits ein Mann mit breitem Lachen entgegen. Linkohr stellte sich und seinen Kollegen vor und fand seine Vermutung, es mit Trennbalder zu tun zu haben, sogleich bestätigt. Der Bauingenieur begrüßte die Besucher mit festem Händedruck. »Ich weiß nicht, ob ich Ihnen weiterhelfen kann«, sagte er, während er kurz den roten Schutzhelm hob, um seinen schweißnassen Haaren eine Brise Luft zu gönnen. Der Motor eines der Silolastzüge heulte auf, sodass Linkohr entsprechend laut erwidern musste: »Können wir uns irgendwo kurz in Ruhe unterhalten?«

Trennbalder nickte, ging voraus zu einem Bürocontainer und führte die Kriminalisten in einen kleinen schmucklosen Besprechungsraum, in dem sie sich an einem weißen

Tisch gegenübersetzten. »Tut mir leid, wir sind nicht auf so hohen Besuch vorbereitet«, witzelte er mit leicht sächselndem Dialekt. »Nur wenn Gäste aus Stuttgart kommen – wie kürzlich der Herr Verkehrsminister –, gibt's hier eine richtige Aufwartung.«

»Kein Problem«, beruhigte ihn Linkohr. »Wir sind auch gleich wieder weg.«

»Es geht um den Mitterhofer, hat mir Ihre Kollegin am Telefon gesagt«, kam Trennbalder zur Sache. Er schien die Angelegenheit schnell hinter sich bringen zu wollen.

Linkohr beschränkte sich bei seinen Erklärungen aufs Wesentliche, ohne den Vorfall am Eingangsbereich der Hohenstadter Baustelle und die durchsuchte Wohnung in Oberdrackenstein zu erwähnen. Dem derzeitigen Stand der Ermittlungen zufolge müsse man aber davon ausgehen, dass es sich bei der »mutmaßlich getöteten Person um Mitterhofer handle«. Mende verzichtete auf einen Kommentar und behielt Trennbalder im Auge.

»Sie drücken sich ziemlich vorsichtig aus«, stellte der Bauingenieur fest und verzog sein Gesicht wieder zu einem breiten Lachen.

Mende griff unterstützend ein: »Solange wir keine Klarheit haben, müssen wir uns vorsichtig äußern. Wir wissen nur, dass Herr Mitterhofer verschwunden ist, dass er allein in einer Mietswohnung in Oberdrackenstein wohnt und auch für den Boßler-Tunnel hier zuständig ist.«

»Und deshalb kommen Sie nun zu mir?« Aus Trennbalders Gesicht war das Lächeln verschwunden.

»Ja, genau deshalb«, bestätigte Linkohr und fügte beruhigend an, dass auch die Mitarbeiter am Steinbühltunnel in Hohenstadt befragt worden seien. »Herr Mitterhofer ist einer von der Bauaufsicht«, gab sich der Kriminalist informiert.

Trennbalder nahm seinen Helm ab und wischte sich mit dem Handrücken über die Stirn. »Ach, daher weht der Wind«, sagte er ernst. »Sie suchen ein Motiv.«

Mende war von dieser Bemerkung überrascht. »Motiv? Wieso sollten wir zwangsläufig von einem Verbrechen ausgehen?«

»Nicht?«, entgegnete Trennbalder schulterzuckend. »Ich dachte, dies aus den Worten Ihres Kollegen herausgehört zu haben.«

»Dann müssen Sie sich verhört haben«, konterte Linkohr schlagfertig und ließ sich nicht beirren: »Wann war denn Herr Mitterhofer zuletzt hier unten auf der Baustelle?«

»Keine Ahnung, der meldet sich nicht an. Der kommt, steht da und macht seine Kontrollen.«

»Das hört sich nicht sonderlich begeistert an.«

»Sie fragen mich und ich antworte, Herr Linkohr.« Wieder das süffisante Lächeln.

»War er denn gestern hier, der Mitterhofer?«, wollte Mende wissen.

»Ganz ehrlich – ich weiß es nicht. Sie sehen ja selbst, wie riesig das Gelände hier ist. Außerdem produzieren wir hier die Tübbinge, wenn Sie wissen, was das ist.«

Die beiden Kriminalisten mussten gestehen, nie etwas davon gehört zu haben.

»Betonringe«, klärte Trennbalder auf. »Ich kann Ihnen das Werk da drüben gerne zeigen. Dort überprüft Herr Mitterhofer mit Vorliebe die Temperatur des Betons.«

Der Kriminalist tat sich auch mit dieser Bemerkung schwer.

»20 bis 30 Grad«, fuhr Trennbalder fort, der die Ahnungslosigkeit seiner Gesprächspartner bemerkte. »Nur mit dieser Temperatur darf der Beton verarbeitet werden. Der Festigkeit halber.«

»Und daran halten sich nicht alle?«, hakte Mende nach.

»Ha«, entfuhr es Trennbalder empört, »die Betonbauer sind immer die Buhmänner, nur weil's einige schwarze Schafe in der Branche gibt. Aber Sie dürfen mir glauben, meine Herren, ein Unternehmen wie ›Klemper-Beton‹ könnte sich solche Tricksereien nicht leisten.« Er überlegte kurz. »Natürlich kann während des Transports immer mal was passieren. Im Winter bei eiskalten Temperaturen, wenn beim Transport des Spritzbetons im Silolastzug die Heizung versagt. Aber der absolute Großteil der Betonbauer arbeitet seriös, das dürfen Sie mir glauben.«

»Und trotzdem sieht sich Mitterhofer veranlasst, auch bei Ihnen hier zu prüfen?«, blieb Mende hartnäckig.

»Jeder braucht seine Daseinsberechtigung«, grinste Trennbalder jetzt. »Aber was das anbelangt, sind Sie ja in der glücklichen Lage, Ihre Arbeit nicht suchen zu müssen. Kriminelle gibt's immer und überall.«

Linkohr war es nicht nach ironischen Bemerkungen. »Ich kann also davon ausgehen, dass Sie über Mitterhofers Privatleben wenig wissen.«

»Wenig ist schon zu viel gesagt. Ich weiß gar nichts. Außerdem hatte ich nicht mal beruflich mit ihm zu tun. Warum auch? Bei uns gibt's nichts zu beanstanden.«

»Und bei anderen?«, fragte Linkohr schnell.

»Sie sehen doch, was hier los ist«, er machte eine Handbewegung in Richtung der Baustelle. »Wir sind hier zwar die Größten, aber wenn Sie als Kontrolleur etwas beanstanden wollen, wird sich hier immer etwas finden. An den Fahrzeugen, am Material, an der Bauausführung – oder an den Arbeitszeiten.«

Linkohr fasste zusammen: »Wenn ich Sie richtig verstehe, ist so ein Kontrolleur also tatsächlich nicht sonderlich beliebt.«

»Beliebt oder nicht – was soll ich sagen? Aber man bringt ja nicht gleich jemanden um, bloß weil er sich unbeliebt gemacht hat.«

Linkohr ging nicht darauf ein. »Zwischen der Baustelle hier unten und jener droben auf der Hochfläche gibt es aber regen Kontakt?«

Trennbalder stutzte. »Sie meinen, da fährt mal schnell einer hoch und bringt den Mitterhofer um?«

»Entschuldigen Sie«, unterbrach Mende entnervt den Redefluss Trennbalders. »Von Umbringen war überhaupt nicht die Rede. Uns interessiert nur, wie die Kontakte zwischen hier unten und da oben sind.«

»Natürlich gibt's Kontakte. Ich bin genauso mal oben wie der Mitterhofer hier unten.« Trennbalder fächerte sich mit einem Schnellhefter frische Luft zu. »Wenn Sie schon mal hier sind, sollten Sie sich unser modernes Betonwerk anschau'n, dann bekommen Sie eine Vorstellung, was auf dieser Baustelle hier abgeht.«

Linkohr schielte auf seine Armbanduhr, aber Mende zeigte sich an einer Besichtigung interessiert. Eigentlich hatten sie so schnell wie möglich wieder bei der Sonderkommission sein wollen, aber vielleicht machte es ja Sinn, auf das Angebot Trennbalders einzugehen, überlegte Linkohr. Der Bauingenieur reichte ihnen weiße Schutzhelme. »Ist Vorschrift.« Weil Linkohr vergeblich versuchte, die Passform für seinen Kopf enger zu schnallen, eilte ihm Trennbalder zu Hilfe.

»Hat hier jeder seinen eigenen Schutzhelm?«, fragte Linkohr, um die Zeit zu überbrücken.

»Ja, natürlich. Und meist sogar noch irgendwo welche für Besucher«, erklärte Trennbalder und verpasste Linkohrs Helm mit dem Plastikrädchen an der Rückseite den richtigen Sitz. »Auch die Helmpflicht überprüft der Mitterhofer übrigens gelegentlich.«

»Haben die unterschiedlichen Farben etwas zu bedeuten?«, erkundigte sich Mende, der seinen Helm allein festzurren konnte.

»Nein. Hätten Sie lieber einen roten?«

Linkohr schüttelte den Kopf. Sie verließen den überhitzten Containerkomplex, doch die Luft, die ihnen draußen entgegenschlug, fühlte sich wie das Gebläse eines auf höchste Stufe geschalteten Föns an. Linkohr und Mende folgten dem Bauingenieur hinüber zur Produktionshalle, deren Rolltor Trennbalder nach oben fahren ließ. Mit wenigen Schritten hatten sie den hellen Sommertag hinter sich gelassen. Als das Tor wieder nach unten gleitete, waren sie dem dumpfen Dröhnen großer Maschinen und eines Laufkrans ausgesetzt, an dem eine dieser Stahlgitterkonstruktionen hing, die vor dem Gebäude zuhauf lagerten. Die Luft war heiß und fühlte sich staubig an. Erst nachdem sich die Augen der Kriminalisten an das gedämpfte Licht gewöhnt hatten, wurde ihnen das Ausmaß dieser Fabrikationshalle bewusst. Überall stapelten sich gewölbte Metallgeflechte, die auf den ersten Blick an überdimensionale Matratzen erinnerten. »Das sind die Bewehrungkörbe«, rief Trennbalder seinen Besuchern zu. »Sie sind sozusagen das Skelett der Tübbinge.« Er führte die Kriminalisten weiter in die Halle hinein. Linkohr sah sich um, ohne jedoch die Hebevorrichtungen und Metallteile einem logischen Arbeitsprozess zuordnen zu können. Und doch erweckte alles einen wohlgeordneten Eindruck und die schätzungsweise zwei Dutzend Beschäftigten, die mit ihren Helmen und Schutzkleidungen nicht zu übersehen waren, schienen ihre Arbeit routinemäßig zu erledigen.

Mende, der noch nicht viele industrielle Produktionshallen von innen gesehen hatte, war sichtlich überrascht. Vorsichtig umfasste er prüfend ein Metallstück, als sei es für seine Schreibtischfinger ein gefährlicher Gegenstand.

»Hier«, riss Trennbalder die Besucher mit einer Handbewegung aus den Gedanken und deutete in Richtung einer grün umrandeten, leicht erhöhten Metalleinfassung. Die seltsam anmutende Konstruktion war genauso gewölbt wie die Metallgitter, etwa mannshoch und stand, soweit Linkohr es erkennen konnte, auf Schienen. An den beiden Längsseiten gab's schlichte Podeste aus Gitterrost, die über fünf Stufen zu erreichen waren. Auf eines davon nahm Trennbalder seine Gäste mit, um ihnen die Herstellung der Tübbinge bis ins letzte Detail aus allernächster Nähe zu zeigen. Sie sahen, wie sich zähflüssiger Betonbrei um einen Bewehrungskorb legte, der exakt der Form des künftigen Betonteils entsprach. Dieses Metallgeflecht war aus zwei großflächigen, gewölbten »Matten« zusammengesetzt, die an ihren Rändern mit vier Seitenteilen auf den erforderlichen Abstand gehalten wurden. »Jeweils sieben bilden einen Ring für den Stollen«, erklärte Trennbalder und hatte Mühe, den Lärmpegel zu übertönen. »Jedes davon ist zwei Meter breit.«

Linkohr nickte interessiert. Ein Riesenaufwand für zwei Meter Tunnel, dachte er, während der Betonspezialist mit der Begeisterung eines Technikers, so laut er nur konnte, weitersprach: »Die Teile sind zwischen 45 und 65 Zentimeter stark, je nach Erfordernis. Kaum eines entspricht dem anderen. Pro Schicht produzieren wir 56 Stück.«

Linkohr rechnete überschlägig nach, welche Distanz die große Tunnelbohrmaschine unterm Boßlerberg somit täglich zurücklegen konnte. Bei zwei Schichten wurden also 112 Teile ausgegossen, von denen jeweils sieben für einen kompletten Tunnelbogen von zwei Metern Länge gebraucht wurden. Dann kamen sie pro Tag 32 Meter voran. Linkohr gab sich weiteren Rechenaufgaben hin: An zehn Tagen waren es also 320 Meter, an 100 Tagen oder etwas mehr als drei Monaten schon 3,2 Kilometer. Eine stattliche Leistung, sofern alles glattlief. Allerdings musste sich dieselbe Prozedur anschließend für den Parallelstollen wiederholen.

Erst als Trennbalder über die Köpfe der Kriminalisten hinweg zum anderen Ende der Fabrikationshalle deutete, wandten sich Linkohr und Mende von der Betonform ab. »Dann müssen die ›Steine‹ einige Stunden lang auskühlen und werden vor dem Verlassen der Halle noch mal genau gecheckt.« Er ging mit seinen Besuchern ein Stück weit zu den fertigen Teilen, die grau-weiß strahlten. »Von hier kommen sie dann raus auf den Lagerplatz.« Trennbalder hob den Helm, kratzte sich im schweißnassen Haar. »Dort bleiben sie noch fast einen Monat lang liegen, um auszuhärten, bevor sie dann mit unserer Baustellenbahn zum Stollen transportiert und von der Tunnelbohrmaschine in den Hohlraum eingesetzt werden.« Trennbalders Tonfall verriet trotz der lärmenden Mischanlage einen gewissen Stolz, als er ergänzte: »Mit einer Genauigkeit von 0,1 Millimetern machen wir das.«

»Eine gigantische Leistung«, nickte Linkohr anerkennend, während er sich beim Zurückgehen mit Mende wieder der Betonform zuwandte. Ihn überkam ein schrecklicher Gedanke, den er sofort loswerden wollte: »Aber wenn hier jemand in den flüssigen Beton reingestoßen wird, bleibt er für immer verschwunden.«

Aus Trennbalders Gesicht verschwand die Begeisterung. »Reingestoßen – in den Beton?«, fragte er, als habe er Linkohr nicht verstanden.

»Ja, eine Leiche zum Beispiel.«

Der Bauingenieur grinste abschätzig und erwiderte: »Einbetonierte Leichen – immer dasselbe, wenn's um unseren Job geht. Wenn's danach ginge, müssten die Brücken, Viadukte und Tunnel überall mit Leichen gespickt sein.«

Linkohr runzelte nachdenklich die Stirn. »Vielleicht sind sie's.«

Trennbalder blickte verstohlen in die Betonform, als wolle er sich vergewissern, dass dort alles in Ordnung war. »Sie müssten Ihre Leiche in den Bewehrungskorb reinquetschen.« Er grinste. »Ich glaube, dass Sie Ihren Mörder, falls es in diesem Fall überhaupt einen gibt, nicht hier bei uns suchen sollten.«

8

Nachdem Häberle gegangen war, wischte sich Darko Bulling den Schweiß von der Stirn, während sein Kollege Stefan Pichler das Fenster öffnete und sich vergeblich frische Luft erhoffte. Die Sonne brannte von Stunde zu Stunde gnadenloser vom wolkenlosen Sommerhimmel. »Du kannst dir also tatsächlich auch nicht vorstell'n, was mit dem Mitterhofer g'scheh'n ist?«, fragte Pichler in die Stille hinein.

»Wie soll ich?«, entfuhr es Bulling überrascht. »Weshalb beschäftigt dich das so? Aus dem Stollen gerannt wird er ja wohl nicht sein. Wieso hätte er sein Auto hinter der Brechanlage stehen lassen sollen? Irgendeiner wird ihn doch wohl noch gesehen haben.«

Pichler nickte und baute sich vor dem sitzenden Bulling auf. »Also muss er tot sein – es sei denn, er hat sich im Stollen versteckt.«

»Unsinn, Stefan«, winkte Bulling ab. »Natürlich ist der tot. Es gibt zwar keine Spur von Mitterhofer, aber wenn die Kripo in Kompaniestärke hier anrückt, kannst du davon ausgehen, dass auch die mit dem Schlimmsten rechnen.« Er sah zu seinem alten Wecker, während Pichler vorschlug: »Nachdem's vorläufig nicht weitergeht, könnten wir uns doch am Abend in der ›Sonne‹ treffen. Vielleicht kommen die anderen auch.« Er drehte sich in Gedanken versunken beiseite. Immer wenn er an das Gasthaus »Sonne« vom nahen Hohenstadt dachte, musste er unweigerlich an Christian Egger denken, der dort mit seinem österreichischen Charme oftmals für Unterhaltung gesorgt hatte. Wie auch bei der letztjährigen Barbarafeier, die im Stollen ein geradezu rauschendes Fest gewesen war, für das die »Sonne«-Wirtsleute das Catering übernommen hatten. Für Christian war's die letzte Feier gewesen. Ein tragischer Fall. Wieder überkam Pichler dieses schale Gefühl, das mit dem Namen Mitterhofer verbunden war.

Pichler sah das Bild wieder vor sich, wie der junge Familienvater noch vor Weihnachten unter Tränen abgereist war. Einige der Kollegen hatten ihn später bei den kurzen Schichturlauben besucht und einen gebrochenen Mann vorgefunden.

Vermutlich würden er und seine Frau über kurz oder lang das mühsam zusammengesparte Häuschen verkaufen und mit den beiden kleinen Kindern in eine Sozialwohnung ziehen müssen. Die finanziellen Verhältnisse waren von einem Tag auf den anderen ins Bodenlose gestürzt und die Schuldenlasten nicht mehr zu bewältigen. Eggers Plan, in jungen Jahren im Tunnelbau gutes Geld zu verdienen, hatte sich durch Mitterhofers kleinliches Vorgehen erübrigt. Vorigen Monat war sogar zum Entsetzen all seiner ehemaligen Kollegen das Gerücht umgegangen, er habe sich das Leben genommen. Doch dann hatte sich dies glücklicherweise nicht bewahrheitet.

Pichler spürte, wie beim Gedanken an diese Vorkommnisse eine unbändige Wut in ihm aufstieg. Schlimm genug, dass sie es jetzt nicht einmal wagten, das Unrecht Mitterhofers lauthals anzuprangern. Stattdessen gebärdeten sie sich wie verängstigte Schulkinder, die ihren unfähigen Lehrer beim Rektor nicht anschwärzten, weil sie sonst weitere Repressalien befürchteten.

Pichlers Blicke verloren sich durchs offene Fenster in der blendend hellen Landschaft. Ein Verhalten, wie sie es jetzt an den Tag legten, war allerdings inzwischen weit verbreitet, pochte es in seinem Kopf. Aus panischer Angst, den

Arbeitsplatz zu verlieren, wurde geschwiegen und auch das allergrößte Unrecht hingenommen. Die Bereitschaft zu einem Aufschrei war nicht mehr weit verbreitet. Gerade erst vor vier Wochen hatte er gehört, dass die deutsche Regierung sogar mit den Stimmen der Roten ein Tarifeinheitsgesetz verabschiedet hatte, das kleineren Gewerkschaften wesentliche Rechte entzog.

Im vorliegenden Fall konnte dem Baukontrolleur freilich nur ein moralisches Versagen vorgeworfen werden. Nur – wie das schon klang! Aber was zählte heutzutage noch moralisches Verhalten? Was zählte, war nur das, was geschrieben stand. Formell hatte Mitterhofer natürlich recht gehabt. Es galt Alkoholverbot. Egger würde vor jedem Gericht der Welt verlieren.

Was scherte es solche Typen – und dazu kamen Pichler auch die unseligen Unternehmensberater in den Sinn –, wenn durch allzu striktes Durchgreifen das Betriebsklima litt? Wenn zusammengeschweißte Teams, denen bis dahin das Wohl der Firma über alles ging, nur noch »Dienst nach Vorschrift« machten? Pichler musste an viele Gespräche im Kollegenkreis denken, in denen bis zur Entlassung Eggers zu spüren gewesen war, dass sie alle Mineure mit Leib und Seele waren. Jetzt schien bei vielen eine heile Welt zerbrochen zu sein. Das begeisterte Zusammenarbeiten, wie es unter Tage überlebenswichtig sein kann, drohte im Schatten dieses Vorfalls ins Wanken zu geraten. Es wurde Zeit, dass sie alle einmal darüber redeten – vor allem aber, ihren Frust loswurden. Heute Abend, so hatte es sich Pichler vorgestellt, bot sich dazu eine günstige Gelegenheit.

Er rang mit sich, ob er Egger anrufen sollte. Würde es für den ehemaligen Kollegen eine Genugtuung sein, wenn er von Mitterhofers möglichem Tod erfuhr – oder wurden damit eher alte Wunden aufgerissen? Pichler starrte noch aus dem Fenster, während hinter ihm Bulling damit begann, etwas Ordnung in seine kleine Wohnung zu bringen.

»Ich weiß, woran du jetzt denkst«, sagte er dabei und lieferte gleich die Antwort mit: »An Christian. Du denkst an Christian.«

»Ja, ich denk an Christian«, drehte sich Pichler genervt um. »Und ich sag dir, Darko: Sollte Mitterhofer umgebracht worden sein, dann hat's der Täter für Christian getan.«

»Wie bitte?« Bulling erstarrte in der Bewegung.

Häberle hatte für ausreichend Getränke gesorgt und von der »Sonne«-Wirtin warmes Essen anliefern lassen. Obwohl die Bürocontainer, die mit ihren gleichförmigen Fassaden wie eine lang gezogene Baracke wirkten, mit einer Klimaanlage ausgestattet waren, lag in den Räumen eine brütende Hitze. Auch der Konferenzraum, dessen Wände zwischen den Fenstern und Türen mit Konstruktionszeichnungen jeglicher Art zugepflastert waren, bot nur mäßigen Schutz vor den hochsommerlichen Temperaturen. Häberle hatte das gesamte Team kurz vor 13 Uhr zu einer Lagebesprechung zusammengerufen, an der auch der Präsident teilnahm, der sogleich zur Sache kam: »Oberste Priorität sollte die Frage haben, ob wir es bei dem mutmaßlich Toten mit diesem …«, er blätterte in einigen sorgfältig sortierten Unterlagen, »… diesem Simon Mitterhofer zu tun haben.« Er sah in die Runde der 18 Kriminalisten, unter denen sich auch drei Frauen befanden. Niemand wollte unaufgefordert etwas sagen. Sie alle warteten darauf, dass Häberle, der neben dem Präsidenten Platz genommen hatte, eine Zusammenfassung der bisherigen Erkenntnisse geben würde. Doch der oberste Chef aus Ulm wollte eine weitere Bemerkung loswerden: »Wir dürfen auch die Möglichkeit, dass wir's mit einem tragischen Unfall zu tun haben könnten, nicht aus dem Auge verlieren. Denn das bisher einzige stichhaltige Indiz, dass es sich um ein Verbrechen handeln könnte, ist diese unbekannte Person, die den Wachmann überfallen hat.«

Häberle sah die Gelegenheit gekommen, dem Präsidenten ins Wort zu fallen – ein Vorgehen, das nur er sich erlauben durfte. »Entschuldigen Sie, aber es gibt einige, wie ich meine, handfeste Fakten, die den Verdacht auf ein Verbrechen erhärten. Die durchwühlte Wohnung Mitterhofers und die dort gestohlenen Gegenstände, wie etwa Laptop und Speichermedien, lassen durchaus auf einen kriminellen Hintergrund schließen. Rätselhaft bleibt auch, wie der Täter in die Wohnung reingekommen ist. Es gibt keine Aufbruchspuren und die Tür war, als unsere Kollegen Linkohr und Mende ihn heute früh aufsuchen wollten, ordnungsgemäß verschlossen.« Der Präsident verengte die Augenbrauen. »Dazu kann ich den Akten nichts entnehmen.«

Häberle unterdrückte eine Bemerkung. »Wir stoßen beinahe minütlich auf neue Erkenntnisse, die sich in der Hektik des Tages so schnell nicht niederschreiben lassen«, ließ sich der Chefermittler nicht beirren. »Lassen Sie mich bitte der Reihe nach vorgehen. Da ist zunächst einmal die Art und Weise, wie wir Mitterhofers Dienstfahrzeug aufgefunden haben«, schilderte er den chronologischen Ablauf und stieß auf zustimmendes Kopfnicken seiner Kollegen. »Mitterhofer ist – das steht fest – seit heute Nacht spurlos verschwunden. Sein dienstliches Baustellenfahrzeug, mit dem er zur Feuerlöscherkontrolle in den Oststollen gefahren ist, steht dort am Ende des Förderbands bei der Brechanlage.« Häberle verschränkte die Arme und lehnte sich zurück. Er brauchte keine schriftlichen Unterlagen, um die aktuelle Situation darzustellen. »Die Kollegen der Spurensicherung haben den Wagen – es ist ein ziemlich verschmutzter VW-Kastenwagen älteren Baujahrs ohne Kennzeichen – genau untersucht. Beide vorderen Türen und die seitliche Schiebetür waren nicht verschlossen, der Zündschlüssel fehlte zunächst.«

Der Präsident sah den Ermittler überrascht an. »Was heißt ›zunächst‹?«

»Ich komm gleich drauf«, wehrte Häberle ab. »Im Fahrzeug sieht es ziemlich unordentlich aus. Die Fußräume vorne stark verschmutzt, was natürlich aufgrund der Umgebung kein Wunder ist. Allerdings reicht die Verschmutzung, die auch von Schuhen herrühren muss, bis in Höhe des Armaturenbretts und des Handschuhfachs. Außerdem ist der Innenspiegel abgefallen gewesen. Er lag im Bereich des Schalthebels.«

»Ach«, entfuhr es dem Präsidenten. Es war aber weniger ein Zeichen der Verwunderung, sondern eher der Verärgerung, dass man ihn bislang über solche Details nicht informiert hatte.

»Dies alles«, resümierte Häberle, »muss noch gar nichts heißen. Der Spiegel kann schon vor Tagen abgefallen sein. Wie gesagt, es ist ein Fahrzeug älteren Baujahrs – und es wird im täglichen Einsatz sicher nicht sehr pfleglich behandelt.«

»Und was ist nun mit dem Schlüssel?«, drängte der Präsident.

»Die Kollegen haben ihn vor einer halben Stunde erst im morastigen Untergrund zwischen Auto und Brechanlage gefunden.«

Betretenes Schweigen, denn einige Kriminalisten hatten diese Neuigkeit auch noch nicht gekannt.

»Was schließen Sie daraus?«, schnarrte der Präsident, an Häberle gewandt.

»Wir sollten keine voreiligen Schlussfolgerungen ziehen«, blieb der Chefermittler gelassen, obwohl alle Kollegen im Raum ahnten, dass Häberle bereits seine eigene Theorie hatte. Diese aber wollte er meist nicht sofort offenbaren, um zu vermeiden, dass dann die Ermittlungen nur noch in diese eine, von ihm vorgegebene Richtung geführt wurden. Eine solche Vorgehensweise mache »betriebsblind«, hatte er schon oft gesagt und davor gewarnt, lediglich einer einzigen Theorie nachzujagen. Auf diese Weise fänden wichtige Fakten, die nicht in das vorgefertigte Bild passten, keine Beachtung mehr. Gerade in der jüngsten Kriminalgeschichte gebe es viele Beispiele, bei denen schludrige Polizeiarbeit zu fatalen Fehleinschätzungen auch in der Justiz geführt hatte. Schon gar, wenn sich ganze Strafkammern an eine angeblich wasserdichte, aber eben zwanghaft zusammengeschusterte Beweiskette klammerten. Oft waren solche Ermittlungsergebnisse auch die Folge der hierarchischen Strukturen innerhalb von Polizei und Staatsanwaltschaft: Die Meinung des »Praktikers vor Ort« galt wenig – und wenn ein »kleiner Beamter« seinen Vorgesetzten widersprach, dann musste er Sanktionen befürchten, die sich letztlich auf die weitere Beförderung negativ auswirkten. Häberle hatte diese Vorgehensweise satt, bei denen »einer dem anderen in die Tasche lügt«, wie er es zu formulieren pflegte.

Für einen Moment musste er an all dies denken, nachdem ihn der Präsident indirekt gedrängt hatte, eine Theorie aufzustellen. Dazu war es noch zu früh. Nun galt es zunächst, all die vielen Mosaiksteinchen zu sammeln, die aus einer ganzen Menge seltsamer Ereignisse bestanden.

»Inzwischen wissen wir so viel, dass sich sein Handy nicht ins interne Funknetz eingeloggt hat«, stellte Häberle klar. »Er hat sich also nicht wie vorgeschrieben beim Betreten des Stollens bei dem zuständigen Sicherheitsingenieur – oder wie sich dieser nennt – angemeldet.«

»Ach«, staunte eine Männerstimme.

»Ja«, machte der Chefermittler weiter, »sonst wäre er auch zu orten. Nun stellt sich die Frage, ob sein Handy ins öffentliche Netz eingeloggt war und wenn ja, wie lange.«

»Das wird sich bald feststellen lassen«, meinte ein jüngerer Kollege, worauf Häberle weiterdozierte: »Mal angenommen, Mitterhofer wäre nicht das mutmaßliche Opfer, dann gibt es drei Möglichkeiten: Entweder er ist noch im Stollen, was theoretisch durchaus denkbar sein könnte, schließlich sind es zwei miteinander verbundene Tunnel, in denen viel Zeug rumsteht, hinter dem man sich verstecken kann, oder er ist in einem anderen Fahrzeug mit rausgefahren, also mit den Mineuren beispielsweise. Aber die haben wir inzwischen alle befragt, und sie alle, einschließlich dieser Darko Bulling, bestätigen unisono, Mitterhofer bei der Herausfahrt aus dem Tunnel nirgendwo gesehen zu haben.« Häberle sah in zustimmende Gesichter. »Punkt drei wäre die Variante, dass Mitterhofer zu Fuß raus ist. Dreieinhalb Kilometer auf durchaus begehbarem Untergrund. Ich schätze mal, dass dies in einer Dreiviertelstunde zu schaffen ist. Außerdem müsste er draußen gewesen sein, bevor die Armada der Einsatzfahrzeuge angerückt ist.«

»Was übrigens zeitlich denkbar wäre«, mischte sich Kommissar Thomas Keller ein, der neben Linkohr an dem Sims eines geöffneten Fensters lehnte. »Dieser Bulling schätzt, dass Mitterhofer so irgendwann zwischen 22 und 23 Uhr die Feuerlöscher kontrolliert hat. Der Alarm ist um 0.38 Uhr in Ulm eingegangen.«

»Aber dass sein privates Fahrzeug hier auf dem Gelände zurückgeblieben ist«, dozierte Häberle weiter, »hat natürlich seinen Grund: Zwei Reifen waren platt. Dies könnte bedeuten, dass er dieses ziemlich abgelegene Areal hier draußen heute Nacht nicht mehr verlassen hat. Sie haben sicher bei der Herfahrt bemerkt«, er wandte sich an die Kollegenschar, »dass wir einige Kilometer von den nächsten Ortschaften entfernt sind – von Oberdrackenstein, Merklingen, Laichingen, Westerheim und Hohenstadt. Um von hier bei Nacht wegzukommen, brauchen Sie ein Fahrzeug. Natürlich könnte er von jemandem mitgenommen worden sein. Oder er hat einen längeren Fußmarsch in Kauf genommen.« Häberle lächelte. »Was in einer lauen Sommernacht wie der vergangenen keinesfalls unangenehm ist.«

Der Präsident nahm die allgemeine Zustimmung zu Häberles Ausführungen mit steinerner Miene zur Kenntnis. »Dies alles liefert uns natürlich erst recht nicht den Beweis, dass unser mutmaßliches Opfer, von dem die aufgefundenen Körperteile stammen, auch tatsächlich dieser Mitterhofer ist. Oder gibt es dazu inzwischen neue Erkenntnisse?«

»Leider nein«, erwiderte Häberle sachlich. »Einerseits würde es schwerfallen, ihn allein an der aufgefundenen Hand oder an einem Ohr zu identifizieren, doch andererseits haben wir bisher auch keine Angehörigen ausfindig machen können. Soweit wir wissen, lebt er von seiner Ehefrau getrennt – und die wiederum hält sich mit der Tochter derzeit vermutlich in Costa Rica auf. Für längere Zeit offensichtlich bei einer Bekannten, die dort ein größeres Anwesen hat.«

»Und DNA?«, drängte der Präsident auf eine Antwort.

»Ist am Laufen. Wir haben in Mitterhofers Wohnung Vergleichsspuren sichergestellt. Das Übliche: vom elektrischen Rasierapparat und einer Haarbürste. Ergebnis frühestens im Lauf des morgigen Tages. Allerfrühestens.« Häberle hatte diese Zeitangabe angefügt, obwohl der Präsident eigentlich wissen musste, wie lange eine Erbgutanalyse dauerte.

Ohne weiter darauf einzugehen, handelte Häberle seine Punkte ab. »Dass einiges, was in der vergangenen Nacht hier auf diesem Gelände geschehen ist, gewisse Fragezeichen aufwirft, hat inzwischen die Auswertung der Überwachungskameras ergeben.«

»So?«, staunte der Präsident neben ihm wieder. »Davon hab ich ja auch noch nichts gehört.«

»Kann auch nicht sein«, erwiderte Häberle hörbar gereizt. »Die Kollegen haben bisher hart daran gearbeitet.« Er deutete anerkennend auf die beiden Computerexperten und erteilte einem von ihnen das Wort.

»Ja«, begann dieser vorsichtig, »es war eine Menge Arbeit, die Speicher auszulesen, aber das, was wir bisher gesehen haben, lässt den eindeutigen Schluss zu, dass in den späten Abend- beziehungsweise Nachtstunden sich hier noch einiges bewegt hat.« Er erhob sich, um von allen besser gehört zu werden. »Vielleicht gelingt es mir bis zum Abend, die entsprechenden Videosequenzen herauszukopieren, um sie hier auf dem Beamer vorführen zu können.« Er zeigte auf ein Gerät, das an der Decke montiert und auf die einzige freie Wandfläche gerichtet war. »Am auffälligsten war die Aufzeichnung einer Videokamera auf der Südwestseite des Geländes, also von hier aus gesehen Richtung Autobahn. Es war um 2.23 Uhr, als dort eine Person zweimal versucht hat, von innen nach außen über den Zaun zu steigen.« Der junge Kriminalist räusperte sich und fuhr mit der Emotionslosigkeit eines Buchhalters fort: »Diese Person ist zweimal gescheitert, hat es dann aber beim dritten Versuch geschafft. Allerdings …«, er hob bedauernd die Hände, »das hat sich doch in einiger Entfernung von der Kamera zugetragen – als ob die Person den Kamerastandort gekannt hätte –, sodass die Nachtaufnahmen, die naturgemäß schwarz-weiß sind, nicht allzu viel hergeben.«

»Mann oder Frau?«, bläffte der Präsident dazwischen.

»Auch das lässt sich nicht bestimmen«, blieb der Kriminalist sachlich. »Nur vielleicht so viel, dass die Person gemessen an der Höhe des Zaunes etwa zwischen 1,70 und 1,80 groß gewesen sein muss.«

Häberle rief sich den jungen Mann in Erinnerung, der am frühen Morgen draußen auf der Landstraße mit seinem Geländewagen gestoppt worden war – dieser S21-Gegner, dessen Name ihm jetzt nicht einfallen wollte. Zumindest die ungefähre Größe aber könnte stimmen, dachte er und beschäftigte sich gleichzeitig mit einer Frage, die er nicht aussprechen wollte – noch nicht: also doch womöglich ein Anschlag von Projekt-Gegnern auf die Tunnelbaustelle?

Während der knapp zehnminütigen Rückfahrt von seinem Besuch bei Darko Bulling hatte Stefan Pichler mit sich gerungen, ob er in Kärnten anrufen sollte oder nicht. Heute Abend, wenn sie sich in der »Sonne« trafen, würden sie sich aber gewiss alle fragen, was aus Egger geworden war. Anstatt darüber zu rätseln, machte es deshalb Sinn, jetzt einfach anzurufen.

Er wurde in seinem Entschluss bestärkt, als er durch die offene Schranke ins Baustellenareal einfuhr und dort die blau-silbernen Einsatzwagen der Polizei sah, die hier noch immer parkten. Wenn Mitterhofer tatsächlich umgebracht worden war, dann konnte dies auch ein Racheakt gewesen sein. Pichler spürte, wie ihn dieser Gedanke geradezu anspornte, dem Christian Egger mitzuteilen, was an seinem früheren Arbeitsplatz geschehen war.

Er war froh, in der spärlichen und heute stickigen Unterkunft seinen Zimmerkollegen nicht anzutreffen. Kommende Nacht, wenn nicht gearbeitet wurde, würden sie sich den kleinen Raum erstmals beim Schlafen teilen müssen. Deshalb hatte er schon jetzt beschlossen, heute Abend so lange wie möglich in der »Sonne« zu bleiben – vorausgesetzt, es leisteten ihm noch einige Kollegen Gesellschaft und die Stimmung war nicht allzu schlecht. Allerdings fanden sich in der »Sonne« eher die Bauingenieure ein, während die Mineure meist das Vesperstüble in der »Traube« oder die Pizzeria auf dem nahen Campingplatz bevorzugten.

Die Trauer über den möglichen Tod von Mitterhofer dürfte sich in Grenzen halten. Es war sogar zu befürchten, dass sich einige Kollegen pietätlos über das schreckliche Geschehen äußerten.

Daran musste Pichler denken, als er aus einem Schubfach ein abgegriffenes Notizbuch fingerte und auf Anhieb Eggers Telefonnummer fand. Er tippte sie in sein Handy, ohne jedoch gleich anzurufen. Stattdessen verließ er die Unterkunft wieder, um draußen im Schatten der Wohncontainer in Ruhe telefonieren zu können. An einen Stapel Paletten gelehnt, lauschte er angestrengt dem Freizeichen. Es kam ihm wie eine halbe Ewigkeit vor, bis sich endlich eine Frauenstimme meldete. »Ja bitte?«

Er erschrak über den verängstigten Unterton. »Theresa? Theresa? Bin ich mit Egger verbunden?«, fragte er nach.

»Ja«, kam es leise zurück.

»Entschuldige«, gab sich Pichler einfühlsam und schloss die Augen. »Hier spricht Pichler, der Stefan.« Keine Antwort. Aus dem Hörer drang nur das schwache Rauschen, von dem Telefongespräche oftmals unterlegt waren.

Pichler lauschte angestrengt. Er hatte eigentlich gehofft, dass ihn Theresa Egger sofort erkennen und freudig begrüßen würde. Nun war genau das Gegenteil der Fall. »Bist noch da?«, wagte er mit belegter Stimme zu fragen.

Jetzt war deutlich schwerer Atem zu hören. »Stefan«, wiederholte nun die schwache Frauenstimme seinen Namen.

Pichler erschrak. Die Art, wie sie es sagte, und der Klang ihrer Stimme verhießen nichts Gutes. Sein Herz begann zu rasen. »Theresa«, flüsterte er und wiederholte etwas lauter: »Theresa, was ist passiert?«

Ihre Antwort erstickte in einem herzzerreißenden Schluchzen.

Die »Sonne« in Hohenstadt war ein altehrwürdiges Gasthaus, das entlang der Durchgangsstraße stand. Rein äußerlich fügte es sich unauffällig in die Häuserfassaden ein. Doch die bleiverglasten Fenster und eine lachende Sonne, die unterhalb des Giebels als Wirtshausschild an der Wand prangte, signalisierten jedem Fremden, dass es sich hier um ein Gasthaus handelte. Lukas Brunner hatte seine ganze Überredungskunst aufgewandt, damit seine Kollegin Natascha Frese jetzt, gegen halb zwei, mit zum Mittagessen ging.

Sie saßen in einer Ecke, weit weg von einigen anderen Mitarbeitern der Baustelle, die sie allerdings nur flüchtig vom Sehen her kannten. Als Tagesessen gab es Gulasch, Spätzle und gemischten Salat, für das sie sich beide entschieden. Brunner bestellte außerdem zwei kleine Pils.

»Tut mir wirklich leid, Natascha, dass du dich jetzt mit mir begnügen musst«, sagte er und bestaunte wieder einmal ihre langen Haare, die ihr bis über die Schulter reichten. Mit ihrer auffälligen Designerbrille wirkten ihre blauen Augen noch viel größer, als sie ohnehin waren. Doch nach Brunners Bemerkung schienen sie kleiner und geradezu angriffslustig zu werden. Er erschrak, weil ihm gleichzeitig bewusst wurde, dass er sich im Ton vergriffen hatte.

»Entschuldige, Lukas, aber diese Bemerkung hättest du dir jetzt sparen können«, erwiderte sie unterkühlt. »Ich bin nicht mit dir hierhergekommen, um Eifersüchteleien über mich ergehen lassen zu müssen. Schon gar nicht heute, nicht an diesem Tag, an dem wir alle nicht wissen, was mit Simon geschehen ist.« Sie hatte sichtlich Mühe, aufkommenden Zorn zu verbergen, aber unter der eng anliegenden Bluse schien sie innerlich zu beben. Gleich würde sie aufstehen und wieder gehen, befürchtete Brunner, der sich bereits beim Aussprechen seiner Worte am liebsten auf die Zunge gebissen hätte. Jetzt war er gerade dabei, alles zu versemmeln. Er musste sich eingestehen, dass ein solcher Gesprächsbeginn am Tisch viel zu salopp gewesen war. »Entschuldige«, sagte er bedauernd. »Tut mir leid, ich wollte dich nicht kränken, aber wahrscheinlich sind wir heute alle ein bisschen dünnhäutig und gereizt.«

»Schon gut«, erwiderte sie kühl. »Aber deine Anspielungen auf Simon empfinde ich heute wirklich unpassend. Simon ist ein netter Kerl, auch wenn viele ihn auf der Baustelle – und auch du – seit der Sache vom Dezember nicht mehr mögen.« Sie hatte sich zwar wieder unter Kontrolle, wollte nun aber klare Verhältnisse schaffen: »Wenn ihm heute Nacht etwas zugestoßen sein sollte, lieber Lukas, dann werdet ihr alle noch ziemliche Probleme kriegen. Und du ganz besonders. Mehr möchte ich dazu jetzt nicht sagen.« Sie bereute bereits, mit zum Essen gegangen zu sein. Aber sie hatte einerseits darin die Gelegenheit gesehen, ihm zu sagen, was sie heute früh am Telefon noch vermieden hatte – um andererseits aber auch zu hören, wie er auf die Ereignisse reagierte. Vermutlich war hinter seinem Vorschlag, gemeinsam zum Essen zu gehen, ein ähnliches Ansinnen gestanden, dachte sie. Hatte sie sich auf ein strategisches Spiel eingelassen? Immerhin wussten sie viel voneinander – zu viel, wie sich in dieser Situation zeigte. Vor allem aber viel mehr, als alle um sie herum ahnten.

Natascha ließ sich nicht in die Enge treiben, sondern schaltete auf Angriff: »Du hast ganz schön Schiss, mein lieber Lukas«, flüsterte sie giftig. »Das hab ich dir schon heut Nacht angemerkt.«

Brunner wollte etwas sagen, aber Natascha ließ ihn nicht zu Wort kommen: »Und noch eins: Auch wenn manche glauben, ich nähme jede Gelegenheit wahr, mit Simon ins Bett zu steigen, dann täuscht ihr euch alle gewaltig. Da ist nichts. Auch wenn die Gerüchteküche brodelt. Ich weiß das, ich hab das alles längst mitgekriegt, was da so gemunkelt wird.«

Er sah sie skeptisch an und entschied sich für vornehme Zurückhaltung. »Du bist halt hier in eine Männerwelt geraten, liebe Natascha.«

»In eine Welt der Machos, wolltest du wohl sagen«, keifte sie zurück.

Beinahe hätte er noch mehr gesagt, aber er vermied es, weiteres Öl ins Feuer zu gießen. Allerdings hatte er in den vergangenen Wochen den Eindruck gewonnen, dass sich Natascha auch in den Blicken der vielen Männer sonnte und bei Besprechungen gerne im Mittelpunkt stand.

Die Wirtin, die im Kreis der Tunnelbauer bestens bekannt war, zumal sie als Patin für einen kleinen Teil des Steinbühltunnels fungierte – einem sogenannten Querschlag zwischen den beiden Röhren –, servierte das Tagesmenü.

Brunner verzichtete auf weitere Sticheleien, um das Verhältnis zu Natascha nicht weiter zu verschlechtern. Denn eigentlich war ihm viel an ihr gelegen – und nun drohten seine Hoffnungen an den Ereignissen der vergangenen Nacht zu zerbrechen.

Noch immer plagten ihn Zweifel, inwieweit Natascha seine vorsichtigen Annäherungsversuche der vergangenen Tage als ein aufregendes Spielchen betrachtete, um ihr eigenes Ego zu stärken, oder ob ihre zur Schau getragene Distanz nur dazu dienen sollte, ihn weiter herauszufordern.

Immerhin war sie auf den Vorschlag zu einem gemeinsamen Mittagessen eingegangen. Eigentlich wusste er ja noch nicht sehr viel über sie. Nur, dass sie sich wohl vor drei Monaten von einem langjährigen Freund getrennt und seither in ihre Arbeit gestürzt hatte. Sie wohnte in Laichingen, allein und ohne vom Bedürfnis beflügelt zu sein, am Wochenende irgendwohin fahren zu wollen.

»Weißt du«, lenkte sie wieder ein, nachdem sie beide zu essen begonnen hatten, »mir tut es unendlich leid um Simon. Er hat sich in den vergangenen Wochen wie niemand sonst um mich gekümmert – mal angerufen, mal gefragt, wie's mir geht.«

Brunner spürte, dass sein Interesse an ihr wohl allzu oberflächlich gewesen war. Und das, was sie jetzt sagte, klang wie eine versteckte Botschaft an ihn.

»Auch Simon hat mit einer schweren Vergangenheit zu kämpfen«, berichtete sie weiter. »Ich glaube kaum, dass dies hier oben jemand weiß oder es gar jemanden interessiert. Seine Frau hat sich getrennt – vorübergehend jedenfalls – und ist mit der Tochter nach Costa Rica. Neues Leben anfangen. Aussteigerinnen.«

»Aber nach außen hin konnte er ein knallharter Bursche sein«, wandte Brunner ein und erschrak darüber, dass er über Mitterhofer schon in der Vergangenheitsform sprach.

»Er nimmt seinen Job ernst«, erwiderte Natascha. »Und damit machst du dir in seiner Position nicht immer Freunde.«

»Auch in der vergangenen Nacht hat er's wieder ganz genau genommen«, sagte Brunner betont ruhig und ließ sich das Gulasch munden.

»Ach, Lukas«, entfuhr es ihr. Sie nippte an ihrem Pilsglas. »Es ist seine Pflicht, hier alles im Auge zu behalten. So, wie es meine ist, die geologischen Vorkommnisse zu beobachten.«

»Du warst heute Nacht auch draußen unterwegs«, stellte Brunner sachlich fest.

»Ach«, sie zog die Mundwinkel nach unten und ihre Stimmung schien wieder zu kippen. »Das scheint dir jetzt verdächtig, oder was?«

»Ich bitte dich, doch nicht ›verdächtig‹. Wofür auch?« Er zeigte ein verkrampftes Lächeln. »Ich wollte dich nur darauf vorbereiten, dass dich auch die Polizei danach fragen wird.«

»Die Polizei? Mich?« Beinahe wäre ihr ein Bissen im Halse stecken geblieben.

»Ja, mit der Personalstärke, mit der die heut früh hier aufgezogen sind, wird da niemand ungeschoren davonkommen.«

»Jetzt mach aber mal halblang, mein lieber Lukas. Ich bin kurz ein Stück in den Weststollen reingefahren, weil ich an einem meiner Kontrollpunkte etwas überprüfen wollte. Ich hab das für meine Arbeit noch gebraucht.«

»Entschuldige, Natascha, daran hab ich doch gar keinen Zweifel.« Wieder das gezwungene Lächeln. »Du solltest nur darauf vorbereitet sein, dass dich die Polizei entsprechend befragt.«

»Glaubst du, ich hab Angst oder ich hätt etwas zu verbergen? Ich nicht, mein Lieber. Du klingst geradeso, als müsste ich mir Sorgen machen, womöglich weil ich den Simon gut kenne. Weil wir ein paarmal zusammen weg waren, oder was?« Ihre Stimme wurde wieder lauter, worauf Brunner mit einer Handbewegung um Mäßigung bat, damit ihr Gespräch nicht an den Nebentischen belauscht werden konnte.

»Beruhig dich, Natascha, du zählst garantiert nicht zu den Verdächtigen, die ihn zum Teufel wünschten.«

»Das brauchst du jetzt nicht schon wieder so zu betonen. Aber dass Simon trotz seiner Sorgen nicht von allein in die Brechanlage gesprungen ist, um freiwillig aus dem Leben zu scheiden, davon können wir ausgehen. Mich schaudert bei dem Gedanken, dass wir seit heute Nacht von einem

Mörder bedroht werden.« Ihre Gesichtszüge wurden kantig. »Und womöglich ahnen, wer dieser sein könnte.«

»Natascha, mäßige dich«, er hatte diese Worte herausgezischt. »An so etwas solltest du nicht einmal denken. Dieser Unbekannte, der den Securitymann angegriffen hat, ist garantiert keiner von uns gewesen. Es muss ein Eindringling gewesen sein, denn nur ein solcher hatte einen Grund, Hals über Kopf abzuhauen.«

»Eindringling«, echote sie verächtlich, »wie das klingt. Dass ausgerechnet du so etwas sagst – entschuldige –, das klingt etwas seltsam. Du weißt genau, was ich meine.«

»Hüte dich davor, falsche Rückschlüsse zu ziehen«, verteidigte er sich. Der Appetit war ihm vergangen.

»Ich sag ja nicht, dass es einer von hier ist«, sagte sie leise. »Aber jetzt denk doch mal nach: Wieso soll ein Externer, der keinerlei Bezug zum Gelände hat, das Risiko eingehen, von allen möglichen Sicherheitssystemen registriert zu werden, um dann den Simon umzubringen? Das macht keinen Sinn. Er hätte den Simon daheim vor seiner Wohnung in Oberdrackenstein abpassen und niederschlagen oder niederstechen können.«

»Aber dann hätte er die Leiche nicht spurlos verschwinden lassen können. Er hätte keinen Zugang zur Brechanlage gehabt«,wandte Brunner ein. »Also hat er die Baustelle gebraucht, um die Leiche zu beseitigen.«

Natascha verzog das Gesicht. »Ich bitt dich, Lukas. Wie soll sich ein Externer, der nie auf der Baustelle war, hier auskennen, dazu im Stress und mit einer Leiche. Das glaubt dir kein Mensch.«

Brunner legte das Besteck weg. Er wollte sich auf keine weitere Diskussion zu diesem Thema einlassen.

Natascha ließ aber nicht locker: »Der Täter hat genau gewusst, wie die Brechanlage funktioniert und dass im

Normalfall die Leichenteile nicht so schnell aufgetaucht wären. Er konnte ja nicht ahnen, dass ausgerechnet in dieser Nacht der Niedermeier mit seinem Radlader unterwegs sein würde. Ich würde mal sagen: Das war für den Täter – oder für wen auch sonst – ausgesprochenes Pech. Meinst du nicht?«

»Aber irgendwann hätte man trotzdem etwas gefunden«, behauptete Brunner. »In einigen Wochen oder Monaten, wenn das Material wieder aufbereitet worden wäre.« Weil Natascha nichts sagte, ergänzte er: »Mitterhofers Verschwinden wäre im Übrigen ohnehin schon heute aufgefallen: Sein Dienstwagen steht im Stollen und sein eigenes Auto mit platten Reifen auf dem Parkplatz.«

»Ja«, seufzte Natascha und legte das Besteck beiseite, »es ist müßig, darüber zu spekulieren, was gewesen wäre, wenn …« Sie sah ihn mit ihren großen Augen an, während sich die Wirtin erkundigte, ob das Essen geschmeckt habe, und damit begann, das Geschirr abzuräumen.

Nataschas Gesichtsausdruck war ernst geblieben. »Meinst du nicht, dass auch die Polizei davon ausgehen könnte, Egger hätte noch intensive Kontakte zur Baustelle?«

Brunner wurde blass. »Natascha, ich bitt dich …«

Sie lächelte überheblich, während ihm Gedanken wie Geschosse durch den Kopf jagten.

9

»Rodefeld, Gunnar Rodefeld«, fiel Häberle der Name wieder ein, den er krampfhaft gesucht hatte.

»Rodefeld?«, zeigte sich der Präsident neben ihm verständnislos.

»So heißt der junge Mann, der sich die halbe Nacht in den Wäldern hier oben aufgehalten haben will. Natur beobachten«, erklärte der Chefermittler. »Ihm gehört ein Geländewagen, der den Kollegen vergangene Nacht an einer Feldwege-Einmündung drüben an der Landstraße aufgefallen ist. Sie haben den Wagen observieren lassen – und irgendwann heut früh ist dann dieser angebliche Naturbursche aufgetaucht.«

»Und?«, bellte der Präsident. »Haben wir ihn?«

»Natürlich. Ich hab ihn vernommen. Wohnt in Stuttgart.«

Noch ehe Häberle weiterberichten konnte, fuhr der Präsident erneut dazwischen: »Stuttgart? Sagten Sie Stuttgart?« Als ob allein schon die Nennung dieses Städtenamens im Zusammenhang mit dem Neubauprojekt der Bahn alle Alarmglocken schrillen ließe.

»Stuttgart, ja«, erwiderte Häberle überaus sachlich. »Und wir wissen auch, dass dieser Rodefeld zu den Aktivisten bei den Protesten gegen den Bahnhof zählt.«

»Ach.« Der Präsident schien wie vom Donner gerührt zu sein. »Wissen Sie, was das bedeutet?«

»Dass wir auf jeden Fall Ruhe bewahren sollten«, blieb Häberle gelassen. »Denn erstens können wir anhand der Videosequenzen wohl kaum beweisen, dass er es war, der über den Zaun gestiegen ist, und zweitens hat sich der Verdacht, er könnte den Wachmann mit Pfefferspray abgewehrt haben, nicht bestätigt.«

»Warum nicht?« Der Präsident sah den Chefermittler angriffslustig von der Seite an.

»An seinen Händen fand sich keine Spur von Pfefferspray. Hätte er es versprüht, wäre mit hoher Wahrscheinlichkeit auch etwas davon an seinen Fingern haften geblieben.«

»Okay«, blieb der Präsident hartnäckig. »Umso mehr gerät der Mann doch jetzt in Verdacht. Wenn er es nicht war, der den Wachmann attackiert hat, dann wird er es wohl gewesen sein, der über den Zaun raus ist.«

»Da mögen Sie recht haben. Aber dann stellt sich doch sofort die Frage, wer Interesse daran hatte, das Areal heimlich zu verlassen, und dabei den Wachmann außer Gefecht gesetzt hat.« Häberle hoffte, damit den Dialog zwischen sich und dem Präsidenten beenden zu können. Er signalisierte dem Computer-Experten, mit seinen Ausführungen fortzufahren.

»Wie bereits erwähnt«, knüpfte der junge Kriminalist an seine bisherigen Schilderungen an, »lässt sich die Videosequenz im Hinblick auf die Identifizierung der Person nicht verwerten. Die Aufzeichnung beweist nur, dass um 2.23 Uhr jemand illegal das Areal verlassen hat.«

»Und wie sieht's mit Aufzeichnungen vom Haupteingang aus?«, unterbrach ihn der Präsident.

»Auch da gibt's eine Kamera, deren Qualität jedoch im Nachtsichtmodus ebenfalls nicht sonderlich gut ist.«

»Wie überall«, stellte einer der Männer im Raum frustriert fest. Sie kannten das Dilemma seit Jahr und Tag: Selbst an Tankstellen und sogar in Banken hinkte die installierte Überwachungstechnik oft Jahrzehnte der aktuellen Entwicklung hinterher. Dabei gab es im einschlägigen Elektronikhandel inzwischen für Otto Normalverbraucher zu erschwinglichen Preisen Gerätschaften, von denen James Bond in seinen Filmen von vor 30 Jahren nur geträumt hätte.

»Was wir erkennen können, ist, dass es um 2.44 Uhr einen Zwischenfall gegeben hat. Da geht eine Person, vermutlich männlich, in Arbeitskleidung, aber ganz offensichtlich ohne Helm, an der offenen Schranke vorbei. Gesicht ist auch nicht andeutungsweise zu erkennen, weil der Kopf weggedreht ist.«

»Kann man die Videosequenz nicht technisch verbessern? Schärfen oder kontrastreicher machen?«, fragte jemand dazwischen.

»Da sind uns enge technische Grenzen gesetzt. Was an Schärfe und Kontrast nicht da ist, lässt sich auch nicht wesentlich verbessern«, erwiderte der Experte. »Aber auch diese Szene werde ich euch heute noch zeigen können.« Dann kam er wieder zur Sache: »Man sieht dann noch, wie der Securitymann die Verfolgung aufnimmt, aber das tatsächliche Gerangel hat sich außerhalb des Kamera-Erfassungsbereichs abgespielt.« Er wartete auf Fragen, doch weil niemand etwas sagte, setzte er seine Ausführungen fort: »Es sind natürlich ab etwa 0.52 Uhr viele Fahrzeuge rein- und rausgefahren. Bereits um 0.42 Uhr wurde die Schranke auf ›Dauer-auf‹ gestellt, um den Einsatzfahrzeugen freie Zufahrt zu ermöglichen. In der Folgezeit sind immer mal auch Autos rausgefahren.«

»Rausgefahren?«, wiederholte der Präsident verwundert. »Wer fährt denn da raus, wenn alle zum Einsatzort hinwollen?«

»Ich denke, dass dies Arbeiter und Angestellte waren. Hier oben wird ständig und in unterschiedlichen Schichten gearbeitet.«

Auch Häberle hatte dazu eine Frage: »Kann man Kennzeichen oder Typen der Fahrzeuge erkennen?«

»Auch das nicht. Kennzeichen sowieso nicht – bei den Typen tut man sich schwer. Dazu müsste man eine genauere Analyse vornehmen. Natürlich kann man sagen, das eine Auto ist ein Kleinwagen und das andere ein größeres. Oder ein Kombi und so weiter. Oder ob es ein Fahrzeug mit Blaulichtaufsatz war oder nicht. Aber gerade in der Golf-Klasse tut man sich bei schlechten Videoaufzeichnungen sehr schwer, weil alle Hersteller das VW-Original in irgendeiner Weise nachgebaut haben.«

»Mich würde interessieren«, mischte sich Häberle ruhig ein, »ob es auch nach 2.44 Uhr noch Zivilfahrzeuge gegeben hat, die rausgefahren sind.«

Der junge Kriminalist, der noch immer stehend referierte, hatte offenbar mit dieser Frage nicht gerechnet. Er bückte sich zu seinen Unterlagen auf dem Tisch und blätterte in verschiedenen Papieren. »Gekommen sind immer mal wieder Einsatzfahrzeuge – aber rausgefahren …«, er nahm einen Schnellhefter zur Hand, »… da gab es zu diesem Zeitpunkt nur wenig … das große Abfahren hat erst begonnen, als es wieder hell geworden ist und die Kamera klare Bilder lieferte.« Er überflog Tabellen und Auflistungen. »Sonnenaufgang war heute um 5.25 Uhr Sommerzeit. Es beginnt also bereits gegen 4.45 Uhr zu dämmern. Außerdem haben wir hier oben keine hohen Berge um uns rum.« Während er dies feststellte, hatte er gefunden, was er zur Beantwortung der Frage brauchte. »Um 2.57 Uhr hat ein solches Fahrzeug der Golf-Klasse das Gelände verlassen.«

»Und später?«, wollte Häberle wissen.

»Moment«, entgegnete der Kriminalist. »Dann ist erst wieder um 3.14 Uhr ein Kombi rausgefahren, vermutlich einer von uns.«

»Hm«, machte Häberle und hatte lauter angespannte Gesichter vor sich. Alle im Raum hätten gerne gewusst, was der Chef mit diesen Fragen bezweckte.

Offenbar wollte sich der Präsident jetzt vor der versammelten Mannschaft auch nicht die Blöße geben und Häberle um eine Erläuterung bitten.

Häberle genoss diese Situation und schlug die weitere Vorgehensweise vor: »Es scheint mir dringend geboten, dass wir auch das Büro Mitterhofers hier genauer unter die Lupe nehmen.«

»Sind schon dabei, Chef«, meldete sich eine der Beamtinnen. »Es gibt einen Computer und einige Speichermedien. Im Lauf des Tages werden wir einen Überblick haben.«

»Okay«, lobte Häberle knapp. »Dann brauchen wir dringend Klarheit darüber, wer und was sich vergangene Nacht so etwa ab Mitternacht auf dem Gelände bewegt hat. Zumindest ein Name ist uns bekannt …«, er sah auf seinen Notizblock, »… eine Frau Frese, Natascha Frese. Sie soll am späten Abend in einem dieser Stollen gewesen sein. Am besten übernimmt dies der Kollege Linkohr.« Kaum hatte er es gesagt, waren alle Augen auf den jungen Kriminalisten gerichtet, der seit Langem als Häberles engster Mitarbeiter galt. Dass gleichzeitig ein Raunen durch die Kollegenschar ging, war Linkohr höchst unangenehm. Er überlegte, ob sein Chef mit dem Hinweis, dass ausgerechnet er diese Dame vernehmen sollte, absichtlich für Schmunzeln hatte sorgen wollen. Denn Linkohrs Eskapaden bei derlei Aufgaben hatten sich längst auch im neuen Ulmer Präsidium herumgesprochen. Nur dem Präsidenten war an seiner ratlosen Miene anzumerken, dass er die Hintergründe für die kurze Heiterkeit im Raum nicht kannte.

Häberle überging dies, um mit ernstem Ton das weitere Vorgehen vorzutragen: »Wir erwarten noch heute die Verbindungsdaten der Telekommunikationsanbieter«, erklärte er und spielte damit auf die Handy-Verbindungen an, die trotz aller datenrechtlichen Hemmnisse bei dringendem Tatverdacht gegen bestimmte Personen hinzugezogen werden durften – vorausgesetzt natürlich, die Daten waren noch nicht gelöscht. Doch dies war innerhalb von 24 Stunden kaum zu befürchten. »Wir sollten wissen, mit wem Mitterhofer in den vergangenen Tagen telefoniert oder über andere Netzwerke Kontakt aufgenommen hat.«

Oberkommissar Philip Mende warf ein: »Das hätte ich auch gerne von Darko Bulling und Stefan Pichler gewusst.«

Auch Linkohr meldete sich: »Und von Trennbalder. Anton Trennbalder. Irgendwie Chef der Betonierer.«

»Kollege«, sprach ihn Häberle direkt an, »Sie wissen aber selbst, dass wir ohne Tatverdacht dazu den richterlichen Segen nicht kriegen.«

»Und was ist nun mit diesem Protestler, der heut früh da draußen aufgekreuzt ist?«, wollte ein anderer wissen und verursachte damit auf dem Gesicht des Präsidenten ein verärgertes Stirnrunzeln.

Häberle ließ sich davon nicht beeindrucken. »Genau dies ist der Punkt, liebe Kollegen«, sagte er eine Nuance lauter. »Dieser Gunnar Rodefeld, von dem vorhin schon die Rede war, sollte uns auf jeden Fall interessieren – denn seine Anwesenheit ausgerechnet in der vergangenen Nacht erscheint mir suspekt. Er behauptet zwar, nur zur Naturbeobachtung da gewesen zu sein. Aber es könnte in der Tat mehr dahinterstecken.«

»So?«, fuhr der Präsident dazwischen. »Und das verraten Sie uns erst jetzt? Ist Ihnen bewusst, welche Folgen ein Zusammenhang mit Stuttgart 21 hätte?« Er wurde zunehmend unruhiger. Möglicherweise, so dachte Häberle, bereute der Präsident bereits seine Entscheidung, ihn zum Leiter der Sonderkommission bestimmt zu haben. Häberle ging auf die missmutige Bemerkung nicht ein, sondern gab nun etwas preis, was ihm seit einigen Stunden zu schaffen machte: »Ich hatte heute schon ein Gespräch mit dem Bürgermeister von Hohenstadt. Er war hier, um mir vertraulich etwas mitzuteilen, von dem er glaubt, dass es in einem Zusammenhang mit unserem Fall stehen könnte.«

Gespannte Stille machte sich breit – nur gestört von den Motoren einiger Baumaschinen und dem Rauschen des Verkehrs auf der nahen Autobahn. »Der Bürgermeister will gerüchteweise immer wieder gehört haben, dass die Stuttgarter S21-Gegner-Szene interne Informationen über das Gesamtprojekt – also von Stuttgart bis Ulm – aus den Reihen der Hohenstadter Baustelle beziehe.«

»Von einem Maulwurf hier oben?«, staunte eine Männerstimme, während der Präsident ungläubig auf Häberle starrte.

»Maulwurf«, griff der Chefermittler den Zwischenruf auf und grinste. »Im Zusammenhang mit dem Tunnelbau vielleicht ein unpassender Ausdruck. Aber im übertragenen Sinne möglicherweise richtig.«

»Hat der Herr Bürgermeister denn gesagt, woher er seine Weisheit bezieht?«, zeigte sich der Präsident seltsam abschätzig.

»Will er nicht. Er sieht es aber als seine Pflicht an, uns über diesen Aspekt zu informieren«, erklärte Häberle.

»Und wo soll dieser Spitzel Ihrer Ansicht nach sitzen? Bei der Bahn, bei den Baufirmen oder wo?«

»Das weiß auch der Bürgermeister nicht.« Mehr wollte Häberle nicht dazu sagen.

Nach kurzem Schweigen sagte Linkohr, was viele seiner Kollegen dachten: »Gut informiert wäre ja wohl auch einer von der Bauaufsicht – oder sehe ich das falsch?«

Den Namen Mitterhofer nannte er nicht.

Stefan Pichler war nach dem Telefonat mit Theresa Egger wie gelähmt im Schatten des Wohncontainers stehen geblieben. Gedanklich abwesend hatte er sein Handy in die Brusttasche seines Hemdes zurückgesteckt. Er zitterte und spürte, wie sein gesamter Körper schweißnass geworden war. Theresas Worte klangen noch immer in ihm nach: »Ich weiß nicht, wo Christian ist.« Dieser eine Satz hatte sich tief in Pichlers Gehirn gebrannt. Er war nicht mehr in der Lage gewesen, der Frau den wahren Grund seines Anrufes zu nennen. Denn er wollte sie jetzt keinesfalls mit einer Sache belasten, die ganz gewiss nichts mit ihren Problemen zu tun hatte. Ganz gewiss nicht?, hämmerte es in seinem Kopf nach. Wenn auf der Baustelle bekannt wurde, dass ausgerechnet auch Mitterhofers Kontrahent vergangene Nacht verschwunden war, dann konnte dies den Spekulationen allemal Tür und Tor öffnen.

Nein, der Christian, so versuchte er sich selbst in die Realität zurückzuholen, war nicht in diese Sache verstrickt. Er war auf der Suche nach einer Arbeit. So hatte es ihm Theresa soeben berichtet. Christian war gestern Vormittag in Kärnten losgefahren, um sich auf der Großbaustelle des Gotthard-Basistunnels im Schweizer Kanton Graubünden nach einem neuen Job umzusehen. Und der Weg von Kärnten dorthin führte nicht über die Autobahn A8 an Hohenstadt vorbei. Pichler rief sich die Landkarte vor Augen. Von Kärnten aus würde Egger nicht über München, Stuttgart, Karlsruhe und Basel fahren, sondern ganz sicher weiter südlich über Innsbruck, Vorarlberg und Liechtenstein.

In Sedrun, wo sich eines von drei Besucherzentren des Gotthard-Projekts befand, hatte er sich den Schilderungen Theresas zufolge dem Chef einer Tunnelbau-Firma persönlich vorstellen wollen.

Pichler wusste, dass das knapp 57 Kilometer lange Großprojekt durch den Gotthard nach etwa 20-jähriger Bauzeit irgendwann im nächsten Jahr, also Mitte 2016, eingeweiht wurde. Viele der daran beteiligt gewesenen Unternehmen waren bereits mit anderen Tunnelbauten befasst. Christian hatte also durchaus eine Chance, wieder irgendwo eine neue Arbeit zu finden. Sofern sich der Grund für seine Entlassung am Steinbühltunnel in Hohenstadt nicht als Hindernis erwies.

Pichler hatte sich Christians Handynummer geben lassen, auf der er sich seit gestern nicht mehr meldete. Auch der sofortige Versuch, ihn zu erreichen, war nicht von Erfolg gekrönt. Der Anrufer sei vorübergehend nicht erreichbar, teilte ihm eine unpersönliche Frauenstimme mit.

Pichler hatte der völlig entnervten Theresa Trost zugesprochen: Vielleicht sei der Akku von Christians Handy leer, und er habe das Ladegerät vergessen. Dass es auch andere Möglichkeiten zum Telefonieren gäbe, wollte er lieber nicht ansprechen. Stattdessen hatte er zu bedenken gegeben, Sedrun könne in einem Funkloch liegen – was er jedoch angesichts des geschäftigen Treibens dort selbst für ziemlich unwahrscheinlich hielt, gab es doch jede Menge Baubüros und vor allem auch täglich Hunderte von Touristen, die mit Bussen zum Infozentrum hingekarrt wurden. Pichler war selbst vor einigen Jahren dort gewesen.

Nein, wenn sich Christian bei seiner Frau nicht meldete, verhieß dies nichts Gutes. Pichler hatte ihr deshalb geraten, sich an die Polizei zu wenden. Doch vor diesem Schritt schreckte sie offenbar zurück und wollte ihn frühestens am Abend tun, falls sich Christian bis dahin noch immer nicht gemeldet hatte.

Pichler wollte sie gegen 18 Uhr wieder anrufen. Er verließ das schattige Plätzchen und trat wieder ins pralle Sonnenlicht, um zum Mitarbeiterparkplatz hinüberzugehen.

Er wollte den restlichen Nachmittag allein verbringen, um in Ruhe über alles nachzudenken. Deshalb war er erleichtert, auf dem Weg zu seinem schwarzen Dreier-BMW niemandem zu begegnen. Er stieg in den glutheißen Wagen und fuhr mit voll aufgedrehter Klimaanlage an der offenen Schranke vorbei Richtung Landstraße.

Seit er hier oben arbeitete, hatte er kaum Gelegenheit gehabt, die Umgebung zu erkunden. Weiter als bis zur »Sonne« in Hohenstadt war er selten gekommen. Die Zehntagesschicht bestand nur aus arbeiten und schlafen – und mit Beginn der jeweils fünf freien Tage war er regelmäßig sofort zusammen mit drei Kollegen nach Kärnten heimgefahren. Einen außerplanmäßigen freien Tag wie heute hatte es bisher nicht gegeben.

Er entschied, ins nahe Oberdrackenstein hinüberzufahren, das er nur von den Plänen und Konstruktionszeichnungen her kannte. Abseits dieses Orts musste es einen Taleinschnitt geben, den sie mit ihren beiden Stollen längst seitlich umgangen hatten. Vorbei an Getreidefeldern, folgte er einem Verbindungssträßchen, ließ Oberdrackenstein dann aber links liegen und bog auf einen beschaulichen Asphaltweg ein, der ziemlich gerade über die Hochfläche führte, einige Feldwege querte und an der kleinen Ansiedlung des Großmannshofs vorbeikam. Etwa 100 Meter danach tauchte rechts ein scheunenartiges Gebäude auf, an dem eine Aufschrift prangte, die er beim Näherkommen nur schwer entziffern konnte und mit der er nichts anzufangen wusste: »Loidiga-Ranch«. Unweit davon stoppte er an einem Parkplatz, der den seltsamen Namen »Aimer« trug. Weil dort ein markierter Wanderweg abzweigte, stieg er aus. Sofort schlug ihm wieder die Hitze des Sommertages entgegen. Er stellte fest, dass die ausgeschilderte Wanderroute direkt auf den schattigen Waldrand zuging. Außerdem versprach der Hinweis auf den »Tierstein« einen interessanten Aussichtspunkt.

Pichler wischte sich mit dem Handrücken den Schweiß von der Stirn und hatte schon nach wenigen Minuten den Schatten der hoch aufragenden Buchen erreicht. Allerdings war ihm die bunte Wiesenblumenvielfalt unterwegs gar nicht bewusst geworden. Viel zu sehr beschäftigte ihn noch immer das Telefonat mit Theresa.

Während er dem schmalen Pfad folgte, der hier mit gelben Symbolen »Albtraufgänger« genannt wurde, rief er sich jenen frostigen Dezembertag in Erinnerung, als Christian die gemeinsame Unterkunft verlassen hatte. Selbst den härtesten Burschen von ihnen waren beim Abschied Tränen in den Augen gestanden. Christian, der mit Leib und Seele Mineur war, genauso, wie es sein Großvater gewesen war, durfte nicht mehr in den Berg. Dass die Unternehmensleitung derart gnadenlos reagiert hatte, konnte auch Gründe gehabt haben, die bis zum heutigen Tage nicht nach außen dringen durften. Möglicherweise war der Alkoholvorwurf nur die Spitze des Eisbergs gewesen, dachte Pichler wie schon oft, wenn er über den Vorfall nach dem Barbaratag grübelte. Vielleicht hatte es zuvor bereits mehrfach Verwarnungen wegen Alkohols gegeben? Aber Christian war nie richtig betrunken gewesen. Niemals. Hätte man nach der Barbarafeier all die anderen Kollegen einem Promilletest unterzogen, wären auch sie fällig gewesen.

Pichler atmete den Duft des Sommerwaldes, genoss die Abkühlung unter dem schützenden Blätterdach und versuchte vergeblich, die finstren Gedanken abzustreifen, die ihm auf Schritt und Tritt heute folgten.

Vor ihm lichtete sich das grüne Dickicht, das ihn die zurückliegende Viertelstunde umgeben hatte. Jetzt aber dünnte sich der Bewuchs aus und gab mit jedem Schritt einen Weitblick frei, der auf einen hoch gelegenen Geländepunkt weit vor ihm schließen ließ. Einen halben Kilometer Luftlinie entfernt schimmerte das Grün eines Hangwaldes herüber – die andere Seite eines Tales, wie Pichler daraus schloss. Doch jetzt alarmierte ein Geräusch all seine Sinne. Es kam von rechts aus dem Dickicht. Waren es Schritte im abgestorbenen Laub des Vorjahres? Pichler blieb instinktiv stehen und drehte sich um. Aber in dem Gestrüpp war nichts, was auf eine andere Person hätte hindeuten können. Keine verdächtigen Umrisse, kein Schatten.

Pichler spürte, wie sich die Anspannung wieder legte. Gleichzeitig stellte er mit gewissem Selbstzweifel fest, dass er tatsächlich etwas in Panik geraten war. Er, der furchtlose Mineur, der mit seinen Bärenkräften jeden Angreifer niederringen konnte. Jetzt war es nichts weiter als eine fette Amsel, die ihn bei der Suche nach einem Wurm bis tief ins Mark erschreckt hatte. Was, verdammt noch mal, war mit ihm los? Hatte ihn das Gespräch mit Theresa derart aus der Bahn geworfen, dass er hier am helllichten Tag, weit ab des schrecklichen Geschehens auf der Baustelle, bereits an jeder Ecke eine Gefahr lauern sah? Völliger Quatsch, beschimpfte er sich, während er weiterging und den felsigen Aussichtspunkt hoch über einer kleinen Ortschaft erreichte, an der entlang sich die Autobahn in Fahrtrichtung Stuttgart durch ein enges Tal schlängelte. Pichler kannte den Namen dieser Gemeinde nicht. Es war wohl jener Bereich, in dem die beiden Richtungsfahrbahnen der Autobahn weit getrennt voneinander verliefen. Der sogenannte Albaufstieg in Richtung Ulm folgte in dieser schwierigen Topografie einem ganz anderen Taleinschnitt zur Hochfläche hinauf. Jetzt, da er zum ersten Mal bewusst die zerklüftete Landschaft mit ihren Steilhängen und Schluchten sah, wurde ihm die Bedeutung der Eisenbahnstollen so klar wie nie zuvor. Der Steinbühltunnel, der irgendwo in diesem Tal bei der Autobahn ans Tageslicht kam, war Bestandteil eines ziemlich gradlinigen Aufstiegs zur Albhochfläche.

Er stellte sich in den Schatten einer Buche und ließ diesen traumhaften Ausblick auf sich wirken. Am jenseitigen Hang klebte auf gleicher Höhe eine Kapelle direkt am Abhang. Eine andere entdeckte er schräg unter sich unmittelbar neben der Böschung der Autobahn. Eine fromme Gegend, dachte er. Genau wie seine Heimat, daheim in Kärnten, wo sich die Berge ebenso sanft erhoben, nur viel höher und nicht überall so stark bewaldet. Und wieder waren sie da – die Gedanken an Christian, der jetzt vielleicht irgendwo umherirrte und keinen neuen Job fand. Möglicherweise war die weite Fahrt nach Graubünden umsonst gewesen. Pichler verdrängte den Gedanken, Christian hätte sich voller Verzweiflung zu einer Kurzschlusshandlung hinreissen lassen können.

Pichlers Augen verfolgten die lange Kolonne der Sattelzüge, die gemächlich von der Steilstrecke des Drackensteiner Hangs herabkamen und sich in der Talaue dem dreispurigen Ausbau der Autobahn Richtung Stuttgart entgegenquälten.

Warum hatten sie sich bisher auch nicht intensiver um Christian gekümmert?, schoss es Pichler durch den Kopf. Wäre es nicht ihre verdammte Pflicht gewesen, dem Kollegen seelischen Beistand zu leisten? Natürlich, die Schichtarbeit ließ dafür keine Zeit. Wenn sie im Stollen waren, gab es nur ein einziges Ziel: vorwärts in den Berg hinein. Ihr Leben war der Berg. Pichler wurde dies schmerzhaft bewusst, als er die lebendige Natur eines Sommertages um sich herum sah. Was hatten sie in ihrem Leben nicht alles verpasst? Die sonnigsten Tage verbrachten sie tief unter der

Erde. Ihre Arbeit verschluckte alles: die Schönheiten der Natur genau so wie das Schicksal ihres Kollegen.

Pichler versuchte, das schlechte Gewissen zu verdrängen, das sich immer heftiger bemerkbar machte, je mehr er dagegen ankämpfte. Hatten sie gar nicht bemerkt, wie schlimm es um Egger gestanden war, damals im Dezember, als er abreisen musste? Hatten sie es einfach so hingenommen, ohne gegen die Entscheidung der Unternehmensleitung zu protestieren? Keiner hatte sich aufgelehnt und öffentlich die Meinung gesagt. Keiner? Doch, einer war in den Tagen kurz vor Weihnachten öffentlich zu Egger gestanden. Keiner aus den Reihen der Mineure, sondern wider Erwarten einer aus dem Kreise der Planer und Konstrukteure. Ja, stellte Pichler innerlich zufrieden fest. Es gab einen, dem er seine Sorgen um Christian anvertrauen konnte. Die Frage war nur, ob dieser noch immer bereit sein würde, zu seiner damaligen Kritik an der Entlassung Christians zu stehen.

Linkohr hatte sich eine Geologin auf einer Großbaustelle ganz anders vorgestellt: emanzenhaft, alternativ-ausgefranste Kleidung, burschikos. Doch bei Natascha Frese, die er in ihrem Bürocontainer antraf, stockte ihm der Atem. Sie strahlte ihn mit großen Augen hinter einer Designerbrille an, trug eine eng anliegende Bluse, die ihre weiblichen Formen überaus reizvoll betonte, und enge Jeans. »Na, dann nehmen Sie mal Platz«, hatte sie unerschrocken gesagt, als habe sie den Besuch eines Kriminalisten ohnehin längst erwartet.

Linkohr hatte Mühe, seine Begeisterung zu verbergen. Er setzte sich an der großen Schreibtischgruppe ihr gegenüber und sah in ihr erwartungsvolles Gesicht. »Ich, äh …«, begann er leicht verlegen, »hab Ihnen ja bereits am Telefon angekündigt, dass wir, so gut es geht, die vergangene Nacht rekonstruieren wollen.«

»Eine laue Sommernacht«, ergänzte sie und lächelte, als habe sie dieselben Gedanken wie Linkohr, der sich nichts sehnlicher wünschte, als mit einer Frau wie dieser solche Nächte zu verbringen.

»Ja, eine schöne Sommernacht«, erwiderte er so sachlich, wie es nur ging. »Viel zu schön, um so zu enden.«

»Zu enden für den, dessen Überreste man gefunden hat«, entgegnete Natascha mit einer Mischung aus Mitgefühl und ironischem Unterton.

»Sie wissen sicher, dass wir nach derzeitigem Ermittlungsstand befürchten müssen, es mit dem Tod von Herrn Mitterhofer zu tun zu haben.«

Sie stutzte und überlegte, ob hinter dieser Frage mehr steckte als eine pure Feststellung. »Das ist mir bekannt«, gab sie emotionslos zurück. »Es hat sich herumgesprochen, ja.«

»Wir sollten etwas über sein Umfeld wissen. Freunde, Bekannte, Umgang. Bislang haben wir nur in Erfahrung gebracht, dass sich seine Frau und seine erwachsene Tochter möglicherweise in Costa Rica aufhalten.«

»Das mag so sein«, erklärte Natascha und musterte ihr Gegenüber. »Aber allzu viel werde ich Ihnen auch nicht sagen können.« Sie sah Linkohr fest in die Augen. »Oder hatten Sie geglaubt, ich könnte dies?«

Der Kriminalist war von ihrem Selbstbewusstsein überrascht. »Nein, das habe ich nicht. Was ist dann das Wenige, das Sie uns sagen könnten?«

»Dass er ein sehr einfühlsamer Mensch ist«, sagte sie nachdenklich und achtete offenbar darauf, nicht in der Vergangenheitsform zu reden. »Herr Mitterhofer hat ein besonders gutes Einfühlungsvermögen, wenn Sie verstehen, was ich meine. Er kann zuhören und Ratschläge erteilen. Das sind Eigenschaften, die man heutzutage oftmals vermisst.«

Linkohr nickte und überlegte selbstkritisch, wie er wohl bei Frauen ankam, die solche Eigenschaften schätzten. Keine seiner vielen Freundinnen hatte jemals so etwas gesagt wie diese Natascha Frese, von der ihn gerade zwei Schreibtische trennten. »Sie haben ihn wohl sehr geschätzt«, stellte er fest.

»Ja, das kann ich so bestätigen, Herr …« Sie hatte den Namen des Kriminalisten vergessen.

»Linkohr, Mike Linkohr«, ergänzte er schnell. »Soll ich Ihnen meine Karte geben?«

»Nicht nötig«, wehrte sie zu seiner Enttäuschung ab und lächelte überheblich. »Wer mich interessiert, den behalte ich auch so in Erinnerung.« Sie hob ihre Augenbrauen: »Und umgekehrt auch, nehme ich an.«

Linkohr war konsterniert. War das jetzt eine verfrühte Abfuhr oder reine Arroganz? Oder gar ein Zeichen von Sympathie? Oder war alles nur ein Schutzschild, den sie vor ihm aufbaute?

»Gibt's denn irgendjemanden, der Herrn Mitterhofer nach dem Leben getrachtet haben könnte?«, fragte Linkohr nun direkt, um dem nebensächlichen Geplänkel auszuweichen, auf das er sich keinen Reim machen konnte.

Natascha Frese stützte sich mit ihren Ellbogen auf der Schreibtischplatte ab. »Das sind wohl die stereotypen Fragen eines Kriminalisten«, meinte sie provokant. Es klang so neckisch und theatralisch, dass Linkohr Mühe hatte, sich auf seine Arbeit zu konzentrieren. Er glaubte auch, ein sanftes Lächeln und ein leichtes Augenzwinkern wahrgenommen zu haben. Jetzt bloß nicht ablenken lassen, mahnte er sich. Oft genug hatte er sich in solchen Situationen von weiblichen Reizen aus dem Konzept bringen lassen. Nein, heute wollte er mannhaft und standhaft bleiben.

»Wir müssen zunächst abchecken, in welchem sozialen Umfeld das Opfer gelebt hat«, erklärte er.

»Sie reden gerade so, als sei sicher, dass Herr Mitterhofer tot ist«, wurde Natascha ernst.

Linkohr spürte, dass es zwischen dieser Frau und Mitterhofer emotionale Bindungen gab. »Wenn es so geklungen hat, dann tut es mir leid«, trat er den Rückzug an. »Derzeit besteht, wie gesagt, nur der Verdacht, dass ihm etwas zugestoßen sein könnte.« Er suchte nach einer passenden Formulierung, um zu der wichtigsten Frage überzuleiten. »Vorige Nacht waren hier oben wohl einige Personen unterwegs.«

»Auf der Baustelle sind immer ein paar Leute unterwegs«, antwortete sie schnell. »Auch ich habe vergangene Nacht sehr lange gearbeitet.« Sie lächelte sympathisch. »Und mein Kollege Lukas Brunner auch. Wissen Sie, wir können unsere Zeit ziemlich frei einteilen – Hauptsache, wir kriegen das alles gebacken, was wir erledigen müssen. Und das ist an manchen Tagen ziemlich viel.«

Linkohr nickte und sah die Chance gekommen: »Müssen Sie dann auch gelegentlich rüber an den Stollen?«

»Ja, klar«, entrüstete sie sich, als sei die Frage völlig abwegig. »Ich bin Geologin. Das ist kein Job, der sich nur am Schreibtisch erledigen lässt.«

»Auch vergangene Nacht?«

»Bin ich jetzt verdächtig?«, gab sie sich überrascht. »Oder was wollen Sie mit dieser Frage bezwecken?«

»Entschuldigen Sie«, zeigte Linkohr Verständnis. »Wir müssen uns ein Bild verschaffen …«

»… wer sich heute Nacht da draußen rumgetrieben hat, stimmt's?«, fiel ihm die Frau ins Wort.

»Wenn Sie's so ausdrücken wollen, ja.« Er versuchte, es so sympathisch wie möglich klingen zu lassen. »Können Sie noch ungefähr sagen, wann Sie draußen waren?«

»Na ja«, sie spielte mit einem Kugelschreiber, »es war schon dunkel, also müsste es nach 22 Uhr gewesen sein. Aber noch lange, bevor hier das Spektakel mit Polizei und Feuerwehr losgegangen ist.«

»Ist Ihnen unterwegs jemand begegnet?«

»Nicht direkt«, wich sie aus. »Ich habe einige Personen laufen sehen, aber trotz der Beleuchtung auf der Baustelle kann man da aus der Entfernung niemanden erkennen.«

»Sie sind mit einem Auto zum Stollen gefahren, nehm ich an.«

»Ja, natürlich, der Weg ist weit. Und außerdem musste ich bis zu meinen Geräten im Berg. Das sind im Weststollen so um die dreieinhalb Kilometer. Da können Sie nicht mal schnell einen Spaziergang unternehmen.«

»Und da dürfen Sie einfach so reinfahren?«

»Na, hören Sie mal«, gab sie zu bedenken, »ich bin nicht irgendwer. Natürlich muss man sich anmelden und per Funk erst mal orientieren, ob gerade gesprengt wird.«

Linkohr nickte. »Und im Stollen? Haben Sie da jemanden getroffen?«

»Nicht direkt. Aber irgendein Fahrer eines Radladers hat mich sicher gesehen. Er war 30, 40 Meter vor mir zugange.«

»Gesprochen wurde aber nichts?«

Sie lächelte mitleidig. »Waren Sie schon mal da drin?«

Der Kriminalist musste gestehen, dass er jetzt zwar den ganzen Tag auf der Baustelle verbracht hatte, aber noch nicht »im Berg« gewesen war.

»Wenn da drin voll gearbeitet wird, haben Sie keine Lust auf Small Talk«, erklärte die Frau.

»Nun soll ja der Herr Mitterhofer nicht besonders beliebt gewesen sein, wie wir inzwischen unterschwellig zu hören bekommen haben.«

»Sein Job«, erwiderte Natascha Frese knapp. »Sie sind auch nicht bei jedem beliebt, Herr Linkohr.«

Er verzichtete auf eine Antwort und stellte stattdessen fest: »Mitterhofer war so etwas wie die Bauaufsicht.«

»Ja, das ist er.« Wieder betonte sie die Gegenwartsform. »Er muss sich immer mal wieder mit jemandem anlegen.« Sie schien mit sich zu ringen, ob sie nähere Details dazu preisgeben sollte. »Na ja, Sie werden's ja schon gehört haben. Die Sache beim letztjährigen Barbarafest.«

Linkohr wusste mit dem Hinweis nichts anzufangen. »Barbarafest?«

»Also, Herr Linkohr«, gab sie sich brüskiert und zeigte gespielte Verwunderung. »Wenn Sie in einem Fall wie diesem recherchieren, sollten Sie sich mit den Gepflogenheiten auskennen.« Wieder das Lächeln. »Barbara ist die Schutzpatronin der Mineure. Ihr zu Ehren wird ihr Namenstag am 4. Dezember groß gefeiert.«

Linkohr hatte schon einmal davon gehört. »Ach ja, natürlich.« Er überspielte seine Unwissenheit und knüpfte an Freses Hinweis an: »Sie haben das Barbarafest erwähnt …«

»Das Barbarafest und die Folgen«, ergänzte sie und schilderte die Alkoholkontrollen Mitterhofers am Tag danach – und wie er einen der Mineure namens Egger bloßgestellt hatte. »Restalkohol vom Vortag«, erklärte sie. »Es muss sich nicht nur um 0,1 oder 0,2 Promille gehandelt haben, sondern um wesentlich mehr. Zwar sind 0,0 Promille vorgeschrieben, aber ganz so kleinlich war Simon …« Sie berichtigte sich verlegen: »… Herr Mitterhofer natürlich nicht.«

Linkohr nahm den Versprecher zur Kenntnis, ohne darauf einzugehen. »Und dann?«

»Egger wurde entlassen, fristlos. Noch vor Weihnachten. Sie können sich vorstellen, dass dies die Stimmung ziemlich getrübt hat hier oben.«

Linkohrs Interesse stieg. »Seither ist die Mannschaft im Berg gegen ihn?«

»So könnte man das sagen, ja. Herr Mitterhofer tut sich seit Monaten schwer, dagegen anzukämpfen. Er wird regelrecht gemobbt.«

»Es könnte also sein, dass er deswegen …«

»… umgebracht wurde? Das meinen Sie doch wohl? Dass einer von denen ihn vergangene Nacht in die Brechanlage geworfen hat.« Sie malte mit ihrem Kugelschreiber nervös Kringel auf die Rückseite eines bedruckten Blattes.

»Wäre das nicht denkbar?«

Natascha Frese warf Linkohr einen provokanten Blick zu. »Was alles denkbar ist, müssten Sie als Kriminalist doch am ehesten wissen.«

Er spürte, dass es ihr offenbar sichtlich Freude machte, ihn immer wieder herauszufordern. Ihm gefiel diese Art. »Und Egger selbst?«

»Finden Sie's raus. Aber Egger ist damals gleich wieder zu seiner Familie zurück. Irgendwo nach Kärnten.«

»Hat er denn noch Kontakte hierher?«

Zum ersten Mal während des Gesprächs hielt sich Natascha Frese zurück. Sie legte ihren Kugelschreiber beiseite und verschränkte die Arme – eine abwehrende Geste, wie Linkohr dies deutete.

»Natürlich wird er noch Kontakte haben. Zu seinen ehemaligen Kollegen, denke ich mal. Aber in diese internen Angelegenheiten mische ich mich nicht ein, Herr Linkohr. Tratsch und Klatsch sind nicht so mein Ding. Außerdem bin ich erst seit einem Jahr hier.«

Linkohr nickte verständnisvoll. Der Hinweis auf die

Vorkommnisse nach dem Barbarafest war immerhin ein Ansatzpunkt, den es zu verfolgen galt. Möglicherweise wusste die Frau mehr, als sie jetzt zu sagen bereit war, dachte er, wechselte dann aber abrupt das Thema: »Ist Ihnen der Name Rodefeld ein Begriff?«

»Rodefeld?«, wiederholte sie erstaunt. »In welchem Zusammenhang?«

»Stichwort: S21-Gegner.«

»Ach, Herr Linkohr, lassen Sie das doch aus dem Spiel. Gott sei Dank sind wir bisher von irgendwelchen Protestaktionen hier oben verschont geblieben. S21 ist ein Problem der Stuttgarter mit ihrem Bahnhof. Außerdem ist die Sache ausgestanden, demokratisch besiegelt, trotz möglicherweise irgendwelcher vorausgegangener Schiebereien. Aber schauen Sie sich doch mal in Stuttgart um. Da wird seit Jahren gebaut. Da kann doch keiner mehr im Ernst glauben, etwas rückgängig machen zu können.«

Linkohr gab ihr insgeheim recht. »Aber einen Herrn Rodefeld kennen Sie nicht?«

»Nie gehört den Namen«, entgegnete sie selbstbewusst. »Soll der hier aufgetaucht sein?«

Linkohr überhörte die Frage, während sie ihn mit ihren großen Augen erwartungsvoll ansah und dabei die langen Haare über die Schulter warf. Sie schaffte es vorzüglich, ihn zu verunsichern. »Okay«, sagte er schließlich und unternahm einen neuerlichen Versuch: »Falls Sie mir noch etwas zu sagen haben, könnte ich Ihnen meine Visitenkarte …« Er griff in die Brusttasche seines Hemdes, in der er immer einige stecken hatte – auch wenn sie an einem Sommertag wie heute vom Schweiß durchnässt sein würden.

Natascha Frese wehrte ab. »Ich sagte doch, wenn man an jemandem interessiert ist, kann man sich den Namen merken.« Sie grinste.

Linkohr fühlte sich wie elektrisiert und riskierte einen gewagten Vorstoß: »Wir könnten ja unser Gespräch auch in einem etwas netteren Ambiente fortführen.« Bereits als er es aussprach, hätte er die Worte am liebsten wieder zurückgezogen. Jetzt war er wieder dabei, einem innerlichen Drang nachzugeben. All seine Vorsätze hatten nichts gefruchtet. Er war erneut in eine Situation geraten, bei der er sich nicht unter Kontrolle hatte. Als ob die Falle wieder zugeschnappt wäre. Dabei hatte er sich fest vorgenommen, dienstlich keine Frau mehr anzubaggern. Aber diese Natascha? Hatte sie es nicht soeben sogar provoziert? So, wie sie ihn die ganze Zeit über ansah? Wie sie ihm kess widersprach?

Auch sie schien seine Unsicherheit zu bemerken. »Bei netterem Ambiente und anderen Themen?«, wiederholte sie sein Angebot fragend und runzelte die Stirn.

Linkohr begriff, dass sie nicht abgeneigt sein würde, ihn privat zu treffen. Doch eine innere Stimme mahnte: Verfolgte sie womöglich eine ganz andere Strategie? Lagen ihre gegenseitigen Vorstellungen von einem Treffen außerhalb von Dienst und Arbeit weiter auseinander, als er es sich erträumte?

Aber jetzt einen Rückzieher machen? Nein, entschied er. »Vielleicht irgendwo in Ulm?«, fragte er vorsichtig zurück.

»Ulm?«, echote sie wenig erfreut. »Allen hier scheint nur immer Ulm einzufallen.« Sie grinste.

»Allen?«, erwiderte Linkohr, als sei er eifersüchtig.

Natascha Frese rückte ihre Brille zurecht und sah ihm direkt in die Augen. »Ja, richtig gehört, Herr Linkohr. Alle. Ich lass mich nämlich jeden Abend einladen«, spöttelte sie, und er wusste wieder nicht, wie ernst sie es damit meinte.

»Im Fischerviertel hat's nette Kneipen«, erklärte er begeistert. »Fahr'n wir zusammen?«

»Mann, Herr Linkohr, haben Sie überhaupt Zeit? Jetzt, mitten in den Ermittlungen?« Sie tat so, als zweifle sie an seinem Vorhaben. »Oder ist das dann ein dienstlicher Termin?«

Er ließ die Frage unbeantwortet. »Auch ich hab mal Feierabend.«

Natascha Frese zögerte. »Um wie viel Uhr und wo?«, fragte sie schließlich, während Linkohrs Herz ihm bis zum Halse schlug.

»Ich ruf Sie an«, sagte er. »Dann fahr'n wir von hier los.«

»Von hier?«

Linkohr hatte es vermieden, sie zu fragen, ob er sie zu Hause abholen dürfe. Ihre Anschrift wäre allerdings aus den Akten ersichtlich gewesen, die Mende im Laufe des Tages angelegt hatte.

»Ich möcht mich vielleicht vorher ein bisschen frisch machen, Herr Linkohr«, ergänzte sie und betonte die Anrede »Herr Linkohr« immer wieder auf eine Art und Weise, die ihn aufhorchen ließ. »Ich denke, Sie wissen längst, wo ich wohne, oder?«

Er schluckte. »Dann sollte ich nur noch Ihre private Telefonnummer haben.«

Sie grinste provokant: »Och, Herr Linkohr, machen Sie mir jetzt bitte nicht weis, dass Sie diese nicht rauskriegen, wenn Sie's unbedingt wollen.«

Linkohr verschlug es die Sprache. War er jetzt einen Schritt zu weit gegangen?

Häberle war nach Stuttgart gefahren – genauer: in den Stadtteil Degerloch, der sich gleich an der Autobahn befand. Zwar lag das Gespräch mit Gunnar Rodefeld erst sechs Stunden zurück. Doch in der Zwischenzeit hatten sich so viele neue Erkenntnisse ergeben, dass er es für geboten hielt, den nächtlichen Spaziergänger noch einmal unter die Lupe zu nehmen. Am Telefon war der junge Mann über die Ankündigung von Häberles Besuch nicht gerade erfreut gewesen, aber der Hinweis, man habe an seinen Händen keine Spuren von Pfefferspray gefunden, hatte ihn letztlich versöhnlich gestimmt.

Rodefeld, der als Tiefbauingenieur ein eigenes kleines Planungsbüro betrieb, das im Untergeschoss eines Einfamilienhauses untergebracht war, begrüßte den Kriminalisten mit einem unterkühlten »Hallo«. Er stellte ihm seine junge und äußerst attraktive Freundin Gabriele Honold vor, die offenbar auch seine Mitarbeiterin war. Häberle schätzte sie auf maximal 25 Jahre. Sie boten ihm Kaffee an, was er jedoch dankend ablehnte, als er den beiden an zwei großen Schreibtischen gegenübersaß. Die Luft war heiß, der pralle Sonnenschein hinter Jalousien ausgesperrt. Gabriele hatte sich, wie Häberle genüsslich feststellte, den sommerlichen Temperaturen entsprechend gekleidet: Shorts, enges T-Shirt mit der Aufschrift: »Pura Vida«. Was das hieß, vermochte der Kriminalist nicht zu sagen. Es klang jedoch spanisch.

»Ich dachte, ich hätt' Ihnen heut früh schon alles gesagt«, kam Rodefeld unsicher zur Sache.

»Dachte ich auch«, konterte Häberle. »Aber es gibt da einige Dinge, die wir nicht ganz verstehen. Trotz Ihrer Aussage.«

Rodefeld ging in die Offensive: »Jetzt, wo Sie mir nicht mehr nachweisen können, dass ich diesen Wachmann mit Pfefferspray attackiert habe, suchen Sie wohl einen anderen Weg, mir was anzudichten.«

Gabrieles blaue Augen wanderten zu ihrem Freund, als warte sie gespannt, was nun geschehen würde.

»Es gibt da einige Videoaufnahmen«, begann Häberle und lehnte sich in den kleinen Stuhl zurück, der so ungemütlich war, dass es der Konstrukteur auf ihm gewiss keine halbe Stunde ausgehalten hätte. Aber meist, so dachte der Kriminalist, wurden diese Möbelstücke nicht für den täglichen Gebrauch, sondern nur zur Dekoration produziert.

»Videoaufnahmen?«, wurde Rodefeld unsicher und fächerte sich mit einem Schnellhefter Luft zu. »Und weshalb kommen Sie da extra zu mir nach Stuttgart gefahren?«

»Weil es mir wichtig erscheint.«

Gabriele schlug rechts von Häberle ihre schlanken Beine übereinander, hielt sich aber weiterhin zurück.

»Sie werden es trotzdem nicht schaffen, mir etwas anzuhängen«, blieb Rodefeld trotzig.

»Von ›anhängen‹ kann gar nicht die Rede sein.« Häberle entschied sich für einen Frontalangriff, obwohl ihm bewusst war, dass er sich damit auf dünnes Eis begab. »Ich möchte von Ihnen nur wissen, weshalb Sie heute Nacht in Hohenstadt über den Bauzaun gestiegen sind.«

Gabriele staunte mit offenem Mund und erbleichte. Ihr Freund wirkte angriffslustig. »Übern Bauzaun gestiegen?«, äffte er nach und warf den als Fächer benutzten Schnellhefter auf den Schreibtisch zurück. »Soll das ein Witz sein?«

»Nein«, blieb Häberle hartnäckig »und wenn, dann wär's ein schlechter. Um 2.23 Uhr hat das eine Videokamera dokumentiert«, sagte er, wohl wissend, dass die gefilmte Person auf den Bildern nicht zu identifizieren war.

Gabriele sah ihren Freund irritiert an.

Rodefeld schluckte. »Wie? Sie wollen behaupten, dass ich …?« Er wollte gleich gar nicht aussprechen, was ihn belastete.

Häberle blieb ruhig, denn seine angeblichen Beweise waren natürlich viel zu dünn, um sie als Behauptung darstellen zu können. »Wäre die Lage nicht so ernst, wäre ich jetzt nicht hierhergefahren.«

Nach bangem Schweigen rang sich der junge Mann zu einer Erklärung durch. »Sie versuchen, mir etwas von dem anzuhängen, was vergangene Nacht passiert ist.«

»Dieser Versuch wird umso kleiner, je besser Sie mit uns kooperieren«, konterte Häberle. »Und um es gleich zu sagen: Ihr Protest gegen Stuttgart 21 interessiert uns überhaupt nicht. Dies, worum es uns geht, wird eine Liga höher gespielt.«

»Mord«, entfuhr es Rodefeld so schnell, dass seine Freundin sichtlich erschrak. »Ich hab's mir gleich gedacht – nach all dem, was vergangene Nacht in Hohenstadt los war.«

Häberle nickte und war mit seiner Strategie zufrieden. »Es macht also Sinn, uns zu erklären, weshalb Sie über den Zaun gestiegen sind.«

»Muss ich darauf antworten?«

»Nein«, erklärte der Chefermittler, »Sie brauchen sich nicht selbst zu belasten und können die Aussage verweigern – das dürfte Ihnen aus den vergangenen Verfahren bekannt sein. Sie dürfen auch gerne einen Anwalt hinzuziehen.«

Jetzt sah sich Gabriele Honold veranlasst, in das Gespräch einzugreifen, und riet ihrem Freund: »Wenn es wirklich so war, ist es vielleicht sinnvoll, alles so zu schildern, wie's passiert ist.«

Rodefeld biss sich auf die Unterlippe. »Kann ich das Video mal sehen?«

Häberle bemerkte, dass nun diplomatisches Vorgehen gefragt war. »Ich lade Sie gerne ins Präsidium nach Ulm ein«, sagte er. Zwar mochte er die neue Verwaltungsstruktur der Polizei nicht, aber allein schon der Begriff »Präsidium« löste bei vielen Personen, die den Umgang mit einer solchen Behörde nicht gewohnt waren, Respekt aus.

»Nach Ulm«, wiederholte Rodefeld verstimmt. »Was soll ich denn in Ulm?«

»Eben«, zeigte sich Häberle zufrieden darüber, dass sein Kalkül aufgegangen war. »Wir können's abkürzen.«

»Okay«, räumte Rodefeld mit einem Seitenblick auf Gabriele ein, die ihm Zustimmung signalisierte, »ich war da drin. Nicht, weil ich irgendeine Protestaktion vorbereiten wollte, sondern, um mir einfach ein Bild über die Zustände auf der Baustelle zu verschaffen. Umwelt und so.«

»Bei Nacht«, merkte Häberle bissig an.

»Hätte ich mich offiziell anmelden sollen?«, meckerte Rodefeld zurück. »Ich wollte einfach mal aus der Nähe sehen, wie das Abraummaterial gelagert wird und ob es tatsächlich recycelt wird, wie dauernd behauptet wird.«

Häberle sah sich zu einer weiteren kritischen Bemerkung veranlasst: »Und ob sich der Juchtenkäfer angesiedelt hat oder der berühmte Halsbandschnepper dort unterwegs ist.« Die Namen dieser beiden Tiere hatten sich Häberle schon vor Jahren tief ins Gehirn eingeprägt. Der Juchtenkäfer als jenes streng geschützte Insekt, das die Umweltschützer vor dem Umbau des Stuttgarter Hauptbahnhofs offensichtlich zuhauf entdeckt hatten – und der Halsbandschnepper, ein Vogel, dessen Vorkommen sogar den Bau einer Bundesstraße gefährdet hatte.

Rodefeld war nicht nach Späßen zumute. »Ich sehe, Sie nehmen unser Anliegen genauso wenig ernst, wie es all die anderen tun, die ohne Rücksicht auf Natur und Umwelt ihre wirtschaftlichen Interessen durchsetzen wollen.«

»Entschuldigen Sie«, lächelte Häberle versöhnlich, »das sollte nur eine Bemerkung am Rande sein. Ich möchte Ihr sicherlich ehrenwertes Engagement nicht schmälern. Wirklich nicht. Aber Sie werden mir zugestehen, dass ich in Ihrem gestrigen Vorgehen eine gewisse Logik noch vermisse.«

Gabriele half ihm: »Sie müssen wissen, Gunnar ist oft nachts unterwegs.« Und an ihn gewandt: »Sag dem Kommissar doch, dass du bei der Bundeswehr warst.«

»Das weiß er doch längst«, gab sich Gunnar bockig. »Die haben meine Akte studiert.«

Häberle verkniff sich eine Bemerkung. Natürlich hatten die Kollegen herausgefunden, dass Rodefeld ein Nahkämpfer war und einige Zeit im Kosovo verbracht hatte. »Was hat Sie nun so brennend interessiert da auf der Baustelle?«

»Ich sag doch: das Aushubmaterial. Wie es deponiert und wiederverwertet wird. Oder ob es meilenweit übers Land auf irgendwelche Deponien kutschiert wird.«

»Wie sind Sie eigentlich aufs Gelände gekommen?«, fragte Häberle unvermittelt nach.

»Bei Einbruch der Dämmerung durch den Haupteingang, da, wo die Schranke ist.«

»Hatten Sie keine Angst, auch dort von den Überwachungskameras erfasst zu werden?«

Er stockte. »Da können Sie außerhalb des Erfassungswinkels durchgehen.«

»Den kennen Sie?«

»Na ja – man hat ja schließlich einen geübten Blick für diese Dinger.«

»Aber raus sind Sie über den Zaun?«

»Wenn Sie das so sagen und meinen …« Rodefeld wich noch immer aus.

»Warum nicht wieder auf demselben Weg?«

»Weil das Spektakel losgegangen ist. Blaulicht, Sirenen, Polizei, Feuerwehr. Ich bitt Sie, Herr Häberle, da kann man doch nicht einfach an allen vorbeimarschieren.«

»Vielleicht wär's bei dem Tohuwabohu gar nicht aufgefallen.«

»Hinterher seh ich's genau so.«

Häberle hatte den zeitlichen Ablauf schnell nachgerechnet. Wenn Rodefeld bei Einbruch der Dämmerung gekommen war, dann musste dies gegen 22 Uhr gewesen sein. Blieben also viereinhalb Stunden bis zu seiner Flucht aus dem Areal. »Sie haben sich aber ziemlich lang dort aufgehalten.«

»Das Baustellengelände ist auch riesengroß.«

»Aber Sie hatten sich doch nur auf die Abraumhalden konzentrieren wollen?«

»Insbesondere«, entgegnete Rodefeld schnell. »Aber ich hab mir natürlich alles genau angeschaut, um ehrlich zu sein. Die Baumaschinen, das Material, das Förderband ...«

»Die Brechanlage«, unterbrach ihn Häberle.

Rodefeld stutzte. »Brechanlage? Wie kommen Sie denn da drauf?«

»Das ist auch eine Art Baumaschine ...«

»Ja, klar, davon gibt's eine. Ganz vorne am Förderband, tief im Berg. Aber da kommen Sie nicht ungesehen rein.«

Häberle wollte nicht weiter ablenken. »Sie sind also viereinhalb Stunden auf dem Gelände gewesen? Und keiner hat Sie gesehen?«

Der Mann lächelte überheblich. »Bei der Bundeswehr lernt man, sich im Gelände unsichtbar zu machen.« Er runzelte überheblich die Stirn: »Bei der Polizei etwa nicht?«

»Haben Sie denn jemanden getroffen – dort?«, umging Häberle eine Antwort.

»Nur gesehen, aus der Ferne und im schwachen Scheinwerferlicht.«

»Auch den Herrn Niedermeier nicht?«, fragte der Kriminalist, um gleich anzufügen, um wen es sich dabei handelte: »Einen Radlader-Fahrer, der auf der Deponie unterwegs war?«

»Ich kenne keinen Niedermeier. Allerdings ist da so um Mitternacht einer mit dem Radlader gefahren, das stimmt.«

»Kennen Sie sonst jemanden von da oben?«

»Ich sage doch, dass ich niemanden getroffen habe.«

»Getroffen nicht – aber meine Frage war, ob Sie jemanden von da oben kennen?«

Gabriele verfolgte das Gespräch mit Interesse, während sie den Saum ihrer kurzen Hose ein Stück weit nach unten zog, wie Häberle im Augenwinkel registrierte.

Rodefeld brauchte eine halbe Sekunde, um zu antworten: »Wen soll ich da oben schon kennen? Wäre ich heimlich rein, wenn ich einen guten Freund dort hätte?«

»Und trotzdem halten Sie es in dieser Nacht viereinhalb Stunden dort aus? Ganz allein?«

Rodefeld sprang auf, als müsse er sich jetzt Luft verschaffen. »Herr Häberle, bitte, es macht keinen Sinn, mir etwas andichten zu wollen.« Er riss verärgert das Fenster auf, sodass durch die Jalousie ein Schwall heißer Sommerluft hereindrang. »Es war eine laue Sommernacht, da sitzt man auch mal irgendwo in einer dunklen Ecke und beobachtet einfach. Und zwar auch die Tierwelt. Sie glauben nicht, welche Tiere sich auf einer solchen Baustelle bewegen. Nachts, jetzt im Sommer und bei Mond. Das sind Tiere, die durch den Baustellenbetrieb stark gefährdet sind.«

Häberle nickte verständnisvoll und sah zu Gabriele. »Und Sie? Sie waren die ganze Nacht hier in Degerloch?«

»Ja klar«, antwortete sie zaghaft. »Wenn Gunnar seine Naturbeobachtungen macht, lass ich ihn lieber allein gehen. Ich mag zwar die Natur genauso wie er – aber so nächtliche Beobachtungen, das ist nicht mein Ding.«

Häberle riskierte noch einen weiteren Angriff: »Einen Mitterhofer kennen Sie nicht? Simon Mitterhofer?«

Rodefeld hatte sich mit dem Gesäß an den Fenstersims gelehnt und die Arme vor der Brust verschränkt. »Mitterhofer?« Er sog die schwüle Luft in sich ein. »Mitterhofer?«

Gabriele drehte sich zu ihm um, als erwarte auch sie eine klare Antwort.

»Ja, Mitterhofer. Simon Mitterhofer«, wiederholte Häberle.

Rodefeld zuckte lässig mit den Schultern. »Nein, kenn ich nicht. Wirklich nicht. Wieso fragen Sie?«

»Und Sie?«, ignorierte Häberle seine Frage und sprach die junge Frau an, die damit nicht gerechnet hatte.

»Ich?«, wiederholte sie verlegen. »Nein. Wenn Gunnar ihn nicht kennt – wie soll ich ihn dann kennen? Wer ist das?«

Häberle schwieg.

10

Mario Feuerstein, der sympathische Projektleiter aus dem Rheinland, rückte seine randlose Brille zurecht. »Wir werden voraussichtlich auch morgen Vormittag nicht weitermachen können«, sagte er im Kreise einiger Bauingenieure. »Die Kripo will noch einmal das gesamte Transportband untersuchen und die gesamte Deponie unter die Lupe nehmen.«

Das halbe Dutzend Männer, das er in einem stickigen Besprechungsraum der Bürocontainer versammelt hatte, reagierte mit Unmut. Sie alle wussten, wie eng der Zeitplan war – und vor allem, wie hoch die Kosten für jeden Tag Stillstand sein würden.

Bevor jedoch einer etwas sagen konnte, klopfte es an der Tür, und ohne auf einen Zuruf zu warten, stand dort ein Mann wie ein Bär. Sein breites Grinsen brach sofort jeden Widerstand über sein unerwartetes Auftauchen. »Guten Tag, die Herren«, schallte seine kräftige Stimme durch den stickigen Raum. Feuerstein schaute verwundert auf den Besucher, dessen fülliger Körper in einen dunklen Arbeitskittel gezwängt war. Die hohe Stirn war schweißnass, und das Wenige, was von seinem Haarwuchs übrig geblieben war, zog sich wie ein Dreitagebart über den mächtigen Schädel des Mannes, der jenseits der 65 sein musste. »Leichtle mein Name«, stellte er sich vor, was einige aus der Runde zunächst als seichten Witz auffassten. Wie konnte ein so schwergewichtiger Mann denn »Leichtle« heißen? Als ob er derlei Gedanken erraten könnte, stellte er klar: »Hast du 'ne Leiche, ruf den Leichtle.« An den betretenen Gesichtern bemerkte er, dass nicht alle im Raum solchen Humor mochten. »Bestatter«, fügte er deshalb an, worauf Feuerstein aufsprang, sich als Projektleiter vorstellte und ihm die kräftige Hand schüttelte.

»Lassen Sie sich nicht stören«, sagte Leichtle in die Runde und stopfte seine Pfeife, ohne sie anzuzünden. »Ich wollt nur mal bei Ihnen vorbeischau'n, wenn ich schon mal einen Auftrag bei der großen Deutschen Bahn hab.«

Feuerstein bot ihm einen Platz an, obwohl er befürchtete, einer dieser Plastikstühle könnte unter dem Gewicht des Mannes zusammenbrechen. Leichtle schien dies ebenfalls zu befürchten. »Auf so ein Spielzeug setz ich mich nicht«, sagte er und blieb grinsend stehen. »Und?«, fuhr er selbstbewusst fort. »Schöne Misere, was? Aber bei den Milliarden, die hier vergraben werden, dürften ein paar Tage Stillstand nicht großartig ins Gewicht fallen.«

Feuerstein wich einen Schritt zurück, während sein Team sich verabschiedete und den Raum verließ. »Wir tun, was die Kripo will«, sagte er. »Bleibt uns ja nichts anderes übrig.«

Leichtle fingerte noch immer an seiner kalten Pfeife. »Ist für die Kripo keine einfache Sache«, sagte er. »Ich hab schon viele Bahnleichen gehabt, aber das hier … das ist wirklich nichts für zarte Gemüter, kann ich Ihnen sagen.«

Feuerstein tat sich im Umgang mit dem Leichenbestatter sichtlich schwer, dessen schwäbisch-makabrer Humor ihm nicht sonderlich gefiel. Vermutlich, so dachte er, musste sich der Mann gelegentlich mit flotten Sprüchen ablenken – wie sonst war eine solche Arbeit auch psychisch zu ertragen? Zwar machte Leichtle rein optisch nicht gerade den Eindruck, ein Sensibelchen zu sein, aber vermutlich sah's tief in seinem Herzen ganz anders aus.

»Mein Sohn schuftet schon den ganzen Tag da draußen«, erklärte er, ohne danach gefragt worden zu sein. »Wer das nie gesehen hat, kann sich nicht vorstellen, was von einem Menschen übrig bleibt, der in den Schredder gefallen ist.«

Feuerstein zog eine ernste Miene. »Ich bin gar nicht erst rausgegangen.«

»Mein Sohn Markus«, fuhr Leichtle fort, »der hat zum Glück den Job von der Pike auf gelernt. Thanatopraktiker – wenn Sie wissen, was das ist.«

Feuerstein verneinte.

Leichtle steckte die kalte Pfeife in den Mundwinkel. »Er sorgt dafür, dass die Toten, wenn sie bei Unfällen verstümmelt wurden, bei der Bestattung würdevoll aussehen.«

»Rekonstruierung«, zeigte sich Feuerstein informiert.

»Ja – eine ziemlich komplexe Materie. Mein Sohn hat sich da richtig reingekniet. Experten wie ihn gibt es nur ganz, ganz wenige.« Vaterstolz klang in seiner Stimme. »Wenn es ihn nicht gäbe, hätten wir bei diesem Fall hier erhebliche Probleme.«

Feuerstein tat sich schwer damit, die richtigen Worte zu finden, was Leichtle bemerkte und deshalb das Thema wechselte: »Sie sind also der große Tunnelbauer.«

Der Planer schob die Hände in die Hosentaschen und gab sich wieder lässig. »›Groß‹ ist vielleicht ein bisschen übertrieben. Aber das, was wir hier schaffen, kann sich sehen lassen, keine Frage.«

»Und Ihre Gegner beschränken sich glücklicherweise auf Stuttgart«, stellte Leichtle fest. »Oder gibt's hier oben auch Unruhe?«

Feuerstein überlegte kurz, welches Interesse Leichtle als Bestattungsunternehmer daran haben konnte, ihn zu diesem Thema auszuhorchen. Dass Leichtle als Kreisrat für jene Partei im hiesigen Kreistag saß, die das Bahnprojekt einst mit ihrem Ministerpräsidenten in die Wege geleitet hatte, konnte er nicht ahnen. Er hatte den Namen

»Leichtle« nie zuvor gehört. Irgendwie erschien ihm dieser Mann suspekt – mit einer Mischung aus Sympathie und Misstrauen.

»Haben Sie denn etwas gehört – von Unruhen?«, fragte Feuerstein deshalb vorsichtig zurück.

»Nein, bisher überhaupt nicht. Aber wenn man sich so umhört hier oben, dann könnte man meinen, es gäbe doch gewisse Versuche von außen …«

»Ach nein. Sie sollten nicht so viel darauf geben, was heute hier oben geredet wird. Meist nur dummes Geschwätz. Die Leute sind aufgebracht und nervös. Sie sind hier, um zu arbeiten und können mit dem, was jetzt abgeht, nicht so recht umgehen.«

Leichtle schob die Pfeife in den anderen Mundwinkel und sog daran, als habe er sie bereits angezündet. »Ich an Ihrer Stelle würde mich mal umhören«, sagte er und sah sein Gegenüber durchdringend an.

Feuerstein erschrak über diesen Blick eines Mannes, der einen halben Kopf größer war als er und vermutlich mehr als das Doppelte wog.

»Na ja, Herr Leichtle«, versuchte der Projektleiter mit leicht rheinischem Dialekt seine Verunsicherung zu unterdrücken. »Sie haben's hier oben mit Leuten vom Bau zu tun, die rau, aber herzlich sind, aber manchmal auch ruppig sein können.«

»Rau, aber herzlich bin ich auch«, lachte Leichtle so laut und schallend, dass man es gewiss in den Nebenräumen noch hörte. »Soll ich Ihnen mal was sagen?« Er wartete keine Antwort ab, sondern blinzelte den Mann von der Seite an: »Ich hab schon viele beerdigt, die davon überzeugt waren, ihnen könne niemand an den Karren fahren.«

Feuersteins Gesichtszüge verloren an Farbe.

»Aber Sie sind ein netter Kerl«, grinste Leichtle weiter,

»wenn Sie's dann erwischt, mach ich Ihnen eine schöne Beerdigung – und zwar kostenlos.«

Wieder schallte das Lachen durch den Bürocontainerkomplex.

Feuerstein vermochte nicht zu erkennen, ob Leichtle dies ernst gemeint hatte oder die Bemerkung einem seltsam makabren Humor entsprang, wie er oft als Schutzschild bei Menschen anzutreffen war, die täglich mit schrecklichen Ereignissen zu tun hatten.

Georg Sander, Lokaljournalist bei der »Geislinger Zeitung«, in deren Verbreitungsgebiet Hohenstadt lag, war bereits in den Vormittagsstunden auf die nächtlichen Vorkommnisse an der Tunnelbaustelle aufmerksam geworden. Das Polizeipräsidium Ulm hatte zwar noch nichts verlautbart, aber einigen freien Mitarbeitern der Zeitung war der spektakuläre Einsatz nicht entgangen. Wie erwartet, bekam Sander vom Pressesprecher der Polizei nur Worthülsen serviert: Man stecke mitten in den Ermittlungen, es habe einen unnatürlichen Todesfall gegeben, und man werde zu gegebener Zeit eine Pressemitteilung schicken. Und auch der Standardsatz eines jeden Polizeipressesprechers durfte nicht fehlen: »Wir ermitteln in alle Richtungen.«

Seit der Polizeireform hatte sich zumindest die Ulmer Polizei weit von der Bevölkerung entfernt. Ein Vorgehen, das Sander als altgedienter Journalist nicht nachvollziehen konnte, war doch jede Institution bemüht, sich in Zeiten der allgegenwärtigen Medien immer wieder ins Gespräch zu bringen. Sander war froh, dass er bald in den Ruhestand gehen konnte. Sosehr ihm sein Job einst Spaß gemacht hatte, so sehr hasste er jetzt das wichtige Getue irgendwelcher selbstherrlicher Polizeipatriarchen, die im Einklang mit der Staatsanwaltschaft geradezu nach Gutdünken ihre Pressemitteilungen herausgaben und dem Volk verschwiegen, was allzu kritisch hätte sein können. Zum Beispiel, wie in jüngster Zeit geschehen, dass die Zahl der Wohnungseinbrüche dramatisch zunahm. Um die Bevölkerung nicht zu beunruhigen, wurden kurzerhand nicht mehr alle Fälle der Presse gemeldet. Die Menschen wiegten sich in Sicherheit, derweil drüben in Merklingen oder Nellingen nahezu jeder Bürger, sofern er nicht selbst Opfer war, zumindest jemanden kannte, bei dem eingebrochen worden war.

Sander war zusammen mit Fotograf Homsheimer auf schmalen Verbindungswegen über die Albhochfläche gefahren, um sich selbst vor Ort zu informieren. Immerhin hatte ihn der Projektleiter namens Feuerstein telefonisch nicht sofort abgespeist, sondern erklärt, er werde den Bahnpressesprecher aus Stuttgart hinzuziehen.

Homsheimer, der, seinem üblichen Tempo entsprechend, den Redaktions-Polo nach Hohenstadt gejagt hatte, näherte sich ungewöhnlich langsam der Zufahrt zum Baustellenareal. Die Schranke war offen, sodass er den Wagen sofort zum Parkplatz vor dem Containerkomplex rollen lassen konnte.

»Guck mal, wer da kommt«, sagte Homsheimer und deutete beim Abstellen des Motors auf einen wohlbeleibten Mann in dunklem Arbeitskittel.

»Leichtle«, entfuhr es Sander und er sprang in die Hitze des Tages hinaus.

Die beiden Männer begrüßten sich herzlich, was bei Leichtle stets mit Formulierungen verbunden war, die nur eingefleischte Schwaben als Zeichen besonderer Freundschaft und Wertschätzung empfinden konnten. »Sie haben mir gerade noch gefehlt«, spöttelte Leichtle und deutete zum Containerbüro. »Geh'n Sie nur rein zum Feuerstein, den hab ich gerade ein bisschen geschockt.«

Fotograf Homsheimer kam hinzu und schüttelte Leichtle die Hand. »Wenn Sie den Feuerstein knipsen, dann müssen Sie das Bild nachbearbeiten und ihm Farbe ins Gesicht malen«, grinste Leichtle und machte sich schweren Schrittes davon – hin zu seinem Mercedes-Geländewagen der geräumigen M-Klasse, der zweifelsohne seiner Körperfülle angemessen erschien.

Sander betrat als Erster den Bürocontainer, orientierte sich in dem schmalen Flur und meldete sich und den Fotografen bei einer lächelnden Dame an, die die beiden Besucher fünf Türen weiter zu Feuerstein führte. Der Projektleiter hatte bereits gewartet und bat Sander und Homsheimer in einen winzigen Besprechungsraum, in dem der Stuttgarter Bahnpressesprecher Florian Schilling und eine junge Mitarbeiterin warteten. Nach kurzen Begrüßungsfloskeln kam Feuerstein zur Sache: »Dass wir Sie hierhergebeten haben, hat natürlich einen Grund.« Er warf dem kühl distanzierten Pressesprecher einen Blick zu, worauf dieser zustimmend nickte. »Der Fall, der vergangene Nacht für ziemliches Aufsehen gesorgt hat, scheint bislang weniger dramatisch zu sein, als es aussieht. So haben wir auch die Anfragen anderer Medien beantwortet. Es handelt sich, soweit wir dies bisher überblicken können, vermutlich um einen Todesfall, der sich als tragischer Unfall entpuppen kann.«

Florian Schilling unterbrach: »Deshalb hält sich auch die Polizei mit einer offiziellen Stellungnahme zurück. Das hat nichts mit Geheimnistuerei zu tun, sondern entspricht durchaus den Gepflogenheiten, wie ich aus meiner Erfahrung sagen kann.«

Homsheimer machte Fotos von den beiden Männern und der Frau, während Sander die Gelegenheit wahrnahm, den Redefluss Schillings zu unterbrechen. »Es heißt, man habe eine zerstückelte Leiche gefunden.« Seine Informanten aus den Kreisen der Einsatzkräfte waren für gewöhnlich äußerst zuverlässig.

Feuerstein ergriff wieder das Wort und wurde deutlich: »Ich hab Ihnen bereits am Telefon gesagt, dass auch wir dazu keine Auskunft geben können. Über Einzelheiten wird die Bahn keine Stellungnahme abgeben. Das ist ausschließlich Sache der Staatsanwaltschaft. Wir können nur bestätigen, dass es vermutlich einen Todesfall gegeben hat, der alles sein kann – von einem tragischen Unfall bis zu Fremdverschulden.«

»Die anderen Medien«, erklärte Schilling, »haben akzeptiert, dass wir zum gegenwärtigen Zeitpunkt keine Angaben machen können.« Seine Mitarbeiterin lächelte charmant.

Sander bezweifelte, dass die Kollegen der Boulevardpresse sich mit solchen Aussagen zufriedengaben. Auch die Stuttgarter Blätter würden vermutlich die Geschichte aufgreifen, zumal alles, was mit der Bahntrasse in Verbindung stand, seit Jahren ein Thema war.

»Aber Sie können uns doch wenigstens sagen, wo man den Toten gefunden hat – und in welchem Zustand«, bohrte Sander weiter. Immerhin waren alle Versuche, Informationen aus Polizeikreisen zu erhalten, im Sande verlaufen. Selbst seine besten Kontakte nutzten inzwischen nichts mehr, weil alle Beamten von der Präsidiumsleitung eingeschüchtert worden waren.

»Wir machen keine Angaben«, betonte Schilling. »Sie können gerne schreiben, dass es einen Todesfall gegeben hat und die Bahn dies bedauere.«

»War es ein Bauarbeiter?«

»Kein Kommentar.«

Sander spürte, dass er gegen eine Mauer des Schweigens anrannte. Homsheimer warf ihm einen missmutigen Seitenblick zu. Um solche Antworten zu erhalten, 20 Kilometer quer über die Hochfläche fahren zu müssen, empfand er als ziemliche Zumutung. Sander dachte dasselbe und stellte verärgert klar: »Wieso haben Sie uns dann herbestellt?«

Schilling lehnte sich wohlgefällig zurück und zwinkerte seiner Kollegin zu: »Weil es Ihr ausdrücklicher Wunsch war, Herr Sander, oder täusche ich mich da? Wir haben nichts zu verbergen. Nur sind wir nicht befugt, über polizeiliche Ermittlungsarbeit zu sprechen. Mal ganz abgesehen davon, dass wir auch keine Einzelheiten kennen.«

Sander sah die Zeit für gekommen, seinen einzigen Trumpf auszuspielen, den ihm einer seiner Informanten telefonisch hatte zukommen lassen: »Und wie war das mit Egger?«

Feuerstein wurde noch blasser, als er bisher schon war.

Pressesprecher Schilling sah ihn Hilfe suchend an. Er konnte mit dem Namen nichts anfangen. Seine Begleiterin zuckte ratlos mit den Schultern.

Feuerstein räusperte sich. Zum zweiten Mal innerhalb einer Stunde war er wie vom Donner gerührt. »Kein Kommentar«, presste er mit belegter Stimme hervor.

Pichler hatte zwei Stunden lang mit sich gerungen, ob er mit jemandem seine Sorgen teilen konnte. Wenn, so beschloss er, dann wohl am ehesten mit Bulling, der zwar nicht zum Team der Mineure gehörte, aber sich als Aufsicht bei der Brechanlage kollegial mit ihnen verbunden fühlte. Das Gespräch mit ihm am Vormittag war erfrischend und irgendwie auch befreiend gewesen. Pichler verspürte das dringende Bedürfnis, ihm die Neuigkeiten aus dem Telefonat mit Theresa mitzuteilen.

Er rief ihn deshalb vom Wanderparkplatz »Aimer« aus auf dem Handy an und ließ ihn wissen, dass er etwas mit ihm besprechen wolle. Bulling zeigte sich unerwartet einsilbig und knurrte etwas, das sich anhörte, wie: sie hätten doch erst miteinander geredet. Pichler schob diese schlechte Stimmungslage auf die allgemeine Depression, die sich über alle Kollegen gesenkt hatte. Außerdem erklärte Bulling, er sei im Bürocontainer und müsse dringende Arbeiten erledigen. Erst als Pichler mit aller Deutlichkeit zu verstehen gegeben hatte, dass es wirklich sehr wichtig sei, sie dies aber nicht auf dem Gelände der Baustelle besprechen sollten, gab Bulling widerwillig nach. »Wo dann?«, fragte er knapp zurück.

»Besser auch nicht bei mir«, erklärte Pichler. »Sondern am Flugplatz.«

»Am Flugplatz?«, staunte Bulling, wusste jedoch, dass damit der Sportflugplatz Berneck gemeint war, der sich nicht allzu weit von der Baustelle entfernt befand.

»Ja, kurz davor, wo wir mal hingefahren sind. Du weißt schon …«

»Und wann?«

»So bald wie möglich. In einer halben Stunde?«

»Du bist gut«, beschwerte sich Bulling über diese Eile. »Sag mal, hast du Angst, abgehört zu werden oder was?«

»Man kann nie wissen, Darko«, sagte Pichler im Flüsterton.

*

August Häberle war gegen 17 Uhr wieder aus Stuttgart zurückgekehrt und hatte beim Betreten des Bürocontainers den völlig frustrierten Journalisten getroffen. »Tut mir leid«, hatte er dessen Fragen ungewöhnlich brüsk abgeschmettert. »Aber Sie wissen, wie's bei uns neuerdings läuft.« Er verzog das Gesicht zu einem Grinsen. »Machen

Sie sich nichts draus. Nicht aufregen, Nerven schonen und möglichst fit in den Ruhestand gehen. Kein Mensch wird's Ihnen danken, wenn Sie sich aufreiben, Herr Sander. Nicht die Arbeit ist das Wichtigste im Leben, sondern die freie Zeit.« So konnte nur einer daherreden, der auch kurz vor der Pensionierung stand, dachte Sander und wünschte alle zum Teufel, die in der Ministerialbürokratie saßen und als junge, studierte Politschnösel den altgedienten Menschen vorrechneten, dass sie länger arbeiten müssten, weil die Alterspyramide auf dem Kopf stehe und es nicht mehr genügend Junge gebe, die in die Rentenversicherung einzahlten. Anstatt innovative Ideen zu entfalten, wie man aus dieser Misere herauskam, fiel diesen Burschen nichts anderes ein, als die Lebensarbeitszeit zu erhöhen. Als ob dies so einfach wäre – mit der fadenscheinigen Behauptung, die Menschen würden immer älter. Das mochte zwar sein, aber mit zunehmendem Alter war man eben nicht mehr leistungsfähig genug, um dem ständigen Stress des immer verrückter werdenden Arbeitslebens standzuhalten.

Sander musste, wie so oft in diesen Monaten, an einen Professor denken, der mal bei einer Talkshow vorgeschlagen hatte, man solle die verlogene Rentenversicherung abschaffen und stattdessen die Mehrwertsteuer um drei Prozent zweckgebunden für die Renten erhöhen – und alle Probleme wären behoben. Dann müsste jeder, ob jung oder alt, für die Rente bezahlen.

Aber dieser Professor, dessen Namen er leider vergessen hatte, war wohl schnell mundtot gemacht und aus dem Verkehr gezogen worden. Ähnlich wie jener Politiker, der mal angeregt hatte, das Steuersystem so zu vereinfachen, dass die Steuererklärung eines jeden Bürgers auf einem simplen Bierdeckel Platz haben würde.

Sander hatte sich von diesen Gedanken gefangen nehmen lassen, sodass Häberle auch schon in Richtung der oberen Etage entschwunden war.

Dort rief der Chefermittler alle jene Kollegen zusammen, die sich gerade in den Büros aufhielten. Die Hitze war schier unerträglich. An der offenen Tür lehnend, berichtete er von der Vernehmung Rodefelds und wie er ihn mit dem Hinweis auf das Video aufs Glatteis geführt und überlistet hatte. »Fest steht, dieser Kerl war vergangene Nacht hier. Er hat hier ziemlich alles ausgespäht – immerhin war er viereinhalb Stunden da.«

»Aber er hat den Wachmann nicht außer Gefecht gesetzt«, stellte einer der Ermittler fest.

»Nein, hat er definitiv nicht. Zum einen haben wir ja an Rodefelds Fingern keine Pfeffersprayrückstände gefunden – und diese hätt's geben müssen, wenn er sich damit zur Wehr gesetzt hätte. Und zum anderen hat er nun eingeräumt, übern Zaun geflüchtet zu sein. Reingekommen sei er nach Einbruch der Dämmerung durch den Haupteingang.« Häberle wandte sich an den Computerexperten: »Vielleicht können Sie nachher noch Genaueres zu den Videoaufzeichnungen sagen.«

»Dann waren also heut Nacht tatsächlich mehrere Personen illegal hier drin?«, gab eine junge Frau zu bedenken.

»Das scheint jetzt sicher zu sein. Rodefeld sollten wir aber nicht aus den Augen verlieren. Es könnte sein, dass er weit mehr im Schilde geführt hat, als nur auszuspähen.«

»Du meinst, er plant als Projektgegner einen Anschlag?«, fragte einer aus der Runde nach.

»Eher nicht«, resümierte Häberle. »Der ist nicht vom Kaliber eines Terroristen oder so etwas Ähnlichem. Dem geht's meines Erachtens um den Versuch, den Planern hier Versäumnisse beim Umweltschutz nachzuweisen.«

»Also hintenrum wieder nichts als stänkern«, meinte ein anderer missmutig.

»Ihr kennt doch das Spielchen: mit juristischen Spitzfindigkeiten dem Projekt immer mal wieder Hindernisse in den Weg werfen. Demokratisch legitim, keine Frage, aber dennoch sehr zweifelhaft.« Häberle unterdrückte ein Gähnen. Es war höchste Zeit, wenigstens für ein paar Stunden zu schlafen. »Wir müssen jedenfalls alles daransetzen, um herauszufinden, wer ziemlich genau 20 Minuten nach Rodefeld ebenfalls panikartig das Gelände verlassen hat – und den Security-Mann überwältigt hat.«

Jetzt meldete sich Linkohr, der in eine Ecke gelehnt stand. »Auch wenn's manchen hier wieder erheitert, aber ich hab mir eine Frau vorgenommen.« Offensichtlich hatte er diese Formulierung bewusst gewählt, um die Kollegen zu den üblichen Bemerkungen herauszufordern. Weil ihm der Ruf anhaftete, immer wieder unglückliche Beziehungen einzugehen, blieb ihm nichts anderes übrig, als die Rolle des verkappten Frauenhelden nun zu betonen und dem Klischee gerecht zu werden. »Die Frau Frese, diese Geologin, ist eine sehr selbstbewusste Frau«, stellte er fest, was die männlichen Kollegen mit lautstarkem »Oho« kommentierten. »Ja, das ist so«, ließ er sich nicht beirren. »Aber ich kann euch beruhigen, sie hat deutlich gesagt, dass sie den Mitterhofer sehr sympathisch findet.«

»Hast du ein Glück, dass der vermutlich nicht mehr lebt«, drang eine bissige Bemerkung an sein Ohr. Doch er tat so, als habe er sie nicht gehört. »Frau Frese hat von einem Vorfall nach dem letztjährigen Barbarafest berichtet.« Linkohr sah sich veranlasst, zunächst die Bedeutung dieses Festes zu erläutern, um dann auf die Folgen für einen Mineur namens Christian Egger einzugehen. »Ein tragischer Fall offenbar«, stellte er fest, nachdem er die Schilderungen der Geologin in aller Ausführlichkeit dargelegt hatte. Die Kollegenschar war ihm gespannt und schweigend gefolgt.

Häberle räusperte sich und wollte wissen: »Zu wem der Egger aber hierher noch Kontakte haben könnte, weiß sie nicht?«

»Scheinbar nicht. Aber ich hatte den Eindruck, sie ist mir bei dieser Frage ausgewichen.«

»Dann sollten Sie an ihr dranbleiben, Herr Kollege«, erwiderte Häberle ebenso süffisant, wie Linkohr sich anfangs selbst zur Vernehmung Freses geäußert hatte. Die Kollegen brachen in schallendes Gelächter aus. »Der Kollege wird sein Möglichstes tun«, spottete einer.

»Wir müssen uns mit dem Egger in Verbindung setzen. In den Personalakten seines früheren Arbeitgebers wird sich ja seine Adresse finden«, regte Häberle an und wandte sich an das Team: »Was hat sich sonst heute noch ergeben?«

Der Computer-Experte meldete sich: »Wir haben den Computer in Mitterhofers Büro durchforstet. Einfach war's nicht, weil er einige Dateien besonders gesichert hat.«

»Für euch aber doch kein Problem«, schmeichelte der Chef-Ermittler den Informatik-Experten.

»Alles nur eine Frage der Zeit«, erwiderte der Angesprochene. »Knacken lässt sich alles. Und was wir gefunden haben, gibt zumindest einige Rätsel auf.«

»So? Lasst hören.«

»Es sieht ganz danach aus, als habe sich unser Herr Mitterhofer nicht nur mit Aufgaben der Bauaufsicht auseinandergesetzt«, dozierte der IT-Beamte und blätterte in seinen Unterlagen. »Aber so ganz genau ist das nicht zu durchschauen.«

»Sondern?«, drängte Häberle auf Eile.

»Na ja …« Der Beamte hob ein ausgedrucktes Blatt Papier mit einer Excel-Tabelle hoch. »Da sind verschiedene

Großunternehmen der Baubranche aufgelistet – vom Tiefbau bis zum Hochbau, Elektro, Computer, Kabel, Rohre und was weiß ich alles. Manche hat er mit einem Plus und einige mit Minus gekennzeichnet.«

Die Zuhörer warteten gespannt auf eine Erklärung.

»Okay«, fuhr der Beamte fort, »das mag nichts Konkretes aussagen, aber bei einigen Firmen stehen Zahlen. Mal 50.000, mal 150.000. In einem Fall sogar mal 625.000.«

Häberle kam näher, um sich die Auflistung anzuschauen. »Aber kein Eurozeichen dahinter …«, stellte er fest, »was lässt sich daraus schließen?«

Der IT-Experte äußerte sich vorsichtig: »Das kann alles heißen. Immerhin ist Mitterhofer so was wie die Baupolizei hier. Und vermutlich sind all die aufgelisteten Firmen hier auch tätig – was man prüfen müsste. Und bei den Summen könnte es sich um Auftragsvolumen handeln.«

Einer aus der Runde warf dazwischen: »Denk dran, du hast gerade selbst 50.000 genannt. Ist das auf so einer Großbaustelle als Auftragsvolumen für eine Firma nicht ein bisschen wenig? Wir haben's hier nicht gerade mit sozialem Wohnungsbau zu tun.«

»Welche Rückschlüsse wir daraus ziehen können, müssen wir natürlich erst herausfinden«, erwiderte der Computer-Spezialist.

Häberle nickte und presste nachdenklich die Lippen zusammen, um dann zu erklären: »Hätten wir auch Unterlagen in seiner Wohnung gefunden, wüssten wir mehr.«

Linkohr ereiferte sich: »Vermutlich hatte derjenige, der vergangene Nacht seine Wohnung durchsucht hat, gesteigertes Interesse daran, dass keine weiteren Unterlagen gefunden werden.«

»Das heißt aber mit anderen Worten«, konstatierte Häberle, »dass jemand stark daran interessiert sein muss, dass Mitterhofer von der Bildfläche verschwunden ist – was natürlich ein eindeutiges Indiz dafür ist, dass er nicht ganz freiwillig abgetreten ist.«

»Du drückst dich verdammt vorsichtig aus, August«, warf ihm ein älterer Kollege vor. »Das hört sich so an, als sei Mitterhofer nur verschwunden und nicht tot.«

»Noch haben wir keine endgültige Sicherheit«, gab der Chefermittler zu bedenken. »Die DNA-Analyse liegt uns erst morgen vor. Oder haben der Doktor und der Leichenbestatter neue Erkenntnisse, was die aufgefundenen Körperteile anbelangt?«

»Nein«, kam es zurück. »Alles, was man findet – übrigens noch immer findet – macht eine Identifizierung unmöglich. Sicher ist nur, dass es ein Mann war.«

»Was allerdings komisch erscheint«, wandte Linkohr ein, »das sind ja wohl die Reste zweier unterschiedlicher Baustellenhelme.«

»Richtig«, kommentierte ein anderer, »es handelt sich um zwei unterschiedliche Farben. Die Auffindesituation der Teile im Abraummaterial lässt darauf schließen, dass die Helme vermutlich ziemlich gleichzeitig durch die Brechanlage durch sind.«

»Komm uns jetzt bloß nicht mit der Theorie zweier Toter«, mahnte der ältere Kollege missmutig, um dann auf etwas anderes zu sprechen zu kommen: »Bei der Absuche im Gelände ist noch etwas Seltsames aufgetaucht.«

Häberle horchte auf.

»Eine Digitalkamera. Ziemlich kleines Ding. Fand sich in einem der großen Rohre, die bei der Deponie liegen.« Der Ermittler hob eine Klarsichthülle, in der das Objekt eingepackt war.

»Habt ihr den Speicherchip schon ausgelesen?«, fragte Häberle.

»Ja, natürlich«, gab der IT-Experte zu verstehen. »War vergleichsweise einfach. Es sind 96 Aufnahmen drauf. Alles Baustellenbilder.«

»Baustellenbilder? Von hier oben?«, erkundigte sich Häberle schnell.

»Zumindest einige davon. Ob alle hier gemacht wurden, kann ich auf die Schnelle nicht überblicken.«

»Gibt es auch Aufnahmedaten?«

»Ja, klar. Alle ziemlich neueren Datums – vom 22. bis 29. Juni, also gestern.«

»Gibt es Auffälligkeiten auf den Fotos?«, wollte Häberle wissen.

»Wie man's nimmt. Sehr viele Details von Baumaschinen. Reifen, Anhängerkupplungen, Frontansichten, Heckansichten, Baumaterialien und so weiter.«

»Ach«, staunte Häberle. »Sieht so aus, als ob jemand den Zustand der Baustelle dokumentieren wollte.« Ein Raunen ging durch die Mannschaft.

»Ja, so könnte man das deuten«, bestätigte der IT-Experte. »Denn da ist noch etwas …« Er machte eine theatralische Pause. »Auf den letzten Fotos, die um 23.42 Uhr aufgenommen wurden, also kurz vor Mitternacht, sind in Großaufnahme die Prüfdaten von Feuerlöschern drauf.«

So schnell ließ sich Lokaljournalist Georg Sander nicht abwimmeln – trotz des nahenden Ruhestands. Einigermaßen zerknirscht hatte er sich auf den Beifahrersitz des Redaktions-Polos fallen lassen. »Bring uns zum Schultes«, murmelte er, während Fotograf Homsheimer bereits Gas gab und das Auto aus dem Baustellengelände jagte. »Die sind so naiv, zu glauben, dass sich kein Mensch für den Großeinsatz vergangene Nacht interessiert«, brummte Sander und hielt sich an allem fest, was dazu geeignet war.

Homsheimers Fahrstil war wirklich gewöhnungsbedürftig und schien immer rasanter zu werden. Niemand würde vermuten, dass dieser Mann in seiner Freizeit ein begnadeter Musiker und Sänger war und eine künstlerische Ader besaß, die so gar nicht zum ruppigen Alltagsgeschäft eines Zeitungsfotografen passen mochte. Innerhalb weniger Minuten hatten sie über die Landstraße das kleine Örtchen erreicht, das in gleißendem Sonnenlicht lag. Sander hatte auf eine telefonische Anmeldung im Rathaus verzichtet und stürmte stattdessen, gefolgt von Homsheimer, in das Gebäude.

Ohne sich die Hektik anmerken zu lassen, stellte er seinen Kollegen und sich vor und war froh, dass die Dame im Vorzimmer des Bürgermeisters ihre Namen kannte.

Wenig später saßen sie dem Rathauschef gegenüber, der einen eher gelassenen Eindruck machte und sich sogar über den Besuch der Journalisten zu freuen schien. »Darf ich Ihnen was anbieten. Wasser, Cola?«, fragte Bürgermeister Gunter Grünbort.

Die beiden Besucher lehnten dankend ab. »Sie sind unsere letzte Rettung«, sagte Sander, auf dessen Stirn sich Schweißperlen gebildet hatten. »Die da drüben«, er deutete in Richtung Baustelle, »hüllen sich in Schweigen, aber ich denke, dass Sie vergangene Nacht auch was mitbekommen haben.«

Grünbort lächelte. »Hab ich mir's doch gleich gedacht, dass Sie irgendwann auftauchen.«

Sander war erleichtert, dass sich der Bürgermeister offenbar nicht auch hinter irgendeiner Verschwiegenheitspflicht verschanzte.

»Ihre Feuerwehr war auch draußen«, knüpfte der Journalist deshalb geschickt an diese Bemerkung an, während Homsheimer damit begann, den Bürgermeister zu fotografieren, was dieser sichtlich genoss. »Nun ja, die Filstalwelle war auch schon da«, merkte er an und meinte damit den lokalen Fernsehsender. Sander nahm's verstimmt zur Kenntnis. Er war also bei seiner Recherche nicht allein.

»Ihren Kollegen hab ich bereits gesagt, dass unsere Wehr um 1.02 Uhr alarmiert wurde – zur technischen Hilfeleistung«, erklärte Grünbort.

»Eingeklemmte Person?«, war alles, was Sander angesichts vieler Unfälle einfiel, bei denen er über derartige Feuerwehreinsätze berichtet hatte.

»Nein, es ging um die Suche auf einer dieser Abraumhalden. Deshalb hat man dann auch gleich die Drehleiter aus Laichingen angefordert.« Der Bürgermeister schilderte, was ihm der örtliche Kommandant berichtet hatte. Sander hatte Mühe, den Wortschwall möglichst genau mitzuschreiben. Es seien wohl Leichenteile gefunden worden, erklärte Grünbort – vermutlich habe sich an der Brechanlage, die in einem der Stollen stehe, ein Unfall ereignet.

Homsheimer hatte sich inzwischen wieder zu den beiden Männern an den Besuchertisch gesetzt. »Ein Unfall also?«, wiederholte Sander.

»So hieß es heute Nacht.«

»Und was heißt es nun heute am späten Nachmittag?«

»Offiziell weiß ich gar nichts, Herr Sander.« Grünbort nestelte an seiner violetten Krawatte und drückte die Brille fester auf die Nase. »Offiziell sag ich Ihnen auch nichts«, lächelte er. Sander sah sich genötigt, seinen Kugelschreiber von den Fingern in die lockere Faust gleiten zu lassen – als Zeichen dafür, dass er die Vertraulichkeit wahren würde. »Und was gibt's inoffiziell zu sagen?«

Grünbort warf dem Fotografen einen misstrauischen Blick zu, rang sich dann aber zu einer Antwort durch: »Es sieht so aus, als schwappten die Unruhen aus Stuttgart nun auch zu uns herauf.«

Sander sog jedes Wort, das der Bürgermeister sagte, in sich auf, weil er das vertrauliche Gespräch nicht durch Mitschreiben stören wollte.

»Man vermutet, dass jemand aus den Reihen der Verantwortlichen in irgendeiner Weise etwas mit den Protestlern gegen Stuttgart 21 zu tun hat.«

»Ach«, entfuhr es Sander, der um die Brisanz dieses Themas wusste. Auch der Fotograf runzelte interessiert die Stirn.

»Ich sag Ihnen das aber nur als Hintergrundinformation und weil ich mit Ihnen noch keine schlechten Erfahrungen gemacht habe«, grinste Grünbort.

»Steht da jemand Bestimmter unter Verdacht?«

»Weiß ich nicht. Man hat aber schon vor einigen Monaten gemunkelt, dass da irgendwelche Unterlagen über Hohenstadt an die Protestbewegung gelangt sein sollen.«

»Und um welche Art von Unterlagen handelt es sich da? Ich meine: Da wird doch seit Jahren gebaut. Da kann's doch nichts Geheimes mehr geben.«

»So denken wir beide«, entgegnete Grünbort, »aber vielleicht entsinnen Sie sich, dass die Bahn die Höhlenforscher an die Kandare genommen hat. Wegen irgendwelcher Hohlräume im Berg. Die Forscher werden angeblich zwar hinzugezogen, haben sich aber zur Verschwiegenheit verpflichten müssen.« Der Bürgermeister grinste. »Sofern sie überhaupt etwas erfahren.«

»Sie meinen«, resümierte Sander, »man hält die Höhlenforscher am besten fern?«

»Diesen Schluss könnte man ziehen, oder?. Was glauben Sie, wie lange die Bauarbeiten unterbrochen wären, wenn man im karstigen Untergrund der Alb auf einen sensationell großen Höhlenraum stoßen würde? Und dass dies durchaus sein kann, hat sich anderswo schon gezeigt«, gab sich Grünbort wissend. »Sagt Ihnen die Bleßberghöhle etwas?«

Sander und Homsheimer schüttelten die Köpfe.

»2008 war's in Thüringen, hab ich erst kürzlich bei Wikipedia nachgelesen«, erklärte der Bürgermeister. »Da gab's großes Theater mit der Bahn. Beim Bau der Neubaustrecke Ebensfeld-Erfurt ist man auf einen riesigen Hohlraum gestoßen, den die Baufirma mit 500 Kubikmeter Beton zuzuschütten versuchte. Es gab dann ein langes Hickhack mit Geologen und Naturschützern.«

»Sie meinen, hier an der Schwäbischen Alb soll so etwas unbedingt vermieden werden?«

»Na ja, Herr Sander, Sie kennen sich doch hier aus. Die Alb ist innen drin wie Schweizer Käse: Loch an Loch. Da brauchen Sie kein Wahrsager zu sein, um nicht Ähnliches wie in Thüringen zu vermuten.« Er räusperte sich. »Haben Sie in Ihrer Zeitung nicht gelesen, wie lange die im Winter und Frühjahr drüben in Aichelberg rumgedoktert haben, bis sie endlich die Tunnelbohrmaschine in Gang gesetzt haben? Im Januar hatten sie anfangen wollen, los ging's dann erst Mitte April. So richtig durchgesickert ist nie, was da wirklich war. Ich darf mal vermuten, dass man sich sehr genau überlegt hat, wie weit man mit dem Monster in den Berg kann. Denn sobald das Ding auf Hohlräume stößt, ist's aus mit dem Bohren. Im schlimmsten Fall fällt das Monster in ein tiefes Loch.« Er runzelte die Stirn. »Und es kann durchaus sein, dass es da drunten bei Aichelberg, auf der weiteren Strecke Richtung Stuttgart, auch noch Versteinerungen gibt. Im Schiefer. Wertvolle und seltene Fossilien. Wenn so was publik würde, gäbe es gewaltige Verzögerungen. Denken Sie an den Bau der Bundesstraße 10 drüben in Eislingen. Als man da auf diese Fischsaurier-Sache gestoßen ist, haben sich erst mal die Archäologen, oder wer immer dafür zuständig war, dort monatelang breitgemacht.«

Sander musste das Gehörte zuerst noch verdauen. Er hatte sich bislang mit dieser Materie nicht sonderlich beschäftigt.

Fotograf Homsheimer mischte sich ein: »Wenn ich Sie richtig verstehe, dann wird befürchtet, jemand aus der Führungsriege hier oben würde die Höhlenforscher oder die Archäologen mit Infos füttern.«

»Muss nicht aus der Führungsriege sein. Können auch Mineure, Bauingenieure oder Geologen sein. Eigentlich kommt da jeder infrage.« Grünbort lehnte sich zurück und verschränkte die Arme vor der Brust. »Aber, meine Herren, ich muss Sie bitten, dieses Gespräch als absolut vertraulich zu behandeln. Wir haben nie über dieses Thema gesprochen. Sind wir uns darin einig?«

Die beiden Zeitungsmänner nickten.

Stefan Pichler war kreuz und quer durch den nahen Fichtenwald gestreift, der unweit des Flugplatzes Berneck in der Hitze des späten Nachmittags ein bisschen Abkühlung bescherte. Es dauerte nicht allzu lange, bis Darko Bulling mit seinem VW-Golf herangefahren kam und neben Pichlers schwarzem BMW parkte.

»Sag mal«, kam ihm Bulling sichtlich entnervt und verschwitzt entgegen, »was soll denn das jetzt? Bist du durchgeknallt oder was?«

Pichler blieb im Schatten der Fichten stehen und wartete, bis sein Kollege vollends auf ihn zukam. »Entschuldige, Darko, aber mir ist es nicht ganz wohl dabei, wenn wir uns auf der Baustelle oder in unseren Wohnungen treffen.«

»Bist du verrückt geworden – oder was willst du von mir?«, herrschte ihn Bulling an. »Leidest du unter Verfolgungswahn? Und wenn ja, warum bist du dann so leichtsinnig und rufst mich an?« Er versuchte, energisch zu klingen, doch schwang in seiner Stimme auch Unsicherheit mit.

»Beruhige dich, Darko, aber versteh mich doch bitte.« Pichler stützte sich mit einer Hand am harzigen Stamm einer Fichte ab. »Es geht mir um Christian.«

»Egger«, entfuhr es Bulling, dessen Oberlippenbart zitterte. »Um den geht's uns allen. Was soll das jetzt also? Und warum ausgerechnet hier?«

»Christian«, wiederholte Pichler und schluckte, »er ist verschwunden. Spurlos. Seine Frau ist völlig am Ende.«

»Verschwunden, weg?«, echote Bulling jetzt erschrocken und leiser, als habe er nun auch Angst, jemand könnte mithören. »Woher weißt du das?«

»Ich hab ang'rufen. Bei ihm daheim.«

»Und was hat seine Frau gesagt?« Bulling streifte sich mit dem linken Handrücken den Schweiß von der Stirn.

»Dass er gestern wegg'fahr'n sei, um sich am Gotthard-Tunnel nach einem neuen Job umzusehen.«

»Gestern«, wiederholte Bulling noch leiser, während über ihm ein Rabe lauthals krähte. »Und was glaubst du, was das für uns bedeutet?« Er drehte sich weg, als ein gelber Lieferwagen der Post auf dem schmalen Sträßchen an ihnen vorbeifuhr. »Ich meine, für uns zwei«, fügte er an.

»Mensch, Darko, begreif doch. Da verschwinden an ein und demselben Tag zwei Personen, die ganz offensichtlich Streit miteinander hatten.«

»Du meinst, der Egger hat den Mitterhofer in die Brechanlage geworfen?«, brach es aus Bulling heraus. »Und das ganz in meiner Nähe?«

»Zum Beispiel, ja.« Pichler trat näher an ihn heran: »Und dann hat er sich womöglich selbst umgebracht. Hier – irgendwo im Gelände.«

Bulling holte tief Luft. »Und die Polizei? Was weiß die schon davon?«

»Keine Ahnung. Christians Frau, die Theresa, will noch bis heut Abend warten. Wenn sich Christian dann nicht bei ihr gemeldet hat, will sie ihn als vermisst melden.«

Bulling schloss betroffen die Augen. »Du meinst also, der Egger ist hier aufgetaucht und hat den Mitterhofer irgendwo abgepasst. Im Stollen? An der Brechanlage? Bei mir?«

»Vielleicht hat er ja auch jemanden g'habt, der ihm dabei g'holfen hat?«

»Geholfen?«, entfuhr es Bulling. »Weißt du auch, was du da sagst? Ich war der Letzte, der den Mitterhofer im Berg drinnen lebend gesehen hat. Und da war sonst niemand. Keiner außer Mitterhofer.« Er wischte sich wieder Schweiß von der Stirn.

»Bist du dir da ganz sicher?«, zweifelte Pichler und steckte beide Hände in die Hosentaschen. »Du hast doch selbst gesagt, du hättest Mitterhofers Fahrzeug nicht an der Brechanlage stehen sehen. Da könnte doch noch jemand dringesessen sein.«

»Jetzt spinnst du aber vollends ganz«, empörte sich Bulling.

»Wieso denn?«, entgegnete Pichler schnell. »Es wär zwar tragisch, aber letztlich logisch. Und für uns alle sogar am besten.« Er unterdrückte ein zynisches Lächeln. »Das Problem Mitterhofer beseitigt – und der arme Egger begeht Selbstmord, sodass keiner von uns in den Verdacht geraten kann, an der Sache beteiligt gewesen zu sein.«

»Weißt du eigentlich, was du daherredest? Hat dich die Hitze erwischt?«

»Ich bin im Vollbesitz meiner geistigen Kräfte, Darko«, gab Pichler bissig zurück. »Aber auch du solltest dir so langsam ernsthafte Gedanken machen. Denn ich befürchte, dass es kräftig Ärger gibt, wenn Christians Verschwinden hier erst mal bekannt wird.«

»Ich wüsste nicht, worüber ich nachdenken soll. Ich nicht. Oder siehst du einen Grund dafür? Stefan, ich versteh deine Aufregung nicht«, konterte Bulling aufgebracht. »Oder siehst du das etwa anders?«

Pichler drehte sich leicht verärgert und missverstanden weg und ging in der prallen Nachmittagssonne zu seinem BMW.

11

Theresa Egger war eine zierliche Frau, gerade 34 Jahre alt geworden, Mutter zweier Kinder, die an diesem Nachmittag vom Kindergarten heimkamen und wissen wollten, wann denn der Papa endlich wiederkomme. Zwar hatte Christian gesagt, dass er vermutlich drei Tage weg sein werde, doch den Kindern kam schon dieser eine Tag offenbar wie eine Woche vor – obwohl sie es bis zum Verlust seines Arbeitsplatzes gewohnt waren, dass er nur alle zehn Tage für eine knappe Woche bei ihnen sein konnte. Seit er im Dezember nun ständig daheim in dem kleinen Dörfchen in Kärnten war, hatten sie die Nähe zu ihrem Vater sichtlich genossen.

Theresa wollte sich vor den Kindern nicht anmerken lassen, wie sehr sie in Sorge um Christian war. Noch bevor sie kamen, hatte sie sich die Tränenspuren, so gut es ging, weggeschminkt. Aber vermutlich spürten die Kinder, dass etwas anders war als sonst. In diesem Alter entwickelten sie einen natürlichen Instinkt für Freud und Leid der Eltern.

»Hat er angerufen?«, wollte der fünfjährige Jakob wissen, während er seine Mutter mit großen erwartungsvollen Augen ansah.

»Dazu hat er ganz sicher keine Zeit«, versuchte Theresa überzeugend zu wirken, aber Töchterchen Lilly, ganze dreieinhalb Jahre alt, wollte sich damit nicht zufriedengeben. »Aber er hat doch gesagt, dass er jeden Tag anruft«, stieß sie mühsam und trotzig heraus.

Theresa drehte sich verschämt beiseite, um sich eine Träne aus dem Augenwinkel wischen zu können. »Er wird es ganz gewiss heute Abend noch tun.«

Während die beiden Kinder in ihrem Zimmer verschwanden und sie ihnen Orangen schälte, kullerte wieder eine Träne über ihre Wange. Sie hatte es im Gefühl, ganz sicher: Christian würde nie wieder zurückkommen. Aber warum? Er war gestern Morgen voller Zuversicht losgefahren. Kein Anzeichen von Depression. Im Gegenteil. Nach all den Monaten, während derer er in tiefe Verzweiflung verfallen war, hatte es endlich wieder einen Lichtblick gegeben. Überhaupt schien der Druck, der auf ihm lastete, ein klein wenig gewichen zu sein.

Natürlich hatte er damit rechnen müssen, künftig seltener nach Hause zu kommen. Schließlich gab es große Tunnelbaustellen nicht in Hülle und Fülle. Aber er war ziemlich sicher gewesen, bei einem der Unternehmen, die den Gotthard-Tunnel bauten, einen neuen Job zu finden. Wenngleich es schwierig sein würde, sich in ein neues Team einzufinden.

Aber auch diese Eisenbahnstollen auf der Schwäbischen Alb wären in einigen Jahren fertiggestellt gewesen – und dann hätte er vermutlich ohnehin einen weiteren Weg zur Arbeitsstelle in Kauf nehmen müssen. Damit hatte sie sich abgefunden, zumal sie seinen guten Verdienst dringend brauchten, um die hohen Kredite für das Haus abbezahlen zu können. Noch hatte sich die Bank vertrösten lassen, doch wenn sie nicht bald einen neuen Zins- und Tilgungsplan vorlegen konnten, drohte irgendwann die Zwangsversteigerung. Christian war aber gestern zuversichtlich gewesen, dass es so weit nicht kommen werde.

Als die beiden Kinder ihre Orangen gegessen und begeistert von ihren Kindergartenerlebnissen berichtet hatten, waren sie in den Garten verschwunden, wo sie sich im Schatten eines Baumes in einem Planschbecken vergnügten.

Theresa beobachtete die Kleinen durch die zugezogenen Vorhänge des Esszimmerfensters und wünschte sich diese unbeschwerten Zeiten ihrer eigenen Kindheit zurück. Was mochte jetzt aber in diesen kleinen Köpfen vorgehen, wenn sie an ihren Papa dachten? Was sollte sie ihnen eines Tages sagen, wenn er nicht mehr zurückkam?

Christian hatte die Entlassung noch lange nicht überwunden. Gewiss auch dann nicht, wenn er eine neue Anstellung fand. Theresa hatte in dem halben Jahr, das seither vergangen war, sorgenvoll beobachtet, wie er stundenlang grübelte oder sich mit seiner bisherigen Arbeitsstelle befasste. Er konnte lange Telefonate führen – mit ehemaligen Kollegen und irgendwelchen anderen Personen, die ihm zur Seite gestanden wären, hätte er einen Arbeitsgerichtsprozess angestrengt. Nein, in juristische Auseinandersetzungen, deren Ausgang von so vielen Zufälligkeiten und Paragrafenreiterei abhing, wollte er sich nicht einlassen. Stattdessen schien er sich in eigene Nachforschungen verbissen zu haben. Mochten es Rachegefühle sein oder ein unbändiges Verlangen nach Gerechtigkeit. Beides hatte sie aus den langen Gesprächen herausgehört, die oft, wenn die Kinder längst schliefen, abendfüllend waren. Christian hatte sich nie davon abbringen lassen, diesem Baukontrolleur, dessen Namen sie sich nicht merken konnte, per Internet und unzähligen Telefonaten nachzuspüren. Manchmal befürchtete sie, er habe sich in eine fixe Idee verrannt, sehe schon Gespenster und fabuliere sich selbst etwas zusammen, was einer wilden Fantasie entsprungen war. Doch in jüngster Zeit schien es ihr, hatten seine Gedankengebilde konkrete Formen angenommen – als habe er in kriminalistischer Kleinarbeit aus unzähligen Puzzleteilen ein Szenario entwickelt, das er als Realität empfand. Auch wenn es möglicherweise eine trügerische war.

Hatte er sich gar zu weit vorgewagt? War er auf der Fahrt nach Sedrun zum Gotthard-Tunnel an diesem Hohenstadt vorbeigekommen? Oder – der Gedanke wirkte auf sie wie ein Schock – war der Ort in Graubünden womöglich gar nicht sein Ziel gewesen?

Wie in Trance drehte sie sich vom Fenster weg, um in Christians kleines Büro zu gehen, in dem Ordner und Schnellhefter hingeworfen auf dem Schreibtisch lagen – so, als käme er gleich wieder zurück. Nur der abgeschaltete Computer, den er üblicherweise ständig betriebsbereit hielt, deutete darauf hin, dass er für längere Zeit fortbleiben wollte.

Sie blieb an der offenen Tür stehen und ließ ihren tränentrüben Blick über Aktenordner und Fachbücher streifen. Vergangene Nacht hatte sie hier stundenlang in seinen Aufzeichnungen gelesen oder sie mühsam zu entziffern versucht. Vieles war handschriftlich und bestand aus flüchtig hingeschriebenem Gekritzel. Auch unzählige Seiten in einem Schnellhefter waren übervoll mit Notizen über die Baustelle. Offenbar hatte er den Inhalt vieler Telefongespräche stichwortartig festgehalten. Nur auf einem Blatt, das hinter den eng beschriebenen Notizblättern abgelegt und teilweise aus einem Computerausdruck bestand, hatte sie den abgekürzten Namen »Mitterh.« entdeckt. Er war ihr förmlich ins Gesicht gesprungen. Natürlich, ja. Jetzt fiel es ihr ein: Mitterhofer hieß dieser Kontrolleur.

Als ob diese Notiz sie magisch anziehe, griff sie erneut zu diesem Schnellhefter, um darin zu blättern. Aus den Hieroglyphen, die vor und nach dem besagten Namen geschrieben standen, konnte sie aber auch jetzt keine Worte formen. Sie ließ sich wie in Zeitlupe auf den Bürostuhl sinken und wurde wieder von der Abkürzung »Mitterh.« in den Bann gezogen. Um diesen Namen herum hatte Christian mit dem Kugelschreiber ein flüchtiges Oval gemalt, als wolle er ihn besonders hervorheben. Davon ausgehend zielten strahlenförmig drei Linien auf weitere unlesbare Textstellen. Theresa hielt das Papier dicht an die Augen, doch sosehr sie sich auch anstrengte, die Buchstaben ergaben keinen Sinn. Möglicherweise handelte es sich um weitere Namen, die sie nie gehört hatte und die sie deshalb nicht einmal andeutungsweise jemandem zuordnen konnte. Außerdem war sie innerlich viel zu sehr aufgewühlt, um sich auf etwas konzentrieren zu können.

»Mama, warum ruft Papa nicht an?«, wurde sie von der Stimme ihres kleinen Jakob aufgeschreckt, der unbemerkt mit sandig-feuchten Füßen ins Zimmer gekommen war und sie vorwurfsvoll noch mit einer zweiten Frage verunsicherte: »Was liest du da? Hat Papa etwas geschrieben?«

»Nein, nein, Jakob«, versuchte sie, den Fünfjährigen zu beruhigen. »Das sind nur geschäftliche Sachen von Papa.«

»Warum ruft er nicht an?« Der traurige Blick des Kindes zerriss ihr beinahe das Herz.

»Wahrscheinlich ist er sehr beschäftigt«, erwiderte sie und rang sich ein gezwungenes Lächeln ab. »Morgen kommt er bestimmt wieder zurück.« Ihre Stimme war schwach, was auch dem Kind nicht verborgen blieb. Jakob musterte sie aus großen Augen und stapfte wortlos aus dem Zimmer, in dem er eine Spur aus feuchtem Sand hinterließ.

Theresa kämpfte wieder mit den Tränen, blickte durch den leeren Türrahmen hinaus in den Flur, wo die tief stehende Sonne einen hoffnungsvollen Strahl auf ein buntes Bild warf.

Doch diese Szene konnte Theresas Stimmung nur für den Bruchteil einer Sekunde aufhellen. Wie eine dunkel wabernde Wolkenwand umgaben sie die finsteren Gedanken, die von Stunde zu Stunde mächtiger über sie hereinbrachen. Was würde aus Jakob und Lilly werden, wenn Christian nicht mehr kam? Sie wäre alleinerziehend, könnte die

Schulden fürs Haus nicht bezahlen und stünde vor einer völlig ungewissen Zukunft. Letzte Rettung wären ihre betagten Eltern, die nur zwei Straßen weiter in einem alten landwirtschaftlichen Anwesen wohnten.

Kaum hatte sie diese Gedanken mühevoll verdrängt, pochten andere durch ihren Kopf: die Polizei. War es wirklich sinnvoll, dem Vorschlag von Stefan Pichler zu folgen und eine Vermisstenanzeige zu erstatten? War das nicht übertrieben? Vielleicht bildete sie sich ihre Angst auch nur ein. Vielleicht spielten ihre Nerven verrückt – nach allem, was in den vergangenen Monaten über sie und Christian hereingebrochen war. Vielleicht würde sie Christian damit nur schaden.

Sie sah auf ihre Armbanduhr. Schon wieder. 17.58 Uhr. Gesprächsfetzen aus dem Telefonat mit Pichler rasten durch ihren Kopf. Mitterhofer vermutlich tot, großer Polizeieinsatz in Hohenstadt. Ihr Mann auf dem Weg nach Graubünden. Doch dies, so riet ihr die Vernunft, lag geografisch ganz woanders, Hunderte Kilometer von Hohenstadt entfernt. Aber wenn er doch …?

Womöglich würde sie ihren Mann mit einer Vermisstenanzeige in große Schwierigkeiten bringen. War nicht zu befürchten, dass sich dann gleich die ganzen Ermittlungen gegen ihn richteten? Dass er international gesucht wurde?

Bilder von polizeilichen Großeinsätzen, wie man sie vom Fernsehen her kannte, jagten an ihrem geistigen Auge vorbei. Ein einziger Anruf bei der Polizei und schon würde der gesamte Polizeiapparat in Fahrt kommen. Etwas, das nicht mehr rückgängig zu machen wäre.

Aber wenn Christian in Gefahr war? Wenn er etwas Unüberlegtes getan und sich in eine Situation gebracht hatte, in der er dringend Hilfe brauchte?

Theresa entschied, noch bis 18.30 Uhr zu warten. Wie oft sie bereits Christians Handynummer gewählt hatte, vermochte sie nicht mehr zu sagen. Sie hasste inzwischen diese verdammte Automatenstimme, die monoton und gnadenlos mitteilte, dass der Anrufer nicht erreichbar sei.

Obwohl ihre psychischen Kräfte nachließen, überflog sie noch einmal die handschriftlichen Aufzeichnungen ihres Mannes. Wenn sie einige Buchstaben mit Worten verglich, die sie entziffert hatte, musste es gelingen, auch den Inhalt weiterer Textstellen zu erfassen und vor allem diese drei Namen lesen zu können, die ganz offensichtlich in einem Zusammenhang mit »Mitterh.« standen.

Theresa fühlte sich geradezu zwanghaft zu diesem Vorgehen getrieben. Irgendetwas in ihr ließ nicht locker: Versuch es noch einmal, Christian hat sich so viel Mühe gemacht, hinter ein Geheimnis zu kommen. Du bist es ihm schuldig, jetzt nicht aufzugeben.

Geheimnis?, mahnte ihre innere Stimme. Geheimnis. Wenn an dem, was er in den vergangenen Monaten recherchiert hatte, etwas wirklich Geheimnisvolles und vor allem Brisantes dran war, dann hatte er sich erst recht in Gefahr gebracht.

Theresa spürte ihren Herzschlag bis in den Hals. Es war, als würde ihr neue Energie in den Körper gepumpt. Ihre Augen starrten auf einen der drei Namen, der mit dem linken Strich mit »Mitterh.« verbunden war. Wie an einem Magneten blieb ihr Blick daran hängen. Je länger sie diese ungelenken, schnell hingeschriebenen Buchstaben auf sich wirken ließ, desto mehr formte ihr Unterbewusstsein etwas, das wie ein Name klang: Rade- oder Rohneheld. Vielleicht auch Radefeld … Doch das Gefühl, ein Erfolgserlebnis zu haben, wurde sofort wieder von negativen Gedanken gedämpft. Denn anfangen konnte sie mit einem Namen, der so oder so ähnlich klang, sowieso nichts. Ebenso wenig, wie mit »Nata. F.«

Frank Niedermeier hatte den sonnigen Tag auf der Hochfläche genossen. Er war mit seinem Mountainbike trotz der brütenden Hitze annähernd 100 Kilometer weit gefahren, hätte jetzt aber seine genaue Route nicht mehr nachvollziehen können. Nie zuvor hatte er für eine so ausgedehnte Tour über die Alb Zeit gehabt, sodass ihm dieser Landstrich weitgehend unbekannt war.

Dieser freie Tag, den er den Ereignissen auf der Baustelle zu verdanken hatte, war ihm gerade recht gekommen. Auch wenn die nächtlichen Arbeiten auf der Deponie und die gelegentlichen Fahrten mit dem Radlader keine allzu große Anstrengung bedeuteten, so machte ihm allein schon der Schichtdienst zu schaffen – körperlich und vor allem psychisch. Nie hätte er gedacht, dass ihn die Trennung von seiner Freundin derart belasten würde. Gerade jetzt, in diesen herrlichen Frühlings- und Sommerwochen, fiel es ihm zunehmend schwer, auf das Zusammensein in freier Natur verzichten zu müssen.

Er verstaute sein Fahrrad hinter den zweigeschossigen Wohncontainern und freute sich, die verschwitzten Klamotten möglichst schnell abstreifen und unter eine kalte Dusche steigen zu können, als ein hünenhafter Mann um die Ecke bog, den er zunächst nicht zuordnen konnte. »Herr Niedermeier?«, schallte es ihm ziemlich forsch entgegen. Der Mann war einen halben Kopf größer als er, vermutlich im selben Alter wie er, ebenfalls verschwitzt, das Gesicht unrasiert.

»Bin ich, ja«, erwiderte Niedermeier leicht verstimmt. »Und Sie?«

»Entschuldigen Sie, wenn ich Sie so überfalle«, sagte der Fremde mit leicht sächsischem Dialekt und unternahm den Versuch, freundlicher zu wirken. »Ich bin Jan Marusch vom Securityservice.«

Niedermeier wusste mit dieser Bezeichnung zunächst nichts anzufangen. Auch das Gesicht wollte zu niemandem passen, den er kannte. »Ja und?«

»Ich bin der, der letzte Nacht am Eingang drüben eine unbekannte männliche Person aufgreifen wollte.«

In Niedermeiers Ohren klang das Gesagte ziemlich gestelzt und bürokratisch. »So – und was wollen S' jetzt von mir?«, gab er einsilbig zurück und machte ein paar Schritte in Richtung des Container-Eingangs.

»Reden. Nur mal kurz 'n paar Worte wechseln.« Marusch ging neben ihm her und deutete damit an, dass er sich nicht so leicht abschütteln lassen würde.

»Reden worüber?« Niedermeier blieb stehen und sah in ein blasses, müdes Gesicht.

»Über die Nacht. Sie waren doch eine ganze Zeit lang auf der Deponie beschäftigt. Mit Ihrem Radlader. Hab ich das richtig vernommen?«

»Ja, das haben Sie richtig vernommen«, äffte Niedermeier ihn nach. »Aber was zu sagen war, hab ich alles der Polizei gesagt.«

»Natürlich, ja«, gab sich Marusch nun vorsichtiger. »Aber Sie werden verstehen, dass ich mir als Securityangestellter so meine eigenen Gedanken mache. Über das, was in dieser Nacht da drüben so alles geschehen ist.«

»So?« Niedermeier zupfte an seinem nassen T-Shirt, um dem überhitzten Körper frische Luft zuzufächeln. »Und da glauben Sie nun, ich hätt irgendetwas gesehen, was ich der Polizei verheimlicht habe? Oder wie muss ich Ihr Interesse verstehen?«

Marusch sah sich um, als wolle er vermeiden, mit Niedermeier gesehen zu werden. »Können wir das irgendwo in Ruhe besprechen? Unter vier Augen?« Er sprach gedämpft, beinahe im Flüsterton.

»Wie bitte?«, staunte Niedermeier. »Jetzt, hier, bei mir?«

»Wenn's geht. Mir wäre sehr viel daran gelegen.«

Auch Niedermeier blickte sich nun um, musterte den Mann von oben bis unten und entschied, ihn in seinen Wohnraum zu bitten. »Kommen S' mal mit.«

Er ging voraus, öffnete die Tür zum Wohncontainer und eilte durch den stickig-warmen Flur zu seinem Zimmer. »Ich wohn nicht ganz so luxuriös wie manch andere«, bereitete er seinen unerwarteten Gast auf die Unordnung vor. Als die Tür hinter ihnen zufiel, musste er einen Stapel Zeitschriften von einem der beiden Stühle räumen. »Nehmen S' Platz«, sagte er, und Marusch kam sofort dieser Aufforderung nach, während Niedermeier sein verschwitztes T-Shirt auszog und sich mit braun gebranntem Oberkörper an den Tisch setzte. Eine Armlänge von ihm entfernt stapelte sich gebrauchtes Geschirr in einem Spülbecken, im Bett an der schmucklosen anderen Wandseite waren Decke und Kissen nicht aufgeschüttelt worden.

»Ich wohn auch nur wenig anders«, zeigte Marusch Verständnis für die Unordnung.

»Was zu trinken?«, fragte Niedermeier, der sich aus dem Kühlschrank eine Cola angelte und die Dose aufriss. Marusch lehnte dankend ab.

»Also, machen wir's kurz«, drängte der Radladerfahrer aus Kärnten und lehnte sich zurück.

»Ich hab von dem Spektakel erst erfahren, als die ersten Einsatzfahrzeuge angerückt sind«, erklärte Marusch, als wolle er jemandem einen Vorwurf machen, schränkte aber ein: »Es war die Zeit, zu der meine Kollegen und ich eine kurze Pause eingelegt haben. Drüben in unserem Büro. Aber natürlich wären wir per Funk erreichbar gewesen – wenn uns jemand verständigt hätte.«

»Ändern hätten S'auch nichts mehr können«, erwiderte Niedermeier emotionslos.

»Natürlich nicht. Und um das geht's mir auch nicht.«

»Sondern?« Niedermeiers Misstrauen stieg.

»Ich weiß nicht, was Sie der Polizei berichtet haben, aber ich frage mich seit gestern schon, ob Sie das Gleiche gesehen haben wie ich.«

Niedermeier trank die Coladose leer. »Das kommt drauf an.«

»Ich war ab etwa 22.30 Uhr draußen unterwegs. Übliche Kontrollgänge am Zaun.« Marusch überlegte. »Sie haben wohl ein wenig später mit Ihrer Arbeit auf der Deponie begonnen, wie ich bemerkt habe.«

»Und?« Niedermeiers Interesse war geweckt.

»Ich hatte den Eindruck, dass in dieser Nacht da draußen mehr los war als üblicherweise.« Marusch bemerkte die Unsicherheit seines Gegenübers.

»Da sind ein paar mehr unterwegs g'wes'n«, stimmte Niedermeier zu. »Lag wohl am Wetter.«

»Vielleicht«, meinte Marusch, relativierte aber sofort: »Vielleicht auch nicht.«

»Haben Sie jemand Bestimmtes im Auge?«

»Eben. Um das geht's mir. Ich will da keine schlafenden Hunde wecken. Deshalb hab ich's in meiner polizeilichen Aussage auch nicht erwähnt.«

»So?« Niedermeiers Augenbrauen verengten sich. »Und was hat das ausgerechnet mit mir zu tun?«

»Na ja«, gab sich Marusch wieder zurückhaltend, »Sie waren, wie gesagt, um diese Zeit auch da draußen und könnten meine Beobachtungen vielleicht bestätigen.« Er runzelte die Stirn.

»In welche Richtung bestätigen?«

»Kurz bevor Sie mit Ihrer Arbeit auf der Deponie begonnen haben, ist ein privates Auto auf der Baustelle rumgefahren – zwischen der Deponie und den Bürocontainern.«

»Ein privates Auto?«

»Ja, kein Baustellenfahrzeug, sondern eines mit dem üblichen amtlichen Kennzeichen. Aber nicht hier vom Alb-Donau-Kreis. Es war von auswärts. Wahrscheinlich von einem der vielen Arbeiter und Angestellten.«

Niedermeier fuhr mit der Hand über die reichlich behaarte schweißnasse Brust und atmete tief durch. »Haben Sie's ablesen können – das Kennzeichen? Ein Österreicher?«

»Nein, kein Österreicher, ein Deutscher.«

»Woher?«

»Landkreis Berchtesgadener Land. Kennzeichen BGL.«

»Und das haben Sie der Polizei nicht gesagt?«

»Nein, noch nicht.« Marusch wurde verlegen. »Denn es fahren hin und wieder private Autos hier drinnen rum. Auch mal nachts. Das ist nichts Außergewöhnliches. Ich möchte auch niemanden anschwärzen, verstehen Sie? Deshalb dachte ich, vielleicht haben Sie den Wagen auch gesehen und können bestätigen ...«

»Nein, hab ich nicht«, unterbrach ihn Niedermeier. »Und wenn, dann hätt' ich's auf jeden Fall der Polizei gemeldet.« Es klang wie ein Vorwurf.

»Werde ich auch noch tun«, erwiderte Marusch. »Lieber wär's mir aber, wenn noch jemand das Auto gesehen hätte. Ich dachte, Sie ...«

»Nein«, fuhr ihm Niedermeier abermals barsch über den Mund. »Zumindest kann ich mich nicht daran erinnern.«

»Und wer so ein Auto mit Kennzeichen aus dem Landkreis Berchtesgadener Land hat, wissen Sie auch nicht?«

»Ich bitt Sie, Herr Marusch, wenn Sie's nicht wissen, wie soll ich das wiss'n? Da steh'n doch hier bei den Wohncontainern und drüben bei den Büros jede Menge Autos rum. Eigentlich müsste es Ihnen doch bei Ihren Kontrollgängen schon mal aufg'fall'n sein, oder?«

Marusch nickte zerknirscht. »Aus halb Deutschland und Österreich sieht man hier Kennzeichen. Auch aus Polen.« Wieder legte er eine kurze Pause ein. »Es wäre mir megapeinlich, wenn ich da jemanden anschwärzen würde.«

»Was heißt ›anschwärzen‹? Soll sich derjenige, der da rumg'fahr'n ist, doch einfach rechtfertigen. Das ist doch nicht schlimm, oder?« Niedermeier angelte sich ein Handtuch von einem Regal und legte es sich über die nackte Schulter. Er wollte das Gespräch jetzt so schnell wie möglich zu Ende bringen.

»Das wird er auch müssen«, antwortete Marusch entschlossen. »Vor allem dürfte dann von Interesse sein, wer die andere Person war, die mit ihm im Wagen saß.«

»Die waren zu zweit?«, staunte Niedermeier jetzt.

»Ja, es waren die Silhouetten zweier Personen.«

Die Beamten der Sonderkommission stöhnten nicht nur unter der abendlichen Hitze, sondern auch unter der zunehmenden Arbeitsbelastung. Immer wieder tauchten die Namen weiterer Personen auf, die in der vergangenen Nacht auf dem Gelände gearbeitet hatten und als mögliche Zeugen vernommen werden mussten. Häberle hatte bei der »Sonne«-Wirtin wieder für Verpflegung und Erfrischungsgetränke gesorgt, um seine Mannschaft bei Laune zu halten. Er selbst kämpfte inzwischen auch mit der aufkommenden Müdigkeit. Einige Kollegen, die seit den frühen Morgenstunden im Einsatz waren, verabschiedeten sich, um wenigstens ein paar Stunden schlafen zu können.

Linkohr, der auf sein abendliches Rendezvous mit Natascha Frese hinfieberte und ihretwegen Mühe hatte, sich auf seine Arbeit zu konzentrieren, musste noch einen Termin mit Bauingenieur Lukas Brunner wahrnehmen. Dessen Namen hatte er selbst auf die Liste jener Personen geschrieben, die vernommen werden sollten. Brunner war nämlich von Natascha Frese in einem Nebensatz erwähnt worden.

»Und jetzt bin ich verdächtig, oder was?«, raunzte der mit oberbayrischem Dialekt dem Kriminalisten entgegen und bot ihm einen Platz an der Stirnseite des mit Papieren und Ordnern überfrachteten Schreibtischs an. Neben dem Computermonitor sorgte in dem stickigen Büro ein Ventilator für sinnlose Luftwirbel.

Linkohr versuchte zu beschwichtigen und erklärte, dass seine Kollegen und er seit Stunden nichts anderes täten, als Personen zu vernehmen, die vergangene Nacht auf dem Gelände gearbeitet hatten.

»Natürlich war ich hier. Wie so oft in diesen Nächten. Was soll ich auch großartig anderes tun? Ich mach hier meinen Job und freu mich drauf, wenigstens an einigen Wochenenden nach Hause fahren zu können.«

»Sie kommen aber nicht aus Kärnten oder der Steiermark?«, fragte Linkohr, zumal er den Dialekt nicht zuordnen konnte.

»Nein, aber vom äußersten südöstlichen Zipfel unseres schönen Freistaats Bayern«, lächelte Brunner stolz. »Dort, wo die Welt noch einigermaßen in Ordnung ist.«

»Woher genau?«

»Ist das wichtig? Okay, kann ich ruhig sagen: Freilassing. Werden Sie aber vermutlich nicht kennen.«

Linkohr ging nicht auf diese Bemerkung ein, um das Gespräch nicht unnötig zu verlängern. »Sie waren also heute Nacht hier in Ihrem Büro?«

Brunners Miene verfinsterte sich. »Brauch ich jetzt ein Alibi?«

»Ich bitte Sie, Herr Brunner«, beruhigte ihn Linkohr. »Es sind immer dieselben Fragen, die wir heute stellen. An jeden. Also nicht nur an Sie.«

»Okay, ich war hier, klar. In diesem Büro hier – und als das Spektakel losging, war ich zufällig drüben bei meiner Kollegin. Kurzes Gespräch.«

»Kollegin?«

»Ja, aber wenn Sie alle Personen, die vergangene Nacht hier waren, jetzt vernehmen wollen, werden S' ja wohl alle kennen.«

»Natascha Frese?«, zeigte sich Linkohr wissend.

»Genau. Bei Frau Frese, unserer Geologin. Die hat Ihnen dann sicher auch erzählt, dass wir von den Sirenen der Einsatzfahrzeuge aufgeschreckt worden sind.«

Linkohr ließ sich nicht ablenken. »Und dann haben Sie sich für das Geschehen interessiert, nehm ich an.«

»Was fragen Sie mich das, wenn es Ihnen Frau Frese bereits erzählt hat?«

»Ich würde es gerne von Ihnen hören. Jeder sieht die Dinge anders.«

»Wir sind natürlich zur Deponie rauf, doch da war bereits alles abgesperrt.«

»Und auch Sie beide wurden nicht durchgelassen?«

»Nein, wieso denn auch?« Er umklammerte die Armlehne seines Bürostuhls. »Es ging uns ja nichts an.«

»Sie waren nicht daran interessiert, zu erfahren, was den Großeinsatz ausgelöst hat?«, staunte Linkohr und musste sich eingestehen, bei der Vernehmung von Frau Frese auf diesen Punkt nicht näher eingegangen zu sein. Hatte er sich wieder einmal von den weiblichen Reizen blenden und ablenken lassen? War er viel zu sehr auf ihre Beziehung zu Mitterhofer fixiert gewesen? Und darauf, diese Frau möglichst bald auch privat treffen zu können? In eineinhalb Stunden würde sein Traum in Erfüllung gehen. Hoffentlich.

Wieder musste er den Gedanken an sie verdrängen, um sich auf das Gespräch mit Brunner konzentrieren zu können, der inzwischen die vorausgegangene Frage beantwortete: »Wir wollten uns nicht vordrängen. Da hatten sich bereits genügend Gaffer eing'fund'n.«

»Sie sind dann einfach wieder gegangen?«

»Was heißt da ›einfach wieder gegangen‹? Was hätten wir denn tun soll'n?«, brauste er auf, sodass Linkohr einen deftigen bayrischen Gewaltausdruck befürchtete. Doch so weit wollte es Brunner offenbar nicht kommen lassen.

Linkohr gab ihm auch keine Gelegenheit dazu: »Sie waren den Abend über aber nicht auf der Baustelle draußen – wie die Frau Frese, die ja angab, mal in einem der Stollen gewesen zu sein.« Der Kriminalist wollte mit dieser Feststellung gleich gar nicht den Verdacht aufkommen lassen, möglicherweise allzu lasch ermittelt zu haben.

»Nein, ich war den ganzen Abend über in diesem Büro hier. Bis auf den kurzen Abstecher zu Natascha, also Frau Frese, hinüber.«

»Und danach sind Sie beide heimgegangen?« Linkohr hätte allzu gerne gefragt, ob allein oder gemeinsam.

»Ja, jeder in seine Wohnung, um gleich alle weiteren Mutmaßungen auszuräumen«, knurrte Brunner. »Sie nach Laichingen, ich runter nach Bad Ditzenbach, wo ich mich in einer kleinen Pension für die Dauer meines Jobs hier eingemietet habe.«

Linkohr ließ es dabei bewenden und wechselte abrupt das Thema. »Sagt Ihnen der Name Rodefeld etwas?«

»Rodefeld«, wiederholte Brunner schnell, um dann den Blick über die Unordnung auf seinem Schreibtisch streifen zu lassen. »Sagt mir nichts, nein. Steht der Name im Zusammenhang mit …« Er wollte es nicht aussprechen, worauf Linkohr ihm aus der Verlegenheit half.

»… mit dieser Sache von vergangener Nacht, meinen Sie? Ob das so ist, kann ich Ihnen nicht sagen. Der Name geistert durch unsere Akten.«

»Wie darf ich das versteh'n?« Brunners Interesse schien geweckt zu sein.

»Ganz so, wie ich es sage. Wir haben einen Namen, eine Person – aber bisher keine konkrete Verbindung zu dieser Tat«, flüchtete sich Linkohr in allgemeine Floskeln und drängte auf eine Antwort: »Sie kennen also keinen Rodefeld?«

»Nein«, gab sich Brunner wieder selbstbewusst. »Man hat's hier mit so viel Leuten zu tun, da muss man erst mal nachdenken.«

»Aber den Christian Egger kennen Sie?«, bohrte Linkohr weiter.

»Egger? Ja, wissen S', wer kennt den hier oben nicht? Egger und das Barbarafest. Sie werden S' ganz sicher schon g'hört ham.« Er verfiel in seinen heimischen Dialekt. »Oder hat Ihnen das noch niemand erzählt?« Ein überhebliches Lächeln huschte über sein glatt rasiertes Gesicht.

»Das pfeifen die Spatzen von den Dächern«, erwiderte Linkohr ebenso arrogant. »Haben Sie denn noch Kontakt zu ihm?«

»Ich?« Brunner ließ die Armlehnen los und lehnte sich mit den Ellbogen auf die Schreibtischplatte. »Egger war ein Mineur. War die meiste Zeit im Berg. Da gibt es nicht allzu viele Berührungspunkte.«

»Nicht allzu viele«, echote Linkohr, »aber gelegentlich vielleicht doch.«

»Egger ist seit einem halben Jahr weg«, wich Brunner

einer konkreten Antwort aus. »Den brauchen S' gleich gar nicht mit der Sache in Verbindung zu bringen.«

»Wieso denn nicht? Der hätte doch am ehesten einen Grund, den Mitterhofer zu beseitigen.«

Brunners Gesicht verzog sich zu einem abschätzigen Lächeln. »Sie meinen aber nicht im Ernst, der Egger kommt hierher und rächt sich. Herr Linkohr, um was ich Sie bitte: Wärmen Sie keine alten Geschichten auf.«

Linkohr öffnete einen zweiten Hemdenknopf, um sich mehr Luft zu verschaffen. »Sie halten es also für völlig ausgeschlossen, dass Egger noch Kontakte hierher hat?«

»Ausgeschlossen ist gar nichts. Ich möchte für niemanden die Hand ins Feuer legen. Fragen Sie doch seine ehemaligen Kollegen von der Schicht. Den Pichler zum Beispiel. Oder haben Sie den nicht in Ihren Akten?«

»Sie kennen also niemanden, den Sie als ›dicken Freund‹ von Egger bezeichnen würden?«

»Private Kontakte habe ich wenig. Ich versteh auch Ihr Interesse am Egger nicht, um ehrlich zu sein.«

Linkohr wollte ihm seine Zweifel nicht zerstreuen. »Warten wir's ab, Herr Brunner«, sagte er deshalb triumphierend. »Sie werden's noch früh genug erfahren.«

Häberle hatte sich eine Tasse starken Kaffee bringen lassen. In den Büros hielt sich hartnäckig die heiße und stickige Luft, obwohl offene Fenster und Türen für einen Durchzug sorgen sollten. Weil auf der westlichen Seite des Bürocontainers herabgelassene Jalousien die sehr tief stehende Sonne abhielten, mussten bereits die Lichter angeschaltet werden.

Häberle hatte kurz mit seiner Ehefrau Susanne telefoniert, die ihn wieder einmal vergeblich bat, sich auch ein paar Stunden Ruhe zu gönnen. Aber aus langen Ehejahren wusste sie, dass er sich in den ersten Stunden und Tagen nach einem Verbrechen geradezu in den Fall verbeißen konnte. Ermittlungstaktisch sei dies der wichtigste Zeitraum, pflegte er immer zu argumentieren. Je größer der Abstand zur Tat, desto verschwommener wurden die Erinnerungen von Zeugen. Und desto besser konnte sich der Täter in eine gute Position bringen. Außerdem wurde es mit jedem Tag schwieriger, etwaige neue Spuren zu entdecken und sicherzustellen.

Häberle hätte sich dazu eine bessere Öffentlichkeitsarbeit gewünscht. Zwar war das mutmaßliche Verbrechen auf einem relativ eng begrenzten Raum geschehen – aber die beiden Personen, die sich in der Nacht heimlich aus dem Staub gemacht hatten, ließen zweifelsohne vermuten, dass sich auch außerhalb des Areals einiges abgespielt haben musste. Es wäre also sinnvoll gewesen, mithilfe der Medien am morgigen Mittwoch einen Aufruf zu veröffentlichen, um vielleicht jemanden zu finden, der im Raum Hohenstadt-Merklingen-Oberdrackenstein Verdächtiges beobachtet hatte. Doch der Präsident, der inzwischen wieder nach Ulm zurückgekehrt war, hatte dies strikt abgelehnt. »Kein Aufsehen«, lautete weiterhin seine Devise. Im täglichen Pressebericht blieb es bei der allgemein gehaltenen Formulierung, dass es auf der Eisenbahn-Baustelle »einen Todesfall« gegeben habe und die Identität des Opfers noch immer nicht geklärt sei. Häberles wiederholter Versuch, den Polizeipräsidenten davon zu überzeugen, dass allein schon durch den Einsatz so vieler Feuerwehrleute wilde Gerüchte im Umlauf seien, hatte nichts gefruchtet. Insgeheim wünschte sich der Chefermittler, dass Lokaljournalist Georg Sander »kräftig zuschlagen« möge.

»Chef«, riss ihn eine Männerstimme aus der gedankenversunkenen Phase, worauf er sich der vielen Geräusche im

Raum wieder bewusst wurde. Er sah von seinem Schreibtisch auf und bemerkte, dass ihm ein älterer Kollege offenbar eine wichtige Nachricht überbringen wollte. »Wir haben ein interessantes Auto entdeckt.«

Häberle war wieder hellwach. »Lass hören.«

»Es steht am Autobahnrasthaus Aichen, nur 15 Kilometer von hier entfernt«, berichtete der Kriminalist außer Atem.

Theresa hatte den Kindern das Abendessen zubereitet und versucht, sich die Sorge um Christian nicht anmerken zu lassen. Doch ihre Antworten auf die bohrenden Fragen von Jakob und Lilly fielen wenig überzeugend aus – und es schien ihr, als spürten die beiden dies auch. Tatsächlich waren jetzt alle Fristen verstrichen, die sie sich selbst für einen Anruf bei der Polizei gesetzt hatte.

Mit dem Versprechen, noch eine Zeit lang im Kinderzimmer spielen zu dürfen, hatte sie die Kleinen nach dem Essen vorläufig ruhigstellen können. »Aber sag uns, wenn Papa anruft«, sagte Jakob im Hinausgehen. Der flehende Tonfall verriet, wie sehr er sich das Telefonat herbeisehnte. Theresa drehte sich beiseite, damit er ihre Tränen nicht sah.

Als die Tür zu war, drückte sie am Telefon die Rückruftaste, um Stefan Pichler zu erreichen, der sich schnell meldete. »Stefan«, begrüßte sie ihn kurz und leise, damit die Kinder es nebenan auf keinen Fall hören konnten. »Christian hat sich immer noch nicht gemeldet.«

Pichler ließ eine Sekunde verstreichen. »Du solltest etwas unternehmen«, presste er mit belegter Stimme hervor. »Oder soll ich …?«

»Nein, Stefan. Ich wollte nur noch mal deinen Rat«, wieder kämpfte sie mit den Tränen, während sie aus dem Fenster in den sonnigen Abend hinaussah. »Die Kinder werden auch unruhig.«

»Du solltest dich nicht verrückt machen, Theresa. Wahrscheinlich klärt sich alles auf. Aber …«, wieder überlegte er, »… damit nichts unversucht bleibt …«

»Meinst du also, ich soll …«, unterbrach sie ihn, ohne den Satz zu vollenden, dafür aber zu wiederholen, womit sie kämpfte: »Auch wenn dann alles aufgerollt wird. Seine Entlassung und die Unruhe …«

Pichler räusperte sich. »Trotzdem, ja. Die Polizei hat auch die Möglichkeit, nachzuforschen, ob es irgendwo unterwegs nach Graubünden einen Unfall gegeben hat.«

»Unfall?« Theresa wiederholte das Wort, als entscheide es über Leben und Tod.

»Ja – es könnte ja sein, dass Christian …«

»Verunglückt ist«, kam sie ihm entsetzt zuvor. »Aber dann hätte man mich doch längst verständigt, wenn ihm etwas zugestoßen wäre.« Sie brach ab, denn unbemerkt war Jakob in das Zimmer gekommen.

»Ist etwas mit Papa?«, fragte er dazwischen und starrte sie mit großen traurigen Augen an.

Theresa spürte einen Kloß im Hals. Sie war nicht mehr in der Lage, etwas zu sagen.

12

Bereits bevor er zu Lukas Brunner gegangen war, hatte Linkohr angekündigt, sich an diesem Tag eine erste Pause zu gönnen. Natürlich würde diese abendliche Auszeit keine Arbeitspause im herkömmlichen Sinn werden. Schließlich hatte er sich mit Natascha Frese auf ein echtes Abenteuer eingelassen, dessen Verlauf ihm in keinster Weise kalkulierbar erschien. Außerdem musste er darauf achten, Privates und Dienstliches penibel zu trennen. Falls jemals aufkäme, dass er diese Pause während der Ermittlungen für ein Rendezvous mit einer Zeugin nutzte, wäre er erneut dem heftigen Spott seiner Kollegen ausgesetzt – und möglicherweise auch einem Vorwurf von Häberle. Aber, so besänftigte er seine mahnende innere Stimme, auch die anderen Kriminalisten aus dem Team konnten nicht rund um die Uhr arbeiten. Jeder brauchte mal eine Erholungspause – und wie er diese gestaltete, blieb schließlich ihm überlassen. Doch seine innere Stimme mahnte weiter: Du hast zwar recht, aber musste man sich da unbedingt mit einer Frau treffen, die in den Fall involviert war?

Linkohr hatte sich nach der Vernehmung Brunners in einen der Waschräume des Büro-Containerkomplexes verzogen, um sich frisch zu machen. Er hielt einige Papierhandtücher unters kalte Wasser und tupfte sich damit das schweißnasse Gesicht ab. Die Haare brachte er mit einem Kamm in Form, den Oberlippenbart strich er mit den feuchten Fingern glatt. Für so spontane Treffen, wie dem bevorstehenden, hatte er im Handschuhfach des Autos stets ein Deo und ein Parfüm liegen. Nicht immer blieb schließlich nach dem Dienst die Zeit, noch schnell in seine Junggesellenbude zurückzufahren. Da erwies es sich als sinnvoll, einige wichtige Dinge stets mit sich zu führen.

Natürlich hatte er dank Google-Earth die Einliegerwohnung von Natascha Frese in Laichingen rasch gefunden. Als er aus seinem blauen Ford Fiesta stieg, schlug ihm das Herz bis in den Hals. Vor einigen Stunden waren sie sich dienstlich gegenübergesessen – und nun wollten sie den Abend gemeinsam in Ulm verbringen. Hatte Natascha Frese aus voller Überzeugung dem Treffen zugestimmt oder verbarg sich mehr dahinter? War er Opfer seiner eigenen Hormone geworden und womöglich arglos in eine Falle getappt? Kaum hatte er den blühenden Vorgarten durchschritten und an der schneeweißen Tür geklingelt, sah er durch die Milchglasscheibe jemanden näher kommen. Und schon stand die junge Frau vor ihm. Ihre großen blauen Augen strahlten wie heute Nachmittag hinter der auffälligen Brille, die langen blonden Haare wallten über die Schulter, ein herbes Parfüm wehte ihm entgegen. »Oh, der Kriminalist ist aber pünktlich«, stellte sie distanziert-ironisch fest.

Linkohr war verlegen. Beinahe hätte er sie zur Begrüßung umarmt, doch die Vernunft hielt ihn zurück. »Kriminalisten mögen's pünktlich«, erwiderte er und musste sich eingestehen, dass dies nicht gerade originell war.

»Aber das, was Sie jetzt tun, ist kein dienstlicher Auftrag?«, fragte sie keck zurück. »Oder muss ich meinen Anwalt mitnehmen?«

Linkohr lächelte. »Es geht ohne Anwalt«, sagte er, während sie die Tür ins Schloss zog und er ihr buntes Sommerkleidchen bewundern konnte, das die Knie umspielte, jedoch seitlich aufregende Schlitze besaß.

»Ich finde es spannend, sich mal mit einem Kriminalisten ganz undienstlich unterhalten zu können«, führte sie das Gespräch fort, das Linkohr nicht so richtig in Gang bringen konnte.

»Und ich bin gespannt, was Sie über den Tunnelbau erzählen können.«

»Ach?« Sie grinste und ging voraus zur Straße. »Interessiert Sie das wirklich?«

Linkohr bewunderte ihre schlanke Figur und nahm gleichzeitig die feinen Düfte der frühsommerlichen Blumen wahr. Sie hielt ihm das Gartentürchen auf.

»Mich interessiert der Tunnelbau tatsächlich«, erwiderte er, »und natürlich auch Sie.«

»Mich?« Sie ließ ihm den Vortritt zu seinem Kleinwagen. »Ich interessiere Sie?« Es klang wieder ironisch. »Ich dachte, Sie interessiert nur Ihr Fall?«

»Schon, ja«, beeilte er sich zu sagen und ließ die Zentralverriegelung seines Fiestas klicken. »Aber nicht in der Pause.«

»Wenn ich Sie also richtig verstehe, dann verfolgen Sie in Ihrer Pause ganz andere Ziele.«

Sie stiegen beide ein. »Auch ein Kriminalist hat ein Privatleben.«

»Oh«, machte sie gekünstelt, als sie sich auf dem Beifahrersitz niederließ und der seitliche Schlitz ihres Kleides ihr linkes Bein bis zum Oberschenkel freilegte. »Dann sollte ich vielleicht doch nicht so sorglos in das Auto eines fremden Mannes steigen.«

Linkohr tat so, als interessiere ihn der Schlitz im Kleid überhaupt nicht. »Sie haben recht: Die Kripo warnt immer davor, zu fremden Männern ins Auto zu steigen. Aber«, er sah sie von der Seite spitzbübisch an, »wenn der Fremde ein Kriminalist ist, haben Sie ja die Polizei gleich an Bord.«

»Das nennt man dann bei der Polizei wohl ›Bürgernähe‹, stimmt's?«

Linkohr startete den Motor. »Nicht erschrecken, wir fahren jetzt übers Land. Aber nonstop. Nach Ulm. Wie versprochen.«

Er wusste nicht, wann er zuletzt so aufgeregt war. Es war wirklich ein Abenteuer mit unkalkulierbarem Ausgang.

Häberle war aufgesprungen und hatte sich von Mende über eine kleine Verbindungsstraße zur rückwärtigen Zufahrt des Autobahnrasthauses Aichen bringen lassen. Dort schlängelten sie sich an vielen parkenden Fahrzeugen entlang in Richtung der größeren Abstellfläche, an deren Ende das Blaulicht eines Streifenwagens über die anderen Autodächer hinwegragte.

»Ganz schön was los heute«, brummte Häberle, »dabei kann der Verkehr in Richtung Süden dieses Rasthaus nicht mal anfahren.«

»Mhm«, machte Mende. »In Richtung München gibt's hier keine Abfahrt zum Rasthaus, stimmt. Die Baustelle da drüben hängt wohl mit der Eisenbahn zusammen.« Er machte eine entsprechende Kopfbewegung zur anderen Seite der Autobahn, während er den Dienstwagen hinterm Polizeiauto stoppte und den beiden uniformierten Kollegen zuwinkte, die bereits auf sie gewartet hatten. Einer von ihnen erkannte sofort, wer einer der Kriminalisten war. Er kam zügig auf Häberle zu und begrüßte ihn herzlich. Dieser wiederum stellte seinen Kollegen Mende vor und schüttelte auch dem anderen Streifenbeamten freundschaftlich die Hand.

»Wir haben gedacht, es könnt dich interessieren«, sagte der Uniformierte, der den Chefermittler noch aus Jugendtagen kannte und sich dem anderen Kriminalisten als Fritz Unbeschlagen vorstellte – ein alter Haudegen, der sich wie kein anderer auf diesem Teil der Schwäbischen Alb auskannte.

Häberle hatte bereits beim Näherkommen das österreichische Kennzeichen gesehen, das an einem dunkelblauen VW Sharan angebracht war und der in der äußersten Ecke des Parkplatzes stand.

»Wir fahren während unserer Streife hier immer mal wieder vorbei«, sagte Unbeschlagen. »Und dieser Kombi ist uns aufgefallen, weil er schon gestern Abend hier gestanden ist. Manche pennen ja in solchen Kisten – aber jetzt steht er noch immer da.« Sie gingen um den Wagen herum, auf dessen Rücksitz zwei prall gefüllte Sporttaschen standen, und auf dem Beifahrersitz eine aufgefaltete Landkarte von Süddeutschland lag. »Österreichische Autos werden hier selten so lange abgestellt«, erläuterte Unbeschlagen sein Vorgehen. »Und weil ihr's doch gerade mit Leuten aus Kärnten und der Steiermark zu tun habt, wollte ich euch das nicht vorenthalten.«

»Gut gemacht, lieber Freund«, lobte Häberle und fragte: »Verschlossen?« Er wollte den Türgriff nicht anfassen, um keine Spuren zu hinterlassen oder zu verwischen.

»Wir haben's mit Handschuhen probiert«, beeilte sich Unbeschlagen zu erwidern, als habe er Häberles Gedanken gelesen. »Alles verriegelt.«

Mende versuchte unterdessen, durch die Seitenscheibe der Fahrerseite auf das Armaturenbrett zu schauen, doch dort gab es nichts, was ihm auffällig erschien.

»Wir wissen inzwischen, auf wen das Auto zugelassen ist«, erklärte Unbeschlagen, der sich diesen Trumpf offenbar noch aufgehoben hatte. Obwohl es keinen Grund gab, gegenüber seinem Kollegen August Häberle mit Ermittlungsergebnissen zu prahlen, empfand er es dennoch als gewisse Genugtuung, dass auch einmal wieder aus den Reihen der Uniformierten ein wichtiger Hinweis kam. Immerhin neigten die Kollegen der Kripo oftmals dazu, den Streifenbeamten ziemlich hochnäsig und arrogant zu begegnen. Häberle war da eine erfrischende Ausnahme.

Nach der Bemerkung, die Fritz Unbeschlagen soeben geäußert hatte, wandten sich die beiden Kriminalisten von dem Sharan ab und warteten gespannt, was der Kollege zu sagen hatte: »Der Halter des Fahrzeugs heißt Egger. Christian Egger. Wohnt in einem kleinen Dorf in Kärnten.« Häberle musste unweigerlich an Linkohr denken, dem jetzt ein Satz entwichen wäre, den viele der Kollegen für albern hielten. Aber hier wäre er wirklich angebracht gewesen.

Sie hatten sich für den »Allgäuer Hof« entschieden, der sich rühmte, »Erstes Ulmer Pfannkuchenhaus« zu sein, dazu noch idyllisch im historischen Fischerviertel gelegen, das an lauen Abenden wie diesem sehr stark bevölkert war. Weil es an den Tischen vor dem Haus keine Plätze mehr gab, ging Linkohr voraus ins Innere des stilvoll eingerichteten Lokals: dunkle Holzvertäfelung, eine stattliche Bierkrug-Sammlung, an den Wänden unzählige alte Ansichten und Stiche von Ulm. Lampenschirme verbreiteten ein sanftes, gedämpftes Licht. Eine Bedienung verwies auf den letzten freien Tisch, der sich zur Zufriedenheit Linkohrs in einer Ecke befand. Natascha zog es vor, mit dem Rücken zur Wand zu sitzen, ihr Begleiter ließ sich an der rechten Tischseite nieder. »Wie viel Zeit haben Sie denn?«, fragte sie. »Oder müssen Sie erst morgen früh wieder ran?«

Linkohr hatte gerade die Speisekarte entgegengenommen und mit einer solchen Frage nicht gerechnet. Er brauchte deshalb einige Sekunden, um zu antworten: »Ich werde heute Nacht wieder vorbeischauen.« Er lächelte verlegen. »Aber jeder muss ja mal was essen gehen, oder?«

»So viele Pfannkuchen«, staunte sie, als sie die Speisekarte aufschlug und ihre Brille zurechtrückte. »Ich hab gar nicht gewusst, dass es so viele Variationen von Pfannkuchen gibt.« Sie entschieden sich in der Kategorie »Herzhafte Pfannkuchen« für jene mit Speck und Zwiebeln, die ausdrücklich als »schwäbisch« angepriesen wurden. Weil Linkohr kein alkoholisches Getränk wollte, bestellte auch Natascha nur Mineralwasser. »Der Kriminalist muss wohl nüchtern bleiben«, stichelte sie, während er überlegte, ob es bereits angebracht erschien, ihr das Du anzubieten. Jedenfalls hatte er das Gefühl, dass die Frau mit ihren Bemerkungen längst nicht mehr auf Distanz ging, sondern durchaus gewillt war, sich zu amüsieren.

»Wie halten wir's denn?«, fragte sie so leise, wie es eben möglich war, um trotz der lauten Gespräche im Raum von Linkohr verstanden zu werden. »Reden wir über den Fall oder tun wir so, als ob's den gar nicht gäbe?«

Linkohr sah ihr fest in die Augen. »Wie wir Lust daran haben. Ich werde jedenfalls nichts protokollieren. Ehrenwort.«

»Aber wenn ich etwas ausplaudere, was im Zusammenhang mit dem Fall von Interesse sein könnte, müssen Sie doch von Amts wegen tätig werden – oder sehe ich das falsch?«

Linkohr bemerkte, dass sie sich offenbar auskannte. Er musste also vorsichtig sein. »Wenn Sie mich auf eine heiße Spur bringen, ist dies so, ja.« Er sah die Gelegenheit gekommen, das Gespräch in eine persönlichere Richtung zu bringen. »Was halten Sie davon, wenn wir einfach mal das Berufliche vergessen und uns hier einen netten Abend machen?« Er wartete gleich gar keine Antwort ab, sondern fuhr fort: »Vergessen Sie den Kriminalisten – und ich vergesse die Geologin.« Er hob das Wasserglas. »Ich bin der Mike …« Sie schien zu zögern, was er verwundert zur Kenntnis nahm. Doch dann griff auch sie zum Glas. »Dass ich Natascha heiße, steht ja in Ihren Akten. Auf den netten Abend.« Die dünnen Gläser klangen beinahe so, als hätten sie ihr Du nicht mit Wasser, sondern mit Wein besiegelt.

»Ich finde es total spannend, einen Kriminalisten getroffen zu haben, ohne selbst verdächtig zu sein«, sagte die junge Frau.

Linkohr lächelte. »Bist du dir denn so sicher, dass du nicht verdächtig bist?«

»He, he, he«, stichelte sie. »Würdest du sonst mit mir essen gehen? Das wäre doch sonst sehr gefährlich. Für dich und deine Karriere, findest du nicht?«

Linkohr musste sich eingestehen, dass sie natürlich recht hatte. Immerhin hatte man sie am späten gestrigen Abend noch in diesem Weststollen gesehen. Dann war sie anschließend mit Brunner zusammen in ihrem Büro gewesen, als die Einsatzfahrzeuge anrückten – und der Grund für diesen enormen Auflauf an Rettungskräften hatte sie offenbar nicht sonderlich interessiert.

»Du bist nachdenklich geworden«, bohrte Natascha weiter.

»Quatsch«, erwiderte er und legte seine linke Hand auf ihren rechten Unterarm. »Der Fall hat etwas mit harten Männern zu tun, mit den Jungs im Berg – zumindest mit Typen vom Bau.«

»Und ich bin kein Typ vom Bau?«, fragte sie spitz nach. »Nur weil ich eine Frau bin?«

»Du bist Geologin. Du interessierst dich doch nur für die einzelnen Gesteinsschichten, die schon Millionen von Jahren alt sind.«

»Ja, wie ich dir schon sagte: Im Tunnelbau – und hier ganz besonders in diesem topografisch und geografisch anspruchsvollen Gelände der Schwäbischen Alb – geht ohne mich überhaupt nichts.«

»Du meinst, es kommt bei allem, was die hier tun, auf die Schichten an?«

Sie sah ihn wieder auf ihre provokante Art an: »Auch wenn das schon alles, wie du richtig erkannt hast, vor Millionen von Jahren passiert ist, mein lieber Mike, es hat sich nicht immer zusammengelegt, was zusammengehört. Deshalb tun sich ja die Jungs drunten in Aichelberg mit ihrer Bohrmaschine so schwer.«

Linkohr war von ihrem Blick gefangen und vom Gehörten hin- und hergerissen. Was hatte sie da gerade gesagt? Nicht immer legt sich zusammen, was zusammengehört? Oder so ähnlich? Entweder war Natascha so stark mit ihrer Arbeit verbunden, dass sie nicht wirklich wusste, was sie da gerade gesagt hatte – oder sie war ganz schön raffiniert. Naiv jedoch war sie ganz bestimmt nicht, dachte Linkohr und spürte, wie er schwitzte.

Das Gasthaus »Sonne«, etwa drei Kilometer von der Großbaustelle entfernt, präsentierte sich mit positiven Farbtönen und heimeliger Atmosphäre, dazu ein Kachelofen, auf dem eine ganze Herde hölzerner Elefanten stand, an der Wand gegenüber zwei farbenfrohe Bilder und ein Tournee-Poster von Helene Fischer, in der Ecke beim Eingang ein Kruzifix. Doch dieses Ambiente war nicht dazu angetan, die Stimmung jener Männer aufzuhellen, die an der langen Tischreihe Platz genommen hatten. Denn die Gespräche drehten sich nur um ein Thema: den Toten von der Abraumdeponie.

Die Nachricht, dass auch die morgige Frühschicht ausfiel, hatte sich im Lauf des Nachmittags in Windeseile verbreitet. Wenigstens konnten sie heute bedenkenlos eine Halbe Bier oder ein Rotweinviertele mehr als üblich trinken.

Wirtin Silke Ramminger, die zur Patin eines Verbindungsstollens im Steinbühltunnel gekürt worden war, hatte die Männer, wie immer, wenn sie kamen, mit Handschlag begrüßt. Einige von ihnen zählten sogar zu den Hausgästen und wohnten seit Beginn ihrer Arbeit am Tunnel in Fremdenzimmern. Zu allen war in den vergangenen beiden Jahren ein herzliches, ja geradezu freundschaftliches Verhältnis entstanden.

»Man weiß immer noch nicht, wer es ist?«, fragte die Wirtin schließlich, und alle wussten, dass sie das Opfer meinte.

Pichler, der an der Stirnseite des Tisches Platz genommen hatte, wo hinter ihm auf einem Regal Pokale blitzten, atmete tief durch. »Allgemein wird von diesem Baukontrolleur gesprochen, du wirst ihn nicht kennen, Susanne, er war wahrscheinlich nie hier. Mitterhofer heißt er. Aber Genaues weiß man wohl noch nicht.«

»Warum eigentlich nicht«, fuhr einer aus der Runde dazwischen. »Hab'n die hier noch nix von DNA und so 'nem Zeug g'hört?«

»Das geht nicht so schnell«, gab sich Pichler wissend, um den Kollegen mit belegter Stimme und ernstem Blick mitzuteilen: »Was mich viel mehr umtreibt, ist eine Nachricht von daheim.«

Es wurde still – und auch die Wirtin hinterm Tresen hielt kurz inne. Pichler runzelte die Stirn und atmete schwer. »Der Christian ist verschwund'n.«

»Wie, der Egger Christian?«, entfuhr es einem der Männer, während alle wie gebannt auf Pichler starrten. »Ja«, nickte dieser, »ich hab mit Theresa, seiner Frau, telefoniert, heut am frühen Abend noch. Christian ist gestern losg'fahr'n, um sich bei der Gotthard-Baustelle nach neuer Arbeit umzuschau'n. Doch seither hat sie nichts mehr von ihm g'hört.«

»Seit gestern?«, fragte jemand nach, worauf Pichler erklärte: »Er wollte sich am Abend aus Sedrun – das ist in Graubünden in der Schweiz – bei ihr melden, doch er hat weder angruf'n noch kann sie ihn auf seinem Handy erreichen. Sie ist in großer Sorge.«

Wirtin Silke Ramminger, die im Dezember über die Entlassung Eggers ebenfalls schockiert gewesen war, sprach als Erste aus, was alle dachten: »Du willst damit aber nicht sagen, dass Egger hierhergefahren ist?«

Aus einem der Männer platzte es spontan heraus: »Und er sich an Mitterhofer rächen wollte?«

Pichler schwieg.

Die Pfannkuchen hatten bestens geschmeckt, und die Gespräche waren während des Essens anregend und ziemlich munter gewesen. Linkohr stellte fest, dass Natascha zu jener Sorte von Fachleuten gehörte, die gerne von ihrer Arbeit erzählten – vermutlich, weil sie viel zu selten jemanden traf, den sie mit ihrer Technik faszinieren konnte. Gewiss kam es nicht allzu oft vor, dass sich jemand für Geologie und die verschiedenen Gesteinsschichten der Schwäbischen Alb begeisterte. Auch Linkohrs Interesse dafür hielt sich in Grenzen, doch hatte er gelernt, aufmerksam zuzuhören, womit er das Vertrauen seines Gegenübers gewann. Und gerade dies konnte ja jetzt bei Natascha kein Fehler sein.

Er lauschte aufmerksam, wie sie über Schwarzen, Braunen und Weißen Jura dozierte und ihm erklärte, dass diese drei Schichtfolgen noch in sechs Abschnitte von Alpha bis Zeta untergliedert waren. »Das Spannende ist, dass unsere Eisenbahn diese Schichten alle quert, also anschneidet«, erklärte sie, als sei diese Tatsache mindestens so aufregend wie ein mysteriöser Mordfall. Linkohr hingegen konnte den zeitlichen Epochen, während derer sich diese Ablagerungen gebildet hatten, keinerlei Begeisterung abgewinnen. Von 180 Millionen Jahren hatte Natascha eingangs gesprochen. Warum sollte er sich mit solchen Zeiträumen beschäftigen, wenn ihn das Heute, Hier und Jetzt interessierte?

»Auf dem Weg zu uns rauf nach Hohenstadt kann es faszinierende Hohlräume geben. Tropfsteinhöhlen und so«, fuhr sie euphorisch fort. »Wir machen in den Stollen alle 15 Meter rundum Probebohrungen, um solche Hohlräume aufzuspüren, weil sie die Stabilität gefährden könnten. Wenn du mal reinfährst, wirst du die blauen Rohre sehen, die aus den Wänden ragen – das sind die Erkundungsbohrungen.« Sie schien ihr überlegenes Fachwissen auszukosten. »Wenn's große Hohlräume sind, müssen sie mit Beton verfüllt werden.« Natascha lächelte süffisant. »Du kannst dir sicher vorstellen, dass die Bahn nicht sehr erfreut wäre, müsste man zur Erforschung solcher erdgeschichtlich sensationellen Hohlräume den Bau für ein paar Wochen einstellen.«

»Ja, kann ich mir denken«, zeigte sich Linkohr mühsam interessiert, während er seinen Stuhl näher zum Tisch rücken musste, weil am Nachbartisch jemand aufgestanden war und gehen wollte.

»Noch spannender kann's werden, wenn sie drunten abseits von Holzmaden und Weilheim die dort oberirdisch verlaufende Bahntrasse ausbaggern. Durch den Posidonienschiefer.« Nataschas Redefluss war nicht mehr zu stoppen.

Linkohr konnte sich dunkel entsinnen, davon mal etwas im Erdkundeunterricht gehört zu haben.

Die junge Frau hielt kurz inne, weil die Bedienung das Geschirr abtragen wollte. »Dort unten ist mit Fossilien zu rechnen. Versteinerungen von Sauriern. Schon als Mitte der 30er-Jahre die erste Autobahn zwischen Ulm und Stuttgart gebaut wurde, ist man dort auf sensationelle Funde gestoßen. Saurier, Fische, Seelilien, Ammoniten und Belemniten.«

»Und warum ausgerechnet dort?« Linkohr bestellte noch eine weitere Flasche Mineralwasser.

»Willst du jetzt einen Vortrag übers Jurameer hören?«, fragte sie plötzlich verwundert, als befürchte sie, Linkohr damit zu langweilen.

»In zwei, drei Sätzen vielleicht«, erwiderte er.

»In zwei, drei Sätzen«, echote sie abfällig. »Mike, wir haben's mit Millionen von Jahren zu tun! Der ganze süddeutsche Bereich war mal Teil einer riesigen Meeresbucht. Das Wasser war so sauerstoffarm, dass keine Verwesungsprozesse stattfinden konnten und somit tote Tiere in die Schichten eingelagert wurden.«

»Da kann's aber noch zu mächtigen Interessenskonflikten kommen«, fasste Linkohr schnell zusammen. »Ich meine: auf der einen Seite du und die Wissenschaft – und auf der anderen die Bahn, die sicher kein gesteigertes Interesse daran hat, dass ihr Bauzeitenplan von Millionen Jahre alten Sauriern oder Tropfsteinhöhlen durcheinandergebracht wird.«

»Du bringst es mit kriminalistischem Spürsinn auf den Punkt, Mike. Was glaubst du, was da unwiederbringlich verloren geht, wenn diese Monsterbagger mit ihren riesigen Schaufeln das Erdreich aufreißen?«

Linkohr nickte und wurde sich plötzlich der Tragweite des angesprochenen Konflikts bewusst, der gar nicht von der Hand zu weisen war. Doch er durfte sich jetzt nicht anmerken lassen, dass er möglicherweise aus diesem privaten Gespräch einen dienstlichen Nutzen zog.

»Noch nie im Urweltmuseum Hauff gewesen?«, hörte er sie wieder sagen.

»Ich? Nein, nie«, musste er zugeben.

»Gleich abseits der Autobahn, bei Aichelberg«, erklärte Natascha. »Total spannend und sensationelle Ausstellungsstücke. Es ist übrigens das größte private Naturkundemuseum Deutschlands.«

»Ach«, staunte Linkohr. »Und dort ist diese Epoche von vor 180 Millionen Jahren laienhaft verständlich aufgearbeitet? Dass ich's auch verstehe?«

»Auch du, ja. Ganz sicher. Es geht nicht nur um Fossilien, sondern um vieles mehr. Vulkanismus und Erosion der Schwäbischen Alb. Und außerdem erfährst du, wie relativ unbedeutend der Mensch ist.« Sie zwinkerte ihm zu, als wolle sie ihm signalisieren, sich nicht allzu wichtig zu nehmen. »Sie haben dort das Alter der Erde – es sind ja wohl so etwa 4,5 Milliarden Jahre – mit einer Uhr verglichen. Entspräche dieser Zeitraum insgesamt zwölf Stunden, was meinst du, wie lange, in Stunden, Minuten oder Sekunden ausgedrückt, die Menschheit schon besteht?«

Linkohr zuckte mit den Schultern. »Eine Stunde vielleicht?«

»Falsch, völlig falsch!«, trumpfte Natascha auf. »Nur 33,6 Sekunden.« Sie wiederholte: »Sekunden!«

Der Kriminalist staunte erneut und zeigte sich angesichts seiner Fehlschätzung zerknirscht. »Vielleicht sollte ich mich doch auch mal mit solchen Dingen befassen.« Sofort kam ihm eine Idee, wie er diese Defizite ins Positive verkehren konnte: »Oder ich könnte bei dir Nachhilfeunterricht nehmen?«

»Oh, oh«, entgegnete sie mit gekünstelter Verwunderung, »dann entführ ich dich mal in dieses Museum.« Sie grinste. »Falls du's bis dahin nicht auch noch dienstlich mit Fossilien zu tun kriegst.«

Wie bitte?, wurde Linkohr hellhörig. Hatte sie jetzt dieselben Gedanken wie er? Gab es womöglich auf der Baustelle etwas, das nicht unbedingt an die Öffentlichkeit kommen sollte? Etwas, von dem irgendjemand möglicherweise zu viel wusste? War es ein versteckter Hinweis? Aber Hohenstadt, wo Natascha ihr Büro hatte, war doch gut und gern 15 Kilometer von diesen fossilen Schieferschichten entfernt, beruhigte ihn eine innere Stimme. Doch schon musste er daran denken, dass die große Tunnelbohrmaschine, mit der bei Aichelberg den Mineuren auf der Hochfläche entgegengearbeitet wurde, Anfang des Jahres über Monate hinweg gar nicht in Betrieb genommen worden war. Nach außen hin hatte man diese merkwürdige Verzögerung mit »Feinjustierungen« begründet.

Linkohr ließ sich nicht anmerken, dass ihn Nataschas Hinweis innerlich aufgewühlt hatte. Nein, er wollte sich jetzt auch gar nicht über Dienstliches unterhalten. Es wurde Zeit, dass sie sich persönlichen Themen widmeten.

Sie holte ihn mit einer ihrer provokanten Fragen aus seinen Gedanken zurück: »Wenn du meinst, Nachhilfe zum geologischen Schichtaufbau der Schwäbischen Alb erhalten zu können, gehst du wie selbstverständlich davon aus, dass wir uns bald ein zweites Mal sehen?«

Linkohr entschied sich für eine klare Antwort: »Ja, natürlich, Natascha. Sollte uns etwas daran hindern?« Er hatte bereits den ganzen Abend auf eine günstige Gelegenheit gehofft, etwas über ihre persönlichen Verhältnisse zu erfahren. Während des Essens hatte sie zwar viel über ihre Arbeit und ihre Vorliebe für Rundreisen in exotischen Ländern erzählt, aber keine einzige Bemerkung gemacht, aus der Linkohr auf einen etwaigen Partner hätte schließen können.

»Hast du denn Sorge, dass es einen Hinderungsgrund gibt?«, fragte sie jetzt wieder keck zurück.

»Um ehrlich zu sein, ja«, erwiderte er.

Sie grinste und drückte die Brille gegen die Nasenwurzel. »Hast du mir eigentlich schon gesagt, wie's mit deinen Beziehungen steht?«

Linkohr nahm einen Schluck Wasser, um sich Zeit für eine Antwort lassen zu können. »Um ehrlich zu sein, schlecht.«

»Mitten in der Beziehungskrise?« Ihr Interesse schien geweckt.

»Dauerkrise«, antwortete er kleinlaut.

»Wie darf ich das denn verstehen? Immer Pech mit dem weiblichen Geschlecht?«

»So könnte man das ausdrücken, ja.«

»Noch nie daran gedacht, dass es vielleicht doch nicht nur am weiblichen Geschlecht liegt?«

»Doch, natürlich«, brummte er verstimmt und drehte nervös das Glas. Die Rolle, in die sie ihn gerade drängte, war ihm äußerst unangenehm. »Aber es hat nie wirklich gepasst.«

»An wem hat's denn immer gelegen? Nur an den Damen?«

»Dies zu erklären, wäre ein abendfüllendes Programm«, rang er sich lächelnd ab.

»Und so viel Zeit hast du heute nicht?«, provozierte sie ihn und fügte stichelnd an: »Oder hast du die freie Zeit für etwas anderes reserviert?«

Wieder diese merkwürdige Fragerei, bei der er nicht wusste, wie sie zu deuten war.

»Wir können das gerne beim nächsten Mal vertiefen, ganz in Ruhe.«

Ihre nächste Frage kam prompt, vor allem viel zu schnell: »In Ruhe, ja. Bei dir oder bei mir?« Sie lachte.

Sie hatten nach dem Besuch Häberles stundenlang diskutiert. Auch jetzt, am frühen Abend, drehte sich das Gespräch mit ihrem Freund Gunnar Rodefeld nur um dieses eine Thema. Sie hatte sich zwar in eine Ecke der Ledercouch gekuschelt, die nackten Beine angewinkelt und wieder ihr enges T-Shirt angezogen – doch es war ihr nicht danach, auch Gunnar in eine liegende Position zu locken. Der junge Mann saß angespannt in einem Sessel und versuchte zum wiederholten Male, ihre Bedenken und Zweifel zu entkräften. Und mit jedem Schluck Rotwein, den er trank, schienen seine Gedanken wirrer und unlogischer zu werden.

»Du hättest dem Kommissar die Wahrheit sagen sollen«, wiederholte Gabriele jetzt schon zum x-ten Male, sodass er Mühe hatte, sich zu beherrschen und sie nicht in barschem Ton anzuschnauzen.

»Ich hab ihm gesagt, wie es war – vergangene Nacht«, mäßigte er sich. »Ich hab zugegeben, dass ich auf dem Gelände war und übern Zaun raus bin. Das hat er wissen wollen, das hab ich zugegeben.«

»Die werden alles rauskriegen«, blieb Gabriele hartnäckig. »Und ich möchte da nicht mit reingezogen werden.«

»Wie bitte?« Rodefeld wurde bleich.

»Du weißt, dass ich dich ganz arg mag«, versuchte sie zu beschwichtigen, »aber es gibt gewisse Grenzen.« Sie sprang auf und stand mit ihren Shorts in ihrer ganzen Schönheit vor ihm. In jeder anderen Situation hätte er sie jetzt umarmt und geküsst. Doch jetzt tat er so, als könnten ihn keine weiblichen Reize der Welt aus seiner Gedankenwelt reißen.

»Gaby«, blieb er emotionslos. »Wir müssen kühlen Kopf bewahren. Sobald die da oben ihren Mörder gefunden haben, sind wir uninteressant für sie.«

»Was heißt da ›wir‹?«, fuhr sie ihn eine Nuance ärgerlicher an. »Von ›wir‹ kann weder jetzt noch nachher die Rede sein, Gunnar. Das ist ganz allein deine Angelegenheit, vergiss das nicht.« Sie drehte sich von ihm weg und sah aus dem Fenster in die weit fortgeschrittene Abenddämmerung hinaus. Gunnars Blicke waren ihr gefolgt und hingen an ihrem Po, den die engen und knappen Shorts besonders aufreizend betonten.

»Was sollen die mir denn schon anhängen?« In seiner Stimme schwangen Ratlosigkeit und Angst.

»Vielleicht sogar einen Mord«, reagierte sie zornig. »Und ich hab keine Lust, wegen dir im Frauenknast in Schwäbisch Gmünd zu landen – so wie deine Freundin Isabelle, die dort jetzt seit einem halben Jahr dahinvegetiert, falls du das vergessen hast.«

Rodefeld schloss die Augen. Er musste jetzt vorsichtig sein. Isabelle hatte damit nun wirklich nichts zu tun. Sie war wegen mehrerer vorsätzlicher und gefährlicher Körperverletzungen, Widerstands gegen Polizeibeamte und vorsätzlicher Brandstiftung, begangen an einem Streifenwagen, zu zweieinhalb Jahren Knast verurteilt worden und schrieb regelmäßig herzzerreißende Briefe aus ihrer Zelle. »Lass Isabelle aus dem Spiel«, flüsterte er. »Das ist vorbei.«

»So jedenfalls werde ich nicht enden.« Gabriele sah zu den Lichtern der in der Ferne vorbeiführenden Autobahn hinüber. Außerdem war von Westen her gerade ein Flugzeug mit angeschalteten Landescheinwerfern auf dem Anflug zum Stuttgarter Flughafen Echterdingen.

Gunnar stand auf und fasste sie sanft an den Schultern, aber die junge Frau wich ihm aus. »Lass das jetzt. Wir müssen nachdenken.«

»Ja, das müssen wir.« Er ließ von ihr ab und war froh, dass sie offenbar wieder einlenkte.

»Aber«, sie drehte sich zu ihm und vergrub ihre Hände in den engen Taschen ihrer kurzen Jeans, »du wirst morgen alles klarstellen. Glaub doch bloß nicht, der Kommissar sei heute Nachmittag nur hierhergefahren, um mit dir über das Überwachungsvideo zu reden.« Sie sah ihm fest in die Augen. »Meinst du, der hat heute nichts anderes zu tun, als nur deswegen von Hohenstadt hier runterzufahren? Wie naiv bist du eigentlich?«

Er kam nicht mehr dazu, etwas zu antworten, weil der elektronische Ton des Telefons die kleine Wohnung erfüllte.

Er sah auf die Uhr. Es war kurz nach zehn. »Wer ruft da jetzt noch an?«, fragte er verwundert und ging in die Diele, wo das Mobilteil des Telefons lag. »Ja, Rodefeld hier«, meldete er sich.

»Jetzt pass mal auf, mein Freund«, hörte er eine Männerstimme, die ihm sofort einen gewaltigen Adrenalinstoß verpasste, denn er glaubte, sie zu kennen. »Es gibt ein paar Dinge, die wir am Telefon nicht besprechen können. Stichwort: Budala.«

Rodefeld schluckte und entfernte sich einige Schritte von der Wohnzimmertür, als dürfe Gabriele nichts hören. Doch der Anrufer wartete gar nicht, bis er etwas sagen konnte. »In einer Stunde am Autobahnparkplatz vor dem Aichelberg.«

Rodefeld spürte seine Knie weich werden. Seine Kehle war trocken, die Lippen zitterten.

»Haben wir uns verstanden?«, wiederholte die Stimme. »In einer Stunde. Parkplatz vor dem Aichelberg. Es ist wichtig. Sehr wichtig. Für dich!«

Klick. Der Anrufer hatte aufgelegt, noch ehe Rodefeld dem geforderten Treffen zustimmen konnte.

Er drückte die rote »Aus«-Taste und legte das Gerät auf die Ablage zurück.

»Wer hat denn angerufen?«, hörte er Gabrieles Stimme aus dem Wohnzimmer.

Er kam kreidebleich zurück. »Ich muss noch mal kurz weg.«

*

Tunnelpatin und »Sonne«-Wirtin Silke Ramminger und ihr Mann Marco hatten ihre Küche längst auf die Gaumen und Wünsche ihrer Stammgäste aus Kärnten und der Steiermark abgestimmt. Viel Fleisch und Kartoffeln, dazu einen süßen

Nachtisch. Hingegen verschmähten sie die urschwäbischen Spezialitäten, die gewohnterweise auf der Speisekarte standen, wie etwa Linsen mit Spätzle.

Die ansonsten heitere Atmosphäre war allein schon durch die Vorfälle der vergangenen Nacht ernsten Gesprächen gewichen, hatte aber durch Pichlers Schilderungen über das rätselhafte Verschwinden Eggers einen zusätzlichen Dämpfer bekommen. Während Silke Ramminger das Essen servierte, tauchten immer weitere Fragen auf, zu denen es keine Antworten gab. Und alle Versuche, hinter Eggers Verhalten eine beruhigende Erklärung zu finden, glitten in das Reich der Spekulationen und Wunschträume ab.

Die Diskussion wurde erst unterbrochen, als die Tür aufging und ein Mann erschien, der dank seiner Körperfülle nicht zu übersehen war. Nur Pichler erkannte ihn sofort, legte sein Besteck beiseite und stand auf. »Der Herr Kriminalkommissar beehrt uns«, sagte er so laut, dass es weit mehr als eine Begrüßung war. Offenbar wollte er all seinen Kollegen auf diese Weise signalisieren, mit wem sie's gleich zu tun bekämen.

Häberle war erstaunt. Zwar hatte er während der Ermittlungen im Laufe des Tages davon erfahren, dass sich Mineure und Bauingenieure gerne in der »Sonne« aufhielten. Mit einer solchen Begrüßung hatte er allerdings nicht gerechnet. Pichler kam vor der Theke auf ihn zu und schüttelte ihm die Hand. »Das sind alles meine Kollegen«, deutete er auf die Männer an der langen Tischreihe. »Dürfen wir Sie zu uns bitten? Ich glaube, es hat niemand etwas dagegen.«

Häberle hob beide Hände zur allgemeinen Begrüßung und wünschte »allseits einen guten Appetit.« Dann entschied er sich für einen der beiden noch freien Plätze und sagte: »Lassen Sie sich nicht stören. Aber auch ein Kriminalist braucht zwischendurch mal was Kräftiges zum Essen.«

Einer der Männer nickte ihm lächelnd zu: »Und hier können Sie gleich das Dienstliche mit dem Angenehmen verbinden. Arbeitsessen nennt man doch so was, oder? Das können S' sicher auch hier in Deutschland von der Steuer absetz'n, oder?«

Häberle ging nicht darauf ein, begrüßte auch die Wirtin, die er von früheren Ermittlungen in Hohenstadt her kannte, bestellte einen schwäbischen Wurstsalat und eine Cola, was ein anderer sogleich kommentierte: »Kein Alkohol – also noch im Dienst.«

»Meine Herren«, sagte Häberle, nachdem er sich vergewissert hatte, dass keine Frau am Tisch saß. »Ich bin nicht gekommen, um Ihnen in Ihrer Freizeit aufdringliche Fragen zu stellen. Aber manchmal redet sich's in einer angenehmen Umgebung besser als in einem Büro. Ich persönlich mische mich gerne unters Volk, wie man so schön sagt.« Er sah einen nach dem anderen an und las von ihren Gesichtern ab, dass sie sich einen Kriminalisten wohl nicht so vorgestellt hatten. Vermutlich waren sie von den Klischees geprägt, wie sie in Filmen oder Romanen verbreitet wurden: entweder skurrile und verschrobene Kommissare, denen alles wichtiger war als ihr Fall, oder arrogante Typen ohne Bodenhaftung und ohne Gespür für den normalen Bürger.

»Ich weiß, dass Sie die Sache vergangene Nacht tief betroffen gemacht hat«, fuhr er verständnisvoll fort. »Deshalb ist es wichtig, dass man miteinander darüber redet.«

»Das tun wir auch«, entgegnete Pichler, den das schlechte Gewissen plagte, bisher seine Erkenntnisse um das Verschwinden Eggers nicht gemeldet zu haben. Aber er hatte es für sinnvoller erachtet, dies der Ehefrau zu überlassen. Jetzt hoffte er allerdings, dass keiner der Kollegen vorpreschte und dieses Thema ansprach. Dies würde den Kommissar vermutlich verwundern, wenn nicht sogar misstrauisch machen.

»Entschuldigen Sie, wenn ich ein paar Sätze dazu sage«, bat Häberle, »aber uns bereitet inzwischen der Herr Egger gewisse Sorgen.«

Pichlers Herz schlug bis zum Hals. Er hoffte inständig, dass die Kriminalisten über Eggers Verschwinden schon Bescheid wussten.

»Egger«, wiederholte Häberle den Namen, »dürfte Ihnen allen ein Begriff sein.« Die Männer am Tisch nickten eifrig. »Egger ist seit gestern verschwunden«, sagte er schließlich zur Erleichterung Pichlers. »Wir haben mit seiner Frau gesprochen.«

Pichler zuckte zusammen. »Sie haben …«, entfuhr es ihm.

»Ja, mit Frau Egger gesprochen«, ergänzte Häberle den angefangenen Satz Pichlers. »Denn sein Auto steht seit über 24 Stunden am Autobahnrasthaus Aichen.«

Sprachlosem Staunen folgte eine Bemerkung: »Christian ist hierhergefahren? Und … wo ist er jetzt?« Der Fragesteller hatte kurz gezögert, dies anzusprechen.

Pichlers Blick fiel auf das kleine Kruzifix, das in der Ecke neben dem Eingang hing. Für den Bruchteil einer Sekunde wünschte er sich und Christian göttlichen Beistand. »Dann könnte irgendetwas zwischen ihm und diesem Mitterhofer passiert sein«, stellte er mit schwacher Stimme fest.

Häberle nahm seine Cola entgegen und trank einen Schluck, während die Wirtin neben ihm stehen blieb und gespannt auf weitere Einzelheiten wartete.

Dass die Sonderkommission inzwischen davon ausging, Egger habe Mitterhofers Verhalten an jenem Tag nach der Barbarafeier bis heute nicht verkraftet, wollte Häberle allerdings in dieser Runde nicht preisgeben. Aber nach allem, was Frau Egger am Telefon gesagt hatte, deuteten einige Aufzeichnungen ihres Mannes tatsächlich in diese Richtung. Möglich, dass er dem Mitterhofer nachspionieren wollte. Oder dies aus der Ferne, per Internet und mithilfe der sozialen Netzwerke bereits getan hatte. Vielleicht gab es sogar einen Helfer im fernen Hohenstadt.

»Ich frag jetzt einfach mal so in die Runde«, entschied Häberle, »hat jemand von Ihnen im Lauf des gestrigen Nachmittags oder Abends den Christian Egger auf der Baustelle gesehen?«

Allgemeines Kopfschütteln. »Das hätt er sich doch nicht getraut«, kommentierte einer der Männer.

»Er muss ja auch nicht allein gewesen sein«, gab Häberle zu bedenken.

»Sie meinen zu zweit?«, wunderte sich ein anderer.

»Er könnte jemanden getroffen haben, der ihn aufs Gelände gebracht hat«, führte der Ermittler seine Überlegungen fort.

»Also wenn da einer am späten Abend etwas gesehen haben könnte, dann doch der Darko – der Kollege Bulling vom Oststollen«, meldete sich ein anderer aus der Runde. »Der hat den Mitterhofer zuletzt lebend gesehen, wenn ich das richtig verstand'n hab, oder?«

Häberle bestätigte dies stumm mit einem kurzen Kopfnicken.

Silke Ramminger, die gehofft hatte, mehr über Egger zu erfahren, fragte staunend dazwischen: »Er ist heute gar nicht gekommen, der Herr Bulling?«

»Ach«, zeigte sich Häberle interessiert, »er gehört auch zu dieser Runde hier?«

Pichler wehrte ab: »Sporadisch, nur sporadisch. Sie haben's ja gesehen, er hat sich drüben in Merklingen eingemietet. Außerdem hat er's nicht so mit uns. Wissen S',

Herr Kommissar, wir sind eine eingeschworene Truppe.« Er deutete stolz auf die Reihen seiner Kollegen. »Der Bulling ist hier beinahe ein Einheimischer. Kommt irgendwo aus der Gegend von Schwäbisch Hall, glaub ich.«

»Aber er ist ganz nett«, stellte die Wirtin klar und ging die paar Schritte zur Theke zurück, wo ihr Mann die bestellten Essen aus der Küche brachte.

Philip Mende, der junge Kriminaloberkommissar, hatte sich am Computermonitor in die Aufzeichnungen seiner Kollegen vertieft. Allerdings kämpfte er inzwischen mit zunehmender Müdigkeit, denn nun war er fast 20 Stunden im Dienst. Sobald Häberle wieder zurückkam, würde er sich deshalb auch eine Auszeit gönnen – wie dies Linkohr gerade tat. Und das ausgerechnet jetzt, dachte Mende, den die Abwesenheit der beiden jedoch erst richtig motivierte und ihm den Schlaf vertrieb. Denn in solchen Momenten konnte er zeigen, was in ihm steckte. Er trank bereits die dritte Tasse Kaffee, als er das Protokoll über den Inhalt des Telefonats las, das mit Frau Egger geführt worden war. Welche Rückschlüsse konnten daraus gezogen werden? Vor allem: Weshalb hatte ihr Mann diese Aufzeichnungen gemacht, die offenbar nur schwer zu entziffern waren? Aber dass sie den abgekürzten Namen »Mitterhofer« genannt hatte, schien eine vielversprechende Spur zu sein. Mendes Eifer stieg von Sekunde zu Sekunde. Dieser Fall, das spürte er, barg für ihn die einmalige Chance, der erhofften nächsten Beförderung zum Hauptkommissar einen Schritt näherzukommen. Schließlich war er nicht minder engagiert als Linkohr, dem man intern alle Chancen einräumte, schon bald Häberle »zu beerben«, wenn dieser in den Ruhestand ging. Es sei denn, der junge Kollege fiel zuvor noch mit seinen Frauengeschichten kräftig auf die

Nase. Dann gäbe es beim neuen Ulmer Polizeipräsidenten gewiss keine Gnade mehr.

Mende hatte das Fenster weit geöffnet und die Jalousie hochgezogen, um die etwas frischere Nachtluft hereinzulassen. Er lehnte sich zurück und ließ seinen Blick vom Bildschirm hinaus in die Dunkelheit der Landschaft streichen, von der die Motoren- und Reifengeräusche der nahen Autobahn zu ihm herüberdrangen. Er ließ die Bilder des vergangenen Tages vor seinem geistigen Auge ablaufen – insbesondere die ersten Szenen, als er zusammen mit dem Kollegen Keller diesen Darko Bulling vernommen hatte, der jedoch nicht zum festen Team der Mineure gehörte, die wiederum allesamt nicht gut auf das mutmaßliche Opfer zu sprechen waren. Opfer? Verdammt, noch immer war nicht klar, ob Mitterhofer wirklich das Opfer war. Erst wenn am frühen Morgen endlich das angekündigte DNA-Gutachten vorlag, würde diese Frage geklärt sein. Und wenn nicht? Wenn es aus gentechnischer Sicht ein anderer war? Viel zu sehr, so sagte ihm seine innere Stimme, hatten sie sich auf Mitterhofer versteift. Natürlich war er der Einzige, der spurlos verschwunden blieb. Aber wieso dann die zerstochenen Reifen an seinem Privatwagen? Was machten die für einen Sinn, wenn ihn der Täter doch ohnehin töten wollte? Und die seltsamen Aufzeichnungen, die man in Mitterhofers geschäftlichem Computer gefunden hatte? Und nun gab es also einen zweiten Vermissten – den Christian Egger.

Natürlich war es schwierig, an die engsten Angehörigen von Mitterhofer heranzukommen. Frau und Tochter hatten sich, wie den Akten zu entnehmen war, nach Costa Rica zurückgezogen. Mende überkam eine Idee: War es nicht sinnvoll, die Frau ausfindig zu machen und sie anzurufen – oder wäre es ermittlungstaktisch unklug? Er beschloss, Häberle darauf anzusprechen, sobald der vom Essen zurückkam.

Linkohrs Müdigkeit war verflogen. Das Gespräch mit Natascha hatte ihn aufgemuntert, ja sogar euphorisch gestimmt. Innerlich jedoch war er hin- und hergerissen zwischen dem, was nun geschehen würde, und der dienstlichen Pflicht. Andererseits stand ihm natürlich nach so einem langen Tag auch eine entsprechende Ruhepause zu. Als sein Auto durch das Ulmer Parkhaus Fischerviertel zur Ausfahrt rollte, nahm er im Augenwinkel wieder den aufregenden Schlitz in Nataschas Kleid wahr. Das grelle Licht, das von außen auf den Beifahrersitz fiel, hob schemenhaft die helle Haut ihres Oberschenkels hervor. Linkohr tat so, als ließe ihn dies kalt, öffnete am Automaten mit der Parkkarte die Schranke und fädelte sich draußen in den Verkehr ein. Noch im Lokal hatte er gesagt, dass sie das »Plauderstündchen« gerne noch ein bisschen fortsetzen könnten. Sie war mit einem Augenzwinkern auf seine Bemerkung eingegangen: »Aha, da stellt sich schon die Frage von vorhin – gehen wir zu mir oder zu dir, stimmt's? Ich meine auf ein Gläschen Rotwein, auf einen Absacker, wie man so schön sagt. Oder musst du gleich wieder in den Dienst?«

Linkohr hatte gelächelt und erwidert: »Um jetzt abzusacken, müsste ich wohl eine ganze Flasche trinken.«

»Du meinst, ich hab dich jetzt erst richtig munter gemacht?«

An diese Worte musste er denken, nachdem sie einen halben Kilometer lang schweigend im Auto nebeneinandergesessen waren, und er zu spüren glaubte, dass sie ihn von der Seite musterte.

»Wir können ja noch ein bisschen plaudern«, sagte sie schließlich im Flüsterton, während er sich darauf konzentrieren musste, die richtige Abbiegespur zu finden. Tausend Gedanken pulsten durch seinen Kopf. Die Vernunft sagte Nein und mahnte ihn, Natascha könnte weit mehr als ein Abenteuer im Schilde führen. Doch sein aufgewühltes Inneres, das seit einigen Stunden sein Tun und Sagen beherrschte, übernahm das Kommando und zwang ihn, das versteckte Angebot anzunehmen. In gewisser Weise wertete er es sogar als Belohnung für die harte Arbeit, die er nun seit der vergangenen Nacht geleistet hatte. Wenn er jetzt wieder zur Sonderkommission ginge, würde er sich ohnehin für ein paar Stunden Schlaf verabschieden. Es machte also wirklich keinen Sinn, jetzt nochmals bei den Kollegen vorbeizuschauen. Andererseits wäre es ebenso unsinnig, in seine leere Junggesellenbude zu fahren. Er würde dort kein Auge zutun und nur an Natascha denken – und vor allem an das, was er versäumt hätte.

»Ich würd gern mal deine Wohnung sehen«, entschied er sich zu einer klaren Antwort, »wie du wohnst, wie du lebst.« Mittlerweile rollte das Auto auf der B10 aus Ulm hinaus, sodass rechts hinter ihnen das beleuchtete Münster verschwand.

»Eine Hausdurchsuchung?«, fragte Natascha mit deutlich hörbarer Ironie in der Stimme.

»Ohne richterlichen Beschluss«, erwiderte Linkohr, »weil möglicherweise Gefahr im Verzug ist.«

»Und was glaubt der Herr Kriminalist, bei mir zu finden?« Sie legte einen Arm um seine Schulter. »Vielleicht noch mehr geschlitzte Kleider?«

Linkohr war verblüfft. Hatte sie bemerkt, dass ihn dieser aufregend modische Schnitt ihres Kleides faszinierte?

Natascha grinste: »Vielleicht noch weitere Kleidungsstücke, die auf der Liste der verbotenen Gegenstände stehen, weil sie die Männerwelt zu etwas Verbotenem verführen?

Gibt's dazu auch schon Paragrafen?«, stichelte sie und trieb ihre provokanten Äußerungen noch weiter: »Gibt es nicht ein Vermummungsverbot, gegen das wir Frauen aus Männersicht doch auf gar keinen Fall verstoßen dürfen, oder? Oder hättest du's lieber mit Kopftuch und gar mit Burka? Oder erwartest du eine Modenschau?«

»Modenschau? Damit ich die verbotenen Gegenstände prüfen kann?« Linkohr hätte beinahe das Tempolimit übersehen, das auf der autobahnähnlichen B10 zur Albhochfläche hinauf kilometerweit 70 km/h erzwang, vorbei an der hell erleuchteten Eisenbahnbaustelle für den Albabstiegstunnel nach Ulm und hin zur Autobahnanschlussstelle Ulm-West.

»Fühlst du dich denn in der Lage, eine solche Prüfung vorzunehmen?«, bohrte sie weiter. Es schien ihr Spaß zu machen, sich auf diese Weise zu unterhalten.

»Ich kann zumindest sagen, was gewagt ist und was nicht.«

»Aber sagt ihr Männer nicht immer, dass nichts gewagt genug sein kann?«

»Ha«, entfuhr es Linkohr, der es vorzog, sich auf der Autobahn in die Kolonne der Lastzüge einzufädeln. Denn wenn ihn Natascha derart ablenkte, wollte er sich nicht auch noch mit Überholvorgängen beschäftigen müssen. »Es kommt doch immer auf die Betrachtungsweise an«, erwiderte er.

»Ach so. Wahrscheinlich bist du vieles gewohnt, und manches ist für dich gar nicht mehr gewagt, sondern normal.«

»Also jetzt hör mal, Natascha«, empörte er sich gekünstelt. »Erstens bin ich kein Teenager mehr, und zweitens sind doch die Grenzen, was gewagt ist und was nicht, heute ziemlich fließend. Wenn du zum Beispiel ein großer Star bist, kannst du halb nackt auf der Bühne rumrennen. Je verrückter und schriller, umso besser.«

»Und wenn man kein Star ist – dann darf man das nicht?«

»Ach, Natascha«, fühlte sich Linkohr in die Enge getrieben und spürte, dass ihm immer heißer wurde. »Man darf alles, nur nicht unbedingt in der Öffentlichkeit. Es sei denn, man ist ein Star und hat es nötig, mit viel Haut zu provozieren und in die Schlagzeilen der Käseblätter zu kommen.« Er holte tief Luft. »Aber Stars werden heutzutage ja nur noch solche, die abgedreht sind. Die Kunst tritt da völlig in den Hintergrund.«

»Aha«, gab sie sich überrascht. »Dann brauch ich also keine Angst zu haben, dass du meine Kleider konfiszierst, wenn du sie als verbotene Gegenstände einstufst – so, wie du's mit allzu scharfen Messern tun würdest?«

»Hm«, Linkohr entfuhr ein lautes Lachen. »Du meinst, du hättest lauter scharfe Sache im Kleiderschrank – oder wie darf ich das verstehen?«

»Mhm«, machte Natascha vielsagend. »Kommt drauf an, wie du's bewertest. Oder stehst du eher auf Handschellen und so?«

Linkohrs Puls raste. Wieder war die Erinnerung an eine seiner Verflossenen da, die ihn wohl in seiner Eigenschaft als Polizist besonders erotisch empfunden hatte. »Fifty Shades of Grey, oder was?«

Natascha wusste natürlich sofort, dass es der Titel eines jüngst aktuellen Kinofilms war, bei dem es um erotische Dinge dieser Art ging.

»Keine Sorge«, fuhr er fort, nachdem Natascha nichts dazu gesagt hatte. »Ich hab nicht einmal Handschellen dabei.«

»Och«, machte sie, »finde ich schade.«

Er wusste nicht, wie ernst sie dies meinte, oder ob sie ihn eher veräppeln oder damit provozieren wollte.

»Du würdest mich wegen meiner verbotenen Gegenstände im Kleiderschrank nicht einmal festnehmen?«, hauchte sie. »Finde ich ziemlich enttäuschend, Mike. Du langweilst mich.«

Beinahe hätte er jetzt die Ausfahrt Merklingen verpasst. Eine Frage jagte durch seinen Kopf: Was erwartete ihn eigentlich, wenn sie gleich ihre Wohnung erreichten?

13

Gunnar Rodefeld hatte Gabrieles Bedenken ziemlich unwirsch zerstreut. Natürlich war sie zurecht besorgt über den Anruf. Er selbst hatte nach dem Gespräch auch weiche Knie gehabt. Und natürlich war es eine Drohung gewesen. Allein schon der Hinweis auf Budala deutete darauf hin. Andererseits aber würde das Gespräch, das der Anrufer unmissverständlich gefordert hatte, auch einige Unklarheiten aus dem Weg räumen. Dies nicht am Telefon zu tun, war heutzutage ratsam. Seit jedes Kind die Machenschaften der Geheimdienste und deren technische Möglichkeiten kannte, musste man sensible Gespräche an abhörsicheren Orten führen. »Pass auf dich auf«, hatte ihm Gabriele nachgerufen und ihn noch einmal mit der Bitte genervt, sich der Polizei anzuvertrauen. »Es macht doch keinen Sinn, selbst noch länger rumzumachen«, hatte sie geschrien und damit gedroht, ihn zu verlassen. Nach all den Briefen, die Isabelle aus dem Frauenknast geschrieben hatte, hatte sie panische Angst davor, auch einmal eingesperrt zu werden und den schlimmen Drangsalierungen von Mitgefangenen ausgesetzt zu sein, denen nicht einmal die Anstaltsleitung Einhalt bieten konnte. Sie wollte unter keinen Umständen irgendwann wegen Mithilfe zu irgendeiner Straftat verurteilt werden. Ihr Entschluss stand fest: Wenn Gunnar weiterhin an seiner Geheimnistuerei festhielt, würde sie ihn verlassen. Auch wenn sie damit ihren Job in seinem Ingenieurbüro verlor.

Er hatte die Tür wütend ins Schloss geworfen und war losgefahren. Bis zum Parkplatz vor dem Aichelberg brauchte er von Degerloch aus knapp 20 Minuten. Er bretterte mit seinem geländegängigen Mercedes auf der Autobahn am Messegelände vorbei, unterquerte das protzige Parkhaus mit den roten Großbuchstaben »BOSCH« und hatte kurz darauf das hell erleuchtete Flughafengelände hinter sich gelassen. Gedanklich war er schon weiter – bei dem Gespräch, das nicht einfach werden würde. Schon gar nicht, nachdem es mitten in der Nacht an diesem Ort stattfinden sollte. Gunnar kannte den Parkplatz nur vom Vorbeifahren. So nah der Heimat gab es normalerweise keinen Grund zum Rasten. Er wusste jedoch, dass dort eine Toilette und auch größere Abstellflächen für Lastzüge vorhanden waren. Außerdem, so schoss es ihm durch den Kopf, lag dieser Parkplatz ganz dicht an der Betonfabrik, die eigens für den Eisenbahntunnel bei Aichelberg errichtet worden war. Vermutlich konnte man den Parkplatz sogar von der der Autobahn abgewandten Seite über Bau- und Feldwege erreichen. Ein idealer Ort, um sofort in die Dunkelheit zu verschwinden, rief er sich in Erinnerung.

Hatte er sich womöglich nun doch zu weit vorgewagt? Wie überhaupt konnte der Anrufer davon ausgehen, dass er, Gunnar Rodefeld, etwas wusste, worüber man dringend mitten in der Nacht reden musste? Was war da schiefgelaufen? Gab es eine Lücke? Und wenn ja, wann würde die Polizei dahinterkommen? Dieser Kommissar war ihm sowieso nicht geheuer. Und jetzt, da sie seine Personalien kannten, würde es vermutlich nur noch eine Frage der Zeit sein, bis sie ihn vollends durchleuchteten. Gabriele hatte sicher nicht unrecht, meldete sich wieder die pessimistische innere Stimme.

Schon zeichnete sich in der Ferne der charakteristische Aichelberg als vorderste Geländemarke der Schwäbischen Alb tiefschwarz vor dem sternenklaren Firmament und dem fast vollen Mond ab. Das ganze Mittelgebirge stand wie ein unüberwindbares Hindernis drohend vor ihm. Dort in der Ferne pflügten die Scheinwerfer der talabwärts fahrenden Autos durch die Nacht – und die gleißenden Lichter rechts davon beleuchteten die Baustelle, von der aus sich die Bohrmaschine in den Berg fraß.

Rodefeld spürte seinen nervösen Magen, der mit jedem Kilometer, der ihn näher an den Treffpunkt heranbrachte, wilder rumorte. Immerhin waren fast fünf Jahre vergangen, seit er dem Mann, den er jetzt zu treffen befürchtete, erstmals begegnet war. Damals, an jenem denkwürdigen und folgenschweren Donnerstag 2010. Danach hatten sich ihre Wege getrennt. Gunnar Rodefeld hätte allerdings seinen Mitstreiter aus damaliger Zeit jederzeit auffliegen lassen können, doch einerseits war es noch die alte Verbundenheit, die ihn davon abhielt, andererseits aber auch die Vorstellung, dieses Wissen vielleicht eines Tages nutzen zu können. Hatte sein »alter Freund« diese tickende Zeitbombe jetzt womöglich erkannt? Waren sie sich vergangene Nacht unbewusst näher gekommen? Viel zu nahe? Gefährlich nahe? Der Hinweis auf Budala hatte ihn schockiert.

Linkohr war der jungen Frau in die kleine Mietswohnung gefolgt – mit äußerst schlechtem Gewissen. Doch die aufreizenden Bemerkungen, die aus ihrem Mund so erotisch-zweideutig geklungen hatten, hatten seine Hormone so sehr in Wallung versetzt, dass die Vernunft nicht mehr dagegen ankam. »Trinken wir noch ein Gläschen Wein«, sagte Natascha beim Öffnen ihrer Wohnungstür, und es hörte sich nicht nach einer Frage an, sondern wie eine Aufforderung. »Du kannst ja gleich mit der Durchsuchung beginnen«, fügte sie provokant an und drehte sich zu ihm um: »Oder denkst du eher an eine Leibesvisitation?« Sie lachte laut auf, ließ die Tür hinter ihnen ins Schloss fallen und umarmte ihn spontan.

Für den Bruchteil einer Sekunde schossen wieder Zweifel durch Linkohrs Hirn. War das alles ein schöner Traum oder von Natascha aus welchem Grunde auch immer nur inszeniert? »Komm«, sagte sie und zog ihn an einer Hand in das kleine Wohnzimmer, »setz dich. Ich hol uns den Wein.«

Während der Kriminalist auf der Couch saß und seinen Blick über reichlich bestückte Bücherregale und einen großen Fernseher streifen ließ, machte sich Natascha in der Küche mit Gläsern zu schaffen. »Soll ich dir helfen?«, erkundigte sich Linkohr.

»Nein danke. Ich schaff's auch ohne männlichen Beistand. Der Wein hat keinen Korken.«

Zwei Minuten später war sie mit zwei vollen Rotweingläsern bei ihm. »Auf uns und unsere spannenden Gespräche«, hauchte sie, stieß mit ihm an und setzte sich neben ihn. Während er trank, schien es Linkohr, als drehe sie ihr linkes Bein so geschickt zur Seite, dass der Schlitz im Kleid es für seine Blicke entblößte. Er nahm es aber nur im Augenwinkel zur Kenntnis.

»Sollen wir zur Prüfung meiner verbotenen Gegenstände übergehen?«, lächelte sie ihn mit großen Augen an.

Linkohr war verblüfft, dass sie ihr vorausgegangenes Gespräch nicht nur als Geplänkel aufgefasst hatte. »Wenn du's riskieren willst«, grinste er zurück.

»Okay«, erwiderte sie entschieden, »aber ich warne dich. Es wird ziemlich scharf. Und ich möchte nachher nicht wegen Erregung öffentlichen Ärgernisses – oder wie ihr dazu sagen würdet – in Handschellen abgeführt werden.«

Linkohr schwitzte.

Rodefeld ließ seinen Geländewagen langsam auf den Parkplatz vor dem Aichelberg rollen. Erst jetzt fiel ihm ein, dass sie kein Erkennungszeichen ausgemacht hatten. Wie selbstverständlich waren sie beide offenbar davon ausgegangen, dass sie sich als »alte Kumpel« sofort wiedererkannten. Doch er wusste nicht einmal, ob sein Kontrahent noch immer dasselbe Auto fuhr wie damals.

Die Scheinwerfer glitten an einer Reihe abgestellter Lastwagen vorbei, erhellten die Silhouette eines Mannes, der auf dem Weg zu dem Toilettenhäuschen war, und beleuchteten dann die nahezu leere teerschwarze Abstellfläche für Pkw. Rodefeld bremste auf Schrittgeschwindigkeit ab, blendete zweimal auf, um sich bemerkbar zu machen und wurde auf einen VW-Golf aufmerksam, der am Ende des Parkplatzes stand. Beim Näherkommen konnte er erkennen, das sich die Fahrertür langsam öffnete. Rodefelds Herz schlug schneller. So unsicher hatte er sich schon lange nicht mehr gefühlt – nicht mal heute im Lauf des Tages, als er gleich zweimal mit diesem Kommissar konfrontiert worden war. Da hatte er auf die Fragen eine Antwort geben können, die von niemandem abhing, außer von ihm selbst. Doch nun war völlig unklar, worauf dieses Treffen hinauslief. Weshalb hatte sich sein alter Kumpel nicht mit ihm am Telefon unterhalten wollen?

Ein Hinterhalt? Autobahnparkplätze bei Nacht waren zumindest in Kriminalfilmen häufig ein beliebter Tatort. Aber auch geeignete Orte, um sich konspirativ zu treffen, wie sie es nun taten.

Rodefeld spürte, wie ihn der anfängliche Mut und die Bereitschaft, sich einem Gespräch zu stellen, von Sekunde zu Sekunde zu verlassen drohte. Noch konnte er Vollgas geben und aus dem Parkplatz hinauspreschen. Aber was würde das ändern? Viel zu weit hatte er sich vorgewagt, viel zu weit. Dabei, so versuchte er sich zu beruhigen, brauchte er doch bloß zur Polizei zu gehen – jetzt, wo Mitterhofer tot war.

Sein rechter Fuß zitterte, als er ihn sanft aufs Bremspedal drückte und den Geländewagen vollends zum Halten brachte, direkt neben dem Mann, der jetzt ausgestiegen war und den er allein schon an seiner Körperhaltung erkannt hatte, obwohl es hier viel zu dunkel war, um ein Gesicht sehen zu können.

Rodefeld hatte vorsorglich die Zentralverriegelung gedrückt und ließ nun die Seitenscheibe nach unten gleiten.

Sein Kontrahent bückte sich schwer atmend zu ihm herab: »Gut, dass du gekommen bist. Ich glaube, es wird höchste Zeit, dass wir mal ein paar Takte miteinander reden.«

»Hatten wir nicht ausgemacht, dass wir einen Schlusspunkt hinter alles gemacht haben?«, blaffte ihn Rodefeld an.

»Hätten wir ja getan, mein lieber Freund«, kam es gefährlich leise zurück. »Aber du meinst ja, dich in alles einmischen zu müssen. Ausgerechnet du und deine verdammte Sippschaft.«

Häberle hatte sich eigentlich vorgenommen, für einige Stunden nach Hause zu fahren, um dem dringenden Bedürfnis nach Schlaf nachzugeben. Doch nun war er nach dem Essen und dem Gespräch mit den Mineuren in der »Sonne« noch einmal zur Sonderkommission gekommen. Inzwischen hatten sich die meisten der Kollegen von anderen Kriminalisten aus Ulm und Göppingen ablösen lassen. Es machte keinen Sinn, übernächtigt und ausgelaugt die komplizierten Spuren zu verfolgen, die sich ihnen seit nahezu 24 Stunden boten. Nur Philip Mende brütete noch über Akten, in denen er mit gelbem Leuchtstift einige Passagen markiert hatte. »Ihnen werden jetzt auch ein paar Stunden Schlaf verordnet«, sagte Häberle, als er zu ihm an den Schreibtisch trat.

»Ich dachte, ich halt mal die Stellung, nachdem Sie und Mike weg waren«, ereiferte sich Mende. »Ich hab mir alles noch einmal durch den Kopf gehen lassen, Chef. Es gibt ein paar Dinge, die merkwürdig sind.«

»Ein paar?«, wiederholte Häberle ironisch. »Ziemlich viele, würd ich sagen.«

»Zum Beispiel diese Kamera, die wir in dem großen Rohr gefunden haben. Mit Bildern, die eindeutig auf Mitterhofer hindeuten: Baumaschinen und Feuerlöscher und so – Sie erinnern sich?«

Häberle musste sich eingestehen, dass auch er sich noch keinen Reim darauf hatte machen können. »Das ist Mitterhofers Kamera«, sagte er, als stünde dies schon fest.

»Muss wohl so sein«, erklärte Mende schnell. »Wer aber deponiert die in diesem Rohr, wenn Mitterhofer bereits tot war?« Der junge Kriminalist ergänzte: »Und es muss danach gewesen sein, denn die Fotos von den Feuerlöschern, die er laut diesem Bulling kontrolliert hat, sind ja schon drauf.«

»Es müsste also jemand großes Interesse daran gehabt haben, ihm die Kamera abzunehmen, um diese Fotos verschwinden zu lassen. Aber warum versteckt er sie dann in diesem Rohr?«, resümierte Häberle fragend und unterdrückte ein Gähnen. »Habt ihr die Fotos noch mal genau gecheckt?«

»Ja, aber nichts, was auf etwas Merkwürdiges schließen ließe.« Mende überlegte, ob er den Chef mitten in der Nacht mit seiner Idee konfrontieren konnte, entschied dann aber, es zu tun: »Wenn sich die Frau von diesem Mitterhofer derzeit für längere Zeit samt Tochter in Costa Rica aufhält, dann sollten wir uns auch mal mit ihr in Verbindung setzen. Was halten Sie davon?«

Häberle lehnte sich an den Schreibtisch. »Warten wir erst noch das DNA-Gutachten ab, das für morgen früh avisiert ist. Es wäre ziemlich unklug, die Frau vorher zu beunruhigen. Aber Sie können ja schon mal versuchen, ihren Aufenthaltsort und ihre Telefonnummer rauszukriegen. Wird nicht gerade einfach sein. Vielleicht übers Rathaus ihres letzten Wohnorts – wo war das noch mal?«

Mende blätterte in den Akten. »Hab ich bereits rausgefunden. In Stuttgart hat er vor der Trennung von seiner Frau wohl gewohnt, sagt der Chef des Ingenieurbüros, bei dem er angestellt ist. Vornehme Gegend übrigens, am Bopser, Halbhöhenlage. Hab's bei Google Earth mal angeschaut.«

Häberle nickte zufrieden: »Vielleicht können die Hausbesitzer etwas über ihre ehemaligen Mieter sagen.«

»Das geh ich morgen Vormittag an. Sein Chef hat gesagt, es müsste auch einen Stiefsohn geben, den wohl die Frau Mitterhofer mit in die Ehe gebracht hat.«

»Oh«, staunte Häberle. »Was Sie nicht alles wissen! Dann finden Sie doch mal raus, wie die Frau Mitterhofer vor der Ehe mit dem Herrn Mitterhofer geheißen hat.«

»Halten Sie das für wichtig?«, zeigte sich Mende verwundert.

»Alles kann wichtig sein«, erwiderte Häberle. »Immer alles sammeln, Herr Kollege, alles notieren, alles im Gedächtnis behalten. Ein Mosaik setzt sich aus vielen kleinen Teilchen zusammen.« Er lächelte väterlich, aber müde. »Und glauben Sie mir, wir werden auch dieses Mosaik zusammenkriegen.«

Natascha Frese hatte sein Innenleben auf nie zuvor gekannte Weise durcheinandergebracht. Linkohr war geradezu in den Bann ihrer Ausstrahlung gezogen, als habe sie ihn hypnotisiert oder anderweitig willenlos gemacht. Der Rotwein, mit dem sie sich in der vergangenen Stunde, seit sie in ihrer Wohnung in Laichingen waren, immer wieder zugeprostet hatten, tat natürlich das Übrige, um Zeit und Raum vergessen zu lassen. »Wie findest du das denn?«, kam sie wieder aus dem Schlafzimmer zurück, diesmal mit einem Knie umspielenden Abendkleid, das mit den dünnen Trägern an nackten Schultern tiefe Einblicke zuließ. Linkohr hatte jedes Mal, wenn sie sich umzog, gespannt im Wohnzimmer gewartet und gestaunt, welche modischen Kollektionen Natascha besaß. Er fragte sich, bei welchen Gelegenheiten sie diese Mode trug – und vor allem, mit wem sie dann ausging.

»Du bist super«, entfuhr es ihm das eine ums andere Mal.

»Aber dir ist's wohl immer noch nicht verboten genug, sonst hättest du doch schon dienstlich einschreiten müssen«, zog sie eine Schnute und grinste. »Wolltest du nicht die scharfen Sachen prüfen?«

Linkohr rätselte insgeheim, ob Natascha sich nur einen Spaß daraus machte, vor ihm eine Show abzuziehen, oder ob sie ihn ganz einfach mit den ureigensten weiblichen Mitteln verführen wollte? Ja, verführen – so war es ihm schon bei der Fahrt von Ulm hierher nach Laichingen vorgekommen.

Längst war ihm klar, dass dies ein Abenteuer mit völlig unsicherem Ausgang war. Nach all dem Rotwein, den er inzwischen getrunken hatte, würde er es auf gar keinen Fall mehr riskieren können, selbst zu fahren. Er lehnte sich auf der Couch zurück, um das figurbetonte Kleid zu bestaunen und die Situation zu genießen.

»Woran denkst du jetzt?«, holte sie ihn aus seinen Gedanken, die ihm immer verwaschener und wenig konkret erschienen.

»Darf ich dich mal was fragen?«, versuchte er, seinen hormon- und alkoholgebeutelten Kopf zu ordnen. »Wer kommt eigentlich normalerweise in den Genuss, an deiner Seite ausgehen zu dürfen?« Es klang gestelzt, doch er hatte auch Mühe, mit seiner weingeschwängerten Zunge die Worte zu formen.

»Eifersüchtig?«, kam es spontan zurück. »Vielleicht geht's mir genau wie dir. Immer Ärger mit dem anderen Geschlecht …«

»Gibt's denn jemanden in deinem Leben?« Den ganzen Abend über hatte er Versuche unternommen, dieses Thema anzusprechen. Dann aber war sie entweder ausgewichen, oder er hatte die erotische Atmosphäre nicht mit Fragen stören wollen, die sie als Eifersüchtelei oder gar als Anmaßung hätte auffassen können. Oder im schlimmsten Fall als dienstliche Frage, wenn der Name Mitterhofer gefallen wäre, den sie bei ihrem Gespräch am Vormittag so positiv hervorgehoben hatte, fiel es ihm nun ein. Der Gedanke kam auf, sie könnte eine Beziehung zu ihm gehabt haben.

»Lass mich umzieh'n, dann bring ich eine neue Flasche Wein mit – und du kannst zur Vernehmung schreiten. Oder mich abführen.« Sie lachte laut. Auch ihr hatte der Alkohol bereits deutlich zugesetzt.

Sie verschwand im Schlafzimmer, während es Linkohr immer schwerer fiel, in der Mischung aus schlechtem Gewissen und aufgewühlten Gefühlen Herr seiner Sinne zu bleiben. Immerhin brauchte er einige Stunden richtigen Schlaf, wenn er gegen 8 Uhr wieder bei der Sonderkommission sein wollte. Doch schon jetzt stand fest, dass er zu diesem Zeitpunkt nicht voll bei der Sache sein würde. Keine Sekunde hätte er sich noch am Nachmittag, als er sie in ihrem Büro aufgesucht hatte, zu träumen gewagt, was mit ihnen beiden schon kurze Zeit später geschehen würde. An ihrem Schreibtisch war sie ihm anfangs ziemlich unnahbar vorgekommen.

Und schon baute sich Natascha wieder vor ihm auf: »Summer in the City«, sagte sie – die Hose kurz und kakifarben, die Bluse kurzärmelig und die weiblichen Formen betonend. Von der vollen Rotweinflasche, die sie in der rechten Hand hielt, hatte sie bereits den Schraubverschluss entfernt. »Auf uns – noch einen Schluck«, munterte sie ihren Gast auf und schenkte ihre Gläser voll.

»Hab ich dich jetzt ein bisschen durcheinandergebracht?«, fragte sie und setzte sich dicht zu ihm, sodass ihre nackten Oberschenkel seine Jeans berührten.

»Natascha, ich hab noch nie einen solch spannenden Abend erlebt wie mit dir«, gestand Linkohr. Sie prosteten sich zu und ließen die Gläser klingen.

»Du bist ja auch nicht James Bond«, kam es zurück. »Der hat doch die meisten Fälle im Bett geklärt, oder wie war das noch mal?«

Linkohr war atemlos geworden – zum einen, weil sie das Wort »Bett« nun so beiläufig erwähnt hatte, und zum anderen, weil ihm erneut bewusst wurde, auf welch schmalem Grat er sich gerade bewegte. »Ich bin kein Agent«, erwiderte er sachlich. »Und außerdem hab ich dir versprochen, den Dienst für ein paar Stunden zu vergessen.«

»Und doch kannst du ihn nicht ganz vergessen, stimmt's?« Sie tupfte ihn mit dem Zeigefinger auf die Nase.

»Na ja, Natascha«, seufzte er und legte einen Arm um ihre Schulter. Ihr herbes Parfüm, das er den ganzen Abend über schon als angenehm empfunden hatte, umgab ihn wieder. »Ich bin wirklich nicht mit dir mitgegangen, um einen Fall im Bett zu lösen.«

»Das weiß ich«, konterte sie, »sonst wärst du mir vorhin, als ich mich immer umgezogen habe, unter dem Vorwand, mir helfen zu wollen, ins Schlafzimmer gefolgt.«

Linkohr sah durch ihre Brille in erwartungsvolle Augen.

»Aber so ein bisschen gewusst hättest du schon gern, ob ich ein Verhältnis zu Mitterhofer hatte.«

Das war es. Sie hatte ihn in die Realität zurückgeholt, einen Frontalangriff gelandet, und beinahe schien es ihm so, als könne sie Gedanken lesen.

»Wie bitte?«, war alles, was Linkohr einfiel. »Was … Mitterhofer?«

»Ich bin zwar keine Kriminalistin, mein Mikeylein, aber was in einem Männerkopf vorgeht, der zudem kriminalistisch geschult ist, kann ich durchaus nachvollziehen.«

»Ich glaube nicht, dass wir's mit einer Beziehungstat zu tun haben«, begann Linkohr, seine Gedanken zu sortieren. »Beziehungstaten werden für gewöhnlich nicht unbedingt an der Brechanlage einer Großbaustelle verübt. Sondern im Affekt mit Messern oder Pistolen.«

»Oder mit Gift«, erwiderte sie, worauf er sie verwundert anblickte.

»Ja, lieber Mike«, lächelte sie und strich ihm übers Haar, »Gift im Glas – und weg. Im Rotwein schmeckst du davon nichts.«

Linkohr fühlte sich plötzlich wie elektrisiert. Ihm war heiß.

Häberle und Mende hatten sich von dem halben Dutzend Kollegen verabschiedet, das die restliche Nacht über die Stellung halten wollte. Zwei waren damit befasst, die Videos der Überwachungskameras vollends auszuwerten, die restlichen studierten, gegen den Schlaf kämpfend, die Erkenntnisse der Spurensicherung. »Da haben wir doch etwas Interessantes«, hob einer einen Plastikbeutel in die Höhe, in dem sich silbern funkelnde Trümmer befanden. »Das dürfte mal eine Armbanduhr gewesen sein.« Die anderen sahen zu ihm auf. »Gefunden an der Brechanlage. Dort wird automatisch Metall aussortiert.«

»Könnte dem Opfer gehören«, konstatierte ein anderer. »Lässt sich das Fabrikat herausfinden?«

»Auf den ersten Blick nicht. Das ist nur ein Teil des Armbandes und ein kleines Stück der Uhr selbst. Die hat's wirklich richtig zerbröselt.«

»Unsere Freunde von der Kriminaltechnik werden's mit Sicherheit rauskriegen.«

»Vielleicht hat ja am frühen Morgen auch endlich das Rätselraten um unseren Toten ein Ende«, hoffte sein Gesprächspartner, der sich einen starken Kaffee gebrüht hatte. »Ich finde es ziemlich unbefriedigend, dass wir noch immer nicht sagen können, wer der Tote ist.« Er sah seine Teamkollegen nacheinander an. »Und letztlich können wir nicht mal einen Unglücksfall oder Selbstmord 100-prozentig ausschließen – wenn man's genau nimmt. Aber unsere Oberchefs tun gerade so, als säßen wir hier oben in einer Mördergrube.«

»Ich glaub, auch dem August kommt die Sache komisch vor. Habt ihr nicht denselben Eindruck?«

»Augusts Gefühl trügt ihn selten«, meinte einer der Älteren, der den Chef schon lange kannte. »Und ich bin auch davon überzeugt, dass wir's bei den dubiosen Personen, die vergangene Nacht hier durchs Gelände gegeistert sind, nicht mit einer Verkettung von Zufällen zu tun haben. Da steigt einer übern Zaun, da legt sich einer mit einem Security-Mann an – dann verschwindet einer spurlos, an dessen Auto die Reifen zerstochen wurden und dessen Wohnung auf den Kopf gestellt wird. Nein, nein, liebe Kollegen, das riecht verdammt nach einem großen Ding.«

»Und vergesst bei allem nicht«, meldete sich ein anderer zu Wort, »wo sich das Ganze abspielt: auf diesem Gelände, das im weitesten Sinne zu diesem Stuttgart 21 gehört. Man mag's gar nicht glauben, dass der sogenannte ›Schwarze Donnerstag‹ im September schon fünf Jahre zurückliegt.« Sie wussten alle, was gemeint war: der Tag mit den heftigsten und folgenschwersten Demonstrationen am Stuttgarter Hauptbahnhof – es war der 30. September 2010 gewesen.

»Im Übrigen«, drehte sich einer der Männer im Raum

suchend um. »Wo ist eigentlich Mike? Hat jemand den Mike gesehen? Hat der sich eigentlich verabschiedet?«

Jemand lachte: »Der wird doch nicht mal wieder auf eigene Faust verdeckt ermitteln.«

»*Verdeckt*«, äffte einer nach. »*Verdeckt* heißt bei dem doch ›unter der Bettdecke‹.« Schallendes Gelächter erfüllte den stickigen Raum.

Häberle war todmüde heimgefahren und nach einem kurzen Gespräch mit seiner Frau Susanne in einen traumlosen Schlaf gefallen. Jetzt, sechs Stunden später an diesem strahlend hellen Sommermorgen, duschte er sich den Baustellenschmutz des vergangenen Tages vom Leibe und fühlte, wie das warme Wasser auch die wirren Gedanken von ihm wegzuspülen schien.

»Du solltest dich ein bisschen zurücknehmen, August«, mahnte Susanne, die sich ein sommerlich buntes Kleid angezogen hatte.

»Schon gut, es sind ja nur noch vier Wochen«, gab er am Frühstückstisch zurück. Susanne hatte, noch während er schlief, frische Brötchen besorgt.

»So recht mag ich an deinen Ruhestand noch nicht glauben«, grinste sie. »Du hast doch neulich gesagt, die in Ulm wollten dich gar nicht so schnell loswerden, wie du immer meinst?« Man hatte ihn tatsächlich vor einem halben Jahr gefragt, ob er nicht »verlängern« wolle – was nach dem Beamtenrecht möglich wäre.

Häberle ging nicht darauf ein. Seit ihn dieser Fall gefangen hielt, hatte er dieses Thema verdrängt. Hatte er tatsächlich Angst vor der Pensionierung? Vor dem Nichtstun? Je näher der Termin rückte, desto stärker musste er gegen solche Gedanken ankämpfen. Wie oft hatte er die Monate gezählt, bis er endlich die Last seines Jobs loswerden würde und tun und lassen konnte, was er wollte. Hatte er sich nicht immer über jene Kollegen lustig gemacht, die den Schritt in den Ruhestand mit Entsetzen näher kommen sahen? Irgendjemand hatte ihm einmal gesagt: »Je mehr Verantwortung du im Beruf hattest, um so schlimmer wird der erste Tag des Nichtstuns sein, wenn du merkst, dass du nichts mehr zu sagen hast.« Und ein Bürgermeister, der gerade in den Ruhestand getreten war, hatte ihm den ersten Tag in Pension so geschildert: »Du frühstückst mit deiner Frau, und dann stellst du die Frage: was nun?«

Solche Situationen wollte er nicht erleben. Aber er hatte sich ja seit Langem auf den Ruhestand vorbereitet. Er würde in seinem Verein, der geliebten Turnerschaft Göppingen, weiterhin als Judoka-Trainer aktiv bleiben, er würde ausgedehnte Reisen machen mit Frau, Tochter und Enkeln. Es gab noch so viel zu entdecken und zu machen. Vor allem aber galt es eines: fit zu bleiben.

»Du bist gerade weit weg, August«, hörte er die Stimme seiner Frau, die ihm Kaffee nachgoss.

»Jaja«, stimmte er ihr zu, ohne aber sagen zu wollen, was ihn gerade im Innersten bewegt hatte. »Diesmal haben wir's vermutlich mit keiner Beziehungstat zu tun«, holte er sich selbst in die Gegenwart zurück und versuchte, das Gespräch auf den aktuellen Fall zu lenken. Susanne als Außenstehende, die natürlich keine Akten und Protokolle kannte, stellte oftmals verblüffende Fragen, die ihn schon häufig auf einen Aspekt gebracht hatten, der im Eifer der Ermittlungen übersehen worden war.

»Warum seid ihr euch eigentlich so sicher, dass es überhaupt ein Mord war?«, fragte sie für ihn völlig unerwartet.

»Weil die Umstände dafür sprechen.« Er erläuterte all die Fakten, die auf etwas schließen ließen, »was in dieser Nacht da oben nicht normal war«, sagte er abschließend, nachdem er auch noch das aufgefundene Auto Eggers erwähnt hatte.

»Und dass der euer Toter ist?«, fragte Susanne spontan.

»Eher unser Mörder«, erwiderte Häberle, obwohl er sich dessen schon nicht mehr so sicher war.

Gabriele Honold hatte nach Gunnars Aufbruch zum Autobahnparkplatz zornige Tränen geweint, sich an der Kognakflasche bedient und vor die Glotze gesetzt – ohne jetzt, lange nach Mitternacht, zu realisieren, dass gerade die Damen-Nationalmannschaft bei der Fußball-WM in Kanada ein wichtiges Spiel gegen die USA 2:0 verloren hatte. Die junge Frau fingerte an ihrem Smartphone herum, tippte SMS-Botschaften und Whats-App-Nachrichten, blätterte auf Facebook durch die Bilder und Texte ihrer dort als »Freunde« bezeichneten Kontakte und besah sich wieder einmal wehmütig Isabelles Seite, deren Aktualisierung im vergangenen September jäh geendet hatte. Dramatische Szenen tauchten vor ihrem geistigen Auge auf: Isabelle, eine Jugendfreundin Gunnars, als Häufchen Elend vor der Großen Strafkammer des Landgerichts Stuttgart, gemeinsam angeklagt mit ihrem Bekannten, einem jungen Mann, mit dem sie bei einer Protestkundgebung in ziemliche Randale verwickelt gewesen war und sich mit einer Horde wild gewordener Demonstranten, die namentlich nie ermittelt werden konnten, eine Schlacht mit der Polizei geliefert hatte – damals, als in Stuttgart die Hölle los war.

Bis zuletzt hatte sie auf Bewährung gehofft, doch das Gericht war von ihrer schweren Schuld überzeugt: Während der mitangeklagte Mann sogar wegen versuchten Totschlags zu acht Jahren Gefängnis verurteilt wurde, musste Isabelle für zweieinhalb Jahre hinter Gitter. Nach der Urteilsverkündung war sie heulend zusammengebrochen. Gunnar hatte sie mit nach Hause gebracht und die schluchzende Isabelle eine Nacht lang getröstet. Sie solle mit ihrem Anwalt zusammen Revision gegen das Urteil einlegen, jetzt keine Welt zusammenbrechen sehen und daran denken, dass sie im schlimmsten Fall zwei Drittel der Strafe absitzen müsse, hatte er sie getröstet. Doch Isabelle, so entsann sich Gabriele, war nicht zu beruhigen gewesen. »Zwei Drittel sind auch noch 20 Monate«, hatte sie immer wieder tränenerstickt gesagt. Das Drama hatte sich ein paar Tage später wiederholt, nachdem von Isabelles Anwalt der gut gemeinte Rat eingetroffen war, das Urteil zu akzeptieren – um zu vermeiden, dass auch die Staatsanwaltschaft Revision beantragte und dann möglicherweise eine noch höhere Strafe drohte. Die Anklagebehörde hatte sie immerhin für vier Jahre einsperren wollen.

Gabriela konnte den Blick von den Facebook-Fotos dieses lebenslustigen Mädchens nicht lassen, während vor ihrem geistigen Auge noch einmal der dramatische Tag des Abschieds an ihr vorbeizog – als Isabelle mit einem sachlichen Schrieb in nüchternem Juristendeutsch aufgefordert worden war, ihre Strafe zum 1. Oktober anzutreten.

Ihre Facebookseite zeugte von diesem Einschnitt in ihr junges Leben: Mit dem 28. September brach die sogenannte Timeline ab.

Isabelle trank noch einen Kognak. Die digitale Uhr auf ihrem Smartphone stand mittlerweile auf 3.04 Uhr. Auf dem Breitbildschirm trauerten die deutschen Fußballfrauen erschöpft der verpassten Chance aufs Endspiel nach, und Gunnar war immer noch nicht da. Sollte er doch fortbleiben. Sollte er doch weiter im verdammten Sumpf der Vergangenheit bleiben und untergehen, wünschte sie ihm den Teufel an den Hals und ließ mit einer wischenden Fingerbewegung weitere Facebook-Seiten an sich vorbeirasen.

Isabelle hatte eine ganze Menge »Freunde« – meist Mädels in ihrem Alter, die sich keck und selbstbewusst, sexy und erotisch auf ihren Fotoseiten zeigten.

Gabriele konnte sich nicht sattsehen – schon gar nicht, als auf den Bildergalerien auch junge Männer auftauchten – knackig und braun gebrannt an Stränden, mit entblößten muskulösen Oberkörpern in Sportstudios posierend oder als vermeintliche Fußballstars aus den A-Jugendligen.

Gabriele blätterte auf ihre eigene Bildergalerie, auf der sie sich ebenfalls ziemlich freizügig präsentierte und dafür viele »Gefällt mir«-Klicks geerntet hatte, überwiegend von Facebook-Freunden männlichen Geschlechts, die meisten davon ihr völlig unbekannt. Wurde eigentlich Zeit, ein neues Foto zu posten, kam ihr plötzlich in den Sinn. Sie sprang auf – viel zu schnell, weil der Kognak ihren Gleichgewichtssinn ziemlich durcheinandergewirbelt hatte. Sie stieß unsanft gegen ein Bücherregal, blieb jedoch in der Senkrechten und tastete sich durch den schummrig beleuchteten Flur zu einem Spiegel, knipste an ihm das Licht an und zupfte sich Haare und ihr Lieblings-T-Shirt mit der spanischen Aufschrift zurecht und strich die ausgefransten superkurzen Jeansshorts zurecht. Dann lächelte sie sich zu, schwankte zurück ins Wohnzimmer und griff zu ihrem Smartphone, für das sie sich kürzlich eine langstielige stativartige Halterung beschafft hatte, in die das Gerät gespannt werden konnte. Damit war es möglich, es aus einem Meter Entfernung auf sich selbst zu richten – um per Selbstauslöser ein Ganzkörper-Foto von sich zu machen. Ein sogenanntes »Selfie« also.

Gabriele entschied, dass das Bücherregal ein passender Hintergrund war, streckte mit der rechten Hand den Stativstab mit dem Smartphone nach vorne und löste die Kamera mehrmals aus, mal lächelnd, mal ernst, mal die nackten

Beine strammstehend zusammen, dann eines leicht angewinkelt. Die Kerle werden gucken, dachte sie, als sie mit ihrem fotografischen Ergebnis zufrieden war und drei Bilder von sich postete. Sie war gespannt, wie lange es dauerte, bis es die ersten »Gefällt-mir«-Klicks gab. Und vor allem: wie viele es sein würden.

Sie kuschelte sich wieder in die Couchecke und war sich mit zunehmender Wirkung des Kognaks sicher, dass sie Gunnar gar nicht brauchte. So, wie sie aussah, konnte sie sich die Jungs doch reihenweise aussuchen. Oder? Und was wäre es für ein Verlust für diese Jungs, würde sie wie die arme Isabelle auch zweieinhalb Jahre weggesperrt? Nein, das durfte nicht passieren. Sie wollte in nichts hineingezogen werden. Nicht so wie Isabelle. Und plötzlich war es ihr egal, ob Gunnar von seinem nächtlichen Termin noch zurückkam oder nicht.

14

Nachdem Häberle telefonisch davon unterrichtet worden war, dass Theresa Egger noch in der Nacht in Hohenstadt eingetroffen und mithilfe der Kollegen aus der Sonderkommission im Gasthaus »Sonne« untergekommen war, machte er sich direkt von zu Hause auf den Weg zu ihr.

Sie sah übermüdet aus, hatte ihr blasses Gesicht nur oberflächlich geschminkt und saß mit geröteten Augen in einer der hinteren Ecken des Lokals. »Sonne«-Wirtin Silke war fürsorglich bemüht, ihr den Aufenthalt so angenehm wie möglich zu gestalten. Doch das üppige Frühstück – so appetitlich es auch aussah – hellte Theresas tiefgraue Stimmung nicht auf.

Häberle drückte ihr zur Begrüßung die Hand und ließ sich neben ihr nieder, während die Wirtin ihm sogleich eine Tasse Kaffee servierte und wieder Richtung Tresen verschwand. An einem Tisch davor führten bereits einige Bauingenieure, die sich in der »Sonne« einquartiert hatten, während ihres Frühstücks gedämpfte Gespräche. Einer von ihnen hatte den Kommissar erkannt, worauf sie zu rätseln begannen, wer die Frau sein könnte, für die sich der Kriminalist interessierte.

Häberle hatte den Männern beim Betreten des Lokals einen Gruß zugemurmelt und war nun darauf bedacht, leise zu sprechen. Er erkundigte sich nach Theresas Wohlbefinden und sagte, dass es ihm leidtue, sie beunruhigt zu haben. »Das aufgefundene Auto Ihres Mannes hat noch nichts zu bedeuten«, sagte er, wohl wissend, dass es natürlich einen Grund geben musste, weshalb es an der Raststätte Aichen abgestellt war.

»Er ist hier. Das weiß ich. Das spür ich«, sagte sie. Ihre Augen wurden wässrig, sie holte ein Papiertaschentuch aus der Handtasche.

Häberle ließ ihr Zeit. »Sie haben am Telefon angedeutet, dass Sie in seinen Unterlagen …«

»Ja«, unterbrach sie ihn und versuchte, ihren Dialekt zu unterdrücken. »Er hat wohl viel rumtelefoniert und sich Notizen g'macht. Das meiste kann ich nicht lesen. Aber den abgekürzten Namen ›Mitterhofer‹ hat er ziemlich deutlich aufgeschrieben. Das sind Zettel, die er erst vor einigen Tagen beschrieben hat.«

»Sie meinen, ihn hat die Entlassung bis zum heutigen Tag nicht losgelassen?« Häberle trank einen Schluck Kaffee.

»Natürlich hat ihn das nie losgelassen. Auch wenn er nach außen hin so tat. Aber wir wissen beide nicht, wie es weitergehen soll.« Sie wischte sich wieder eine Träne aus den Augen. »Wir haben zwei kleine Kinder.«

Häberle nickte väterlich. Er wollte das Thema nur behutsam wechseln. »Wann haben Sie zuletzt mit ihm gesprochen?«

»Vorgestern, am Montag, als er weggefahren ist. Er hat dann g'sagt, er werde sich melden, wenn er am Ziel sei.«

»Ein Ziel, das Sie in der Schweiz vermuteten, am Gotthard-Tunnel?«

»Ja, so hat er es gesagt. Aber in all seinen Unterlagen habe ich nichts über den Gotthard-Tunnel oder einen Termin dort gefunden. Außerdem sind die Tunnelbauarbeiten dort längst abgeschlossen, wie ich jetzt weiß.«

»Woraus Sie schließen, dass er gar nicht dorthin wollte?«

Sie nickte und weinte. »Er hat uns verlassen, aber er ist hier.«

»Wir haben noch gestern versucht, ihn über sein Handy orten zu lassen«, machte Häberle weiter. »Aber es ist nicht mehr eingeloggt. Wir erwarten im Lauf des Vormittags Auskunft des Providers, wo es zuletzt am Netz war.«

Ihre Hände zitterten, als sie ihre Tasse Tee zum Mund führte.

»Wissen Sie denn, ob Ihr Mann noch Kontakte zu der Baustelle hatte?«, fragte Häberle sanft weiter.

»Das hat er ganz gewiss. Aber ich weiß nicht, zu wem.« Sie schnäuzte. »Aber ich glaub, nicht zu den Mineuren. Er will sie in nichts hineinziehen, hat er mal gesagt.«

»Hineinziehen?«, wurde Häberle hellhörig. »In was denn hineinziehen?« Er hatte den Eindruck, dass die Bauingenieure an dem vorderen Tisch auf das Gespräch aufmerksam geworden waren, weshalb er sofort wieder leiser wurde. »Wie hat er das gemeint?«

»Keine Ahnung. Christian ist in den letzten Monaten immer schweigsamer geworden. Ich hatte, wie gesagt, eher den Eindruck, dass er die Kontakte zu seinen früheren engsten Kollegen nicht mehr so sehr gepflegt hat.«

»Wieso sind Sie sich da so sicher?«

»Weil der Pichler Stefan mich gestern ang'ruf'n hat und wiss'n wollte, wie's dem Christian geht. Die beiden hatten demnach in jüngster Zeit keinen Kontakt.« Sie kämpfte wieder gegen die Tränen. »Stefan hat mich dazu überredet, die Polizei einzuschalten. Vielleicht hab ich viel zu lange gewartet.«

Häberle stutzte. Stefan Pichler. Der Mann, der gestern zusammen mit diesem Bulling erklärt hatte, sie würden niemanden kennen, der einen abgrundtiefen Hass auf Mitterhofer haben könnte?

»Wie lange wollen Sie hierbleiben?«, fragte Häberle und wechselte das Thema, um sich seine Verwunderung nicht anmerken zu lassen.

»Bis Christian gefunden ist«, presste sie hervor. »Bis zum

Wochenende will ich bleiben. So lange können sich meine Eltern um die Kinder kümmern.«

»Kann ich etwas für Sie tun?«, gab sich der Chefermittler fürsorglich. »Ich glaube, Sie sind hier im Haus gut aufgehoben.« Er notierte ihre Handynummer und fragte beiläufig: »Ist der Name Natascha Frese schon mal irgendwo aufgetaucht?«

»Natascha …« Ihr schien der Name den Atem stocken zu lassen – als ob er gleichbedeutend mit der Feststellung sei, ihr Mann könne ihr untreu geworden sein.

»Nur so eine Frage«, besänftigte Häberle, der ihre Reaktion bemerkt hatte. »Eine Geologin, die in der Nacht auf der Baustelle unterwegs war.«

»Nein, nie gehört«, antwortete sie, und es klang erleichtert, obwohl sie in diesem Moment an eine Notiz ihres Mannes denken musste.

»Und einen Rodefeld, Gunnar Rodefeld?«, wagte Häberle einen weiteren Vorstoß.

Häberle bemerkte, dass sie erneut stutzte, ehe sie antwortete: »Nein, hab ich auch nirgendwo g'les'n.«

Offenbar hatten sie die Namen viel zu laut ausgesprochen, denn drüben am Tisch der Bauingenieure waren die Gespräche verstummt.

»Haben Sie das gelesen?« Bahnprojektleiter Mario Feuerstein deutete auf die Lokalzeitung, die vor ihm ausgebreitet auf dem weißen Tisch lag. Er hatte für diesen Mittwochvormittag alle verantwortlichen Ingenieure der beiden Tunnelbaustellen zusammengerufen. »Die Medien haben mächtig zugeschlagen«, bemerkte er und sah über seine randlose Brille hinweg in die Runde.

»Das war ja zu erwarten gewesen«, klang es ihm sächselnd entgegen. Es war die Stimme von Anton Trennbalder,

der süffisant lächelte. »Die Medien fallen über alles her, was mit der Eisenbahn zu tun hat. Unglaubliches Theater hier. Hab ich so noch nirgendwo erlebt, ehrlich.«

»Wir haben versucht, die Sache so klein wie möglich zu halten«, fuhr Feuerstein fort. »Dass wir nun schon den zweiten Tag in Folge hier oben nicht arbeiten können, werden wir verkraften können. Die Baufirmen werden klären, wie sie's mit der Lohnfortzahlung halten. Aber das liegt nicht in unserem Ermessen.« Der Projektleiter wischte sich mit dem Handrücken den Schweiß von der Stirn. Es würde wieder einen heißen Sommertag geben. »Zum Ermittlungsstand kann ich Ihnen leider so gut wie gar nichts sagen«, erklärte er weiter und sah in enttäuschte Gesichter. »Sie sehen ja selbst, wie stark die Polizei hier präsent ist. Alle Büros hier sind von Kriminalisten besetzt. Mir scheint, die haben inzwischen jeden Gesteinsbrocken umgedreht.«

»Und auch bei uns unten schleichen sie rum«, meckerte Trennbalder, der am Fuß des Aichelbergs für das Betonwerk verantwortlich war. »Dieser Mitterhofer hat wohl alles durcheinandergebracht. Vielleicht sollte sich die Bahn auch die Baukontrolleure mal genauer ansehen, bevor man sie auf die Menschheit loslässt. Ein Mineur ist schließlich kein Schreibtischhocker.«

Feuerstein tat so, als habe er nicht richtig hingehört. »Würden wir die Baukontrolleure nach Gutdünken auswählen, kämen wir schnell in den Verdacht, mit ihnen kungeln zu wollen«, entgegnete er so forsch, wie man es von ihm nicht gewohnt war. »Das wäre genauso, wie wenn jeder Autofahrer sich bei einer Kontrolle nur jene Polizisten aussuchen könnte, die ihm genehm erscheinen.« Er öffnete ein Fenster, vor dem die Jalousie bereits zur Hälfte nach unten gefahren war. »Ein Baukontrolleur – das verstehe ich ja – muss manchmal hartnäckig sein und auf Ordnung bestehen. Die Einhaltung der Spielregeln, das ist uns allen klar, sorgt auch für Chancengleichheit der Firmen untereinander.« Feuerstein hatte sich vorgenommen, die hitzige Debatte über das Vorgehen der Baukontrolleure zu besänftigen. »Eine Firma, die sich nicht an Recht und Ordnung – an Arbeitszeiten und Sicherheitsvorschriften – hält, kann natürlich locker ein günstigeres Angebot abgeben. So gesehen gewährleisten die Baukontrolleure auch, dass nicht gemurkst oder geschludert wird.« Er behielt die Gruppe, unter denen sich auch einige Frauen befanden, fest im Auge. »Damit wir uns richtig verstehen«, gab er sich energisch, »es geht dabei auch um Korruption. Ein Kontrolleur muss über allem erhaben sein. Würde er sich bestechen lassen, könnten manche Firmen viele Kosten einsparen. Insofern ist die Person, die diesen Job innehat, eine Vertrauensperson.«

»Und wenn diese Vertrauensperson selbst korrupt ist?«, unterbrach Trennbalder, der dafür bekannt war, die Dinge ungeschminkt beim Namen zu nennen.

Feuerstein schluckte. Gerade diese Frage hatte er heute vermeiden wollen. Es waren schon genügend Gerüchte und Spekulationen im Umlauf. Nun musste alles getan werden, dass die Situation nicht eskalierte. »Im Übrigen«, so teilte er mit belegter Stimme mit, »haben sich auch der Ministerpräsident und der Landesverkehrsminister informieren lassen.« Er sah wieder über seine randlose Brille hinweg in die Runde. »Und auch Grube höchstpersönlich erwartet einen Lagebericht.« Zumindest die deutschen Mitarbeiter wussten, wer gemeint war: der oberste Bahnchef Deutschlands.

*

Häberle war mit zwei großen Tüten frischer Brezeln eingetroffen, die Sekretärin kümmerte sich um Kaffee, und nach und nach trudelten die Kollegen ein, die sich einige Stunden Schlaf gegönnt hatten. »Wo ist eigentlich Linkohr?«, fragte der Chefermittler, worauf sich Philip Mende zu Wort meldete: »Noch nicht da. Ich hab ihn am Abend zuletzt gesehen.«

Häberle grinste in sich hinein. Vermutlich hatte der junge Kollege auf der Alb bereits eine neue Bekanntschaft geschlossen.

Dann widmete er sich der örtlichen Tageszeitung, die er mitgebracht hatte. »Der Sander hat mal wieder gnadenlos zugeschlagen.« Häberle deutete auf den Aufmacher im Lokalteil: »Was geschah im Todesstollen?«

»Das wird die Jungs von der Bahn mächtig freuen«, stellte einer der Kriminalisten ironisch fest. »Wird das im Artikel in einen Zusammenhang mit Stuttgart 21 gebracht?«

»Weniger das«, erwiderte Häberle, »als viel mehr mit Interessenskonflikten: Höhlenforscher und Fossilienretter Barbarafest und Egger. Sander nennt aber keine Quelle, sondern fabuliert nur so rum – von ›gut unterrichteten Kreisen‹ und mit so allgemein gehaltenen Formulierungen, wie ›offenbar‹ und es werde ›gemunkelt‹. Typisch Sander eben. Ich geh mal davon aus, dass er den Bürgermeister angezapft hat.«

»Die Sache mit dem Maulwurf, von der du gestern gesprochen hast«, zeigte sich ein anderer informiert.

»Ja, so sieht es aus«, erwiderte Häberle einsilbig. »Was habt ihr über den Rodefeld rausgekriegt? Er ist immerhin der Einzige, den wir kennen, der dieser Protestbewegung am nächsten steht.«

»Ist aber seit Jahren nicht mehr aufgefallen«, kam eine Antwort. »Betreibt, wie du ja weißt, ein kleines Tiefbaubüro in Degerloch. Allerdings, so haben wir gestern Abend noch rausgefunden, war er mal eng mit einer Isabelle Potzorni, einer 22-Jährigen aus Öhringen befreundet. Die sitzt seit Oktober in Gotteszell, Schwäbisch Gmünd. Wegen allerlei brutaler Gewalttaten am ›Schwarzen Donnerstag‹ – diesem Protesttag in Stuttgart Herbst 2010 – ihr kennt das ja alle.«

Häberle nickte nachdenklich. Noch bevor er etwas sagen konnte, platzte eine weitere Nachricht über sie herein. Etwas, das sie alle zu einem Umdenken zwingen würde. Ein junger Kollege war an der Tür erschienen und hatte ein Notizblatt in die Höhe gehalten. »Soeben eingetroffen. Das DNA-Gutachten ist da.« Sofort verstummten die Gespräche. »Ich will euch eure Laune nicht verderben«, sagte der Beamte, »aber wir waren bisher auf dem Holzweg. Unsere Leiche ist nicht Mitterhofer.«

Die Sonne stand bereits hoch überm Aichelberg, als sich eine Polizeistreife aus Richtung Stuttgart der Schwäbischen Alb näherte. »Schau'n wir mal auf dem Parkplatz vorbei«, brummte der altgediente Beamte auf dem Beifahrersitz des weiß-blau lackierten Polizei-Mercedes. Vor ihnen schwang sich die Autobahn A8 auf dem mächtigen Erdwall zur ersten Stufe des Mittelgebirges. Der Jüngere am Steuer setzte den Blinker und ließ das Auto zum Parkplatz hinausrollen, wo die tägliche Ansammlung von Lastzügen einen Großteil der Fläche blockierte. »Was für ein Wahnsinn, diese Menge an Lkw!«, entfuhr es dem Älteren. Unvorstellbar, welche gigantischen Mengen an Energie unablässig auf der ganzen Welt verschwendet wurden, nur um Waren hin und her zu transportieren. Nun kannte er ja nur einen kleinen Abschnitt der A8 und war allein da schon immer wieder aufs Neue von dem ständig anschwellenden Güterverkehr schockiert. Hochgerechnet auf den ganzen Globus musste sich diese Energiemenge und die damit verbundenen Abgase auf geradezu horrende Zahlen summieren. Nicht eingerechnet der enorme Verbrauch der gigantischen Containerschiffe auf den Weltmeeren oder der Tausenden von Flugzeugen, die zu jeder Sekunde in der Luft waren. Und natürlich auch der Eisenbahnzüge, die entweder mit Dieseltreibstoff oder mit Elektrizität durch die Lande fuhren. Den Beamten schauderte es oft bei dem Gedanken, was die Menschheit – einschließlich privater Fahrzeuge und der Industrie – unablässig an Energie verschleuderte. Ein Wunder eigentlich, dass der Planet, dieser Winzling mit einem Durchmesser von gerade mal knapp 13.000 Kilometern, noch immer so viel hergab. Welch gigantische Reserven an Öl musste es da drinnen gegeben haben? Aber irgendwann war alles leergepumpt, ausgebeutet, vor allem aber zu einem Großteil sinnlos verbrannt. Und irgendwann, so dachte der Beamte, als der Wagen langsam an den mit Containern beladenen Sattelzügen entlangrollte, irgendwann würde die Menschheit dieses wunderbare Natursystem an die Wand gefahren haben. Alle wussten es, alle quatschten davon – doch mehr als irgendwelcher alibimäßige Aktionismus kam nicht dabei heraus. Erst vor dreieinhalb Wochen hatten jene Staatenlenker, die sich für die allergrößten hielten, beim G7-Treffen auf dem bayrischen Schloss Elmau hehre Klimaziele verkündet, die bis ins Jahr 2100 reichten.

Er musste an die grünen Aufkleber an den Windschutzscheiben denken – eine lächerliche bürokratische Maßnahme, mit der den Menschen in Deutschland vorgegaukelt wurde, mit ihren abgasarmen Autos würde die Welt gerettet. Der Polizist überlegte, ob diese angeblich europaweite Aufkleberpflicht auch schon die anderen EU-Staaten mit gleichem Eifer umgesetzt hatten wie Deutschland.

War ihm eigentlich jemals ein ausländisches Auto mit einer solchen Kennzeichnung aufgefallen? Wahrscheinlich waren die Deutschen mal wieder vorgeprescht, um ganz unten, bei den Kleinsten und Wehrlosesten, sozusagen pro forma zu zeigen, dass man etwas gegen die Umweltverschmutzung tat – anstatt im Großen gegenzusteuern. Denn es blieb keine Zeit mehr für Kinkerlitzchen. Aber wen scherte dies in einer globalen Welt, wo nur das Kapital regierte und die angeblich Regierenden nur Marionetten waren? Wo selbst jene, die immer weiter ausgebeutet wurden und unter die Armutsgrenze sanken, weiterhin, ohne zu murren, an die Segnungen dieser Systeme glaubten? Irgendwann, in nicht allzu ferner Zukunft, würde alles kollabieren, und dann war es nicht mehr damit getan, irgendwelche Banken zu retten. Gerade jetzt waren die Zeitungen voll mit Berichten über die Pleite Griechenlands. Dem Beamten kamen auch die Fernsehbilder vom vergangenen März in den Sinn, als in Frankfurt bei der Einweihung des Prunkhochhauses der Europäischen Zentralbank die Protestbewegung »Blockupy« mit brennenden Polizeiautos und Steine werfenden Chaoten ein Horrorszenario angerichtet hatte. Ein Glück, dass ihm solche Einsätze bisher erspart geblieben waren.

Während sich der Streifenwagen dem Ende des Parkplatzes näherte, warf der Beamte auf dem Beifahrersitz nur flüchtige Blicke auf die 30- und 40-Tonner, deren Fahrer ihre vorgeschriebenen Ruhepausen einhielten. Nichts Außergewöhnliches. Und keine erkennbaren Mängel zu sehen. Vereinzelt parkten auch Pkw, deren Insassen vermutlich zur Toilette gegangen waren. Einige telefonierten, andere schienen zu warten, bis ihre Beifahrer wieder zurückkamen. Das Übliche eben.

Der Beamte hinterm Steuer hatte gerade wieder Gas geben wollen, als sein Kollege nach rechts vorne zu einem

Stück Grünstreifen deutete, das von keinem geparkten Auto verdeckt wurde. »Schau mal da.« Sein Kollege stoppte.

Jetzt sahen sie es beide: Auf der Bordsteinkante, die den Grasbewuchs vom Asphalt begrenzte, lag offenbar ein Plüschtierchen, bräunlich, schätzungsweise 30 Zentimeter lang und mit einem Filzhütchen auf dem Kopf.

»Was is'n das?«, kam es dem Mann hinterm Steuer verwundert über die Lippen.

»Das hat sicher Tränen gegeben«, meinte der Ältere und öffnete bereits die Tür, um das Objekt aus der Nähe betrachten zu können, »wenn's das Lieblingskuscheltier eines Kindes war.« Er stieg aus und ging zu dem Plüschtier hinüber. »Ein Affe, das ist ein Äffchen«, stellte er fest.

»Womöglich 's Äffle vom Pferdle«, witzelte der Fahrer, der im Wagen geblieben war. Er spielte damit auf zwei beliebte Fernsehfiguren des Südwestfernsehens an, die während der Werbeeinblendungen ihre bisweilen bissig-humorvollen Sprüche unters Volk brachten.

Der andere Beamte hatte inzwischen das Stofftier vorsichtig in die Hand genommen und hochgehoben, damit auch der Kollege es sehen konnte. Es war ein geradezu rührender Anblick: das Stofftier mit grauem Filzhut auf dem Kopf, zwei überlangen Armen, die herunterbaumelten, und ein Affenbaby, das sich um dessen Hals klammerte. Der Uniformierte grinste. »Ein nettes Kerlchen. Wir nehmen ihn als Fundsache mit.«

»Was steht da auf der Mütze?«, rief ihm sein Kollege aus dem Auto entgegen.

Der Angesprochene hielt kurz inne und besah sich die rote Aufschrift. »Keine Ahnung, irgendetwas Ausländisches.« Er versuchte es auszusprechen: »›Pura Vida‹ – oder so ähnlich.« Dann stieg er mit dem Spielzeugtier ein. »Ausländisch. Vielleicht auf der Fahrt in die Ferien verloren.«

»Das arme Kind. Dem sind die Ferien jetzt ganz schön versaut«, kommentierte der andere und fädelte sich mit dem Streifenwagen wieder in den Autobahnverkehr ein.

*

Gabriele Honold war müde. Während kurzer Schlummerphasen hatten sich die Traumsequenzen nur um Isabelle gedreht, die sie auf einem harten Etagenbett, zusammen mit drei weiteren Mädchen in einer winzigen Zelle eingesperrt sah. Eine Horrorvorstellung. Gabriele war mehrfach schweißgebadet und mit Herzrasen wieder wach geworden. Wie sollte das die arme Isabelle noch monatelang durchhalten? Jetzt, in diesen schönen heißen Sommerwochen?

Kaum waren die Albträume verschwunden, hatten sich reale Ängste in Gabrieles Gedanken geschlichen. Seit Stunden versuchte sie vergeblich, Gunnar aus ihrem Leben zu streichen. Einerseits musste sie sich eingestehen, ihn zu lieben, andererseits entsprach sein bisweilen merkwürdiges Verhalten überhaupt nicht ihren Vorstellungen von einem idealen Partner. Manchmal schien es zwar so, als könne er sich an ein geregeltes Leben gewöhnen – an seine durchaus erfolgreiche Arbeit im eigenen Ingenieurbüro – dann aber brach in ihm wieder das Naturell eines Einzelkämpfers durch, der spionieren, aufklären und ermitteln wollte, der misstrauisch war und sich verfolgt fühlte, als bewege er sich in einer Scheinwelt.

Am meisten hasste sie es aber, dass er nie sagte, wohin er ging und wann er wieder kam. Sein Misstrauen in alles und jeden verbot es ihm auch, ein Handy zu benutzen. »Ich will keine Spuren hinterlassen und nicht geortet werden«, hatte er schon viele Male argumentiert. Er brauche keinen »Aufpasser« und er wisse sich in jeder Notlage zu helfen. Dies habe er bei der Bundeswehr ausgiebig gelernt.

Gabriele hatte sich unter die Dusche gestellt, dann ein Aspirin genommen, weil sich der Alkohol in ihrem Kopf schmerzhaft bemerkbar machte, und nun eine Tasse Kaffee in sich hineingeschüttet.

Sie musste weg. Ja, sie war jetzt wild entschlossen, Gunnar zu verlassen. Zu Ende denken konnte sie den Gedanken nicht, weil sie das Telefon aufschreckte. Gunnar? Rief er an? Von unterwegs? Von einer Telefonzelle?

»Ja«, meldete sie sich zaghaft, doch bei dem Anrufer handelte es sich um einen Kunden, der die Pläne für einen Kanalneubau anmahnte.

»Tut mir leid, aber Herr Rodefeld ist heute nicht da«, sagte sie geschäftig, als sei sie seine Sekretärin – was sie natürlich in gewisser Weise auch war. Sie beendete das Gespräch abrupt.

Ihre Gefühle fuhren Achterbahn. Was, wenn Gunnar anrief? Wollte sie das überhaupt? Würde sie mit ihm reden wollen? Es gab keine Antwort. Nicht jetzt.

Sie öffnete das Fenster, sog die laue Morgenluft ein und versuchte, ihre Gedanken zu ordnen. Denn das Geschehen am gestrigen Abend einfach zu löschen, funktionierte nicht. Was war mit Gunnar passiert? Warum war er der Aufforderung des Anrufers gestern Abend gefolgt? Hatte man ihn in eine Falle gelockt – warum auch immer?

Eigentlich war ihr das egal. Eigentlich. Aber wenn ihm etwas zugestoßen war, würde die Polizei früher oder später hier aufkreuzen. Bis dahin musste sie weg sein. Aber wohin? Vielleicht würde sie vorübergehend bei einer ihrer Freundinnen in Stuttgart unterkommen. Für ein paar Tage, bis sie irgendwo eine kleine, vor allem aber günstige Wohnung fand. Doch dies würde im Ballungsraum Stuttgart schwierig werden. Hinzu kam, dass sie von Gunnar finanziell abhängig war. Nicht direkt von ihm, aber von dem Job, den sie bei ihm hatte. Würde sie jetzt ausziehen und verschwinden, wäre damit auch der Arbeitsplatz verloren. Vermutlich würde sie dann eine Zeit lang nicht einmal Arbeitslosengeld bekommen – falls ihr dies überhaupt schon zustand. Mit einem Schlag wurde ihr bewusst, wie sehr man in das System Arbeit-Geld-Lebensunterhalt gepresst war. Die viel gepriesene Freiheit stieß schnell an ihre Grenzen, wenn man kein Geld mehr hatte. Und dabei ging es keinesfalls nur um den laufenden Lebensunterhalt, sondern auch um das soziale Netz – um Krankenversicherung und, in die Zukunft geblickt, um die Rente, die jedoch für sie noch in so weiter Ferne war, dass sie sich – wie alle jungen Leute – leichtsinnigerweise keine Gedanken darum machte.

Da war er wieder, dieser böse Gedanke an Isabelle. Sosehr sie auch versuchte, Gunnars Ex-Freundin zu vergessen, umso hartnäckiger tauchten die Bilder dieses Mädchens erneut vor ihrem geistigen Auge auf. Verdammt, wehrte sie sich dagegen, was ging sie Isabelle an? Was sollte dieses Mitleid. Isabelle hatte sich selbst in diese Situation gebracht, weil sie den anderen blind gefolgt war, als die Gewalt eskalierte, damals am Stuttgarter Bahnhof. Sie war ihnen blind gefolgt, hallte es in Gabrieles Kopf nach, blind gefolgt, ja. Genauso, wie sie jetzt Gunnar folgte. Nein, das durfte nicht geschehen. Niemals wollte sie in einer Gefängniszelle enden. Ihre Fantasie projizierte immer neue Schreckensbilder, obwohl sie Isabelle bisher im Gefängnis nicht besucht hatte. Vielleicht auch gar nicht hätte besuchen dürfen. Sie wusste nicht, welche Vorschriften dafür galten, ob möglicherweise nur Verwandte sie alle paar Wochen sehen konnten.

War es nicht besser, sich diesem Kommissar anzuvertrauen? Alles zu erzählen, reinen Tisch zu machen?, hämmerte es in Gabrieles Kopf, während sie aus dem Fenster blickte und einem landenden Flugzeug nachsah, das den nahen Flughafen ansteuerte. Was hätte sie schon zu verlieren? Den Job bei Gunnar auf jeden Fall – aber sie hatte doch soeben beschlossen, alles aufzugeben, auszuziehen, irgendwo neu anzufangen. Oder begab sie sich in Gefahr, wenn sie einfach ausbrach? Alles, was in den vergangenen Tagen geschehen war, ließ auf ein gefährliches Geflecht schließen. Gunnar war ganz gewiss tief darin verwickelt – und sie selbst wusste so viel, dass ihr ein gnadenloser Staatsanwalt ohne Weiteres Beihilfe anhängen konnte.

Dabei wusste sie nicht einmal, von wem Gunnar gestern Abend weggelockt worden war. Oder war es festzustellen? Sie wandte sich vom Fenster und ging zielstrebig zum Telefon, das in der Diele in der Ladestation steckte. Mit geübten Fingern entlockte sie dem Gerät die Liste der Anrufe. Der letzte war von gestern Abend 21.57 Uhr. Und es wurde eine Nummer angezeigt. Gabriele notierte sie auf einem Notizblock, der neben dem Telefon lag.

Häberle ließ sich die Enttäuschung nicht anmerken – oder er hatte bereits damit gerechnet, dass sie seit nunmehr über 24 Stunden auf der falschen Fährte waren. »Wenn nicht Mitterhofer, dann Egger«, sagte er, als sei er auf diese niederschmetternde Nachricht aus dem Labor vorbereitet gewesen. Die Kollegen hatten geschwiegen und versucht, sich auf die neue Situation einzustellen.

»Wir brauchen dringend DNA-Material von Egger. Irgendetwas wird sich ja in seinem Auto finden, das hoffentlich von ihm stammt«, erklärte Häberle. Um ihn herum herrschte noch immer betretenes Schweigen. »Jedenfalls müssen wir unsere Nachforschungen vollkommen neu ausrichten.«

»Dann können wir davon ausgehen, dass Mitterhofer lebt?«, wagte einer der Kollegen die Stille zu brechen.

»So wird man das sehen müssen.«

»Und der zweite Helm, den wir gefunden haben?«, wollte ein anderer wissen. »Es müssen zwei Personen im Spiel gewesen sein.«

»Helme von Täter und Opfer vielleicht«, resümierte Häberle ruhig. »Und vergesst die Armbanduhr nicht. Möglicherweise passt die zu Egger. Aber dazu könnte uns seine Ehefrau etwas sagen.« Er verdrängte den Gedanken, sie irgendwann in den nächsten Stunden mit unangenehmen Fragen konfrontieren zu müssen.

»Egger hätte allen Grund gehabt, den Mitterhofer zu beseitigen«, meldete sich eine junge Beamtin zu Wort. »Er wäre sogar der logischste Täter von allen Verdächtigen – vorausgesetzt, er ist nicht unser ›neues‹ Opfer.«

»Ja«, pflichtete ihr ein anderer bei, »und dann hätte er in Mitterhofers Wohnung belastendes Material beseitigt.«

Häberle winkte ab. »Was für belastendes Material denn? Egger war doch schon entlassen. Da gab es nicht mehr viel zu beseitigen, was ihm hätte gefährlich werden können. Und wieso sollte er Mitterhofers Autoreifen zerstechen? Wer hat den Wachmann angegriffen – und wie passt dieser komische Vogel Rodefeld ins Bild?« Häberle runzelte nachdenklich die Stirn. »Liebe Kollegen, der Fall wird nicht einfacher, wenn plötzlich das Opfer wechselt. Schon gar nicht, wenn wir davon ausgehen, dass es nun Egger ist. Haben wir eigentlich dessen Gesprächsverbindungen?«

»Nein, leider nicht.«

»Dann müssen wir dies dringend veranlassen«, brummte der Chefermittler leicht verstimmt. »Aber lassen Sie uns mal die Daten, die wir von den anderen haben, genauer ansehen.« Er wandte sich damit an den Computerexperten.

Der rückte näher an seinen Bildschirm heran, klickte mehrmals mit der Maus und ließ einige Tabellen erscheinen. »Also«, begann er, »wir haben die Daten von vier Personen vorliegen: Von Simon Mitterhofer, unserem vermeintlichen Opfer, von Natascha Frese, die in der Nacht beim Stollen war, von Darko Bulling, diesem Bauarbeiter im Stollen, und Gunnar Rodefeld, dem Typen, der übern Zaun raus ist. Aber wir müssen beachten: Es handelt sich um die Verbindungen ihrer privaten Handys, beziehungsweise privaten Kabelanschlüsse. Nicht um Gespräche, die aus den Büros geführt wurden.« Er sah stirnrunzelnd in die Runde: »Und dann soll es ja auch noch so etwas Altertümliches wie Telefonzellen geben. Das dürfen wir nicht vergessen.«

Einige Kriminalisten, die bisher gestanden waren, hatten sich auf Tische gesetzt oder noch Stühle aus Nebenräumen geholt. Denn das, was der IT-Experte Marius Söhren jetzt erläutern würde, konnte die weiteren Ermittlungen entscheidend beeinflussen.

»Um es gleich vorwegzunehmen«, begann er, »am interessantesten erscheinen die Daten von Mitterhofer, der jetzt also nicht als unser Opfer infrage kommt. Sein Smartphone war vorgestern Abend bis 21.48 Uhr in die hiesige Funkzelle eingeloggt.«

»Und dann?«, wollte Häberle wissen.

»Nicht mehr. Schluss. Aus.«

»21.48 Uhr«, wiederholte der Chefermittler. »Das ist ja noch ziemlich lange vor unserem Tatzeitpunkt.«

»Muss nichts bedeuten«, erklärte Söhren. »Möglicherweise hat sich der Akku verabschiedet.«

»Oder er wollte bewusst seinen Aufentshaltort verschleiern«, gab Mende zu bedenken. »Jedenfalls hat er sich, wie wir wissen, bei der Fahrt in den Stollen nicht vorschriftsmäßig angemeldet und übers interne Netz über Bluetooth orten lassen.«

»Lässt sich etwas über die Gespräche der vergangenen Tage sagen?«, wollte Häberle wissen.

»Lässt sich«, kam die Antwort. »Mehrere dienstliche waren es, alle mit dem Ingenieurbüro, bei dem er angestellt ist. Für uns interessant könnten nur drei andere Verbindungen sein.«

»Lass hören.« Häberle wurde ungeduldig.

»Zweimal hat er vergangene Woche eine Nummer in Costa Rica angerufen. Wir checken das noch – aber nach Aktenlage dürfte dies mit Sicherheit seine Frau sein, die sich dort – wie wir wissen – wohl zusammen mit der Tochter eine Auszeit genommen hat.«

Mende unterbrach: »Dann haben wir ja schon die Nummer – also rufen wir doch mal an.«

Häberle nickte, ohne darauf näher einzugehen, und wandte sich an Söhren: »Und die andere Verbindung?«

Der Angesprochene deutete auf den Bildschirm, obwohl die meisten Kollegen viel zu weit weg saßen, um etwas erkennen zu können. »Dreimal hat Mitterhofer seit Sonntag die Natascha Frese angerufen, diese Geologin, von der wir uns auch die Verbindungsdaten haben geben lassen.«

»Ach«, staunte Mende, »die Frese, die in der Nacht da draußen war.«

Häberle hob beschwichtigend die Arme: »So ungewöhnlich ist das nicht. Sie hat gegenüber dem Kollegen Linkohr doch durchblicken lassen, dass sie – sagen wir mal – gewisse freundschaftliche Kontakte zu ihm unterhält.« Häberle sah auf die Uhr. Noch immer war Linkohr nicht eingetroffen. Eigentlich ungewöhnlich, dachte er. Es musste schon etwas Außergewöhnliches dazwischengekommen sein, wenn der junge Kollege die gewiss wohlverdiente Nachtruhe ausdehnte, obwohl größere Ermittlungen anstanden. Aber vermutlich war das »Außergewöhnliche« weiblichen Geschlechts und Linkohr gerade mal wieder über beide Ohren in eine »Traumfrau« verknallt.

»Die dritte Verbindung«, riss Söhren den Chef-Ermittler aus den Gedanken, »dürfte uns alle aber hellhörig machen.«

»So?«, war Häberle wieder voll bei der Sache.

»Mitterhofer hat am vergangenen Sonntagabend das Ingenieurbüro ›Tiefbau und Bodentechnik‹ in Stuttgart-Degerloch angerufen. Und dreimal dürft ihr raten, wer der Inhaber ist.«

Keiner der Kollegen wollte etwas sagen. Sie warteten gespannt, bis Söhren den Namen aussprach: »Gunnar Rodefeld.«

Das Polizeipräsidium hatte zu einer Pressekonferenz geladen, die um 10 Uhr im Ulmer Dienstgebäude, dem sogenannten Neuen Bau, unweit des Münsters stattfand. Viele Journalisten, vor allem jene, die aus Stuttgart anreisen mussten, empfanden diesen vormittäglichen Termin als eine Zumutung. Andererseits erhofften sie sich endlich klare Aussagen zu den Ereignissen in Hohenstadt. Bisher hatte es zwar viele Gerüchte und Spekulationen gegeben, aber nur wenig Konkretes zu den Hintergründen. Nur das örtliche Heimatblatt war weit vorgeprescht – und auch der lokale Fernsehsender »Filstalwelle« hatte in seinem sich halbstündig wiederholenden Nachrichtenblock bereits über Merkwürdigkeiten berichtet.

Während nun mehrere Kamerateams ihre elektronischen Gerätschaften auf den quer gestellten Tisch ausrichteten, auf dem Namensschilder die Platzordnung für Präsident, Kripochef, Staatsanwalt und Pressesprecher vorgaben, trudelten auch die Journalisten der Printmedien und einige Fotografen ein. In der vordersten Stuhlreihe hatte sich ein sogenannter »Onliner« niedergelassen: ein junger dynamischer Typ, der sich der Bedeutung seines elektronischen Mediums sichtlich bewusst war, und dessen glatt rasierter Kopf wie poliert glänzte. Der Laptop lag auf seinem Schoß und er konzentrierte sich bereits darauf, Ablauf und Inhalt der Pressekonferenz als sogenannten »Liveticker« in die Tasten zu klopfen. Die Menschen draußen im Lande sollten augenblicklich lesen können, was hier gesagt wurde. Schneller wären nur noch die Fernseh- und Radiostationen, sofern sie eine Liveübertragung machten. Lokaljournalist Georg Sander hatte bescheiden drei Reihen hinter dem »Onliner« Platz genommen und fragte sich wieder einmal, ob die Welt solch rasante Berichterstattung brauchte. Was würden die Herrschaften heutzutage alles tun, hätte die erste Mondlandung nicht im Juli des medienarmen Jahres 1969 stattgefunden, sondern anno 2015? Wie hatte sich doch die Medienwelt verändert! Sander kamen auch die Bilder der Flugzeugkatastrophe vom März in Erinnerung, als ein offenbar psychisch kranker Copilot in den südfranzösischen Alpen ein Flugzeug absichtlich hatte abstürzen lassen. Wie schnell waren alle Details zu den Hintergründen um die Welt gegangen! Welchem Stress waren da die Kollegen der großen Medien ausgesetzt gewesen! Immer schneller, immer eine Nasenlänge vor der Konkurrenz. Sander hatte in seinem langen Berufsleben auch über viele, natürlich weitaus kleinere Katastrophen berichten müssen, war mit großem Engagement und ebenso großer Begeisterung an die journalistische Arbeit herangegangen – doch jetzt war er froh, in dieser verrückten Medienwelt nicht mehr lange mitmischen zu müssen. Allein schon der jetzige Fall schien ihn zu überfordern. Denn seit die öffentlichen Institutionen, also Polizei und Staatsanwaltschaft, vor der Übermacht der Medien eine immer größere Mauer des Schweigens aufbauten, war es zunehmend schwieriger, an Informationen heranzukommen. Selbst so erfrischend bürgernahen und bodenständigen Kriminalisten, wie August Häberle einer war, wurden inzwischen Maulkörbe verpasst. Da hatte Sander das offene Gespräch mit dem Hohenstadter Bürgermeister als äußerst erfreulich empfunden. Kein Misstrauen, kein Phrasengeschwätz, sondern klare Worte.

Sanders Gedankenwelt war so intensiv gewesen, dass er den Aufmarsch der Offiziellen kaum zur Kenntnis genommen hatte – auch nicht, wer nun links neben ihm saß. »Meine Damen und Herren«, begann der Ulmer Polizeipräsident, dessen Uniform sich akkurat der Körperfülle anpasste, »wir wissen, dass 10 Uhr ein etwas ungewöhnlicher Termin ist. Aber wir kommen gerne unserer Informationspflicht nach, um Sie über die Ereignisse in Hohenstadt auf dem Laufenden zu halten.« An den Kameras glimmten rote Lichtchen, auf dem Tisch standen unzählige Mikrofone mit buntem Windschutz. Der Präsident stellte die drei Männer neben sich vor, während Sander es bedauerte, dass sie zwar den Kripochef, nicht jedoch den Leiter der Sonderkommission, also Häberle, hinzugebeten hatten. Aber vermutlich hätte es Häberle sowieso abgelehnt, nur dazusitzen und nichts Konkretes sagen zu dürfen. Nach allgemeinem Geplänkel erteilte der Präsident dem Leitenden Oberstaatsanwalt das Wort, einem eloquenten Herrn mittleren Alters, der dafür bekannt war, sich mit wohlgeformten juristischen Formulierungen auf Allgemeines zu versteifen: Man ermittle »in alle Richtungen«, sei »noch immer mitten in der Sondierung der Spuren« und könne »aus ermittlungstaktischen Gründen« keine Details nennen. Sander kannte diese Sprüche zur Genüge.

Als der oberste Kripochef zu Wort kam, wurde der »objektive Sachverhalt« noch einmal durchgekaut: dass es in der Nacht zum gestrigen Dienstag auf dem Hohenstadter Baufeld der Eisenbahn-Neubaustrecke Stuttgart–Ulm »einen Todesfall« gegeben habe. Zunächst habe es sich wie ein Unglücksfall dargestellt, doch hätten »die näheren Umstände in dieser Nacht« ziemlich schnell den Verdacht »auf eine Einwirkung Dritter« aufkommen lassen. Derzeit würden »verschiedene Personen vernommen« – und zwar »überwiegend aus dem Umfeld des Opfers.« Noch immer sei aber unklar, um wen es sich bei der »getöteten männlichen Person« handle. Der Kripo-Chef wurde jetzt deutlicher und sah dabei Sander mahnend an: »Was wir heute in einer unserer Heimatzeitungen zu lesen bekommen haben, entbehrt bisher jeglicher juristisch belastbarer Grundlage. Natürlich ist es Ihnen allen«, er blickte die annähernd 20 Journalisten der Reihe nach an und wiederholte: »… Ihnen allen natürlich freigestellt, zu recherchieren. Aber erwarten Sie bitte nicht, dass wir zu einzelnen Artikeln Statements abgeben.« Wieder blieben seine Augen an Sander hängen. »Diese Art, wie der Vorfall mit Stuttgart 21 in Verbindung gebracht wird, ist reine Spekulation. Ich warne auch nachdrücklich davor, in Hohenstadt Unruhe zu schüren. Dort oben wird die Baustelle mit Wohlwollen aufgenommen.«

Sander tat so, als ginge ihn dies alles nichts an. Er hatte schließlich fundiert recherchiert und konnte sich guten Gewissens auf verlässliche Informanten stützen. Dass sein Artikel so vorsichtig formuliert war, diente nur zu deren Schutz.

Nachdem annähernd 20 phrasenvolle Minuten verstrichen waren und die meisten Journalisten bereits unruhig wurden, ergriff wieder der Polizeipräsident das Wort und erkundigte sich zögernd, ob es Fragen gebe. Sofort gingen mehrere Hände in die Höhe – und der Pressesprecher, der bis dahin nur schmückendes Beiwerk gewesen war und nichts gesprochen hatte, sah sich veranlasst, die Reihenfolge der Wortmeldungen festzulegen.

Eine junge Frau fragte: »Wieso dauert es so lange, bis man etwas zur Identität des Opfers sagen kann?«

Der Präsident sah Hilfe suchend zum Kripochef, der sofort antwortete: »DNA-Gutachten brauchen ihre Zeit. Und da – wie erwähnt – das Opfer aufgrund seines Auffindezustands nicht identifiziert werden kann, sind wir auf die Laborergebnisse angewiesen.«

»Aber dann brauchen Sie doch Vergleichsproben«, blieb die Frau hartnäckig, »was nützt Ihnen die DNA, wenn Sie aus der Familie des Opfers keine Vergleichsproben haben? Hat man denn einen Verdacht, wer das Opfer sein könnte?«

»Dazu können und wollen wir zum gegenwärtigen Zeitpunkt keine Angaben machen«, erwiderte der Kripo-Chef. Dass sie bislang auf der falschen Fährte gewesen waren, brauchten die Journalisten nicht zu wissen.

Ein anderer meldete sich: »Aber der Herr Kollege von der hiesigen Tageszeitung schreibt, dass es ein sogenannter Baukontrolleur sein könnte.«

Der Polizeipräsident fuhr dazwischen: »Dann fragen Sie doch Ihren Kollegen selbst.« Er wollte den Namen nicht aussprechen.

Ein älterer Herr mit Schnauzbart und eleganter Sommerjacke wollte wissen, ob Korruption im Spiel sein könnte. Die Offiziellen am quer stehenden Tisch sahen sich gegenseitig an, worauf der Leitende Oberstaatsanwalt eingriff: »Baustellen dieser Größenordnung lassen sehr schnell den Verdacht aufkommen, es könne sich um Korruption handeln. Aber alles, was gerüchteweise verbreitet wird, entbehrt angesichts unserer bisherigen Ermittlungen jeglicher Grundlage. Die Bahn und die Politik jetzt ins Zwielicht zu bringen, wäre falsch und ein Vorgehen, vor dem ich ausdrücklich warnen muss.« Sander war klar, an wen sich diese Botschaft auch richtete: An den Südwestrundfunk, der vorletzten Sonntag in einer »Tatort«-Folge das Stuttgarter Bahnhofsprojekt thematisiert hatte. Zum Leidwesen der Stadt waren die damit zusammenhängenden Immobiliengeschäfte in die Nähe von Korruption gerückt worden.

Sander ließ das wenig ergiebige Frage- und Antwortspiel noch eine Zeit lang an sich vorüberziehen, bis er und seine Kollegen resignierend aufgaben und die Fernseh- und Radiojournalisten bereits auf Einzelinterviews bestanden. In die Aufbruchstimmung hinein hob er die Hand und stellte eine Frage, die das allgemeine Durcheinanderreden abrupt verstummen ließ. Er hatte mit sich gerungen, ob er eine Information preisgeben sollte, die ihm während der Herfahrt per Handy vertraulich übermittelt worden war. Immerhin dürfte sein heutiger Artikel sie ausgelöst haben. »Was hat es denn mit dem Mann auf sich, der am Dienstagabend am Rasthaus Aichen einen Österreicher abgeholt hat?«

Stille. Alle Augen waren auf Sander gerichtet, der gelassen dasaß und seinen kleinen Notizblock auf dem rechten Schenkel liegen hatte. Der Polizeipräsident erbleichte. Offenbar war er in Gedanken bereits auf der Suche nach einer undichten Stelle in der Sonderkommission. Sander glaubte, dies zu spüren, und schob deshalb in die Stille der Verlegenheit eine Bemerkung nach: »Der Hinweis kommt nicht aus Kreisen der Polizei. Es gibt auch einige Außenstehende, die etwas beobachtet haben.«

Die vier Beamten, die sich bereits auf das Ende der Pressekonferenz eingestellt hatten, schienen überfordert zu sein.

Der Präsident flüsterte hinter vorgehaltener Hand etwas dem Kripochef zu, der Staatsanwalt wandte sich an den Polizeipressesprecher. Drei, vier Sekunden später räusperte sich der Präsident und zeigte sich über alle Verwirrungen erhaben: »Haben Sie Verständnis dafür, dass wir aus ermittlungstaktischen Gründen derzeit keine Angaben dazu machen wollen.«

Nun galt das Interesse der Medienvertreter nicht mehr den Männern am Quertisch, sondern Sander. Der jedoch grinste nur in sich hinein und meinte: »Auch eine kleine Lokalzeitung kann mal exklusiv berichten.«

Der »Onliner« tippte unterdessen eifrig seinen »Liveticker« in die Tasten. Ob er jetzt wohl mit genauer Uhrzeit notierte, dass ein Provinzjournalist die Polizei-Oberen in Verlegenheit gebracht hatte?, dachte Sander und verließ eilig den Raum.

15

Häberle war nach dem Gespräch mit den Kollegen der Sonderkommission gerade wieder in sein provisorisches Büro nebenan zurückgekehrt, als ein Uniformierter auftauchte, der einen schlaksigen und schüchtern wirkenden jungen Mann im Schlepptau hatte. »Das ist Kommissar Häberle«, sagte der Polizist und verschwand wieder, nachdem der Chefermittler den Besucher in Empfang genommen und ihm einen Platz neben dem Schreibtisch angeboten hatte.

»Sie haben uns etwas mitzuteilen?«, begann Häberle ruhig.

»Ich weiß nicht, ob es für Sie wichtig ist«, begann der Besucher, der sich als Martin Kunkel vorgestellt hatte. »Als ich heut früh die Zeitung gelesen habe, hab ich zuerst in der Redaktion angerufen und wollte den Reporter sprechen, der den Artikel über die Vorkommnisse hier oben geschrieben hat. Man hat mir seine Handynummer gegeben, und der hat mich dann an Sie verwiesen.«

Häberle musste sofort an Sander denken und nickte verständnisvoll. »Dann sind Sie bei mir an der richtigen Adresse. Wollen Sie einen Kaffee?«

Kunkel lehnte dankend ab, er habe gerade erst im Rasthaus gefrühstückt. »Ich bin dort angestellt – in der Gastronomie.« Er lächelte. »Der ADAC hat unser Rasthaus drüben in Aichen vor einigen Jahren als das beste Deutschlands ausgezeichnet.«

Häberle hatte davon gelesen. »Und nun wollen Sie uns etwas berichten – als Zeuge?«

»Ob man mich als Zeugen bezeichnen kann, weiß ich nicht, Herr Kommissar.« Kunkel war nervös, blass, und sein schwarzes Haar klebte am Kopf. »Aber wenn man viele Krimis liest wie ich, dann weiß man, dass es oftmals auf jede Kleinigkeit ankommt.«

»So ist es – auch wenn manche Krimiautoren mit der Polizeiarbeit auf Kriegsfuß stehen und den Eindruck erwecken, bei der Kripo gäb's nur schrullige Typen.« Am liebsten hätte er mit seiner Kritik noch weiter ausgeholt. »Ein Kriminalfall ist kein Volkstheater – und wenn wir in der Realität so arbeiten würden wie die Kommissare in Filmen und manchen Romanen, wären wir unseren Job längst los. Oder wir hätten ein Disziplinarverfahren nach dem anderen am Hals.«

Kunkel nickte. »Finde ich auch.«

»Aber nun zu dem, was Sie gesehen haben.«

»Nun ja«, begann Kunkel zaghaft. »Es war wohl am Montagnachmittag, vorgestern, ich bin gerade zum Dienst gekommen, so um 17 Uhr vermutlich, genau weiß ich es nicht.«

Häberle gönnte ihm eine kurze Denkpause.

»Ja, da war ich ein bisschen zu früh dran und bin bei dem herrlichen Wetter noch über den Parkplatz gelaufen. Einmal so durch.«

Wieder zögerte er, runzelte die blasse Stirn und wich Häberles Blicken verlegen aus. »Und da hab ich ein österreichisches Auto stehen sehen – also eines mit österreichischer Nummer, mein ich. Einen Kombi von Volkswagen, kein Kleinbus, aber so etwas Ähnliches.«

Häberle rief sich in Erinnerung, dass es vermutlich jener dunkelblaue VW Sharan von Egger gewesen sein musste, den sie gestern Abend dort sichergestellt hatten. Er behielt es vorläufig für sich.

»Das ist dann das Auto gewesen, für das sich die Polizei später interessiert hat«, fuhr Kunkel fort. »Und wie ich nun heute lese, was sich drüben auf der Baustelle abgespielt hat, wo doch auch viele Österreicher beschäftigt sind, da dachte ich, Sie würde meine Beobachtung interessieren.«

Häberle wurde langsam ungeduldig. »Uns interessiert alles, was in einem Zusammenhang damit stehen könnte.«

»Na ja«, zeigte sich Kunkel wieder zurückhaltender, »da ist dann einer gekommen und hat den Mann aus dem VW mitgenommen.«

»Wie?« Häberle hatte dieser Kurzbeschreibung nicht folgen können. »Der Österreicher hat auf jemanden gewartet, der ihn mitgenommen hat – verstehe ich das richtig?«

»Ja, genauso war's. Nun ist das nichts Unübliches, dass man sich an einem Rasthausparkplatz trifft und mit jemand anderem weiterfährt. Rasthäuser eignen sich ja besonders gut für heimliche Treffs.« Er verzog das Gesicht zu einem schüchternen Lächeln. »Es müssen ja nicht immer nur Mann und Frau sein …«

Häberle ahnte, was Kunkel meinte. Jetzt aber ging es nur um das, was der Zeuge beobachtet hatte. »Also dieser Mann, mutmaßlich ein Österreicher, wird abgeholt – er steigt in ein anderes Auto …?«

»Ja, in ein helles Auto, vielleicht ein Golf – jedenfalls hatte das Auto die Form von einem Golf.«

Häberle seufzte in sich hinein. Längst gab es jede Menge Nachbauten des Golf – und die meisten Mittelklassewagen sahen von Weitem so aus. »Haben Sie das Kennzeichen gesehen?«, fragte er deshalb schnell zurück.

»Nein«, räumte Kunkel kleinlaut ein, »ich war noch zu weit entfernt. Aber es waren zwei oder drei Buchstaben …«

»Vom Landkreiskennzeichen?«

»Ja, zwei oder drei«, wiederholte Kunkel. »Der erste Buchstabe war ganz sicher ein ›B‹.«

»Ein ›B‹«, wiederholte Häberle erleichtert. »Und der zweite?«

Der junge Mann schüttelte ratlos den Kopf. »Vielleicht auch ein ›B‹ oder ein ›E‹ – oder …«, er holte tief Luft, »ein anderer Buchstabe. Aber es waren vermutlich drei, da bin ich mir ziemlich sicher.«

Häberle hatte sich die Buchstaben notiert. »Mehr ist Ihnen nicht bekannt? Weitere Teile des Kennzeichens?«

»Nein, tut mir leid, das Auto ist dann schnell weggefahren – nicht in meine Richtung, sondern weg – aber nicht zur Autobahn, sondern am Rasthaus entlang zu der Straße, die in den kleinen Ort Aichen rüberführt. Wenn die Schranke am Parkplatz offen ist, kann man das machen. Auch wenn's natürlich verboten ist.«

Häberle rief sich in Erinnerung, dass es offenbar dort für Ortskundige möglich war, die Autobahn illegal zu verlassen. Er notierte Kunkels Personalien, bedankte sich für dessen Hinweis und begleitete ihn aus dem Containerbüro. Auf dem Rückweg kam ihm Philip Mende entgegen, der offenbar in großer Sorge war. »Chef«, entfuhr es ihm, »Mike hat sich noch immer nicht gemeldet.«

Häberle stutzte. »Haben Sie nochmals versucht, ihn anzurufen?«

»Ja, schon mehrmals. Kommt nur die Ansage, der Teilnehmer sei nicht erreichbar.«

Der Chefermittler sah auf die Uhr. 10.39 Uhr. Das war tatsächlich ungewöhnlich. Linkohr kam zwar hin und wieder zu spät, doch wenn er nicht pünktlich sein konnte, rief er wenigstens an. »Hat er auch in Göppingen nicht angerufen?«, erkundigte sich Häberle deshalb.

»Auch nicht. Hab ich schon gecheckt.«

»Hat er niemandem hinterlassen, was er gestern Abend vorgehabt hat?«

»Seine Dates hält er für gewöhnlich ziemlich geheim, sagen die Kollegen«, antwortete Mende sachlich. »Aber wir finden das jetzt sehr beunruhigend.«

Häberle blieb gelassen »Wann hat man ihn zuletzt gesehen?« Er musste sich eingestehen, dass es beinahe wie »zuletzt lebend gesehen« geklungen hatte.

»Gegen 18 Uhr gestern Abend hatte er einen Termin bei Brunner – seitdem hat man ihn nicht mehr gesehen.«

»Dann ruft mal den Brunner an.«

»Sollen wir nicht schon mal selbst …?«, zeigte sich Mende verunsichert.

Häberle musterte ihn zweifelnd. »Nein. Noch nicht.«

Theresa Egger war an diesem Sommervormittag nur kurz draußen gewesen, hatte die Dorfkirche aufgesucht und ein Gebet gesprochen. Jetzt, zurück in ihrem Zimmer im Gasthaus »Sonne«, telefonierte sie wieder mit ihren Eltern und auch mit den beiden Kindern. Den bohrenden Fragen nach dem Vater war sie ausgewichen, obwohl sie spürte, dass Jakob und Lilly von jenen Ängsten geplagt wurden, die Kinder empfinden, wenn der Verlust eines Elternteils drohte. »Er ist ganz sicher noch auf der Suche nach Arbeit«, sagte sie leise und setzte sich verkrampft auf die Bettkante.

»Du hast ihn aber immer noch nicht getroffen?«, hörte sie die erwartungsvolle Stimme ihres fünfjährigen Jakobs.

»Nein, noch nicht«, erwiderte sie, mühsam die Tränen unterdrückend.

»Und wo suchst du ihn jetzt?«

»Ich bin auf einer anderen Baustelle, mein Schatz. Mach dir keine Sorgen. Ich ruf euch heute Abend wieder an.« Sie versuchte, das Gespräch vorsichtig zu beenden, doch Jakobs Stimme klang flehend: »Ihr kommt aber bald wieder zurück?«

Theresa schluckte. »Ich ruf dich heute Abend an, ganz sicher«, wiederholte sie, um schnell hinzuzufügen: »Und jetzt gib mir bitte die Oma noch mal.«

Der Hörer wurde weitergereicht, während Theresa ihre Gefühle nicht mehr zurückhalten konnte. »Es ist schrecklich«, brach es aus ihr hervor. Bereits bei ihrem ersten Anruf hatte sie von dem Toten berichtet, den man gefunden, aber noch nicht identifiziert habe. Dass Christians Auto ganz in der Nähe an einem Autobahnrasthaus stehe, lasse aber das Allerschlimmste befürchten. Doch die Worte, die beschrieben hätten, was dies bedeuten würde, brachte sie nicht über ihre Lippen. Nein, sie wollte sie nicht aussprechen, nicht jetzt. Stattdessen klammerte sie sich an Nebensächlichkeiten, die ihr Trost verhießen: »Der Kommissar hier ist sehr nett, auch wenn er nichts Genaues sagen kann.«

Ihre Mutter bemühte sich vergeblich um zuversichtliche Worte. Doch der Trost, den sie spenden sollten, ging im weinerlichen Klang ihrer Stimme unter.

Theresa war froh, das Gespräch beenden zu können. Sie wischte sich die Tränen weg, die in Strömen über ihre Wangen gerollt waren.

Noch während sie sich im Badezimmer zurechtmachte, wurde sie vom elektronischen Ton ihres Handys aufgeschreckt. Ein Gefühl, das alles beinhaltete: Hoffnung, Enttäuschung, bittere Gewissheit.

Zitternd nahm sie das Gespräch entgegen. Es war der Kommissar. Seine väterliche Stimme hatte sich ihr eingeprägt. Häberle sprach einfühlsam, wollte wissen, wo sie sich gerade aufhielt, und bat um ein kurzes Gespräch, »weil es noch etwas abzuklären gilt«, wie er sagte. Sie stimmte schließlich seinem Vorschlag zu, sie in der nächsten Viertelstunde in der »Sonne« aufzusuchen. »Aber nicht in der Gaststube, sondern vielleicht in einem Aufenthaltsraum«, fügte er an.

Theresa hatte keine Ahnung, ob es so etwas überhaupt gab, und nannte die Nummer ihres Zimmers, in dem sie ihn erwartete.

In aller Eile föhnte sie ihre Haare, erneuerte zitternd die Wimperntusche und verstaute einige Kleider, die sie nur aufs Bett gelegt hatte. Durch die offen stehende Balkontür strömte die gnadenlose Hitze des Sommertags herein.

Als Häberle zaghaft klopfte und Theresa ihn einließ, fühlte sie sich zwar keinen Deut besser als nach dem Gespräch mit ihrer Mutter, trug aber eine gewisse Gefasstheit zur Schau. Sie bot dem Kriminalisten an dem kleinen Tisch einen Platz an und setzte sich ihm gegenüber. Häberle sah ihr in die geröteten Augen. »Ihnen geht's nicht gut«, stellte er mitfühlend fest. »Sie sollten sich nach der langen Fahrt vergangene Nacht ausruhen.«

»Das sagen Sie so einfach«, erwiderte sie. »Ich bin viel zu aufgewühlt.« Erst jetzt bemerkte sie, dass Häberle eine Tragetüte mit sich geführt hatte, aus der er nun vorsichtig eine kleine Schachtel hervorholte.

»Wir müssen etwas abklären«, wiederholte er noch einmal, was er am Telefon gesagt hatte.

Theresa spürte ihren Herzschlag bis zum Hals. Irgendetwas schnürte ihr die Kehle zu. Was verbarg sich in diesem Behältnis? Etwas von Christian? Hatten sie ihn gefunden? Oder nur einen Teil von ihm?

»Ich kann Ihnen das leider nicht ersparen«, bedauerte Häberle mit belegter Stimme, legte die Schachtel auf den Tisch und öffnete den Deckel.

Theresa stockte der Atem. Ihre Augen starrten auf den Inhalt, der aus einem Plastikbeutel bestand, den Häberle nun vorsichtig herausnahm. »Ich möchte Sie nicht beunruhigen – und egal, was Sie nun feststellen, es hat zunächst einmal nichts zu bedeuten.«

Nein, nein, hämmerte eine innere Stimme, mach dich nicht verrückt. Wären es Leichenteile, würden diese nicht in einem Plastikbeutel herumgetragen. Niemals. Nein. Sie hatte die Augen geschlossen, jetzt aber wieder geöffnet. Was sie durch den matten Kunststoff des Beutels sah, war Metall, silbern glänzend, jedoch undefinierbar. Verbogenes oder zerbrochenes Metall.

Häberle legte den Beutel auf den Tisch und strich mit den Fingern mehrfach über die Hülle, um die einzelnen Teile überschaubar anzuordnen. »Was wir hier haben, sind die Überreste einer Armbanduhr«, sagte er, während Theresas Blick starr auf den Beutel gerichtet war. Häberle gewährte ihr Bedenkzeit, ehe er erklärte: »Es handelt sich um eine relativ hochwertige Uhr mit separaten Stunden-, Minuten und Sekundenzeigern sowie mit Stoppuhrfunktion. Aus Edelstahl, ein Schweizer Modell, wie wir herausgefunden haben.«

Theresa schwieg noch immer.

»Man kann landläufig auch Pilotenuhr dazu sagen«, ergänzte Häberle und sah die bleiche Frau von der Seite an. »Ziemlich teures Stück, sagen unsere Kriminaltechniker. Wir fragen uns, ob Sie so eine Uhr kennen.«

Theresa hob langsam ihren Blick und wandte sich an Häberle. »Ob Christian so eine trägt, wollen Sie wissen«, sagte sie tonlos.

Der Chefermittler nickte.

Noch einmal streiften ihre Augen den kleinen Plastikbeutel, als wolle sie sich vergewissern, was sie schon wusste. »Nein«, brachte sie aus trockener Kehle hervor. »Nein, kenne ich nicht.« Sie atmete tief durch, als sei soeben eine schwere Last von ihr gefallen. Ein Funken Hoffnung keimte in ihr auf.

Häberle legte den Beutel in den Karton zurück, schloss den Deckel und verstaute alles wieder in der Tragtüte. Er konnte Frau Eggers Erleichterung nachvollziehen. Doch für ihn war wieder eine Spur ins Leere gegangen.

*

Philip Mende war zunehmend beunruhigt. Wenn sich Linkohr nicht bis zur Mittagszeit gemeldet hatte, musste etwas unternommen werden. Mochte ja sein, dass der junge Kollege dazu neigte, nächtliche Eskapaden in den Vormittag hinein auszudehnen, aber keiner konnte sich entsinnen, ihn jemals so spät kommen gesehen zu haben. Immer wieder hatte Mende in den vergangenen Stunden versucht, Linkohr telefonisch zu erreichen. Auch Lukas Brunner konnte nur bestätigen, dass der Kriminalist ab 18 Uhr etwa eine halbe Stunde bei ihm gewesen war – ob und welchen Termin er anschließend wahrgenommen hatte, wisse er aber nicht. Allerdings habe Linkohr den Eindruck erweckt, das Gespräch möglichst schnell hinter sich bringen zu wollen.

Mende hatte Mühe, sich auf seine Aufgabe zu konzentrieren, die jetzt dringend anstand – nämlich die Frage zu klären, welche Verbindung es zwischen dem verschwundenen Mitterhofer und dem seltsamen Tiefbauingenieur Gunnar Rodefeld gab. Vor allem, worum es in dem Telefongespräch der beiden am Sonntagabend gegangen war. Schließlich hatte Rodefeld gestern gegenüber Häberle erklärt, Mitterhofer nicht zu kennen.

Von dem jungen Mann war bekannt, dass er Handys offenbar verschmähte. Mende wählte deshalb die Festnetznummer in dessen Ingenieurbüro. Es dauerte einige Rufzeichen lang, bis sich eine zaghafte Frauenstimme meldete. »Ja, bitte?«

Mende ließ sich zunächst bestätigen, dass er mit dem Ingenieurbüro »Tiefbau und Bodentechnik« verbunden war. Als die Mädchenstimme dies bejahte und sagte, sie sei die Mitarbeiterin Gabriele Honold, gab er sich zu erkennen.

»Kriminalpolizei?«, wiederholte die junge Frau ungläubig. »Aber es war doch erst gestern der Kommissar da.«

»Richtig«, entgegnete Mende, »aber wir hätten noch ein paar Fragen, die sich sehr schnell am Telefon beantworten lassen.«

»Er ist nicht da«, kam es schnell zurück. »Gunnar … ich meine Herr Rodefeld ist geschäftlich unterwegs«, log sie.

»Wann erwarten Sie ihn zurück?«

»Keine Ahnung.« Die Stimme verriet Unsicherheit. »Ich weiß auch nicht, wo er hin ist.«

»Und ein Handy?«

»Hat er nicht dabei.«

»Seit wann ist er schon unterwegs?«

Gabriele Honold hielt sich zurück. »Genau weiß ich das auch nicht.« Wieder eine kurze Pause. »Seit gestern Abend. Er hatte einen Termin, aber ich weiß nicht, wo.«

»Und Sie haben keine Ahnung, wo wir ihn erreichen können?«, bohrte Mende weiter.

»Nein, wirklich nicht.«

Der Kriminalist glaubte zu spüren, dass ihm etwas verheimlicht wurde. »Frau Honold«, sagte er eindringlich, »wenn es da etwas gibt, das im Zusammenhang mit unserem Fall steht, sollten Sie uns das sagen.«

»Ich weiß nichts«, entgegnete sie mit ängstlichem Unterton.

»Manchmal kann auch Schweigen als Beihilfe zu etwas gewertet werden.« Er sagte dies, ohne zu ahnen, dass er seine Gesprächspartnerin damit schockte. Sie schwieg.

Mende war sich der Wirkung seiner weiteren Frage durchaus bewusst: »Sagt Ihnen der Name Isabelle etwas? Isabelle Potzorni?«

Mende hörte schweren Atem. »Was … was ist mit Isabelle?«

»Sie kennen Sie?« Mende wurde hellhörig.

»Wieso?« Gabrieles Stimme zitterte. »Was hat dies alles mit Gunnar zu tun?«

»Sie kennen Isabelle Potzorni?« Mende ließ sich nicht ablenken.

»Ja«, sagte Gabriele leise, »sie ist eingesperrt.«

»Ja, das ist sie«, stellte Mende klar. »Woher kennen Sie sie?«

»Sie war mal Gunnars Freundin.«

Mende nickte und malte Kringel auf seinen Notizblock. »Ich glaube, es macht Sinn, wenn Sie uns mal besuchen.«

»Wie? Ich?«

»Ja. Und falls Herr Rodefeld sich melden sollte, dann sagen Sie ihm, er soll sich sofort mit uns in Verbindung setzen. Dringend.«

»Ich weiß nicht, wann er sich meldet.«

Mende wurde deutlicher: »Und Sie täten gut daran, noch heute zu uns nach Hohenstadt zu kommen. Bahnbaustelle. Ist ausgeschildert. Sonst könnte es sein, dass wir Sie offiziell vorladen müssen.«

Sein energischer Ton verfehlte die Wirkung nicht.

»Sie … Sie werden mich aber nicht einsperren?«, flüsterte Gabriele, als wolle sie diese schreckliche Frage gar nicht laut aussprechen.

»Das entscheiden irgendwann die Staatsanwaltschaft und ein Richter.« Mende legte auf.

Securitymann Jan Marusch hatte gleich frühmorgens in die Büros der Sonderkommission kommen wollen, doch dann war völlig unerwartet sein Chef aufgekreuzt. Erst nachdem dieser sich in allen Details hatte schildern lassen, wie der

Angriff auf seinen Angestellten erfolgt war, zog er mürrisch, aber zufrieden wieder ab.

Marusch hatte sich von seinem Chef ein bisschen mehr Verständnis und Einfühlungsvermögen erhofft, weshalb er innerlich zerrissen zum Bürocontainerkomplex hinüberging. Ohne sich angekündigt zu haben, erschien er bei der Sekretärin der Sonderkommission, die sich in einem der Räume provisorisch eingerichtet hatte. Er bat um ein Gespräch »mit dem Chef«, musste jedoch zunächst begründen, weshalb dies so eilig war. Nachdem er das in knappen Worten, wie er es gewohnt war, getan hatte, begleitete ihn die Dame quer über den dunklen Flur zu Häberle, der damit aus seinen Gedanken über den verschwundenen Linkohr gerissen wurde.

Häberle erkannte den Besucher sofort und bot ihm einen Platz an.

»Entschuldigen Sie, wenn ich so hereinschneie«, sächselte Marusch, »aber mich plagt seit gestern etwas, das ich loswerden muss.«

»Etwas zu dem Vorfall am Eingang?«

»Ja – aber nicht direkt. Ich will niemand anschwärzen – und deshalb hab ich mir überlegt, ob und inwieweit das eine mit dem anderen zu tun hat.« Marusch schob seine locker aufgekrempelten Hemdsärmel weiter nach oben. Ihm war heiß.

»Wir sind für jeden Hinweis dankbar – und mag er auf den ersten Blick noch so unbedeutend sein«, sagte Häberle. Den Satz hatte er in seiner Laufbahn schon viele Tausend Mal ausgesprochen.

»Ich war vorgestern Abend, also am Montag, wie immer da draußen unterwegs. Aber das hab ich Ihnen ja schon gesagt. Zaun überwachen und so. Da ist mir dann so kurz vor 23 Uhr – genau weiß ich das nicht mehr – ein Auto aufgefallen, das zwischen Deponie und den Bürocontainern unterwegs war. Es ist von dort oben gekommen und dann hierhergefahren.«

Häberle nickte interessiert. »Und so etwas ist ungewöhnlich zu dieser Zeit?«

»Nein, nicht wirklich. Es wird hier immer gefahren, das ist nicht ungewöhnlich. Meist sind es Baustellenautos ohne Zulassung für den öffentlichen Straßenverkehr, also ohne Kennzeichen. Manchmal auch welche mit.«

Häberle war gespannt, worauf Marusch hinauswollte.

»Ich war natürlich noch ziemlich weit weg, abseits im Gelände, als das Auto auf der Baustraße vorbeigefahren ist. Mit aufgeblendeten Scheinwerfern. Mich konnte aber niemand sehen.«

Der Chefermittler, der seine Unruhe stets verbergen konnte, war nah dran, den Besucher zu drängen, endlich auf den Punkt zu kommen.

»Alles in allem nichts Ungewöhnliches, und trotzdem denk ich, dass es für Sie von Wichtigkeit sein könnte. Leider hab ich das Autofabrikat nicht erkennen können. Aber es war eher ein Kleinwagen. Golf-Klasse würde ich sagen. Aber zur Farbe kann ich auch nichts sagen. Jedenfalls vermutlich nicht Weiß.«

»Mhm«, machte Häberle. »Und woran machen Sie nun Ihr ungutes Gefühl fest?«

Marusch überlegte. »Am Tempo vielleicht. Normalerweise sind die Autos hier bei Nacht ziemlich schnell unterwegs. Aber wahrscheinlich wird auf der teilweise geschotterten Piste nur mit den Baustellenfahrzeugen kräftig Gas gegeben. Privatautos behandelt man womöglich sorgfältiger.«

»Mag sein«, brummte Häberle. »Und dieses Auto war ein Privatfahrzeug?«

»Ja, das hab ich aus meiner Distanz gerade noch erkennen können. Es hatte ein Zulassungskennzeichen aus dem Berchtesgadener Land.«

Häberle konnte sich auf Anhieb nicht die passende Buchstabenkombination zusammenreimen.

»BGL«, half ihm Marusch auf die Sprünge. »Mehr hab ich aber nicht mehr ablesen können. Nur eines ist mir noch aufgefallen, als sich der Wagen in einer Kurve von mir entfernt hat und sich der Innenraum im Gegenlicht eines Halogenstrahlers abzeichnete. Da war ich mir ziemlich sicher, dass auf dem Beifahrersitz auch jemand saß.«

Häberle hatte eifrig mitgeschrieben. Denn Maruschs beiläufige Beobachtung konnte eine heiße Spur sein. Ohne dies zu zeigen, fragte er ruhig nach: »Eine zweite Person auf dem Beifahrersitz? Da sind Sie sich ganz sicher? Könnte es, von hinten betrachtet, nicht auch nur die Kopfstütze gewesen sein?«

Marusch verzog nachdenklich sein Gesicht. »Natürlich kann ich das nicht beschwören«, schwächte er seine Aussage ab. »Nichts kann ich beschwören, verstehen Sie? Mich hat nur so ein Bauchgefühl dazu bewogen, es Ihnen zu sagen.«

»Das haben Sie sehr gut entschieden«, zeigte sich Häberle zufrieden und wollte wenigstens in einem Punkt eine klare Aussage: »Aber an die Buchstaben BGL können Sie sich erinnern?«

»Ganz sicher. Das könnte ich bei Gericht beschwören.«

Häberle spürte zum ersten Mal in diesem Fall so etwas wie Erleichterung.

Philip Mende war jetzt entschlossen, dem Chef eine ernsthafte Suchaktion nach Linkohr vorzuschlagen. Gleich war es 12 Uhr mittags, und noch immer gab es kein Lebenszeichen von dem ansonsten so sehr engagierten Kriminalisten.

Nur ein einziges Telefonat wollte Mende schnell führen, bevor er zu Häberle gehen würde. In der Sonderkommission waren sie sich einig gewesen, dass die engen Kontakte, die offenbar zwischen Natascha Frese und dem verschwundenen Simon Mitterhofer bestanden hatten, noch einige Erkenntnisse bringen könnten. Frau Frese meldete sich jedoch in ihrem Büro nicht, worauf Mende die in den Akten verzeichnete Handynummer anwählte. Nach wenigen Rufzeichen hauchte sie ein »Hallo« in den Hörer.

Mende, der den Eindruck hatte, sie gerade erst aus den Federn geklingelt zu haben, ließ sich bestätigen, dass er die richtige Ansprechpartnerin am Apparat hatte. Dann gab er sich als Kriminalist zu erkennen und erntete eisiges Schweigen.

»Sind Sie noch da?«, fragte er verwundert zurück.

»Ja, natürlich. Sie wollten doch etwas von mir?« Ihre Stimme klang nicht gerade sympathisch, dachte Mende, worauf er schnell entgegnete: »Wir hätten noch ein paar Fragen an Sie.«

»So?« Natascha Frese schien über dieses Ansinnen nicht erfreut zu sein. »Ich hab doch Ihrem Kollegen bereits alles gesagt«, kam es schnippisch zurück. »Hat er es Ihnen nicht berichtet?«

Mende schluckte. Ihm kam der Gedanke, dass diese Frau wüsste, wo sich Linkohr aufhielt. Das war natürlich Unsinn, mahnte er sich selbst. Linkohr war irgendwann gestern am frühen Nachmittag bei ihr gewesen und hatte über das Gespräch auch ein Protokoll angefertigt.

»Mein Kollege Linkohr«, blieb Mende gelassen, »hat uns zwar alles berichtet, aber wir sollten trotzdem noch ein paar Dinge mit Ihnen bereden, rein informatorisch.« Noch bevor er sie bitten konnte, am Nachmittag zur Sonderkommission zu kommen, wiegelte sie ab: »Ich glaube kaum, dass es noch mehr zu bereden gibt. Wieso ruft mich eigentlich der Herr Linkohr nicht selbst an?«

Mende überkam erneut das Gefühl, Linkohrs Abwesenheit könnte mit dieser Frau zusammenhängen. »Er ist anderweitig beschäftigt«, antwortete er barsch.

»So, ist er das?«, fragte sie zurück, und Mende hätte jetzt gerne ihr Gesicht dazu gesehen. Dann bestand er darauf, dass sie sobald wie möglich ins Büro kam.

Häberle hatte sich in sein Büro zurückgezogen. Inzwischen war ihm Linkohrs Ausbleiben auch nicht mehr geheuer. Zwar hatte der junge Kollege gestern nahezu 20 Stunden ununterbrochen gearbeitet, und es stand ihm deshalb eine längere Ruhepause zu. Aber es war schier unmöglich, dass er so lange schlief. Oder er hatte trotz des stressigen Tages irgendwo die vergangene Nacht noch durchgemacht und nun einfach verschlafen. Andererseits verlangte es die Fürsorgepflicht als Chef, sich um den Kollegen zu kümmern. Auch die Mannschaft war inzwischen beunruhigt, und allmählich schien die Sorge um Linkohr um sich zu greifen und sogar die Arbeit der Sonderkommission zu hemmen.

Häberle sah auf die Uhr. Kurz nach zwölf. Er entschied, noch bis 13 Uhr zu warten. Denn würde er irgendetwas in die Wege leiten, um Linkohr zu suchen, musste er dies gegenüber dem Ulmer Präsidium begründen. Dies wiederum würde dem jungen Kollegen wegen des verspäteten Erscheinens am Arbeitsplatz ziemlichen Ärger einbringen. Es war kaum anzunehmen, dass der Präsident Verständnis für solche Eskapaden aufbrachte. Vermutlich würde es einen Vermerk in der Personalakte geben – mit der Folge, dass sich Linkohr gleich gar keine Hoffnung auf eine wie immer geartete Nachfolge Häberles zu machen brauchte.

Häberle hatte mit seinem Anruf, den er jetzt tätigen wollte, absichtlich bis zur Mittagszeit gewartet. Denn dort, wo er jemanden zu erreichen hoffte, war – wenn er richtig gerechnet hatte – erst früher Morgen. Die Nummer, die mit der Ländervorwahl 00506 begann, hatte ihm der Computerexperte notiert: Costa Rica. Jener Anschluss, der mehrfach auf der Liste von Mitterhofers Verbindungsdaten aufgetaucht war. Es dauerte einige Sekunden, bis die Leitung stand und ein Rufsignal zurückkam. Noch während er wartete und auf das Ziffernblatt der analogen Uhr starrte, die an der weiß getünchten Wand hing, ärgerte er sich über seinen Irrtum. Unter Berücksichtigung der hiesigen Sommerzeit war's in Mittelamerika erst 4.12 Uhr. Gerade als er wieder auflegen wollte, um nicht als morgendlicher Störenfried gleich in Ungnade zu fallen, meldete sich eine Frauenstimme. »Hola.« Dank seiner Urlaube auf den Kanarischen Inseln war ihm diese spanische Begrüßung vertraut.

»Buenos dias«, erwiderte er, ohne zu wissen, ob dies angebracht war. »Guten Tag«, schob er deshalb nach und fragte: »Sprechen Sie Deutsch?« Um es auch noch auf Spanisch zu versuchen: »Hablas aleman?«

»No, nur klein wenig.«

Häberle hatte einen Funken Hoffnung, sich wenigstens ein bisschen verständigen zu können. Notfalls musste er einen Dolmetscher hinzuziehen. »Lo siento«, sagte er und meinte damit, dass es ihm leidtue. »Do you speak English? Ingles?«, versuchte er es nun auf Englisch.

»No, no, español.«

Häberle seufzte in sich hinein. Ihm wollte das spanische Wort für »Frau« nicht einfallen, weshalb er es mit dem italienischen »Signora« versuchte. »Signora Mitterhofer.«

Die Gesprächspartnerin in Mittelamerika wusste zur Erleichterung Häberles etwas damit anzufangen und wiederholte den Namen mit spanischem Akzent, aber immerhin verständlich.

»Ich möchte Frau Mitterhofer sprechen«, wiederholte Häberle nun langsam. »Verstehen Sie?«

»Si, si. Kommt morgen. Viene mañana.«

»Morgen«, wiederholte Häberle und war unsicher, ob sie mit »morgen« den in Mittelamerika gerade erst angebrochenen heutigen Mittwoch oder tatsächlich den morgigen Donnerstag meinte.

»Si,si, morgen. Auf Reisen. Weiß nicht, wo ist.«

»Und die Tochter?« Häberle wiederholte: »Tochter von Frau Mitterhofer. Tochter.«

»Tochter«, echote es in starkem Akzent. »No. Auch nicht da. Beide weg.«

»Ich sollte sie dringend sprechen«, erklärte Häberle langsam und deutlich. »Dringend. Es ist wichtig.« Dann fiel ihm das spanische Wort für »schnell« ein: »Rapidamente.«

»Rapidamente«, wiederholte die Frau jenseits des Atlantiks. »Rapidamente. Immer schnell, alles schnell.« Sie schien sich über Häberles Ungeduld zu echauffieren. »In Alemania immer schnell, rapidamente, rapidamente.«

Häberle unternahm gleich gar keinen Versuch, sie zu beruhigen. Allem Anschein nach war es eine Haushaltshilfe, die nun ziemlich sauer war, dass er sie aus dem Bett geklingelt hatte und nun auch noch eine schnelle Antwort erwartete.

»Rapidamente«, wiederholte sie ein weiteres Mal, um dann viel ruhiger zu werden und noch etwas auf Spanisch zu sagen, das Häberle elektrisierte: »Pura Vida.«

Stefan Pichler war bei Theresa Egger in der »Sonne« gewesen. Er hatte sie getröstet und immer wieder versichert, dass es niemanden auf der Baustelle gebe, der ihrem Mann nach dem Leben getrachtet habe. Auch wenn Christian seit zwei Tagen verschwunden sei, so lasse dies nicht zwangsläufig seinen Tod befürchten. Pichler wusste natürlich, dass es für alles, was er sagte, keine Gewissheit und keine belastbaren Hinweise gab. Sie stocherten im Nebel und redeten im Kreis. Theresa klammerte sich an jeden Funken Hoffnung. Einer davon war, dass es nicht Christians Armbanduhr war, deren Trümmerteile sie an der Brechanlage gefunden hatten.

Dass aber Christians Auto da drüben am Autobahnrasthaus stand, ließ natürlich nichts Gutes ahnen. Er war also auf gar keinen Fall nach Graubünden zum Gotthard-Tunnel gefahren, sondern vermutlich direkt zu seiner alten Arbeitsstelle nach Hohenstadt. Natürlich, wohin auch sonst? Seit sie seine Dokumente durchstöbert und teilweise entziffert hatte, quälte sie ein böser Gedanke. Noch wollte sie darüber mit niemandem reden. Noch nicht. Vielleicht würde sie es aber auch nie tun. Allein schon Christian zuliebe. Egal, was ihm zugestoßen sein mochte.

Aber wo hielt er sich seit fast zwei Tagen auf? Warum hatte er sich nicht gemeldet? Oder war er es, der den Mitterhofer …? Sie wollte es nicht aussprechen. Nein, bloß diese Frage nicht. Aber auch all die anderen Zweifel, die immer und immer wieder durch ihren Kopf geisterten. Stefan Pichler spürte, wie seine Worte zunehmend ins Leere gingen, und auch er selbst empfand den Trost, den er spenden wollte, nur als den vergeblichen Versuch, ihre finsteren Gedanken zu vertreiben. Sie stocherten im Nebel, der sie umgab und der von Minute zu Minute dichter zu werden schien. Aber vermutlich konnten sie ohnehin nicht mehr klar denken.

Pichler hatte ihr versprochen, sie sofort zu informieren, falls es Neuigkeiten gab, die allerdings – wie so oft seit gestern – gewiss eher aus Gerüchten als aus fundierter Information bestanden. Offiziell drang nichts aus den Räumen der Kriminalpolizei heraus. Dabei, so überlegte Pichler, musste spätestens heute das Ergebnis der DNA-Analyse vorliegen, damit endlich Gewissheit bestand, ob Mitterhofer nun tatsächlich das Opfer war. Aber möglicherweise wurde dies geheim gehalten, um den Täter zu verunsichern.

Pichler war mit seinem BMW gemächlich aus Hohenstadt hinausgerollt – hinab in die Senke und vorbei an einigen landwirtschaftlichen Anwesen, nach denen sich alsbald das große Hinweisschild auf die Neubaustrecke der Bahn erhob. Dort bog er rechts in die Baustraße ein, die zum Eingang in das Areal führte. Direkt vor der offenen Schranke kam ihm der Golf von Bulling entgegen. Die aufflammende Lichthupe signalisierte ihm, anzuhalten.

Ihre beiden Autos kamen Fahrertür an Fahrertür zum Stehen, während die Seitenscheiben herabglitten. »Kommst du von Theresa?«, fragte Bulling.

»Ja, natürlich, hab sie tröst'n müss'n. Eine ganz schlimme Sache für sie.«

»Eine schlimme Sache für uns alle«, griff Bulling diese Bemerkung auf. Schweißperlen glänzten auf seiner Stirn. »Es heißt inzwischen, dass es gar nicht Mitterhofer ist …« Bulling sah sein Gegenüber mit versteinerten Gesichtszügen an.

»So?«, entfuhr es Pichler verwundert. »Nicht der Mitterhofer? Sondern?«

»Keine Ahnung. Gerüchteweise hört man halt, dass es *nicht* der Mitterhofer ist.«

»Egger?«, kam es aus Pichlers trockener Kehle.

»Keine Ahnung. Aber wer soll schon den Egger umbringen wollen? Den doch nicht. Warum auch?«

»Wenn es stimmt, was du sagst, Darko, dann werden die bei der Kripo jetzt ganz schön ins Rotieren kommen.«

Er sah Bulling fest in die müden Augen. »Ich hab's dir ja schon gestern zu erklären versucht: Möglicherweise gibt's hier oben noch ziemliches Trara.«

»Ich versteh deine Angst nicht, Stefan. Du kommst mir richtig panisch vor. Willst du mir jetzt auch Angst machen, oder was?«, wurde Bulling unsicher.

»Ich hab Angst, ganz ehrlich«, räumte Pichler ein. »Den Kriminalisten wird jetzt nichts mehr verborgen bleiben. Wir werden alle durchleuchtet, glaub mir das. Wenn da einer auch nur ein bisschen Dreck am Stecken hat, wird man's rausfinden.«

»Dass du Angst hast, hab ich schon gestern gemerkt.«

Pichler wiegelte ab. »Angst nicht direkt um mich. Sondern um das Betriebsklima allgemein. Ich möchte nicht, dass es noch mehr leidet, als es nach der Geschichte mit Egger schon getan hat. Wir brauchen Ruhe im Berg, verstehst du?«

Ein kurzes Lächeln huschte über das unrasierte Gesicht Bullings. »Ruhe ist gut. Vermutlich geht's ab morgen früh wieder los, hat Feuerstein verkündet.«

»Wie? Die Kripo lässt uns wieder arbeiten?«

»Ja. Es sei denn, denen fällt noch was Neues ein – jetzt, wo sie fast zwei Tage einem Phantom hinterhergerannt sind.«

»Aber eines muss uns klar sein«, gab Pichler mit ernster Miene zu bedenken. »Wenn nicht Mitterhofer das Opfer ist, sondern ein anderer – dann hat sich auch der Kreis der Verdächtigen geändert.«

Bulling dachte nach und runzelte die Stirn. »Klar. Vielleicht kriegen einige unserer *hohen Herren* jetzt auch was ab.«

»So locker seh ich das nicht«, erwiderte Pichler. »Denk dran, Darko. Wir könnten für die Kripo allesamt potenzielle Täter sein.«

»Ach«, winkte Bulling energisch ab, »ich glaub, du spinnst, Stefan. Falls Egger das Opfer ist, wird wohl kein Einziger von uns in Verdacht geraten. Was hätten wir schon für einen Grund, ausgerechnet ihn umzubringen? Einen Kollegen. Vielleicht hat sich der Mensch, den's da erwischt hat, auch wirklich selbst umgebracht – oder er ist der Brechanlage zu nah gekommen und reingestürzt. In einem unbewachten Moment, als ich nicht da war.«

Pichler sah im Rückspiegel einen Kastenwagen kommen, weshalb er das Gespräch zu Ende bringen wollte, um die Zufahrt nicht länger zu blockieren. »Glaubst du wirklich, die Kommissare wären schon zwei Tage lang in Mannschaftsstärke hier, wenn's nur ein Selbstmord oder ein Unfall wär'? Du solltest das nicht so locker nehmen. Du schon gar nicht. Ich geh mal davon aus, dass sie handfeste Beweise für einen Mord haben.«

»Mord?«, presste Bulling hervor, während Pichlers Seitenscheibe bereits wieder nach oben glitt und sich der BMW in Bewegung setzte.

August Häberle saß nach dem Telefongespräch mit Costa Rica in Gedanken versunken an seinem Schreibtisch und starrte auf die beiden Worte, die er rein nach dem Gehör auf einen Zettel notiert hatte. Das Telefonat mit dieser offenbar temperamentvollen Frau, die er als Hausmädchen einstufte, war nicht ergiebig gewesen – dafür aber klangen die beiden letzten Worte noch immer in seinem Kopf nach. Ihre Bedeutung konnte er sich morgen, wenn Frau Mitterhofer zu sprechen war, erklären lassen.

Es war Mende, der ihn wieder in die Gegenwart zurückholte und nun darauf drängte, das Verschwinden Linkohrs ernst zu nehmen. Häberle überhörte den unterschwelligen Vorwurf, hatte er sich doch seit Stunden ebenfalls Sorgen gemacht. »Ja«, brummte er, »arg viel länger kann ich ihn nicht vor den Ulmern schützen. Sonst setz ich mich bitteren Vorwürfen aus, falls ihm etwas zugestoßen ist.« Er sah auf die Uhr. Es war bereits kurz nach halb eins. »Sonstige Erkenntnisse?«, lenkte er ab.

Mende hielt diese Frage zum jetzigen Zeitpunkt für fehl am Platze, antwortete aber pflichtgemäß: »Es sieht so aus, als sei dieser Gunnar Rodefeld abgetaucht.«

»Wie? Unser Knabe aus Degerloch?«, entrüstete sich Häberle.

»Genau der. Ich hab mit seiner Mitarbeiterin oder Freundin telefoniert. Sie macht den Eindruck, als ob sie mehr über Rodefeld weiß, als sie uns sagen will. Ich hab sie deshalb einbestellt.«

»Sehr gut. Sie glauben, dass sie kommt?«

»Ich denk schon«, lächelte Mende, »hab sie ein bisschen eingeschüchtert.«

Häberle rief sich die junge Dame in Erinnerung, die überaus sommerlich und luftig gekleidet gewesen war, als er Rodefeld gestern Nachmittag in Degerloch aufgesucht hatte. Und da raste ein Gedanke durch seinen Kopf. Ein unbedeutendes Detail nur – doch er wollte es vorläufig für sich behalten. Stattdessen bemerkte er: »Ein scharfes Ding.«

Als ob dies das passende Stichwort für Linkohr gewesen wäre, tauchte der gerade jetzt auf. Kleinlaut, blass und unrasiert. Noch bevor er etwas sagen konnte, bewahrte ihn Häberle vor Peinlichkeiten. »Gerade sprechen wir von einem ›scharfen Ding‹, und dann tauchen Sie endlich auf.« Er runzelte die Stirn, und der Tonfall seiner Stimme war eine Nuance härter, als Linkohr es gewohnt war.

»Entschuldigen Sie, Chef«, zeigte er sich zerknirscht. »Aber ich hab schlichtweg verpennt.«

Häberle lag die Frage auf der Zunge, an welchem Ort dies geschehen war, wollte die Situation aber nicht ins Lächerliche ziehen. Das würden ganz gewiss die Kollegen anschließend besorgen.

»Okay«, brummte Häberle und war erleichtert, dass dem Kollegen nichts zugestoßen war. »Nur kurz, dann bin ich auch schon weg«, meldete sich Mende, der nicht länger stören wollte. »Aber ich hab vorhin auch noch die Frau Frese angerufen.«

Linkohr schoss bei diesen Worten der Blutdruck in die Höhe, was glücklicherweise niemand sehen konnte. Es sei denn, er bekam einen roten Kopf.

»Wegen der Telefondaten sollten wir mit ihr noch mal reden«, rief Mende in Erinnerung. »Weshalb sie zuletzt noch einige Male mit Mitterhofer telefoniert hat.«

Linkohr lehnte sich an einen Stuhl und registrierte, dass Natascha also bis zuletzt mit Mitterhofer in Verbindung gestanden war.

»Sie war am Telefon nicht sehr kooperativ«, berichtete Mende und richtete seinen Blick auf Linkohr. »Dann hat sie gesagt, sie hätte doch dir schon alles gesagt.«

»So?«, gab sich Linkohr zurückhaltend. »Ich war gestern am frühen Nachmittag in ihrem Büro. Steht aber alles in den Protokollen.«

Häberle lächelte.

Noch einmal legte Mende nach, als ob ihm dies nun Spaß bereite: »Sie hat sogar gefragt, warum Herr Linkohr nicht selbst anrufe.« Er grinste in Richtung des Kollegen, doch der blieb ungewöhnlich zurückhaltend. Mende zeigte sich hartnäckig: »Oder gibt es Neuigkeiten, die wir noch nicht kennen?«

Linkohr hätte sich am liebsten verkrochen. Oder dem nervigen Kollegen etwas ganz und gar nicht Freundschaftliches ins Gesicht geschrien. Aber angesichts der aktuellen Situation erschien es ihm geboten, in der Defensive zu bleiben. Sobald Mende weg war, so entschied er, würde er mit dem Chef unter vier Augen bereden, was es tatsächlich Neues gab. Allerdings durfte niemand außer Häberle jemals erfahren, wie er zu diesen Erkenntnissen gelangt war. Juristisch gab's da gewiss etwas zu beanstanden. Und dienstrechtlich sowieso.

16

Einen Tag früher, als geplant, waren Conny Mitterhofer und ihre 22-jährige Tochter Sirih von ihrem Ausflug an die Pazifikküste zurückgekehrt. Das Hotel »Guanacaste«, das zusammen mit einem weiteren Hotelkomplex in eine Bucht gebaut worden war, lockte oftmals auch Einheimische mit günstigen Angeboten. Meist jedoch waren es deutsche Touristen, an den Wochenenden aber auch verstärkt US-Amerikaner und Kanadier, die hier die Vorzüge des »all inclusive« schätzten und im Taumel des kostenlosen Angebots mitunter die Wirkung alkoholischer Getränke unterschätzten.

Mutter und Tochter liebten den breiten Sandstrand, der die beidseits von steilen Felswänden umrahmte Bucht ausfüllte und diese nahezu übergangslos zur Hotelanlage werden ließ. Wem der Wellengang am Meer zu heftig war, der konnte sich an die weitläufigen Pools zurückziehen, sofern ihn die bisweilen wummernde Musikberieselung dort nicht störte. Sirih empfand sie als »cool« und freute sich auch über die Discothek, die es gegenüber den beiden Hotels gab. Dort konnte sie sich ins Nachtleben stürzen, während ihre Mutter vom Balkon ihres Zimmers im dritten Stock die Sicht auf den traumhaft illuminierten Hotelpark genoss, den die Gebäudeflügel u-förmig umrahmten. Vielfältiges Grün von Palmen und exotischen Sträuchern schimmerte im indirekten Licht kleiner Scheinwerfer. Die Nächte waren warm, die Luft aber nicht allzu feucht, weil eine sanfte Brise vom Pazifik für eine fortwährende Durchmischung sorgte.

Doch jetzt machte sich die Regenzeit bemerkbar, die hier im Nordwesten des Landes von Mai bis Ende November andauerte. Die Temperaturen waren jedoch nach mitteleuropäischen Maßstäben das ganze Jahr hochsommerlich. Dies war auch ein Grund dafür gewesen, dass sich Conny Mitterhofer von einer Freundin dazu hatte überreden lassen, sich eine Auszeit in diesem beschaulichen Land zu gönnen, das als das sicherste in Mittelamerika galt. Am meisten war sie von der Tatsache angetan, dass Costa Rica seit rund 70 Jahren ganz ohne Militär auskam und das Geld, wie es hieß, viel lieber in soziale Projekte investierte. Als Schutzmacht galten die USA, die offenbar auch dafür sorgten, dass es mit den armen Nachbarn in Costa Ricas Norden keine Reibereien gab.

Weil ab heute starke Regenfälle angekündigt waren, die für die kommende Woche kein Badewetter erwarten ließen, hatten Mutter und Tochter entschieden, einen Tag früher abzureisen. Trotz anhaltend sommerlicher Temperaturen machte es keinen Spaß, am Pool oder gar im aufgepeitschten Meer zu schwimmen. Zwar bot das Hotel genügend überdachte Freiflächen, auch Arkaden und diverse Restaurants – aber die Regentage konnten sie genauso gut in ihrem eigenen Ferienhaus verbringen, gerade mal rund drei Autostunden von hier entfernt.

Conny Mitterhofer steuerte den geländegängigen Toyota, den sie gemietet hatte, bei strömendem Regen über die schmalen Sträßchen und durch dünn besiedeltes Grünland auf die nächstgrößere Stadt Liberia zu. Inzwischen kannte sie sich hier bestens aus. Das war auch notwendig, denn Hinweisschilder, wie sie es von Deutschland her gewohnt war, gab es hier nur an wichtigen Knotenpunkten.

Immerhin war sie jetzt, abgesehen von drei kurzen Unterbrechungen für drei »Heimaturlaube«, schon zwei Jahre in Costa Rica. Sie hatte sich zu diesem Schritt entschlossen, nachdem das Zusammenleben mit Simon zusehends von Spannungen geprägt war. Als er seinen neuen Job auf dieser Eisenbahnbaustelle auf der Schwäbischen Alb erhalten hatte, sah sie die Zeit gekommen, einen Schnitt zu machen. Es war keine Scheidung und keine offizielle Trennung – sondern eine »Auszeit«, wie sie es zu nennen pflegte. Für sie und Simon hatte der Schritt jedoch bedeutet, dass sie ihre traumhaft schöne Wohnung auf Stuttgarts »Halbhöhe« aufgeben mussten, also dort, wo das betuchte Bürgertum wohnte, das nach schwäbischer Bescheidenheit meist nicht zur Schau trug, was es besaß. Vielen sagte man nach, dass sie ihren Daimler oder ihren Porsche lieber in einer Garage versteckten, als ihn vors Haus zu stellen und damit zu protzen. Conny Mitterhofer hatte gerade diese Eigenschaften als äußerst angenehm empfunden, weil sie jene angeblich so jung-dynamischen Typen nicht mochte, die mit ihrem Reichtum prahlten – einem Reichtum, den sie – was erschwerend hinzukam – vielfach gar nicht selbst erarbeitet, sondern nur geerbt hatten und womöglich gerade dabei waren, ihn durch Unvermögen zu verprassen.

Ihre Freundin Katharina, die sie seit Kindheitstagen kannte, zählte auch zu jenen, die lieber in Bescheidenheit lebten, als damit anzugeben. Sie hatte sich mit ihrem inzwischen verstorbenen Mann in ein großes finanzielles Wagnis gestürzt und in Costa Rica eine Farm gekauft. Das waren die Zeiten gewesen, als mit Rinderzucht dort noch gutes Geld verdient werden konnte, doch inzwischen war die Konkurrenz aus Chile so groß, dass die Goldgräberstimmung längst einer Ernüchterung gewichen war. Als der Mann starb, gab ihre Freundin die Farm auf und kaufte sich ein villenartiges Häuschen. Zurück nach Deutschland wollte sie nicht mehr – schon des Klimas wegen nicht. Ihr reichte es, zwei-, dreimal im Jahr in die alte Heimat zu fliegen und Verwandte zu besuchen oder administrative Dinge zu erledigen.

Jedes Mal freute sie sich, wenn Besuch aus Deutschland kam – insbesondere über Conny Mitterhofer und deren Tochter. Im Laufe der letzten Jahrzehnte hatte sich die Freundschaft trotz der Entfernung gefestigt. Und als Simon vor neun Jahren auf die Idee gekommen war, sich in Costa Rica einen Alterssitz zu suchen, war Katharina behilflich gewesen. Ohne ihr Engagement hätten sie dieses zum Verkauf stehende Haus abseits der Panamericana, unweit von Miramar, etwa 80 Kilometer westlich der Hauptstadt San José und nur knapp 30 Kilometer von Katharinas Anwesen entfernt, nie entdeckt. Der Preis war zudem unglaublich günstig gewesen, weil es in dem dünn besiedelten Land viele Immobilien gab, deren Eigentümer es in die Städte zog, vorwiegend in die Hauptstadt San José. Dass Simon damals einen Steuerexperten kennengelernt hatte, der in Unternehmenskreisen als wahrer Künstler galt und sich im halblegalen Grauzonenbereich der Finanzwelt tummelte, war ein Glücksfall gewesen. Es war gelungen, Simons gut dotierte Nebentätigkeiten, denen er als Bauingenieur nachging, größtenteils am Finanzamt vorbeizujonglieren.

Conny musste beim Anblick einiger wunderschön sanierter Gebäude, die links der Straße vorbeizogen, an einen Satz denken, den Simon oft gesagt hatte: »Warum soll ich ehrlich Steuern zahlen, wenn's die ganz Großen erst recht nicht tun?« Er hatte das System schon lange durchschaut: Global Player, wie man die weltbeherrschenden Unternehmen nannte, hatten Briefkastenfirmen in Irland oder in anderen Ländern, in denen nur ein Bruchteil jenes Gewinns versteuert werden musste, der anderswo eingeheimst wurde. Und ausgerechnet Jean-Claude Juncker, der einst Premierminister von Luxemburg war und die steuerlichen Vorteile seines Landes gepriesen hatte, wollte jetzt als Präsident der Europäischen Kommission die Steuerparadiese trockenlegen. Und die Heuchelei hatte auch die Schweiz erfasst: Den ausländischen Kleinanlegern, die dort ihr Erspartes in Franken gebunkert hatten, um es vor dem drohenden Crash des Euro in Sicherheit zu bringen, war mächtig Angst eingejagt worden, weil doch nun das Bankgeheimnis aufgeweicht wurde. Während man die Kleinen mit ihren Peanuts oder ihren Sparbeträgen, die als »Pillepalle« bezeichnet werden konnten, nun schnell loswurde und so tun konnte, als ob man diese bösen Steuerflüchtlinge am Kragen packen werde, hatte man für die millionenschweren Anleger rasch Neues ersonnen. Simon hatte kürzlich am Telefon davon berichtet, dass seit Anfang des Jahres 2015 im Radio Werbespots für neue günstige Anlageformen zu hören waren, für die ein Sprecher mit bezeichnenderweise Schweizer Dialekt zu Informationsveranstaltungen nach München eingeladen hatte.

Conny konnte ihren Mann verstehen, der seine Honorare und »Zuwendungen«, wie er es oft formulierte, rechtzeitig in Sicherheit gebracht hatte – und dies noch immer tat. Allerdings würde sie eines Tages, falls die Auszeit in eine echte Trennung mündete, auf die Vorzüge dieses Häuschens in Costa Rica verzichten müssen – vorausgesetzt, sie einigten sich nicht gütlich. Immerhin, so schoss es ihr durch den Kopf, wusste sie ja etwas, das keiner deutschen Steuerbehörde zu Ohren kommen durfte. Und außerdem gab es neben der gemeinsamen Tochter noch jemanden, der vielleicht einen Anteil einfordern würde. Aber daran wollte sie jetzt nicht denken. Nicht hier, auf dieser engen, vom Schwerlastverkehr stark befahrenen Route, die auch Bestandteil einer Verbindung zwischen Atlantik und Pazifik war. Transportunternehmen, die den Panamakanal scheuten, luden ihre Container an den Küsten auf Lkw um und ließen sie über die Straße von einer Seite der schmalen Landzunge zur anderen bringen. Sogar die Chinesen, so hatte sie gehört, sponserten den Ausbau dieser Straße, weil auch sie den Landweg vom Pazifik zum Atlantik als wichtig erachteten.

Sie musste gerade einer Horde Nasenbären ausweichen, die sich am Fahrbahnrand tummelten, als Sirih sich nach einem tiefen Gähnen Frischluft zufächelte. Die Klimaanlage des Geländewagens funktionierte nur mäßig. »Ich freu mich jetzt auf den Job im Nationalpark«, sagte sie unerwartet und holte damit ihre Mutter aus ihren Gedanken zurück. Sirih, die in der Stuttgarter Wilhelma eine Ausbildung als Tierpflegerin absolviert hatte, war auf dem besten Weg, sich ihren Kindheitstraum zu erfüllen. Zwar hatte sie einen Nationalpark in Australien, Neuseeland oder in den USA angepeilt, aber nachdem sie seit Jahren mit ihren Eltern die Urlaube in Costa Rica verbracht hatte, schlug ihr Herz jetzt für dieses Land. Im Nationalpark Tortuguero, drüben an der Atlantikseite, würde sie mit den vielfältigen Problemen zu tun haben, die zwangsläufig entstanden, wenn Tourismus und Naturschutz in Einklang gebracht werden mussten.

Gerade Tortuguero war ein beliebtes Ziel organisierter Rundreisen. Besonders reizvoll, weil bei Hochwasser auch abenteuerlich, war die Fahrt mit den kleinen Booten durch den Regenwald. Nur auf diese Weise waren nämlich die Lodges zu erreichen, sodass die Reisebusse etwa 15 Kilometer entfernt zurückblieben.

Zu bestimmten Zeiten musste Sirih dort künftig aber auch die Eiablage der streng geschützten Meeresschildkröten überwachen, von denen es vier Sorten gab. Sie freute sich seit Wochen darauf, dann in diesem kleinen Fischerdörfchen Tortuguero wohnen zu können. Auf die Segnungen der Zivilisation brauchte sie allerdings nicht ganz zu verzichten, denn Fernsehen und Internet hatten auch hier längst Einzug gehalten. Außerdem war ein kleiner Flugplatz vorhanden. Und inzwischen beherrschte sie die spanische Sprache schon so gut, dass sie sich problemlos verständigen und sogar Zeitung lesen konnte.

»Kommt eigentlich Papa diesen Sommer auch?«, fragte sie in die Monotonie des gegen die Windschutzscheibe prasselnden Regens hinein, während sich vor ihnen ein Baustellenstau gebildet hatte.

»Nicht im Sommer, erst im Dezember. Nach der Regenzeit«, antwortete ihre Mutter kühl.

»Nach der Regenzeit«, echote die Tochter zweifelnd. »Wenn's so kommt, wie vergangenes Jahr, regnet's im Dezember doch erst recht.« Tatsächlich hatte es im Dezember 2014 an manchen Tagen sintflutartig gekübelt, sodass der Fluss, der sich vom Endpunkt der Straße bis Tortuguero etwa 15 Kilometer weit durch den Dschungel schlängelte, zu einem gefährlich reißenden Strom angeschwollen war. Kurz vor der Mündung in den Atlantik floss er eine weite Strecke wie ein breiter Kanal parallel zum Ozean und trennte somit einen schmalen Streifen vom Festland. Auf diesem inselartig vorgelagerten Stück Erde, einerseits vom Atlantik umspült, andererseits vom Fluss begrenzt, lag das Fischerdörfchen Tortuguero, Sirihs künftiger Arbeitsort.

Er war zwar Luftlinie nur 150 Kilometer vom elterlichen Domizil entfernt, doch dazwischen erstreckten sich ein gewaltiger Höhenzug und ein großes Dschungelgebiet.

Wenn sie an all das dachte, was in den nächsten Monaten auf sie zukam, fühlte sich Sirih bereits als Rangerin, die's mit Brüllaffen, Leguanen und ganz gewiss auch mit Schlangen zu tun bekommen würde. Eine spannende Aufgabe.

Ihre Mutter bog bei der Shell-Tankstelle von Cuatro Cruces von der Panamericana ab, die mit der Nummer

1 gekennzeichnet war. Nun waren es nur noch wenige Kilometer bis zu ihrem Haus, zu dem lediglich ein unbefestigter, vom Wasser ausgespülter Weg führte. Auf der leicht ansteigenden Zufahrt schossen ihnen kleine Sturzbäche entgegen. Der tropische Regenguss, dem sie seit fast drei Stunden ausgesetzt waren, hatte sich offenbar auf der gesamten Pazifikseite ausgedehnt.

Die Scheibenwischer des Toyota kämpften gegen die niederprasselnden Wassermassen und verschafften trotz höchster Stufe nur für ein Intervall klare Sicht. Conny Mitterhofer parkte den Wagen dicht vor der verwitterten Haustür, die einen Spalt weit offen stand. Nichts Ungewöhnliches, denn Valentina, das dunkelhäutige Hausmädchen, das gerade erst 17 Jahre alt geworden war, hatte das Auto schon kommen sehen und stand nun, vom Regen geschützt, an der halb geöffneten Tür, um ihre Brötchengeber zu empfangen und das Gepäck ins Haus zu bringen. Mutter und Tochter hüpften aus dem Geländewagen und rannten die paar Schritte zum Haus, an dem eine lecke Dachrinne einen mächtigen Wasserstrahl neben die Eingangstür platschen ließ.

Valentina trat zur Seite und ließ sich von den beiden nass gewordenen Frauen umarmen. »Wir sind früher gekommen«, sagte Conny Mitterhofer und fügte, nach draußen deutend, das spanische Wort »lluvia« hinzu, von dem sie hoffte, dass es »Regen« hieß. Valentina, eine pummelige junge Frau, die seit einem halben Jahr den Haushalt führte und auf dem großen Grundstück, so gut es ging, gegen die üppig wuchernde tropische Natur ankämpfte, war sehr bemüht, Deutsch zu lernen. Conny unterstützte sie dabei und fuhr sie einmal die Woche zu einem entsprechenden Abendkurs nach Miramar. Irgendwann, so hoffte Valentina, würde sie einen Job in der Gastronomie finden – vielleicht in einem Ferienhotel, in dem ihre Deutschkenntnisse gebraucht würden.

Conny zupfte sich vor einem halb blinden Spiegel in der Diele ihre lockigen Haare zurecht, Sirih spürte, dass T-Shirt und Shorts auf dem kurzen Weg vom Auto zur Haustür durchnässt worden waren.

»Handtuch?«, fragte die kleine Costa Ricanerin und lächelte, wie sie dies nahezu den ganzen Tag über tat. Ihre Freundlichkeit spiegelte die Freude und Gelassenheit wider, mit der nahezu alle ihre Landsleute Fremden begegneten. Sirih, die das Mädchen um fast zwei Köpfe überragte und vermutlich trotzdem weniger auf die Waage brachte, hatte sich längst mit ihr angefreundet. Deshalb war Valentina nicht nur eine Hausangestellte, sondern fast schon ein Familienmitglied.

Während sie in den Wohnraum gingen, in dem sich die schwüle Luft mit dem Geruch von allerlei Gewürzen vermengte, zeigte sich das Mädchen geschäftig: »Es war Telefon«, sagte Valentina, »zweimal Telefon aus Alemania.«

Conny, die gerade Mineralwasser aus dem Kühlschrank holte, verharrte in der Bewegung: »Telefon aus Deutschland?« Es kam nicht oft vor, dass sie aus Deutschland angerufen wurden. Schon gar nicht zweimal am Tag.

Auch Sirih wurde hellhörig. »Wer war's denn?«

Valentina hob bedauernd die Schultern. »Mann. Haben nicht gesagt. Nur gefragt nach Ihnen.« Sie deutete auf Conny, die noch immer am geöffneten Kühlschrank stand und sofort nachhakte: »War es ein Mann oder waren es zwei verschiedene?«

»Diferente«, antwortete Valentina, weil ihr das deutsche Wort zu kompliziert erschien. »Erste Mann«, fuhr sie fort, »schon früh an Morgen angerufen, andere dos hora.« Sie unterstrich den Hinweis auf das zwei Stunden später erfolgte Gespräch mit Daumen und Zeigefinger.

Die beiden Frauen hatten sich an das Kauderwelsch aus zwei Sprachen gewöhnt und wussten, was Valentina meinte.

Zwei Männer, überlegte Conny aufgewühlt, ohne es sich anmerken zu lassen. Auch Sirih hatte sofort begriffen, dass dies nichts Gutes bedeuten würde.

Valentinas Lächeln war durch das Verhalten der beiden erstarrt. Sie befürchtete, ihnen eine schlechte Nachricht übermittelt zu haben.

Gunnar Rodefeld hatte sich schlecht gefühlt. Nein, er war viel zu aufgewühlt gewesen, um heimzufahren und sich den Vorwürfen Gabrieles auszusetzen. Sie hätte ihn nicht verstanden und würde sein heutiges Verhalten auch nicht akzeptieren.

Deshalb war er nach dieser heftigen Auseinandersetzung, bei der es sogar zu Handgreiflichkeiten gekommen war, noch eine Zeit lang in seinem Auto sitzen geblieben. Nach zehn Minuten des Durchatmens fiel ihm sein alter Freund Rolf Bernhard Hauff ein, der nur wenige Kilometer von dem Autobahnparkplatz entfernt wohnte – drüben in Holzmaden und schnell von der Autobahnausfahrt Aichelberg zu erreichen.

Rodefeld sah auf die Uhr: 22.33 Uhr. Er wusste, dass er bei seinem ehemaligen Nebensitzer im Gymnasium stets auf offene Ohren stieß, wenn es ein Problem zu bewältigen galt. Hauff würde es ihm gewiss nicht verübeln, wenn er ihn jetzt noch anrief.

Weil Rodefeld meist ohne Handy unterwegs war, hatte er sich die Standorte der wenigen Telefonzellen eingeprägt, die es noch gab. Die nächste befand sich nur ein paar Fahrminuten entfernt in Weilheim/Teck. Bereits nach drei Rufzeichen meldete sich Hauff und war über den abendlichen Anruf erstaunt. Sie beide verband seit jeher das Interesse an allem, was sich im Untergrund der Erde verbarg: die geologischen Schichten, die am Fuß der Schwäbischen Alb besonders markant zutage traten, aber auch Versteinerungen jeder Art – und natürlich Hohlräume, die der wasserlösliche Kalk in diesem Mittelgebirge überall hinterlassen hatte.

Während sich Rodefeld die Erkundung des Erdreichs als Bauingenieur zum Beruf gemacht hatte, war Hauff einen wissenschaftlichen Weg gegangen. Seine Forschungsergebnisse, vor allem aber seine weithin bekannte Sammlung von Fossilien, die aus den nahen Schiefersteinbrüchen stammten, waren in Fachkreisen weithin bekannt. Hier, im Posidonienschiefer fanden sich interessante Versteinerungen aus dem Jurameer, darunter die populären Saurier. Vieles davon war erstaunlich gut erhalten.

Zwar hatten sich Rodefeld und Hauff während ihrer unterschiedlichen Studienpläne eine Zeit lang auseinandergelebt, doch inzwischen war die alte Freundschaft mit neuen Impulsen wieder aufgeflammt.

Es war schon spät gewesen, als Rodefeld nach einem kurzen Anruf verschwitzt und abgekämpft an Hauffs altem Landhaus geklingelt hatte.

»Ja, sag mal, wie siehst du denn aus?«, war es Rolf Bernhard beim Anblick seines Freundes entfahren. »Bist du in eines deiner Löcher gefallen?«

Rodefeld war es nicht nach einem Spaß gewesen. Sein Freund hatte dies bemerkt und ihn gleich in den ausgebauten Gewölbekeller hinabgeführt, wo sie ungestört hatten plaudern können, ohne Rolf Bernhards Frau zu stören, die bereits schlafen gegangen war.

Bei einem Glas kühlen Most, von dessen Qualität Hauff in den höchsten Tönen schwärmen konnte, war es Rodefeld von Minute zu Minute leichtergefallen, das Erlebte vom Autobahnparkplatz zu schildern.

Hauff war ein aufmerksamer Zuhörer, konnte analytisch denken und hatte seinem Freund schließlich einen guten Rat erteilt: »Geh zur Polizei, bevor es zu spät ist. Du solltest die Sache ernst nehmen.«

Doch Rodefeld war nicht bereit gewesen, dies als den einzig gangbaren Weg zu akzeptieren: »Rolf, es ist noch zu früh. Außerdem weiß ich doch gar nicht, wie sich die Sache da droben in Hohenstadt entwickelt.«

Als Rodefeld nach über einer Stunde und mehreren Gläsern Most hatte aufbrechen wollen, war er von seinem Freund zurückgehalten worden. »Du kannst nebenan auf der Gästeliege pennen. Morgen sieht die Welt wieder freundlicher aus.« Hauff war in Sorge gewesen, dass die psychische Anspannung in Kombination mit dem gehaltvollen Most seinen alten Freund fahruntüchtig gemacht hatte.

Rodefeld hatte trotzdem abgelehnt. Er wollte seinem Freund nicht zur Last fallen und riskierte es, trotz seines alkoholisierten Zustands noch die paar Kilometer dorthin zu fahren, wo er sich immer wieder zurückziehen konnte, wenn er nach seinen nächtlichen Wanderungen und Ausflügen nicht mehr in seine Degerlocher Wohnung wollte. Schließlich war es ein echter Glücksfall gewesen, dass ihm ein Onkel eine alte Scheune bei Häringen vererbt hatte, weit abseits von Weilheim und Aichelberg, eingebettet in die Ausläufer der Steilhänge. Dass in dem kleinen Flecken mit den wenigen Häusern trotz der Abgeschiedenheit tagsüber zuhauf Ausflügler auftauchten, war dem Ruf einer Gaststätte zu verdanken.

In der Scheune, deren alte Holztür mit einem Vorhängeschloss gesichert war, roch es nach Heu und altem Holz, das noch die Hitze des Tages in sich speicherte. Gunnar Rodefeld schob nach dem Betreten des Innenraums zwei schwere verrostete Türriegel vor und tastete sich in der Dunkelheit zu einer Werkbank hin. Er kannte hier zwar jeden Winkel, doch der viele Alkohol verfehlte seine Wirkung nicht. Nur mühsam gelang es ihm, ein Streichholz zu entflammen und die Öllampe anzuzünden, deren flackernder Schein nun auf seine hier gewohnte Umgebung fiel: Zwischen landwirtschaftlichen Gerätschaften längst vergangener Zeiten waren einige Ballen altes Stroh aufgetürmt, daneben war Heu ausgebreitet, das ihm als nächtliche Lagerstätte diente. Von der Holzbalkenkonstruktion waberten verstaubte Spinnweben.

Auf einem Regal waren mehrere gefüllte Wasserkanister aneinandergereiht, unter ihnen standen einige Kisten Mineralwasser. Eine Toilette gab's zwar nicht, aber die Wiese hinter der Scheune erfüllte zumindest bei Dunkelheit dafür auch ihren Zweck. Fehlenden Luxus empfand er keinesfalls als lästig, sondern als Teil seiner Lebensphilosophie. Immerhin hatte er bei der Bundeswehr gelernt, notfalls auch ganz ohne die Segnungen der Zivilisation auszukommen. Rodefeld legte sich mit den Kleidern in das Heu, schob sich als Unterlage ein altes, penetrant nach Öl riechendes Sitzkissen unter den Kopf und achtete trotz seiner Alkoholisierung sorgfältig darauf, die Öllampe neben sich ordentlich zu löschen.

Bis er endlich einschlafen konnte, rasten noch einmal die Ereignisse der vergangenen Stunden durch seinen Kopf. Sollte er nicht doch dem Rat seines Freundes Rolf Bernhard folgen und bei der Polizei reinen Tisch machen? Vor allem aber sein Wissen über die Höhlenszene preisgeben. Doch das eine konnte er nicht ohne das andere tun. Und gerade »das andere« hielt ihn davon ab.

Sein wildes Gedankenkarussell und der Alkohol zogen ihn schließlich in einen von Albträumen erfüllten Schlaf.

Als er wieder erwachte, krähte draußen ein Hahn. Durch

mehrere Spalten in der Holzkonstruktion blinzelte die Sonne herein.

Sein Schädel brummte, der Rücken schmerzte. Er erhob sich, strich Heu von Hose und Hemd und erfrischte sich mit Wasser aus einem der Kanister. Ein Glück, dass die Scheune gut 50 Meter von den Häusern Häringens entfernt stand. So brauchte er nach seinen nächtlichen Aufenthalten – ob allein oder bisweilen zu zweit – keine allzu große Sorge zu haben, von neugierigen Nachbarn beobachtet zu werden. Sie hielten ihn für einen durchgeknallten Künstler, der sich hier gelegentlich seinen Malereien hingab. Dieses Gerücht hatte er selbst einmal gestreut.

Er brauchte Zeit für seine Gedanken und an diesem Morgen auch frische Luft zum Atmen. Nachdem er eine halbe Flasche Mineralwasser getrunken hatte, entschied er sich für einen ausgedehnten Spaziergang in der Morgensonne.

Er stieg in seinen Geländewagen, der hinter der äußerlich ziemlich ramponierten Scheune parkte, also außer Sichtweite der Häuser, und fuhr über einen Feldweg, der eigentlich nur für Land- und Forstwirtschaft gedacht war. Doch so früh am Morgen würde schon kein Ordnungshüter oder Umweltschützer unterwegs sein. Und außerdem galt ein Geländewagen als wenig verdächtig, schließlich hätte er Bauer oder Förster sein können. Hinzu kam, so dachte er, dass seine Scheune sowieso nur über diesen Weg erreichbar war – er sich demnach als Anlieger fühlen durfte.

Die Limburg – einen kegelförmigen, nahezu kahlen Berg – vor sich sehend, durchquerte er ein Waldstück, hinter dem sich die Dächer des kleinen Städtchens Weilheim an der Teck aus der idyllischen Landschaft erhoben.

Am Rande des Stadtkerns besorgte er sich bei einem Bäcker ein belegtes Brötchen, eine Brezel und eine Cola und entschied anschließend, einen Abstecher zur Besucherplattform an der Baustelle beim Aichelberg zu machen. Wenige Minuten später kroch sein Geländewagen durch die benachbarte Gemeinde gleichen Namens aufwärts. Bei einer Wendeplatte, an der ein Wegweiser Besuchern die Richtung zur Baustelle wies, stellte er den Wagen ab, nahm sein gekauftes Frühstück ein, trank die Colaflasche leer und fühlte sich bereits wieder besser.

Der zehnminütige Fußmarsch an frischer Luft durch Streuobstwiesen und unter der Autobahn hindurch blendete auch vollends die Kopfschmerzen aus.

Die Aussichtsplattform, die es in ähnlicher Form auch droben in Hohenstadt gab, war hier im Voralbgebiet, am Aichelberg, abseits der anderen großen Tunnelbaustelle installiert. Rodefeld hatte schon mal Anfang des Jahres die ausführlichen Infotafeln der Bahn gelesen, Bilder angeschaut und Skizzen studiert. Monatelang war die monsterhafte Tunnelbohrmaschine startklar vor einem der beiden bereits angeschlagenen Stollenmünder gestanden. Erst eine Woche nach Ostern hatte sie sich in Bewegung gesetzt und ihre Arbeit aufgenommen.

Inzwischen lief der Betrieb auf Hochtouren, wie Rodefeld bereits beim Näherkommen sehen und vor allem hören konnte. Die Bohrmaschine war im Loch verschwunden, das lose Material wurde automatisch ans Tageslicht befördert und eine Baustellenbahn schaffte die sogenannte Tübbinge herbei – jene Betonfertigteile, mit denen sofort die entstandenen Hohlräume stabilisiert wurden. Rodefeld kannte den genau getakteten Arbeitsablauf und wusste, dass die der Tunnelform angepassten Betonteile knapp einen Kilometer entfernt in einer eigens dafür aufgebauten Fabrikationsanlage produziert wurden.

Auf der überdachten Plattform hatten sich einige Rentner eingefunden, die eifrig über Sinn oder Unsinn der Neubaustrecke diskutierten. Rodefeld, der mit geübtem Blick die Konstruktion der Baustellenbahn und der Transporteinrichtungen bestaunte und sich überlegte, welche Logistik hier tagtäglich zu bewältigen war, vernahm im Lärm der Maschinen nur bruchstückhaft, dass die grauhaarigen Herren um ihn herum Halbwissen mit Unwahrheiten vermischten. Offenbar konnten sie nicht unterscheiden zwischen dem Protest gegen die Tieferlegung des Stuttgarter Hauptbahnhofs und der Neubaustrecke nach Ulm. Rodefeld lächelte ihnen freundlich zu. »Beides sind zwei völlig unterschiedliche Dinge«, mischte er sich schließlich ein. »Die Strecke nach Ulm ist weitgehend unumstritten. Der Protest in Stuttgart richtet sich gegen den geplanten unterirdischen Bahnhof, weil man befürchtet, er könne das Verkehrsaufkommen nicht bewältigen, und das Grundwasser sei nicht beherrschbar.«

»Das wird kommen wie in Staufen«, keifte einer dazwischen. Gemeint war die Stadt im Rheintal, wo bei Erdwärmebohrungen eindringendes Wasser eine Gipskeuperschicht hatte aufquellen lassen, und sich das Erdreich in Folge hob.

»Man darf das nicht verallgemeinern«, beschwichtigte Rodefeld, »aber ich gebe Ihnen recht, nicht alles im Untergrund ist genau vorhersehbar.« Er hätte sich auch anders, vor allem aber militanter ausdrücken können – so, wie er es vor fünf Jahren getan hatte, als er an vorderster Front bei den Protestaktionen gestanden war. Inzwischen schlug er ruhigere Töne an, weil er als Bauingenieur eingesehen hatte, dass die begonnene Baustelle unumkehrbar war.

»Kennen Sie sich da aus?«, hörte er jemanden fragen, doch er reagierte nicht, sondern verließ die Plattform, um seinen Spaziergang auszudehnen. Der Tag war zwar heiß, aber es roch so herrlich nach Blüten und Sommer, was ihm den Schock der vergangenen Nacht nun in freier Natur abzumildern schienen. Um sich diesem Gefühl unbeschwerten Lebens hinzugeben, entschied er, drüben in Weilheim/Teck den markanten kegelförmigen Berg zu besteigen, den man hier »die Limburg« nannte. An klaren Tagen bot das Hochplateau eine atemberaubende Fernsicht.

Bereits eine halbe Stunde später durchquerte er zu Fuß das kleine idyllische Städtchen und folgte der Beschilderung zur Limburg.

Er überlegte, ob er von der Telefonzelle aus Gabriele anrufen sollte. Aber dann verwarf er den Gedanken wieder. Sie war zwar ein nettes Mädchen, aber außergewöhnlichen Ereignissen nicht gewachsen. Und wenn er eines nicht allzu fernen Tages von der Bildfläche verschwinden würde, war sie garantiert nicht die ideale Begleiterin.

Er ging schnell, fast joggend, seine Kondition testend. Der Weg führte gleich hinter den letzten Häusern steil bergan über Obstbaumwiesen, deren Grün der Löwenzahn strahlend gelb verzauberte. Vor zwei Monaten, das wusste Rodefeld, hatten hier die blühenden Obstbäume die Wanderer zuhauf angelockt. An einem Werktag wie heute war niemand unterwegs. Die Ferien fingen in Baden-Württemberg erst in sechs Wochen an – und die Rentner ließen sich gewiss von der drückenden Hitze abhalten.

Sein T-Shirt war schweißnass, als er schwer atmend den Berg bezwungen hatte. Sommerlicher Dunst trübte den Blick hinüber zum Aichelberg, an dem entlang das breite Asphaltband der Autobahn wie eine riesige Schlange den Hochtälern der Schwäbischen Alb südwärts folgte, ein Stück weit unterhalb wühlte sich die Trasse der Eisenbahn durchs Gelände – hin zu jenem Tunnel, vor dem er vor einer Stunde noch gestanden war. Das Städtchen Weilheim an der Teck schmiegte sich verträumt im Sonnenschein an die Ausläufer des Mittelgebirges, während ein Sportflieger zur Landung auf dem nahen Flugplatz Hahnweide ansetzte. Rodefeld verfolgte das Flugzeug mit zusammengekniffenen Augen und wünschte sich, auch hoch über allem schweben zu können – fernab der Sorgen, die ihn hier unten auf der Erde plagten, wo die Sicht der Dinge eine andere, weil beengtere war als dort oben.

Vielleicht musste er sich viel zu oft mit dunklen Dingen befassen tief unter der Erde, wenn es um die Verlegung von Leitungsrohren oder Kabeln ging, aber auch im Kreis seiner Freunde, die sich mit Höhlenforschung befassten und die manchmal seinen Rat als Tiefbauingenieur suchten. Er kannte sich zwar nicht mit den Besonderheiten von Höhlen im Karstgebirge aus, vermochte gerade mal Stalagmiten von Stalagtiten zu unterscheiden, aber wenn's um den fachgerechten Bau von Einstiegsschächten oder Zugangsstollen ging, war er der richtige Ansprechpartner. Die Kontakte zu den Forschern waren während seiner Bundeswehrzeit zustande gekommen, als zufällig einer von ihnen derselben Einheit angehört hatte wie er.

Voriges Jahr hatten sie ihn zu einer Besichtigung der sogenannten »Todsburghöhle« unweit des Albaufstiegs der Autobahn eingeladen – noch bevor dieser Hohlraum wegen des Eisenbahntunnels von Hohenstadt für längere Zeit geschlossen wurde. Beim anschließenden Lagerfeuer hatte es viel zu erzählen gegeben, und Rodefeld war auch mit den Problemen der Höhlenforscher konfrontiert worden. Ihre Hoffnung, sie könnten fantastische Unterweltlandschaften erkunden, falls die Mineure oder Bohrmaschinen in dem Karstgebiet auf große Hohlräume stießen, hatte nämlich gleich von Anfang an einen Dämpfer erlitten. Zwar war vereinbart worden, dass die Höhlenforscher in einem solchen Fall hinzugezogen würden, doch mussten sie über ihre Entdeckungen Stillschweigen bewahren. Und überhaupt: Sie hatten erhebliche Zweifel, ob man sie überhaupt informieren würde. Denn damit wäre gewiss eine Verzögerung im Baufortschritt verbunden.

Rodefeld setzte sich auf eine hölzerne Ruhebank, schloss die Augen und atmete die duftende Sommerluft tief ein. Was ihm seine Freunde spätabends am Lagerfeuer noch berichtet hatten, erschien ihm nun rückblickend, nach den Ereignissen auf dem Autobahn-Parkplatz von vergangener Nacht, in einem völlig neuen Licht.

Seine Höhlenfreunde hatten sich damals über eine kleine Gruppe privater Höhlenforscher ausgelassen, weil diese es offenbar mit dem Natur- und Höhlenschutz nicht so genau nahm, aber offenbar beste Beziehungen zu den Tunnelbauern in Hohenstadt hatte. »Ihr wisst schon, wen ich meine«, hatte der Vorsitzende des Vereins gesagt, »unseren geliebten Freund Alexander Budala.« Budala. Ja, das war der Name gewesen.

Ein abschätziges Raunen war durch die Runde am Lagerfeuer gegangen, erinnerte sich Rodefeld, als er jetzt den Abend am Lagerfeuer vor seinem geistigen Auge in allen Details Revue passieren ließ. Ein Gesicht gab es zu dem Namen für ihn nicht, aber den Klang des Namens hatte er noch im Ohr. Trotz vorgerückter Stunde und einiger Flaschen Bier war er damals wieder hellwach geworden. Ein Glück, dass er ein gutes Gedächtnis hatte. Er überlegte, ob er seine Höhlenfreunde von seiner nächtlichen Begegnung informieren sollte. Doch dann überlagerten sich die Gedanken und Erinnerungen, vermischten sich zu einem Konglomerat aus tatsächlich Erlebtem, aus Gerüchten und letztlich auch aus Ängsten, wenn er an die vergangenen Jahre dachte.

In Stuttgart war's gewesen, damals, als die Protestbewegung ihren Höhepunkt erreicht hatte. Eines ihrer vielen

Argumente, weshalb das Bahnprojekt hätte gestoppt werden müssen, waren auch die unterirdischen Hohlräume und Wasserströme gewesen, die nicht beherrschbar bleiben oder für immer zerstört würden.

Budala, hämmerte es jetzt in seinem Kopf. Die meisten am Lagerfeuer hatten mit dem Namen des Mannes offenbar etwas Unangenehmes verbunden. Sie kannten ihn persönlich, und ihren Schilderungen zufolge war er bereits weit jenseits der 60, führte sich jedoch auf wie ein pubertärer Halbstarker. Als sie ihn einmal wegen einer ramponierten Quellfassung zur Rede gestellt hatten, waren einem von ihnen mehrfach die Autoreifen zerstochen worden. Aber dank raffinierter Ermittlungsmethoden hatte die Polizei beim dritten Mal den Täter auf frischer Tat geschnappt – und es war, wie vermutet, Budala gewesen. Bei dieser Gelegenheit, das wusste Rodefeld, hatte ihn die Polizei sogar erkennungsdienstlich behandelt.

War es jetzt an der Zeit, diesen Hobbyforscher zur Rede zu stellen, jetzt, nachdem es offensichtlich Querverbindungen zum Tunnelbau gab?, fragte sich Rodefeld, während seine Augen wieder am bewaldeten Berghang zum Aichelberg hinüberglitten.

Nein, entschied er. Inzwischen war er selbst schon tief genug in die Sache verstrickt.

*

Häberle war nicht entgangen, dass seinem jungen Kollegen Linkohr etwas auf dem Herzen lag. Nachdem Philip Mende das Büro verlassen hatte, bot sich die Gelegenheit zu einem Gespräch unter vier Augen. Häberle räusperte sich und deutete ein Grinsen an. »Na, eine lange Nacht gehabt, Herr Kollege?«

»Um ehrlich zu sein, ja.«

»So?« Häberles Interesse stieg.

»Ich hatte zwar Feierabend, aber es hat sich so ergeben, dass ich mich mit Natascha Frese unterhalten konnte.«

»Ach? Unterhalten«, grinste Häberle. »Wohl eher amüsiert, wollen Sie sagen, wenn ich Sie richtig verstehe.«

»Wie gesagt, es war nach dem langen gestrigen Tag – und da sind wir essen gegangen.«

Häberle verzichtete auf eine weitere Nachfrage, sodass Linkohr selbst entscheiden musste, was ihm in seiner Beichte wichtig und notwendig erschien. »Wir haben uns ein bisschen verplaudert, Wein getrunken und viel geredet.«

Es fiel ihm hörbar schwer, weitere Details zu nennen.

»Wohl nicht die ganze Nacht in einer Kneipe, nehm ich an?«, grinste Häberle und verhalf ihm auf diese Weise aus der Peinlichkeit. »Jedenfalls haben Sie dann irgendwo verschlafen«, fügte er an, ohne dass Linkohr eine Gemütsregung erkennen ließ. Häberle zeigte väterliches Verständnis: »Die Nachtruhe stand Ihnen auch zu nach dem langen Tag und dem harten Einsatz.«

»Wir haben über vieles geredet, und der Alkohol tat sein Übriges«, erzählte Linkohr weiter und war erleichtert über Häberles Reaktion, dem noch immer nach aufmunternden Bemerkungen war.

»Es gibt einen großen Filmagenten, der seine Fälle auf ähnliche Weise bearbeitet.« An Linkohrs Gesicht erkannte er, dass der Hinweis auf James Bond angekommen war. Dann jedoch wurde er ernst: »Wir hingegen sollten uns an die Vorgaben unserer Rechtsordnung halten.«

Der junge Kriminalist wusste diesen Hinweis zu deuten. »Welche Schlüsse wir aus den Erkenntnissen ziehen, sollten wir natürlich unter vier Augen besprechen«, meinte er kleinlaut.

»Dann lassen Sie doch mal hören«, munterte Häberle ihn auf.

Linkohr strich sich über den Oberlippenbart. »Die Natascha – ich meine Frau Frese – pflegte oder pflegt, je nachdem, ob er noch lebt oder nicht, enge Kontakte zu Mitterhofer. Allerdings hat sie sich da keiner Illusion hingegeben. Denn Mitterhofer lebt zwar irgendwie getrennt von Frau und Tochter, die sich in Costa Rica eine Auszeit nehmen, aber als eine echte Trennung war das wohl nie gedacht.«

Häberle musste an sein Telefonat denken. Er würde morgen am frühen Nachmittag erneut in Costa Rica anrufen. »Nicht als Trennung?«, wiederholte er, um Linkohr zu weiteren Hintergrundinformationen zu drängen.

»Die Mitterhofers haben sich dort wohl ein Haus gekauft vor einigen Jahren«, berichtete Linkohr aus den nächtlichen Gesprächen. »Irgendwie scheint Mitterhofer entweder recht gut verdient zu haben oder auf andere Weise an Geld gekommen zu sein.«

»Auf andere Weise«, echote Häberle.

»Sie denken an dasselbe wie ich«, meinte Linkohr, der sich der seltsamen Auflistung von Firmen und Eurobeträgen aus Mitterhofers Computer entsann. »Man munkelt wohl, dass Mitterhofer bei seinen Kontrollen nicht ganz ›sauber‹ war.«

»Sich hat zahlen lassen«, resümierte Häberle schnell. »Honorare fürs Übersehen von Missständen?«

»So wird gemunkelt.« Linkohr bemerkte, dass er mit seinen Erkenntnissen geschickt von seinen nächtlichen Eskapaden ablenken konnte. »Und jetzt dürfen Sie dreimal raten, wer dem allen auf die Spur gekommen ist.«

»Sagen Sie jetzt bloß nicht, der Rodefeld?«

»Nein, da muss ich Sie enttäuschen. Falsch geraten«, gab sich Linkohr wieder selbstbewusst. »Es war der Egger.«

»Der Egger«, entfuhr es Häberle. »Wie kann ein Mineur …?«

»Das kann ein Mineur – wenn man ihm die nötige Zeit lässt. Und Egger hat wohl in dem halben Jahr seit seinem Rausschmiss mächtig recherchiert – und sogar einen Detektiv eingeschaltet. Es scheint so, als habe er sich mit allen Mitteln an Mitterhofer rächen wollen.«

Häberle nickte. »Und wer munkelt das alles? Ich meine, woher bezieht Ihre Natascha …«, er grinste bei der Nennung des Vornamens, »diese Weisheit?«

Linkohr gab sich selbstsicher: »Von Brunner, dem Lukas Brunner, seines Zeichens Bauingenieur aus Freilassing, tiefstes Oberbayern.«

Lokaljournalist Georg Sander war stinksauer. Nun stand eindeutig fest, dass die Sonderkommission dank seines heutigen Artikels einen wichtigen Hinweis erhalten hatte, doch weitere Informationen für die Medien gab es trotzdem nicht. Dabei wäre es diesem Rasthausmitarbeiter ohne die ausführliche Berichterstattung in der Öffentlichkeit überhaupt nicht in den Sinn gekommen, seine Beobachtungen zu dem österreichischen VW Sharan zu melden. Doch seit sie sich im Ulmer Präsidium von der Öffentlichkeit abgeschottet hatten, war offenbar jegliches Gespür für die Bedeutung einer offensiven Pressearbeit verloren gegangen. Sander bemerkte auch in seinem jetzigen Telefonat mit einem der vier Pressesprecher, wie sehr man bemüht war, die Medien auf Distanz zu halten. Eigentlich hatte nur noch jener, der bereits bei der früheren Direktion im heimischen Göppingen mit der Pressearbeit beauftragt war, Verständnis für die Belange der Journalisten. Doch mehr als Verständnis durfte er auf Wunsch seiner Chefs nicht aufbringen.

Sander sehnte inzwischen den nahenden Tag seines Ruhestands herbei. Obwohl sich seine Berufsgruppe alltäglich abmühte, komplizierte Sachverhalte für den Laien verständlich darzustellen, aber natürlich auch über schreckliche Verbrechen und Unglücksfälle berichten musste, war das Ansehen der Journalisten in den vergangenen Jahren immer weiter gesunken. Mochte es, wie in allen anderen Berufen auch, durchaus Kollegen geben, die weit übers Ziel hinausschossen oder deren Anzahl veröffentlichter Glanzleistungen im umgekehrten Verhältnis zum Mundwerk stand, so durfte niemals übersehen werden, wie wichtig die Medien in einem demokratischen Staatswesen waren. Ohne sie würden keine Missstände aufgedeckt, ohne sie könnten die »Oberen« schalten und walten, wie sie wollten. Natürlich war das Volk mittlerweile durch die Vielzahl solcher Berichte abgestumpft, ja sogar in eine gewisse Apathie versunken und dem Resignieren nahe, »weil sich ja sowieso nichts ändert«, wie auch Sander oftmals im kleinen regionalen Bereich zu hören bekam. Was riss er sich also sämtliche Beine aus, wenn nichts zu bewegen war? Oder, wenn die Bürger eher heile Welt vorgegaukelt haben wollten als harte Realität? Lieber, wie jüngst, schwedische Königshochzeit oder das niveaulose Dschungelcamp im Fernsehen sahen, als den G7-Gipfel auf Schloss Elmau? Oder, wenn der Datenschutz so weit getrieben wurde, dass selbst die schlimmsten Ereignisse möglichst nur noch ganz allgemein und äußerst nichtssagend abgehandelt werden durften? Die Scheinheiligkeit in der Gesellschaft schien immer größere Dimensionen anzunehmen: Mit der räumlichen Distanz zu einem Verbrechen oder einem Unglücksfall stieg im umgekehrten Verhältnis das Bedürfnis, jeden einzelnen Blutstropfen beschrieben oder gezeigt zu bekommen. Je näher das Schreckliche aber lag, desto weniger wollte man davon wissen – oder man tat zumindest so, um eine gewisse Abscheu vor angeblichem Sensationsjournalismus vorzutäuschen. Und wenn ein Wolf erst einmal zu heulen begonnen hatte, stimmten die anderen hierzulande bequemerweise auch gleich mit ein.

Sander hoffte immer öfter, in den letzten Tagen seines Berufslebens nicht noch über eine vergleichbare Katastrophe berichten zu müssen, wie sie vor wenigen Monaten der in jeglicher Hinsicht tragische Flugzeugabsturz in den südfranzösischen Alpen dargestellt hatte. Über manche Medien war im Internet ein Sturm der Empörung hereingebrochen, bloß weil sie den Namen jenes Kopiloten genannt hatten, der die Maschine offenbar absichtlich hatte abstürzen lassen. Dabei war der Name gar keine zweifelhafte Eigenrecherche gewesen. Ihn hatte der zuständige französische Staatsanwalt öffentlich genannt und auf Wunsch sogar buchstabiert.

»Es bleibt dabei, Herr Sander«, wiederholte der Ulmer Polizeipressesprecher, der nicht gerade dafür bekannt war, besonders medienfreundlich zu sein. »Mehr, als was heute Vormittag bei der Pressekonferenz gesagt wurde, gibt es nicht zu vermelden.«

Sander wollte deshalb einen Trumpf ausspielen, den er im Lauf des Tages erlangt hatte: »Es sieht doch aber so aus, als sei die Kripo bisher von einem falschen Opfer ausgegangen.«

Der Pressesprecher schien diese Feststellung zuerst verdauen zu müssen. »Ich weiß nicht, woher Sie Ihre Weisheit beziehen, Herr Sander, aber dazu werden Sie von mir keine Auskunft erhalten.«

»Werden denn die Hinweise auf die Höhlenforscherszene ernst genommen?«

»Ich hab Ihren Artikel gelesen, Herr Sander«, kam es genervt zurück. »Wie oft soll ich Ihnen noch sagen, dass wir in alle Richtungen ermitteln. Und wenn Sie mehr wissen als die Sonderkommission, dann lassen Sie sich einen offiziellen Termin für eine Vernehmung geben und treten Sie als Zeuge auf.«

Sander ging nicht darauf ein: »Es soll da auch eine ganz militante Splittergruppe geben, die bei der Staatsanwaltschaft aktenkundig sein müsste«, gab der Journalist einen winzigen Teil seiner Recherchen preis.

»Keine Auskunft«, kam es zurück. »Und hüten Sie sich davor, wieder irgendeine Geschichte zu konstruieren.«

Sander war tief getroffen. Noch nie in seinem ganzen Berufsleben hatte er jemals eine Geschichte »konstruiert«, nur um eine Schlagzeile zu haben. Journalisten durften sich aber nicht abspeisen lassen – auch wenn dies unter dem Zeitdruck des Online-Fiebers schwer war. Heute sollten ja bereits Ereignisse per online in die Welt »hinausgeblasen« werden, noch ehe sie überhaupt passiert waren.

Mein Gott, dachte Sander, wie verrückt war die Welt geworden. Kein Wunder, dass viele Berufstätige – egal in welcher Branche – dies psychisch nicht mehr verkrafteten. Doch auch dazu gab es jede Menge Scheinheiligkeit — wie etwa, wenn sich Politiker und selbst ernannte Gesundheitsexperten über die Zunahme psychischer Erkrankungen wunderten.

Die Menschheit in den westlichen Zivilnationen sollte sich wieder auf das besinnen, was man in anderen Regionen der Welt als »reines Leben« bezeichnete. Mehr Ruhe, Zeit und Gelassenheit.

Sander hoffte, dies alles im Ruhestand zu finden.

17

Lukas Brunner war von Häberles Ankündigung, sofort zu ihm ins Büro zu kommen, nicht sehr erfreut gewesen. Er habe doch schon alles zu Protokoll gegeben und außerdem überhaupt keine Zeit, da in den vergangenen Tagen vieles liegen geblieben sei und man bald wieder den Betrieb aufnehmen müsse, meckerte er.

Der Chefermittler jedoch ließ sich nicht abwimmeln, legte den Telefonhörer auf und verließ den Bürocontainerkomplex, um wenig später in einem gegenüberliegenden Bürocontainer an Brunners Tür zu klopfen. Nach einem kurzen »Ja«, das dumpf nach außen drang, stand Häberle vor seinem Gesprächspartner. »Tut mir leid, Sie behelligen zu müssen«, sagte er, zog sich ungefragt einen Besucherstuhl heran und setzte sich vor den Schreibtisch Brunners.

»Hat denn Ihr Kollege nicht alles aufgeschrieben, was ich gesagt habe?«, fragte Brunner, der zwei Kragenknöpfe seines Hemdes geöffnet hatte und trotzdem schwitzte.

»Doch, hat er«, konterte Häberle energisch. »Gerade deswegen bin ich hier. Denn es gibt einige Ungereimtheiten, die wir aus der Welt schaffen müssen.«

»So?«, zeigte sich Brunner verwundert. »Ich wüsste nicht, was ich falsch gemacht hätte.«

»Falsch gemacht vermutlich nichts«, besänftigte Häberle. Er spürte, dass jetzt Fingerspitzengefühl gefragt war. »Im Eifer des Gefechts vergisst man das eine oder andere – oder drückt sich missverständlich aus.«

Brunner runzelte die Stirn und schob einen Aktenordner beiseite. »Wenn es um die vorgestrige Nacht geht, als ich mit Natascha Frese die Polizeiautos hab herfahren hör'n, dann kann das die Natascha auch bezeugen.«

»Um das geht's uns nicht«, entgegnete Häberle und entschied, einen Frontalangriff zu wagen. »Es geht um Christian Egger.«

In Brunners Gesicht war ein kurzes Zucken zu sehen. »Egger? Der Mineur, der hier seinen Job verloren hat?«

»Seinen Job und vermutlich sein Leben.«

Brunner wurde blass. »Sein Leben? Sie wollen damit aber nicht sagen, dass –?«

»Doch«, fuhr Häberle jetzt wieder eine Spur energischer dazwischen. »Genau das will ich sagen. Und deshalb bin ich hier. Denn es macht sich nicht gut, in einem Fall wie diesem leichtfertig etwas zu ›vergessen‹ oder gar zu lügen, Herr Brunner.«

»Lügen?« Brunner schluckte und rang sichtlich um Fassung. Häberle ließ ihm Zeit und sah ihn auffordernd an.

»Sie meinen …«, begann Brunner zögernd.

»Egger«, ergänzte Häberle, während das Telefon auf dem Schreibtisch schrillte. Brunner hob den Hörer kurz ab und legte sofort wieder auf. Er wollte jetzt nicht gestört werden.

»Egger«, wiederholte er und es klang resignierend. »Ob ich Kontakt zu ihm hatte?«

Häberle war zufrieden, dass Brunner so schnell realisierte, worum es ging.

»Dass ich keinen Kontakt zu ihm habe, das war nicht ganz richtig. Da hab ich Ihrem Kollegen wohl etwas unklar geantwortet.«

»Unklar oder nicht«, griff Häberle die diplomatische Antwort auf, »das ist mir eigentlich egal, wenn Sie mir jetzt eine ehrliche Antwort geben.«

Brunner wurde verlegen und lehnte sich in seinen Schreibtischsessel zurück. »Okay, er tut mir leid und deshalb hab ich ihn gelegentlich angerufen. Mehr nicht.«

»Sie haben ihn aber seit dem Vorfall im Dezember nicht mehr persönlich gesehen?«

Brunner wich Häberles Blicken aus, starrte aus dem Fenster und fuhr sich mit einer Hand übers schweißnasse Gesicht. Sein Atem ging schwer. Häberle kannte dieses Verhalten, das immer zu beobachten war, wenn sich Zeugen oder Beschuldigte in eine Ecke geredet hatten, aus der sie nicht mehr herauskamen. Es war immer dasselbe: Viele glaubten, sie könnten ihre Lügen genauso locker durchhalten wie die Darsteller in einem Kriminalfilm oder die Protagonisten in einem Kriminalroman. Sie vergaßen dabei, dass einem Film das durchdachte Drehbuch eines Autors zugrunde lag und ein Regisseur das letzte Wort hatte – oder dass sich für einen Kriminalroman der Schriftsteller monatelang die Handlung hatte ausdenken können. In der Realität blieb keine Zeit, auf Unvorhergesehenes spontan und vor allem dann auch richtig zu reagieren. Und die Regie führte nur einer: der oberste Ermittler. In diesem Fall war es dieser Kriminalhauptkommissar August Häberle. Und sonst niemand.

»Und jetzt?«, riss ihn dieser aus den Ängsten, die sich seiner bemächtigt hatten.

»Ob ich ihn persönlich gesehen hab?«, wiederholte Brunner Häberles Frage, als wolle er damit Zeit gewinnen, mit der sich aber nichts ändern ließ.

»Das war mein Anliegen, ja«, blieb Häberle weiterhin gelassen.

Brunner biss sich auf die Unterlippe, worauf der Chefermittler eine härtere Gangart einlegte: »Ich könnte Ihnen auf die Sprünge helfen, Herr Brunner.«

Der Bauingenieur suchte mit den Augen an irgendetwas auf dem Schreibtisch einen optischen Halt. Doch er war viel zu nervös, um auf diese Weise innere Ruhe zu finden.

»Sie wohnen in Freilassing«, stellte Häberle fest und zeigte damit Ortskenntnis: »Liegt an der ICE-Strecke von München nach Salzburg, stimmt's?« Er konnte sich erinnern, auf der Fahrt nach Wien durch Freilassing gekommen zu sein.

Brunners verängstigter Blick wanderte wieder zu Häberle und ließ eine Spur von Zuversicht erkennen. »Ja, Freilassing …«

»Landkreis Berchtesgadener Land …«

Brunners Gesichtsfarbe veränderte sich. »Ja, natürlich …«

»Autokennzeichen BGL …«

»BGL? Ja, natürlich.« Brunner wurde einsilbig.

»Sie fahren einen Wagen der sogenannten Golf-Klasse. Einen Opel Astra«, zeigte sich Häberle informiert. Die Kollegen der Sonderkommission hatten gute Ermittlungsarbeit geleistet.

»Ja«, war Brunner konsterniert, »ja … tut das denn etwas zur Sache?« Er umklammerte mit beiden Händen die Schreibtischkante vor sich.

»Im Prinzip, ja«, erklärte Häberle langsam und beobachtete die Reaktionen seines Gegenübers. »Sie waren mit diesem Wagen am Montagabend hier auf dem Gelände unterwegs.«

Brunners Augen blitzten gefährlich. »Das ist nichts Ungewöhnliches«, erwiderte er und hatte Mühe, sein aufgewühltes Innenleben zu verbergen. »Manchmal fährt man mit einem Baustellenfahrzeug, manchmal auch mit dem eigenen Auto.«

»Sie sind mit Ihrem eigenen gefahren«, stellte Häberle fest und folgte damit den Beobachtungen, die der Sicherheitsdienstler Marusch geschildert hatte.

Brunner wurde zunehmend nervöser. »Darf ich fragen, worauf Sie hinauswollen?«

»Dürfen Sie«, erwiderte der Chefermittler. »Ich möchte es Ihnen sogar leicht machen. Denn Sie waren es, der den Christian Egger am Montagnachmittag am Rasthaus Aichen abgeholt hat«, knüpfte Häberle an die Angaben des Rasthausmitarbeiters an. »Und dann haben Sie den Egger vermutlich später, nach Einbruch der Dunkelheit, aufs Baustellengelände gebracht.«

Brunners Gesichtszüge versteinerten sich. »Sie wollen damit sagen …?«

»… dass Sie dem Egger behilflich gewesen sind, hier auf dem Baustellengelände noch etwas zu erledigen«, ergänzte Häberle den angefangenen Satz des nun völlig verstörten Mannes und fuhr fort: »Etwas zu erledigen, ja. Vielleicht wollte sich Egger an jemandem rächen, vielleicht suchte er auch nur eine Aussprache.« Häberle ließ seinem Gesprächspartner nun keine Zeit mehr zu einer Erwiderung, denn die Indizien, die sich in den vergangenen Stunden ergeben hatten, sprachen eindeutig gegen Brunners Glaubwürdigkeit. »Sie sind mit ihm durchs Gelände hier oben gefahren, vermutlich, um etwas auszukundschaften oder was auch immer … jedenfalls gibt es einen Zeugen, der Ihr Fahrzeug mit zwei Insassen gesehen hat, so gegen 22.30 Uhr«, berichtete Häberle aus den Angaben des Securitymannes Marusch. Alles fügte sich zu einem logischen und realistischen Bild zusammen.

Brunner schloss kurz die Augen. Er schien sich langsam der Tragweite bewusst zu sein, die sich aus Häberles Erkenntnissen für ihn ergab.

»Die Frage, die sich nun stellt«, machte der Kriminalist weiter, »ist die, was dann im Lauf des späteren Montagabends beziehungsweise in der Nacht geschehen ist. Vor allem aber, welche Rolle Ihnen dabei zukommt.«

Brunner nahm die Hände von der Tischkante und umklammerte nun die Armlehnen seines Schreibtischsessels. »Mir stellt sich die Frage, weshalb Sie mich in diese Sache hineinziehen.« Es war der klägliche Versuch, sich aus der Schusslinie zu nehmen.

»Weil es ein paar Zeugen gibt, auf die sich meine These stützt«, gab Häberle schlagfertig zurück. »Und weil wir davon überzeugt sind, dass Christian Egger mit Ihrer Hilfe hier aufgetaucht ist.«

»Und wenn schon«, zeigte sich Brunner vorsichtig diplomatisch, »was würde dies an allem ändern?«

»Nicht sehr viel, wenn Mitterhofer tatsächlich unser Opfer wäre. Denn dann würden wir sagen, Egger hätte ihn umgebracht.« Häberle entschied, die Fakten auf den Tisch zu legen. »Aber vorerst stellt sich die Frage, wo beide geblieben sind – Egger und Mitterhofer.«

»Wie?«, staunte Brunner und gab die abwehrende Haltung erleichtert auf. »Mitterhofer ist gar nicht tot?«

Häberle wollte ihn noch eine Zeit lang im Ungewissen lassen. »Ob tot oder nicht, das stellen wir vorläufig mal zurück«, konterte er deshalb. »Fakt aber ist, dass Egger dank Ihrer Hilfe hier oben in Hohenstadt aufgetaucht ist.« Er wartete auf eine Reaktion. »Falls ich mich irre, wäre es jetzt an der Zeit, mich zu berichtigen.«

Brunner erkannte, dass ihm Häberle eine goldene Brücke baute. »Es … es hat sich so ergeben …«

Häberle nickte verständnisvoll. »Er hat die Entlassung nie überwunden?«, half er Brunner auf die Sprünge.

»Ja«, rang sich Brunner zu einer Erklärung durch, »er hat eine Aussprache mit Mitterhofer gesucht – ein persönliches Gespräch.«

»Ein Gespräch mit dem Mann, dem er die Notlage zu verdanken hatte«, zeigte sich Häberle informiert.

»Ja – aber ganz sicher nicht, um ihn umzubringen«, beeilte sich Brunner, seine Aussage zu relativieren.

»Ein Gespräch«, stellte Häberle sachlich fest. »Nachts auf der Baustelle. Warum trifft man sich dazu nicht an einem neutralen Ort? Wieso muss dies nachts auf der Baustelle geschehen?«

Brunner zuckte die Schultern. »Er hat darauf bestanden, ihn hier zu treffen – hier, um ihn zu überraschen.«

»Wohl eher zu schocken«, korrigierte Häberle. »Und wo hat dieses Zusammentreffen dann stattgefunden? Wohl nicht in einem Büro, sondern irgendwo da draußen?«

Brunner runzelte die Stirn. »Er hat sich zuerst zeigen lassen, was sich im letzten halben Jahr verändert hat – und dann hat er gesehen, dass Mitterhofers Fahrzeug noch da drüben bei den Bürocontainern stand.«

»Und hat an dem Auto die Reifen zerstochen«, ergänzte Häberle.

Brunner schüttelte den Kopf. »Weiß ich nicht. Weiß ich wirklich nicht. Er hat dann gesagt, er wolle auf dem Parkplatz bei den Bürocontainern aussteigen und auf Mitterhofer warten.«

»Warten? Bis Mitterhofer zu seinem Auto kommt? Woher konnte Egger überhaupt wissen, dass Mitterhofer am Montagabend noch auf dem Gelände oder im Büro sein würde?«

Der Bauingenieur sah verschämt an Häberle vorbei und tupfte sich mit einem Papiertaschentuch den Schweiß aus dem Gesicht. »Das hab ich ihm gesagt.« Brunner seufzte in sich hinein, als würde er dies im Nachhinein zutiefst bedauern.

»Sie haben gewusst, dass Mitterhofer montagabends hier eine – nennen wir's mal – Streife macht?«

»Ja, meist nach dem Wochenende macht er das.«

»Deshalb haben Sie Egger vorgeschlagen, an einem Montagabend zu kommen«, spann Häberle den Faden weiter.

»Egger hat mir leidgetan. Wirklich. Deshalb ist der Kontakt zu ihm auch nicht abgerissen.« Brunner hatte sich wieder gefangen. »Wir haben oft miteinander telefoniert.«

»Nur privat – oder gab's auch anderes zu besprechen?«

Brunners Augen wurden wieder unruhig. »Anderes? Wie soll ich das verstehen?«

»Herr Egger hat wohl in den vergangenen Monaten ziemlich viel über einige Herrschaften hier herausgefunden.«

Brunner biss sich wieder kurz auf die Unterlippe, überlegte und entschied sich zu einer weiteren Aussage: »Man kann sich vorstellen, dass er im Internet über Mitterhofer recherchiert hat.«

»Zum Beispiel?«

»Na, das dürften Sie auch schon rausgefunden haben. Mitterhofer ist nicht gerade der Saubermann, als der er sich hier aufgespielt hat.«

Rodefeld war langsam den Berg wieder hinabgegangen, ohne die Blumen und blühenden Sträucher am Wegesrand zu beachten. Am liebsten wäre er gleich verschwunden, doch solange die Sache in Hohenstadt nicht geklärt war, konnte er auf keine gesicherte Zukunft bauen. Denn irgendetwas war schiefgelaufen – und zwar ganz gewaltig. Viel zu sehr hatte er sich von seinem Vater in etwas hineinziehen lassen, das jetzt offenbar völlig außer Kontrolle geriet. Er selbst war vielleicht viel zu blauäugig gewesen und hatte einen Tunnelblick gehabt. Ein ziemlich grotesker Ausdruck im Zusammenhang mit der Baustelle, grinste er in sich hinein. Seine Gedanken fuhren Achterbahn, und als er wieder das Städtchen Weilheim erreichte und in der Bahnhofstraße auf die ihm bekannte Telefonzelle stieß, verspürte er das Verlangen, Gabriele anzurufen – obwohl er dies eigentlich nicht hatte tun wollen. Aber bei genauem Nachdenken erschien es ihm nun doch angebracht, sich zu melden – bevor sie sich zu irgendeiner Kurzschlusshandlung hinreißen ließ. Schließlich waren sie gestern Abend im Streit auseinandergegangen. Aber so ein Zoff war nichts Ungewöhnliches in ihrer Beziehung.

Längst hatte sie sich auch daran gewöhnt, dass er ein Faible für nächtliche Naturbeobachtungen hatte und er deshalb manchmal erst in den Vormittagsstunden zurückkam. Aber diesmal lag der Fall anders. Er war schließlich nicht zu einem Waldspaziergang weggefahren, sondern zu einem Treffen.

Er hielt es für unwahrscheinlich, dass sie ihn als vermisst melden würde. Aber falls doch – und falls dieser Kommissar nach ihm verlangte, war es nicht angeraten, Gabriele allein zu lassen. Denn ob sie noch einmal einer Vernehmung standhalten würde, erschien Rodefeld mehr als fraglich.

Es machte also durchaus Sinn, wenigstens kurz bei Gabriele anzurufen, sagte ihm eine innere Stimme und drängte ihn: Tu es, bevor es zu spät ist. Und von einer öffentlichen Telefonzelle aus hinterließ er keine nachvollziehbaren Spuren.

Er trat in den heißen Glaskasten, warf einige Münzen in den Schlitz und wählte die Nummer seines Büros. Während das Freizeichen ertönte, stellte er zufrieden fest, dass die Tür der Telefonzelle ziemlich dicht schloss. Das war zwar an einem heißen Tag wie heute unangenehm, aber dafür drang kein Wort nach draußen. Denn dort näherte sich gerade eine Mutter mit Kinderwagen.

Als sich Gabriele mit einem freudlosen »Ja« meldete, war ihr bereits die Verärgerung anzuhören.

»Ich bin's«, sagte er und sah der vorbeigehenden Mutter nach. »Ich wollte nur sagen, dass ich noch lebe.«

Die Antwortstimme blieb unterkühlt: »Wäre mir auch egal gewesen, wenn nicht.«

Er atmete schwer. Schweiß brach aus allen Poren aus. »Entschuldige, aber ich war etwas von der Rolle.«

»Du kannst jetzt von der Rolle sein, solange du willst, Gunnar. Ich hab es satt, hier zu sitzen und nicht zu wissen, wo du bist. Hier rufen pausenlos irgendwelche Kunden an, und ich muss mir irgendwelche Ausreden ausdenken«, sagte sie energisch und machte ihm deutlich: »Jetzt ist Schluss, ein für alle Mal. Ich bin gerade dabei, meine Koffer zu packen. Und frag mich jetzt nicht, wohin ich gehe.«

Er hörte ihr geduldig, aber innerlich aufgewühlt zu. Dann versuchte er, einigermaßen ruhig zu antworten: »Gaby, jetzt nimm bitte Vernunft an.«

»Ich bin vernünftig«, unterbrach sie ihn, »so vernünftig wie noch nie in meinem Leben.«

»Gaby, bitte, ich bin gerade in einer schwierigen Situation.«

»Das bist du doch immer – seit ich dich kenne. Mal rennst du deinem Vater hinterher, dann wieder diesen Höhlenverrückten. Und deine ewigen Nachtgeschichten. Glaubst du, das will ich noch länger mitmachen?«

Er sah sich nach allen Seiten um, doch da gab es gewiss niemanden, der ihn in dieser Wohnstraße beobachten oder gar hätte hören können. »Ich muss noch ein paar wichtige Dinge erledigen.«

»Ach, sei doch still. Halt die Klappe. Was willst du schon erledigen? Abhauen willst du. Abhauen. Abhauen. Abhauen. Aber ohne mich.«

Er wollte nicht darauf eingehen, denn dass er seinen Zukunftsplan ohne sie realisieren wollte, stand für ihn ohnehin fest. Jetzt ging es nur darum, Gabriele davon abzuhalten, der Polizei irgendetwas Dummes zu erzählen. Er hatte ihr zwar nie sehr viel von seinen Plänen preisgegeben, aber manches war wohl trotzdem zu viel gewesen. Zum Beispiel die Sache mit dem Vater. Er hätte sich jetzt ohrfeigen können für seine Geschwätzigkeit.

»Gaby«, versuchte er, sie noch einmal zu beschwichtigen. »Ich … ich akzeptiere alles, was du sagst, aber ich hab nur noch eine Bitte.«

»Bitte, bitte, bitte«, äffte sie nach. »Immer hast du eine Bitte. Alles funktioniert wunderschön, wenn ich tue, was du willst. Dein Scheißladen hier wäre doch längst pleite, wenn ich nicht deinen ganzen Krempel hier erledigen würde. Du schaust dir ja nicht einmal die Post an, geschweige denn die E-Mails …«

»Gaby«, unterbrach er sie sanft. »Ich weiß, was du leistest. Ich schätze das doch auch. Aber jetzt hab ich wirklich eine ganz große Bitte.« Er starrte durch die verkratzte Seitenscheibe der Telefonzelle zu einem Mehrfamilienhaus hinüber, auf dessen Balkon jetzt ein Mann erschienen war. Keine Bedrohung, beruhigte sich Rodefeld, während ihn Gabrieles aufgeregte Stimme erschreckte: »Mach deinen Scheiß selbst«, schrie sie jetzt, und er hatte Angst, dass sie das Gespräch gleich unterbrechen würde. Er kannte ihre derartigen Anfälle und Zornesausbrüche, wenn sie außer sich geriet.

»Lass mich bitte noch einen Satz sagen«, blieb er ruhig, war aber nicht bereit, sich ständig unterbrechen zu lassen. »Du kannst tun und lassen, was du willst. Aber lass bitte die Polizei aus dem Spiel.«

»Die Polizei, die Polizei!« Wieder brauste sie auf. »Du bist ein alter Schisshase. Alles Mögliche anfangen und dann nicht dazu stehen! Ja, glaubst du denn, dass dieser Kommissar so einfach klein beigibt – bei dem, was du ihm erzählt hast? Glaubst du das wirklich? Gunnar, es geht um Mord.« Sie hatte ihre Stimme gesenkt und es geradezu drohend klingen lassen. »Die lassen nicht mit sich spaßen. Und im Übrigen hat heut schon wieder einer angerufen.«

»Angerufen? Wer?«

»Na, einer von der Polizei. Er wollte dich sprechen.«

»Was hast du ihm gesagt?«

»Dass du nicht da seist. Ganz einfach – wie es ist.«

»Und jetzt?« Rodefeld wurde nervös.

»Jetzt soll ich zu ihnen kommen, verstehst du? Ich soll deinetwegen nach Hohenstadt fahren zu diesem Kommissar. Nur wegen dir, wegen deiner Scheiße.« Gabriele wurde immer lauter. »Weißt du, was das bedeuten kann? Weißt du, was mit Isabelle geschehen ist? Die sitzt jetzt seit einem Dreivierteljahr im Knast. Meinst du, ich will zu ihr? Die werden mich einsperren, ja, die werden mich einsperren.« Sie schrie, und ihre Stimme überschlug sich und drohte in Tränen zu ersticken.

Gunnar stützte sich mit einer Hand am Metallteil der Tür ab. »Gaby, jetzt mach mal halblang. Du hast doch nichts angestellt. Du weißt einfach von nichts, verstehst du? Wieso sollst du auch etwas wissen? Und wo ich bin, weißt du auch nicht.«

»Weißt du was?«, schallte es ihm krächzend aus dem Hörer ins Ohr. »Du kannst mich mal. Das war's.« Klick – aus.

Telefonat beendet. Er hielt den Hörer noch ein paar Sekunden fassungslos am Ohr, ehe er sich betreten umsah und ihn einhängte.

Rodefeld verließ die Telefonzelle mit schweißnassem T-Shirt.

Jetzt durfte er keine Zeit mehr verlieren. Es musste gehandelt werden.

Häberle hatte aufmerksam zugehört. Brunner war offenbar erleichtert, dass er sein Geheimnis loswerden konnte, das ihn seit vorletzter Nacht plagte. Er hatte sich entschieden, die ungeschminkte Wahrheit zu sagen. Vielleicht würde dies auch helfen, den verschwundenen Egger wieder zu finden – falls er nicht längst tot war. Allein dieser entsetzliche Gedanke hatte Brunner letztlich dazu bewogen, die Vorgänge vom Montagabend zu schildern. »Mitterhofer war schon mal vor Jahren in einen Korruptionsfall verwickelt, hat Christian rausgefunden«, fuhr er fort, während Häberle jedes Wort in sich aufsog. »Man konnte ihm aber wohl nichts nachweisen«, berichtete Brunner. »Der Mitterhofer war damals an verantwortlicher Stelle einer europaweit tätigen Baufirma. Den Job hat er zwar verloren, dann aber wenig später bei seinem jetzigen Arbeitgeber etwas neues Lukratives gefunden.«

So ist es, dachte Häberle: Wenn man mal eine gut dotierte Stelle innehatte und rausflog – womöglich noch mit einer Abfindung –, dann fiel man immer weich, sofern man es geschickt genug anstellte und es verstand, den Kopf aus der Schlinge zu ziehen. Die deutschen Lande waren sicher voll von Typen dieser Art, die man infolge von Betrug, Untreue oder Korruption in die Wüste geschickt hatte, und die anschließend wieder als große Nummern irgendwo in Erscheinung traten. Häberle hätte auf Anhieb die Namen einiger Herrschaften nennen können, die statt im Gefängnis vermutlich in einer Villa am Luganer See gelandet waren. Er musste eine bitterböse Bemerkung unterdrücken.

Brunner hatte eine Pause eingelegt.

»Und wie ging das am Montagabend nun aus Ihrer Sicht gesehen aus?«, half ihm Häberle wieder auf die Sprünge.

»Ich hab ihn hier bei den Bürocontainern aussteigen lassen und bin zurück in mein Büro«, erklärte Brunner.

»Hierher zurück? Während Egger da draußen rumgegangen ist?«

»Er wollte auf Mitterhofer warten.«

»An dessen Auto?«

»An dessen Baufahrzeug, ja.«

»Und wie war der weitere Ablauf dieses Abends geplant gewesen?«, wollte Häberle wissen.

»Er hat sich später bemerkbar machen wollen. Entweder wäre er hier in mein Büro gekommen, falls dies unauffällig möglich gewesen wäre, oder er hätte mich angerufen, und ich hätte ihn auf dem Gelände irgendwo abgeholt.«

Häberle nickte. »Dazu ist es aber nicht gekommen.«

»Leider«, erwiderte Brunner.

»Sie waren dann bei Ihrer Kollegin Frese in deren Büro gewesen«, konstatierte Häberle, »und dann ging hier oben der Rettungseinsatz los.«

»Ja, so war es. Dann war mir auch gleich klar, dass irgendetwas Schreckliches geschehen sein musste.«

»… das mit Egger zusammenhing«, führte Häberle den Satz fort.

»Ich hatte gehofft, dass nicht! Aber nachdem er sich nicht mehr gemeldet hat, hab ich bereits mit dem Schlimmsten gerechnet.«

»Mit dem Schlimmsten?«, wiederholte Häberle fragend. »Sie gingen davon aus, dass er umgekommen ist?«

»Keine Ahnung«, entgegnete Brunner schnell. »Es hätte alles Mögliche sein können. Sie haben doch vorhin selbst angedeutet, dass er tot sein könnte. Aber nachdem es sich schnell herumgesprochen hat, dass Mitterhofer der Tote sein könnte, war ich natürlich trotzdem erschrocken.«

»Erschrocken, dass Egger ihn umgebracht haben könnte?«

»Umgebracht eher nicht, aber dass es irgendwie einen Unfall gegeben haben musste.«

»Unfall bei einem Gespräch?«

»Mein Gott, Herr Häberle. Dass es bei dieser Aussprache nicht gerade friedlich zugehen würde, war ja klar.«

Häberle entschied, ihm die Wahrheit zu offenbaren: »Und wenn ich Ihnen jetzt sage, dass wir ganz sicher wissen, dass der Tote nicht Mitterhofer ist?«

»Wie bitte?« Brunners Gesicht wurde starr vor Entsetzen. »Was sagen Sie da?«

»Die Leichenteile, die auf dem Förderband lagen, stammen nicht von Mitterhofer.«

Brunner brauchte ein paar Augenblicke, bis er sich der vollen Tragweite des Gesagten bewusst wurde. »Mitterhofer lebt?«

Häberle strich sich nachdenklich übers Kinn. »Das hab ich nicht gesagt. Wir wissen nur, dass er nicht der Tote vom Förderband ist. Das heißt aber noch lange nicht, dass Mitterhofer lebt und Egger tot ist.«

»Sondern?«

»Dass alles möglich ist. Vielleicht sind beide tot – oder wir haben es gar mit einem Toten zu tun, der gar nichts mit den beiden zu tun hat.«

Rodefeld hatte entschieden, vorläufig unterzutauchen. Sollte Gabriele doch tun und lassen, was sie wollte. Wenn sie jetzt ging, brauchte nicht er sich von ihr zu trennen. Und so, wie sich die Dinge entwickelten, musste er nun schneller als geplant verschwinden. Das würde er sofort tun, wenn Klarheit bestand, was auf dieser Baustelle geschehen war. Deshalb machte es Sinn, möglichst in der Nähe zu bleiben. Spontan fiel ihm der Campingplatz von Hohenstadt ein. Dort konnte er für ein, zwei Tage in seinem geräumigen Geländewagen pennen und die Infrastruktur nutzen – die sanitären Anlagen und die Pizzeria, die es dort gab. Auf der

Fahrt von Weilheim hinauf zur Hochfläche überlegte er, ob er es riskieren konnte, sich auf dem Campingplatz mit richtigem Namen anzumelden. Vielleicht akzeptierten sie an der Rezeption es, wenn er vorgab, keine Ausweispapiere dabei zu haben. Aber dann müsste er sogar behaupten, nicht einmal einen Führerschein, einen Kfz-Schein oder eine Bankkarte vorweisen zu können. Nein, das wäre vermutlich allzu kühn, grübelte er. Außerdem würden sie auf jeden Fall das Kennzeichen seines Autos notieren. Es machte also keinen Sinn, irgendeine Lügengeschichte zu erfinden. Und überhaupt: Wovor hatte er denn Angst? Es gab keinen Grund, ihn zur Fahndung auszuschreiben – nur, weil er sich mal eine Nacht lang bei Gabriele nicht gemeldet hatte. Dass er vorletzte Nacht illegal auf dem Baustellengelände gewesen war, hatte er ja eingeräumt. Aber eine Verbindung zu all dem anderen, was sich dort dann abgespielt hatte, konnte man ihm wirklich nicht andichten.

Der Campingplatz von Hohenstadt lag nur ein paar Hundert Meter außerhalb des Orts und schmiegte sich in eine Mulde der Hochfläche hinein. Beim Näherkommen wurde deutlich, dass er sehr gut besucht war. Dem Anschein nach gab es jede Menge Dauercamper, überwiegend Niederländer, die ihre Wohnwagen mit allerlei Vorbauten erweitert hatten.

Rodefeld erzählte dem jungen Mann an der Rezeption, dass er »zwei oder drei Tage« bleiben wolle – »je nachdem, wie sich das Wetter entwickelt«. Er legte, wie gewünscht, seinen Ausweis vor und sagte, dass er keinen Wohnanhänger und kein Zelt habe, sondern im Auto schlafen werde. Er bekam erklärt, wo sich die Toiletten und Duschen befanden, und in welchem Bereich er seinen Wagen hinstellen könne. Rodefeld bedankte sich, fand zwischen zwei höheren Hecken einen idealen Stellplatz und machte sich gleich auf den Weg zu den sanitären Anlagen. Zwar hatte er keine frische Wäsche dabei, dafür aber einen »Notfallbeutel«, wie er zu sagen pflegte, in dem sich Utensilien für Zahn- und Körperpflege befanden. Schließlich bestand seine Lebensphilosophie darin, sich im Einklang mit der Natur zu fühlen und auch mal spontan für ein oder zwei Tage auf sich allein gestellt zu sein.

Nach der Dusche schienen all seine positiven Lebensgeister wieder in ihn zurückzukehren. Er ließ sich an einem der wenigen freien Tische in der Gartenwirtschaft der Pizzeria nieder und gönnte sich eine Pizza und ein Weizenbier. Nach dem ersten Schluck des erfrischenden Getränks fühlte er sich noch besser, blinzelte in die Sonne und nahm erst jetzt wahr, dass nicht nur Rentner oder junge Familien um ihn herum saßen, sondern auch ein halbes Dutzend Männer mittleren Alters, die einen runden Tisch schräg hinter ihm in Beschlag genommen hatten und sich lautstark unterhielten. Als Rodefeld seine Aufmerksamkeit auf sie richtete, wurde ihm schnell klar, dass es sich um Beschäftigte der Tunnelbaustelle handelte. Möglich, dass auch einige von ihnen zeitweilig auf dem Campingplatz wohnten, dachte er und überlegte, um welche Berufsgruppen es sich bei ihnen wohl handeln würde.

Doch dann fiel inmitten der heißen Diskussion, die einzelne Worte nur erahnen ließ, ein Name, der ihn elektrisierte. Ein Name, der all seine Sinne schärfte. Ein Name, der wie ein Paukenschlag auf ihn einhämmerte: Egger. Da war von Egger die Rede. Ganz sicher von jenem Egger, dessen Name ihm bereits lange vor den Ereignissen der vorletzten Nacht ein Begriff gewesen war. Er wusste sehr wohl, dass sich mit diesem Namen ein tragischer Vorfall vom vergangenen Dezember verband.

Als die Bedienung seine Pizza servierte und ihm einen guten Appetit wünschte, nickte er ihr nur freundlich zu.

Er wollte jetzt nichts von dem verpassen, was am Nebentisch schräg hinter ihm gesprochen wurde. Denn inzwischen war noch ein Name gefallen, der seinen Blutdruck in die Höhe trieb: Mitterhofer. Sie unterhielten sich über Egger und Mitterhofer. Dass ausgerechnet jetzt ein Sportflieger über Hohenstadt hinwegbrummte, ärgerte ihn maßlos. Es verging fast eine halbe Minute, bis er die Gespräche, die teilweise in kärntnerischem Dialekt geführt wurden, wieder einigermaßen verstehen konnte.

»... Egger hätt den Depp'n am liebsten eigenhändig um'bracht«, hörte er eine sonore Männerstimme sagen, und es gab keinen Zweifel, dass mit dem »Depp'n« nur Mitterhofer gemeint sein konnte.

»Nur dass der Depp womöglich noch lebt«, brummte ein anderer, worauf Rodefeld beinahe ein Bissen Pizza im Halse stecken geblieben wäre. Mitterhofer lebte noch? Hatte er richtig gehört? Er konzentrierte sich voll auf die Gespräche der Männer.

»Man hat heut Mittag gemunkelt, dass die Leichenteile, die s' g'fund'n ham, nicht von Mitterhofer sind.«

Rodefeld hätte sich am liebsten umgedreht, um nachfragen zu können. Doch er mimte weiterhin den desinteressierten Gaststättenbesucher.

»Dann ist's der Egger?«, war aus dem Stimmengewirr herauszuhören.

»Seine Frau ist jedenfalls ang'reist«, ereiferte sich eine andere Männerstimme, die viel heller klang als die anderen. Vermutlich ein jüngerer, dachte Rodefeld.

»Ja«, drang es zur Bestätigung an sein Ohr. »Dann war sie's also doch. Sie hat heut früh in der ›Sonne‹ gefrühstückt. Ich war mir nicht sicher. Jedenfalls hat dort dieser Kommissar eine Frau getroffen, die mich an Theresa Egger erinnert hat.«

Rodefeld nahm's interessiert zur Kenntnis und widmete sich endlich seiner Pizza. Theresa Egger wohnte also in der »Sonne«, konstatierte er.

Nachdem er gegessen hatte, bezahlte er rasch und verließ die Gartenwirtschaft, wobei er die Männer im Vorbeigehen musterte. Sie sahen ihm misstrauisch hinterher.

18

Es war eher eine Zufallsbegegnung auf dem stickig-heißen und dunklen Flur des Bürocontainers. Häberle hatte gerade bei der Sekretärin drei Türen weiter neue Verpflegung bestellen wollen, die sie seit heute früh bei der »Sonne«-Wirtin orderten, als ihm Bahnprojektleiter Mario Feuerstein über den Weg lief. »Machen Sie denn gar keine Pause?«, rief ihm die rheinische Frohnatur entgegen und grinste.

»Pause machen wir erst, wenn wir den Täter haben«, lächelte Häberle müde und verschwitzt zurück.

»Aber nachdem wir heute Abend weiterarbeiten dürfen, sind Sie mit der Spurensicherung fertig«, stellte Feuerstein zufrieden fest.

»Soweit sich noch Spuren hatten finden lassen, sind wir fertig, ja.«

»Kaffee?«, fragte Feuerstein unvermittelt und deutete zu einer Tür am Ende des langen Ganges. »Jetzt sind Sie seit zwei Tagen hier oben und wir haben noch nicht sehr viel miteinander gesprochen.«

Häberle entschied, das Angebot anzunehmen. Ein Gespräch mit dem obersten Planungschef, dem der Tunnelbau über die Albhochfläche hinweg oblag, konnte nichts schaden. Außerdem hatte er den Eindruck, dass auch Feuerstein den Kontakt suchte.

Eine Minute später saßen sie sich in einem kleinen Raum gegenüber, während eine Sekretärin für Kaffee sorgte. Feuerstein, der eigentlich in Stuttgart residierte, kam eher selten nach Hohenstadt. Seine Bahn-Mitarbeiter hatten sich nämlich in einer Containeranlage drunten beim Aichelberger Tunnel eingerichtet.

Jetzt saß er vor einem Schreibtisch, an dem normalerweise Bauingenieure irgendeiner Firma arbeiteten: vor ihm Aktenordner und Pläne, zwei große Monitore zeigten Skizzen und lange Zahlenreihen, ein Tischventilator kämpfte gegen die schwüle Luft. An die weißen Wände waren großformatige Konstruktionszeichnungen gepinnt, dazwischen hakte der Sekundenzeiger einer großen analogen Uhr die Zeit in gleichmäßigem Rhythmus ab.

»Es kommt nicht alle Tage vor, dass die Polizei so geballt bei uns in Erscheinung tritt«, begann Feuerstein und rückte seine randlose Brille zurecht. »Glücklicherweise haben wir Sie und Ihre Kollegen bisher hier oben nicht gebraucht, um uns zu schützen.«

»Der S21-Protest spielt hier oben keine Rolle, nehm ich an«, erwiderte Häberle.

»Gott sei Dank haben wir im Tagesgeschäft auf unseren Baustellen keine Proteste mehr. Nur am Wagenburgtunnel in Stuttgart sieht man noch den einen oder anderen, der die Baustelle beschimpft oder uns anschreit.«

Häberle nickte. Er hatte sich vorgenommen, nach Abschluss des Falls die aufwendig gestaltete Ausstellung anzuschauen, die im Turm des Stuttgarter Hauptbahnhofs zur gesamten Neubaustrecke gezeigt wurde. »Es geht ja wohl um jede Menge Tunnelbauwerke«, gab er sich informiert, während die bildhübsche Sekretärin mit charmantem Lächeln den Kaffee servierte. »Der Bahnhof ist nur ein kleiner Teil, wenn ich das richtig verstehe.«

»Jaja«, stieg Feuerstein so begeistert in das Gespräch ein, wie dies Techniker immer tun, wenn sich Außenstehende für ihre Arbeit interessieren. »Der Fildertunnel von der Stadt hinauf zum Flughafen – oder die bergmännische

Strecke für die Zu- und Abführung von Obertürkheim her. Und dann natürlich dieser 15,5 Kilometer lange Albaufstieg, von dem 14 Kilometer unterirdisch geführt werden. Zwischen Aichelberg und Hohenstadt wird nur einmal dieser tiefe Taleinschnitt im Filstal oberirdisch mit einer Brücke überwunden.«

Häberle nahm einen Schluck Kaffee.

Feuerstein fuhr fort: »Ich kann wirklich von diesen Bauwerken kein einziges als nur ansatzweise ›normal schwierig‹ bezeichnen – in ingenieurtechnischem Sinn.«

»Deshalb die Spezialisten aus Österreich«, kommentierte Häberle, ohne auf ein Echo zu stoßen.

»Wir alle, die wir in den Büros sitzen, können beim Feiern nur deshalb glänzen, weil es Mineure vor Ort gibt, die sich mit schwerem Gerät tagtäglich schmutzig machen und ihre Gesundheit aufs Spiel setzen und nicht in Hierarchien denken – so nach dem Motto: Ich red nur mit dem großen Projektleiter. Doch der Projektleiter kann dir auch nicht voraussagen, was da unten am Tunnel passiert. Der Mann an der Ortsbrust, ganz vorne drin, der erklärt es, der hat durchaus auch Ideen, wie man's besser machen kann.«

Häberle gefiel diese Art, wie Feuerstein die Arbeit der Mineure würdigte. Allein schon, wie er dies sagte, ließ keinen Zweifel an seiner Ehrlichkeit aufkommen.

»Die Unruhe, die's dann vorigen Dezember gegeben hat, müsste Ihnen doch zu denken gegeben haben«, kam der Chefermittler zum eigentlichen Thema.

»Darauf können Sie wetten, Herr Häberle. Dieser Mitterhofer – aber das wissen Sie ja –, der hat ziemlichen Wirbel gemacht. Nicht erst wegen der Sache mit Egger, sondern auch schon in den Monaten davor. Er hat jede Kleinigkeit bemängelt, es der Berufsgenossenschaft gemeldet – und einige Male haben sich Baufirmen auch bei mir beschwert.«

»Mit welchem Erfolg?«

Feuerstein war nicht bereit, sich in die Karten schauen zu lassen. »Wenn's um rechtliche Bestimmungen geht – und mögen sie noch so kleinlich ausgelegt werden –, werd ich den Teufel tun und mich in die Nesseln setzen. Stellen Sie sich doch vor, hier oben oder unten in Aichelberg passiert was, weil gegen irgendwelche Bestimmungen verstoßen worden ist, dann geht doch auf so einer Baustelle die Post ab. Überall lauern sie doch, die Hyänen in den politischen Reihen und in den Medien, dass irgendetwas schiefläuft, damit man das Projekt verteufeln kann.«

»Die Mineure, nehm ich an, stehen alle zu Egger. Auch jetzt noch.«

»Davon können Sie ausgehen. Alle.« Feuerstein trank seine Kaffeetasse leer. »Und um ehrlich zu sein, Herr Häberle, dem Mitterhofer weint hier oben kaum jemand eine Träne nach.« Sein Gesichtsausdruck war ernst geworden.

Häberle wollte seinen Gesprächspartner nicht länger über den Stand der Ermittlungen im Unklaren lassen. »Ob Mitterhofer wirklich tot ist, kann man noch nicht sagen.«

»Wie?« Beinahe hätte sich Feuerstein verschluckt. »Ich denke, das ist klar?«

»Die DNA-Analyse hat ergeben, dass die Körperteile nicht von Mitterhofer stammen.«

»Ach. Und jetzt?« Es war die schnelle Nachfrage eines Technikers, der es gewohnt war, gleich die Folgen eines Ereignisses erläutert zu bekommen.

»Wir versuchen, in einem Schnellanalyse-Verfahren einigermaßen sicher herauszubekommen, ob wir es mit Egger zu tun haben.«

»Egger? Sie meinen, Egger wurde umgebracht? Das kehrt ja die ganze Geschichte ins Gegenteil dessen, was wir bisher geglaubt haben.«

»Und es stellt sich die Frage, wo Mitterhofer geblieben ist.«

»Mitterhofer«, griff Feuerstein den Namen erneut auf, »eine etwas schillernde Figur, wie Sie sicher auch schon wissen.« Er sah den Kommissar fragend an.

»Sie können sich denken, dass wir seine Person ziemlich genau durchleuchtet haben. Allerdings fehlt uns leider sein privater Computer. Der wurde ja noch in derselben Nacht aus seiner Wohnung gestohlen.«

»Oder er hat ihn selbst verschwinden lassen«, konstatierte Feuerstein, »denn wenn jemand in – ich drück mich mal vorsichtig aus – Geschäfte verwickelt ist, die möglicherweise einer genauen Überprüfung nicht standhalten würden, empfiehlt es sich natürlich ab einem bestimmten Zeitpunkt, Spuren zu verwischen.«

»Das haben Sie jetzt aber sehr diplomatisch ausgedrückt«, lobte Häberle ironisch. »Man könnte auch das Wort ›Korruption‹ gebrauchen.«

»Wenn Sie das sagen, will ich nicht widersprechen.« Feuerstein grinste wieder. »Ihre Kollegen werden ja wohl auch mit Mitterhofers Vorgesetztem gesprochen haben, diesem Inhaber von dem externen Ingenieurbüro, das die Überwachungstätigkeit hier zugesprochen bekommen hat – dort weiß man, dass die Mitterhofers ein Anwesen in Costa Rica gekauft haben.«

Häberle nickte.

»Ich weiß nicht«, meinte Feuerstein spöttisch, »ob man in der Position, in der Mitterhofer sich befand, das nötige Kleingeld hat, um in Costa Rica ein neues Leben anzufangen.«

»Seine Frau und seine Tochter sind schon drüben«, zeigte sich Häberle nun auch informiert.

»Ja, aber vielleicht sollten wir uns alle auf die wichtigen Dinge im Leben besinnen«, wurde Feuerstein nachdenklich.

»Wir jagen ein Berufsleben lang nur der Karriere hinterher. Hektik, Stress, Ansehen, immer mehr Geld, um sich immer mehr Dinge leisten zu können, die man gar nicht braucht. Und die – wenn man sie hat – wiederum nur weitere Kosten verursachen, für die man immer mehr Geld braucht. Das Materielle zerstört das Mentale«, Feuerstein runzelte die Stirn. »Unsere Altvorderen haben noch im Einklang mit der Natur gelebt – aber wir, wir tun doch so, als gehe uns das gar nichts an. Als gäbe es nur das Materielle.«

Häberle nickte zustimmend, war aber von diesen Worten überrascht, die er nicht aus dem Mund eines erfolgreichen Projektleiters erwartet hätte. Aber der Kriminalist hatte in seiner langen Berufslaufbahn schon oft genug in persönlichen Begegnungen ganz andere Seiten seiner Gesprächspartner kennengelernt. Vordergründig knallharte Geschäftsleute konnten in sentimentales Nachdenken versinken, ja, er erinnerte sich sogar an Mörder, die sich während einer Vernehmung mit Gott und der Welt auseinanderzusetzen begonnen hatten.

»Waren Sie schon mal in Costa Rica?«, fragte Feuerstein und holte Häberle aus dessen Gedankenwelt zurück.

»Nein, so weit hat's noch nicht gereicht«, sagte er schnell, um zu zeigen, dass er weiterhin dem Gespräch folgen konnte.

»Ich war schon dort. Schönes Land«, schwärmte Feuerstein. »Natur pur. Regenwälder und Trockenwälder, Karibik und Pazifik, ein ganz schmaler Landstreifen zwischen Nord- und Südamerika. Leider wissen viele Deutsche nur, dass man in Costa Rica gut Fußball spielen kann.«

Häberle erinnerte sich. Bei der Fußballweltmeisterschaft vor einem Jahr in Brasilien hatten es die Costa Ricaner bis ins Viertelfinale geschafft und waren dort erst nach dem Elfmeterschießen gegen die Niederlande ausgeschieden.

»Die Menschen dort«, machte Feuerstein weiter, »die leben uns vor, wie man mit Ruhe und Gelassenheit mit sich und der Welt zufrieden sein kann.«

Wie sie doch alle recht haben, überlegte Häberle und dachte an den bevorstehenden Ruhestand. Würde es ihm gelingen, dann aus der Alltagshektik auszubrechen, oder ging es ihm wie angeblich so vielen Rentnern, dass sie dann erst recht keine Zeit mehr hatten? Weil sie sich einzwängen ließen in das Korsett aus Terminen und angeblichen Verpflichtungen?

»Wissen Sie, was unsere Reiseleiterin in Costa Rica zuerst gesagt hat?«, holte ihn Feuerstein erneut aus seinen Gedanken zurück. »Als sie uns am Flughafen abgeholt hat, hat sie gesagt, das Wichtigste in Costa Rica sei, sich einfach dem Leben hinzugeben. ›Pura Vida‹.«

Häberle war mit einem Schlag wieder hellwach.

»Das heißt frei übersetzt etwa ›pures Leben‹«, hörte er Feuerstein sagen. Häberle spürte, wie sich ein wildes Gedankenkarussell in seinem Kopf zu drehen begann.

Was hatte der Mann gesagt?

Das Gasthaus »Vesperstüble« war ein heimeliges Lokal, das in Hohenstadt ebenso von den Beschäftigten der Tunnelbaustelle profitierte wie die »Sonne«. Stefan Pichler und Darko Bulling hatten sich eine zünftige Brotzeit mit Apfelsaftschorle bestellt, während ihre Kollegen der anderen Schicht bereits wieder in den Berg fuhren.

Um diese Zeit war in der Gaststube nur wenig Betrieb. An einem der Nebentische unterhielt sich ein Rentnerehepaar angeregt bei zwei Vierteln Wein. Pichler und Bulling brauchten also keine Sorge zu haben, bei ihren Gesprächen belauscht zu werden, die sich um das Gerücht drehten, Mitterhofer sei gar nicht der Tote.

»Dann kann es nicht so gewesen sein, wie du vermutet hast«, resümierte Bulling und stocherte in der Wurstplatte herum. »Dann war's umgekehrt. Mitterhofer hat den Egger umgebracht, weil sie bei einer Aussprache in Streit geraten sind – und dann hat Mitterhofer irgendwo Selbstmord begangen.«

»Könnte so sein«, entgegnete Pichler. »Egger hat jedenfalls sehr viel gewusst – über das, was um Mitterhofer gelaufen ist.«

Bulling sah sein Gegenüber irritiert an. »Was meinst' denn damit: ›was um Mitterhofer gelaufen ist‹?«

»Der Mitterhofer ist eine dubiose Figur, mein lieber Darko.«

»Das wiss'n wir alle«, knurrte Bulling und aß weiter.

»Natürlich wissen wir das. Aber er ist nicht nur hier bei uns eine dubiose Figur, sondern insgesamt. Der hatte seine Hände überall drin. Auch in schmutzigen Geschäften. Und er weiß von uns allen hier vermutlich mehr, als uns lieb ist.«

»Wie?« Bulling ließ die Gabel, die er gerade zum Mund hatte führen wollen, wieder auf den Teller sinken. »Wer behauptet das?«

»Die Theresa hat mir das gesagt.«

»Am Telefon?«

»Nein, sie ist hier. Hast du das noch nicht mitgekriegt? Sie ist vergangene Nacht noch angereist.«

»Die Theresa ist hier?« Bulling griff zu seinem Glas und trank.

»Ja – und sie ist psychisch am Ende.«

»Warst du bei ihr?«

»War ich, ja, sie wohnt drüben in der ›Sonne‹.«

»Und was hat sie sonst noch gesagt?« Bulling hing ihm jetzt buchstäblich an den Lippen.

Pichler ließ sich mit einer Antwort Zeit und biss ein Stück Holzofenbrot ab. »Sie meint, dass Christian einiges über

Mitterhofer rausgefunden hat. Korruption und so. Und dass es auf der Baustelle auch jemanden gibt, der ein falsches Spiel spielt.«

»Ein falsches Spiel?« Bulling nahm noch einmal einen Schluck Apfelsaftschorle. »Was denn für ein falsches Spiel?«

»Infos an Projektgegner. Über Schwierigkeiten im Berg, über Dinge halt, die nicht unbedingt an die Öffentlichkeit sollen.«

»Einer von unseren ›oberen‹ Herrschaften?« Bullings Interesse stieg ins Unermessliche.

»So genau weiß es Theresa wohl auch nicht. Sie hat viele Unterlagen gefunden – und wie es scheint, hat der Brunner dem Christian ziemlich geholfen.«

»Der Brunner? Geholfen bei was?«

»Mit Hinweisen und Dokumenten – aber auch, dass der Christian unauffällig hierherkommen konnte.«

»Er war also hier – der Christian?«

»Das scheint ziemlich sicher zu sein«, nickte Pichler, worauf Bullings Gesichtszüge einzufrieren schienen.

»Und das hat Theresa dir alles erzählt?«

Pichler nickte erneut und aß weiter. »Das und noch einiges mehr.«

»Noch mehr?«

Pichler bemerkte im Augenwinkel, dass das Rentnerehepaar aufstand und ging. »Sag mal, wie spät ist es eigentlich schon?«, fragte er deshalb.

Bulling wurde aus den Gedanken gerissen, in die er versunken war. »Wie? Ach so, keine Ahnung. Ich lebe gerade zeitlos – solange wir nicht wieder arbeiten müssen.«

»Ist ja egal«, rang sich Pichler ein Lächeln ab. »Bis zu unserer Schicht morgen Früh haben wir noch genügend Zeit.«

»Du wolltest mir noch mehr vom Gespräch mit Theresa erzählen«, kam Bulling wieder auf das eigentliche Thema zurück und bemühte sich, die Wurstplatte vollends leer zu essen.

»Arg viel Konkretes kann ich dir auch nicht berichten«, zog sich Pichler auf allgemeine Formulierungen zurück. »Nur halt so viel, dass Mitterhofer ein ganz gewiefter Schnüffler gewesen sein muss, vor dem wir uns alle in Acht nehmen müssen – vorausgesetzt, er lebt noch.«

»Du meinst tatsächlich, dass er noch lebt?«

»Vielleicht hat er sich auch schon längst nach Costa Rica abgesetzt, wo seine Frau und seine Tochter bereits seit einiger Zeit leben.«

»Ja, das hat man so gehört«, gab sich nun auch Bulling wissend. »Und das meint Theresa – dass sich Mitterhofer dorthin abgesetzt hat?«

»Nein, nicht Theresa. Im Übrigen wäre es vermutlich für den einen oder anderen hier oben auch am besten, wenn Mitterhofer Grund gehabt hätte, von der Bildfläche zu verschwinden.«

Bulling wusste nicht so recht, was er mit dieser Bemerkung seines Kollegen anfangen sollte.

Tunnelpatin und »Sonne«-Wirtin Silke Ramminger hatte inzwischen das komplette Catering für die Sonderkommission übernommen. Häberle lobte die kulinarische Vielfalt des Abendessens, das in Warmhaltegefäßen angeliefert worden war. So konnten sich die Kriminalisten wie an einem Büffet bedienen und ihre Teller auch mit an den Arbeitsplatz nehmen. Die Stimmung innerhalb des Teams war nach wie vor gut, stellte Häberle fest, der sich vorgenommen hatte, am späteren Abend wenigstens für ein paar Stunden zum Schlafen nach Hause zu fahren.

»Wir kommen kleine Schritte voran«, meldete Mende, der mit einer ausgedruckten E-Mail in den großen Raum stürmte. »Es sieht so aus, als ob wir nun endlich wissen, wer unsere Leiche ist.«

Sofort wurde es totenstill. Nur das Klappern von Geschirr war noch zu hören. »Es ist mit hoher Wahrscheinlichkeit Egger«, fuhr Mende fort. »Ergebnis einer ersten Analyse. 100-Prozentiges können sie im Labor erst morgen sagen.«

»Okay«, seufzte Häberle in sich hinein. »Daraus lassen sich schon mal einige neue Theorien entwickeln.« Er musste an Theresa Egger denken, der diese Nachricht aber erst übermittelt werden durfte, wenn das endgültige Ergebnis vorlag.

»War zu erwarten gewesen«, kommentierte Linkohr. »Egger hat sich zu weit aus dem Fenster gelehnt – und jetzt hat ihn derjenige, den er attackieren wollte, aus dem Weg geräumt.«

»So sieht's aus«, erwiderte Häberle. »Die Frage ist dann nur, ob dies Mitterhofer war – und wenn ja, wohin er verschwunden ist.«

»Na, wohin schon?«, mischte sich eine Stimme aus dem Hintergrund ein und gab die Antwort gleich selbst dazu: »Nach Costa Rica natürlich, wohin auch sonst?«

Linkohr bekräftigte: »Korruptionsgelder kassiert, sie nach Mittelamerika transferiert und Frau und Tochter schon mal als Vorhut vorausgeschickt.«

»Sehe ich auch so«, meinte Mende.

Häberle empfahl Zurückhaltung: »So schnell ziehen wir hier nicht ab, liebe Kollegen. Ich glaube eher, dass Egger gerade hier in ein Wespennest gestochen hat. Fixiert euch nicht allzu sehr auf die Leiche. Denkt dran, dass wir immer noch nicht wissen, wer den Wachmann mit Pfefferspray außer Gefecht gesetzt hat, warum Mitterhofers Kamera in diesem Rohr aufgefunden wurde – und weshalb sich dieser Rodefeld hier oben herumgetrieben hat.«

Einige Kriminalisten bedienten sich wieder aus den Warmhaltetöpfen.

»Bei genauem Nachdenken«, fuhr Häberle fort, der sich an den Sims eines offenen Fensters gelehnt hatte und die kühlere Abendluft am verschwitzten Hemd spürte, »da fällt auf, dass der Securitymann mit Pfefferspray ausgeschaltet worden ist. Mir stellt sich die Frage, wer so was mit sich rumträgt.«

»Haben Frauen in der Handtasche«, meinte Linkohr vorschnell, wurde jedoch sogleich mit der Reaktion seiner Kollegen konfrontiert.

»Da kennst du dich wohl aus«, stichelte jemand. »Hast du schon mal 'ne Ladung davon abgekriegt?«

Linkohr ging nicht darauf ein. Seit seine Dienststelle dem Ulmer Präsidium zugeordnet worden war, machten sich immer mehr Kollegen einen Spaß daraus, ihn bei passender und unpassender Gelegenheit mit seiner Vorliebe für Frauen zu ärgern.

»Nicht nur Damen setzen sich gegen allzu aufdringliche Männer auf diese Weise zur Wehr«, knüpfte Häberle mit ernstem Unterton an diese Bemerkung an. »Aber man kann doch davon ausgehen, dass auch Personen, die etwas mit der Bauaufsicht zu tun haben, so etwas in der Hosentasche tragen, oder?«

»Ui«, entfuhr es einem aus dem Team. »Mitterhofer. Natürlich. Mitterhofer könnte dafür infrage kommen.«

»Mal angenommen«, kombinierte Häberle und bestätigte damit die Vermutung vieler seiner Kollegen, wonach er meist zwei Schritte weiterdachte als sie alle, »der Egger lauert, wie von Brunner wohl eingefädelt, irgendwo auf dem Gelände dem Mitterhofer auf, stellt ihn zur Rede, konfrontiert ihn mit einigen unangenehmen Dingen – und es kommt zu einer körperlichen Attacke, die Egger nicht überlebt.« Häberle verschränkte die Arme vor der Brust. »Mitterhofer beseitigt den Egger in der Brechanlage – doch irgendwie verliert Mitterhofer dabei die Schlüssel für sein Baustellenfahrzeug, die wir ja bei der Brechanlage gefunden haben. Mitterhofer will aber weg, so schnell wie möglich, panisch vielleicht – und so macht er sich zu Fuß auf den Weg, raus aus dem Stollen.«

»Zu Fuß?«, staunte Kriminalist Thomas Keller. Er musste an die relativ lange Fahrt denken, bis er und Philip Mende vorgestern die rund dreieinhalb Kilometer bis zu der Brechanlage im Berg zurückgelegt hatten.

»Ja, wie auch sonst?«, ließ sich Häberle nicht beirren. »Dreieinhalb Kilometer – das schafft man in knapp einer Stunde. Und zwar auch auf unbefestigtem Untergrund. Es vergeht also vielleicht eine Stunde, bis Mitterhofer raus ist – das könnte dann der Zeitpunkt sein, zu dem da draußen bereits dieser Radladerfahrer die ersten Leichenteile entdeckt und Alarm geschlagen hat.« Häberle nahm einen Schluck Cola. »Gehen wir weiter davon aus, dass möglicherweise zeitgleich, als Mitterhofer vom Stollen herauskam und zu den Bürocontainern zurückgehen wollte, schon die ersten Einsatzfahrzeuge angerückt sind. Natürlich hat er nicht wissen können, ob dies in einem Zusammenhang mit dem toten Egger stehen würde. Aber wer sucht schon die Nähe zur Polizei, wenn er gerade jemanden in die Brechanlage geworfen hat?«

Die Kollegen lauschten gespannt und vergaßen beinahe das Essen.

»Mitterhofer will also den Einsatzkräften ausweichen und sucht in Panik nach einem Versteck, das in der Dunkelheit auch zuverlässig vor Scheinwerfern schützt«, spann Häberle seine Überlegungen weiter.

»Die Rohre«, sagte Mende und präzisierte: »Das Rohr, in dem wir seine Kamera gefunden haben.«

»Richtig, Herr Kollege«, lobte der Chefermittler. »Das Rohr. Mitterhofer versteckt sich, verliert seine Kamera und wagt sich erst wieder hervor, als das ganz große Spektakel einigermaßen vorbei ist. Im allgemeinen nächtlichen Tohuwabohu wird er ziemlich unbemerkt und auch unerkannt hier runter zu den Bürocontainern gekommen sein. Doch da tut sich für ihn das nächste Problem auf: Jemand hat zwei Reifen seines Autos zerstochen. Ob er das gleich gesehen hat oder ob er ein Stück weit gefahren ist und es erst dann bemerkt hat, spielt in unserer Theorie keine Rolle.«

»Aber er wohnt doch drüben in Oberdrackenstein«, gab Mende zu bedenken. »Das sind von hier schätzungsweise zwei, drei Kilometer.«

»Auch die lassen sich in einer lauen Sommernacht leicht zu Fuß zurücklegen«, konterte Häberle. »Doch nachdem Mitterhofer um sein fahruntaugliches Auto geschlichen ist, wird dieser Securitymensch auf ihn aufmerksam. Er verfolgt ihn – und will ihn ein paar Meter außerhalb des Geländes stellen. Mitterhofer reagiert, wie man es in dieser Situation von jemandem erwartet, der gerade einen Mord verübt hat: Er will unerkannt bleiben, greift zu seinem Pfefferspray und kann entkommen.«

»Genial«, zeigte sich eine junge Kriminalistin über Häberles Kombinationsgabe begeistert.

»Was dann aber geschieht – falls meine Theorie zutrifft –, das liegt noch völlig im Dunkeln, liebe Kollegen«, dämpfte er die aufkommende Euphorie. »Mag zwar das Verhalten Mitterhofers auf diese Weise logisch erklärbar sein, so heißt das noch lange nicht, dass es auch so war. Denn diese Theorie lässt keinen Platz für diesen Rodefeld und dessen dubiose Freundin …«

»… die im Übrigen nicht zur Vernehmung erschienen ist«, unterbrach Mende den Chef kurz.

»Eben«, zeigte sich Häberle für diesen Hinweis dankbar. »Und wir dürfen nicht einfach davon ausgehen, dass sich Mitterhofer so schnell nach Costa Rica hat absetzen können. Das will sorgfältig vorbereitet sein. Wir können ja prüfen, wie schnell man in Stuttgart am Flughafen ein Ticket nach Costa Rica kriegt – aber ganz sicher nicht innerhalb einer Nacht.«

»Dann vergesst mal seine durchsuchte Wohnung nicht«, mahnte IT-Experte Marius Söhren, der gerade den leckeren Nachtisch löffelte. »Oder geht ihr davon aus, der Mitterhofer hat seinen Computer selbst entsorgt und die Wohnungsdurchsuchung vorgetäuscht?«

»Alles denkbar«, sagte Häberle. »Geschicktes Ablenkungsmanöver vielleicht, ja. Dann wäre ihm allerdings ein Kardinalfehler unterlaufen, indem er keine Aufbruchspuren an Tür oder Fenstern hinterlassen hat. Wer einen Einbruch vortäuscht, denkt aber an so was. Oder er ist ein Stümper.«

»Oder auch nicht – in Panik und Hektik reagierst du nicht mehr rational, lieber August. Es sei denn, du bist ein Berufskiller«, gab ein älterer Kollege zu bedenken.

Der Chefermittler verzichtete auf eine Bewertung. »Das lässt sich derzeit alles nicht sagen. Ich gehe jedenfalls davon aus, dass da jemand anderes am Werk war.«

Seine Zuhörer schwiegen und warteten auf weitere Ausführungen. »Da hat jemand Interesse daran gehabt, irgendwelche Aufzeichnungen Mitterhofers verschwinden zu lassen«, meinte Häberle.

»Baufirmen, die ihn bezahlt haben?«, fragte Mende. »Von denen er sich hat bestechen lassen? Oder woran denken Sie?«

»Zum Beispiel, ja. Aber auch an Leute, denen er auf andere Weise ›an den Karren‹ hätte fahren können.«

Linkohr bohrte weiter: »Aber Egger, der angeblich so viel über ihn recherchiert und gewusst hat, war nach Ihrer Theorie ja bereits tot.«

»So ist es, Herr Kollege«, bestätigte Häberle. »Gerade deshalb ist unser Job hier oben noch lange nicht beendet.«

»Und vergesst nicht«, mahnte der ältere Kollege aus den hinteren Reihen wieder, »manchmal haben sich unsere angeblich so großen Fälle, bei denen man sogar politische Motive vermutet hatte, auch schon als reine Beziehungstaten erwiesen. Herz, Schmerz, Eifersucht, Rache, Mord und Totschlag.«

»Du denkst jetzt an diese Natascha Frese?«, meldete sich jemand zu Wort.

»Auch, ja. Aber die wurde ja schon genau unter die Lupe genommen.«

Linkohr tat so, als wüsste er nicht, auf wen schon wieder stichelnd angespielt wurde.

»Manchmal sind es ja die kleinen Dinge des Lebens, die Freude machen«, sagte Computerexperte Marius Söhren. Alle Augen waren sofort auf ihn gerichtet. »Wenn ihr auch immer sagt, ich würde nur an meinen Computern rumspielen, so solltet ihr bedenken, dass wir die digitale Parallelwelt nicht unterschätzen sollten – besonders, wenn junge Leute in die Sache involviert sind.«

Häberle ging zu den Warmhaltetöpfen und schöpfte Gulasch in eine Suppentasse. Wenn es jetzt um die elektronischen Medien ging, waren andere gefragt. Er lehnte die Computerwelt zwar nicht ab, weil sie längst Bestandteil des Lebens geworden war und jeder, der sich mit ihr nicht auseinandersetzte, den Anschluss an die Zukunft verpasste. Doch das meiste war ihm viel zu kompliziert, um sich selbst damit zu beschäftigen. Allein schon die zahlreichen Begriffe, seien sie aus dem Englischen oder aus den Köpfen durchgeknallter IT-Freaks, waren ihm ein Graus, wenn von Scrapbooks, Referenztools, Greenshots oder Markups die Rede war, wie er es jüngst im Word-Schreibprogramm unter »Ansicht« gelesen und keine Ahnung gehabt hatte, was damit gemeint war. Ganz zu schweigen von einem Visual Basic-Editor oder Adobe Digital Edition 3.0, einem Programm, das man für den E-Book-Reader brauchte. Nein, Häberle wollte nichts davon wissen, weil es ihm kaum jemals gelungen war, solche Dinge auf Anhieb zum Laufen zu bringen. Schon, wenn ein Computerexperte sagte, alles sei ganz einfach, dann war dies mit allerhöchster Vorsicht zu genießen, denn »einfach« war in der digitalen Welt nichts. Man brauchte immer einen Freund, der jemanden kannte, der Beziehungen zu jemandem hatte, der schon einmal ein ähnliches Problem gehabt hatte und sich an jemanden wenden konnte, der zumindest die gebührenpflichtige Telefonnummer eines Supports parat hatte, wo dann Fragen beantwortet wurden, die keiner gestellt hatte. Dies alles schoss Häberle, verbunden mit dem abgrundtiefen Hass gegenüber den unverständlichen Ratschlägen von Computerexperten, in dieser einen Sekunde durch den Kopf, als Söhren begann, über seine Erkenntnisse zu dozieren.

»Die Gabriele Honold, die vorhin angesprochen wurde – die Freundin von diesem Gunnar Rodefeld – die ist ziemlich aktiv in Facebook«, begann er und tippte einige Male auf seiner Computertastatur. »Nettes Mädel übrigens«, er zwinkerte Linkohr zu, »hat allerlei Bilder gepostet und auch in ihrer ›Timeline‹ drin.«

Häberle kam mit seiner Suppentasse zurück und fühlte all seine Vorurteile bestätigt, als er den Kollegen mit diesen Worten reden hörte.

»Sie hat annähernd 300 Facebook-Freunde und ist eifrig dabei ›gefällt mir‹ zu klicken. Viel Quatsch. Auch jede

Menge Tier- und insbesondere Katzenfotos übrigens, aber das scheint weit verbreitet zu sein. Hat auch einiges in ihre Chronik geschrieben.«

»Und wo ist das Spannende?«, brummte Häberle.

»Zum Beispiel recht geile Fotos von vergangener Nacht. 2.47 Uhr. Selfies, falls ihr wisst, was das ist.« Er widerstand dem allgemeinen Wunsch, sie zu zeigen, sondern verwies auf andere Bilder. »Aufgefallen ist mir das erst, nachdem mir die Kollegen ein Foto von Mitterhofer aus der Einwohnermeldedatei besorgt haben. Hier …« Er drehte seinen Monitor in Richtung der Kollegen. Auf dem Bildschirm war ein großformatiges Farbfoto dreier Personen zu sehen: Zwei Männer im sommerlichen Freizeitlook und ein kurzbehostes Mädchen im eng anliegenden T-Shirt, aufgenommen an einem Aussichtspunkt, von dem aus eine größere Stadt überblickt werden konnte.

»Oha«, staunte eine Männerstimme. »Ist sie das?«

Häberle rückte näher und erkannte auf Anhieb Gabriele Honold und Gunnar Rodefeld. »Klar, ist sie das«, sagte er und nannte ihre Namen. »Und wer ist der etwas ältere Mann da?«

Inzwischen waren die Kollegen um den Monitor versammelt. »Dieser da«, Söhren zeigte auf jenen Mann, den Häberle nicht identifizieren konnte, »das ist Mitterhofer.«

Sofort erfüllte wildes Durcheinanderreden den Raum. Häberle konnte ein paar Sekunden lang den Blick nicht von dem Bildschirm lösen.

»Mitterhofer und Rodefeld auf einem Foto!«, übertönte eine staunende Männerstimme all die anderen.

»Ja«, bestätigte Söhren, »und ich kann euch auch sagen, wo und wann das Foto aufgenommen worden ist: Im September letzten Jahres, also 2014, vor einem Dreivierteljahr in Stuttgart – am Santiago-de-Chile-Platz, unweit der ›Neuen Weinsteige‹, falls euch das was sagt.«

»Ganz in der Nähe dort haben die Mitterhofers doch mal gewohnt«, überlegte Häberle.

»Richtig.«

»Mitterhofer steht in einer Beziehung zu Rodefeld – ich fass es nicht«, gab sich erneut jemand aus der Runde überrascht.

»Stopp«, entfuhr es Häberle, der seine Suppentasse beiseitestellte. »Mach mal das Mädel groß«, bat er den IT-Experten.

»He, he, August«, mahnte ein anderer stichelnd. »Überlass das lieber deinem Kollegen Linkohr.«

Niemand fand diese Bemerkung zum jetzigen Zeitpunkt witzig. Söhren klickte mit der Maus, worauf zuerst die Beine des Mädchens formatfüllend auf dem Monitor erschienen und sich das Bild erst, als Söhren mit der Randleiste scrollte, nach oben Richtung Oberkörper und Kopf verschob. »Stopp«, befahl Häberle, als auf dem Monitor nur das hautenge T-Shirt und die wohlgeformten Rundungen des Mädchens zu sehen waren.

»Konzentriert euch mal bitte nicht auf das, was unterm T-Shirt ist«, witzelte Häberle und bat gleichzeitig die wenigen Damen im Raum um Verzeihung für diese Bemerkungen aus der Machorunde. Doch die Kolleginnen waren längst an solche kessen Sprüche gewohnt. »Was steht bei dem Mädel vorne drauf?«, wurde der Chefermittler sachlich.

»Etwas Ausländisches«, stellte eine Kriminalistin fest, die sich jetzt ganz nach vorne gedrängt hatte – wohl, um die Aufgabe des Entzifferns am markanten weiblichen Körperteil nicht allein Männerblicken zu überlassen. »Das liest sich wie ›Pura Vida‹«, stellte sie fest.

Häberle nickte. Genau so hatte er es von seinem Besuch in Stuttgart noch in Erinnerung. Doch nun irritierten ihn diese beiden Worte.

Ihm blieb jedoch keine Zeit, über deren Bedeutung nachzudenken, denn eine Kollegin meldete sich: »Ihr glaubt nicht, was ich heut schon in den Tagesmeldungen der Verkehrspolizei gelesen hab.«

Der Stolz, der aus dem Klang ihrer Stimme herauszuhören war, ließ die anderen aufhorchen. »Nachdem die Autobahn unseren Tatort tangiert, hab ich mir mal die Vorkommnisse durchgeschaut«, erklärte die junge Frau. »Und da hab ich was für euch: Auf dem Parkplatz vor dem Aichelberg, direkt bei der dortigen Tunnelbaustelle, hat eine Streife heut früh ein Äffchen gefunden – natürlich eines aus Stoff, ein Spielzeug für Kinder –, das einen Hut trägt, auf dem genau diese Worte draufstehen.«

»Pura Vida?«, entfuhr es Häberle überrascht.

»Ja, genau das«, bestätigte die Beamtin. »Weiß jemand, was das heißt?«

IT-Experte Söhren unterbrach: »Wart mal, Google weiß alles.«

Häberle winke ab. »Du brauchst nicht zu schauen. Das ist spanisch und heißt frei übersetzt ›pures Leben‹ oder so viel wie ›alles mit der Ruhe, es wird alles wieder gut‹.«

Söhren zeigte sich verwundert: »Woher weißt du denn das so genau?«

Häberle grinste: »Recherche, mein Lieber, alles nur Recherche. Manchmal fügt sich scheinbar Nebensächliches zu einer heißen Spur.«

Die Kollegen sahen sich sprachlos an.

Theresa hatte mit ihren Eltern und den beiden Kindern telefoniert. Ihnen Hoffnung und Trost zuzusprechen, obwohl sie selbst mit dem Schlimmsten rechnete, war ihr schwergefallen. Natürlich hatten die Kinder gespürt, dass etwas an dem, was sie sagte, nicht stimmte. Sie wich den bohrenden

Fragen aus, wann sie und Papa denn nun endlich zurückkämen. Theresa hatte mit den Tränen gekämpft, war bemüht gewesen, die Stimme nicht weinerlich klingen zu lassen – doch als sie dann ihre Mutter am Apparat hatte, ließ sie ihren Emotionen freien Lauf.

Noch war die Hoffnung da, dass alles nicht ganz so tragisch sein würde, wie ihr diese böse innere Stimme soufflierte, und gegen die sie vergeblich ankämpfte. Aber irgendwie lag das Unheil förmlich in der Luft. Die Angst begann zusehends die Übermacht über ihren ganzen Körper zu gewinnen. Die Stunden des Tages hatten sich endlos gezogen, und immer, wenn im Flur des Gasthauses Stimmen laut geworden waren, schwankte sie zwischen Hoffen und Bangen. Kamen sie jetzt, um ihr die letzte, unabwendbare Nachricht zu überbringen? Oder kamen sie, um zu sagen, dass Christian lebte? Stefan Pichler war da gewesen, hatte ihr Trost zugesprochen und war dabei selbst beinahe in Tränen ausgebrochen.

Sie hatte nur Wasser und Tee getrunken und immer wieder aus dem Fenster geschaut – an den Giebeln und Dächern der Nachbarhäuser vorbei, hinaus in diesen herrlichen Sommertag, der ihre Stimmung nur vorübergehend aufheiterte. So schön könnte die Welt sein, dachte sie – doch nun schienen diese Tage im Juni alles zu verändern. Sie zitterte, fror trotz der Hitze und war von einer bleiernen Müdigkeit ergriffen, ohne schlafen zu können. Sie musste doch warten. Warten, bis Christian anrief oder plötzlich vor der Tür stand. Aber woher hätte er eigentlich wissen sollen, dass sie hier in Hohenstadt war?

Sie war hergefahren, um ihn zu suchen, auf ihn zu warten. Doch nun endete der Tag in einer unendlichen Leere. Dass sich die »Sonne«-Wirtin trotz des Ruhetages um sie kümmerte, empfand sie geradezu als rührend. Aber Theresa lehnte alle Vorschläge ab: Sie wolle nichts zu essen und auch am Abend nicht zu der Wirtsfamilie kommen.

Die Sonne versank gerade im Westen hinter den Häusern, als sie entschied, gegen die lähmenden Gedanken anzukämpfen. Jetzt, da sich die Hitze des Tages langsam verzog, hatte sie einerseits zwar das Bedürfnis, an die frische Luft hinauszugehen, andererseits jedoch fühlte sie sich von ihrer dunkel gewordenen Psyche gefangen. Es vergingen noch einige Minuten, bis sie stark genug war, der immer enger gewordenen Gedankenwelt zu entrinnen. Es tat ihr gewiss gut, noch für eine Stunde in der Abenddämmerung spazieren zu gehen. Natürlich kannte sie sich in Hohenstadt nicht aus, aber in so einem kleinen Ort brauchte man nur durch ein paar Seitengassen zu gehen und schon mündeten sie in Feldwege.

Theresa brauchte sich nicht umzuziehen, war sie doch schon den ganzen Tag über mit Jeans und farbenfroher Sommerbluse auf schnelles Weggehen eingestellt gewesen.

Sie nahm den Zimmerschlüssel, verriegelte die Tür, informierte die Wirtin von ihrem Vorhaben und bekam anerkennende Worte zu hören: »Das tut Ihnen sicher gut.« Wirtin Ramminger schilderte ihr den Weg zum Infopodest der Baugrube Pfaffenäcker, von dem man auf den Stolleneingang blicken könne: »Das sind knapp zwei Kilometer. Einfach die Straße runter, bis es links nach Oberdrackenstein abzweigt. Da gegenüber dann rechts abwärts.«

Theresa bedankte sich und wollte das am heutigen Mittwoch geschlossene Gasthaus durch den Hinterausgang verlassen, als der Wirtin noch etwas einfiel: »Erwarten Sie Besuch?«

»Besuch? Höchstens von der Polizei und vielleicht einigen früheren Kollegen meines Mannes. Warum?«

»Vor einer Stunde war jemand hier – er ist zu mir hinten in den Hof gekommen – und hat nach Ihnen gefragt, wollte aber wohl nicht so genau sagen, wer er ist und was er will. Ich hab gesagt, wir hätten heute Ruhetag, und dass ich nicht wüsste, ob Sie in Ihrem Zimmer sind.«

Theresa blieb unter der Tür stehen. »Aber kein Polizist und auch kein Kollege …?«

»Polizist sicher nicht – und dass er Kollege Ihres Mannes wäre, hat er auch nicht gesagt.«

»Sondern?«

»Er wollte nur wissen, ob Sie hier bei uns wohnen.«

»Und was haben Sie gesagt?«

»Ja, hab ich gesagt.« Die Wirtin stutzte. »Hab ich da was falsch gemacht?«

»Nein, nein, nein«, schüttelte Theresa den Kopf und trat ins Freie hinaus.

»Dann geh'n Sie aber bitte nicht so weit fort, Frau Egger«, hörte sie hinter sich die Wirtin sagen. »Nicht, dass Ihnen noch etwas passiert.«

19

Es hatte noch immer nicht aufgehört zu regnen. Manchmal, wenn sie aus dem Fenster in die üppige Vegetation hinausschaute, war ihr so, als stünde sie hinter einem Wasserfall, so heftig prasselte dieser tropische Regenguss auf die Landschaft herab. Draußen im Garten kroch gemächlich ein Leguan durch vertrocknete Grasbüschel. Anfangs hatte sich Conny Mitterhofer noch vor diesen »Urtieren«, wie sie sie nannte, gefürchtet. Denn sie erinnerten sie auf den ersten Blick an Krokodile, vor allem, wenn sie fast einen Meter lang waren. Doch Katharina, ihre Freundin, die seit Jahren in Costa Rica wohnte, hatte ihr diese Angst genommen. Leguane waren harmlos und überall zu finden. Inzwischen hatte auch Tochter Sirih ihre Scheu vor der hiesigen Tierwelt abgelegt, wenngleich die beiden Frauen noch immer ziemlichen Respekt vor Schlangen hatten, die glücklicherweise aber höchst selten zu sehen waren.

Der kräftige Regen prasselte unablässig auf das Dach, schon hatten sich kleine Bäche gebildet, die über den sanften Hang hinterm Haus ihren Weg durch den Bewuchs suchten.

Valentina, das Hausmädchen, hatte den beiden Frauen wieder einmal »Gallo Pinto« zubereitet, das als Nationalgericht galt. Diese nahrhafte Mischung aus schwarzen Bohnen und Reis wurde von den Einheimischen besonders geschätzt. Conny Mitterhofer hatte sich das Rezept gleich zu Beginn ihres Aufenthalts von Katharina aufschreiben lassen und sich auch schon einmal selbst herangewagt. Dieses Essen wurde mit Kokosmilch verfeinert und mit Chili gewürzt. Dazu kamen Maisfladen, gebratener Käse, Eier und frittierte Kochbananen.

Immer aber, das wusste sie inzwischen, standen heimische Produkte im Vordergrund. Deshalb gab es auch bei jeder Gelegenheit saftige Ananas, die in riesigen Plantagen angebaut wurden.

»Meinst du, Papa hat angerufen?«, fragte Sirih während des Essens und sprach aus, was ihre Mutter seit den Vormittagsstunden plagte, als Valentina von den beiden männlichen Anrufern berichtet hatte.

»Das frage ich mich auch schon die ganze Zeit«, antwortete Conny. »Aber wenn er es gewesen wäre, hätte er doch Valentina sagen können, dass er es ist.« Das Mädchen, das mit am Tisch saß, blickte bei der Nennung ihres Namens schüchtern auf. Sie tat sich noch immer schwer, den in Deutsch geführten Gesprächen zu folgen.

»Aber es waren gleich zwei Anrufer aus Deutschland«, erinnerte Sirih. »Wer kennt denn daheim unsere Telefonnummer?«

»Sicher nicht viele. Deshalb werd ich nachher den Simon mal anrufen.« Sie sah auf die Uhr und rechnete die Zeit nach vorne. »Drüben ist's schon Abend. Er müsste also nicht bei der Arbeit sein.«

»Sofern er keine Nachtschicht einlegt«, gab Sirih zu bedenken, als der dumpfe Summer, der die Türklingel ersetzte, das Prasseln des Regens übertönte. »Ich gehe«, sagte Valentina, wischte sich den Mund ab und verschwand.

Conny und Sirih legten ihr Besteck beiseite und bereiteten sich auf einen Besuch vor. Den Stimmen nach zu urteilen, hatte das Hausmädchen eine Frau begrüßt, mit der sie im Wohnraum erschien. »Hi, Kathrin«, staunte Conny und sprang auf, um die sehr gepflegte ältere Dame, die ihnen das Grundstück samt Haus vermittelt hatte, mit einer herzlichen Umarmung zu begrüßen. »Was führt dich bei diesem Sauwetter zu uns?«

Nachdem auch Sirih die Besucherin auf ähnlich herzliche Weise willkommen geheißen hatte, deutete Katharina auf ein Stück zusammengefaltetes Papier, das sie in einer Hand hielt und das offenbar ziemlich nass geworden war. »Eine E-Mail für euch«, sagte sie, worauf sich betretene Stille breitmachte.

»Eine E-Mail?«, staunte Conny. »Wieso denn du …?«

»Weil eure Leitung vermutlich nicht funktionierte. Das Telefon auch nicht – und anscheinend das Internet ebenfalls nicht. Das Unwetter wird mal wieder hier draußen alles lahmgelegt haben.« Sie faltete das Papier auseinander, legte es auf den Tisch und strich es glatt. »Er hat deshalb mich angerufen und gefragt, ob ich euch eine E-Mail rüberbringen könnte.«

Conny und ihre Tochter sahen sich für eine halbe Sekunde ratlos an, ehe ihre Augen sich auf das viel zu klein Ausgedruckte fokussierten.

»Er will kommen«, zeigte sich Katharina informiert.

»Wer?«, fragte Conny instinktiv zurück, doch da hatte sie den fett unterstrichenen Absender auf der E-Mail bereits gelesen.

»Er«, sagte Katharina, »lies halt.«

Conny und Sirih überflogen den Text im Stehen und wurden blass.

Die Hitze des Tages wurde hier oben, mehr als 800 Meter über dem Meeresspiegel, von den sanften Abendwinden vertrieben. Theresa Egger atmete tief durch, als sie das Gasthaus »Sonne« verließ und die Dorfstraße hinunter ging – vorbei am »Vesperstüble«, wo sich laut Stefan Pichler auch einige seiner Kollegen gerne aufhielten. Ein Traktor fuhr an ihr vorbei, es roch nach Heu, und von irgendwoher hing auch der strenge Duft von Viehställen in der Luft. Ein Geländewagen folgte langsam dem landwirtschaftlichen Gefährt. In einer Hofeinfahrt schraubten zwei junge Männer an einem ziemlich alten Auto herum, und von der nahen Kirchturmuhr schlug es bereits halb zehn.

Theresa ließ sich einfach treiben, hatte kein Auge für die üppig blühenden Stauden in den Vorgärten und nahm auch die beiden älteren Frauen nicht zur Kenntnis, die den Gehweg kehrten. Ihre Gedanken drehten sich nur um Christian. Es war natürlich sinnlos gewesen, zu glauben, ein Spaziergang würde ihre finstere Stimmung aufhellen. Egal, wo sie hinging und wie schön dieser Abend draußen in der Natur auch war – sie konnte nicht flüchten. Diese Gedanken waren immer dabei, ließen sich nicht abschütteln und auch nicht irgendwo abladen.

Dass der Geländewagen an der Bordsteinkante gehalten hatte, nahm sie gar nicht wahr. Sie ging an ihm vorbei, und schließlich registrierte ihr Unterbewusstsein, in welche Straße sie nach rechts abbiegen musste, um dorthin zu gelangen, was ihr die Wirtin als Spaziergang empfohlen hatte. Dass sie sich dabei umdrehte, war wohl eher ein Reflex als eine bewusst gesteuerte Bewegung. Deshalb nahmen ihre Augen auch nur die Dorfstraße als Gesamtes auf, ohne Details zu registrieren. Also keine Autos und auch die wenigen Menschen nicht, die um diese Zeit noch unterwegs waren. Auch der Geländewagen, der langsam heranrollte, blieb ihrer Aufmerksamkeit verborgen. Alle ihre Sinne waren nur auf Christian fixiert – und auf das Handy, das in ihrer Hosentasche steckte und von dem sie sehnlichst eine gute Nachricht erwartete. Sie folgte der Seitenstraße sanft abwärts, während der Geländewagen jetzt wieder stoppte.

Seit Stunden liefen die Maschinen wieder auf Hochtouren. Die Mineure im Berg sprengten und baggerten sich Meter für Meter ihren Weg frei, das Transportband ratterte, und die schweren Lastwagen und Radlader wirbelten Staub auf wie inmitten einer trockenen Steinwüste fernab der Zivilisation.

Als sei in den vergangenen beiden Tagen nichts gewesen, so griff wieder ein Rädchen der großen logistischen Maschinerie in das andere. Mario Feuerstein höchstpersönlich war als Projektleiter über das Gelände gefahren, während das unablässige Dröhnen wieder die Gegend erfüllte. Sogar Anton Trennbalder war gekommen, der drunten in Aichelberg für die Betonfertigteile verantwortlich zeichnete und den der Baustopp hier oben nicht berührt hatte – abgesehen davon, dass auch ihm das Verschwinden Mitterhofers noch immer Rätsel aufgab. Jetzt erst recht, nachdem sich herumgesprochen hatte, dass nicht dieser Baukontrolleur in der Brechanlage umgekommen war, sondern mit hoher Wahrscheinlichkeit Christian Egger.

»Und wie seh'n Sie das?«, fragte Trennbalder, als er neben dem Projektleiter im klapprigen Baustellenfahrzeug saß, mit dem sie von der Stollengrube Richtung Bürocontainer holperten und immer wieder einem Lastwagen ausweichen mussten.

»Ich hab gehofft, die Kripo würde schneller vorankommen«, brummte Feuerstein. »Dieser Aufwand, den die betreiben! Aber sie lassen sich nicht in die Karten schauen.«

»Anfangs hat doch alles so wunderschön gepasst«, sächselte Trennbalder. »Motiv klar: Der Mitterhofer ist ein Saukerl, jemand hat die Schnauze von ihm voll und rächt sich. Fertig.«

»Und dieser ›Jemand‹ hätte Egger sein können«, kommentierte Feuerstein. »Aber dann liegt der selbst tot da drüben.«

»Wäre der Mitterhofer nicht verschwunden, wäre kein Mensch auf die Idee gekommen, dass er selbst der Tote gewesen sein könnte.«

»Ganz so einfach wär's nicht«, erwiderte Feuerstein, der einen Blick rechts hinüber zur Deponie warf, wo das Transportband mit seiner gelben Abdeckung zwischen den Schutthügeln endete. »Es gab ja noch einige merkwürdige Zwischenfälle.«

»Mit der Folge, dass sich die Kriminalisten gestern früh sogar bei uns drunten umgesehen haben«, ergänzte Trennbalder.

»Auch hier oben gibt's keinen Winkel, den sie nicht ausgespäht haben.«

»Das macht ja noch Sinn. Aber was haben die bei uns da unten erwartet? Ich hab denen die Herstellung der Tübbinge erklärt.«

»Falls einer da Leichenteile einbetoniert hat?« Feuerstein grinste, was trotz der weit fortgeschrittenen Dämmerung auch Trennbalder sehen konnte.

»Machen Sie keine schlechten Witze«, erwiderte er. »Wenn stimmt, was so gesprochen wird, dann hat dieser Mitterhofer auch das eine oder andere krumme Ding gedreht und in die eigene Tasche gewirtschaftet.« Weil Feuerstein dazu schwieg, redete Trennbalder weiter: »Korruption. Bestechung von Entscheidungsträgern bei Großprojekten.« Er überlegte, ob er aussprechen sollte, was er in diesem Moment dachte, entschied sich aber mit ironischem Unterton dafür: »Passen Sie nur auf, dass nicht auch Sie in die Schusslinie der Ermittler geraten.«

»Ich?« Feuerstein war überrascht. »Wollen Sie mich jetzt verhohnepiepeln oder was?«

»Na ja, Sie sind doch hier der oberste Projektleiter – von einem Prestigeprojekt des Landes Baden-Württemberg obendrein noch. Da hat man doch viele Einflussmöglichkeiten, oder?«

»Habt ihr heut schon Radio gehört?«, fragte Katharina, nachdem die beiden anderen Frauen sich vom schockierenden Inhalt der E-Mail erholt hatten, aber noch immer um den Tisch herumstanden, auf dem der Ausdruck lag.

»Nein, wieso sollten wir?«, interessierte sich Conny Mitterhofer. Sie wusste, dass ihre langjährige Freundin regelmäßig übers Internet deutsche Radiosender hörte oder auch gerne Beiträge vom Südwestfernsehen abrief – sofern das Internet hier abseits der großen Städte leistungsfähig genug war, um ein ruckelfreies Bild zu übertragen.

»In den Regionalnachrichten von Stuttgart war von einem Zwischenfall auf der Eisenbahnbaustelle die Rede.«

»Was sagst du da?«, entfuhr es Sirih entsetzt.

»Es hat dort wohl einen Toten gegeben, von dem sie angeblich noch nicht wissen, um wen es sich handelt.«

Connys Gesicht wurde blass. »Einen Toten?«, wiederholte sie fast apathisch und ihre Tochter Sirih suchte nach Worten. »Und was ist da passiert?«

»Polizei und Staatsanwaltschaft scheinen nicht sehr viele Informationen herauszulassen, aber es scheint wohl jemand in so eine Brechanlage gefallen zu sein.«

»Oh Gott«, kam es Conny unkontrolliert über die Lippen. Ihr jagten die Gedanken an die beiden Anrufer und an die vor ihr liegende E-Mail durch den Kopf. Nein, mach dir jetzt bloß keine unnötigen Sorgen und falsche Gedanken – das eine musste mit dem anderen nicht zwangsläufig etwas zu tun haben, versuchte sie sich zu beruhigen. Aber warum musste Katharina auch ausgerechnet jetzt diese schlechte Nachricht ansprechen?

Eigentlich hatte sie ihrer Freundin etwas mehr Einfühlungsvermögen zugetraut.

Conny richtete ihren Blick wieder zum Fenster, doch der weiter sintflutartige Regen drückte auf ihr Gemüt.

»Sobald das Telefon und das Internet wieder funktionieren, müssen wir uns Klarheit verschaffen«, gab sich jetzt Sirih selbstbewusst. Sie bedauerte es immer wieder aufs Neue, dass die Netzabdeckung für den Mobilfunk in den dünn besiedelten Gebieten sehr schlecht war. Dieser Landstrich hier war sogar überhaupt nicht versorgt.

»Ihr könnt gerne noch mit zu mir kommen und es von dort aus versuchen«, schlug Katharina vor, deren Festnetztelefon noch nicht vom Unwetter beeinträchtigt war.

»Nein danke«, wehrte Conny kühl ab. Sie wollte nicht im Beisein von Katharina irgendwelche persönlichen Telefongespräche führen oder E-Mails versenden, die möglicherweise in ihrem Computer gespeichert blieben. »Die Störung des Telefons dauert meist nicht lange.«

»Eben«, beruhigte Katharina, die bemerkt hatte, wie aufgeregt und nervös die beiden Frauen geworden waren. Valentina war inzwischen mit dem abgeräumten Geschirr in die Küche verschwunden. Ihre Deutschkenntnisse reichten nicht aus, um der Konversation folgen zu können, doch ihr Gefühl sagte ihr, dass irgendetwas ganz und gar nicht in Ordnung war.

»Denk immer daran, was Valentina in solchen Fällen sagt«, machte Katharina weiter, »immer schön ruhig bleiben. Es wird alles wieder gut. Pura Vida.«

Christian war nicht da. Sie spürte es. Mit jedem Schritt, der sie aus dem Ort hinaus in die freie Natur brachte, schien sie sich weiter von ihm zu entfernen. Sie überkam das schmerzliche Gefühl, ihn verloren zu haben. Vielleicht, so hämmerte es gnadenlos in ihrem Kopf, war der Tote auf dem Transportband ja doch Christian – auch wenn die Armbanduhr, die man gefunden hatte, nicht seine war. Und vielleicht wussten sie bei der Polizei schon viel mehr, als sie offiziell sagen wollten, denn schließlich durften sie eine Todesnachricht erst überbringen, wenn eindeutig feststand, um wen es sich bei dem Opfer handelte.

Theresa ging wie ferngesteuert die asphaltierte Straße hinab und nahm erst im letzten Moment die Abzweigung zum Sportplatz wahr, an der auch ein Hinweisschild zum Infopodest stand.

Sie schämte sich über den aufkommenden Gedanken, wie die Zukunft ohne Christian aussehen würde. Nein, eine solche Zukunft konnte es gar nicht geben. Wie denn auch? Zwei kleine Kinder, ein Berg Schulden? Wenn Christian nicht mehr kam, wenn er tot war oder für immer verschwunden blieb, dann gab es auch für sie keine Zukunft mehr. Und deine Kinder?, mahnte die innere Stimme. Deine Eltern, die noch leben? Du wirst gebraucht. Jetzt doch erst recht.

Wieder war sie einige Hundert Meter weitergegangen, hatte die Sportanlagen und den kleinen Parkplatz nicht zur Kenntnis genommen, sondern sich unbewusst an einem Heckenstreifen orientiert, in dem die Vögel so herrlich konzertierten, wie sie dies nur zu dieser Jahreszeit kurz nach Sonnenuntergang taten.

Als hinter ihr eine Amsel besonders laut zwitscherte, drehte sie sich um und sah den schwarzen Vogel auf einem Ast sitzen, von dem aus er unablässig seinen Gesang lauthals in die milde Abendluft posaunte. Kein Trauergesang, sondern Freude, Lust und Glücksgefühl.

Doch Theresas Blick traf noch auf etwas anderes: auf eine Person, etwa 100 Meter entfernt im Gegenlicht des noch hellen Abendhimmels. Die Silhouette eines Mannes.

Zufall? War es Zufall, dass er denselben Weg einschlug, den auch sie ging? Jetzt, zu dieser späten Abendstunde? Natürlich war es Zufall, redete sie sich ein. Dies hier war ein beliebter Weg zur Aussichtsplattform der Baustelle. Und richtig dunkel wurde es noch lange nicht. Gerade erst hatte die sanfte Dämmerung eingesetzt. Sie drehte sich langsam wieder um und ging weiter. Ihre Unsicherheit wuchs aber mit jedem Schritt. War es nicht besser, wieder in den Ort zurückzukehren, rechtzeitig, bevor es ganz dunkel wurde, hier in dieser Gegend, die ihr so fremd war und die ihr sogar feindselig erschien?

Sie unterdrückte den inneren Zwang, sich gleich wieder umzudrehen, denn dies wäre viel zu auffällig gewesen, und der Mann hätte das auch falsch deuten können.

Von der Tunnelbaustelle drang der scheppernde und ratternde Lärm zu ihr herüber, das untrügliche Zeichen dafür, dass wieder gearbeitet wurde. Sie waren also zur Tagesordnung übergegangen. Dann musste sich die Polizei doch sicher sein, wer der Tote war, wurde sie erneut von diesen bösen Gedanken befallen, die sich mit dem unsicheren Gefühl über den Mann hinter ihr zu einem finsteren Brei aus diffusen Ängsten, Panik und der Erkenntnis vermengten, völlig machtlos einem ungewissen Schicksal ausgeliefert zu sein.

Etwas in ihr riet ihr, nicht mehr weiterzugehen.

Doch links vorne, über einem heranwachsenden Maisfeld hinweg, tauchten die Dächer eines Aussiedlerhofes auf, der direkt an der Landstraße stand. Theresa beschloss, bis dorthin weiterzugehen. Denn sobald sie den Hof und die Straße erreicht haben würde, fühlte sie sich gewiss wieder sicherer.

Außerdem wollte sie die Baustelle sehen, den Stollen, in dem Christian gearbeitet hatte. Von der Aussichtsplattform aus, so hatte es ihr die »Sonne«-Wirtin berichtet, könne man das Portal gut überblicken. Es sei jene Perspektive, die auch auf der Webcam im Internet zu sehen sei.

Sie beschleunigte ihren Gang für einige Minuten, während sie wie beiläufig ihren Kopf nach links zur Straße hinüberdrehte, um im Augenwinkel auch kurz das Gelände hinter ihr überblicken zu können. Was sie dabei erspähte, brachte ihren Puls zum Rasen. Er war noch da. Er kam sogar näher. Eine große Erscheinung, schlank, doch im Gegenlicht des noch hellen Westhimmels nur schwer zu erkennen.

Umdrehen? Jetzt nicht. Sie würde ihm ja direkt in die Arme laufen. Außerdem war der Weg zurück in den Ort weiter als hinüber zum Aussiedlerhof, der ganz bestimmt bewohnt war. Den Abstecher zur Aussichtsplattform würde sie aber nun meiden.

Das Handy. Ja natürlich – ein rettender Gedanke. Sie fingerte es aus der Tasche ihrer engen Jeanshose, spürte, wie ihre Hände zitterten, und tastete sich während des schnellen Gehens durch die Auflistung der an- und abgehenden Anrufe, unter denen sich auch die Nummer von Stefan Pichler fand. Nachdem sie auf seinen Namen getippt hatte, dauerte es einige Sekunden, bis der Rufton an ihr Ohr drang. Dreimal, viermal. War Stefan bereits mit der ersten Schicht heute wieder in den Berg gefahren?

Während sie hinter sich schneller werdende Schritte auf dem asphaltierten Weg hörte – falls es nicht reine Einbildung war –, meldete sich Stefan endlich.

»Entschuldige«, flüsterte sie heiser. »Stefan, wo bist du?«

»Um Gottes willen, was ist los, Theresa?«

»Ich glaub …« Sie begann zu laufen, während die Schritte von hinten noch lauter und bedrohlicher an ihre Ohren drangen.

»Wo, Theresa, wo um Gottes willen bist du?«

»Ich … ich …« Mehr konnte sie nicht mehr sagen.

»Da laust dich der Affe«, hatte ein Kollege aus der Sonderkommission ironisch kommentiert, was eine Streife auf dem Autobahnparkplatz vor dem Aichelberg gefunden hatte – eben jenes Stofftierchen, dem nun eine viel größere Bedeutung beigemessen wurde, als es die uniformierten Polizisten vermutet hatten.

»Mir ist das zu viel ›Pura Vida‹«, meinte Häberle. »Oder ist das alles nur ein verrückter Zufall? Dass ausgerechnet in unserer Gegend ein Kind dieses Stofftierchen verliert? Nein, Kollegen, das mag ich nicht glauben.«

»Was soll uns das Ding dann sagen?«, fragte Linkohr dazwischen.

Häberle, der sich, einer alten Gewohnheit folgend, an den Türrahmen gelehnt hatte, meinte: »Da sind der Fantasie keine Grenzen gesetzt. Vielleicht gab's auf dem Parkplatz eine Begegnung der seltsamen Art, und dabei ist der Affe aus einem Auto gefallen.«

»Ein heimliches Abenteuer?«, fragte ein anderer aus der Runde.

»Hm«, brummte Häberle, »kann ich mir nicht so recht vorstellen. Der Parkplatz ist ziemlich belebt und hat keine lauschigen Ecken. Er eignet sich eher für ein konspiratives Treffen.«

»Wie kommst du denn da drauf, August? Da kannst du jeden anderen Autobahnparkplatz auch nehmen«, gab ein älterer Kriminalist zu bedenken.

»Falsch«, erwiderte Häberle. »Dieser Parkplatz bei uns am Aichelberg kann von hinten, also von außerhalb der Autobahn angefahren werden – direkt über die Baustelle, wo die Betonfabrik für die Fertigteile steht. Man hat da wohl eine extra Zu- und Abfahrt zur Autobahn angelegt, provisorisch natürlich und nicht für die Öffentlichkeit – aber wer sich auskennt, kommt auf diese Weise zu dem Parkplatz, ohne die Autobahn benutzen zu müssen. Und er muss dann auch nicht zwingend in Richtung Ulm weiterfahren.«

»Ach«, staunte der Angesprochene, »woher weißt du das denn so genau?«

»Luftbilder von den fliegenden Kollegen«, trumpfte Häberle auf. »Ganz aktuell. Aber sogar auf Google Earth ist die Zufahrt schon erkennbar – auf dem jüngsten Bild mit Aufnahmedatum 30. März 2014.«

»Das hast du rausgefunden?«, kam es anerkennend zurück. Die meisten im Raum wussten schließlich, dass sich Häberle mit der Recherche im Internet bisweilen schwertat.

»Natürlich«, erklärte er stolz, »wenn ich in Urlaub fahre, guck ich mir meine Ziele auch immer bei Google Earth an. Ihr etwa nicht?«

»Und was glaubst du, wer sich dort getroffen hat, um einen Affen zu verlieren?« Auch diese Frage eines anderen Kollegen klang skeptisch.

»Jemand von der Baustelle mit jemandem von außerhalb, würd ich mal sagen«, erwiderte Häberle.

»Trennbalder?«, kam es spontan aus der Mannschaft zurück. »Der ist doch dort unten für die Betonfabrik zuständig, die dicht am Parkplatz steht, oder?«

»Zum Beispiel, aber der Zutritt zu diesem Gelände dort scheint mir relativ einfach zu sein – sagen die Kollegen von der Streife, mit denen ich gesprochen habe.«

»Die waren dort?« Die Frage hörte sich an, als sei ein Kriminalist beleidigt darüber, dass auch Uniformierte in die Ermittlungsarbeit einbezogen wurden. Häberle, der diese Berufsdünkel verabscheute, schon gar, wenn es um die Abgrenzung zwischen hochnäsiger Kripo und den Uniformierten ging, die auf der Straße die Drecksarbeit zu erledigen hatten, gab diplomatisch zurück: »Mancher von denen kennt sich im Gelände besser aus als wir, die wir nur auftauchen, wenn mal wo was passiert ist.« Er wollte ja nicht hinzufügen, dass einige Kollegen im neuen großen Präsidiumsbereich oftmals die Landkarte zurate ziehen mussten, um überhaupt ihren Einsatzort zu finden. Personen- und Ortskenntnis war bei der Reform völlig auf der Strecke geblieben. Aber was sollte er sich aufregen? Sein Ruhestand nahte mit riesigen Schritten. Doch irgendwie beschlich ihn mit jedem Tag, den er der Pensionierung näher rückte, ein seltsames Gefühl, gegen das er immer stärker ankämpfen musste. Hinzu kam, dass ihn seine Frau Susanne ständig ermahnte, jetzt endlich an die Zeit »nach der Polizei« zu denken und sich einen Plan zurechtzulegen. »Stell dir vor, du sitzt morgens beim Frühstück, und es gibt keine interessanten Fälle mehr«, hatte sie erst gestern, als er kurz daheim gewesen war, wieder gesagt. Sie sorgte sich tatsächlich um ihn, falls er dann nur zu Hause saß und in der Zeitung lesen musste, welche großen Fälle seine aktiven Kollegen lösen mussten. Aber vermutlich, so meldete sich seine innere Stimme, würde es künftig ohnehin keine großen Enthüllungen zu spektakulären Kriminalfällen mehr geben. Die Pressestelle der Polizei verlautbarte ja nur noch harmlose Meldungen oder Zeugenaufrufe. Oder sie versuchte, mit gewiss geschönten und hingebogenen Statistiken einer verängstigten Bevölkerung klarzumachen, dass die Sorge vor den zunehmenden Wohnungseinbrüchen rein subjektiv sei, denn objektiv gesehen gingen diese Straftaten sogar zurück. Dass man dazu das letzte Jahr mit dem vorletzten verglichen hatte und die jüngsten Zahlen von 2015 geflissentlich überging, fiel im Eifer des statistischen Gefechts niemandem auf. Und wenn jetzt mit Georg Sander auch noch einer der letzten Journalisten in den Ruhestand ging, die nicht dem Stakkato und dem irrsinnigen Tempo der Onlinemeldungen nachhingen, sondern aller Eile zum Trotz dank ihrer vielfältigen Beziehungen auch Hintergründe ans Tageslicht förderten, dann konnte sich auch der Polizeipräsident beruhigt zurücklehnen.

Häberle waren solche Gedanken durch den Kopf gegangen, als er vor der Mannschaft stand und das Gefühl genoss, seine langjährigen Erfahrungen und sein ausgeprägtes Kombinationstalent darzulegen. Auch wenn es wieder ein langer und ermüdender Tag gewesen war, so hatte er es geschafft, seine Mannschaft zusammenzuschweißen. Keiner – von Linkohrs Eskapaden vielleicht abgesehen – blieb länger als zum Schlafen notwendig der Sonderkommission fern. Allerdings befürchtete Häberle bereits, dass dieses Zusammengehörigkeitsgefühl eines nicht allzu fernen Tages an administrativen Vorschriften zerbrechen oder durch die Gängelung der vielen Bürokraten zunichte gemacht würde, die allesamt täglich neuen Unfug ersinnen mussten, um ihre Daseinsberechtigung zu beweisen.

Nein, eigentlich wollte er trotz aller Begeisterung in diese Tretmühle nicht mehr länger eingebunden sein. Eigentlich. Häberle schüttelte den Gedanken energisch ab.

»Den Trennbalder hat noch keiner richtig durch die Mangel gedreht«, riss ihn die Stimme eines Kriminalisten wieder in die Realität zurück.

»Doch, doch«, meldete sich Linkohr, »der Kollege Mende und ich. Trennbalder hat uns voller Stolz das Betonwerk gezeigt – und die Herstellung dieser Fertigteile, dieser …« Ihm wollte der Fachbegriff nicht einfallen, weshalb ihm Mende half: »Tübbinge heißen die Dinger. Komischer Name, hat aber mit der Stadt Tübingen nichts zu tun.«

»Euer Eindruck?«, wollte Häberle wissen.

»Kompetenter Mann. Kommt aus Sachsen«, fühlte sich Mende zu einer Antwort herausgefordert. »Hat wohl mit dem Mitterhofer auch nicht wirklich gekonnt.«

»Hatte der denn einen Helm auf?«, fragte Häberle unvermittelt.

»Wie bitte?«, staunte Mende.

»Ja, ihr seid doch mit ihm auf der Baustelle unterwegs gewesen. Habt ihr alle einen Helm getragen, auch er?«

»Jetzt hör mal, August«, meldete sich jemand, »wir sind doch nicht von der Berufsgenossenschaft der Bauarbeiter …«

»Vielleicht ist euch entgangen, dass in unserem Fall auch zwei Helme eine Rolle spielen. Zwei zermalmte Helme vom Förderband«, erinnerte der Chefermittler die Kollegen. »Also: Wurden da Helme getragen, als ihr dort gewesen seid?«

»Ja«, bestätigte Linkohr, »er hat uns sofort auf die Vorschrift hingewiesen und uns Helme gegeben. Die haben wohl immer welche vorrätig. Ich hab sogar gefragt, ob die unterschiedlichen Farben etwas zu bedeuten hätten. Haben sie aber nicht.«

»Mhm«, machte Häberle. »Und auch Trennbalder hat einen getragen?«

»Ja, klar, einen roten, das ist mir noch in Erinnerung.«

Der junge Kommissar Thomas Keller ergänzte: »Wir haben auch gecheckt, wo Schutzhelme vermisst werden. Aber Fehlanzeige. Es kommen immer wieder welche abhanden, heißt es. In den Bürocontainern liegen sie zu Dutzenden bereit – für Besuchergruppen oder externe Facharbeiter.«

»Was uns als einzige Spur also bleibt, sind das Pfefferspray, der Stoffaffe und diese Teile der Armbanduhr«, resümierte

Häberle und unterdrückte mehrfach ein Gähnen. »Jedenfalls gehört sie nicht dem Egger, so viel scheint sicher zu sein.«

»Das heißt«, griff Linkohr diesen Hinweis auf, »sie könnte dem Täter gehören. Vielleicht ist es zu einem Kampf gekommen, bei dem Egger ihm die Armbanduhr abgerissen hat.«

»Was hat die Suche nach dem Besitzer der Uhr erbracht?«, wollte Häberle wissen.

»Nichts«, erwiderte Mende. »Aber wir können ja nicht alle Bauarbeiter und Bauingenieure hier oben nach ihrer Armbanduhr fragen. Außerdem lässt sich so ein Ding schnell ersetzen. Kurze Fahrt nach Laichingen, Geislingen, Kirchheim oder Ulm – und schon hast du dir eine neue zugelegt.«

»Außerdem«, so ergänzte ein anderer, »tragen die meisten gar keine Uhr, wenn sie im Berg drin arbeiten. Der Pichler – das ist einer der Mineure – hat zum Beispiel gesagt, dass er sie meist nur nach Feierabend anlegt.«

»Es ist ja nicht die Frage, wann sie getragen wird, sondern ob sie noch da ist«, reagierte Häberle leicht verstimmt.

»Wir können das natürlich mit einer aufwendigen Aktion überprüfen«, zeigte sich der Kollege gereizt, was Häberle auf die vorgerückte Stunde zurückgeführte.

»Wenn niemand was dagegen hat, werde ich mir ein paar Stunden Schlaf gönnen«, erklärte Häberle. »Und wer das Bedürfnis verspürt, dasselbe zu tun, darf das ruhig auch machen. Ich denke, dass uns heute Nacht nichts mehr davonläuft.«

»Vielleicht doch«, meldete sich der Computerexperte Marius Söhren, der nebenher ein kurzes Telefonat entgegengenommen hatte. »Ich mach mich heut Nacht möglicherweise über den privaten Computer von diesem Mitterhofer her.«

»Mitterhofer?«, wiederholte Häberle erstaunt. »Habt ihr seinen privaten Rechner sichergestellt?«

»Soeben ruft mich ein Kollege aus Ulm an. Eine Streife wurde am frühen Abend in ein Waldstück unterhalb der großen Maustobelbrücke der Autobahn gerufen. Hinterm Aichelberg, ihr kennt das sicher.« Es wurde still im Raum. »Der Revierförster aus Bad Boll hat dort einen Laptop gefunden, ein bisschen ramponiert, aber sonst gut erhalten.«

»Oh«, machte Häberle. »Und wie kommt er drauf, dass dieses Ding etwas mit unserem Fall zu tun hat?«

»Weiß er natürlich nicht, aber ihm ist es eben aufgefallen. Zuerst hat er an ›wildes Müllen‹ gedacht, weil er auch ein paar abgetrennte Eisenstäbe entdeckt hat. Möglicherweise aus dem Auto von der Brücke geworfen. Aber wenn's so wäre, wäre die Computerkiste in der Maustobelschlucht wohl in 1.000 Einzelteile zersprungen. Immerhin ist die Brücke dort 55 Meter hoch.«

»Vorbildlich, der Mann«, lobte Häberle.

»Der ist schließlich nicht nur Förster, sondern auch ein engagierter Umweltschützer«, wusste Söhren zu vermelden. »Hat sich die vergangenen Tage mit unserem Fall auseinandergesetzt, weil der Tunnelbau auch sein Gebiet tangiert.«

»Und wo ist die Kiste jetzt?«

»Auf dem Weg hierher. Eine Streife aus Uhingen hat den Laptop sichergestellt.«

»Na denn, viel Erfolg damit«, grinste Häberle. »Wenn das Ding dem Mitterhofer gehört, werden wir morgen früh weitersehen.«

»Wenn ich nicht drüber einschlaf und sich die Festplatte auch tatsächlich auslesen lässt.«

»Falls es seine ist«, überlegte Häberle, »hatte es jemand ziemlich eilig, den Computer loszuwerden. Das muss dann alles am frühen Dienstagmorgen passiert sein.«

»Und dies auf der Strecke zwischen Hohenstadt und Aichelberg«, meldete sich Mende zu Wort. »Passen würde das gut: Mitterhofer wohnt in Oberdrackenstein, das ziemlich genau auf halber Strecke liegt.«

»Richtig«, bestätigte Häberle, der sich in seinem Zuständigkeitsgebiet wie in seiner Hosentasche auskannte. »Unter der Maustobelbrücke – übrigens ein toller Viadukt aus den späten 80er-Jahren – führt ein Forstweg durch, gut befahrbar mit dem Rad, aber natürlich verbotenerweise auch mit dem Auto.«

»Dann gibt es vielleicht jemanden, der nachts etwas gesehen hat«, überlegte Thomas Keller, der als Mountainbiker oft an den Steilhängen der Alb unterwegs war. »Der Forstweg zweigt beim ›Deutschen Haus‹ ab, diesem Hotel, das da oben in freier Landschaft steht«, sagte er und fügte für die auswärtigen Kollegen an: »Direkt am Fuß des Boßler, durch den der Tunnel von Aichelberg aus gebohrt wird.«

Häberle war in Gedanken versunken, weshalb er ein anderes Thema anschnitt: »Und diese abgesägten Eisenstäbe? Was hat's damit auf sich?«

»Sehen wohl aus wie Teile von einem Baustahlgewebe, sagen die Kollegen«, brummte Söhren, der als IT-Experte nichts vom Umgang mit so rohen Materialien hielt.

Noch bevor Häberle etwas erwidern konnte, zerschnitt der elektronische Ton eines Telefons die spannungsgeladene Stille des Raumes.

Linkohr griff zum Hörer, lauschte und kommentierte das Gehörte, nachdem er wieder aufgelegt hatte, mit seinem Lieblingsspruch, der allergrößtes Erstaunen signalisierte: »Da haut's dir 's Blech weg.«

Häberles Müdigkeit schwand. Aus Linkohrs Reaktion war zu entnehmen, dass etwas Schlimmes geschehen sein musste.

20

Noch immer prasselte der Regen nieder, sodass die Rinnsale, die sich hinterm Haus gebildet hatten, schon zu kleinen Sturzbächen angeschwollen waren. Katharina hatte sich inzwischen wieder verabschiedet, sodass nur mehr Conny und Sirih bei zwei Tassen Tee zusammensaßen und fassungslos auf die E-Mail starrten, die in ausgedruckter Form zwischen ihnen lag.

Dass die Botschaft, die übermittelt worden war, in einem Zusammenhang mit dem Unglücksfall stehen konnte, von dem Katharina im Radio gehört hatte, erschien ihnen immer wahrscheinlicher. Je mehr sie darüber sprachen, desto heftiger schaukelten sich ihre Befürchtungen und Ängste auf.

»Wir müssen etwas unternehmen«, entschied Conny schließlich, »wir können doch nicht untätig rumsitzen, während uns vielleicht jemand erreichen will.«

Sie sah aus dem Fenster, also wolle sie erkunden, wann das Unwetter endlich nachließ und irgendjemand dann irgendwo die Telefon- und Internetverbindung wieder reparierte.

»Gabriele«, entfuhr es Sirih. »Gabriele, erinnerst du dich? Wir haben doch ein Bild von ihr gekriegt.« Die Tochter sprang auf und eilte zum Computer, der jetzt zwar keine Onlineverbindung hatte, aber ungeachtet davon natürlich preisgab, was in ihm gespeichert war. Sirih klickte einige Male, rief die auf Festplatte gespeicherten E-Mails der letzten Monate auf und ließ sich über die Suchfunktion drei Mails mit dem Absender »Gabriele« auflisten. Das letzte datierte von Anfang April, als Ostern gewesen war, das nächste war mit Datum 24. Dezember 2014 angekommen. Mit ihm hatte sie ein Foto geschickt, auf dem sie vor einem überdimensionalen Weihnachtsmann aus Plastik stand – vermutlich vor einem Kaufhaus in Stuttgart.

»Das ist sie«, zeigte Sirih auf den Bildschirm.

»Ja – und? Was willst du damit?«, zeigte sich ihre Mutter wenig begeistert.

»Sie könnte uns doch mal als neutrale Person schildern, was passiert ist.«

»Neutrale Person? Glaubst du wirklich?«

»Hier steht sogar ihre Handynummer drauf.«

»Nützt uns herzlich wenig, Sirih …«

»Dann fahr ich rüber zu Katharina«, entschied sie für sich.

»Willst du wirklich, dass Kathrin alles mitkriegt?« Connys Gesichtszüge versteinerten.

»Wieso nicht? Sie ist doch unsere Freundin, oder nicht?« Sirih zog einen Schmollmund.

»Eben drum«, blieb ihre Mutter hartnäckig. »Ich will nicht, dass sie in unsere Sachen hineingezogen wird.«

»Was heißt da ›Sachen‹?« Sirih warf ihre langen Haare energisch über die Schultern. »Vor echten Freunden braucht man sich seiner Probleme nicht zu schämen, Mutti.«

Conny überlegte. »Und was erwartest du dir von Gabriele? Du kennst sie doch nur flüchtig. Einmal nur hast du sie gesehen, vor über einem Dreivierteljahr – und dann habt ihr euch zwei oder drei E-Mails geschrieben. Was soll die uns sagen können?«

»Was los ist«, quengelte Sirih. »Ich halte das für die diplomatischste Lösung. Vorläufig jedenfalls.«

Conny seufzte, wohl wissend, dass sie ihre Tochter nicht daran würde hindern können, ihren Dickkopf durchzusetzen. »Nimm das Auto und fahr rüber«, sagte sie resignierend.

»Danke«, wandte sich Sirih vom Computer ab, holte die Autoschüssel aus der antiken Kommode und verließ das Haus, wo sie auf den paar Schritten zum Geländewagen so mit Wasser überschüttet wurde, dass ihr kurzes Kleidchen am Körper klebte.

Der Motor startete sofort, während die Scheibenwischer trotz höchster Stufe die niederstürzenden Wassermassen nicht verkraften konnten.

Sirih ließ den Wagen zur Straße hinabrollen, wo sich inzwischen Pfützen gebildet hatten, deren Tiefe sich nur schwer abschätzen ließ.

Sie hatte Mühe, sich auf den Straßenverlauf zu konzentrieren, den sie zwar längst kannte, doch drehten sich ihre Gedanken nur um die E-Mail, die eigentlich mehr Fragen, vor allem beunruhigende, aufgeworfen hatte, als sie aussagte. Jedenfalls musste etwas geschehen sein, das völlig unerwartet gewesen war. Und das eine Entscheidung zur Folge hatte, die nicht aufgeschoben werden konnte. Nicht einmal so lange, bis sie per Telefon- und Internetanschluss wieder erreichbar waren. Aber wer konnte in Deutschland schon wissen, wie lange es irgendwo in der Einöde Costa Ricas dauerte, bis defekte Leitungen repariert waren?

Sirih trat instinktiv auf die Bremse, als sich in der Regenwand die schattenartigen Umrisse einer Person abzeichneten. Da ging ein Mann am rechten Straßenrand, ein jüngerer offenbar, einer mit Rucksack, aber ohne erkennbaren Regenschutz. Patschnass, dachte sich Sirih, als sich der Wanderer beim Näherkommen des Autos umdrehte und den Daumen hob – als Zeichen dafür, dass er als Anhalter eine Mitfahrgelegenheit suchte.

Sirih schwankte zwischen Mitleid und Vorsicht. Aber wer auf diese Weise mitten im tropischen Regenguss unterwegs war, führte gewiss nichts Böses im Schilde. Ganz sicher nicht, dachte sie, stoppte den Wagen neben ihm und ließ die Seitenscheibe nach unten gleiten. Der Mann, bärtig und mit triefend nassem Lederhut, war von Kopf bis Fuß durchnässt, ebenso sein Rucksack. »Buenos dias«, lächelte er gequält in den Wagen.

»Buenos dias«, erwiderte sie und versuchte, sich auf Spanisch mit ihm zu unterhalten. Doch allein schon am Akzent und den mühevoll geformten Worten hörte der Mann, dass sie keine Einheimische war.

»Aleman?«, fragte er spontan.

Sirih nickte. »Und Sie?«

»Ich auch«, gab er sich zufrieden. »Nehmen Sie mich ein Stück weit mit – bei diesem Sauwetter?« Er öffnete bereits die Beifahrertür, nahm seinen Rucksack ab und ließ sich auf den Beifahrersitz fallen. »Fahren Sie bis San José?« Er sah ihr in die großen strahlenden Augen.

»Nein, nur bis Miramar. Das liegt abseits dieser Straße«, antwortete sie kühl und bemerkte mit gemischten Gefühlen, wie er sie musterte und seine Augen zu lange an ihren nackten Beinen verharrten, worauf sie verlegen den hochgerutschten Saum ihres Kleidchens nach unten ziehen wollte.

»Auch nass geworden?«, lächelte er. Sein Atem war schlecht. Er roch nach Alkohol und Zigaretten.

Sirih wünschte sich bereits, nicht angehalten zu haben. Sie schätzte den Mann auf um die 40, vermutlich ein ungepflegter Globetrotter, der von der Hand in den Mund lebte und gewiss oft im Freien übernachtete. Keiner von der angenehmen Sorte. Sie beruhigte sich damit, ihn spätestens nach 20 Kilometern, beim Abzweig nach Miramar, wieder los zu werden, und gab kräftiger Gas. »Was treibt Sie nach Costa Rica?«, fragte sie, um sich seiner aufdringlichen Blicke zu entledigen.

»Mich?« Er sah nun geradeaus. »Das freie Leben, mein Mädel. Das freie Leben. Hab gerade für ein paar Wochen auf einer Ananasplantage gearbeitet und wieder ein paar Kröten verdient. Jetzt geht's zu einer Kaffeeplantage bei San José. Und du? Mit Papas Geld ins Paradies gezogen, vermut ich mal?« Er grinste anzüglich.

Frechheit, dachte sie. Angeber. Wie kam er denn überhaupt auf so etwas? Mit Papas Geld?

Sie war über diese Bemerkung erschrocken. Dabei konnte sie rein zufällig gewählt worden sein. Immerhin kam sie mit einem dicken Geländewagen daher, war jung und hübsch und wollte nicht ins Bild einer Aussteigerin passen.

»Diese Welt hier erlebst du nur, wenn du draußen bist, in der Natur, bei den Tieren«, fuhr er fort. »Und nicht, wenn du an Papas Pool liegst und Partys feierst.«

Sirih war kurz davor, kräftig auf die Bremse zu treten und den überheblichen Kerl rauszuwerfen. Doch es kam noch aufdringlicher: »Mädel, kennst du das Lied ›Ein Bett im Kornfeld‹? Jürgen Drews hat das mal gesungen, vor Jahren schon.« Er sah sie von der Seite lächelnd an. »Hast du das schon mal erlebt? Ein Bett im Kornfeld?«

Sie schwieg.

»Wenn du hier draußen bist, Brüllaffen hörst und die Geräusche des Dschungels, die Vögel und die Zikaden, dann wirst du nie wieder in einer Villa leben wollen.« Weil sie wieder nicht reagierte, sah er sie provozierend von der Seite an: »Wetten, dass?«

Lukas Brunner hatte das Gespräch mit Häberle noch nicht verkraftet. Es war ihm nicht leichtgefallen, den Kontakt zu Egger zu beichten – vor allem aber den Ablauf des Montagabends. Aber letztlich hatte er ja gar keine andere Wahl gehabt, als die Fakten einzugestehen. Allein schon

Theresa zuliebe erschien es ihm geboten, bei der Wahrheit zu bleiben. Genauso wie sie hatte er den ganzen Tag über auf eine Nachricht von der Kripo gehofft – auf eine positive natürlich. Aber inzwischen hielten sich auf der Baustelle die Gerüchte, wonach es tatsächlich Egger war, dessen sterbliche Überreste man auf dem Transportband gefunden hatte.

»Du siehst nicht gut aus«, stellte er wenig charmant fest, als er Natascha Freses Büro betrat und die Tür hinter sich ins Schloss zog.

»Glaubst du, ich bin in euphorischer Stimmung?«, fragte sie kühl zurück, ohne von ihrem Computer aufzusehen. Brunner zog einen Stuhl her und ließ sich neben ihr darauf nieder. Er hatte beschlossen, auch ihr seine Beteiligung an den Ereignissen zu beichten.

»Ich möchte, dass du weißt, was ich der Kripo erzählt habe«, begann er, worauf sie von ihrer Schreibarbeit abließ und sich ruckartig zu ihm drehte.

»Du hast – *was*?«

»Es tut mir leid, dass ich's dir nicht auch gleich gesagt habe«, begann er. »Aber ich wollte weder mich noch andere mit der Sache in Verbindung bringen.«

Sie lauschte mit versteinerten Gesichtszügen und lehnte sich zurück, während er davon berichtete, dass er Egger behilflich gewesen war, noch einmal auf das Gelände zu kommen. »Aber was im Lauf des Abends passiert ist, weiß ich nicht. Wirklich nicht.«

Natascha war noch blasser geworden. »Aber als du am Montagabend zu mir hierher ins Büro gekommen bist, hast du gewusst, dass Egger auf dem Gelände ist? Das hab ich mir gleich gedacht. Ich hab dich gefragt, und du bist mir ausgewichen.«

»So?«, gab er sich zerknirscht. »Ich wollt's dir schon bei

unserem Essen sagen, aber irgendwie hab ich es für unpassend gehalten.«

»*Unpassend*?«, wiederholte sie dieses Wort. »Du willst wohl damit sagen, dass du ganz andere Absichten gehabt hast, als mit mir über Egger zu sprechen.«

Brunner spürte, dass sie ihm indirekt wieder eine Abfuhr erteilte. »Du hast – na ja – etwas merkwürdig reagiert, als ich den Namen ›Mitterhofer‹ erwähnt habe.«

»Nur weil du eine unpassende Bemerkung gemacht hast«, konterte sie. »Ich weiß doch, dass du eifersüchtig gewesen bist.« Sie sah an ihm vorbei zum weit geöffneten Fenster, durch das sich die kühle Luft der anbrechenden Nacht mit der Schwüle des Raums vermischen konnte und der entfernte Lärm von Baumaschinen hereindrang. Draußen erhellten starke Strahler das Gelände.

»Du wirst ja wohl nicht glauben, dass mir nach unseren Gesprächen der letzten Monate über Egger nicht klar war, dass du dich für ihn einsetzen würdest«, sagte Natascha triumphierend. »Du hast doch mir gegenüber keinen Hehl draus gemacht, oder? Andeutungen gab's doch genügend – oder hast du das etwa vergessen?«

Er wollte nicht darauf eingehen, zumal sie gewiss unter dem Verlust Mitterhofers litt und nun weiterhin zwischen Hoffen und Bangen schwankte, dass er vielleicht doch noch lebte.

»Und du tust dann am Montagabend so, als hättest du keine Ahnung von dem, was da passiert ist«, warf sie ihm enttäuscht vor. »Du hättest doch sagen können, dass der Egger irgendwo da draußen war.« Wieder der vorwurfsvolle Ton. Ihre Worte klangen giftig: »Du bist ein Feigling, Lukas. Glaubst du, ich hätt vergessen, was du mir die letzten Wochen vorgejammert hast? Über Egger und dass er in Simons Vergangenheit rumstöbere. Du hast ihn mir abspenstig machen wollen. Meinst du, ich hab das nicht bemerkt?«

Brunner war über den emotionalen Ausbruch Nataschas überrascht. Gleichzeitig hätte er sich ohrfeigen können, in jüngster Zeit viel zu viel ausgeplaudert zu haben. In der Euphorie, sie für sich zu gewinnen, war er einen Schritt zu weit gegangen. Er war einfach leichtsinnig gewesen, hatte in dem Wunsch nach ihr die Vernunft über Bord geworfen. Nun stand er da wie ein Schuljunge, der bei einem üblen Streich ertappt worden war und eine dumme Ausrede suchte. Genauso klang, was er sagte: »Ich wollte, dass sich Egger mit Simon vielleicht hätte aussprechen können.«

»Aussprechen! Bist du so blauäugig, zu glauben, dass dies etwas geholfen hätte? Ich glaube eher, mein lieber Lukas, du hast jetzt mächtig Schiss«, erwiderte sie bissig. »Wenn das rauskommt, fliegst du. Das dürfte dir ja wohl klar sein, oder?«

»Natürlich, ja.« Mehr als ein hilfloses Stammeln war dies nicht. »Deshalb möchte ich dich bitten, dass wir nach außen hin das Thema Mitterhofer diskret behandeln.«

»Du meinst: Ich soll schweigen.« Natascha sah ihn mit einer Mischung aus Mitleid und Verärgerung an: »Du ebnest den Weg für einen deftigen Zoff – und dann soll ich so tun, als ob mir's egal wäre, wenn Simon das mit dem Leben bezahlen muss.«

»Noch wissen wir ja nicht mit Sicherheit, dass es so war«, entgegnete Brunner stur. »Die Gerüchte besagen …«

»Gerüchte, ja«, unterbrach sie ihn barsch. »Selbst wenn alles ganz anders war, so stellt sich doch die Frage, wo Simon dann geblieben ist.«

Brunner spürte, dass es ein Fehler gewesen war, das Thema anzusprechen. »Ich dachte ja nur, ich sag niemandem, dass du …«, er rang nach der passenden Formulierung, »gewisse enge Kontakte zu Mitterhofer hast – und du sagst nichts über mich und Egger.«

»Entschuldige«, wurde sie aggressiver, »soll das jetzt eine Erpressung sein oder was?«

»Ich bitt dich, Natascha, du darfst mich nicht falsch verstehen. Die Kripo weiß das doch schon alles – mit mir und Egger. Mir geht's nur darum, dass es hier nicht bekannt wird. Hier bei der Firma.«

Sie runzelte die Stirn. »Da brauchst du dich nicht zu sorgen, mein lieber Lukas. Aber vergiss nicht: Spätestens, wenn's zu einer Gerichtsverhandlung kommt, egal gegen wen auch immer, dann wirst du als Zeuge die Wahrheit sagen müssen. *Die Wahrheit und nichts als die Wahrheit.*« Er nahm in ihren Gesichtszügen ein spöttisches, ja sogar überhebliches Lächeln wahr und erschrak erneut über diese Arroganz.

Im Kreise der Kriminalisten hatte sich ratloses Schweigen breitgemacht. »Pichler hat sonst nichts gesagt«, wiederholte Linkohr nochmals. Der Mineur, der am nächsten Morgen seine Schicht antreten musste, hatte lediglich davon berichtet, dass Theresa Egger ziemlich atemlos bei ihm angerufen und nur zwei Worte habe sagen können: »›Ich glaub‹ und zweimal ›ich … ich‹.«

»Vielleicht war dann auch nur der Akku vom Handy leer«, meinte IT-Experte Mario Söhren so emotionslos, wie dies nur Computerfachleute tun konnten, die immer nur mit technischen Problemen kämpften.

»Pichler sagt, es habe sich dramatisch angehört. Und seine mehrmaligen Rückrufversuche sind alle gescheitert. Es wird gleich auf die Mailbox geschaltet«, fuhr ihm Linkohr über den Mund.

»Wo sie ist, hat die Frau aber nicht verraten?«, fragte ein anderer Kriminalist.

»Wie gesagt, nur diese Worte, dann ist das Gespräch abgebrochen.«

Alle Augen waren auf Häberle gerichtet, der eine klare Schlussfolgerung zog: »Das hört sich tatsächlich dramatisch an, Kollegen. Bevor wir aber das große Programm anlaufen lassen, brauchen wir Gewissheit. Herr Linkohr«, wandte er sich an den jungen Kriminalisten, »versuchen Sie mal, in der ›Sonne‹ anzurufen, ob man dort weiß, wo die Frau Egger geblieben ist – oder wohin sie wollte.«

Linkohr blätterte sofort im Telefonbuch und wählte die Nummer.

»Die Egger wird doch nicht allein etwas unternommen haben?«, überlegte Mende, worauf sein Kollege Keller ergänzte: »Und hier hoffentlich nicht aufs Gelände gegangen sein.« Er sprach aus, was jetzt alle dachten: »Seit einigen Stunden laufen hier alle Maschinen wieder. Und bald ist's stockdunkle Nacht.«

Linkohr hatte inzwischen den Hörer wieder aufgelegt. »Ruhetag. In der ›Sonne‹ meldet sich nur der Anrufbeantworter. Die haben mittwochs Ruhetag.«

»Dann dürfen wir keine Zeit verlieren«, stellte Häberle fest.

Sirih war immer schneller gefahren und hatte darauf vertraut, dass der Geländewagen mit seinem Vierradantrieb das Aquaplaning der sich immer mehr ausbreitenden Überschwemmungen meistern würde. »Mädel, wir sind hier nicht auf dem Nürburgring«, meckerte der unrasierte und völlig durchnässte Mann auf dem Beifahrersitz und umklammerte den verschmutzten Rucksack, den er auf dem Schoß liegen hatte. Noch immer stürzten Wassermassen wie in einer Waschanlage gegen die Windschutzscheibe. Das laute und monotone Prasseln füllte das peinliche Schweigen, das sich seit einigen Minuten zwischen den beiden Personen breitgemacht hatte. Sirih gab auch jetzt keine Antwort, sondern konzentrierte sich auf die Straße und sehnte den Abzweig nach Miramar herbei, um den lästigen Anhalter wieder loszuwerden.

»Mach bloß Papas Auto nicht kaputt«, stichelte er wieder. »Sonst musst du in deinem patschnassen Kleidchen noch heimlaufen.«

Sirih empfand diese Bemerkung als anmaßend und sexistisch.

»Es klebt schon jetzt ziemlich figurbetont an dir«, grinste der Mann weiter. Offenbar machte es ihm Spaß, sie auf diese Weise zu belästigen.

Sirih blieb still.

»Was macht so ein Mädel wie du in dieser wilden Landschaft, wo es meilenweit keine Disco hat?«

Wieder gab sie keine Antwort.

»Hat's dir jetzt die Sprache verschlagen, oder was? Keine Angst, Mädel, ich tu dir nichts.«

Sie traute diesem Versprechen nicht und war froh, dass die Abzweigung kam. Sie trat auf die Bremse und stoppte den Wagen abrupt am zentimeterhoch überfluteten Straßenrand. »Hier muss ich abbiegen«, sagte sie eintönig und deutete nach links.

»Okay, okay, Mädel«, grinste der Mann auf dem Beifahrersitz. »Wünsch dir schöne Tage – und denk dran: Papas Geld allein macht nicht glücklich.« Er öffnete die Tür, stieg umständlich mit dem schweren Rucksack in den Regen hinaus und warf ohne eine weitere Bemerkung die Tür wieder zu.

Sirih sagte auch nichts, sondern bog erleichtert in die Straße nach Miramar ein, die nahezu ganz überflutet war. Was sollte die mehrmalige Anspielung auf ihren Vater?, fragte sie sich und war innerlich beunruhigt. Es war wirklich höchste Zeit, mit daheim zu telefonieren.

Wenige Minuten später erreichte sie die Grundstückszufahrt zu Katharinas Farm, die sich etwa 500 Meter abseits der Straße einen sanften Hang hinaufzog. Der geschotterte Weg war ausgeschwemmt, einige Palmen und exotische Sträucher säumten ihn.

Als sie den Wagen dicht am mächtigen Vorbau parkte, der das schön renovierte Landhaus herrschaftlich erscheinen ließ, stand Katharina bereits an der schweren Eingangstür. Sirih ließ die Zentralverriegelung des Geländewagens einrasten und rannte die paar Schritte zum Haus, um nicht allzu viel Regen abzubekommen.

»Hi«, wurde sie von Katharina begrüßt. »Das ging aber schnell. Habt ihr euch doch zum Telefonieren entschieden? Man weiß ja nie, wie lange bei euch da draußen die Leitungen unterbrochen sind«, gab sie sich gleich selbst die Antwort. »Es soll ja noch die ganze kommende Nacht regnen. Keine Ahnung, wie das dann auf den Straßen aussieht.« Obwohl Sirih völlig durchnässt war, wurde sie von Katharina herzlich umarmt. »Komm rein, ich hab's gemütlich.« Sirih kannte die rustikale Atmosphäre dieses Hauses, das aus einer Mischung von alpenländischem und südamerikanischem Ambiente bestand: eine Holzbalkenkonstruktion, die an Österreich erinnerte, gemischt mit auf antik getrimmten Vasen, Figuren und ausgestopftem Kleingetier, darunter auch eine ziemlich große Schlange. Es roch nach Tee. »Du bist ja pudelnass«, stellte Katharina fest. »Soll ich dir was Trockenes von mir zum Anziehen bringen?«

»Nein danke, das ist nett von dir«, wehrte Sirih ab und fuhr sich durch die nassen Haare. »Es ist ja warm, da werd ich mich bestimmt nicht erkälten.«

»Aber dein Kleid …«

»Macht wirklich nichts.« Sie wollte sich jetzt nicht mit Nebensächlichkeiten aufhalten, sondern erklärte, dass sie und ihre Mutter sich weiterhin große Sorgen machten, weshalb es ihnen geboten erschien, nun doch ziemlich schnell Kontakt mit der Heimat jenseits des Atlantiks aufzunehmen. Sie wolle nun aber zunächst mal »eine Bekannte« anrufen. »Mach, was du für richtig hältst«, zeigte sich Katharina verständnisvoll und reichte ihr das schnurlose Telefon. »Hab keine Hemmungen, lass dir nur Zeit, meine Telefonrechnung ist ohnehin schon so hoch, da kommt's auf ein paar Colonen hin oder her auch nicht mehr an.«

»Danke«, lächelte Sirih und nahm das Gerät entgegen, während Katharina in Richtung Küche verschwand.

Sirih wählte Gabrieles Handynummer, die auf dem völlig durchnässten Zettel stand, den sie in einer raffiniert ins Kleidchen eingelassenen Tasche verstaut hatte.

Sie setzte sich auf einen gepolsterten Stuhl und sah durchs Fenster zu der grauweißen Wasserwand, die den Blick in die Landschaft versperrte.

Es dauerte vier Rufzeichen lang, bis sich eine Frauenstimme mit »Hallo« meldete. Sirih war konsterniert, da sie nicht auf Anhieb hören konnte, ob es tatsächlich Gabriele war, die sie erreicht hatte.

»Hallo«, sagte sie deshalb vorsichtig, »Gabriele, bist du's?«

Mit der zeitlichen Verzögerung, wie es bei transatlantischen Gesprächen üblich ist, wenn sie über Satelliten liefen, kam es zurück: »Ja – und?«

»Sirih hier«, sagte die junge Frau in Costa Rica und verspürte Herzklopfen. Sie hatte sich gar nicht auf das Gespräch vorbereiten können – und außerdem war sie darauf gefasst, gleich eine unangenehme Nachricht entgegennehmen zu müssen.

»Entschuldige, wenn ich dich einfach so anrufe«, begann sie vorsichtig. »Ich hab mir gedacht, ich versuch's einfach mal bei dir.«

Pause. Doch auch nach der einen Sekunde Zeitverzögerung drang kein Ton an ihr Ohr.

»Gabriele? Bist du noch da?«, fragte sie deshalb zögernd nach.

»Jaja, ich bin da«, kam es verzögert und ziemlich unterkühlt zurück.

»Okay«, sagte Sirih erleichtert. »Du hast mir ja zu Ostern geschrieben, ich könnte dich jederzeit anrufen«, versuchte sie, auf Umwegen an ihr Ziel zu gelangen. »Ich hätte natürlich auch meinen Vater oder Gunnar anrufen können, denn bei uns ist eine ziemlich seltsame E-Mail angekommen.« Wieder wartete sie auf eine Antwort, die diesmal prompt eintraf: »Wenn ich dir helfen kann, tue ich das gerne.«

Sirih war erleichtert. »Danke, Gabriele. Aber meine Mutter und ich sind beunruhigt. Versteh das bitte nicht falsch. Aber du kennst ja unsere Verhältnisse.« Sirih tat sich schwer damit, dieses Thema anzusprechen, und hoffte, dass Gabriele jetzt etwas entgegnete.

»Kein Problem, Sirih«, kam es endlich von jenseits des Atlantiks zurück. »Sag einfach, was ich tun soll.« Ihre Stimme klang nun wesentlich wärmer und sympathischer.

»Du brauchst nichts zu tun, Gabriele, aber ich möchte dich bitten, mir einfach zu sagen, ob bei meinem Vater oder bei Gunnar etwas passiert ist.«

Wieder diese technisch bedingte Pause. Doch diesmal schien sie wesentlich länger zu dauern. Schon wollte Sirih nachhaken, doch dann drang Gabrieles Stimme an ihr Ohr: »Was meinst du denn, was passiert sein soll?« Am Klang der Stimme glaubte Sirih bereits, Unheilvolles herauszuhören.

»Ich weiß es nicht, Gabriele. Aber die E-Mail, die wir über Umwege gekriegt haben, weil unsere Telefonleitung ausgefallen ist, beunruhigt meine Mutter und mich. Es soll auch auf dieser Baustelle, auf der mein Vater arbeitet, ein Unglück gegeben haben.«

»Hat es wohl«, bestätigte Gabriele. »Aber dazu kann ich dir leider gar nichts sagen. Radio und Zeitungen haben nichts Genaues gemeldet. Bisher jedenfalls hab ich nichts Weiteres gehört. Ist denn etwas mit deinem Vater?«

»Das weiß ich ja eben nicht«, sagte Sirih. »Ich hab gedacht, du wüsstest etwas.«

»Warum rufst du ihn nicht einfach an? Und was stand überhaupt in dieser E-Mail drin?«, fragte Gabriele nun energisch nach.

Sirih hatte damit gerechnet. »Der Absender der Mail ist unklar«, log sie, um einer Antwort auszuweichen. »Und den Gunnar kann ich nicht erreichen.«

»Ich auch nicht«, kam es mit der üblichen Verzögerung zurück.

»Du auch nicht? Wie soll ich das verstehen?«

»Wie ich es sage«, wurde Gabriele wieder kühler. »Es ist aus mit uns. Wir haben uns getrennt. Das heißt: Ich hab mich von ihm getrennt. Frag mich bitte nicht, warum. Aber es ist aus. Deshalb kann ich dir auch keine Einzelheiten sagen. Und ich will es auch nicht.«

Sirih hatten diese Worte getroffen wie ein Hammerschlag. »Wie bitte? Es ist aus – zwischen euch beiden?«

»Entschuldige, Sirih, aber dazu möchte ich nichts sagen.« Die Stimme hatte ihren sympathischen Klang verloren. »Ich mische mich in eure Sachen nicht ein. Denk an Isabelle, von der ich dir erzählt habe. Ich will nicht dort landen, wo sie gelandet ist. Ich glaub, ich würd mich auf der Stelle umbringen, wenn sie mich einsperren würden. Nein, Sirih, verzeih mir bitte, aber ich möchte mit eurer Familie nichts mehr zu tun haben.« Aus.

Sie hatte einfach aufgelegt. Sirih saß wie angewurzelt auf ihrem Stuhl, spürte die nasse Kleidung und war von dem schalen Gefühl übermannt, soeben einfach abserviert worden zu sein.

Auf Häberles Bitten hin waren bereits zwei Polizeistreifen aus Laichingen und Geislingen im Raum Merklingen-Nellingen-Wiesensteig unterwegs, um nach Theresa Egger oder verdächtigen Personen Ausschau zu halten. Dies war natürlich kaum mehr als eine vordergründige Maßnahme, die eigentlich nur Alibifunktion dafür haben konnte, dass sofort etwas in die Wege geleitet wurde. Die Beamten fuhren einige asphaltierte Feldwege oder unbefestigte Waldwege ab, notierten die Kennzeichen einiger widerrechtlich am Waldrand geparkter Autos oder störten die traute Zweisamkeit einiger Paare, die in dieser lauen Sommernacht unterwegs waren und in ihren Autos saßen.

»Ziemlicher Schwachsinn«, brummte einer jener Beamten, die jetzt die Streifenwagen durch die Nacht lenkten. »Dabei haben wir nicht einmal eine genaue Personenbeschreibung – außer, dass es eine österreichische Frau ist, die nicht gerade groß gewachsen ist.«

»Na ja«, meinte seine junge Kollegin auf dem Beifahrersitz. »So viele Frauen werden hier oben um diese Uhrzeit nicht gerade unterwegs sein.«

»Stimmt, da haben Sie recht.« Der Fahrer bog in einen Waldweg ein, worauf im Scheinwerferlicht ein junger Fuchs ins Gebüsch flüchtete. »Ich glaub, in diesem Fall beißt sogar der Häberle auf Granit.«

»Kennen Sie denn den Häberle persönlich?«

»Wer kennt den nicht?« Er ließ den Wagen langsam über

einige herabgefallene Äste rumpeln. »Wenn Sie mal Gelegenheit haben, den Häberle kennenzulernen, sollten Sie diese wahrnehmen.«

»Alle reden von ihm«, meinte die Polizeimeisterin, »sogar in der Polizeischule haben sie von ihm geschwärmt.«

»Kein Wunder, seine Kombinationsgabe übertrifft vermutlich keiner – allenfalls vielleicht einige Romanfiguren. Aber dass einer im realen Leben so clever vorgehen kann, findet man wohl selten.«

»Dann frag ich mich nur, warum so einer ausgerechnet in der Provinz Dienst schiebt.«

»Das kann ich Ihnen sagen. Er war jahrelang Sonderermittler bei der Landespolizeidirektion in Stuttgart. Aber wenn du in diesem Job älter wirst, setzt du dich trotz aller Erfolge in etwas ruhigere Regionen ab. Und weil er in der Gegend von Göppingen wohnt, hat er sich zehn Jahre vor der Pensionierung dorthin beworben und das Glück gehabt, eine freie Stelle vorzufinden.«

»Dann geht er ja wohl bald in Pension«, stellte die Polizistin fest.

»Ende Juli, demnächst also schon. Aber vielleicht überreden sie ihn, noch was draufzusetzen. Geht ja.«

Sie hatten den finsteren Wald wieder verlassen und rollten über ein sanft geneigtes Wiesengelände, auf dem sich die Masten einiger Windkrafträder vom schwarzgrauen Hintergrund abhoben. Auf Nabenhöhe blinkten rote Lichter zum Schutze der Luftfahrt. Im Funklautsprecher meldete sich die Stimme des diensthabenden Kollegen im Führungs- und Lagezentrum Ulm mit einer Meldung an alle Streifen. Demnach wurde die Fahndung nach Theresa Egger intensiviert, weil man sie in ihrem Hotelzimmer in Hohenstadt nicht angetroffen habe. Nach Angaben der Wirtin sei sie vermutlich gegen 21.30 Uhr noch zu einem kurzen Abendspaziergang aufgebrochen, nachdem sie sich den Weg zur Aussichtsplattform der Tunnelbaustelle habe erklären lassen. Die Streifen, die sich in der Nähe befanden, wurden aufgefordert, den Bereich rund um die Baustelle genauer unter die Lupe zu nehmen.

»Also los«, sagte der Fahrer, preschte über den Feldweg und steuerte das Areal der Tunnelbaustelle an.

»Sie wird ja kaum da rein sein«, meinte die junge Frau neben ihm.

»Wir fahren jetzt einfach auf den Feldwegen außen rum«, entschied ihr uniformierter Kollege am Steuer etwas widerwillig. »Da hat's auch einen Radweg.«

Vor ihnen tauchte aus der Nachtschwärze das gleißende Licht vieler Strahler auf, die nachts das Areal erhellten.

Sie unterquerten die Autobahn, um anschließend sofort rechts in ein Waldgebiet einzubiegen, von dem aus das gesamte Gelände der Baustelle überblickt werden konnte. Allerdings behinderte jetzt der belaubte Wald die Sicht, sodass keine Details erkennbar waren. Im Gegenlicht der Strahler wirkten die hoch aufgetürmten Schutthalden geradezu gespenstisch.

»Auf einem dieser Haufen lagen wohl die Leichenteile«, stellte die Polizistin beim Blick aus der rechten Seitenscheibe fest.

»Ja, so wird's gewesen sein.«

Zwischen den pyramidenartigen Bergen bewegten sich Scheinwerfer von Lastwagen oder Radladern. Als die Polizistin die Seitenscheibe nach unten gleiten ließ, vermischte sich das Rattern und dumpfe Scheppern von der Baustelle mit dem Rauschen des Verkehrs der nahen Autobahn.

Der Streifenwagen verließ den Wald, und vor ihnen tat sich im Dunkel der Nacht eine Wiesensenke auf, deren rechte Anhöhe an die Lichter von Hohenstadt grenzte. Von dort pflügten mit hoher Geschwindigkeit Autoscheinwerfer in die wannenähnliche Ausformung dieser Hochebene. Der Beamte deutete in diese Richtung. »Da kommt einer.«

Seine Kollegin nickte, ohne dass er es sehen konnte. Auch sie schätzte die Geschwindigkeit des Wagens, der rechts von Hohenstadt herabraste und vorne ihren Weg kreuzen würde, für weitaus überhöht.

»Hat's aber eilig«, kommentierte der Streifenbeamte. »Wird ja wohl kaum ein Landwirt sein, der noch in der Nacht mal auf die Schnelle nach dem Getreide sehen will.«

Er gab Gas, und der Mercedes beschleunigte enorm, sodass unzählige Insekten gegen die Windschutzscheibe krachten und dicke Fettflecken hinterließen.

»Vielleicht ein Förster«, meinte die Frau neben ihm. »Wildschweine jagen und so.«

»Vorläufig jagen wir ihn«, ließ der Kollege keinen Zweifel an seinem Vorhaben aufkommen. Sie waren noch etwa 100 Meter von der Wegekreuzung entfernt, als das andere Auto ihre Fahrtrichtung querte und davonraste.

Der Streifenwagen beschleunigte noch mehr, worauf der Beamte kurz vor der Kreuzung abrupt bremste, das Steuer nach links riss, sodass der Mercedes sich mit quietschenden Reifen ein Viertel um die eigene Achse drehte und sofort im 90-Grad-Winkel abbog und dem anderen hinterherbrauste.

Offenbar hatte der unbekannte Fahrer inzwischen bemerkt, dass er verfolgt wurde, und beschleunigte noch stärker.

»Also doch keiner auf Wildsaujagd«, meinte der Beamte. »Aber den kriegen wir.« Er sagte es so entschlossen, als sei jetzt bei ihm das Jagdfieber ausgebrochen.

Die Kollegin neben ihm war still geworden und griff heimlich nach ihrer Waffe, als ob sie prüfen wolle, dass sie auch ordentlich im Holster steckte.

»Hier geht's Richtung Laichingen rüber«, sagte ihr Kollege, während links und rechts die hochgewachsene Wintergerste gegen die Kotflügel prallte und vor ihnen der Vollmond am Himmel stand. »Machen wir uns mal bemerkbar«, entschied der altgediente Beamte am Steuer und schaltete das Blaulicht und auf dem Dach die spiegelschriftlich aufleuchtende Laufschrift »Stopp, Polizei« ein. Seine Kollegin klammerte sich unterdessen mit der rechten Hand an einem Haltegriff fest.

Auf der ziemlich geraden Strecke schoss der Mercedes jetzt wie ein Rennwagen dem anderen Auto hinterher, während das Blaulicht in das Getreidefeld blitzte und sich wieder ein Waldstück näherte. Die Tachonadel ging auf 140 zu, doch die schmale Straße erhöhte das subjektiv empfundene Tempo noch um ein Vielfaches.

Im Wald schien der Verfolgte die Geschwindigkeit zu drosseln, zumal links und rechts noch abgeknickte Äste des letzten Sturmes hingen.

Als sie schon weit aufgeschlossen hatten, deutete der Beamte auf das Mikrofon. »Machen Sie mal eine klare Ansage.«

Die Polizistin wusste, was gemeint war. Sie führte das Mikrofon zum Mund, drückte eine Taste: »Achtung, Achtung, hier spricht die Polizei. Halten Sie sofort an und bleiben Sie im Fahrzeug sitzen.«

Keine erkennbare Reaktion. Auf dem kurvigen Waldweg war jedoch der Mercedes, dessen Technik der Beamte bestens beherrschte, den wohl eher mäßigen Fahrkünsten des Verfolgten überlegen. »Halt, Polizei«, wiederholte die junge Frau, und ihre Stimme krächzte durch den Lautsprecher auf dem Dach des Streifenwagens. »Sie haben keine Chance, uns zu entkommen. Halten Sie an und bleiben Sie im Fahrzeug sitzen.«

Als sie den Wald hinter sich gelassen hatten und wieder freies Gelände vor ihnen lag, waren sie dicht hinter dem Auto, bei dem es sich um einen gelben Renault Mégane mit UL-Kennzeichen für den Alb-Donau-Kreis handelte. Die Polizistin prägte es sich ein und forderte noch einmal über Lautsprecher den Verfolgten auf, sofort anzuhalten.

Endlich. Kurz bevor der Feldweg in eine quer verlaufende Landstraße mündete, auf der die Scheinwerfer zweier Autos durch die Nacht strahlten, leuchteten die Bremslichter auf, und der Wagen wurde abrupt gestoppt. Reifen quietschten, feiner Kies wurde aufgewirbelt. Der Beamte hinterm Steuer hatte blitzschnell reagiert, war ebenfalls kräftig aufs Bremspedal getreten, sodass er einen Auffahrunfall gerade noch verhindern konnte. »Halten Sie an und bleiben Sie sitzen«, befahl die Polizistin noch einmal per Lautsprecher, als das Motorengeräusch verstummt war. Soweit sie es von hinten im angeschalteten Fernlicht des Mercedes überblicken konnten, saß nur eine einzige Person in dem Mégane.

Die Polizistin sah nervös und gespannt zu ihrem älteren Kollegen, der bereits den Türgriff in der Hand hielt. »Ich links, Sie rechts«, sagte er und zog noch im Aussteigen seine Waffe aus dem Holster. Seine Kollegin tat es ihm nach. Nahezu gleichzeitig öffnete sich die Fahrertür des verfolgten Wagens. Die beiden Polizisten verharrten und beobachteten die Szenerie im grellen Scheinwerferlicht, in dem sie selbst und der Mégane lange Schatten warfen.

Für den Bruchteil einer Sekunde herrschte spannungsgeladene Stille. »Bleiben Sie im Fahrzeug sitzen«, brüllte der Beamte, so laut er konnte.

Die Person im Mégane hatte zwar die Tür aufgeschwenkt, war aber hinterm Steuer sitzen geblieben, während die Polizistin, wie vorgeschrieben, von der rechten Seite aus ihren

Kollegen sicherte. Der Streifenbeamte näherte sich langsam der Fahrertür und hielt seine Taschenlampe auf die Person gerichtet, die hinterm Steuer saß. Hatte er richtig gesehen? Ja, die Person, die ihn mit großen Augen anstarrte, war eine Frau.

21

Häberle hatte sich eigentlich ein paar Stunden Schlaf gönnen wollen. Doch nun schien es so, als stünde ihnen allen eine ziemlich unruhige Nacht bevor. Nachdem sie glücklicherweise die Sonne-Wirtin erreicht hatten und nun Gewissheit bestand, dass Frau Egger von ihrem Abendspaziergang nicht zurückgekommen war, musste mit Hochdruck nach ihr gefahndet werden. Möglicherweise war sie bedroht – falls sie jemanden getroffen hatte, dem die Enthüllungen ihres Mannes gefährlich werden konnten. Andererseits aber musste dieser Unbekannte, sofern es ihn gab, doch davon ausgehen, dass die Frau längst ausgepackt hatte. Oder gab es da etwas, das sie bislang verheimlicht hatte?

Jedenfalls waren in Übereinstimmung mit dem Führungs- und Lagezentrum in Ulm inzwischen mehrere Dutzend Beamte der in Göppingen angesiedelten Bereitschaftspolizei auf dem Weg nach Ulm. Auch ein Polizeihubschrauber wurde angefordert und sollte in wenigen Minuten mit Suchscheinwerfern und Wärmebildkamera eintreffen. Weitere Streifen aus den umliegenden Revieren waren zudem alarmiert worden. In spätestens einer halben Stunde konnte sich im Umkreis von Hohenstadt niemand mehr unbemerkt bewegen. Der Ulmer Polizeipräsident hatte inzwischen verfügt, die Sonderkommission personell aufzustocken und eine sogenannte »Besondere Aufbauorganisation« zu bilden. Häberle nahm's verstimmt zur Kenntnis. Nun würden wieder einige dieser Besserwisser vom höheren Dienst anrücken, die ihre sogenannte polizeiliche Praxis allenfalls bei einigen harmlosen Streifenfahrten erworben hatten – nun aber, mit den Segnungen eines Studiums, den altgedienten Beamten an der Front vorschreiben wollten, wie sie ermitteln mussten. Dies waren jene Situationen, in denen Häberle seinen Ruhestand herbeisehnte, trotz aller gemischten Gefühle. Ihnen würde es schon noch gelingen, ihm das Ausscheiden aus der geliebten Kripo leicht zu machen. Aber daran wollte er jetzt wirklich nicht denken. Es gab Wichtigeres zu tun. Es ging um das Leben von Theresa Egger.

Er sah auf die Uhr. Es war bereits kurz vor halb zwölf. Ungeachtet aller Hektik, die sich in den Räumen der Sonderkommission seit einer halben Stunde ausgebreitet hatte, war die Recherchearbeit in den Ermittlungsgruppen weitergegangen. »Falls es Sie interessiert«, kam ein junger Kollege namens Sven Krüger auf ihn zu. »An diesem Gerücht über Höhlenforscher könnte etwas dran sein.« Er spielte damit auf Hinweise an, nach denen es unter den Baubeteiligten Spitzel geben sollte, die Interna aus den Stollen illegal an Höhlenforscher weitergaben. Der Bürgermeister von Hohenstadt hatte dies angedeutet – und auch in dem Artikel von Lokaljournalist Georg Sander war es erwähnt worden. »Einem Kollegen vom Polizeiposten Ebersbach – drunten an der Fils – ist die Art und Weise, wie Mitterhofers Reifen zerstochen worden sind, komisch vorgekommen«, berichtete Krüger.

»So?« Häberle zog einen Stuhl zu sich her und deutete dem jungen Kollegen, sich ebenfalls zu setzen, während um sie herum die Hektik zuzunehmen schien. »Dann lassen Sie mal hören.«

»Die Kriminaltechnik hat festgestellt, dass ein ganz dünnes Werkzeug benutzt worden sein muss. Eine sogenannte Ahle, mit der man Löcher in Gürtel sticht.«

»Auch ein altes Schuhmacherwerkzeug«, gab sich Häberle wissend.

»Ja – und genau mit einem solchen Werkzeug wurden

auch vor einem Jahr mehrere Reifen an Autos von Höhlenforschern zerstochen. Die Fälle sind bei der Staatsanwaltschaft aktenkundig geworden.«

»Mhm«, machte Häberle. »Mit welchem Erfolg aktenkundig geworden?«

»Man hat damals den Täter dank raffinierter Methoden geschnappt. Und sogar erkennungsdienstlich behandelt.« Stolz schwang in der Stimme des jungen Kriminalisten mit. »Wir haben Fotos und Fingerabdrücke von ihm. Budala heißt er.«

»Ist er zuvor bei uns schon mal in Erscheinung getreten?«

»Nein. Wir wissen nur so viel, dass er sich mit einer kleinen Gruppe von den ›echten Höhlenforschern‹ abgesplittert hat – also von denen, mit denen die Bahn offiziell kooperiert und die bei eventuellen Höhlenfunden zu Stillschweigen verdonnert worden sind.« Krüger hatte diese Details auch mithilfe von Google in Zeitungsartikeln gefunden. »Aber jetzt kommt's«, machte er nach einer kurzen Pause weiter: »Unser Kollege Söhren hat festgestellt, dass es sich bei dem Laptop, der unter der Autobahnbrücke gefunden wurde, tatsächlich um jenen von Mitterhofer handelt.« Krüger wartete. »Wir haben Glück: Der Speicher hat den Sturz in die Schlucht überstanden. Und darin finden sich interessante Dokumente zu den Höhlen.«

»Ach«, entfuhr es Häberle.

»Ja, der Mitterhofer hat offenbar auch diese Splittergruppe ins Visier genommen. Es sieht so aus, als ob er irgendeine krumme Sache gewittert hat.«

»Zwischen wem?«

»Zwischen Budala und jemandem von der Baustelle hier oben – oder drüben am Aichelberg.«

»Woraus lässt sich das schließen?« Häberles Interesse stieg von Sekunde zu Sekunde, während durch das offen stehende Fenster bereits wieder das Herannahen eines Hubschraubers zu hören war.

»Na ja, Mitterhofer hat sehr viele Dateien im Laptop, die sich mit dieser Höhlengruppe beschäftigen. Ganz interessant ist ein eingescanntes Dokument, das wohl einen geologischen Befund über entdeckte Hohlräume im sogenannten Oststollen enthält. Woher er es hatte, ist unklar. Vielleicht hat er sich's ganz offiziell besorgt, um einer Spur nachgehen zu können – denn wieso sonst hätte er es unter den Dateien mit den Höhlenforschern gespeichert gehabt? Wäre es um arbeitsrechtliche Dinge gegangen, hätte er's sicher anderswo gespeichert.«

Häberle zuckte mit den Schultern. Er selbst nahm's manchmal mit den Dateinamen auch nicht so genau und musste deshalb oft viel Zeit aufwenden, um ein gesuchtes Dokument wiederzufinden. Und beim Scannen, das wusste er, landeten die Dokumente, wenn man die Einstellungen nicht sorgfältig genug beachtete, oftmals an völlig anderer Stelle. Er nippte an einer Tasse Kaffee und versuchte, das Gehörte in die Recherchen der vergangenen Stunden einzuordnen. Doch die Geräusche im Raum, die vielen Stimmen, die durcheinanderredeten, ein Funkgerät, das im Hintergrund schnarrte, und der anfliegende Helikopter ließen keinen klaren Gedanken zu. »Die Kollegen von der Bepo sind angekommen«, meldete irgendjemand, um zu signalisieren, dass nun bei der Suche nach Frau Egger auf die Unterstützung einer schlagkräftigen Einheit gebaut werden konnte.

Mike Linkohr, der es nach seinen Eskapaden der vergangenen Nacht nun heute Abend nicht wagte, einfach wieder zu verschwinden, näherte sich Häberle und Krüger. »Es muss da einen seltsamen Zusammenhang zwischen Mitterhofer und einer externen Gruppe geben, so wie sich das in seinem Laptop darstellt«, resümierte Linkohr. »Also nicht nur Fälle von Korruption, wie wir inzwischen ziemlich sicher wissen, sondern auch noch etwas anderes.«

»Etwas, von dem auch Egger gewusst haben könnte«, erwiderte Häberle. Seine Augen waren gerötet, sein Gesicht blass. »Und ich kann mir inzwischen denken, wo die Schnittstelle sein könnte.«

Krüger und Linkohr, der sich an den Schreibtisch lehnte, waren auf die Ausführungen des Chefermittlers gespannt. »Ihr erinnert euch an den Stoffaffen von der Autobahn«, begann er und fuhr fort, nachdem seine beiden jungen Kollegen genickt hatten. »›Pura Vida‹ stand auf dem Hut des Affen. Eine spanische Lebensweisheit oder so ähnlich. Etwas, das man in Costa Rica offenbar immer dann sagt, wenn wir so dahinreden: ›Immer mit der Ruhe.‹« Häberle setzte ein gezwungenes Lächeln auf. »Das weiß sogar der Projektleiter der Bahn, dieser Feuerstein. Hat mich über ›Pura Vida‹ aufgeklärt.«

Linkohr nickte erstaunt. »Hat er das tatsächlich? Wie kommt er denn dazu?«

»Gesprächsweise, Herr Kollege«, erwiderte Häberle gespielt überheblich. »Man muss nur mit den Leuten reden – und wenn's auf dem Weg zur Toilette ist.«

Die beiden jungen Kriminalisten wollten nicht nachhaken, zumal sie die oft etwas unorthodoxen Methoden ihres Chefs kannten. Der dozierte weiter: »Als ich heute früh bei Frau Mitterhofer angerufen habe, hat mich das Hausmädchen – oder wer auch immer es war – auf morgen vertröstet und zum Ende unseres kurzen Gesprächs ebenfalls ›Pura Vida‹ gesagt. Und nun frage ich euch, liebe Kollegen«, Häberle holte tief Luft und musste lauter reden, weil der Geräuschpegel im Büro hörbar anschwoll, »wo ist uns dieser Begriff sonst noch aufgefallen?«

»Auf dem Foto in Facebook«, kam es von Linkohr spontan. »Auf dem T-Shirt von Gunnar Rodefelds Freundin.«

»Dass Sie da genau hingeschaut haben, war mir klar«, grinste Häberle.

Linkohr ließ sich nicht provozieren, sondern fragte sofort zurück: »Und was hat der Affe dann damit zu tun?«

»Abwarten«, dämpfte Häberle Linkohrs Vorpreschen. »Wir können also davon ausgehen, dass es zwischen Mitterhofer und seiner Frau, die ja beide mit Costa Rica eng verbunden sind, in irgendeiner Weise Kontakte zu Rodefeld, zumindest aber zu dessen Freundin Gabriele geben muss.«

»Oder zu dem Projektleiter – wenn dem diese spanische Weisheit auch bekannt ist«, unterbrach Krüger.

»Will ich nicht ausschließen«, räumte der Chefermittler ein, »obwohl mir Feuerstein einigermaßen glaubhaft geschildert hat, dass er dort vor Kurzem Urlaub gemacht hat.«

»Wenn also Mitterhofer und Rodefeld bei irgendetwas gemeinsame Sache machen und beide am gleichen Abend hier auf dem Gelände waren, muss in dieser Nacht etwas Besonderes los gewesen sein.«

»Die haben gewusst, dass zur selben Zeit der Egger hier auftaucht«, kombinierte Linkohr.

»Zum Beispiel. Oder den beiden ist der Egger unerwarteterweise in die Quere gekommen«, gab Häberle zu bedenken.

Krüger spann den Faden weiter: »Sie bringen ihn um und verschwinden. Der eine durchs Tor, der andere über den Zaun.«

»Und wer zersticht dann dem Mitterhofer die Autoreifen?«, fragte Häberle schnell nach. »Damit sollte doch eindeutig verhindert werden, dass er schnell verschwinden kann.«

»Vielleicht ein Ablenkungsmanöver«, meinte Linkohr. »Die beiden haben's selbst gemacht – mit einer Ahle, dem gleichen Werkzeug, wie es dieser Budala bei seinen Höhlenkontrahenten benutzt hat. Ein cleverer Schachzug, um den Verdacht auf ihn zu lenken.«

»Halte ich für ein bisschen weit hergeholt«, schüttelte Häberle den Kopf. »Vielleicht hat sich das mit der Ahle auch nur so herumgesprochen – und den tatsächlichen Täter einfach angespornt, es damit zu tun. Für einen Autoreifen braucht man einen richtig spitzen Gegenstand, das wissen Sie genauso gut wie ich. Mit einem gewöhnlichen Messer richten Sie nicht viel aus.«

Krüger ergänzte: »Für mich sind Reifenstecher ganz feige Schweine. Psychopathen, wenn Sie mich fragen. Aber solange man solche Burschen nicht ein paar Monate einsperrt, treiben die ihr Unwesen.«

»Glücklicherweise gibt's heutzutage raffinierte technische Mittel, um solche Kriminelle zur Strecke zu bringen«, betonte Häberle. »Aber in unserem Fall hilft das nicht weiter.«

»Dann fragen wir doch den Budala«, regte Krüger an.

»Jetzt?«, entfuhr es Häberle. »Wissen Sie auch, wie spät es ist?«

»Ja und? Ich klingle den auch um Mitternacht raus, keine Sorge. Er wohnt in Heiningen, gleich bei Göppingen. Hab ich bereits gecheckt.«

Häberle grinste in sich hinein. Ihm hätte der junge Kriminalist nun wirklich die Örtlichkeit nicht so exakt beschreiben müssen. Dies bewies einmal mehr, wie stolz die Neulinge aus Ulm waren, wenn sie sich in der Umgebung ihres Zuständigkeitsgebiets auskannten.

Der Chefermittler nickte, wurde jedoch von Philip Mende abgelenkt, der außer Atem auf ihn zugestürmt kam:

»Chef, eine Streife hat drüben in der Nähe von Laichingen auf einem Feldweg ein flüchtendes Fahrzeug gestoppt.«

Häberle und die beiden anderen drehten sich zu ihm und wurden sogleich von Mende mit einer Meldung überrascht: »Es war eine Frau. Und Sie werden's nicht glauben.« Er sah die drei gespannt auf eine Antwort wartenden Männer an. »Es ist Natascha Frese. Die Geologin.«

Linkohrs Pulsschlag raste.

Der Regen wurde immer schlimmer. Inzwischen hatte sich sogar ein kräftiges Gewitter mit Blitz und Donner bemerkbar gemacht. »Hoffentlich bricht nicht auch noch hier das Telefonnetz zusammen«, meinte Katharina. Sie war ins Zimmer gekommen, nachdem Sirih gerade mit tränennassen Augen aufgelegt hatte. Sie war jetzt nicht in der Stimmung, mit Katharina zu sprechen. Nach dem abrupt beendeten Gespräch mit Gabriele hatte sie noch zwei weitere Handynummern in Deutschland gewählt, aber bei keiner von ihnen jemanden erreicht. Auf einer wurde ihr per Automatenstimme mitgeteilt, der Anrufer sei vorübergehend nicht erreichbar, auf der anderen ging der Rufton ins Leere. »Sirih, was ist los mit dir?«, hörte sie die ältere Dame hinter sich fragen. Doch Sirih schüttelte stumm den Kopf und wandte sich nun dem eingeschalteten Computer zu.

Katharina spürte, dass ihre Besucherin alleine bleiben wollte, und verschwand wieder. Es dauerte eine Zeit lang, bis sich die gewünschte Internetseite, deren www-Adresse Sirih eingetippt hatte, endlich öffnete. Es war das deutsche Telefonbuch, in dem sie sich per Mausklick die Nummer der Polizei in Stuttgart anzeigen ließ. An wen hätte sie sich jetzt auch wenden sollen? Noch während sie auf dem Apparat die einzelnen Zahlen drückte, verließ sie der Mut. Sie unterbrach die Verbindung, hielt den Hörer in der Hand und starrte in die regengepeitschte Landschaft hinaus, deren vielfältiges Grün im Grau des niederprasselnden Wassers buchstäblich unterging.

Was sollte sie denn der Polizei in Stuttgart sagen? Wonach fragen? Ob es in Hohenstadt einen schweren Unfall gegeben habe? Das wusste sie doch schon von Katharina. Und einen Namen durfte man ihr gewiss nicht nennen.

Sie fasste neuen Mut, wählte die komplette Nummer und gelangte nach vier Rufzeichen an irgendeine Zentrale, deren Bezeichnung sie nicht verstand. »Entschuldigen Sie«, kam es aus ihrer trockenen Kehle, »ich suche jemanden von der Polizei, der für diese Baustelle in Hohenstadt zuständig ist.«

Die Frauenstimme, die von Mitteleuropa zu ihr herüberdrang, klang ziemlich unpersönlich. »Baustelle? Welches Hohenstadt? Und worum geht's bitte?«

»Ich …« Sirih spürte ihren beschleunigten Pulsschlag. Sie stand auf, sah apathisch aus dem Fenster und suchte nach einer passenden Formulierung. »Hohenstadt, irgendwo auf der Schwäbischen Alb, diese Eisenbahnbaustelle«, stammelte sie. »Da hat's einen Unfall gegeben …«

»Sie wollen einen Unfall melden?«

»Nein, nein. Nein. Ich wollte dazu was fragen.«

»Hohenstadt, sagen Sie.« Die Dame an dieser Telefonzentrale schien irgendetwas nachzuschlagen. »Das gehört zu Ulm«, sagte sie schließlich. Ich geb Ihnen die Nummer – haben Sie etwas zum Schreiben?«

Sirih sah sich um, erspähte einen Bleistift und zog eine Zeitung zu sich her, auf deren Rand sie notierte, was ihr diktiert wurde: »Null, sieben, drei, eins«, wiederholte sie die Vorwahl, dann: »Eins, acht, acht, null.«

»Haben Sie's?«, fragte die Stimme nach. Als Gabriele bestätigte, kam es mit Verzögerung zurück: »Das ist die Zentrale vom Ulmer Präsidium. Ich weiß nicht, wie die um diese Zeit besetzt sind. Da müssen Sie sich durchfragen.« Erst jetzt wurde der jungen Frau bewusst, dass es jenseits des Atlantiks schon nach Mitternacht war. Vielleicht hatten sich die anderen nur deshalb nicht gemeldet, weil sie schliefen.

»Danke«, sagte Sirih kleinlaut und beendete das Gespräch.

Sie überlegte ein, zwei Minuten, wie sie ihr Anliegen möglichst kurz und prägnant formulieren sollte, um nicht gleich abgespeist zu werden.

Auch in Ulm meldete sich eine Frauenstimme. Sirih nahm noch einmal ihren ganzen Mut zusammen: »Ich ruf an wegen des Unfalls auf der Baustelle in Hohenstadt – im Radio war die Rede davon …«

»Wen wollen Sie sprechen?«, wurde sie unterbrochen. »Ich kann Ihnen das Führungs- und Lagezentrum geben oder jemanden vom Kriminaldauerdienst.«

»Ich weiß nicht«, gab sie sich unsicher. »Jemanden, der da Bescheid weiß – von diesem Unfall dort.«

»Ist es wichtig? Wollen Sie direkt zur Sonderkommission oder was?«

»Sonder…« Sirih blieb das Wort im Halse stecken.

»Ja, ich kann Ihnen eine Nummer geben.«

Wieder griff Sirih zu ihrem Bleistift und ließ sich eine Nummer diktieren, die sie diesmal nicht wiederholte, sondern nachfragte: »Und wer ist da zuständig?«

»Zuständig?«, kam es zurück. »Der Leiter der Sonderkommission ist der Erste Kriminalhauptkommissar August Häberle, falls Sie den meinen.« Sie hatte Titel und Namen so ehrfürchtig ausgesprochen, dass ihre Hochachtung vor diesem Mann trotz rauschender Leitung herauszuhören war.

Sirih bedankte sich und beendete das Gespräch.

Ihre Finger zitterten, als sie den Namen auf den Zeitungsrand schrieb. Ein Erster Kriminalhauptkommissar, nahm sie ehrfurchtsvoll zur Kenntnis. Leiter einer Sonderkommission. Sollte sie es wagen, diesen Mann anzurufen? War es nicht ziemlich kühn und verwegen, sich von Costa Rica aus in die Arbeit einer Sonderkommission einzumischen, zumal es in Deutschland schon nach Mitternacht war?

Oder würde sie gar in ein Wespennest stechen? Oder war es bereits die Polizei gewesen, die heute am frühen Morgen angerufen hatte?

Valentina hatte den Anrufer auf morgen vertröstet, weil sie nicht ahnen konnte, dass sie beide wegen des Regens früher von ihrem mehrtägigen Ausflug zurückkehren würden. Der Gedanke, es könnte so gewesen sein, peitschte ihren Puls noch weiter in die Höhe. Sie entschied, egal, was auf sie zukommen würde, diesen Anruf nach Ulm zu tätigen. Eine Sonderkommission musste schließlich auch um Mitternacht im Dienst sein.

Ziemlich genau zwei Nächte nach dem ersten Großeinsatz der Polizei erlebten Hohenstadt und seine Umgebung dasselbe Spektakel noch einmal. Nur mit einem Unterschied: Das Geschehen konzentrierte sich jetzt nicht allein auf die Baustelle, sondern auf ein weites Umfeld. Ein Hubschrauber mit Suchscheinwerfer flog nach einem genau vorgegebenen Rasterplan das Gelände ab, während am Boden die Einsatzkräfte zu Fuß und mit Fahrzeugen unterwegs waren. Natürlich – das wussten sie alle – war die Suche nach Frau Egger vergleichbar mit der berühmten Stecknadel im Heuhaufen, aber es gab keine andere Möglichkeit, als sie auf diese Weise irgendwo aufzuspüren. Trotz der späten Stunde hatte der Einsatz jede Menge Schaulustige angelockt, die nun sinnloserweise mit ihren Autos auf den Straßen hin und her fuhren. Wer gaffend auf gesperrten Feld- oder Waldwegen erwischt wurde, musste mit einer Anzeige rechnen.

Wenn Theresa Egger nicht mehr von ihrem Spaziergang heimgekommen war, musste ihr etwas zugestoßen sein. Diese Einschätzung teilten inzwischen alle Mitglieder der Sonderkommission einschließlich des Polizeipräsidenten. Frau Egger war nicht gebrechlich, galt als fit, und auch Häberle, der mit ihr am Vormittag in der »Sonne« zusammengekommen war, hatte keinerlei Anzeichen bemerkt, die darauf hätten hindeuten können, dass sie sich körperlich unwohl fühlen würde. Ihr psychischer Zustand hingegen war nicht sonderlich gut gewesen. Verständlicherweise. Häberle überkam ein schrecklicher Gedanke: Hatte sie aus irgendwelchen Quellen erfahren, dass der Tote mit hoher Wahrscheinlichkeit identifiziert war und es sich demnach um ihren Mann handelte? Hatte sie sich zu einer Kurzschlusshandlung hinreißen lassen?

»Was hat eigentlich die Frese gesagt?«, kam völlig unvermittelt Linkohr auf ihn zu.

»Die Frese?« Er lächelte seinem jungen Kollegen zu. »Das Mädel von der ›schnellen Truppe‹?«

»Hat sie Angaben gemacht, weshalb sie der Streife davongerast ist?« Linkohr blieb betont sachlich.

»Hat sie«, erwiderte Häberle. »Behauptet, nur über diese Abkürzung nach Hause gefahren zu sein. Sie wohnt in Laichingen drüben ...« Wieder das Lächeln. »Aber das dürften Sie ja dank Ihres persönlichen Einsatzes wissen.« Den letzten Satz hatte er nur geflüstert, damit es keiner im Raum hören konnte.

»Und deswegen haut sie ab, wenn ein Streifenwagen hinter ihr her ist?«

»Sie sagt, sie habe den Verfolger nicht sofort als Polizeiauto erkannt.«

»Sind die nicht mit Blaulicht hinterher?«, staunte Linkohr.

»Doch, aber sie sagt, sie habe das Blaulicht erst spät wahrgenommen und dann gleich angehalten.«

»Strittige Frage«, kommentierte Linkohr. »Da werden sich wohl die Juristen mit auseinandersetzen müssen.«

»Richtig erkannt, Herr Kollege. Die Juristen. Kein Fall für uns. Wirklich nicht.« Er klopfte Linkohr auf die Schulter. »Und daran sollten auch Sie sich halten. Zumindest, solange dieser Fall nicht geklärt ist. Gute Ratschläge können Sie der Dame dann anschließend geben.«

Linkohr wollte noch etwas anfügen, doch dann hörten sie beide im allgemeinen Stimmengewirr jemanden sagen: »Ein Gespräch für Sie.« Erst als Philip Mende näher kam und Häberle das schnurlose Telefon reichte, wurde beiden bewusst, dass ihnen dieser Hinweis gegolten hatte.

»Wer?«, fragte Häberle den jungen Kriminalisten, doch der überreichte ihm wortlos den Hörer.

»Ja, Häberle«, meldete er sich.

Nach kurzer Pause hörte er eine zaghafte Frauenstimme. »Hier spricht Gabriele Honold.«

Durch Häberles Kopf schossen blitzschnell die Namen und Gesichter der vergangenen Tage. Gabriele. Ja, die Freundin von Gunnar Rodefeld. Das Mädchen mit dem T-Shirt, über das sie erst vorhin gesprochen hatten.

»Hallo, Frau Honold«, gab er sich charmant. »Was verschafft mir die Ehre so spät in der Nacht?«

»Tut mir leid, echt, tut mir wirklich leid«, drang es an sein Ohr. »Ich hab versprochen, mich heute noch zu melden …«

»Hat ja fast noch gereicht«, unterbrach Häberle freundlich, um der jungen Frau über die Hemmschwelle zu helfen.

»Danke, dass Sie mir zuhören.«

»Das tue ich gerne. Ich denke, Sie haben uns etwas zu berichten.«

»Ja. Ja, aber … ich meine … Ich will in nichts hineingezogen werden. Aber vielleicht steck ich schon viel zu weit drin und deshalb …«

»Keine Sorge, Frau Honold«, beruhigte Häberle mit sonorer Stimme. »Wir reden jetzt einfach mal unter uns. Es hört niemand zu.« Häberle blinzelte seinen Kollegen zu, die natürlich von den Schilderungen der jungen Frau nichts mitbekamen. Häberle hielt sein Versprechen ein und ließ den Lautsprecher des Telefons ausgeschaltet.

»Ich möchte in nichts hineingezogen werden«, flehte Gabriele wieder. Ihr war die Angst anzuhören. »Eine Bekannte von mir sitzt seit einem Dreivierteljahr im Gefängnis, und ich hab schreckliche Angst, dass mir das auch blüht …«

Häberle räusperte sich. Er musste jetzt aufpassen. Falls sie sich selbst beschuldigte, musste er früher oder später von Amtswegen tätig werden. »Jetzt mal in aller Ruhe«, besänftigte er sie, »wir reden unter uns. Ich mache Ihnen einen Vorschlag: Sie erzählen mir, was Sie mir sagen wollen, lassen aber all das weg, womit Sie sich selbst einer strafrechtlichen Verfolgung aussetzen könnten. Haben Sie mich verstanden?«

»Ich kann Ihnen alles erzählen – und ich will das auch. Ich habe nichts Unrechtes getan, Herr Häberle. Wirklich nicht. Aber Sie müssen mir glauben.«

»Hm«, machte er, denn letztlich war es später natürlich Sache des Gerichts, was man ihr glaubte. Er ging nicht darauf ein, um zu vermeiden, dass sie ihm das Versprechen abringen wollte, sie vor dem Gefängnis zu bewahren. Das konnte er beim besten Willen nicht.

»Ich weiß, Sie suchen den Gunnar Rodefeld, meinen Ex«, sagte sie schließlich, und Häberle hatte vernommen, dass die Betonung auf dem »Ex« lag. Die beiden waren also inzwischen getrennt.

»Wir wären stark daran interessiert, seinen Aufenthaltsort zu erfahren.«

»Den kenn ich auch nicht. Ehrlich nicht. Keine Ahnung. Und ich bin auch nicht scharf drauf, dies zu erfahren. Ich bin heute Nachmittag ausgezogen und hab den Job bei ihm hingeschmissen.«

»Sie haben tatsächlich keine Ahnung, wo Rodefeld ist?«, fragte Häberle ungläubig nach. »Nein. Ich hab ihn seit gestern Abend nicht mehr gesehen. Seither ist er abgetaucht. Aber das kommt immer mal wieder vor. Dann pennt er im Auto oder was weiß ich, wo und bei wem!«

»Und gestern Abend ist er ganz schnell weg?«

»Ja, ein Anruf gegen zehn oder so – und dann ist er weg«, berichtete Gabriele.

»Wer hat da angerufen?«

»Keine Ahnung. Aber ich hab die übertragene Nummer noch im Telefonspeicher gefunden.«

Häberle ließ sich die Zahlen einzeln diktieren.

»Gut gemacht, Frau Honold«, lobte er anschließend. »Wohin wurde er denn bestellt?«

»Wenn's stimmt, was er mir gesagt hat, dann war's der Parkplatz vor dem Aichelberg an der Autobahn Richtung Ulm.«

Der Affe, hämmerte es in Häberles Kopf. Der Affe, ja natürlich. Dort hatte die Streife der Verkehrspolizei das Stofftierchen entdeckt. Beinahe hätte er dazu etwas gesagt, doch um sein Erstaunen verbergen zu können, wiederholte er nur noch einmal beiläufig: »›Vor dem Aichelberg‹, so heißt der Parkplatz sogar offiziell.«

Dann sagte Gabriele etwas, das ihm ziemlich seltsam vorkam: »Aber vielleicht interessiert Sie, wer Gunnar ist.«

Wer er ist?, hallte es in Häberles Kopf nach. Was hatte die Frau vor? Süße Rache? Weil eine andere im Spiel war? »Wer er ist?«, staunte er. »Hat er denn eine andere Identität?«

»Wie man's nimmt. Gunnar ist zwar Tiefbauingenieur, das stimmt, aber er arbeitet auch als Schnüffler …«

»V-Mann der Polizei?« Häberle wurde hellhörig.

»Nein, für seinen Stiefvater.«

»Seinen Stiefvater?« Häberle konzentrierte sich. Klar, schoss es ihm durch den Kopf: Falls dieser Stiefvater von Rodefeld tatsächlich eine Rolle spielte, war er ihnen bislang nicht als solcher aufgefallen, denn dann trug der Mann natürlich einen anderen Nachnamen.

»Ja, für seinen Stiefvater«, wiederholte Gabriele. »Er hat ihm Informationen beschafft über die Demonstranten gegen das Eisenbahnprojekt und über einige dubiose Höhlenforscher. Er will auch herausgefunden haben, wer die Gegner mit internen und streng geheimen Infos versorgt. Aber wer das ist, weiß ich nicht.«

»Ach«, gab sich Häberle einsilbig, denn er wollte endlich den Namen des Stiefvaters hören, obwohl er bereits eine bestimmte Person im Verdacht hatte. »Und wie heißt nun der Stiefvater?« Er fieberte förmlich der Antwort entgegen, denn alles, was sie jetzt sagen würde, brachte entweder sein ganzes Gedankengebilde zum Einsturz – oder es wurde bestätigt.

»Mitterhofer. Simon Mitterhofer«, kam es zurück und es traf ihn wie ein Donnerschlag – obwohl die junge Frau nur das bestätigte, was er seit einigen Stunden schon vermutet hatte.

Häberle musste das Gehörte zunächst verdauen. In seinem Kopf wirbelten die Daten und Fakten der vergangenen Stunden wild durcheinander, brachten aber das Entscheidende auf den Punkt. »Noch eine Frage«, begann er ruhig, als habe ihn Gabrieles Aussage nicht sonderlich überrascht. »Kennen Sie einen Affen?« Kaum hatte er es ausgesprochen, erschien ihm die Frage unpassend lächerlich. »Ich meine, so ein Stoffäffchen mit der Aufschrift ›Pura Vida‹?«

»Pura Vida?«, wiederholte die junge Frau hörbar geschockt.

»Ja, ein Stoffäffchen …«

»Was ist damit?«

»Wir haben es auf dem Rastplatz beim Aichelberg gefunden.«

»Das Äffchen?«

»Ja, so ein Souvenir, möglicherweise aus Costa Rica.«

»Ja«, kam es zaghaft zurück. »Gunnar hat eines im Ablagefach der Fahrertür stecken. Hat er einmal von einer Reise mitgebracht. Aus Costa Rica. Warum fragen Sie?«

»Erklär ich Ihnen später«, sagte Häberle und beendete das Gespräch.

Sirih hatte mehrfach die Telefonnummer der Sonderkommission in Hohenstadt gewählt, doch sie war immer besetzt. Es schien ihr so, als würden die Drähte dort glühen. War dort etwas Großes im Gange? Sie hielt das Mobilteil des schnurlosen Telefons fest umklammert und starrte in die graue Regenwand hinaus. Ein Blitz und gleich darauf ein ohrenbetäubender Donnerschlag ließ sie und das ganze Haus erzittern. »Mein Gott«, hörte sie Katharina sagen, die sofort ins Zimmer kam. »Du solltest bei so einem Gewitter nicht telefonieren. Man weiß nie …«

Sirih drehte sich verlegen um. »Entschuldige, dass ich dich so lange belästige, aber ich sollte ein paar wichtige Dinge klären.«

»Die Mail, ich weiß schon«, gab sich Katharina verständnisvoll.

»Lass mich noch einmal probieren.«

»Du darfst telefonieren, so lange du willst, aber bei so einem kräftigen Gewitter sollte man sich von elektrischen Geräten fernhalten.« Die letzten Worte gingen in einem weiteren Donnerschlag unter.

Ungeachtet dessen drückte Sirih erneut die Nummer der Sonderkommission, doch diesmal blieb der Hörer tot. »Aus«, sagte sie, während Katharina gerade wieder den Raum verlassen wollte.

»Aus?« Katharina kam zu ihr her, um sich selbst zu vergewissern. »Das war wohl ein Volltreffer irgendwo in die Leitung. Hab ich schon befürchtet.« Sie nahm das Mobilteil und legte es auf den Tisch.

»Weißt du, was das bedeutet?«, seufzte Sirih. »Wir sind sozusagen von der Außenwelt abgeschnitten.« Inzwischen war auch der Computerbildschirm schwarz geworden.

Katharina strich ihr übers immer noch feuchte Haar: »Das kann Tage dauern, bis die es wieder gerichtet haben. Beruhig dich. Du solltest dir jetzt keine unnötigen Sorgen machen.«

»Das sagst du so leicht. Mutti ist am Boden zerstört. Was sollen wir denn tun? Warum will Gunnar so Hals über Kopf hierherkommen? Und wieso erreichen wir meinen Vater nicht?« Ihre geröteten Augen wurden glasig. »Da ist sicher etwas ganz Schreckliches passiert. Auf dieser Baustelle.«

Wieder plagte Katharina das schlechte Gewissen, diese beunruhigende Radiomeldung überhaupt erwähnt zu haben.

Weil Alexander Budalas Telefonnummer nicht ausfindig zu machen war, hatten sich die beiden jungen Kriminalisten Sven Krüger und Thomas Keller auf den Weg zu dessen Wohnung in Heiningen gemacht. Die ins Navigationsgerät eingegebene Adresse führte sie in ein Wohngebiet, das den Charme der 60er-Jahre ausstrahlte: Die Häuser ziemlich gleichförmig aneinandergereiht, Vorgärten mit Betonmauern, Straßen gradlinig und breit.

»Da vorne«, sagte Keller und deutete auf ein kleines, unauffälliges Häuschen, dessen rissige Fassade vom Streulicht einer Straßenlampe erhellt wurde. Eines der Fenster im Erdgeschoss war noch erleuchtet. »Er scheint da zu sein«, schloss Keller daraus und zeigte zusätzlich auf den in der Einfahrt stehenden Opel.

»Wird höchst erfreut sein, wenn wir ihn rausklingeln«, vermutete Krüger. »Kurz nach Mitternacht erwartet man normalerweise keinen Besuch mehr.«

»Selbst schuld, wenn er nicht im Telefonbuch steht. Hat wohl Grund, sich zu verstecken. Wenn's nach mir ginge, würde ich alle entkabeln, die nicht im Telefonbuch stehen wollen.«

Die beiden Männer durchquerten den kleinen, ziemlich verwilderten Vorgarten und suchten am einzigen Klingelknopf, den es an der Sprechanlage gab, vergeblich nach einem Namen. Krüger drückte gleich zweimal hintereinander, worauf aus dem Inneren das schrille Schellen einer ziemlich altertümlichen Klingel dumpf herausdrang.

Nachdem Krüger einige weitere Male gedrückt hatte, ging hinter dem Milchglas der Tür ein Licht an. Dann klickte es im Lautsprecher. »Ja?« Die Männerstimme war kratzig, laut und verärgert. »Was ist los?«

»Kriminalpolizei«, erklärte Krüger so leise wie möglich, um keine neugierigen Nachbarn aufzuschrecken.

»Das kann jeder sagen um diese Zeit«, krächzte die Stimme.

»Sind Sie Herr Budala?«

»Was wollen Sie von mir?«, antwortete er mit einer Gegenfrage.

»Wir müssen Sie dringend etwas fragen. Stichwort Höhlen und Neubaustrecke der Bahn«, blieb Krüger weiterhin gelassen.

»Um diese Zeit? Wissen Sie auch, wie spät es ist?«

»Entschuldigen Sie, aber es ist dringend«, beharrte Krüger auf dem Gespräch, worauf es im Lautsprecher klickte und sich hinter der Milchglasscheibe eine näher kommende Gestalt abzeichnete. Das Schloss wurde entriegelt, die Tür schwenkte langsam auf, und vor ihnen stand ein dicklicher Mann mit nahezu kahlem Kopf, dicker Hornbrille und Jogginganzug. Seine Augen waren im fahlen Licht der schwachen Lampe wässrig, er atmete schwer, roch nach Alkohol und sah die beiden Kriminalisten skeptisch an. Beide hielten ihm ihre dienstliche Erkennungsmarke entgegen und stellten sich vor.

»Kripo«, brummte Budala unwirsch. »Wenn Sie meinen, ich hätt mit Höhlen und dieser Eisenbahngeschichte zu tun, sind Sie bei mir falsch.«

»Dürfen wir für einen Moment reinkommen?«, fragte Keller, der jegliches Aufsehen in dieser stillen Straße vermeiden wollte.

»Eigentlich nicht«, gab er verärgert zu verstehen. »Was soll denn das? Wollen Sie mir schon wieder was anhängen?«

»Nur einen kurzen Moment«, blieb Krüger höflich, wohl wissend, dass Budala sie ohne Weiteres zum Teufel jagen konnte.

»Es geht nicht um Sie, sondern um eine Person, die Sie kennen«, fügte Keller diplomatisch an.

Budalas Augen funkelten. Er schien zwischen Zorn und Verärgerung zu schwanken. »Na schön«, entschied er, machte eine Kopfbewegung Richtung Flur und führte die beiden Kriminalisten in ein stickiges Wohnzimmer, dessen Möbel dem Stil des Hauses entsprachen und schon viele Jahrzehnte alt sein mussten. Budala schaltete den Fernseher ab, bot den Männern zwei Sessel zum Sitzen an und ließ sich auf ein abgewetztes Sofa fallen. Auf dem hölzernen Couchtisch stand eine angebrochene Flasche Bier, aber kein Glas.

»Und jetzt?«, fragte Budala und verschränkte die Arme vor dem Bierbauch.

»Vielleicht haben Sie gehört, was in Hohenstadt passiert ist«, begann Keller vorsichtig und beließ es bei oberflächlicher Beschreibung, nachdem Budala genickt hatte. Krügers Blicke streiften unterdessen an der Regalwand entlang: eine Musikanlage aus den Anfangszeiten der Stereotechnik, konstatierte er für sich, sogar noch ein Plattenspieler und ein separater Videorecorder für große Bandkassetten. VHS war das einmal gewesen, entsann sich Krüger an Kindheitstage, als er VHS-Kassetten mit Märchenvideos geschenkt bekommen hatte. Die einzige moderne Technik, die Keller jetzt entdeckte, war die des Fernsehers, dessen Flachbildschirm von Design und Größe her eines der neuesten Modelle zu sein schien.

Dicke Bücher reihten sich auf drei Regalreihen aneinander, dazwischen offenbar auch teure Bildbände, von denen sich zumindest einer, wie Krüger es sehen konnte, mit den Höhlen der Schwäbischen Alb befasste.

Ohne auf Details einzugehen, erklärte Keller unterdessen, dass sie es bei ihren Ermittlungen mit einem Mann zu tun hätten, der von sich behauptete, enge Kontakte zu den Höhlenforschern zu haben, die sich für den Stollenbau interessierten.

»Wenn ich Sie jetzt richtig verstehe«, wurde Budala plötzlich hellwach, »dann soll dieser Todesfall, von dem Sie sprechen, etwas mit Höhlen zu tun haben? Ich verstehe die Zusammenhänge nicht.«

»Wir auch noch nicht ganz«, erwiderte Keller ehrlich und sah die Zeit gekommen, Budala mit einem Namen zu konfrontieren: »Rodefeld. Kennen Sie einen Gunnar Rodefeld?«

»Rodefeld?«, wiederholte Budala langsam. »Soll das ein Höhlenforscher sein oder was?«

»Auch, ja. Es …« Keller überlegte, ob es klug war, schon jetzt diesen Trumpf auszuspielen. »Es könnte sein, dass er Ihnen nachgespürt hat, weil Sie doch dieser Splittergruppe …«

»Halt, halt, halt!«, fuhr Budala energisch dazwischen. »Ich kann das Wort ›Splittergruppe‹ nicht mehr hören. Wir haben uns von diesem Verein getrennt, weil der gesamte Landesverband gemeinsame Sache mit der Bahn gemacht hat. Wir wollen uns nicht von der Bahn in unseren Interessen für den Natur- und Landschaftsschutz beschneiden lassen.«

»Inwiefern?«, bohrte Keller nach. Sein Kollege Krüger studierte noch immer, soweit er es aus der Distanz von zwei Metern sehen konnte, die Buchrückentitel in der Regalwand. Gerade eben war sein Blick an einem ganzen Bündel Zeitschriften hängen geblieben, das nebeneinander am Ende einer Buchreihe lehnte, jedoch von Format und Aussehen ein- und demselben Themenbereich zugeordnet werden konnte. Von der ersten kleinformatigen Zeitschrift war aus seiner Perspektive das Titelfoto zu erkennen, das eine Landschaft mit leicht bewölktem Himmel und darunter zwei Stolleneingänge zeigte. Der Titel dieses Magazins war mit roter Farbe in das Blau des Himmels gedruckt: »Bezug«. Sosehr sich Krüger auch anstrengte, den restlichen Text auf dem Cover konnte er nicht entziffern. Zweifellos aber war es irgendeine Veröffentlichung zu einer größeren Baustelle. Und »Bezug«? Spielte dies auf Züge, auf die Eisenbahn an?

Krüger war gedanklich abwesend gewesen, weshalb er den Antworten Budalas nicht mehr hatte folgen können. Das änderte sich jetzt, als der Hausherr etwas aufbrausend reagierte und noch einmal energisch erklärte, dass er es von vornherein strikt abgelehnt habe, sich von der Bahn »an die Leine legen zu lassen«, nur weil die Projektmanager Angst hätten, etwaige Höhlenfunde könnten den Bauzeitplan durcheinanderbringen. »Da hab ich gesagt: Mit mir nicht.«

»Und haben dann andere Quellen angebohrt?«, ergänzte Keller fragend.

»Wie bitte? Ich hör wohl nicht richtig«, wetterte Budala los. »Ich hab Ihnen doch soeben klipp und klar erklärt, dass ich diesen Rodefeld, von dem Sie gesprochen haben, nicht kenne, und dass mich dieses ganze verrückte Bahnprojekt nicht im Geringsten interessiert. Also: Lassen Sie mich jetzt in Frieden. Oder muss ich einen Anwalt hinzuziehen?«

Keller gab sich zerknirscht: »Das steht Ihnen frei. Außerdem brauchen Sie auf Fragen, mit denen Sie sich selbst belasten würden, überhaupt nicht zu antworten.«

»Ha«, wurde Budala noch eine Spur unfreundlicher, »ich hör wohl nicht recht. Ich könnte mich belasten, sagen Sie? Wenn das so ist, meine Herren, muss ich Sie dringend bitten, mein Haus zu verlassen.« Er erhob sich mühsam vom Sofa.

Keller sah zu ihm hoch: »Soll das ein Rausschmiss sein?«

»Sie haben es überdeutlich erkannt, mein Herr. Und nun verschwinden Sie, bevor ich eine Dienstaufsichtsbeschwerde loslasse.« Er schüttelte verständnislos den Kopf. »Mich wegen einer solchen Lappalie mitten in der Nacht zu behelligen!«

Die beiden Kriminalisten standen ebenfalls auf, wobei Krüger Gelegenheit bekam, das Titelbild des Magazins kurz aus der Nähe zu betrachten. Er las fett gedruckt das Wort »Reportage« und drunter noch vier weitere Worte: »Die Tunnelbaustelle am Albaufstieg«.

Während des wortlosen Hinausgehens drehte sich Keller noch einmal um: »Eine Ahle hatten Sie dieser Tage auch nicht im Einsatz.«

Budalas Kopf wurde noch röter, als er bisher schon war. »Verschwinden Sie oder ich zeig Sie an wegen Hausfriedensbruch.«

22

Der Präsident war eingetroffen und hatte sich von Häberle die aktuelle Lage schildern lassen. Der oberste Chef des Ulmer Präsidiums entschied nach dem kurzen Gespräch, die angekündigte Besondere Aufbauorganisation erst am Vormittag einsetzen zu wollen – falls Frau Egger bis dahin nicht wieder aufgetaucht wäre. Häberle war erleichtert, denn es hätte ihm gerade noch gefehlt, dass man ihm einen praxisfernen, vor allem aber beratungsresistenten Kriminalrat vor die Nase gesetzt hätte. Allerdings hätte ihm dies die bohrenden Zweifel vertrieben, ob es richtig war, den Dienst demnächst an den Nagel zu hängen und in Pension zu gehen.

Inzwischen war die Fahndung auf Gunnar Rodefeld ausgedehnt worden – auch wenn seine Beteiligung an dem Geschehen bislang noch ziemlich im Dunkeln lag. Allerdings war nun zu befürchten, dass er sich so schnell wie möglich nach Costa Rica absetzen würde. Mit oder ohne seinen Stiefvater.

»Leute«, kam Philip Mende in den Raum der Sonderkommission gestürmt, hielt sich aber sofort korrekt zurück, als er den Präsidenten bei Häberle und dem Computerexperten stehen sah.

Der Chefermittler drehte sich um: »Gibt's was?«

Mende, der jetzt im Mittelpunkt aller stand und von dem Präsidenten abschätzig beäugt wurde, verbarg seine Euphorie und berichtete emotionslos, was sie herausgefunden hatten: »Die Telefonnummer, von der aus Rodefeld nach Angaben seiner Ex-Freundin Gabriele zum Autobahnparkplatz vor dem Aichelberg gelockt worden war, ist gecheckt.« Beinahe hätte er die Kollegen rätseln lassen, auf wen sie eingetragen war, doch angesichts des Präsidenten waren solche Spielchen natürlich fehl am Platze. »Sie gehört Budala. Alexander Budala.«

Linkohr konnte trotz der Anwesenheit des Präsidenten sein allergrößtes Erstaunen nicht unterdrücken: »Da haut's dir 's Blech weg.«

Inzwischen waren zwei Helikopter an der nächtlichen Suchaktion beteiligt, die sich jetzt auf einen Umkreis von 15 Kilometern erstreckte. Da Theresa Egger zu Fuß weggegangen war und ihr Pkw noch immer vor dem Gasthaus »Sonne« parkte, konnte sie in der Dunkelheit kaum mehr als diese Entfernung zurückgelegt haben, sofern man sie nicht gekidnappt hatte. Der Polizeipräsident hatte weitere Streifenwagenbesatzungen aus entfernteren Revieren angefordert, die nun unablässig die Straßen, Feld- und Waldwege abfuhren. Wenn sie sich allerdings irgendwo im dichten Unterholz der Wälder das Leben genommen hatte, war es nahezu aussichtslos, sie innerhalb kurzer Zeit zu finden. Die Wärmebildkameras in den Hubschraubern waren technisch gar nicht in der Lage, das Blätterdach der ausgedehnten Wälder zu durchdringen. Draußen in freier Landschaft waren es aufgeschreckte Wildtiere, die als Wärmeobjekte im Display der Kamera auftauchten. Sobald der Morgen graute, was in eineinhalb Stunden der Fall sein würde, konnten die eingesetzten Kräfte wieder mit bloßem Auge das Gelände absuchen.

»Sonne«-Wirtin Silke Ramminger und ihr Ehemann Marco waren wenig erfreut, als sie gegen 3 Uhr vom Telefon aus dem Schlaf gerissen wurden. Kriminalist Philip Mende entschuldigte sich für diese unangenehme Störung und bat um Verständnis, dass man das Zimmer von Frau

Egger durchsuchen wolle. Eine richterliche Genehmigung dazu liege vor, und weil die Angelegenheit keinen Aufschub dulde, werde er in einer Viertelstunde mit einem Kollegen in der »Sonne« eintreffen.

Silke Ramminger, die das Gespräch entgegengenommen hatte, unterdrückte ihre Verärgerung, gab sich vordergründig höflich und versprach, sie über die rückwärtige Tür einzulassen und ihnen den Ersatzschlüssel für Frau Eggers Zimmer auszuhändigen.

Die Aktion war eine reine Vorsichtsmaßnahme, falls es einen Abschiedsbrief gab oder irgendwelche Spuren auf den Grund ihres Verschwindens hindeuteten. Die beiden Kriminalisten stellten fest, dass das Zimmer einen sehr aufgeräumten Eindruck machte. Mende und sein übermüdeter Kollege Keller hatten sich Handschuhe übergestreift und machten sich über Schubladen, Schränke und Koffer her. Außer einem harmlosen Schmerzmittel und Blutdrucktabletten gab es keine Medikamente, und es lag auch nirgendwo ein Schriftstück. Erst als Keller tiefer in dem kleinen Koffer grub, stieß er auf einen Schnellhefter, der schätzungsweise drei Dutzend ausgedruckte Schriftseiten enthielt. »Guck mal«, sagte Keller und hielt das Fundstück seinem Kollegen vor. Er ließ die einzelnen Seiten schnell durch die Finger gleiten, blätterte dann zurück und stellte fest: »Da hat Egger wohl genau festgehalten, was er in den vergangenen Monaten gegen Mitterhofer rausgefunden hat. Hier …« Er legte den Zeigefinger auf ein Datum: »Chronologisch wie ein Protokoll hat er es aufgelistet.«

»Das hat uns die Frau Egger bisher wohl vorenthalten«, meinte Mende überrascht. »Was steht denn drin?«

»Kann ich doch jetzt nicht alles durchlesen. Aber hier …« Er hatte während des Redens weitergeblättert und die Zeilen überflogen. »Hier schreibt er mit Datum vom

8. Mai: Lukas davor gewarnt, Natascha von unserem Termin zu erzählen.«

Mende kombinierte: »Lukas ist Brunner und Natascha ist die Frese, die rasende Geologin«, er grinste, »die natürlich eng mit Mitterhofer befreundet ist, wie wir wissen.«

»Daher weht der Wind«, staunte Keller. »Wenn die mitgekriegt hat, dass der Brunner den Egger aufs Gelände holt, dann hat sie's natürlich dem Mitterhofer erzählt.«

»So langsam kommt Licht in die Dienstagnacht, stimmt's?«, meinte Mende. »Und vielleicht enthält diese Akte noch ein paar weitere brisante Enthüllungen.«

»Aber wieso hat Frau Egger uns das nicht gleich übergeben?«

»Vielleicht belastet manches, was da drin steht, nicht nur Außenstehende, sondern auch Egger selbst. Dann wäre es von der Frau natürlich unklug gewesen, solche Dokumente der Polizei zu übergeben. Denkbar, dass sie den Ordner nur für den Fall mitgenommen hat, dass ihrem Mann etwas zustoßen würde.«

»Um dann auszupacken«, rekapitulierte Keller und gab zu bedenken: »Die Frage ist jetzt nur: was auszupacken.«

Als der Morgen graute, hatten sich einige Kriminalisten, die seit über zwölf Stunden im Dienst waren, für kurze Zeit in ihren Privatautos schlafen gelegt. Häberle hatte zunächst in Erwägung gezogen, den Schlaf bei einer Frühwanderung zu überlisten, doch spürte er dann leichte Kreislaufprobleme, weshalb auch er es vorzog, sich in seinen Dienst-Mercedes zurückzuziehen, dessen Liegesitze zwar einigermaßen bequem waren, ihm aber trotzdem Rückenschmerzen bescherten.

Trotz des Hubschrauberlärms, der die ganze Landschaft seit Mitternacht unablässig beschallte, verfiel er sofort in einen tiefen, traumlosen Schlaf. Zuvor noch hatte er die Kollegen, die als Frühschicht fungierten, gebeten, für Kaffee und frische Brötchen zu sorgen.

Gegen 5.30 Uhr, als die Sonne bereits wieder über den Horizont gekrochen kam, waren die Helikopter verstummt. Dafür wurden die schlafenden Kriminalisten nicht von Helikoptern, sondern von Fahrzeuglärm und Stimmengewirr geweckt. Vermutlich stand im Stollen der Schichtwechsel an, dachte Häberle und blieb noch ein paar Minuten liegen, gönnte seinem müden Geist Raum und Zeit, sich zu entfalten und die Ereignisse der vergangenen Tage aufzuarbeiten. Dann erhob er sich und drehte seinen Liegesitz wieder in die Senkrechte. Er holte tief Luft und blinzelte auf seine Armbanduhr, die seinem noch sanft vor sich hindümpelnden Unterbewusstsein diesmal aber nicht nur die aktuelle Stunde signalisierte, sondern ihm noch etwas anderes melden wollte. Häberle war mit einem Schlag hellwach und kroch mit schmerzendem Rücken aus dem Auto. Die Morgenfrische tat seinem brummenden Schädel gut. Er durfte auf keinen Fall vergessen, was sein Unterbewusstsein soeben erkannt hatte. Oft schon waren ihm spontane Einfälle zwischen Schlaf und Erwachen und bisweilen auch unter der Dusche so schnell wieder entfallen, wie sie aufgetaucht waren. Als ob sie davonhüpften. Und je mehr er sich dann auf sie konzentrierte, umso unerreichbarer wurden sie. Deshalb hatte er am Bett Bleistift und Papier liegen, um geniale Einfälle nicht entschwinden zu lassen. Er war fest davon überzeugt, dass die besten Entdeckungen in solchen Ruhephasen gemacht wurden, wenn man dem Geist oder der Seele freien Lauf ließ.

Im Schein der aufgehenden Sonne rief er seine Ehefrau Susanne an, entschuldigte sich für die frühe Störung und dafür, dass er sich am Abend nicht mehr gemeldet hatte.

Obwohl es bei ganz großen Fällen hin und wieder vorkam, dass er auf ziemlich unkonventionelle Art am Arbeitsplatz übernachtete, so war sie trotzdem in Sorge gewesen. Vor allem bereitete ihr sein Gesundheitszustand in letzter Zeit Angst. Er steckte Stress und Hektik nicht mehr so locker weg wie noch vor zehn Jahren. Und sie wünschte sich nichts sehnlicher, als dass er seinen Ruhestand gesund genießen konnte. Er hörte sich geduldig an, wie sie ihm auch jetzt wieder ins Gewissen redete und ihm zu bedenken gab, dass es ihm »die Polizei« eines schönen Tages nicht danken würde, wenn er krank werde oder gar tot umfalle. Er stimmte ihr zu, musste sich aber eingestehen, dass er seinen Beruf nicht »für die Polizei« tat, schon gar nicht für den Präsidenten, sondern für die Bevölkerung und die Menschen, die in Sicherheit leben wollten.

Er versprach, sich nicht zu übernehmen – schon gar nicht an so heißen Sommertagen. Heute Abend werde er ganz sicher nach Hause kommen.

Auf dem Weg in die provisorischen Räume der Sonderkommission kam er an den sanitären Einrichtungen vorbei, ging zur Toilette, warf sich kaltes Wasser ins Gesicht und griff zu einem Pfefferminzbonbon, das er als Ersatz für den ausgefallenen Zahnputz benutzte.

Dann besah er sich kritisch im Spiegel, zog eine Grimasse und lächelte sich zu. Dies waren so Momente, in denen er sich selbst suggerierte: Du kannst es noch. Du schaffst es. Alles ist Kopfsache, war seine Devise. Zuerst muss man's im Kopf wollen, können und von einer Sache überzeugt sein – dann klappte es. Jeder Fußballtrainer bläute dies wohl seinen Schützlingen so ein. Und auch er als Judoka-Trainer wusste, wie wichtig die mentale Einstellung war.

Als er die Treppe hochkam, roch es bereits nach Kaffee und frischen Brötchen. Er begrüßte das Dutzend Kollegen, das die Stellung gehalten hatte, per Handschlag und lobte sie für das Frühstück. Er musste an den Präsidenten denken, der in der Nacht wieder schnell abgezogen war, jedoch angedroht hatte, eine Besondere Aufbauorganisation zusammenzustellen. Vielleicht aber hatten sie den Fall auch längst geklärt, bis in Ulm ein Kriminalrat gefunden war, der sich möglicherweise in einer Anwandlung eigener Selbstüberschätzung nach Hohenstadt melden würde.

Der völlig übermüdete Mende, der sich jetzt anschickte, für ein paar Stunden zu schlafen, berichtete von dem Aktenfund in Frau Eggers Zimmer und legte ihm den Schnellhefter neben die Kaffeetasse. »Unser ›Freund‹ Egger scheint auch nicht gerade ein Saubermann gewesen zu sein«, kommentierte er das, was er bisher gelesen hatte.

Häberle begann, in den Unterlagen zu blättern, und sah zu Mende auf. »Kurze Zusammenfassung, bitte.«

»Eggers Kontakt zu Brunner war viel enger, als wir bisher vermutet hatten. Die beiden haben wohl schon lange gemeinsam gegen den Mitterhofer recherchiert. Und ihn vermutlich erpresst. Hier drin gibt es einige ausgedruckte Mails an ihn, die darauf schließen lassen.«

»Erpresst? Womit?«

»Mitterhofer war korrupt, das wissen wir schon seit vorgestern. Aber er scheint auch Schwarzarbeiter angeheuert zu haben – nicht für diese Baustelle hier, sondern für andere Großprojekte. Möglicherweise sogar für den Berliner Hauptstadtflughafen. Arbeiter aus Rumänien, teilweise sogar Flüchtlinge, die den schnellen Euro verdienen wollen – und zur Freude ihrer Arbeitgeber, die sich die Anteile für die Sozialversicherungen sparen.«

Häberles Interesse stieg von Sekunde zu Sekunde. »Und mit den Unterlagen, die sie recherchiert haben, wollten Egger und Brunner ihn erpressen?«

»Eher der Brunner, der, soweit ich das überblickt habe, den ganzen Schreibkram erledigt hat. Egger hat erst so richtig ab Dezember begonnen. Das war der Zeitpunkt, an dem er dank Mitterhofer den Job verloren hat.« Mende ließ sich den Ordner wieder geben und blätterte auf eine bestimmte Seite, auf der ein großes Wohnmobil abgebildet war. Es stand offenbar auf einem großen Parkplatz. »Und das hier ist der Hammer.«

Häberle entzifferte die kleingedruckte Schrift unter dem Foto: »Rastplatz an der A14 Bernburg-Staßfurt.« Häberle ahnte, was gemeint war.

Mende wurde deutlich: »Parkplatzsex. Scheint ein beliebter Treffpunkt für anonyme Dates zu sein. Kann man im Internet nachlesen. ›Einfach nach Feuer fragen oder sich umsehen genügt schon‹, steht da zu lesen.«

»Wo ist das?«

»Sachsen-Anhalt«, wusste Mende Bescheid.

»Scheint für manchen ein lohnenswerter Anhalt in Sachsen zu sein«, witzelte Häberle und runzelte die Stirn. »Und was hat Mitterhofer damit zu tun?«

»So, wie ich das hier rauslesen kann, scheint er einen ganzen Callgirlring zu organisieren. Vermittelt Polinnen und Russinnen.«

»Zuhälter? Mitterhofer ein Zuhälter?« Häberles Empörung war nicht zu überhören.

»Irgendwoher muss er ja das Geld für sein finanzielles Engagement in Costa Rica haben. Mit seinem Job als Baukontrolleur würde dies wohl kaum reichen.«

Häberle atmete tief durch. »Aber warum um alles in der Welt schleppt Eggers Frau diese heißen Akten mit sich rum?«

»Das ist natürlich eine berechtigte Frage«, räumte Mende ein. »Klar dürfte aber sein, dass sie nicht unbedingt die Absicht hatte, sie uns auszuhändigen. Denn ihr ist natürlich bewusst, dass eine Erpressung auch dann strafbar ist, wenn man damit droht, eine andere Schweinerei auffliegen zu lassen. Wir dürfen nicht vergessen: Egger brauchte dringend Geld.«

»Und weil Frau Egger vermutlich jetzt auf diese Akte gestoßen ist, als sie in den Papieren ihres verschwundenen Mannes rumgestöbert hat, sofern sie nicht bereits eingeweiht war, dürfte sie eine Chance gesehen haben, im Fall seines Todes das Ganze auffliegen zu lassen. Aber eben nur, wenn ihr Mann tot ist«, kombinierte Häberle. »So langsam ergibt sich ein interessantes Bild, lieber Kollege.«

»So denk ich mir das auch«, ereiferte sich Mende. »Vermutlich gibt es hier oben jemanden, der möglicherweise verhindern will, dass Frau Egger zu einem Risiko für ihn wird. Je nachdem, wer da sonst noch in diese Sauereien involviert ist, kommen da viele infrage.«

»Ich könnte mir durchaus denken, wer dies sein könnte.«

»Brunner?«, fragte Mende nach. »Oder die Frese?«

Häberle sagte nichts.

Es war stockdunkel und roch modrig. Sie wusste nicht, ob noch Nacht oder schon Tag war. Theresa Egger hatte kein Zeitgefühl mehr. Irgendwann hatte der Mann die Flamme der Handlampe gelöscht und hinter sich die Tür verriegelt. Das Einzige, was sie noch gehört hatte, waren ein paar Schritte auf der steinernen Treppe nach oben, wo das dumpfe Zuschlagen einer schweren Metalltür bis in dieses Verlies herabdröhnte.

Theresa war gewaltsam in das finstere Kellerloch gezerrt worden, von kräftigen Männerarmen, denen sie als schmächtige Person nichts entgegenzusetzen gehabt hatte.

Wie ein böser Albtraum liefen jetzt die Bilder des vergangenen Abends vor ihrem geistigen Auge ab. Zitternd, frierend und doch schwitzend versuchte sie, sich an das Gesicht des Mannes zu erinnern, der ihr entlang der Baustellenabsperrung gefolgt und bedrohlich nahe gekommen war. Gerade als sie mit Stefan Pichler hatte telefonieren wollen, hatte er ihr das Handy unsanft entrissen und die Verbindung getrennt. Ihr lauter Aufschrei war jedoch im Lärm der nahen Baustelle untergegangen.

»Entschuldigen Sie«, hatte sie der Mann beruhigt. »Ich bin genauso in Sorge um Ihren Mann wie Sie.«

Ein paar Augenblicke waren sie sich gegenübergestanden, und sie hatte in dieser Schrecksekunde nicht gewusst, wie sie reagieren sollte.

»Ich kann Ihnen vielleicht helfen«, hatte der Unbekannte versprochen und sie gebeten, ihm zu seinem Auto zu folgen, damit es kein Aufsehen gebe. Denn wenn zum gegenwärtigen Zeitpunkt die Polizei zu viel erfahre, könne Christian in große Gefahr geraten.

Was hätte sie in dieser Situation auch anderes tun sollen, als seiner Aufforderung nachzukommen? Natürlich war ihr längst klar geworden, dass Christian in erheblichen Schwierigkeiten steckte. Dass selbst dann, wenn er noch lebte, nichts mehr so sein würde, wie es einmal war. »Ich kann Sie zu ihm bringen«, hatte der Mann versichert, doch jetzt wusste sie, dass sie viel zu leichtgläubig gewesen war. Dass es eine erbärmliche Lüge von ihm war. Er hatte sich einfach in ihr Vertrauen geschlichen. Sie war ihm arglos zu seinem Geländewagen gefolgt, dessen Kennzeichen sie beim seitlichen Annähern an die Beifahrertür nicht hatte ablesen können. Und dann war sie eingestiegen mit zitternden Knien und mit einer gehörigen Portion Angst zwar, aber nachdem der Mann ihr das ausgeschaltete Handy wieder zurückgegeben hatte, war es ihr erneut so erschienen, als ob er es ehrlich meinte. Ihre Frage, wohin er denn fahre, hatte er mit einem kurzen »zu ihm« beantwortet und dann geschwiegen. Sie waren in den Ort hineingefahren, so viel wusste sie noch, vorbei an der »Sonne« und dann irgendwo in halsbrecherischem Tempo eine steile Straße hinab und durch einige Ortschaften, deren Namen sie nie zuvor gehört hatte.

Nach einigen Minuten, als die Lichter einer stark befahrenen Autobahn auftauchten, nagten die Zweifel immer stärker an ihr, ob es richtig gewesen war, in diesen Geländewagen zu steigen.

Der Mann hinterm Steuer, den sie in der Dunkelheit nur schemenhaft erkennen konnte, jagte das Fahrzeug in eine lang gezogene Rechtskurve, nach der es eine Einfahrt zur Autobahn A8 gab. Diese ignorierend folgte er mit unverminderter Geschwindigkeit dem weiten Linksbogen der Landstraße. Für den Bruchteil einer Sekunde schöpfte Theresa Hoffnung. Doch das beleuchtete Schild mit der Aufschrift »Polizei« flitzte auf der linken Seite vorbei – chancenlos, sich irgendwie bemerkbar zu machen.

»Wie lange geht's noch?«, fragte sie mit ängstlicher Stimme.

»Noch 'n paar Kilometer«, erklärte der Mann, von dem ein ganzer Schwall von Schweißgeruch zu ihr herüberwehte.

»Wieso ist Christian so weit weg?«, wollte sie wissen, um überhaupt etwas zu sagen.

»Er ist an einem sicheren Ort«, knurrte der Mann hinterm Steuer.

Theresa erschrak. Sicherer Ort? Wie das klang. Hatten sie ihn eingesperrt? Wurde er festgehalten?

Sie schienen jetzt entlang der Autobahn zu fahren, hoch über einer weiten Ebene, soweit sie dies zuordnen konnte: Der sternenklare Himmel war bis zum Horizont zu sehen, in der Ferne, tiefer unter ihnen, deuteten flimmernde Lichtpunkte auf Ortschaften hin. Der Geländewagen preschte durch ein finsteres Waldstück, rechts des Wegs tauchte kurz ein beleuchtetes Hotel auf, das offenbar an markanter Stelle einsam in der Landschaft stand, und schoss mit quietschenden Reifen ein kurvenreiches Gefälle hinab, umgeben von dichtem Wald.

»Bitte sagen Sie mir, wohin wir fahren«, forderte sie zitternd.

»Wir sind gleich da.«

Irgendwann verlangsamte er das Tempo, bog nach links in eine schmale Straße ab, die sich durch den Wald aufwärtsschlängelte. Er beschleunigte wieder, musste jedoch abrupt abbremsen, weil ein Reh die Fahrbahn querte. Nach einigen bangen Minuten tauchten vor ihnen die Lichter einer Ansiedlung auf. Sosehr Theresa sich auch anstrengte, sie konnte nirgendwo einen Ortsnamen lesen. Drei, vier Häuser huschten vorbei, dann bog er scharf nach rechts ab – wieder weg von den Behausungen. Die Scheinwerfer pflügten an einer Streuobstwiese mit hohem Gras entlang und streiften schließlich eine ziemlich verfallene Scheune, die rechts abseits des Weges zwischen hoch gewachsenen Hecken stand. Der Mann bremste, ließ den Wagen zu dem Gebäude rollen und stoppte. »Endstation«, sagte er. Theresa war geschockt. Endstation, hatte er gesagt.

»Aussteigen«, befahl er forsch, stellte den Motor ab, worauf die Scheinwerfer erloschen. Dann stieg er aus und kam zur Beifahrertür herüber. »Ich sagte, aussteigen«, wurde er energisch.

»Wo ist Christian?«, wagte die Frau zu fragen, als sie zitternd den Wagen verließ und in die Dunkelheit hinaustrat.

»Mitkommen«, befahl der Mann wieder und nahm sie unsanft an einem Unterarm, um sie zu der Scheune hinüberzubugsieren. Dort schloss er eine Metalltür auf, die in einen stockfinstren Innenraum schwenkte.

Theresa blieb stehen und versuchte, sich gegen die bärenstarken Kräfte des Mannes zu wehren. »Los«, blaffte er, »es passiert dir nichts. Willst du jetzt deinen Christian sehen oder nicht?«

Hatte er »sehen« gesagt? Konnte sie ihn nur sehen? War er womöglich schon …? Nein, diese böse Ahnung wollte sie nicht aufkommen lassen. Nicht jetzt. Und nicht hier.

Wieder packte er sie an einem Arm und zog sie in die Finsternis. Sie folgte ihm apathisch und stoisch, während er mit einem Streichholz eine Stalllaterne entzündete. Ihr Schein flackerte auf einen alten Traktor, auf Geräte, die sie von ihren Großeltern her noch aus der Landwirtschaft kannte, und auf ein Lager aus Heu und Stroh.

Theresa überkam ein panisches Gefühl. »Nein«, schrie sie. »Nein, lassen Sie mich sofort gehen.« Ein böser Gedanke traf sie wie ein Blitz: Vergewaltigung. Der Kerl wollte sie vergewaltigen. Natürlich, hier, wo kein Mensch sie hören konnte.

»Brüll nicht rum«, fuhr er sie an. »Du bist nicht mein Geschmack. Ich vergreif mich schon nicht an dir.«

Ihr Herz raste, ihre Adern pulsten auf Hochtouren. Sie starrte in kalte Augen, in denen das Kerzenlicht gefährlich funkelte.

»Wir müssen noch ein Stockwerk runter«, herrschte er sie an, nahm die Funzel und zog die Frau hinter sich her. Theresa spürte, wie ihr diese Situation alle Energie entzog, wie ihr der Boden unter den Füßen weggerissen wurde. Willenlos gehorchte sie, gab dem Zerren an ihren Handgelenken nach und ließ sich in den tiefschwarzen Schlund dieser Scheune ziehen, eine Steintreppe hinab zu einer stabilen Tür, die der Mann öffnete. Stockfinstre Nacht. Erst als er sie, die Handlampe in der einen Hand, ihren Unterarm in der anderen, ziemlich unsanft weiterzerrte und der flackernde

Lichtschein auf eine weiß getünchte Wand fiel, wurde ihr bewusst, was auf sie wartete: schwere, verrostete Ketten, die dort im Abstand von wenigen Metern fest verankert waren und deren Enden ungeordnet auf dem schmutzigen Betonboden lagen – so, als seien dort einmal Tiere angebunden gewesen. Theresa stemmte sich mit letzter Kraft gegen den Mann, der die Lampe beiseitegestellt hatte, stieß ihm einen Ellbogen in den Bauch, schrie mit sich überschlagender Stimme: »Nein, nein, nein!« Doch er drehte ihren rechten Arm nach hinten auf den Rücken, griff in ihre Haare und stieß sie mit einem Knie schmerzhaft ans Gesäß, um sie vor sich her zu einer der Ketten zu treiben, an der ein hell glänzendes und offenbar neues Metallteil angebracht war. Theresas Kräfte ließen nach, worauf sie der Mann unsanft zu Boden stieß, auf dem sie hart mit dem rechten Knie aufschlug und vor Schmerz laut aufschrie.

»Hier hört dich keine Sau – und wenn du dir die Lunge aus dem Leib brüllst«, fauchte der Mann, der den Klammergriff auch beim Sturz nicht lockerte und nun hastig mit der anderen Hand nach der Kette mit dem neuen Metallteil fingerte. Theresa hustete, stieß verzweifelt etwas Unverständliches aus ihrer heiseren Kehle hervor, atmete schnell und schwer und weinte.

Sie spürte den festen Griff der Männerhand an ihrem rechten Fußgelenk, das sie vergeblich wegzudrehen versuchte, als dort kaltes Metall fest und unbarmherzig ihre nackte Haut berührte und diese fest zusammenpresste. Ein kurzes Klicken, und die eiserne Fessel war im Schloss eingerastet. Gleichzeitig ließ der Mann nun von ihr ab, erhob sich und wischte sich verächtlich den Schmutz von den Jeans.

Theresa lag erschöpft und kraftlos am Boden, ihre Schreie wurden von Tränen der Wut und Angst erstickt.

»Hier – mach dir's gemütlich«, höhnte der Mann und warf ihr einen Ballen halb vermodertes Stroh zu. »Wasser gibt's auch.« Er holte aus dem dunklen Teil des Raumes eine Flasche Mineralwasser und stellte sie in Reichweite für sie ab.

»Wenn alles gelaufen ist, lass ich dich abholen«, hatte er noch gesagt, ehe er mit der Handlampe gegangen war, und es stockfinstre Nacht um sie herum wurde.

*

Lukas Brunner war alles andere als begeistert. Häberle hatte sein frühmorgendliches Kommen per Telefon angekündigt und war anschießend sofort ins rund zehn Kilometer entfernte Bad Ditzenbach gefahren – hinab ins Tal des kleinen Flüsschens Fils. Jetzt, kurz vor halb sieben, hatte der Bauingenieur unrasiert und nur notdürftig gekämmt einen Jogginganzug übergezogen, um den Kommissar in der Morgensonne hereinzubitten. Häberle, der genauso unausgeschlafen wirkte wie sein Gegenüber, entschuldigte sich noch einmal für die Störung. »Aber vergangene Nacht haben sich die Dinge ziemlich schnell entwickelt«, sagte er, während er in einer Essecke neben Brunner Platz nahm. »Und das hat mit mir zu tun?« Brunner hatte diese Frage bereits am Telefon gestellt, sich dann aber von Häberle vertrösten lassen müssen. Jetzt wirkte er nervös und fahrig, sein Gesicht war aschfahl.

»Es hat mit Ihnen zu tun, sonst würde ich Sie nicht so früh am Morgen behelligen«, entgegnete Häberle und ließ seinen Blick durch die modern eingerichtete Wohnung streifen, die keinerlei Unordnung erkennen ließ. »Mit Ihnen und Egger hat es zu tun, um genau zu sein.« Häberle wollte keine Zeit mit unnötigen Vorreden verlieren und berichtete von den Dokumenten, die seine Kollegen im Hotelzimmer der verschwundenen Theresa Egger sichergestellt hatten.

Brunner fuhr sich übers Gesicht, seine unruhigen Augen und die schnellen Lidschläge verrieten höchste Anspannung. Er räusperte sich, verlor dann aber den Mut, etwas zu sagen.

»Ich nehme an«, machte Häberle deshalb weiter, »dass Ihre Kontakte zu Herrn Egger weitaus intensiver waren, als Sie es uns glauben machen wollten. Ich erinnere nur daran, dass Sie bei Ihrer ersten Vernehmung sogar gänzlich abgestritten haben, Kontakte zu ihm zu pflegen. Erst als wir Ihnen nachgewiesen haben, dass Sie es waren, der ihn aufs Baustellengelände geholt hat, war Ihnen nichts anderes mehr übrig geblieben, als Ihre Aussage zu revidieren.« Häberles Worte klangen forsch und bestimmend. »Ich denke, es wird Zeit, mit der ganzen Wahrheit herauszurücken.« Und mit Nachdruck ergänzte er: »Vor allem jetzt, nachdem Frau Egger spurlos verschwunden ist.«

»Sie ist was?«, Brunner war sichtlich entsetzt.

»Verschwunden. Seit gestern Abend«, konfrontierte ihn Häberle nun mit den Tatsachen. »Von einem Spaziergang nicht mehr zurückgekehrt.«

»Wie?« Brunners Blick verfinsterte sich noch mehr. »Ist ihr was zugestoßen?«

Häberle gab keine Antwort. »Merken Sie jetzt, wie ernst die Lage ist? Dass Sie uns alles, aber auch wirklich alles sagen müssen, um Schlimmeres zu verhindern?« Der Kriminalist wurde noch deutlicher und lauter. »Oder wollen Sie sich mitschuldig machen? Oder stecken Sie womöglich selbst so tief in der Sache drin, dass Sie jetzt gleich sagen, Sie wollen keine Angaben machen, um sich nicht selbst belasten zu müssen?«

Brunner presste die Lippen zusammen.

»Aber auch dann«, fuhr Häberle fort, »auch dann sollten Sie jetzt die Chance ergreifen und uns helfen. So etwas kann die Strafkammer später als strafmildernd werten.«

»Strafkammer?« Der Hinweis auf einen Prozess vor dem Landgericht schien ihn wie ein Blitzschlag getroffen zu haben. »Aber ich wollte doch nur der Theresa helfen.«

»Jetzt, ja. Aber zuvor haben Sie dem Herrn Egger – so, wie wir es aus den Dokumenten seiner Frau entnommen haben – heftig Schützenhilfe geleistet. Erpressung und so.«

Brunner schloss die Augen, als erhoffe er sich himmlischen Beistand.

»Egger«, so kombinierte Häberle weiter, »hat nach seinem Rauswurf intensiv über Mitterhofer recherchiert und hat herausgefunden, weshalb dieser ›kleine‹ Baukontrolleur in Saus und Braus leben konnte. Nicht von seinem Gehalt nämlich, sondern von Korruption, Betrug und Schwarzarbeit. Bis hin zur Zuhälterei, um es ganz deutlich zu sagen.«

Brunners Finger zitterten, seine Augen suchten an einem imaginären Punkt hinter Häberle Halt.

»Nach seinem Rauswurf brauchte Egger Geld. Und da ist man dann auf die Idee gekommen, ihn mit diesem Wissen zu erpressen«, stellte Häberle fest. »Und Sie haben dabei tatkräftig mitgeholfen, Herr Brunner. Und weil Mitterhofer sich weigerte – so nehm ich mal an – sollte die Angelegenheit am vergangenen Montag bereinigt werden, um es mal vorsichtig auszudrücken.« Häberle sah seinem Gegenüber fest in die ihm ausweichenden Augen. »Egger reist an, Sie schleusen ihn hier rein, und Egger macht sich im Schutz der Dunkelheit an den Mitterhofer heran. Ich geh mal davon aus, dass Sie über Mitterhofers Tätigkeit und seine üblichen Arbeitszeiten einigermaßen informiert waren. Vermutlich erschien Ihnen der vergangene Montag, warum auch immer, für günstig. Sie beide unternehmen eine kurze

Orientierungsfahrt in Ihrem Auto über das Areal, danach kann sich Egger im Dunkeln im Kastenwagen Mitterhofers verstecken, fährt heimlich mit ihm in den Stollen rein – und dort kommt es im Schutz von Lärm, Staub und wenig Licht zu einer Auseinandersetzung, bei der Egger entweder unglücklich in die Brechanlage fällt oder in sie geworfen wird. Jedenfalls ist etwas schiefgelaufen.«

Brunner schwieg weiterhin, schluckte trocken und atmete schwer.

»Alles ist genial geplant«, konstatierte Häberle sachlich. »Sogar die Stiche in Mitterhofers private Autoreifen – davon bin ich überzeugt. Eine reine Vorsichtsmaßnahme. Vermutlich war geplant, dass nach der ›Abreibung‹ dann Egger mit Mitterhofers Baustellenwagen allein aus dem Stollen rausgefahren wäre und Mitterhofer zu Fuß hätte gehen müssen. Und jetzt kommt's, mein lieber Herr Brunner …«, sagte Häberle süffisant, holte tief Luft und nahm zur Kenntnis, wie Brunner in sich zusammensank, »dass bei den Reifenstichen dasselbe Werkzeug benutzt wurde wie vor einigen Monaten, als die Höhlenforschergruppe auf die gleiche Art und Weise attackiert wurde, sollte schlichtweg eine falsche Fährte legen.«

In Brunners Gesicht war zum ersten Mal, seit Häberle mit seinen Ausführungen begonnen hatte, eine emotionale Regung zu erkennen. »Entschuldigen Sie, aber das ist doch weit hergeholt. Finden Sie nicht?«

»Finde ich nicht«, konterte Häberle überlegen. »Dass sich die Reifenstiche gegen die Höhlenforscher herumgesprochen haben, dürfte hier oben auf der Baustelle bekannt gewesen sein. Zumal es weitere Zusammenhänge gibt, die wir inzwischen kennen.« Häberle wirkte siegessicher, obwohl ihm noch hieb- und stichfeste Beweise fehlten. »Ihre Kollegin, die Frau Frese, der Sie vermutlich das eine oder andere aus dem Fall Egger anvertraut haben, aus Zuneigung oder warum auch immer«, Häberle lächelte gütig, »jedenfalls hat diese Dame, und das dürften Sie mit gewissem Bedauern zur Kenntnis genommen haben, private Kontakte zu Mitterhofer gepflegt. Sie hat es vermutlich geschickt verstanden, Ihnen die eine oder andere Information zu entlocken.« Häberle musste an Linkohr denken, der bei dieser Frau ebenfalls schwach geworden war, weshalb er sich eine Anmerkung nicht verkneifen konnte: »Man sollte beim Umgang mit dem weiblichen Geschlecht die Vernunft im Kopf behalten und nicht weiter nach unten rutschen lassen.« Er grinste, was Brunner als völlig unpassend empfand. »Manchmal erzählt man dann Dinge, die verhängnisvoll sein könnten. Zum Beispiel«, er überlegte, wie er es formulieren sollte, »dass Sie vielleicht so leichtsinnig gewesen sind und gegenüber Frau Frese das geplante Auftauchen Eggers erwähnt haben, möglicherweise nur beiläufig. Und über diese Schiene hat auch Mitterhofer davon erfahren. Wer weiß?« Häberle wartete vergeblich auf eine Reaktion Brunners.

Der Chefermittler sah deshalb die Gelegenheit für einen Frontalangriff gekommen: »Frau Frese dürfte über die Probleme in der Höhlenszene informiert gewesen sein – über Herrn Mitterhofer und dessen Stiefsohn, einen gewissen Gunnar Rodefeld. Da liegt es nahe, dass man auch darüber gesprochen hat, dass dieser militante Höhlenmensch namens Alexander Budala vor einigen Monaten mit einem ungewöhnlich kleinen, aber sehr spitzen Werkzeug, einer sogenannten Ahle, Reifen zerstochen hat. Wenn man hier genauso vorging, musste der Verdacht naheliegen, in beiden Fällen sei ein und derselbe Täter am Werke gewesen.«

Allein bei der Nennung des Namens »Rodefeld« war Brunner zusammengezuckt, was Häberle als Bestätigung seiner These wertete. »Man hätte also«, fuhr er fort, »den

Verdacht für den ›Zwischenfall‹ auf diesen Budala lenken können. Was letztlich sogar im Sinne von Mitterhofer gewesen wäre, dem selbstverständlich nichts daran lag, die Auseinandersetzung oder ›Abreibung‹ oder was es auch immer hätte sein sollen, bekannt werden zu lassen.«

Der Bauingenieur quälte sich ein verlegenes Lächeln ab, das alles andere als überzeugend wirkte. »Wenn Sie mit dem, was Sie jetzt behaupten, richtigliegen, gehen Sie davon aus, dass Mitterhofer noch lebt.«

Häberle runzelte die Stirn. »Ganz so sicher bin ich mir da nicht.«

Brunner wurde noch blasser. »Dann müsste es aber einen Mörder geben – dort oben. Unter uns …«

Häberle nickte nachdenklich und musste an Mitterhofers durchsuchte Wohnung und dessen Laptop denken, der in der Maustobelschlucht gefunden worden war. Darüber jedoch wollte er zum gegenwärtigen Zeitpunkt mit Brunner nicht reden. Stattdessen sagte er: »Irgendetwas, da gebe ich Ihnen recht, deutet auf einen bislang noch Unbekannten hin. Und zwar auf eine seltsame Verbindung zwischen Budala und Mitterhofers Stiefsohn Rodefeld.« Er beließ es bei dieser knappen Bemerkung und verschwieg, dass mit Budalas Handy dieser Tiefbauingenieur Rodefeld von daheim weggelockt worden war. Brunner hatte alles emotionslos verfolgt, worauf Häberle sich für eine weitere Frage entschied: »Sagt Ihnen eigentlich ›Pura Vida‹ etwas?«

»Pura – was?« Brunner zeigte sich ein weiteres Mal verblüfft.

»Pura Vida«, wiederholte der Kriminalist und stellte klar: »›Pura Vida‹ in Verbindung mit einem Affen.«

Brunners Gesichtszüge zeigten wachsendes Unverständnis. »Ne«, presste er schließlich hervor. »Einen Affen? Ich versteh nicht …«

»Lassen wir's«, winkte Häberle ab und wechselte das Thema, wie er dies immer tat, um einen Gesprächspartner vollends zu verunsichern. »Ach ja«, lenkte er mit ruhigem Tonfall ab, »Ihre Armbanduhr …«, er deutete auf Brunners linkes Handgelenk, das völlig schmucklos unter den zu kurzen Ärmeln der Joggingjacke hervorschaute, »Ihre Armbanduhr haben Sie aber noch?«

Brunner griff instinktiv und verwundert mit der rechten Hand an die leere Stelle seines linken Unterarms. »Uhr?« Er schien auch mit dieser Frage nichts anfangen zu können. »Wieso Uhr? Ja natürlich hab ich die. Wie kommen Sie denn darauf? Ich trag sie nachts nicht.«

Häberle lächelte überlegen. »Hat nichts zu bedeuten. War nur so eine Frage …«

23

Noch einmal hatte die Bereitschaftspolizei in diesen Morgenstunden die Suchmannschaften verstärkt und einen weiteren Hubschrauber auf die Albhochfläche entsandt. Der Polizeipräsident höchstpersönlich war nach einer kurzen Nacht erneut nach Hohenstadt gekommen. Seine vier Pressesprecher im Ulmer Präsidium hatten mittlerweile alle Hände voll zu tun, die Medienvertreter abzuwehren, denen der nächtliche Polizeieinsatz natürlich nicht entgangen war.

Bereits kurz vor 8 Uhr hatte das Präsidium jedoch eine Pressemitteilung mit der Vermisstenmeldung an die Redaktionen von Zeitungen, Radios und Fernsehstationen versandt – inklusive eines Fotos von Frau Egger, verbunden mit dem Sperrvermerk, dass es nur zur einmaligen Veröffentlichung für den Fahndungsaufruf freigegeben sei. Die lokalen Sender sowie der Südwestrundfunk in seinen halbstündigen Regionalnachrichten von Radio Stuttgart und Schwabenradio Ulm verbreiteten bereits um 8.30 Uhr die Suchmeldung nach Frau Egger. Ohne die wahren Hintergründe zu nennen, hieß es darin, dass sie seit gestern Abend »im Raum Hohenstadt« vermisst werde.

Häberle hätte am liebsten auch nach Rodefeld öffentlich fahnden lassen wollen, doch die Staatsanwaltschaft hatte bislang keinen derart dringenden Tatverdacht gesehen, der diese stark ins Persönlichkeitsrecht einschneidende Maßnahme gegen ihn hätte rechtfertigen können. Stattdessen sollte im Umkreis von 20 Kilometern das Gelände auch nach ihm und seinem Fahrzeug durchkämmt werden – obwohl er nach Meinung Häberles längst »über alle Berge« sein konnte. Er ordnete deshalb an, die Passagierlisten bei den Flughäfen nach dem Namen »Rodefeld« checken zu lassen, insbesondere bei Flügen nach Mittel- oder Südamerika. Der Versuch, bei Mitterhofers Ehefrau in Costa Rica anzurufen, schlug fehl. »Die Telekom geht davon aus, dass die Inlandsleitungen dort aufgrund eines Unwetters gestört sind«, hatte IT-Experte Marius Söhren in Erfahrung gebracht. Und bis sie den offiziellen Weg über die dortige Polizei beschreiten konnten, waren bürokratische und diplomatische Hürden zu überwinden.

Linkohr war außer Atem ins Büro gekommen und lenkte alle Augen auf sich. »Der Budala tobt wie ein Irrer.« Er schilderte, wie die neuerliche Vernehmung des militanten Höhlenfanatikers verlaufen war. »Er droht mit einer Dienstaufsichtsbeschwerde gegen Sie«, berichtete der junge Kriminalist an Häberle gewandt. »Zu der Frage, ob von seinem Telefon aus der Rodefeld weggelockt worden ist, verweigert er die Aussage.«

»Dazu haben wir aber die ziemlich glaubhafte Aussage von dieser Gabriele«, erinnerte Häberle die Mannschaft. »Außerdem lässt sich dies über die Telefonverbindungsdaten noch genauer rauskriegen.« Er unterdrückte ein Gähnen.

»Sollen wir dem Staatsanwalt einen Haftbefehl gegen Budala vorschlagen?«, ereiferte sich Linkohr.

»Noch nicht«, entschied Häberle. »Vielleicht wird er für uns noch in irgendeiner Weise wichtig.« Seine Worte gingen im ohrenbetäubenden Lärm eines tief fliegenden Helikopters unter. Als sich die Maschine wieder entfernt hatte, meinte einer aus der Kollegenschar: »Die Jungs lassen nicht locker.«

Häberle nickte müde: »Ich hoffe nur, sie kommen nicht zu spät.«

Der tief fliegende Hubschrauber verhieß nichts Gutes. Rodefeld war froh gewesen, dass er sich den Stellplatz für seinen Geländewagen auf dem Hohenstadter Campingplatz hatte selbst aussuchen können. So stand er im Schutz zweier großer Hecken, die ihm eine gewisse Tarnung boten. Er lag an diesem Sommermorgen noch immer auf der gepolsterten Liegefläche, die der geräumige Geländewagen mit umgeklappten Rücksitzen und der sich dahinter befindlichen Ladefläche bot. Inzwischen war es heiß geworden, und er wagte, den Kopf aus dem Berg von Wolldecken zu heben. Nur ein paar Meter von seinem Fahrzeug entfernt war ein älteres Paar vorbeigegangen – vermutlich Camper auf dem Weg zum Sanitärhaus. Instinktiv duckte sich Rodefeld wieder weg, als das Dröhnen des Helikopters so nahe kam, dass die Vibration der Schallwellen an der Karosserie zu spüren waren. Hatten sie ihn jetzt entdeckt? War es nicht besser, das Versteckspiel aufzugeben? Aber dann würde alles auffliegen. Alles, womit er eigentlich gar nichts zu tun hatte. Er schwitzte und zitterte, sein Puls raste, und er stemmte sich gegen den Wunsch, sich nach dem Zündschloss zu recken und die Klimaanlage einzuschalten. Oder gar ein Fenster zu öffnen. Lange allerdings würde er es in der ansteigenden vormittäglichen Hitze nicht mehr aushalten. Und wahrscheinlich würden sie früher oder später auch den Campingplatz durchkämmen, sich an der Rezeption die Anmeldelisten zeigen lassen und dann mit einem ganzen Einsatzkommando anrücken. Er verfluchte die Entscheidung, sich auf dem Campingplatz niederzulassen. Aber ohne die Gewissheit, ob sie das Verschwinden seines Stiefvaters inzwischen geklärt hatten, konnte er nicht einfach alle Brücken hinter sich abreißen. Schließlich war er in gewissem Sinne auf eine ordentliche Aufklärung angewiesen.

Gabriele, hallte es in seinem Kopf. Würde Gabriele dichthalten? Gabriele war eindeutig ein Schwachpunkt. Hätte er doch niemals Andeutungen gemacht, die sie im schlimmsten Fall der Polizei verraten konnte. Er war einfach allzu sorglos gewesen – wie Männer dies in gewissen Situationen immer sind, dachte er.

Wie konnte er jetzt seinen Kopf aus der enger werdenden Schlinge ziehen? Er war eindeutig, so kam es ihm in den Sinn, zur falschen Zeit am falschen Ort gewesen. Wie viele saßen wohl unschuldig im Gefängnis, die das gleiche Schicksal ereilt hatte? Falsche Zeit, falscher Ort. Okay, eigentlich war er nie in seinem Leben zur richtigen Zeit am richtigen Ort gewesen, musste er sich jetzt rückblickend eingestehen. Schon gar nicht vor fünf Jahren, an jenem verhängnisvollen »Schwarzen Donnerstag«, als er bei den Protestaktionen am Stuttgarter Bahnhof an vorderster Front gestanden war und jenen Mann kennengelernt hatte, mit dem er nun, so lange Zeit danach, auf geradezu dramatische Weise konfrontiert wurde.

War's die falsche Zeit und der falsche Ort gewesen oder eine schicksalshafte Fügung, dass er bei der Bundeswehr in derselben Einheit gedient hatte wie jene Höhlenforscher, von denen einige ihm noch bis zum heutigen Tag gute Freunde waren? Sie hatten damals seinen Rat als Tiefbauingenieur gesucht, wenn es um die statische Absicherung von Höhlenzugängen oder Verbauungen im Untergrund ging.

Ohne diese Freunde wäre er aber nie auf diesen Budala gestoßen, der sich von der Höhlengruppe getrennt hatte und nun seltsame Verbindungen auf die Großbaustelle der Eisenbahn pflegte – ausgerechnet zu jenem Mann, der an besagtem »Schwarzen Donnerstag« noch zu den erbittertsten Gegnern des Projekts gezählt hatte. Und eben diesem Mann wurden inzwischen äußerst dubiose Machenschaften nachgesagt. Was heißt »nachgesagt«?, wies Rodefelds innere Stimme ihn zurecht. Ihm und seinem Stiefvater war es immerhin in den vergangenen Monaten gelungen, diese noch immer bestehenden Kontakte in die Stuttgarter Protestszene nachzuweisen. Doch anstatt die Machenschaften auffliegen zu lassen, hatte sein Stiefvater sein eigenes Süppchen gekocht, wie er das immer tat, wenn es um seinen Vorteil ging.

Die vergangene Dienstagnacht wäre allerdings ganz anders verlaufen, hätte es da nicht diesen Zwischenfall gegeben, der panische Reaktionen ausgelöst hatte – und zwar auf mehreren Seiten, wie es ihm schien. Denn dass sein Stiefvater es im Dezember mit Egger zu weit getrieben hatte, war erst in den vergangenen Wochen deutlich geworden, als die Angelegenheit zu eskalieren drohte. Seitdem braute sich auf der Baustelle ein explosives Gemisch unterschiedlicher Kräfte zusammen. Und er, Rodefeld, war mitten hineingeraten. Ihm wurde bewusst, dass er selbst in der Schusslinie stand. Und dass die Polizei von allen Gegnern wohl noch der am wenigsten unangenehme sein würde.

Theresa Egger hatte das Gefühl für Zeit verloren. Die absolute Dunkelheit gab nicht den geringsten Anhaltspunkt dafür, ob es draußen dunkel oder hell war. Sie war in einen Zustand verfallen, in dem Angst, Panik, Albträume, Wünsche und Hoffnung miteinander verschmolzen, als sei alles ein Gebräu, das ihren Verstand lähmte und sie keinen klaren Gedanken mehr fassen ließ. Die Realität verschwamm in einem Sog aus Todesangst. Ihr rechtes Fußgelenk schmerzte unter dem Klammergriff der Metallfessel. Sobald sie sich bewegte, schlug die schwere Kette dumpf auf dem Betonboden auf.

Theresa konnte sich allenfalls zwei Meter von der Wand entfernen, an die sie gekettet war. Sie griff liegend und mit ausgestreckten Armen dorthin, wo sie die Wasserflasche vermutete.

Ihr Handy, blitzte es durch ihre Gedanken. Das Handy. Er hatte es ihr doch im Auto zurückgegeben – oder nicht? Ein kurzer Moment der Erleichterung, denn sie glaubte, es mit den Fingern berührt zu haben. Rettung? Nein, es war nur die Wasserflasche.

Aber irgendwo musste das Handy geblieben sein. Vergeblich tastete sie die Taschen ihrer Jeans ab. Nichts. War es doch im Auto liegen geblieben? Oder hatte er es ihr wieder entrissen? Die aufkeimende Hoffnung war wieder zerbrochen. Es gab hier kein Entrinnen mehr. Niemand würde sie in diesem Verlies jemals finden, wenn der Mann nicht wieder auftauchte.

Sie würde verdursten und verhungern und jämmerlich zugrunde gehen. Irgendwann würde man ihre skelettierte Leiche hier unten finden.

Sie löste den Schraubverschluss der Flasche und nahm einen kräftigen Schluck reinen Wassers. Es schmeckte schal, aber kalt. Als es durch ihre trockene Kehle rann, spürte sie auch die Kälte, die sich hier, tief unter der Erdoberfläche, von keinem Sonnenstrahl erwärmen ließ.

Wieder drehte sich das wilde Karussell der Gedanken um Christian. War er womöglich auch hier? Lag irgendwo in dieser Schwärze seine Leiche? »Christian?«, flüsterte sie. »Christian«, presste sie etwas lauter hervor. Es klang dumpf und bedrohlich.

Nichts. Aber wenn er tot war, konnte er auch nicht mehr antworten. Und die Kinder? Jakob und Lilly? Was würde jetzt aus ihnen werden? Seit Stunden – oder waren es bereits Tage? – traf sie dieser Gedanke mit zunehmender Stärke, wie ein elektrischer Schlag, der sich ihres ganzen Körpers bemächtigte.

Dann ein Geräusch. Ratten. Mäuse. Tränen rannen ihr übers Gesicht. War das jetzt das Ende? War das hier nun ihr Grab? Lebendig begraben? Warum, so drang kurz ein klarer Gedanke in ihr Bewusstsein, warum hatten sie sich auch auf diese Sache eingelassen. Natürlich war es eine Verzweiflungstat von Christian gewesen. Er hatte sich mit Brunner zusammen alles so schön ausgemalt. Aber sie hatten zu kurz gedacht. Es war ein Spiel mit dem Feuer, mit dem Tod, hämmerte es ihr ins Gehirn. Du hast jetzt sogar noch mitgespielt. Und sie würden über deinen Tod hinaus feststellen, dass du auch mit dabei warst. Dass du schuld am Tod von Christian gewesen bist. Sie hatte schließlich alles, was Christian in den vergangenen Monaten über Mitterhofer zusammengetragen hatte, vorsorglich mitgenommen. Jetzt lagen diese Schriftstücke alle in ihrem Hotelzimmer in der »Sonne«, wo die Polizei bald auf sie stoßen würde – falls sie es nicht schon getan hatte, denn natürlich war sie als vermisst gemeldet. Vermisst, hämmerte es wieder in ihrem Kopf. Vermisst. Wie Christian.

Was war das? Weiße Ornamente in der Nacht? Inmitten dieser Totenstille. Weiße Schleier, Ornamente, Nebel? Nein, das konnte gar nicht sein. Hier gab es kein Licht – hier gab es nichts. Und doch diese wild drehenden grau-weißen Schleier, formten sie sich zu Gesichtern, zu Gespenstern? Spielte ihr Unterbewusstsein bereits verrückt? War sie auf dem besten Weg, aus der Realität zu fallen? Nein, nein, nein, wehrte sie sich. Da ist niemand, da ist alles schwarz. Halluzinationen?

Ihr Darm rebellierte. Bald würde sie diesem dringenden menschlichen Bedürfnis nachgeben müssen. Bis jetzt hatte sie sich dagegen gestemmt, doch irgendwann, vor einer halben Ewigkeit schon, hatte sie ihre Blase entleeren müssen. So weit wie möglich von ihrer Liegestatt entfernt – und das war nicht weit, weil die Kette ihr rechtes Fußgelenk festhielt. Mein Gott, was würde das für ein Ende sein. Umkommen, in den eigenen Exkrementen liegend. Allein schon der Gedanke verursachte ein Würgen im Hals – doch da gab es nichts zu erbrechen, ihr Magen war leer.

Die Schleier tanzten, wirbelten. Sie verschloss die Augen und sah sie trotzdem. Sie durfte sich jetzt nicht aufgeben – aber was würde dies helfen? Natürlich würde sie den Verstand verlieren und schließlich verhungern und verdursten. Wie lange kam ein Mensch ohne Wasser aus? Doch nur ganz kurze Zeit, dröhnte es in ihrem Kopf. Man konnte länger ohne Essen auskommen als ohne Wasser, so hatte sie es einmal gelesen. Natürlich würde sie verdursten, jämmerlich und qualvoll.

Ihre Gedanken riefen ihr Berichte von gefolterten Gefangenen in Erinnerung, die man auch tagelang in Dunkelzellen sperrte. Dass es so schlimm sein würde, hätte sie sich aber nie vorstellen können. Und hier war es nicht nur die Dunkelheit, sondern die Ungewissheit. Hatte der Mann nicht versprochen, wiederzukommen? Aber was war schon ein Versprechen aus dem Mund eines Verbrechers wert? Und was, wenn ihm selbst etwas zustieß und niemand wusste, wohin er sie gebracht hatte?

Wo war sie eigentlich? Es gelang ihr nicht mehr, sich die Fahrtstrecke in Erinnerung zu rufen. Sie waren lange gefahren, irgendwo an einer Autobahn entlang, vorbei an einer Polizeistation, durch ein langes Waldstück abwärts und dann wieder links über eine schmale Straße aufwärts. So viel jedenfalls hatte sich in ihr Gedächtnis eingegraben. Außerdem waren da Häuser und dann diese verlassene Scheune, in die er sie gezerrt hatte. Das war alles weit weg von einer größeren Stadt.

So weit weg, dass ihr niemand mehr würde helfen können.

Im Berg lief die Arbeit wieder auf Hochtouren. Doch die Ungewissheit über das, was in den drei zurückliegenden Tagen geschehen war, lastete noch immer bleischwer auf den Gemütern der Mineure und Ingenieure. Sie hatten die freie Zeit nicht genießen können, weil sich alle Gespräche nur um das eine Thema drehten. Wo war Mitterhofer, und was war mit Egger geschehen? Die neuerlichen Polizeieinsätze, die ihnen an diesem Vormittag nicht verborgen blieben, ließen darauf schließen, dass sich wieder etwas Außergewöhnliches ereignet hatte. Die Gerüchteküche brodelte – und es wurde gemunkelt, dass man Eggers Leiche gefunden habe. Aber alle, die darüber redeten, hatten es nur »von irgendjemandem« gehört. Konkretes wusste niemand. Wie ein Lauffeuer jedoch verbreiteten sich die Radiomeldungen, wonach nun auch nach der verschwundenenTheresa Egger gesucht wurde.

Stefan Pichler konnte keinen klaren Gedanken fassen, als er kurz vor 6 Uhr in den Berg gefahren war. Unterwegs im Kleinbus hatte er während der Fahrt durch den Stollen mit seinen Kollegen darüber gesprochen, doch es wollte kein richtiges Gespräch zustande kommen. Sie alle waren von den Ereignissen geschockt und sollten sich doch auf ihre schwere Arbeit konzentrieren, die in den nächsten Stunden wieder alles von ihnen abverlangen würde. Pichler konnte aber die Sorgen und Ängste nicht einfach wegwischen, viel zu sehr war er mit Christian Egger und Theresa freundschaftlich verbunden. Für ihn war Christian mehr als ein Kollege gewesen. Und wenn jetzt Theresa verschwunden war, dann musste etwas ganz Schreckliches geschehen sein. Wie Schlaglichter zuckten die Gespräche und Ereignisse der vergangenen Tage durch seinen Kopf: die Vernehmungen durch die Polizei, die beiden Helme, die man auf dem Förderband gefunden hatte – und die Reste einer angeblich teuren Armbanduhr.

Als vor ihnen im kalten Licht der Leuchtstoffröhren das Ende des Förderbandes auftauchte, an dem sie jetzt mehrere Kilometer entlanggefahren waren, überkam ihn ein Schauer. Hier war es geschehen. Aber was? Was hatte sich hier am Montagabend zugetragen? Ein Kampf? Ein Kampf zwischen zwei Männern? Zwischen Christian Egger und Mitterhofer? Ein Kampf, dem letztlich Egger selbst zum Opfer gefallen war? Oder war dem noch etwas anderes vorausgegangen?

Der Kleinbus mit den Mineuren rumpelte auf der unebenen Sohle des Stollens auf den Rettungscontainer zu, vor dem sie in jener Nacht von den beiden Kriminalisten befragt worden waren.

Es war still geworden in dem Fahrzeug. Niemand wollte etwas sagen, denn sie durchlebten noch einmal diese entsetzlichen Momente. Nur das Klappern und Scheppern von Arbeitsmaterial, das im Heck des Kleinbusses bei jeder Unebenheit gegeneinanderschlug, erfüllte den Innenraum.

Gerade als sie den Container passierten, nahm Pichler, der auf dem Beifahrersitz saß, im Augenwinkel dort eine Person wahr. Er drehte sich im Vorbeifahren um und konnte die Silhouette eines Mannes erkennen, der die Tür des behelfsmäßigen Rettungsraumes geöffnet hatte und darin verschwand.

Pichler tat so, als messe er dieser Beobachtung keine Bedeutung bei. Der verschmutzte Kleinbus holperte, vorbei an Schaltkästen und einer Trafostation weiter in Richtung der Ortsbrust, also dahin, wo sie sich heute wieder um einige Meter in den Berg hineinsprengen würden.

Pichler jedoch entschied für sich, gleich die erste Radladerfahrt hierher zur Brechanlage am Förderband zu machen.

Drunten im Albvorland bei Aichelberg, am Boßlertunnel, waren die Arbeiten nicht ganz so beschwerlich. Seit Mitte April fraß sich die mächtige Bohrmaschine wie ein Ungetüm aus einer anderen Welt in den Berg. Hier waren die Bodenverhältnisse günstig, sodass sich das monströse, rund 100 Meter lange Vehikel mit seiner gierigen, an überdimensionale Zahnräder erinnernden Bohrvorrichtung am Kopfteil unaufhaltsam vorwärtsschob, das Gestein zermalmte und das Loch für den gesamten Tunneldurchmesser hinter sich ließ. Das locker geschlagene und zerkleinerte Gesteinsmaterial wurde über eine Transportanlage an der Maschine weggeschafft und automatisch ins Freie befördert. Kätchen, wie sie auf der Baustelle diese Hightech-Maschine liebevoll, vor allem aber seltsam verniedlichend nannten, erledigte dies größtenteils computergesteuert. Auch die Tübbinge, jene in der eigens errichteten Betonfabrik ausgegossenen und halbkreis- oder ovalförmigen Fertigteile, wurden über eine besondere Vorrichtung an der Bohrmaschine aufgenommen und immer dann zum Bohrkopf gebracht, wenn sich Kätchen wieder zwei Meter weit vorwärtsgewühlt hatte. Ein genau abgestimmter Arbeitstakt, weshalb im Betonwerk rund um die Uhr die passenden Teile produziert werden mussten. Dabei achtete Anton Trennbalder, der Verantwortliche der Firma Klemper-Beton, akribisch genau darauf, dass der Nachschub nie versiegte. Und so gut wie keines glich dem anderen, denn es mussten Kurvenradien und der kontinuierliche Höhenunterschied berücksichtigt werden.

Weil für jede Fahrtrichtung ein separater Stollen gebraucht wurde, musste Kätchen eines Tages wieder an den Ausgangspunkt zurückgeschoben werden, um danach den Parallelstollen zu bohren.

Trennbalder war an diesem frühen Vormittag zufrieden. Er hoffte, dass auch auf der Baustelle oben in Hohenstadt wieder Normalität einkehren würde – wenngleich ihm Kollegen am Telefon von der großen Suchaktion der Polizei berichtet hatten. Aber derzeit deutete glücklicherweise nichts darauf hin, dass auch die Baustelle hier unten am Aichelberg in die Ereignisse involviert war.

Er nahm in seinem Containerbüro abseits der großen Silos einen Schluck Kaffee, als ihn das Handy aufschreckte. Er konnte die am Display angezeigte Nummer sofort zuordnen. »Ja«, meldete er sich deshalb knapp, weil er wusste, dass es ein Anruf von einem Mitarbeiter im Lager der Betonteile war. Er lauschte kurz, sprang auf und brachte entsetzt nur drei Worte über die Lippen. »Ich komme sofort.«

Zwei Beamte, die einer Einsatzeinheit aus Göppingen angehörten, sahen sich ungläubig an. Der Computerbildschirm, zu dem sie von dem jungen Mann an der Campingplatzrezeption hinter den Empfangstisch gebeten worden waren, listete gerade die Namen der aktuell anwesenden Gäste auf. »Gunnar Rodefeld«, las einer der Männer vom Monitor ab. »Mensch, das ist er«, entfuhr es ihm, worauf der Angestellte verunsichert von einem zum anderen sah und überlegte, was diese Feststellung für ihn bedeutete.

»Wie lange will er bleiben?«, fragte der zweite Beamte.

»Hier steht, dass er den Termin offengelassen hat. Er ist sowieso nur mit einem Pkw unterwegs. Ohne Anhänger, ohne Zelt«, stellte der Mann fest.

»Und er ist noch da?«

»Er ist zumindest nicht offiziell abgereist. Bezahlt hat er nicht«, las er aus der Aufstellung einiger Kürzel heraus. »Aber er kann natürlich kurz rausgefahren sein, das kontrolliere ich nicht.«

Die beiden Polizisten ließen sich auf einem Geländeplan jenes Areal zeigen, auf dem sich Rodefeld einen freien

Platz hatte aussuchen dürfen. »Hier irgendwo müsste er stehen«, erklärte der Angestellte, während einer der Männer auf die Taste drückte, mit der er sein umgehängtes kleines Funkgerät in Gang setzte. Was er genau sagte, verstand der Mann von der Rezeption nicht, doch es hörte sich wie ein Befehl an.

»Keine Sorge«, beruhigte der andere, »da passiert nix. Unsere Kollegen haben das im Griff.«

Der Angestellte des Campingplatzes neben ihnen erbleichte.

Einer der Beamten bemerkte dies und beruhigte lächelnd: »Wir machen das schon. Sie bleiben am besten hier drin und tun so, als wüssten Sie von nichts.«

Gabriele Honold hatte in der vergangenen Nacht kaum geschlafen. Stundenlang war sie noch mit ihrer Freundin Steffi zusammengesessen, die ihr in ihrer Wohnung in Bonlanden, unweit des Stuttgarter Flughafens, eine vorübergehende Bleibe gewährte. Das Gästebett, das die gleichaltrige Frau in der Diele aufgeklappt hatte, war ziemlich unbequem gewesen.

Steffi war Studentin und konnte sich erlauben, den Vormittag daheim zu verbringen. Sie spürte, dass Gabriele jetzt ihre moralische Unterstützung dringend brauchte. Erst im Lauf des gestrigen Abends schien ihr so richtig bewusst geworden zu sein, wie sehr die Trennung von Gunnar schmerzte – obwohl sie diese selbst in die Wege geleitet hatte. Spätestens aber, als sie mit Sack und Pack ausgezogen und die erste Wut verflogen war, sie aber alle Brücken zu ihm abgebrochen hatte, war sie in ein schwarzes Loch gefallen. Natürlich hatten sie gestern Abend bei einigen Gläschen Wein beide gemeint, dass die Beziehung zu Gunnar auf Dauer keinen Sinn gemacht hätte. »Sei froh, dass du diesen Schritt getan hast«, waren Steffis tröstende Worte. Aber wer konnte als Außenstehender schon ermessen, wie man sich fühlte, wenn eine Beziehung so plötzlich zu Ende ging? Steffi hatte natürlich recht. Gunnar wartete doch nur auf eine günstige Gelegenheit, um nach Mittelamerika verschwinden zu können. Das Leben inmitten der heilen Zivilisation war ihm zuwider – auch wenn sein kleines Ingenieurbüro ein gutes Ein- und Auskommen versprach. Als seine Mutter wieder geheiratet hatte – diesen Mitterhofer –, da war er zwar zur Bundeswehr gegangen, doch nach seiner Rückkehr hatte er rasch erkannt, dass sich seine Mutter einen ziemlich wohlhabenden Mann geangelt hatte, der sich eine Immobilie in Costa Rica zulegte, um so bald wie möglich aus dem stressigen Berufsleben auszusteigen und sich in dem beschaulichen mittelamerikanischen Land niederzulassen, das auch US-Amerikaner als Alterssitz bevorzugten.

Gabriele hatte beiläufig mitbekommen, dass Gunnar ausführlich mit ihm darüber geredet und Pläne geschmiedet hatte, die darin gipfelten, dass er genauso, wie seine Halbschwester Sirih es demnächst tat, als Ranger in einem Nationalpark arbeiten wollte. Dass sein Stiefvater Simon Mitterhofer nicht durch seine Arbeit als Baukontrolleur zu seinem kleinen Vermögen gekommen war, schien ihr allerdings auch klar zu sein. Gunnar hatte in den vergangenen Monaten einige dubiose Aufträge von ihm erhalten. Sie befürchtete noch heute, es könne mit einem Drogenhandel aus Mittelamerika zusammenhängen. Vielleicht war sein Stiefvater sogar in jenen riesigen Kokaintransport verwickelt, der erst Ende April in Bananenkisten entdeckt worden war, die irgendjemand versehentlich an eine Supermarktkette geschickt hatte.

Gabriele hatte panische Angst, damit in Zusammenhang gebracht zu werden. Bei Drogen verstanden die Gerichte bekanntermaßen überhaupt keinen Spaß. Da waren locker einige Jahre Knast zu befürchten. Und so wie ihre Freundin Isabelle Potzorni wollte sie auf keinen Fall enden. Immer, wenn sie daran dachte, tauchten vor ihrem geistigen Auge Schreckensbilder aus engen, stickigen Zellen mit vier oder fünf Etagenbetten auf, eng zusammengepfercht hinter einer massiven Eisentür, die eine autoritäre Wärterin jedes Mal scheppernd ins Schloss fallen ließ und allein durch dieses Geräusch ihre ganze Machtfülle demonstrierte. Solche Bilder jedenfalls hatten sich durch eine lange zurückliegende Fernsehserie in ihr Gedächtnis gebrannt.

»Hast du schon das Neueste gehört?«, wurde sie beim Verlassen des Badezimmers von Steffi aus diesen Gedanken gerissen.

»Nein, wieso?«, zeigte sich Gabriele interessiert.

»›Radio 7‹ aus Ulm hat's gerade gemeldet. In Hohenstadt wird jetzt auch noch eine Frau vermisst.«

»Eine Frau?«, entfuhr es Gabriele. »Haben sie gesagt, wie sie heißt?«

»Ja, Ecker oder so ähnlich. Soll eine Österreicherin sein. Aus Kärnten.«

»Oh Gott.« Gabriele brach heulend zusammen.

Als der Kleinbus mit den Mineuren endlich die Ortsbrust erreicht hatte, also das derzeitige Ende des Stollens, rund dreieinhalb Kilometer vom Eingang entfernt, stellte Pichler erleichtert fest, dass die vorherige Schicht noch jede Menge Abraum zurückgelassen hatte. Vor weiteren Sprengungen musste demnach das lose herumliegende Material rund 200 Meter weit zur Brechanlage zurückgefahren werden – eine Aufgabe, die Pichler heute gerne wahrnehmen wollte. Denn es gab dort bei dem Rettungscontainer, an dem sie vor einigen Minuten vorbeigekommen waren, einiges zu bereden oder klarzustellen. Im Rauschen der Belüftungsanlage und dem Dröhnen des weit entfernten Förderbandes machte er seinen Kollegen klar, dass er die schwere Maschine bedienen wolle. Er schwang sich auf den Führersitz, warf den PS-starken Motor an und ließ die mächtige Schaufel in die Gesteinsbrocken schieben, die Jahrmillionen im Schoß der Schwäbischen Alb geschlummert hatten. Er drehte mit der tonnenschweren Fracht ab und steuerte das Fahrzeug mit den mächtigen Reifen in die entgegengesetzte Richtung – dorthin zurück, von wo sie gerade erst gekommen waren. Die Scheinwerfer tanzten an den Wänden entlang, an denen die Kollegen der vorherigen Schicht bereits die Stahlmatten verankert und mit Spritzbeton befestigt hatten. Das Metallungetüm, das dazu benutzt wurde und das sie alle geradezu verharmlosend »Spritzbüffel« nannten, stand einsatzbereit an der Seite.

Während sich der Schaufellader, vorbei an der Reihe senkrecht angebrachter Leuchtstoffröhren, dem Rettungscontainer näherte, plagten Pichler unablässig die Ereignisse der vergangenen Stunden.

Was ihm spontan eingefallen war, ließ ihn nicht mehr los. Von Minute zu Minute schien sich daraus ein Szenario zu entwickeln, das ihn jetzt zu dem trieb, was er so schnell wie möglich erledigen wollte. Dazu bedurfte es zunächst auch nicht der Polizei. Er war selbst Manns genug, diese Sache in Angriff zu nehmen. Und er musste es tun. Schon allein Egger zuliebe.

Dass er in seiner Annahme richtig lag, daran hatte er keinen Zweifel. Ganz im Gegenteil: Je mehr er darüber nachdachte, desto deutlicher formten sich Bilder der Ereignisse. Die Überreste eines zweiten Helms, die angeblich gefunden worden waren – und dieser Hinweis von gestern Abend, als sie sich im »Vesperstüble« in Hohenstadt getroffen hatten. Der Hinweis darauf, er lebe »zeitlos«.

Pichler ließ den Radlader wie in Trance durch den Stollen dröhnen – und erschrak über sich selbst, als ihn ein dumpfer Gedanke überfiel: Was würde geschehen, wenn die Polizei hinter alles kam?

Anton Trennbalder hatte nach dem schockierenden Telefonat sofort das Büro verlassen und war in den hinteren Teil der Produktionshalle geeilt, wo die Tübbinge der vergangenen Tage lagerten. Wenn stimmte, was ihm mitgeteilt worden war – und daran hatte er nicht den geringsten Zweifel –, dann würde es innerhalb der nächsten halben Stunde hier bei ihm von Einsatzkräften wimmeln. Trennbalder wurde von mehreren Personen erwartet. Ein Mann begleitete ihn zwischen den hellgrauen gewölbten Klötzen hindurch zu jener Stelle, die für Aufsehen gesorgt hatte: »Sie müssen sich das selbst anschau'n.«

Der Bauarbeiter deutete mit dem Zeigefinger auf eines dieser etwa 60 Zentimeter dicken und zwei Meter breiten Objekte, die dort lagerten. Trennbalder blieb stehen und ging in die Hocke, um genauer sehen zu können, was die Mitarbeiter aufgeschreckt hatte: ein kleiner unförmiger Gegenstand, der an einer Seitenkante des Betonteils etwa zwei Zentimeter herausragte und dort wie ein Fremdkörper die glatte Oberfläche störte. Es dauerte kurz, bis Trennbalders Gehirn realisierte, worum es sich handelte. Zwar war er nach dem Telefonat darauf gefasst gewesen, doch es nun mit eigenen Augen zu sehen, das traf ihn tief.

Es war höchste Zeit, die Polizei zu verständigen.

24

Auf dem Campingplatz in Hohenstadt hatte inzwischen ein zivil gekleideter Ermittler jenes Areal ausgekundschaftet, auf dem Rodefelds Geländewagen stand. Unauffällig war der Beamte daran vorbeigeschlendert – wie ein harmloser Camper, der zu den Sanitäreinrichtungen ging. Dabei kam ihm zugute, dass die Sonne günstig stand und durch eine hintere Seitenscheibe ins Wageninnere schien, wo er bei einem flüchtigen Blick zwischen einigen Wolldecken einen Mann liegen sah, der nur mit Bermudashorts bekleidet war. Der Beamte konnte sich durchaus vorstellen, wie warm es in dem Auto war, obwohl zwei hohe Sträucher noch für einige Zeit Schatten spenden würden.

Als der Ermittler außer Sichtweite war, schilderte er per Funk seinen Kollegen den genauen Standort des Geländewagens und bestätigte, dass sich in ihm eine »männliche Person allein« befinde, ein Zugriff also möglich sei.

Die Einsatzkräfte, die am Ortsrand von Hohenstadt in ihren Zivilwagen gewartet hatten, setzten sich in Bewegung und waren innerhalb weniger Minuten am Eingang des Campingplatzes angelangt. Oberstes Gebot war, kein Aufsehen zu erregen.

In einem halben Dutzend in Zivil gekleideten Zweiergruppen, darunter auch einige Frauen, betraten sie das Areal, um sich von verschiedenen Seiten dem beschriebenen Standort des Geländewagens anzunähern. Nachdem die meisten Camper offenbar noch schliefen und somit um diese Zeit erst wenige Personen unterwegs waren, fielen die als Gäste getarnten Einsatzkräfte nicht auf. Niemand würde hinter diesen Männern und Frauen schwer bewaffnete Angehörige des Spezialeinsatzkommandos vermuten, die auf überraschende Zugriffe getrimmt waren.

Rodefeld hatte überhaupt nicht bemerkt, was sich um ihn herum abspielte. Viel zu sehr war er mit sich und seinen Gedanken beschäftigt. Erst als er im Augenwinkel voller Entsetzen einen Schatten wahrnahm, der auf eine drohend näher kommende Person schließen ließ, wurde er sich der Gefahr bewusst und hob instinktiv den Kopf. Doch da blickte er bereits in die Läufe mehrerer Waffen, die von allen Seiten auf die Scheiben seines Geländewagens gerichtet waren. Die Einsatzkräfte waren wie aus dem Nichts aufgetaucht. »Herr Rodefeld, steigen Sie mit erhobenen Händen aus!«, brüllte eine kräftige Männerstimme.

Rodefeld sah sich zu Tode erschrocken um. Er war umzingelt. Flucht? Ein Sprung hinters Lenkrad, Motor starten und abhauen?

Quatsch, riet ihm die Vernunft. Sie würden gnadenlos auf ihn schießen. Oder war es vielleicht sogar besser, diesen einzigen Ausweg zu wählen und sein Geheimnis mit ins Grab zu nehmen? »Herr Rodefeld!«, hörte er es von draußen wieder schreien. »Steigen Sie aus oder wir wenden Gewalt an.«

Häberles Müdigkeit war von einer Sekunde auf die andere wie weggeblasen. Ein einziger Anruf hatte alles verändert. Den Kollegen der Sonderkommission hatte es die Sprache verschlagen, als er emotionslos weitergab, was ihm soeben mitgeteilt worden war: »Beim Boßlertunnel am Aichelberg haben wir eine Leiche.«

Der Kollege hatte am Telefon geschildert, was ihm Anton Trennbalder von Klemper-Beton berichtet hatte: dass sie in einem dieser Betonfertigteile eine Leiche vermuteten. Zumindest deute ein herausragender Finger darauf hin.

Betretenes Schweigen. Der Chefermittler wollte keine voreiligen Schlüsse ziehen. Deshalb hielt er sich mit dem Gedanken zurück, es könne wieder ein Mensch sein, der durch die Brechanlage umgekommen sei. Oder es handelte sich um den Finger ihres ersten Opfers.

»Einbetoniert«, entfuhr es Mende ungläubig, »einfach einbetoniert.« Er musste an die gemeinsam mit Linkohr vorgenommene Befragung des Verantwortlichen dieser Betonfirma denken, der ihnen mit großer Begeisterung die Produktion der Betonteile gezeigt hatte. Es war dieser Trennbalder gewesen, entsann er sich – und der hatte sich über Linkohrs Bemerkung echauffiert, in dem dickflüssigen Betonbrei könne man Leichen für immer verschwinden lassen. In Mendes Gedächtnis klang noch nach, wie Trennbalder es formuliert hatte: »Wenn's danach ginge, müssten die Brücken, Viadukte und Tunnel überall mit Leichen gespickt sein.«

»Stellt sich natürlich die Frage, warum das keiner gemerkt hat«, brummte Häberle missmutig. »Da muss sich doch einer genau ausgekannt haben.«

Nach kurzem Schweigen, während dem jeder Ermittler für sich die Folgen dieser Nachricht verdauen musste, setzte Häberle die Spurensicherung in Marsch, ließ das Ulmer Präsidium und die Staatsanwaltschaft verständigen und konstatierte: »Wir müssen so schnell wie möglich in Erfahrung bringen, von wem dieser Finger stammt. Vielleicht schaffen wir's auf relativ einfache Weise – und zwar mit einem simplen Fingerabdruck. Beschafft euch Vergleichsabdrücke von Mitterhofer.«

»Haben wir ja bereits gemacht – in seiner Wohnung und in seinem Büro«, kam es spontan aus der Gruppe der Ermittler.

»Sie glauben, das ist Mitterhofer?«, vergewisserte sich eine junge Beamtin.

»Wir müssen jede Möglichkeit in Betracht ziehen«, erwiderte Häberle und ordnete an, den Betonblock fachgerecht und behutsam zerlegen zu lassen. »Vielleicht gibt es auch einen Kopf.«

Linkohr musste ebenfalls an den Besuch der Betonfabrik denken. »Der Trennbalder hat aber gesagt, die Teile seien nur etwa 60 Zentimeter dick und zwei Meter breit. Kriegt man da eine Leiche einfach so rein?«

»Zerstückelt schon«, merkte Mende zur Verwunderung aller an.

Die anfängliche Schockstarre begann sich wieder zu lösen und einer neuerlichen Hektik zu weichen.

»Da ist noch etwas«, ließ Häberle seine sonore Stimme durch den Raum dröhnen. »Erinnert ihr euch an diese Armbanduhr? Dieses sündhaft teure Stück, das in Einzelteilen an der Brechanlage entdeckt wurde? Ich hab inzwischen ein verdammt schlechtes Gefühl« – er wollte nicht sagen, dass ihn dies heute früh beim Aufwachen beschlichen hatte – »es gibt jemanden, der mir in diesem Zusammenhang einfällt.« Er sah in erwartungsvolle Gesichter. »Und falls es noch jemanden gibt, dem das aufgefallen ist, könnte es zu einer unliebsamen Begegnung kommen.« Niemand wagte, ihn mit einer Frage zu unterbrechen. »Und vor über zwei Stunden war schon Schichtwechsel im Stollen. Ich glaube, wir sollten dort mal aufkreuzen.«

»Im Stollen?«, wiederholte Linkohr staunend, doch ehe Häberle etwas sagen konnte, unterbrach ein lautes Handy die Konversation. Es war Häberles Gerät, an dem er sich schnell meldete und lauschte. »Gratuliere, Kollege«, sagte er, beendete das Gespräch und grinste vielsagend. »Der Rodefeld kann kein Unheil mehr anrichten.«

Stefan Pichler war durch einen Querschlag in den Oststollen abgebogen und hatte dann mit seiner schweren Baumaschine auf den Rettungscontainer zugehalten, gerade so, als wolle er ihn mit seiner voll beladenen Schaufel in Trümmer legen. Von Bulling, den er vorhin im Vorbeifahren erspäht hatte, war jedoch weit und breit nichts zu sehen. Auch nicht auf der Brechanlage, wo eigentlich sein Arbeitsplatz war. Vermutlich hatte sich der Kollege wieder einmal in den Rettungscontainer zurückgezogen.

Pichler stoppte sein Gefährt knapp und abrupt vor der Tür und ließ die schwere Schaufel in die Höhe schwenken als drohende Geste. Bei laufendem Motor verließ er den Fahrersitz, um dann mit wenigen schnellen und energischen Schritten auf den Container zuzugehen. Noch bevor er ihn öffnen konnte, schwenkte die Tür auf und Bulling stand vor ihm. »Bist du des Wahnsinns«?, fauchte dieser ihn brüllend an, um sich im Motorenlärm und dem Getöse von Förderband und Brechanlage überhaupt Gehör verschaffen zu können. »Stefan, was soll das denn?«

»Ich denke, wir sollten mal ein paar deutliche Worte miteinander red'n«, schrie Pichler mit hochrotem Kopf zurück und kam seinem Kontrahenten gefährlich nahe.

Bulling deutete mit einer energischen Handbewegung an, dass er diese körperliche Nähe auf gar keinen Fall dulden würde. »Hast du nicht mehr alle Tassen im Schrank oder was?«

»Jetzt hör mir mal zu, Darko«, zischte Pichler, »falls du etwas mit dem Verschwinden von Theresa und Christian zu tun hast, bring ich dich um. Hast du das verstanden?«

»Bist du denn vollständig übergeschnappt?« Bullings Gesichtszüge wirkten in dem schummrigen Lichtermix von grellen Leuchtstoffröhren und den Scheinwerfern der Baumaschine besonders hart.

Pichlers Lippen zitterten. »Hat dich denn noch keiner gefragt, wo eigentlich deine teure Armbanduhr geblieben ist? Oder lebst du jetzt zeitlos, wie du mir gestern Abend weismachen wolltest? Glaubst du, ich hätt nicht mitgekriegt, dass die Polizei jemanden sucht, der sich so ein teures Ding leisten kann? Na, wo ist sie denn, diese Uhr, auf die du so stolz gewesen bist?«

Bulling kochte innerlich vor Wut. »Du Schweinehund, du elender«, presste er zornig hervor. »Du verdammtes Kollegenschwein du. Tu bloß nicht so scheinheilig, als ob du nicht wüsstest, was dein Christian mit dem Brunner angezettelt hat. Nur, um hier Unruhe zu stiften. Den Mitterhofer habt ihr doch verrückt gemacht. Ihr seid doch dran schuld, dass der Kerl hier dauernd sein Unwesen treibt.« Er war drauf und dran, Pichler am Kragen zu packen. Stark genug wäre er. Und Zeugen gäbe es hier auch keine.

Rodefeld hatte sich widerstandslos festnehmen lassen. Jetzt, in einem der Büros des Containergebäudes, zeigte er sich allerdings wenig kooperativ, lehnte aber auch das Angebot, einen Anwalt hinzuziehen zu können, strikt ab. »Wer nichts zu verbergen hat, braucht keinen Anwalt«, war seine bockige Antwort gewesen. Er roch nach Schweiß, war unrasiert und wirkte ungepflegt und übernächtigt, als er Häberle gegenübersaß. Häberle ließ die Bürotür zufallen und schenkte dem jungen Mann ein Glas Wasser ein, während Linkohr mit den Kollegen Mende und Keller bereits auf dem Weg in den Stollen des Steinbühltunnels war, um zu verhindern, was der Chefermittler seit dem frühen Morgen befürchtete.

»Nun lassen Sie uns mal in Ruhe reden«, schlug er Rodefeld vor, obwohl er innerlich aufgewühlt war und viel lieber mit der Spurensicherung zu den Betonfertigteilen nach Aichelberg gefahren wäre.

»Fangen Sie jetzt bitte nicht zum dritten Mal mit Ihren Fragen an«, konterte Rodefeld verärgert und nervös.

»Es hat sich leider einiges Neues ergeben – seit Sie spurlos verschwunden waren«, blieb Häberle gelassen. »Wir wissen inzwischen, dass Herr Mitterhofer Ihr Stiefvater ist, was Sie uns bisher verheimlicht haben.« Häberle ließ es aber keinesfalls vorwurfsvoll klingen. »Wir wissen auch, dass Sie am Dienstagabend eine unliebsame Begegnung auf dem Autobahnparkplatz vor dem Aichelberg hatten. Schade nur, dass Sie dabei Ihr Äffchen verloren haben, dieses Souvenir aus Costa Rica.«

Rodefeld griff zum Wasserglas und trank gierig.

»Wir wissen auch, wer Sie weggelockt hat«, trumpfte Häberle auf. »Alexander Budala.« Er wartete kurz, doch Rodefeld zeigte keine Regung. »Man hat Ihnen eine Abreibung verpasst auf dem Parkplatz, wetten? Sie haben sich zu weit vorgewagt. Sie und Ihr verehrter Herr Stiefvater. Ob's der Budala selbst war, der Sie davon abhalten wollte, weiter zu recherchieren, oder ein anderer, bleibt dahingestellt. Darauf möchte ich nachher zu sprechen kommen.«

»Budala? Wie kommen Sie denn auf Budala?«, zeigte sich Rodefeld nun vorsichtig interessiert.

»Ermittlungstaktik«, konterte Häberle, denn er wollte nicht preisgeben, dass Rodefelds Ex-Freundin Gabriele die Telefonnummer vom Display weitergegeben hatte. »Sie kennen Budala?«, stieg Häberle darauf ein, wollte das Thema aber jetzt nicht vertiefen, sondern wurde energischer: »Viel mehr würde mich interessieren, wo Frau Egger ist.«

»Frau Egger?« Rodefeld war zusammengezuckt.

»Machen wir uns nichts vor, Herr Rodefeld. Sie und Ihr Stiefvater hatten allen Grund, die Eggers mundtot zu machen, wenn ich das mal so sagen darf. Seit Ihr Stiefvater dazu beigetragen hat, den Egger zu entlassen wegen irgendeiner Lappalie nach dem Barbarafest oder warum auch immer, da hat dieser zusammen mit einer anderen Person, die jetzt keine Rolle spielt, mit detektivischem Spürsinn herausgefunden, weshalb sich ein ›kleiner‹ Baukontrolleur wie Ihr Stiefvater so viel Luxus leisten konnte.«

Rodefeld fuhr sich durch die schweißnassen Haare. »Und was hab ich mit Frau Egger zu tun?« Er wurde sichtlich nervöser.

»Sie haben sie gestern Abend gekidnappt«, sagte ihm Häberle direkt ins Gesicht. Geradeheraus und bestimmt, als sei dies bereits bewiesen, wie er dies oft zu tun pflegte, um sein Gegenüber zu schocken. »Ohne natürlich zu ahnen, dass Frau Egger in weiser Voraussicht bei der Suche nach ihrem Mann alle belastenden Unterlagen gleich hierher mit nach Hohenstadt genommen hat.« Häberle lächelte. »Und wir konnten alles in ihrem Hotelzimmer sicherstellen. Praktisch für uns.«

»Ich hab mit Frau Egger nichts zu tun«, gab sich Rodefeld hartnäckig.

Häberle blieb unbeeindruckt. »Sie hätten sich längst nach Costa Rica abgesetzt, wenn Sie über den Verbleib Ihres Stiefvaters Gewissheit gehabt hätten. Oder wollten Sie nur abwarten, bis wir seine Leiche entdeckt haben? Vielleicht wissen Sie ja sogar, wo wir suchen sollen …«

»Jetzt gehen Sie aber entschieden zu weit.« Wieder griff Rodefeld zum Wasserglas und führte es zitternd zum Mund.

»Wenn Sie Ihren Hals noch einigermaßen aus der Schlinge ziehen wollen, dann sagen Sie mir auf der Stelle, wo Frau Egger ist.« Häberle wurde lauter. »Wenn der Frau auch nur ein Haar gekrümmt wird, werden Sie Ihres Lebens nicht mehr froh. Das kann ich Ihnen versprechen.«

»Soll das eine Drohung sein?« Rodefelds Versuch, ebenso energisch zu klingen wie der Kommissar, scheiterte kläglich.

»Nein, nur ein gut gemeinter Rat. Aber ich werde Sie hier nicht mehr rauslassen, bevor Sie mir nicht sagen, wo

Frau Egger ist.« Häberle wusste, dass ihm eine solche Aussage, wären jetzt Zeugen vorhanden, noch kurz vor seiner Pensionierung großen Ärger hätte einbringen können. Auf jeden Fall würde er sie abstreiten, falls Rodefeld sie jemals irgendwo behaupten sollte. Aber wenn es um Leben und Tod ging, durften Typen wie dieser junge Mann nicht mit Samthandschuhen angefasst werden, brodelte es in ihm, doch musste er gleichzeitig an jene Kollegen aus Hessen denken, die angeblich vor mehr als zehn Jahren einem später wegen Kindsmord verurteilten Kidnapper Folter angedroht hatten, um das Versteck eines entführten Jungen zu erfahren. Darin hatte später ein Gericht eine »schwere Verletzung der Menschenwürde« gesehen und sie zu Geldstrafen verurteilt. Außerdem musste das Land Hessen als Arbeitgeber dieser Kriminalisten dem Mörder eine Entschädigung in Höhe von 3.000 Euro bezahlen.

»Dann bestehe ich auf einen Anwalt«, knüpfte Rodefeld jetzt an Häberles Bemerkung an.

»Bitte sehr.« Er reichte ihm das Kabeltelefon über den Tisch, doch Rodefeld zögerte, es in die Hand zu nehmen. »Oder benötigen Sie noch eine Liste von Anwälten?« Häberle sah ihm fest in die Augen. »Allerdings sollten Sie keine Zeit verlieren, falls Frau Egger in einem hilflosen Zustand …«

»Lassen Sie mich in Ruhe, verdammt noch mal«, fuhr ihm Rodefeld unwirsch dazwischen.

Häberle stellte das Telefon auf den Schreibtisch zurück und nahm die Gelegenheit wahr, von dem Wunsch nach einem Anwalt abzulenken. »Schon mal was von der ›besonderen Schwere eines Falles‹ gehört? Wenn ein Gericht dies feststellen sollte, brauchen Sie gleich gar nicht mit einer vorzeitigen Entlassung aus dem Gefängnis zu rechnen. Bei Mord wäre lebenslänglich dann wirklich lebenslänglich.«

»Quatschen Sie nicht rum, Herr Kommissar«, zeigte sich Rodefeld verärgert. »Habe ich nun ein Recht auf einen Anwalt oder nicht?«

»Haben Sie selbstverständlich«, beruhigte Häberle, obwohl er so aufgewühlt war wie selten. Er spürte, dass Rodefeld mehr wusste, als er zuzugeben bereit war – und er hatte das böse Gefühl, dass Frau Egger bereits etwas zugestoßen sein könnte. »Aber ich will wissen, wo die Frau ist«, beharrte er deshalb und sprang auf. Rodefeld erschrak, als der Chefermittler unerwartet deutlich lospolterte: »Ich hab für vieles Verständnis, für sehr vieles. Aber dieses Verständnis hört dort auf, wo Menschen in Gefahr sind – insbesondere bei Entführungen, bei niederträchtigen, gemeinen, heimtückischen Entführungen. Glauben Sie mir, ich werde die ganze Polizei Baden-Württembergs und Bayerns in Bewegung setzen, um diese Frau zu finden – und um Ihnen nachzuweisen, dass Sie der Täter sind.« Häberles Brustkorb bebte, unter seinen Achseln hatten sich im Stoff des Hemdes dunkle Schweißflecken gebildet.

Rodefeld saß in sich versunken auf dem Besucherstuhl und war von dem Wutausbruch Häberles offensichtlich beeindruckt. »Ich habe ein paar kleine Aufträge für meinen Stiefvater erledigt, ja, das stimmt«, bekannte er kleinlaut, worauf Häberle wieder hinterm Schreibtisch Platz nahm.

»Kleine Aufträge?«, echote er fragend.

»Es geht tatsächlich um Budala«, seufzte Rodefeld, als habe er die Aussichtslosigkeit seiner Lage begriffen. Er umklammerte die Armlehne des Stuhles und begann von seinen Kontakten zu der Höhlenforscherszene zu sprechen, in die er während seiner Bundeswehrzeit geraten war. Später sei dann davon die Rede gewesen, dass ein gewisser Budala mit einigen anderen sich abgespaltet und eine aggressive Höhlengruppe gegründet habe, die eng mit den Gegnern des Stuttgart-21-Projekts zusammenarbeite. »Ich war ja, wie Sie den Akten entnommen haben, selbst mal bei dieser Protestbewegung dabei«, gestand Rodefeld. »›Schwarzer Donnerstag‹ und so.«

Häberle nickte aufmerksam und hätte am liebsten auf Eile gedrängt, um wieder auf Frau Egger zu sprechen zu kommen. »Budala«, kombinierte er deshalb schnell, »der hat sich deshalb für Details zum Bau der Tunnel interessiert, um das Projekt sabotieren zu können.«

Rodefeld nickte. »Ein Vorgehen, das natürlich meinen Stiefvater als ›Baukontrolleur‹ brennend interessierte.«

»Sie haben also versucht, sich in diese gegnerische Gruppe um Budala einzuschleichen.«

»›Einzuschleichen‹ ist vielleicht der falsche Ausdruck. Ich hab versucht, diese Machenschaften zu unterbinden.« Rodefeld schien die Gelegenheit wahrnehmen zu wollen, sich in ein positives Licht zu rücken.

»Dazu mussten Sie auch jemanden auf der Tunnelbaustelle ins Visier nehmen?«

»Ja, natürlich. Ohne einen Kontakt zu jemandem hier oben hätte Budala ja keine internen Informationen bekommen. Speziell über interessante Hohlräume, also Höhlen, die möglicherweise angeschnitten werden und dem Zugriff der Höhlenforscher entzogen werden sollten.«

»Sie hatten also jemanden im Visier?«, blieb Häberle hartnäckig.

»Ja, so kann man das sagen.«

»Name?«

Rodefeld überlegte. »Genau das ist das Pikante an der Sache.« Er spielte nervös mit seinen schmutzigen Fingern. »Einer, der einst auch bei unserer Protestaktion dabei war und dann ausgerechnet einen Job bei den Tunnelbauern gefunden hat.«

»Ach«, staunte Häberle. Nun begann sich auch sein Puls zu beschleunigen. Hatte ihn sein Gefühl also doch nicht getrogen?

»Ich kenn ihn seit Langem, hatte aber nach diesem ›Schwarzen Donnerstag‹ von Stuttgart vollständig den Kontakt verloren«, rang sich Rodefeld zu einer Erklärung durch. »Er heißt Bulling. Darko Bulling.«

Häberle fühlte sich schockiert und zufrieden gleichermaßen. Obwohl sich damit bestätigte, was er seit dem frühen Morgen vermutet hatte, wühlten ihn tausend Gedanken auf. Die Armbanduhr, die an dem braun gebrannten Arm gefehlt hatte – sie war es gewesen, die ihm nicht aus dem Sinn gegangen war. Möglicherweise aber nicht nur ihm. Denn nachdem bei der Brechanlage die Reste einer teuren Armbanduhr entdeckt worden waren, hatten die Kollegen bei vielen Baustellenmitarbeitern nachgefragt, ob sie jemanden kennen, dem sie gehören könnte. Wenn sich darunter jemand befunden hatte, der dieselben Rückschlüsse zog, wie er es nun tat, dann konnte es zu einer folgenschweren Konfrontation kommen. Brunner, überlegte Häberle. Natascha Frese? Oder dieser Mineur, der Stefan Pichler? Er hoffte, dass Linkohr, Mende und Keller rechtzeitig dort eintreffen würden, wo es keine Zeugen gäbe.

»Darko Bulling also«, wiederholte Häberle. »Darko Bulling als der ›Maulwurf‹. Dann war er es, der Sie am Dienstagabend auf dem Autobahn-Parkplatz ›hernehmen‹ wollte – auf Geheiß von diesem Budala?«

Rodefeld nickte schwer atmend. »Wir haben uns mächtig in die Wolle gekriegt.«

»Es hat Handgreiflichkeiten gegeben, und dabei ist Ihnen das Souvenir aus Costa Rica aus der Ablage in der Fahrertür gefallen? Hab ich recht?«

Rodefeld schwieg, weshalb Häberle das Thema wechselte: »Aber warum, um Gottes willen, haben Sie und Ihr Stiefvater den Kerl nicht einfach auffliegen lassen? Es wäre doch ein Leichtes gewesen, ihn zu entlarven, oder?«

»Wäre es, ja«, seufzte Rodefeld in sich hinein, als sähe er ein, dass dies die einzig richtige Lösung gewesen wäre. Er spürte, dass Häberle den Schwachpunkt der Aktion getroffen hatte.

»Warum hat man's dann nicht getan?« Häberle wischte mit dem linken Handrücken Schweiß von der Stirn.

Rodefeld biss sich auf die Unterlippe und holte tief Luft.

»Bitte, Herr Rodefeld. Verschlimmern Sie Ihre Lage nicht noch mehr.« Es klang geradezu väterlich.

»Mein Stiefvater neigt dazu, aus seinem Wissen Kapital zu schlagen.«

Häberle fühlte sich ein zweites Mal innerhalb weniger Minuten von den Ereignissen überrollt. Hatte er richtig gehört? Hatten sie es tatsächlich mit einer Doppelerpressung zu tun? Einerseits Mitterhofer, der auf dubiose Weise zu Luxus und Reichtum gekommen war, wurde andererseits von seinem Intimfeind Egger erpresst. Wie aber fügte sich diese Konstellation in den Tod von Egger und das Verschwinden von Mitterhofer und Frau Egger ein?

Welches grausame Geheimnis verschwieg Rodefeld bisher?

Häberle musste aufkeimenden Zorn unterdrücken.

Bulling war stark genug und seinem Kontrahenten Pichler kräftemäßig überlegen. Vergessen ihre sorgenvollen Gespräche der vergangenen Tage über Egger, ausgelöscht die angebliche Freundschaft. »Du bist ein verdammter Heuchler, Darko«, ätzte Pichler. »Du warst es nämlich, der den Christian hier in die Brechanlage g'worfen hat. Und du hast Theresa beseitigt. Nur du.«

Bulling hatte jetzt endlich genug. Seine Wut auf Pichler war in unbändigen Zorn gekippt. »Du bist ein verdammtes Arschloch!«, fauchte er und versetzte seinem Gegenüber einen wuchtigen Faustschlag seitlich gegen das Kinn – so schnell und unerwartet, dass Pichler keine Chance hatte, der Attacke auszuweichen oder sie abzuwehren. Er taumelte nach hinten, sah die Lichter der Leuchtstoffröhren vor seinen Augen wie wild tanzen, stolperte über Gesteinsbrocken und krachte mit dem Rücken und dem Hinterkopf schmerzhaft gegen die Blechverkleidung des Radladers. Er rutschte zu Boden und schmeckte Blut im Mund, als sein betäubter Geist eine monströse Gestalt auf sich zukommen sah. Eine Gestalt, die ihm im Gegenlicht der verschwommenen Lichter übermächtig erschien, ihn unter den Armen packte, hochzerrte und über den unebenen Boden schleifte. Pichler wollte sich wehren, dagegenstemmen, doch jeder Muskel schien ihm den Dienst zu versagen. Er wollte schreien, aber sein Mund war mit Blut gefüllt.

Die Gestalt, die einmal ein angenehmer Kollege gewesen war, atmete schwer, umklammerte ihn mit festem Griff und gab ihm und seinem geschwächten Körper keine Chance, sich ihm zu entwinden. Sein Röcheln und Flehen ging im Lärm der Motoren und Maschinen unter. Er spürte, wie die Absätze seiner Schuhe durch den geschotterten Untergrund pflügten, Meter um Meter, vorbei an dem Rettungscontainer, den er gar nicht mehr als solchen wahrnahm – immer weiter, weiter. Hinaus? Hinaus aus dem Stollen? Sein Gehirn spielte verrückt. Waren sie gleich draußen im Freien? Oder ging es weiter in den Berg hinein? Wo war er überhaupt? Blut rann ihm jetzt aus dem Mund und sickerte in den Hemdkragen. Was war das für ein Krach, jetzt ganz nah?

Er wurde hochgehievt, er hörte wieder einen schweren Atem ganz dicht neben seinen Ohren. Immer lauter dröhnte das Röhren und Scheppern der Maschinen, immer höher hoben ihn diese muskulösen Arme. Höher, bis sein kraftloser Oberkörper über einer Metallkante hing und sein wild pochender Schädel von Rattern und ohrenbetäubendem Brummen durchdrungen wurde.

Er wollte schreien, sich noch einmal wehren – doch alles, was er tat, war unkontrolliert, hilflos und sinnlos. Plötzlich war es da – das Gesicht von Christian. Wie aus diesem grellen Nebel vor seinen Augen geformt. Christians Gesicht. War er in derselben Situation gewesen? Hier, genau hier?

Trennbalder hatte die Männer der Spurensicherung in die Halle geführt, in der inzwischen alle Maschinen abgeschaltet waren. Mittlerweile bestand kein Zweifel mehr, dass es ein menschlicher Finger war, der aus dem Beton ragte. »Sonst aber nichts zu erkennen«, stellte einer der Experten bei genauerem Betrachten des grauen Teils fest. Inzwischen war der gesamte Bereich des Baustellenareals mit rotweißen Sperrbändern der Polizei abgeriegelt worden. Um Neugierige auf weiten Abstand zu halten, sperrte eine Polizeistreife sogar den Fußweg zur Aussichtsplattform, die sich abseits der Gemeinde Aichelberg oberhalb des Stollenmunds befand.

Die Spurensicherer versuchten, Häberle zu erreichen. Der jedoch ließ sich bei der Vernehmung Rodefelds nicht stören und verwies an das Lage- und Einsatzzentrum in Ulm. Von dort gab es nach Rücksprache mit dem Präsidenten schließlich die Erlaubnis, den Betonblock zerkleinern zu lassen. Gleichzeitig sollten von dem Finger einige Abdrücke genommen werden, um eine schnelle Identifizierung des Opfers zu ermöglichen. Trennbalder hielt sich im Hintergrund und schreckte zusammen, als ihn einer der Beamten fragte: »Wann und wo wurde dieser Block produziert?«

»Diese Tübbinge, wie wir sagen«, erwiderte Trennbalder ernst, »kommen aus unserer eigenen Produktionsanlage hier in dieser Halle.« Er deutete zu den Formen und Metallgeflechten. Wir produzieren ständig, aber weil die ›Steine‹ mehrere Wochen aushärten müssen, lagern sie draußen im Freigelände. Die hier«, er zeigte auf die vor ihnen liegenden Teile, »werden nach der Herstellung genau gecheckt. Ich denke, dass sie allenfalls zwei, drei Tage alt sind.«

»Und wie kommen die Dinger in den Stollen?«, wollte der Beamte wissen.

»Mit der Baustellenbahn. Die Gleise sehen Sie draußen. Sie führen direkt zur Tunnelbohrmaschine im Berg.«

»Und wer hat Zugang zu der Anlage?«

»Die Mitarbeiter natürlich, alles in allem etwa 80, Zwei-Schicht-Betrieb. Aber auch Fremdfirmen«, zeigte sich Trennbalder einsilbig. »Theoretisch kann immer jemand rein, auch nachts.«

»Das Areal ist nicht gesichert?«, wunderte sich der Kriminalist.

»Schon, doch. Aber Sie können auch über Feldwege reinkommen, auch vom Autobahnparkplatz da drüben.« Der Kriminalist überlegte kurz. »Darf ich mir das Herstellen dieser Klötze mal ansehen?«

Trennbalder runzelte nachdenklich die Stirn. »Wenn's sein muss, natürlich. Ganz klar. Aber im Moment läuft nichts, wie Sie merken.«

*

Die Stille lag bleiern in der stockfinstren Nacht. So, wie ihr die Augen imaginäre Schleier vorgaukelten, so täuschten ihr inzwischen auch die Ohren Geräusche vor, die es nicht gab. Sie hatte sich auf den Boden gesetzt, die Beine angezogen, die Hände um die Knie verschränkt. Die Rückenschmerzen griffen auf ihren ganzen Körper über. Theresa Egger verspürte Hunger und Übelkeit gleichermaßen. Inzwischen nahm sie keinen kräftigen Schluck mehr von dem schal schmeckenden Wasser. Sie musste damit haushalten. Denn sobald sie kein Wasser mehr hatte, nahte unaufhaltsam der Tod. Tot, hallte es durch ihren Kopf. Sie war es doch schon. Sie war doch lebendig begraben – zwischen vermodertem Holz und altem Stroh und Heu, dessen Geruch sie nicht mehr wahrnahm. All ihre Sinne schienen sich an dieses Verlies angepasst zu haben. Nicht einmal den beißenden Gestank ihrer eigenen Exkremente nahm sie mehr wahr. Sie fühlte den Schmutz um sich herum und an ihren Kleidern. Einmal hatte sie geglaubt, ein Geräusch vernommen zu haben drüben an der Tür. Noch einmal hatte sie all ihre Kräfte zusammengenommen und geschrien, so laut sie nur konnte. Doch wahrscheinlich war da nur ein Tier gewesen. Eine Ratte? Oder irgendetwas, das um diese Jahreszeit solche alten Gebäude in freier Landschaft heimsuchte.

Waren jetzt schon Stunden verstrichen, ein ganzer Tag oder gar schon zwei? Sie hatte zu beten begonnen, den Herrgott um Erhörung ihrer Bitten angefleht. Um Schutz für die Kinder und für Christian. Viele Male war sie mittlerweile in Tränen ausgebrochen, wenn sie an ihre Familie denken musste. An die schöne Zeit daheim in Kärnten. Vorbei, vorbei – nagte es an ihrer Seele. Und doch spürte sie noch einen winzigen Funken Hoffnung, sie alle wieder in die Arme schließen zu können. »Christian«, flüsterte sie, als liege er hier irgendwo in der Finsternis. Sie versuchte, sich den Raum in Erinnerung zu rufen, den sie bei der Ankunft im Schein einer Kerzenlichtlaterne schemenhaft gesehen hatte. Aber sie war viel zu aufgeregt gewesen, sich etwas einzuprägen. Nein, Christian war nicht hier. Und die Kinder natürlich auch nicht. Gott sei Dank nicht, flüsterte ihr eine innere Stimme zu. Sei froh, dass die Kinder in Sicherheit sind. Aber sie brauchten doch eine Mutter und einen Vater.

Wenn die Bilder ihrer Liebsten wieder im Schwarz des Raumes verschwanden, zermarterte sie sich den Kopf, wer der Mann gewesen sein konnte, dem sie arglos ins Auto gefolgt war. Er hatte doch nicht den Eindruck eines Gangsters gemacht. Natürlich war er anfangs ruppig gewesen, hatte sie nicht telefonieren lassen, ihr stattdessen aber angeboten, sie zu Christian bringen zu wollen. Wer hätte sich da nicht an diesen Strohhalm geklammert? Hätte sie denn die Polizei rufen und dann einen möglichen Kontakt zu Christian gefährden sollen?

Der unbekannte Mann war jedenfalls keiner, den sie aus Christians Erzählungen oder vom Studium seiner Akten hätte kennen müssen. Mitterhofer? War es dieser Mitterhofer? Sie kannte ihn ja nur aus Erzählungen, hatte aber nie zuvor ein Foto von ihm gesehen. Natürlich. Es musste Mitterhofer sein. Und wenn es dieser war, dann hatte er auch Christian getötet. Noch immer aber glomm ein Funken Hoffnung, Christian noch lebend zu sehen. Von der Polizei hatte sie jedenfalls bisher nichts Neues gehört. War die seltsame Verschwiegenheit der Kripo-Beamten ein gutes oder schlechtes Zeichen? Verheimlichten sie ihr etwas? Oder war sie inzwischen auch selbst in ein schiefes Licht gerückt – weil die Akten, die sie im Hotelzimmer liegen hatte, bereits entdeckt und ausgewertet waren? Dann würden sie wissen, dass auch sie eine Mitschuld träfe. Aber sie mussten doch ihre Notsituation berücksichtigen, nachdem Christian den Job verloren hatte. Ihnen war doch gar nichts anderes übrig geblieben, wollten sie nicht sang- und klanglos im Schuldensumpf versinken. Man hatte sie doch ins Elend hineingetrieben. Wäre Brunner nicht gewesen, hätte sich Christian vermutlich längst das Leben genommen.

Und jetzt?, nagten wieder Zweifel an ihr, jetzt hat man ihm das Leben genommen. Ganz sicher. Und ihres würde in den nächsten Tagen auch enden.

Häberle musste das Gehörte zunächst verarbeiten, gönnte sich und Rodefeld aber keine Pause, denn nun musste alles ganz schnell gehen. Sehr schnell sogar. »Und was haben Sie dann am Montagabend auf dem Gelände gesucht? Wie sind Sie überhaupt reingekommen?«, wollte er von dem jungen Mann wissen und versuchte, weiterhin ruhig und besonnen zu wirken.

»Na ja«, Rodefeld holte tief Luft. »Mein Stiefvater hat mich dort abgeholt, wo ich mein Auto abgestellt hatte – bei diesem Feldweg, wo es am Dienstagfrüh Ihrem Einsatzkommando aufgefallen ist. Und dann hat er mich aufs Gelände gebracht.«

»Um was zu tun?«

Rodefeld nippte an seinem Wasserglas. »Wir haben gewusst, dass Egger auftauchen würde. Simon, also mein Stiefvater, hat den Tipp von seiner Bekannten gekriegt. Natascha heißt sie wohl, Natascha Frese. Die hat das von einem Kollegen erfahren, dessen Namen ich aber nicht kenne.«

»Brunner«, half ihm Häberle auf die Sprünge, doch Rodefeld mimte den Coolen und zeigte sich ungerührt.

»Sie sollten Egger abpassen?«

»Was heißt ›abpassen‹? Ich sollte mich umsehen, was er

vorhat. Das ist aber auf einem so großen und unübersichtlichen Gelände nahezu unmöglich.« Rodefeld wich dem strengen Blick Häberles aus.

»Und dann ist das schiefgegangen …?«

»Weil dieser Einsatz losgegangen ist. Ich hatte ja keine Ahnung, was geschehen war.«

»Wirklich nicht?«

Rodefeld witterte Skepsis. »Nein, wirklich nicht. Ich hab mich versteckt, hatte wahnsinnige Angst, entdeckt zu werden, und konnte natürlich in dieser Situation auch keinen Kontakt zu meinem Stiefvater aufnehmen. Er war ja mit seinen eigenen Aufgaben beschäftigt.«

»Feuerlöscher prüfen«, bestätigte Häberle. »Und wo war Egger zu diesem Zeitpunkt?«

»Keine Ahnung.« Rodefeld wirkte wieder bockig. »Aber ich kann Ihnen meine Meinung sagen, falls diese Sie interessiert: Egger hat sich in den Kombi meines Stiefvaters geschlichen und ist mit ihm heimlich in den Stollen gefahren.«

»Im Kombi?«, staunte Häberle.

»Ja, dieser VW Bully, in dem keine Rückbänke drin sind, sondern jede Menge Gerümpel. Messgeräte, Werkzeug, Schutzkleidung und was weiß ich. Da hat sich Egger problemlos verstecken können.«

»Um tief im Tunnel über Ihren Stiefvater herzufallen?«

»So wird's gewesen sein.«

»Zuerst lässt er ihn noch bei Bulling die Feuerlöscher prüfen und dann will er sich an ihm rächen?« Der Kriminalist machte keinen Hehl daraus, dass er an dieser Darstellung zweifelte. Außerdem war es Zeit, dem jungen Mann reinen Wein einzuschenken: »Dann muss aber etwas gehörig schiefgegangen sein. Denn nicht Ihr Stiefvater wurde zum Opfer dieser Abreibung, sondern Egger.«

»Egger?« Rodefeld wirkte fahrig und geschockt.

»Ja. Mitterhofer, also Ihr Stiefvater, muss das Szenario überlebt haben.«

»Wie? Er lebt wirklich noch? Sind Sie sich da sicher?«

»Zumindest ist er nicht im Stollen umgekommen. Was da geschehen ist, darüber können wir nur spekulieren: Jedenfalls wird Egger, wie auch immer, getötet. Denn die Leichenteile, die auf dem Förderband lagen, gehören eindeutig zu ihm.«

»Sie meinen, Simon – also Mitterhofer – hat ihn umgebracht?«

Häberle zog ein ratloses Gesicht. »Ich denke auf jeden Fall, dass Mitterhofer nach allem, was geschehen ist, so schnell wie möglich verschwinden wollte. Er verliert dabei allerdings den Fahrzeugschlüssel für den VW Bully, will aber fluchtartig weg. Was bleibt ihm anderes übrig, als zu Fuß raus.«

»Zu Fuß«, überlegte Rodefeld ungläubig. »Das hat sich doch wohl einige Kilometer weit im Berg abgespielt, oder?«

»Dreieinhalb Kilometer, ja«, räumte Häberle ein. »Dazu braucht ein erwachsener, einigermaßen fitter Mensch maximal eine Stunde, den schlechten Untergrund mit berücksichtigt.«

»Sie meinen wirklich, er rennt da weg? Und Bulling? Der müsste doch bemerkt haben, was da geschehen ist, oder?«

»Theoretisch ja, praktisch eher nicht. Bulling war froh, dass er den lästigen Kontrolleur wieder los war – warum auch immer. Vielleicht hat der ja bei ihm nicht nur Feuerlöscher überprüft.«

Rodefeld griff zitternd zum Wasserglas.

»Wie sagten Sie doch vorhin so schön?«, ergriff Häberle die Chance zu einem Konter: »Ihr Stiefvater hat aus allem Kapital geschlagen. Möglicherweise auch aus dem Wissen darüber, was Bulling so treibt: die krummen Dinger mit der Höhlenforscher-Splittergruppe. Budala und so.«

»Sie meinen, er hat von dem Bulling in dieser Nacht Geld gefordert?«

»Nirgendwo war es günstiger als tief im Berg. Keine Zeugen, keine Mithörer. Alles ziemlich dunkel und laut.«

»Aber welcher Mineur oder Ingenieur hat bei seiner Arbeit schon viel Geld dabei?« Rodefeld lächelte mühsam.

»Geld vielleicht nicht, aber möglicherweise, wenn er nicht ganz vorne am Vortrieb arbeitet, wertvolle Naturalien.«

Rodefeld stutzte. »Wie soll ich das verstehen?«

»Zum Beispiel eine Armbanduhr«, ließ Häberle die Katze aus dem Sack. »So ein teures Stück, das Wasser, Schmutz und Stöße übersteht. Also kein Ding um ein paar Hundert Euro.« Dass sie Überreste davon bei der Brechanlage entdeckt hatten, wollte er Rodefeld nicht verraten. Auch nicht, dass die beiden Bauhelme, die ebenfalls gefunden worden waren, vermutlich von Egger und Mitterhofer stammten, als sie bei oder auf der Brechanlage miteinander gekämpft hatten.

Rodefeld schwieg, ließ die Augen geschlossen, als habe er Mühe, den Ausführungen Häberles zu folgen. »Und was ist Ihrer Ansicht nach passiert, als mein Stiefvater nach rund einer Stunde den Stollen verlassen hat?«

»Er war sicher in Panik, konnte aber nicht ahnen, dass Eggers Leiche so schnell auf der Deponie entdeckt werden würde. Vermutlich ist dies ziemlich zeitgleich mit dem Verlassen des Stollens geschehen. Jetzt gerät Ihr Stiefvater erst recht in Panik, hört und sieht die Einsatzfahrzeuge – genau wie Sie ja auch. Während Sie übern Zaun flüchten, weil Ihnen dies zurecht alles suspekt vorkommt, versteckt er sich in einem großen Plastikrohr, worauf seine dort gefundene Kamera schließen lässt. Als alles etwas ruhiger ist, schlägt er sich zu den Bürocontainern durch und will mit seinem Privat-Pkw weg. Doch da haben ihm Egger und sein Gehilfe Brunner bereits am frühen Abend vermutlich einen Denkzettel verpasst, indem sie zwei seiner Reifen zerstochen haben. Übrigens nach derselben Methode, die auch Budala bei seinen Höhlenkontrahenten vor einigen Monaten angewandt hat.«

»Woher konnten die denn das wissen?«, wunderte sich Rodefeld, der den Ausführungen nun wieder folgen konnte.

»Ich denke, indirekt durch Sie«, erklärte Häberle. »Sie haben's Ihrem Stiefvater erzählt und der wiederum der Frau Frese, zu der er, wie Sie wissen, gewisse Beziehungen hatte. Und Frau Frese dürfte als enge Kollegin von Brunner dann diesem von dem empörenden Vorgehen des Budala berichtet haben. Kommt ja Gott sei Dank nicht alle Tage vor, dass mit einem so ungewöhnlichen Werkzeug wie einer Ahle Reifen zerstochen werden.«

»Und was sollte das in diesem Fall?«

»Ablenkung. Man wollte bewusst den Budala mit ins Spiel bringen, um Ihren Stiefvater und damit natürlich auch Sie – weil er es Ihnen natürlich berichtet hätte – zu verwirren. Und um vielleicht auch dem Budala eins auszuwischen.«

»Und wo ist er jetzt – mein Stiefvater?« Rodefeld hatte gezögert, denn er schien zu befürchten, dass Häberles Kombinationsgabe auch dafür eine Erklärung hervorzauberte – womöglich eine sehr schlechte.

»Eines dürfte klar sein: Ihr Stiefvater hat das Gelände später zu Fuß verlassen. Als eine Art ›Kontrolleur‹, der er war, hatte er gewiss ein Döschen Pfefferspray dabei, das er einsetzte, als ihn ein Wachmann beim Hinausgehen stoppen wollte. Ihr Stiefvater wollte so schnell wie möglich vermutlich nach Hause – hinüber nach Oberdrackenstein, wo er wohnt. Das sind schätzungsweise drei Kilometer, die er in dieser lauen Sommernacht locker in einer Dreiviertelstunde bewältigen konnte.«

»Dort ist er aber nicht angekommen?«

»Nein. Zumindest ist dies zu befürchten. Stattdessen war wohl später jemand dort und hat sein Büro durchsucht und Laptop und Speichermedien mitgenommen.«

»Wenn ich Sie richtig verstehe, muss er dann auf dem Weg nach Oberdrackenstein jemandem begegnet sein.«

Häberle riskierte einen Frontalangriff: »Ihnen vielleicht?«

»Mir?« Rodefeld fühlte sich wie elektrisiert.

»Sie waren doch eigenen Angaben zufolge in dieser Nacht auch in Wald und Flur unterwegs, nachdem Sie übern Zaun geklettert sind, oder?«

Rodefeld wischte sich den Schweiß von der Stirn. »Wenn Sie mich jetzt in die Enge treiben, dann verlange ich einen Anwalt.«

Häberle blieb weiterhin ruhig. »Ich wollte Ihnen nur klarmachen, in welcher Situation Sie sich befinden. Und dass es besser wäre, mit uns zu kooperieren.«

»Das tue ich doch die ganze Zeit.«

Häberle sprang erneut auf. »Dann sagen Sie mir jetzt auf der Stelle, wohin Sie Frau Egger gebracht haben. Denn niemand anderer als Sie und Ihr Stiefvater können Interesse daran haben, sie aus dem Verkehr zu ziehen. Ich sag Ihnen nochmals: Es hilft weder Ihnen noch Ihrem Stiefvater etwas, wenn sie tot wäre. Wir sind längst im Besitz aller Akten von ihr.«

»Sie wollen mir Kidnapping und Mord anhängen?«, brauste Rodefeld nun ebenfalls auf.

»So ist es. Genauso ist es, Herr Rodefeld. Und wenn man bösartig sein will, kann man sagen, dass Ihnen beiden – Ihnen und Ihrem verehrten Herrn Stiefvater – auch der Bulling lästig hätte werden können. Okay, zwar wäre es für Bulling schwierig, die Erpressung durch Ihren Stiefvater auffliegen zu lassen, weil er dann zwangsläufig seine finsteren Kontakte zu Budala und Konsorten hätte erwähnen müssen, was ihn gewiss den Job hier oben gekostet hätte. Aber ohne Egger und Bulling lebt sich's besser. Oder sehe ich das falsch?«

Rodefeld schwieg und knetete seine Finger, die knackende Geräusche von sich gaben.

Der Kriminalist drehte sich stehend zum Fenster, um seinem Gesprächspartner demonstrativ den Rücken zuzukehren. »Ich frage Sie jetzt zum letzten Mal: Wo ist Frau Egger? Ich erwarte eine Antwort, ansonsten …«, er sprach eine Nuance leiser, damit es auf gar keinen Fall in einen Nebenraum hinüberdringen konnte, »ansonsten ziehe ich die Daumenschrauben an.«

25

»Geht's nicht schneller?«, schrie Linkohr dem Fahrer des klapprigen Kleinbusses ins Ohr. Die Frage war zwecklos, denn gemessen an dem unebenen Untergrund hatte der Bauarbeiter bereits das Äußerste aus dem Motor herausgeholt. Links und rechts zogen jedoch die senkrecht angebrachten Leuchtstoffröhren nach Linkohrs Gefühl viel zu langsam vorbei. Mende und Keller auf der mittleren hinteren Sitzreihe waren ebenso ungeduldig wie ihr Kollege. Im Gegensatz zu ihm kannten sie die Strecke durch den Stollen bereits von der Dienstagnacht. Was sie jetzt erwartete, wenn sie bei den Mineuren anlangten, wussten sie nicht. Häberle hatte nur den Auftrag erteilt, »nach dem Bulling Ausschau« zu halten.

»Ich kann Ihnen natürlich nicht sag'n, wo der Stefan gerade steckt«, erklärte der Fahrer, als habe er Linkohrs Gedanken erraten. »Kann sein, dass er am Ende des Förderbands zu tun hat«, meinte der Mann mit deutlich hörbarem kärntnerischen Dialekt. Linkohr hatte sich inzwischen sagen lassen, dass der Eindruck falsch sei, die ganze Arbeit im Berg werde nur von Österreichern erledigt. Ein hoher Prozentsatz bestehe auch aus anderen Nationalitäten, vorwiegend Deutschen, aber auch Polen.

Aber Mord war Mord, da spielte die Nationalität keine Rolle.

Sie folgten noch einige Minuten dem Transportband, das rechts über ihnen kilometerweit von der Deponie bis zu besagter Brechanlage beim Rettungscontainer führte. Von Weitem war zu sehen, wie es sich vor einer größeren Vorrichtung herabsenkte. Ein Stück weit dahinter erkannte Linkohr eine Art Baracke, vermutlich den Rettungscontainer, hinter dem die mit Abraum gefüllte Schaufel eines Radladers bis zum Gewölbe der Stollendecke reichte. Der Fahrer blendete den Scheinwerfer auf, um die Situation in ein besseres Licht zu hüllen.

Je näher sie kamen, desto klarer zeichneten sich die einzelnen Gegenstände und Vorrichtungen vor dem dunklen Hintergrund ab, in dem die Reihe der Leuchtstoffröhren irgendwo im Boden zu versinken schien – ein Zeichen dafür, dass sich der Stollen kontinuierlich senkte, hinab ins Tal der Fils. Wenig später waren ihre Blicke auf ein und denselben Punkt gerichtet: Auf der Brechanlage störten heftige Bewegungen das triste Bild.

»Seht ihr das auch?«, sagte Linkohr und zeigte mit der rechten Hand durch die verschmutzte Windschutzscheibe nach vorne. Wieder war der Bully ein Stück näher gekommen.

Auf einem Metallpodest, so deutete es jedenfalls Linkohr, schienen zwei Personen miteinander zu ringen. Dass es ein ziemlich einseitiges Gerangel war, stellte sich mit schrumpfender Entfernung heraus. Eine Person hing dort, wo üblicherweise das Abraummaterial zur Zerkleinerung hineingeschüttet wurde, mit dem Oberkörper bedrohlich vornüber, während jemand anderes offenbar hektisch versuchte, den Unterkörper anzuheben. Linkohr jagte dieser Anblick einen gewaltigen Schreck in die Glieder: »Der schmeißt den in die Brechanlage!«, entfuhr es seiner trockenen Kehle. »Los, los!«, feuerte er den Fahrer an, der wild hupend und mit den Scheinwerfern blinkend auf die Brechanlage zuraste.

*

Rodefeld war hartnäckig bei seiner Aussage geblieben: er habe mit dem Verschwinden von Theresa Egger nichts zu tun. Man könne ihm vieles anlasten, aber keine Entführung. Häberle kam dessen Wunsch, einen Anwalt hinzuzuziehen, nach, schließlich wollte er sich nicht noch in den letzten Tagen seines Dienstes gewaltigen Ärger einhandeln. Außerdem, so hoffte er, würde vielleicht ein Jurist dem Mann besser klarmachen können, dass ihm die Richter wohlgesonnener wären, wenn er sein ganzes Wissen preisgab. Falls es ein solches gab, natürlich, musste sich Häberle eingestehen. Denn noch war alles ein Konstrukt seiner Kombinationsgabe. Weil sein Magen rebellierte und sein Kopf brummte, sah er auf die Uhr und musste feststellen, dass inzwischen reichlich Zeit vergangen war. Die Kollegen, die nach Aichelberg zum Boßlertunnel gefahren waren, hatten sich noch immer nicht bei der Sonderkommission gemeldet. Vermutlich, so überlegte er, hatte die Spurensicherung bereits einen Abdruck des Fingers genommen und gleich vor Ort in den Computer gescannt. Auf diese Weise ging es heutzutage rasch, einen Abgleich zu erstellen, wenn schon entsprechendes Vergleichsmaterial vorlag. Und das war bei der Person, die sie als Opfer vermuteten, ganz sicher der Fall: Von Mitterhofer hatten sie in dessen Wohnung und am Arbeitsplatz jede Menge Fingerabdrücke sicherstellen können. Natürlich konnte es in der Wohnung auch Spuren von anderen Personen gegeben haben, aber jene Abdrücke, die mit denen in seinem Büro und dort auch an einem ungespülten Wasserglas identisch waren, mussten von ihm sein. Dies alles jedoch erschien ihm jetzt als nebensächlich. Theresa Egger war weitaus wichtiger. Obwohl die Suchmannschaften nun schon seit rund zwölf Stunden das Gelände durchkämmten, gab es nicht die geringste Spur. Die Kriminaltechnik machte sich mittlerweile über Rodefelds Auto her, denn falls die

Frau darin gesessen war, würde sich dort gentechnisch verwertbares Material finden lassen. Ein Haar oder eine Hautschuppe zum Beispiel. Und natürlich winzige Fasern ihrer Kleidung. Dies alles auszuwerten, würde zwar Tage, wenn nicht sogar Wochen dauern, aber so leicht konnte Rodefeld, wenn er tatsächlich seine Finger im Spiel hatte, den Kopf nicht aus der Schlinge ziehen. Häberle spürte, wie all die Ungewissheit an ihm nagte. Hinzu war vorhin auch noch der Anruf des Präsidenten gekommen, der genauestens informiert sein wollte. Es gab nämlich inzwischen mächtig Druck vonseiten der Medien, die den Fall bereits kräftig aufbauschten. Offenbar war den Journalisten jetzt erst die Tragweite des Geschehens klar geworden. Wieder einmal zeigte sich: Je länger man etwas verschwieg und schönredete, desto schwieriger war es beim Bekanntwerden von Details, die Geheimniskrämerei zu erklären und Verschwörungstheorien im Keim zu ersticken. Aber das war nicht sein Problem, dachte Häberle, als ihn sein Handy aus der Grübelei erlöste. Es war einer der Kollegen, die zum Boßlertunnel am Aichelberg gefahren waren. »Chef«, hörte er den schwer atmenden Mann sagen, »er ist es. Es ist Mitterhofer. Wir lassen bereits den Beton entfernen. Aber das ist schwierig, sehr schwierig.«

Häberle hatte die letzten Worte gar nicht mehr wahrgenommen. Er fühlte sich erleichtert und schockiert gleichermaßen. Aber nun hatten sie endlich Gewissheit. Und er war froh, dass seine Kombinationsgabe auch rund einen Monat vor der Pensionierung noch funktionierte. Pensionierung. Wieder dieses Wort, das ein Ende markierte. Der Termin für seine offizielle Verabschiedung stand längst fest. Der 31. Juli sollte es sein. Das waren gerade noch etwa vier Wochen. Bis dahin würde er den Fall protokollmäßig nicht abgeschlossen haben. Er konnte keinesfalls aufstehen, die

Akten irgendeinem Kollegen übergeben und verschwinden. Zumal es das Innenministerium wieder einmal versäumt hatte, rechtzeitig einen Nachfolger zu benennen. Häberle versuchte, das Thema Pensionierung wegzuschieben. Denn die beiden Seelen in seiner Brust rebellierten immer stärker, je näher der Termin kam. Die eine freute sich über die stressfreien Zeiten, die andere hegte erhebliche Zweifel, ob er sich im Ruhestand wohlfühlen würde. Häberle bemerkte, wie gerade diese Frage immer mehr Raum einnahm.

Aber nicht jetzt, verdammt noch mal. Er versuchte, sich auf Mitterhofer und auf Theresa Egger zu konzentrieren. Sie waren wichtiger als sein Ruhestand. Viel wichtiger.

Wenn Mitterhofer nun selbst Opfer eines Verbrechens geworden war, dann waren sie nicht nur anfangs einer falschen Theorie aufgesessen, sondern hatten im wahrsten Sinne des Wortes einen Tunnelblick gehabt, der nur einen einzigen und dazu noch winzigen Aspekt des Falles beleuchtet hatte. Doch nun lag ein ganzes Geflecht von Straftaten vor, in das gleich drei Gruppierungen verwickelt waren – ausgelöst durch Simon Mitterhofer selbst. Möglich, dass Egger ihm und seinen dubiosen Machenschaften schon längere Zeit auf der Spur gewesen war, und Mitterhofer deshalb diese strenge und folgenschwere Kontrolle am Tag nach dem Barbarafest anberaumt hatte. Sein Ansinnen, Egger auf diese Weise loszuwerden, war aber nur für wenige Monate von Erfolg gekrönt gewesen.

Dann jedoch war ihm der frustrierte Mineur gemeinsam mit Brunner zum Verhängnis geworden, rekapitulierte Häberle in Gedanken. Der Baukontrolleur, oder wie man ihn auch nennen mochte, konnte sich nicht mehr sicher sein, mit seinen Machenschaften unentdeckt zu bleiben.

Da kam ihm die freundschaftliche Beziehung zu Natascha Frese zugute, die ihm sicher dank ihrer engen Kontakte zu Lukas Brunner auch einiges über Egger erzählen konnte – schließlich war der »Fall Egger« über Monate hinweg auf der Baustelle heiß diskutiert worden. Jedenfalls wäre es nicht das erste Mal, dass auf solche Weise arglos und unbewusst wichtige Informationen an die falsche Stelle gerieten. So gewiss auch der geplante Baustellenbesuch Eggers.

Häberle stand am offenen Fenster und kniff im grellen Licht der Mittagssonne die Augen zusammen. Er ließ alles, was sich aus Rodefelds Angaben ergeben hatte, noch einmal Revue passieren, so als wolle er seine Theorie verfestigen.

Mitterhofer, so viel schien klar zu sein, war erpressbar geworden. Doch dies hatte ihn offenbar nicht davon abgehalten, die von seinem Stiefsohn erhaltenen Hinweise aus der Höhlenforscherszene in klingende Münze umwandeln zu wollen und sich einen weiteren Feind zu schaffen: Darko Bulling.

Häberle wandte sich vom Fenster ab und goss am Schreibtisch ein Glas Mineralwasser ein, um es genüsslich zu trinken. Er verspürte ein Gefühl der Zufriedenheit. Endlich ergaben die vielen Mosaiksteinchen der vergangenen Tage ein konkretes Bild, wenngleich noch immer zwei wichtige Bestandteile fehlten: Theresa Egger und die letzte Gewissheit, wer Mitterhofer beseitigt hatte. Theoretisch konnten viele an seinem Verschwinden Interesse gehabt haben, überlegte Häberle. Schon drohte die Freude über die aufgedeckten Hintergründe wieder von den Zweifeln verschlungen zu werden. Ja, mahnte ihn seine innere Stimme, du drehst dich im Kreis. Zwar hatte die Tatsache, dass nicht Mitterhofer tot auf dem Transportband gelegen war, sondern Egger, vorübergehend die Situation verändert – doch nun, da Mitterhofer also doch einem Verbrechen zum Opfer gefallen war, schien ein Racheakt an ihm wieder im Bereich des Möglichen zu liegen. Aber Theresa Egger? Ihr Verschwinden war nur im Zusammenhang mit den vorgefundenen Schriftstücken zu erklären. Diese hatten nichts mit Darko Bulling zu tun. Sie konnten ausschließlich Mitterhofer schaden – und doch musste es jemanden geben, der Interesse daran hatte, dass die Daten in seinem Laptop vernichtet wurden.

Bulling, hämmerte die innere Stimme. Häberle musste wieder an die Armbanduhr denken.

Und an die drei Kollegen, die längst im Stollen sein mussten.

Der Mann an der Brechanlage hatte die Scheinwerfer des heranbrausenden VW Bullys natürlich längst bemerkt. Umso hastiger wurden seine Bewegungen. Es schien so, als wolle er sein wehrloses Opfer, dessen Oberkörper in den überdimensionalen Metalltrichter gesunken war, vollends mit ein paar Tritten und Stößen in die Vorrichtung werfen.

Der Kastenwagen war noch nicht zum Stillstand gekommen, als Linkohr bereits aus der Beifahrertür sprang und Mühe hatte, auf dem unebenen Untergrund die paar Meter bis zu den beiden Personen zu rennen. »Aufhören, Polizei!«, rief er in das Inferno von Maschinen und Gebläse, das seine Stimme untergehen ließ. Mende und Keller folgten, während der Fahrer verkrampft hinterm Steuer sitzen geblieben war und nicht so recht wusste, wie ihm geschah.

Der in Panik geratene Mann auf der Brechanlage erkannte inzwischen seine chancenlose Lage. Er starrte für den Bruchteil einer Sekunde auf die drei heransprintenden Kriminalisten und ließ von seinem reglosen Opfer ab. Dessen Oberkörper war schon so weit in die Öffnung gesunken, dass sich der Schwerpunkt langsam nach vorne zu verlagern drohte. Gleich würde der ganze Körper in das tödliche Brechwerk rutschen.

Linkohr schwang sich mit zwei kräftigen Klimmzügen auf die Vorrichtung, umklammerte die Beine des drangsalierten Mannes und versuchte, ihn mit aller Kraft nach hinten wegzuziehen. Doch der kopfüber hängende Körper war schon so weit in den gefährlichen Schlund der Maschine gerutscht, dass Linkohr allein keine Chance hatte, ihn aus dieser bedrohlichen Lage zu befreien. Mende und Keller, die sich auf den inzwischen flüchtenden Täter konzentriert hatten, erkannten Linkohrs Notlage, sprangen auf die Maschine und packten kräftig mit an. Zu dritt gelang es ihnen, den Mann auf die sichere Plattform der Brechanlage zurückzuhieven und sanft auf die schmale Metallplattform zu legen. Mende beugte sich über ihn und sah eine stark blutende Platzwunde an der linken Schläfe. Er tätschelte vorsichtig das unrasierte Gesicht und war erleichtert, als der Mann die Augen aufschlug. Trotz des diffusen Lichtes erkannte Mende sofort, wen er vor sich hatte: Stefan Pichler, den Polier aus einer der beiden Mineurschichten. Der Mann starrte den Kriminalisten aus wässrigen und geröteten Augen an, formte seine Lippen zu Worten, die aber im Lärm der Maschinen untergingen.

Keller hatte sich längst wieder abgewandt, war von der Anlage gehechtet, um mit Linkohr die Verfolgung des geflüchteten Täters aufzunehmen, der auf dem geschotterten Untergrund mit seinem festen Schuhwerk weitaus schneller vorankam als die Kriminalisten. Der Abstand zu seinen Verfolgern war bereits auf mehr als 20 Meter angewachsen, als er den mächtigen Radlader erreichte, mit dem Pichler herangefahren war. Er schwang sich mit geübten Sprüngen in den Fahrersitz. Weil der Motor noch lief, konnte er die Maschine ohne Verzögerung in Bewegung setzen, die Schaufel absenken und sie den Kriminalisten entgegenschwenken, um sich Respekt zu verschaffen.

Linkohr und Keller verharrten, wichen zurück, um Deckung zu suchen, die es an den Spritzbetonwänden nicht gab. Da knallte bereits die Schaufel gegen den Rettungscontainer, hinter den sie hatten flüchten wollen. Diese Unterkunft bot zwar Schutz vor Sprengungen, aber dem heftigen Druck und Stoß einer solchen Baumaschine hielt sie augenscheinlich nicht stand. Die Kriminalisten entfernten sich wieder dorthin, wo sie hergekommen waren – zur Brechanlage, von der aus Mende inzwischen das Szenario entsetzt verfolgte.

Der Mann auf dem Fahrersitz des Radladers schien wild entschlossen zu sein, sich den Weg nach draußen gewaltsam zu bahnen. Er schwenkte die noch immer voll beladene Schaufel knapp über Kopfhöhe an Keller und Linkohr vorbei, drohte sogar, die tonnenschwere Gesteinsfracht über ihnen auszuschütten, und gab mit geschickten Bewegungen dieses monströsen Apparates zu verstehen, dass er die Maschine virtuos beherrschte.

Die beiden Kriminalisten, die sich im ohrenbetäubenden Lärm nur mit Handbewegungen verständigen konnten, waren sich auch ohne Worte einig, dass sie mit ihren Dienstwaffen nichts auszurichten vermochten. Viel zu groß wäre in dieser Umgebung die Gefahr von Querschlägern gewesen. Auch ein Warnschuss hätte nichts genützt, weil er im Maschinenlärm untergegangen wäre.

Sie nutzten ein kurzes Wegschwenken der Schaufel, um dem herannahenden Radlader auszuweichen und zwischen Stollenwand und den mächtigen Rädern wieder zurückzuflüchten – vorbei am demolierten Rettungscontainer tiefer in den Stollen hinein. Linkohr hatte im Wegrennen reflexartig etwas wahrgenommen, was ihm einen eiskalten Schauer über den Rücken jagte: Es war ein stabähnlicher, rot verpackter Gegenstand gewesen – etwas, das der Mann auf dem Fahrersitz triumphierend hochgehalten hatte. Sprengstoff? Hatte der Mann soeben mit Sprengstoff gedroht? Natürlich, jagte ein Gedanke durch Linkohrs Gehirn. Sprengstoff musste es hier in Hülle und Fülle geben. Zwar war der sicher streng unter Verschluss, doch gab es ganz gewiss Mittel und Wege, heimlich ein paar Kilogramm abzuzweigen.

Linkohr verdrängte den Gedanken, was geschähe, wenn der Mann auf halber Strecke zum Ausgang eine Explosion verursachte.

Der Kriminalist spürte Panik in sich aufsteigen. Aber hier drinnen funktionierten nur die Handys von Mitarbeitern, die sich ins interne Netz einloggen konnten. Als Betriebsfremde hatten sie also keine Möglichkeit, mit der Außenwelt Kontakt aufzunehmen. Nur der Fahrer des Bully konnte dies tun – in der Hoffnung, dass er jetzt nicht von dem Radlader gerammt wurde. Und es zu keiner Explosion kam.

Die Situation war verdammt gefährlich.

Und wo war überhaupt Mende? Der hatte inzwischen sein Jackett ausgezogen und unter den Kopf des verletzten Pichler gelegt. Gleichzeitig erkannte er die nahende Gefahr: Die Schaufel des Radladers schwebte in Kopfhöhe auf ihn zu. Er duckte sich, legte sich flach neben Pichler und hoffte, dass die stabile Brechanlage einem Zusammenstoß mit der Baumaschine standhalten würde. Oder ließ Bulling die tonnenschwere Gesteinslast in der Schaufel auf sie niederprasseln?

Mende hielt den Atem an, roch die Dieselabgase und hielt die Hände schützend über seinen Kopf. Der Motorenlärm schwoll an, die hochgehievte Schaufel zog knapp neben ihm an der Brechanlage vorbei und – endlich, nach ewigen Sekunden – entfernte sich das Motorengeräusch.

Der VW Bully, dachte Mende beunruhigt. Nur ein paar Meter weiter stand der Kleinbus, mit dem sie gekommen waren. Würde der verrückt gewordene Bulling ihn jetzt niederwalzen? Hatte sich der Fahrer in Sicherheit bringen können?

Die junge Frau war hörbar aufgeregt und außer Atem. Sie hatte darauf gedrängt, möglichst schnell zu Häberle durchgestellt zu werden. »Entschuldigen Sie«, begann die schwache Stimme. »Ich bin die Gabriele, die Exfreundin von Gunnar Rodefeld.«

Häberle hatte sofort das Gesicht vor Augen: das hübsche Mädchen, das von der Angst geplagt war, ins Gefängnis zu müssen.

»Hallo, Frau Honold.« Häberle konnte sich sofort auch des Nachnamens entsinnen.

»Ich hab im Radio gehört, dass Frau Egger verschwunden ist.« Die junge Frau wollte sich nicht mit einer langen Vorrede aufhalten. »Haben Sie schon mal in Häringen nachgeschaut?«

»In Häringen?«, wiederholte Häberle ungläubig und musste sich in Erinnerung rufen, wo sich dieser kleine Weiler geografisch befand. Er kannte in seinem Zuständigkeitsbereich jedes kleine Örtchen und wusste deshalb, dass Häringen in der Nähe von Aichelberg und Boßler lag, abseits der Straße nach Weilheim/Teck und bekannt durch eine beliebte Ausflugsgaststätte. Nur etwa zehn Kilometer von Hohenstadt entfernt, eingebettet in die Hänge des Albvorlands.

»Häringen, ja«, wiederholte Gabriele schnell. »Gunnar hat dort eine alte Scheune geerbt. Irgendwo außerhalb. Wenn man von unten reinkommt, rechts weg. Er hat sie mir einmal gezeigt.«

Häberles Müdigkeit war verflogen. Er ließ sich von der Frau noch einmal schildern, wo etwa diese Scheune stand.

»Ziemlich verlassen und verfallen, eine Giebelseite stark zugewachsen.«

Häberle bedankte sich, eilte in den Nebenraum und informierte die Kollegen der Sonderkommission. »Schickt die Jungs von der Bepo nach Häringen.« Die meisten sahen ihn erstaunt an, hatten sie doch diesen Ortsnamen noch nie gehört.

Während einer aus der Gruppe sofort zu einem Sprechfunkgerät griff, fragte Häberle in die Runde: »Gibt's schon etwas Neues von Linkohr, Mende und Keller?«

Kopfschütteln.

Häberle entschied, selbst talabwärts zu fahren. Zuerst aber nach Häringen.

Der Fahrer auf dem Radlader hatte Vollgas gegeben, sodass eine beißende Abgaswolke in den Stollen getrieben wurde. Langsam und vorsichtig erhob sich Mende neben der scheppernden und rumpelnden Brechanlage, die ohne Material vor sich hindröhnte. Er wartete angespannt auf den dumpfen Schlag, den es geben musste, wenn der Radlader mit dem VW Bully zusammenstieß. Doch jetzt, nachdem sich der dröhnende Motor schnell entfernte, war zu hoffen, dass sich die Fahrzeuge nicht gestreift hatten. Mende erhob sich langsam und sah im Dunst aus Staub und Abgasen, wie die Baumaschine mit hochgezogener Schaufel einen Bogen um den Kleinbus beschrieb und im Licht der Leuchtstoffröhren gespenstisch zuckende Schatten warf.

Die Abgase raubten ihm den Atem, er hustete und empfand unendliche Erleichterung. Der am Boden liegende Pichler sah ihn mit wässrigen Augen und schmerzverzerrtem, blutigem Gesicht an. Mende musste sich zunächst orientieren und stellte zufrieden fest, dass rund 50 Meter von ihm entfernt, in der Nähe des Rettungscontainers, auch Linkohr und Keller wieder auftauchten.

In der anderen Richtung hatte der Radlader bereits mehr als 200 Meter zurückgelegt und hob sich bald gar nicht mehr vom grauschwarzen Halbdunkel der Tunnelrundung ab.

Mende kletterte mit weichen Knien von der Brechanlage und rannte, so schnell es auf den Schottersteinen möglich war, zu dem Kombi, in dem der Bauarbeiter bange Minuten der Todesangst verbracht hatte. Inzwischen aber schien er sich davon bereits wieder erholt zu haben. Als Mende bei ihm eintraf, hatte er das Handy am Ohr, um seinen Vorgesetzten zu informieren. Der würde unverzüglich Häberle alarmieren.

Mende schätzte, dass der Radlader bei diesem Tempo rund zehn Minuten bis zum Ausgang brauchte. Diese Zeit musste reichen, um genügend Einsatzkräfte zum Stollenmund zu beordern. Falls sie bis dahin hier drinnen nicht durch eine alles vernichtende Explosion verschüttet waren.

Als Häberle mit seinem Dienstwagen die steilen Gefällestrecken abwärtspreschte, hoffte er, dass die Einsatzkräfte noch rechtzeitig ankamen. Denn falls Rodefeld die Frau in dieser alten Scheune versteckt hielt, war sie jetzt seit rund 15 Stunden dort gefangen. Falls er sie dort *lebend* gefangen hielt. Was würden sie vorfinden? Eine Leiche? Zwei?

Häberle traf gleichzeitig mit einem Mannschaftstransportwagen des Präsidiums »Einsatz« an der beschriebenen Scheune bei Häringen ein. Schon kreiste ein Helikopter über dem verwilderten Areal, erste Schaulustige pirschten sich an. Glücklicherweise hatte die Ausflugsgaststätte am heutigen Donnerstag geschlossen, denn sonst wäre die Schar der Neugierigen gewiss wesentlich größer gewesen.

Häberle hatte »Gefahr im Verzug« geltend gemacht und damit die bürokratischen Umwege über Staatsanwaltschaft und Richter vermieden. Er erklärte dem Einsatzleiter die Situation, worauf bewaffnete Kräfte die Scheune umstellten und sich zwei Spezialisten an der stabilen Eingangstür zu schaffen machten. Zwei Minuten später war sie offen, und Beamte mit Schutzhelmen und Waffen im Anschlag drangen mit starken Lampen ins Innere vor. »Hallo, ist hier jemand?«, rief eine kräftige Männerstimme. Es klang dumpf. Die Luft roch nach Moder, altem Holz und Schmierfett, das an den verrosteten landwirtschaftlichen Geräten klebte, die kreuz und quer im ebenerdigen Teil standen. Durch eine schmale Gasse, die zwischen ihnen frei gehalten war, gelangten die Einsatzkräfte zu einer ausgetretenen Steintreppe, die ein Stockwerk tiefer führte und an einer weiteren Stahltür endete. Auch sie war fest verschlossen, weshalb die Beamten mit schwerem Metallwerkzeug ans Werk gehen mussten, um sie aus dem Schloss zu hebeln. Es krachte und schepperte, ehe das Metall nachgab, knirschte, sich verbog und schließlich aus der Verankerung schnappte. Die anschließende Stille lag wie eine böse Vorahnung im Raum. Häberle war jetzt ganz nach vorne gekommen. Dann hörten sie es: ein ängstlicher Hilfeschrei aus einer heiseren Frauenkehle. Häberle spürte Erleichterung. Gott sei Dank keine Totenstille.

Sie lebte. Und es war Theresa Egger.

Die drei Kriminalisten im Stollen hatten über das Handy des Bauarbeiters ihren Chef informiert, dass es sich bei dem geflüchteten Radladerfahrer um Darko Bulling handle, der möglicherweise ein Sprengstoffpaket mit sich führe. Außerdem werde dringend ärztliche Hilfe benötigt, um den verletzten Stefan Pichler versorgen zu können.

Seitlich des Stollenmunds hatten sich bereits einige gepanzerte Fahrzeuge der Polizei in Stellung gebracht. Sie waren vor Stunden, als sich die Lage zuzuspitzen drohte, nach Hohenstadt in Marsch gesetzt worden.

Die eingesetzten Kräfte wussten, wie brenzlig die Lage werden konnte: Wenn der Radlader erschien, war besonnenes Handeln gefragt, solange nicht klar war, ob der Fahrer tatsächlich scharfen Sprengstoff besaß.

Häberle hatte, was er selten tat, sein magnetisches Blaulicht aufs Dach seines zivilen Dienstwagens geheftet, um sich auf diese Weise bei der Fahrt von Häringen zurück auf die Hochfläche als Polizist kenntlich zu machen. Er drückte ungeduldig aufs Gaspedal, überholte einmal sogar waghalsig einen »Sonntagsfahrer« und missachtete sämtliche Tempolimits. Zwar würde auch er Schlimmeres nicht verhindern können, aber den Verantwortlichen, die diesen prekären Einsatz leiteten, ein bisschen Beistand leisten.

Bulling. Natürlich Bulling, schoss es ihm durch den Kopf, als er über eine nur Ortskundigen bekannte Abkürzungsstrecke zu den Eselshöfen hinaufpreschte und auf dem engen und kurvenreichen Sträßchen die Reifen quietschen ließ. Bulling war der, der keine Armbanduhr trug, obwohl ein heller, nicht gebräunter Streifen an seinem linken Armgelenk darauf schließen ließ, dass er noch bis vor Kurzem eine größere besessen hatte. Wo war sie geblieben? Hatte Mitterhofer sie ihm in der Dienstagnacht tatsächlich als erste »Erpressungsrate« geraubt?

Jetzt gab es keinen Zweifel mehr: Bullings Verhalten konnte nur bedeuten, dass er in eine ausweglose Situation geraten war. Ausweglos, weil er es war, der als letztes Glied einer unglücklichen Verkettung aus Erpressung, Korruption und Betriebsspionage in die Enge getrieben worden war, überlegte Häberle.

Demzufolge musste es Bulling gewesen sein, der den allseits unbeliebten Mitterhofer von der Bauaufsicht umgebracht und in eine Betonform der Tübbinge-Fabrikation geworfen hatte – noch in der Dienstagnacht. Bulling wusste natürlich, wie er unbemerkt in die Produktionshalle gelangen konnte. Nämlich über eine Betriebszufahrt am Autobahnparkplatz vor dem Aichelberg. Er kannte die Örtlichkeiten, den Betriebsablauf und auch das Herstellungsverfahren der Tübbinge.

Häberle erreichte gedankenversunken die sonnenbeschienene Hochfläche, die ihn jäh wieder in die Realität zurückholte und daran erinnerte, wie gefährlich sich die Ereignisse zuspitzten. Von Hohenstadt aus raste er mit weit über 100 km/h über die Landstraße, auf der er abrupt abbremsen musste, als der Abzweig zur Baustelle viel zu schnell auftauchte.

Wenige Minuten später wirbelte sein Dienstwagen dicke Staubwolken auf. Die Wohn- und Bürocontainer sausten vorbei, ebenso die pyramidenartig hochragenden Schutthaufen der Deponie, bis er endlich so nah wie möglich an die beiden Öffnungen der parallel geführten Stollen herankam. Die Szenerie wirkte geradezu gespenstisch. Die Einsatzkräfte hatten sich so weit auf die seitlichen Bereiche zurückgezogen, dass aus dem Inneren der Stollen nichts von einem Polizeieinsatz zu sehen war. Nur die Stille war ungewöhnlich. Das Transportband und die Brecher waren vor wenigen Minuten abgeschaltet worden.

Häberle stellte fest, dass alle noch gebannt auf den Radlader warteten. Eigentlich hätte das tonnenschwere Gefährt längst da sein müssen.

Hatte Bulling womöglich umgedreht und war wieder in den Berg hineingefahren?

Dann wären nicht nur Linkohr, Mende, Keller und Pichler in allergrößter Gefahr, sondern auch die beiden Schichten, die kilometerweit entfernt im Berg arbeiteten.

*

Darko Bulling hatte das Tempo verlangsamt. Seiner panischen Reaktion war die große Leere gefolgt, wie sie sich immer breitmachte, wenn sich Zorn, Wut und Aggressionen entladen hatten. Dann jedoch war meist geschehen, was er am liebsten wieder rückgängig gemacht hätte. Häberle hatte diese Situationen bei vielen Straftätern beobachten können, die im Affekt zu Mördern geworden waren. Die Ernüchterung über das Unumkehrbare, die Erkenntnis, nichts mehr rückgängig machen zu können, zog stets eine innere Leere nach sich.

Bulling hatte dies nie zuvor gekannt. Er war aber auch nie zuvor in eine solche Situation geraten, in die ihn das Schicksal durch eine Verkettung vieler unglücklicher Umstände hineinmanövriert hatte. Angefangen damit, dass er an jenem »Schwarzen Donnerstag« in Stuttgart gemeinsam mit Gunnar Rodefeld ein Protestplakat gegen dieses Bahnprojekt hochgehalten hatte, mit dem er jetzt seine Brötchen verdiente. Oder dass eben dieser Rodefeld bereits während seiner Bundeswehrzeit mit der Höhlenszene in Kontakt geraten war, gegen die dieser Budala mit einer Handvoll Mitstreiter einen einsamen Kampf führte, und dem er, Bulling, seit zwei Jahren heimlich Unterlagen über Baufortschritt und außergewöhnliche Vorkommnisse zuschanzte – insbesondere, wenn es um Hohlräume ging. Er war sozusagen »Untergrundkämpfer« gegen das Bahnprojekt.

Erst vorigen Monat hatte er Budala noch darüber informiert, dass es im Oststollen ganz erhebliche Probleme gab, weil sie durch eine Falschmessung aus der Achse geraten waren, wie Fachleute sagten: Auf einer Länge von 500 Metern wich der Stollen um 30 Zentimeter von der vorgegebenen Strecke ab. Dies bedeutete, dass langwierige und aufwendige Nachbesserungen, verbunden mit zusätzlichen Sprengungen, notwendig wurden. Eigentlich eine Blamage für die Verantwortlichen. Möglich, dass Natascha Frese als Geologin nur deshalb am Montagabend noch hektisch zu später Stunde unterwegs gewesen war.

Und dann war Mitterhofer plötzlich aufgetaucht und hatte ihn wegen der Weitergabe dieser Informationen erpressen wollen. Mitten in der Nacht. Was hätte er ihm auch schon bieten können – außer als »Anzahlung« seine sündhaft teure Armbanduhr, seinen ganzen Stolz, weil sie auch unter den widrigsten Bedingungen im Berg sekundengenau funktionierte.

Mitterhofer war zwar wieder verschwunden, wohin auch immer. Aber sicher konnte er, Bulling, nicht mehr sein. Er versuchte, all diese Bilder der Vergangenheit aus seinem Kopf zu löschen. Doch gelingen würde ihm dies nie. Zu keiner Sekunde.

Wie in Trance betätigte er die Schalthebel, kippte den Abraum von der voll beladenen Schaufel und schwenkte sie nach unten, als wolle er wie mit einem Schneepflug den Weg freiräumen. Noch war das Licht am Eingang des Stollens nicht zu sehen. Noch war er einen Kilometer oder mehr davon entfernt und irgendwo tief unterm Hohenstadter Ortsrand. Seine linke Hand hielt etwas umklammert, das wie ein dicker Stock aussah, rot leuchtend und etwa einen Meter lang. Jeder im Stollen wusste, was es war: Sprengstoff. Das Feuerzeug steckte in der rechten Tasche seiner Arbeitsjacke. Griffbereit.

Was gab es jetzt noch für eine Wahl? Vorwärts in die Hände der Polizei, die dort mit Sicherheit auf ihn wartete.

Oder zurück und ein Inferno anrichten? Falls sich dieses Päckchen überhaupt ohne Zünder zur Explosion bringen ließ.

Falls es klappte, würde er mit großem Aufsehen aus der Welt scheiden, sodass ihn alle zum Teufel wünschten, damit er möglichst ewig in der Hölle schmorte. Er musste an jenen Kopiloten denken, der erst vor einem Vierteljahr in den französischen Alpen mit seinem Selbstmord 149 Menschen mit in den Tod gerissen hatte.

Auch er, Bulling, konnte ein letztes deutliches Zeichen des Protests setzen – in seinem persönlichen Fall wäre es gegen dieses Bahnprojekt gerichtet. Wenn es eine Explosion gab, würde zumindest ein kleiner Teil des Stollens zusammenbrechen. Die Folge wäre ein großes Medienspektakel. Sein wild gewordenes Gehirn ließ ihn die Rolle des gefeierten Helden spielen – um ihn sogleich in den Strudel von Hölle und Verderben zu stürzen. Du bist verrückt, dröhnte es in seinem Kopf. Du bist wahnsinnig. Mit diesem bisschen Sprengstoff wirst du dich nur selbst umbringen können. Oder alle würden über dich lachen, weil du gar keinen Zünder hast.

Ein schnelles Wechselbad der Gefühle. Schweißausbruch, eisige Kälte. Panik. Zorn. Angst. Ja, pure Angst. Genauso wie in der Dienstagnacht. Und wieder waren sie da – diese Bilder, die sich bis in alle Ewigkeit in seine Seele eingebrannt hatten. Albtraum-Szenen von der gefährlichen Begegnung mit Mitterhofer, der wie ein Gespenst in dieser Nacht aufgetaucht war, nachdem doch alle erleichtert gehofft hatten, dass die Brechanlage diesen Kerl zermalmt hatte. Doch dann war Mitterhofer plötzlich im Dunkel dieser mondhellen Nacht erschienen. Ja – erschienen. War es doch nur dessen Geist gewesen? Eine Erscheinung? Ein schrecklicher Traum, der hoffentlich gleich zu Ende ging?

Bulling hatte die Szenerie, die ihn seit nunmehr drei Tagen nicht mehr losließ, wie einen Film vor Augen, der sich unablässig wiederholte: Er war mit den anderen Mineuren aus dem Stollen gefahren und hatte sich noch eine Zeit lang auf dem Gelände aufgehalten, um den Großeinsatz zu beobachten und über die Folgen nachzudenken, die Mitterhofers Erpressung auslösen würde.

Dann hatte er bei einigen Kollegen vorbeigeschaut und so getan, als wolle er mit ihnen über die Ursachen des nächtlichen Polizeiaufgebots rätseln. Insgeheim hatte er natürlich befürchtet – wieso eigentlich befürchtet? –, dies alles könne mit Mitterhofer zu tun haben.

Als er schließlich mit seinem Privat-Pkw das Gelände verließ, um zu seiner Wohnung ins nahe Merklingen zu fahren, da hatte es offenbar kurz zuvor im Eingangsbereich irgendeine weitere Aufregung gegeben. Den Grund dafür hatte er erst anderntags erfahren, als sich das Gerücht verbreitete, jemand habe einen Securitymann bedroht. Wieder und immer wieder hatte Bulling seither versucht, sich die folgenden Minuten in Erinnerung zu rufen. Wie es schien, hatte er unglaubliches Glück gehabt, nicht aufgefallen zu sein. Oder war doch alles nur ein Traum gewesen?

Bulling hätte den inneren Film jetzt am liebsten angehalten – wie ein Regisseur, dem die Szene nicht gefiel oder der ein anderes Ende wünschte. Doch dieser Film ließ sich nicht mehr stoppen. Nie mehr. Er presste instinktiv den roten Stab an die Brust, während er mit der rechten Hand das Lenkrad des Radladers fest umklammert hielt. Langsam holperte das Gefährt über den steinigen Untergrund in Richtung des Eingangs.

Warum, verdammt noch mal, hatte sich auch Mitterhofer an der Landstraße herumgetrieben? Warum?, hämmerte es in Bullings Kopf wie wild. Warum ausgerechnet zu dem Zeitpunkt, als er ihn seit Stunden zerstückelt und tot auf der Deponie vermutet hatte? Immer dieselben bohrenden Fragen. Immer.

Er hatte ihn sofort erkannt, war zunächst verunsichert gewesen, weil im Licht seiner Scheinwerfer ein Totgeglaubter stand.

Unbändiger Zorn war in Bulling aufgestiegen. Zorn darüber, von diesem gnadenlosen Baukontrolleur schamlos erpresst worden zu sein. Natürlich würde es weitergehen wie bei allen Erpressern. Mitterhofer würde sich nicht mit einer läppischen Armbanduhr abspeisen lassen, und mochte sie noch so wertvoll sein.

Bulling hatte den nächtlichen Fußgänger überholt und sofort gestoppt, instinktiv und ohne viel nachzudenken. Die Gelegenheit war günstig, weit und breit keine Autoscheinwerfer zu sehen – allerdings rund zwei Kilometer entfernt der Suchscheinwerfer des stationär über der Deponie schwebenden Hubschraubers. Die Nacht sternenklar, der fast volle Mond stand noch hoch am Himmel. Bulling sah die Szene schon wieder vor sich, als zwinge ihn irgendetwas, sie noch einmal zu durchleben: Er spürte, wie es sich angefühlt hatte, als er energischen Schrittes auf Mitterhofer zugeeilt war, dieser entgeistert und geschockt in der Bewegung erstarrte und er ihm einen kräftigen Faustschlag ins Gesicht verpasste. Mitterhofer taumelte, stürzte rücklings in die Wiese, versuchte, sich zu wehren, doch Bulling hatte ihn mit Fußtritten in den Unterleib und gegen den Schädel schnell außer Gefecht gesetzt. Mitterhofer hatte noch ein paar Minuten geröchelt, gehustet und sich erbrochen.

Bulling wollte verschwinden, so schnell wie möglich. Schließlich waren sie nicht mal zwei Kilometer vom Baustellenareal entfernt. Das Dröhnen des Helikopters erfüllte die Luft und der Pilot konnte jederzeit abdrehen.

Wie bei einem viel zu schnell abgespulten Video rasten wilde Szenen durch seinen Kopf. Panik. Nackte Angst. Er spürte es, als sei es jetzt hier, ganz real. Was er getan hatte, war irrsinnig gewesen. So irrsinnig wie alles, was Verbrecher in solchen Situationen taten, wenn die Vernunft aussetzte und sich tierische Instinkte des menschlichen Bewusstseins bemächtigten.

Es war eine Wahnsinnsidee gewesen, Mitterhofer in einen Bewehrungskorb zu quetschen und einbetonieren zu lassen. Er war wie hypnotisiert gewesen, wie im Rausch einer Droge. Einer Droge, die aus Panik, Angst, Wut und Zorn bestand, und die den Computer des Hirns auf »Error« gestellt hatte. Bulling war von diesen schrecklichen Bildern gefangen und fühlte sich wie gelähmt. Sie entzogen ihm jegliche Energie. Sogar der Fuß, mit dem er jetzt das Gaspedal des Radladers niederdrücken sollte, versagte ihm den Dienst.

Licht am Ende des Tunnels. Ein seltsam anmutender Spruch, schoss es ihm durch den Kopf. Das Tageslicht vor ihm kam nicht vom Ende, sondern vom Anfang des Tunnels. Aber in drei, vier Monaten, wenn der Durchstich ins Filstal erfolgte, kam es auf die Betrachtungsweise an. Dann waren der Anfang und das Ende relativ – je nachdem, woher man kam und wohin man ging. Jetzt erschien ihm das einzige Licht, das bisher in den Tunnel dringen konnte, bedrohlich. Noch war es schätzungsweise 400 Meter entfernt – in der einzigen Richtung, die ans Licht führte. Seltsamerweise aber gab dieser Tunnelblick keine Bewegung preis. Kein Lastwagen kurvte dort, kein Radlader. Keine Menschen mit hektischen Bewegungen. Schlagartig wurde ihm bewusst, dass das monotone Rumpeln und Scheppern des Transportbandes aufgehört hatte. Alles war anders als sonst. Natürlich. Seit drei Tagen schon – und nun war er der Letzte, auf den sie alle warteten.

Linkohr und Keller im VW Bully waren in ständigem Handykontakt mit den Einsatzkräften vor dem Stollen, während Mende bei dem verletzten Pichler geblieben war. Der Bauarbeiter, der noch immer mit weichen Knien am Steuer des Kastenwagens saß, hatte die Scheinwerfer gelöscht, damit Bulling, falls er umdrehen sollte, sie nicht sofort sehen konnte. Inzwischen war der Radlader aber so weit entfernt, dass es keine direkte Sichtverbindung mehr gab.

Der Bauarbeiter, der für die Kriminalisten als Chauffeur fungierte, war über den Sprengstoff geschockt, den Bulling möglicherweise bei sich führte. »Aber er kann damit unmöglich den Stollen sprengen«, sagte der Mann, wohl, um sich selbst die Angst zu nehmen. »Mit so einem Stäbchen geht das nicht.« Er schüttelte den Kopf. »Um das Ding anzuzünden, bräuchte er einen Zünder.« Weil die beiden Ermittler an Bord nichts dazu anmerkten, stellte er ergänzend fest: »Das Zeug wird bewacht wie die Schatzkammer der englischen Königin. Alarmanlagen, genaue Buchführung über die Entnahme …«

»Aber falls er tatsächlich was hat, ist's doch der Beweis, dass man's offenbar trotzdem klauen kann«, knurrte Keller.

»Im Vortrieb wahrscheinlich. Wenn da einer nicht jedes Loch, das zum Sprengen gebohrt wird, mit Sprengstoff füllt …«, überlegte der Bauarbeiter am Steuer.

Draußen vor dem Stollen war unterdessen in der sengenden Hitze des Sommertages auch das Spezialeinsatzkommando aus Göppingen in Stellung gegangen. Die Männer und Frauen waren im Umgang mit Schwerverbrechern und brenzligen Situationen trainiert und konnten auf ein ganzes

Arsenal von Überraschungs- und Schockeffekten zurückgreifen. Häberle und einige aus der Sonderkommission hatten sich unter eine Gruppe uniformierter und behelmter Einsatzkräfte gemischt, die hinter einer Reihe von Muldenkippern in Deckung gegangen waren.

»Zielperson nähert sich dem Ausgang«, meldete in den Funkgeräten die Stimme eines Beamten, der irgendwo getarnt den direkten Blick in den Tunnel hatte.

Häberle spürte erhöhten Blutdruck, wozu nicht nur die pralle Sonne beitrug. Die Szenerie, umgeben von aufgetürmten Schotterbergen und den prärieähnlichen, weil trockenen Sandpisten, erinnerte ihn irgendwie an die Westernfilme aus Kindheitstagen. An Bonanza mit den Cartwrights. Gleich würde es eine wilde Schießerei geben.

Hoffentlich nicht, flehte Häberle innerlich. Hoffentlich keine Schießerei und schon gar keine Explosion. Nicht zum Ende seiner Dienstzeit. Es war ein schrecklicher Gedanke.

»Gleich erreicht er den Ausgang«, hörte er das Kommando durch den Sprechfunk. Er durfte sich nicht ablenken lassen. Hunderte von Augenpaaren waren jetzt auf den rechten der beiden parallel in den Berg hineinführenden Stollen gerichtet. Dort, wo das dicke Rohr der Belüftungsanlage und die Metallkonstruktion des Förderbandes ins Freie führten. Über der Rundung hingen Schilder mit der Aufschrift »Glück auf« und »Oströhre«, dazwischen die Werbeplakate der Baufirmen. Die steil abfallende Baugrube, von der aus sich die Stollen in den Bauch der Alb senkten, war um die Röhren herum mit Spritzbeton stabilisiert. Links und rechts der Oströhre hatte das SEK am Fuß dieser Betonwand stabile Leitern angelehnt, auf denen jeweils ein Beamter von oben auf den herauskommenden Radlader blicken und zielen konnte. Gleichzeitig schwebte nun über den Hügel ein Helikopter heran, von dem Bulling beim Verlassen des Stollens im Tiefflug überrascht werden würde. Beidseits der Röhre waren hinter Monstermuldenkippern die SEK-Kräfte in Deckung gegangen.

Für den allergrößten Überraschungseffekt würde aber ein Wasserwerfer sorgen, der auf der Böschung zwischen den beiden Stollen postiert war. Mit ihm wollte das SEK nicht nur Bulling außer Gefecht setzen, sondern auch eine Sprengung verhindern, falls er einen Selbstmord mit verheerenden Folgen inszenierte. Niemand wollte das Risiko einer Explosion eingehen, auch wenn behauptet wurde, dazu bedürfe es eines Zünders und nicht nur eines Streichholzes.

Schon war das Dröhnen des Radladers aus dem Tunnel heraus zu hören, dazu nun das anschwellende Knattern des Helikopters, der so tief hinter der hoch aufragenden betongesicherten Grubenwand blieb, dass man ihn noch nicht sah.

Aus der Deckung heraus konnte ein Beamter die Scheinwerfer der Baumaschine wahrnehmen, die sich im Stollen nun langsam dem Ausgang näherte. Spätestens jetzt musste Bulling misstrauisch werden, überlegte der Chefermittler. Denn aus der Perspektive des Radladers weitete sich der Blick nun mit jedem Meter – und nirgendwo herrschte hier draußen das gewohnte hektische Treiben. Die Gruppen der seitlich postierten SEK-Kräfte, die sich abseits von Bullings Sichtwinkel befanden, waren mit Waffen im Anschlag in angespannter Bewegungslosigkeit erstarrt. Die Männer auf den Leitern zielten von oben herab auf die Mitte des Stolleneingangs, dort, wo die Baumaschine auftauchen würde.

Angespannt war auch die Mannschaft auf dem Wasserwerfer, der an jenem »Schwarzen Donnerstag«, an dem vor fast fünf Jahren in Stuttgart der Protest gegen das Bahnprojekt eskaliert war, eine traurige Berühmtheit erlangt hatte. Spätestens seit diesem Einsatz, als ein Demonstrant sein

Augenlicht verlor, wusste die Öffentlichkeit, wie gefährlich der »Schuss« mit diesem Wasserstrahl sein konnte.

Auch Häberle musste daran denken. Heute aber war diese Waffe zum Schutze vieler Menschen eingesetzt. Sofern alles wie geplant klappte.

»Achtung«, schnarrte die Stimme im Funkgerät und begann einen Countdown zu zählen, der auf das Erscheinen des Radladers ausgerichtet war, der von Sekunde zu Sekunde von immer mehr Einsatzkräften erblickt werden konnte.

»Fünf – vier – drei – zwei – eins – jetzt.« Der Befehl wurde zeitgenau befolgt. Ein scharfer Wasserstrahl schoss zielgenau in den offenen Führerstand des Radladers und traf Bulling mit voller Wucht. Er hatte nicht die geringste Chance, auf diesen Überraschungsangriff von der rechten Seite zu reagieren. Der Wasserschuss fegte ihn förmlich vom Sitz und schleuderte ihn nach links, knapp an einem Metallträger des Förderbandes vorbei, auf den geschotterten Boden.

Die Beamten am Wasserwerfer reduzierten sogleich den Druck auf ein Normalmaß und ließen noch einige Hundert Liter in Richtung des Fahrzeugs spritzen, um jegliche Explosionsgefahr zu verhindern.

Die Einsatzkräfte steckten ihre Waffen weg und eilten Bulling zu Hilfe, der laut schreiend am Boden lag, ein bereitstehender Notarztwagen raste, Sand und Staub aufwirbelnd, heran.

Häberle atmete tief durch und ging zu der Stelle, an der Bulling in einer Pfütze lag. So wie es auf den ersten Blick aussah, hatte er den Sturz glimpflich überstanden. Ein junger Kriminalist fischte den rot verpackten Gegenstand, der für Sprengstoff gehalten wurde und jetzt völlig durchnässt war, aus dem grau-braunen Wasser, das sich in einer Kuhle gesammelt hatte. Dann tauchte auch der VW Bully auf, in dem Linkohr und Keller ausgeharrt hatten. Augenblicklich raste ein geländegängiger Rettungswagen der Schnellen Eingreiftruppe des Roten Kreuzes heran und zwängte sich auf dem aufgeweichten Sand- und Schotterbelag an dem Radlader vorbei, um im Stollen bis zur Brechanlage vorzudringen, wo Mende mit dem schwerverletzten Stefan Pichler auf ärztliche Hilfe wartete.

26

Häberles Sekretärin, eine in Ehren ergraute nette Dame mit großem Organisationstalent, hatte im Kreis einiger Kriminalisten der Sonderkommission erleichtert vom erfolgreichen Abschluss der Ermittlungen erfahren. »Sein letzter großer Fall«, stellte sie mit Melancholie in der Stimme fest.

Bei den Kollegen mündete die abfallende Anspannung der letzten Tage in nachdenkliches Schweigen. Es fiel ihnen schwer, sich eine Sonderkommission ohne diesen großen Ermittler vorzustellen. Irgendwie hatte sie auch das Gefühl beschlichen, Häberles einstige Vorfreude auf die Pension sei mit dem näher rückenden Termin von Tag zu Tag geringer geworden. Seit Wochen hatte er nicht mehr darüber geredet, und als das Gespräch auf den 31. Juli kam, war er verdächtig still geworden. Gerüchte machten längst die Runde, wonach ihm sogar das Ulmer Präsidium angeboten habe, noch ein paar Jahre draufzusatteln, wie es dienstlich möglich wäre. Doch keiner der Kollegen hatte ihn bisher direkt gefragt. Da nun aber der Termin für die Abschiedsfeier feststand und sogar die Einladungen bereits verschickt waren, wurde es Zeit, dass sich alle mit dem Ausscheiden Häberles abfinden mussten. Allerdings warteten sie bislang vergeblich darauf, dass Häberle im internen Kreis zu einer Abschiedsparty einlud. »Wir sollten uns etwas Besonderes einfallen lassen«, meinte die Sekretärin.

»Aber nicht für die offizielle Verabschiedung mit den ›Großkopfeten‹«, empfahl ein älterer Kriminalist. »Nur wenn er im Kollegenkreis Abschied feiert, hau'n wir auf die Pauke.«

»Dann schlage ich vor, wir texten den ›Kriminaltango‹ um und singen eine Parodie auf Häberle«, wurde die Sekretärin endlich ihre Idee los. »Oder wie wär's mit ›Der Kommissar geht um‹?«

»Darüber müssen wir noch reden«, riet der Kollege. »Vielleicht will er auch gar kein großes Fest. Nach all dem Ärger, den er mit den Ulmern hatte.«

Bulling war nur leicht verletzt. Er wurde im Rettungswagen behandelt und provisorisch mit trockener Kleidung ausgestattet. Dann erklärte ihm Häberle die vorläufige Festnahme. Der Haftbefehl, den der Geislinger Amtsrichter Schwenger ausstellen musste, war nur noch eine Formsache. Als völlig überflüssig empfand Häberle hingegen dessen beiläufige Bemerkung am Telefon, in der Vorfreude mitschwang: »Das war unser beider letzter Fall, Herr Häberle.« Schwenger ging demnächst ebenfalls in den Ruhestand. Beide hatten sie seit Jahren immer wieder über das Ende ihres Berufslebens gesprochen. Doch während Schwenger die Pension hörbar herbeisehnte, von Nordsee-Urlauben und vielen Kulturreisen mit seiner Frau schwärmte, blieb Häberle wortkarg. »Wir sehen uns ja bei meiner Verabschiedung«, hatte er nur gesagt. »Am 31. Juli.«

Dann rief er seine Frau Susanne an, die seit Stunden auf einen Anruf gewartet hatte. Er versuchte, die Müdigkeit zu verbergen und die Stimme nicht erschöpft klingen zu lassen, und versprach, so bald wie möglich heimzukommen.

Zuvor allerdings wollte er noch mit Bulling allein gelassen werden. Während Stefan Pichler in die Göppinger Klinik am Eichert gebracht worden war, wo neben der Platzwunde auch ein Kieferbruch und eine Gehirnerschütterung diagnostiziert wurden, waren auch Keller, Mende und Linkohr wieder im Bürocontainer der Bahn eingetroffen.

Mit nur mäßig trocken geriebenen Haaren, einer Ersatzkleidung des Roten Kreuzes und einigen Pflastern im Gesicht humpelte Bulling in sein kleines Büro. Er hatte sich beim Sturz vom Fahrersitz des Radladers das Knie angeschlagen und einen Fußknöchel verknackst. Häberle bot ihm einen Platz gegenüber des Schreibtischs an und zog die Tür zu.

»Tut mir leid, dass wir Sie so unsanft gestoppt haben«, sagte der Chefermittler geradezu väterlich. »Aber wir wollten auch Sie schützen. Wir hatten Angst, dass Sie den Sprengstoff zünden.«

Bullings Augen waren müde, er atmete schwer und rieb sich die aufgeschürften Hände. Er schien etwas sagen zu wollen, doch dazu fehlten ihm jetzt die Worte.

»Sie haben den Mitterhofer Dienstagnacht noch irgendwo getroffen?«

Bulling nickte und rang sich zu ein paar Sätzen durch, mit denen er, leise und erschöpft redend, schilderte, wie er auf der Straße den tot geglaubten Mitterhofer getroffen, ihn aus Wut über die vorausgegangene Erpressung niedergeprügelt und dann in der Betonfabrik beseitigt hatte, deren Abeitsabläufe er durch eine frühere Tätigkeit dort bestens kannte. Um alle Spuren, die auf seine eigenen Machenschaften hätten hindeuten können, zu verwischen, sei er danach mit den Originalschlüsseln in Mitterhofers Wohnung eingedrungen, um Computer und Speichermedien ebenfalls verschwinden zu lassen. Bei der Heimfahrt nach Oberdrackenstein habe er den Umweg über einen Forstweg genommen und den Laptop und die abgesägten Eisenstäbe in der Maustobelschlucht weggeworfen. Mitterhofers zerschnittene Bekleidung habe er dort in einem Dickicht versteckt.

Häberle reichte ihm ein Glas Wasser und lächelte. »Sie sind eigentlich in eine Sache hineingezogen worden, die anfangs gar nichts mit Ihnen zu tun hatte«, stellte er beruhigend fest. »Warum aber diese Gewalt gegen Mitterhofer, als Sie ihn da auf der Straße getroffen haben?«

Bullings Hände zitterten, als er trank. »Ich hatte eine barbarische Wut, weil er mich so niederträchtig erpresst hat. Nachts im Stollen. Und mir dann die Armbanduhr weggenommen und gedroht hat, dass ich noch viel mehr bezahlen müsse, weil ich Betriebsspionage betreibe.«

»Es war also Ihre Uhr, die ihm dann wohl gleich drauf beim Kampf mit Egger in die Brechanlage gefallen ist.«

Bulling zuckte erschöpft mit den Schultern. »Woher soll ich das wissen?«

»Aber wie das mit Egger gelaufen ist, haben Sie wirklich nicht gesehen?«

»Nein, nicht. 100-prozentig nicht. Das kann ich Ihnen absolut versichern«, erklärte Bulling mit letzter Energie. »Alle haben geglaubt, der Mitterhofer sei in die Brechanlage gefallen. So haben es Ihre Kollegen doch auch angedeutet. Aber als ich den Mitterhofer auf meiner Heimfahrt dort gehen sah, war mir klar, dass nur Egger der Tote sein konnte.«

»Dies war dann auch der Grund, dass Sie so kräftig zugeschlagen haben?« Häberle spürte ein gewisses Mitleid mit dem Mann, auch wenn er dies nicht zeigen durfte.

»Auch, ja. Wir hatten doch alle eine Wut auf Mitterhofer. Nach dem, was er im Dezember mit Egger angestellt hat.«

Häberle nickte. Dass Mitterhofer seinerseits ein Erpressungsopfer von Egger und Brunner war, brauchte der Mann jetzt nicht zu wissen. Das würde er früh genug beim Prozess vor dem Landgericht Ulm erfahren. Oder von seinem Anwalt.

Bulling sah ihn flehend an: »Glauben Sie mir, ich wollte niemanden töten.«

»Sondern?«

Bulling zuckte müde mit den Schultern.

Häberle verzichtete auf weitere Fragen.

Im Besprechungsraum wurde inzwischen heftig diskutiert. Der Polizeipräsident aus Ulm hatte sich angekündigt, ein Staatsanwalt ebenfalls. Für den späten Nachmittag hatte die Pressestelle eine Medienkonferenz angesetzt, die in Absprache mit Bahnprojektleiter Mario Feuerstein in dem Bürokomplex der Bahn stattfinden sollte.

Als Häberle das Besprechungszimmer verließ und Bulling von zwei Uniformierten abgeführt wurde, blieb er auf dem Flur stehen, um das Gespräch mit dem Festgenommenen zu verdauen. Ein armer Hund, dachte er. Wenn Bulling Glück hatte, würden die Juristen nicht auf Mord plädieren, sondern auf Totschlag, möglicherweise sogar im Affekt begangen.

Gegen Rodefeld hatte der Amtsrichter mittlerweile einen Haftbefehl wegen Menschenraubs erlassen – und Frau Egger und Brunner würden sich wegen der Beihilfe zu einer Erpressung verantworten müssen – zumindest aber wegen des Versuchs.

Die vielen aufgeregt diskutierenden Stimmen, die durch die Flure schallten, holten Häberle wieder aus diesen Gedanken zurück. Würde er nun bald fernab solchen Geschehens ruhig und gelassen daheim sitzen? *Daheim sitzen*, hallte es in ihm nach. Nein, es gab noch viel zu erleben gemeinsam mit seiner Frau Susanne, im Wohnmobil auf Reisen oder, wovon er immer schwärmte, mit dem Hausboot in Frankreich oder anderswo.

Langsam meldete sich nun die Müdigkeit zurück, und er hatte keine Lust auf anstrengende Konversation. Er wollte nur schlafen, endlich schlafen. Und vor allem erst einmal duschen. Er ging langsam durch den Flur, auf dem ihm Linkohr entgegenkam, ungekämmt, verschmutzt und blass. »Na, Herr Kollege«, grinste Häberle und ließ sich seine eigene Erschöpfung nicht anmerken. »Was macht eigentlich die Frau Frese?«

Linkohr sah seinen Chef verwundert an. »Frau Frese?«

»Ja, die Dame, die Sie so ausführlich vernommen haben. Immerhin verdanken wir ihr und Ihrem selbstlosen Einsatz«, wieder das Grinsen, »einige interessante Erkenntnisse.«

»Frau Frese wird uns verlassen«, erwiderte Linkohr schnell und enttäuscht.

»Uns?«, staunte Häberle. »Sie meinen wohl das Projekt – und ... Sie?«

»Sie fühlt sich der Sache hier nicht gewachsen«, erklärte Linkohr und vergrub seine Hände tief in den Taschen der leichten Jacke. »Sie ist schon bald nicht mehr da.«

»Ein Kommen und Gehen«, stellte Häberle nachdenklich fest.

Linkohr sah die Gelegenheit gekommen, eine klare Frage zu stellen: »Und Sie, Chef, Sie werden uns jetzt auch verlassen?«

Die beiden Männer schwiegen sich an. Häberle wich den Blicken seines jungen Kollegen aus. »Jeder ist ersetzbar, Herr Linkohr. Jeder. Die Zeiten ändern sich – alles geht weiter, nur ein bisschen anders.«

Häberle ging weiter. »Und alles war gut zu seiner Zeit, Herr Linkohr. Das ist mit allem so im Leben.«

Der Medienandrang war groß gewesen, die Berichterstattung anderntags ausführlich. Sander hatte noch einmal eine ganze Seite in der Heimatzeitung gefüllt – so, als habe er die

Chance ergriffen, zwei Monate vor seinem eigenen Ruhestand ein letztes Mal über einen großen Fall schreiben zu dürfen. In einem Kommentar lobte er die Verdienste Häberles, der mit der Aufklärung des Falles aus dem Polizeidienst ausscheide – ebenso Amtsrichter Schwenger und Geislingens Polizeirevierleiter Watzlaff. »Der große Abschied«, hatte Sander den Kommentar betitelt. »Mit den dreien«, so endete der Meinungsartikel, in den Autor Sander sich selbst nicht mit einbezogen hatte, »gehen einige der letzten Bodenständigen, die an verantwortlicher Stelle ihr Wissen über Land und Leute einbringen konnten. Leider lehrt die Erfahrung, dass heutzutage Orts- und Personenkenntnis bei der Vergabe von Führungsposten keine Rolle mehr spielen.« Mutig, wie er zum Ende seiner Journalistenlaufbahn sein konnte, fügte Sander an: »Gefragt sind die großen Schwätzer und Schönredner, die nicht fundiertes Wissen aus der Praxis nach oben gespült hat, sondern ihre geschliffenen Formulierungen und ihre kräftigen Ellbogen.« Als Häberle dies las, musste er schmunzeln. Wahrscheinlich hatte sich Sander beim Schreiben dieses Kommentars an die vielen gemeinsamen Gespräche erinnert, in denen sie solche Praktiken oft stundenlang angeprangert hatten. Und immer hatte Häberle dabei seinen Lieblingsspruch parat gehabt: »Alle wichtigen Posten in dieser Republik sind von Schwätzern besetzt.«

Mit gemischten Gefühlen sah er dem 31. Juli 2015 entgegen: Tag des großen Abschieds. Feierstunde in einem Veranstaltungsraum des Polizeipräsidiums Ulm. Stundenlang hatten er und Susanne bis dahin diskutiert, wie ihr gemeinsames Leben danach aussehen würde. Und immer wieder stand die Frage von Susanne im Raum: »Wie wirst du damit zurechtkommen?« Schließlich könne man doch nicht ständig auf Reisen gehen – und auch seine ehrenamtliche Tätigkeit als Judokatrainer würde ihn nicht ausfüllen. Sie hielt mit ihrer Sorge, er könnte sich noch zu jung für den Ruhestand fühlen, nicht hinter dem Berg. Ihr August war nicht der Typ, der sich einfach zurückziehen konnte und nicht mehr kombinieren und über einem kniffligen Fall rätseln durfte.

Häberle hatte sich deshalb in den Tagen vor der Verabschiedung immer öfter in sein heimisches Büro zurückgezogen – angeblich, um alte Akten auszusortieren. Mehrere Male war er mit Kartons voller Papiere heimgekommen. Alles persönliche Aufzeichnungen, wie er versicherte. Er brachte es nicht übers Herz, all die vielen recherchierten Notizen einfach zu entsorgen. Manches hätte er zwar gemäß datenschutzrechtlicher Bestimmungen tatsächlich vernichten müssen, aber kein Mensch konnte ihn daran hindern, handschriftliche Schmierzettel für sich aufzubewahren. Unter »Datenträgern« verstand man heutzutage schließlich nicht unbedingt ein paar Fetzen Papier.

Als er am 31. Juli, einem Freitag, mit Susanne nach Ulm fuhr und in Anzug und Krawatte den Neuen Bau, den Sitz des Präsidiums, betrat, wurde er von vielen Kollegen freundlich begrüßt. Im Veranstaltungsraum hatten an die 100 Beamte Platz genommen, darunter auch der Landrat, die Oberbürgermeister und die meisten Bürgermeister aus dem Landkreis Göppingen, dazu Behördenchefs, Vertreter von Justiz und Staatsanwaltschaft und natürlich die Medien. Das Ehepaar Häberle saß in der ersten Reihe, als der uniformierte Polizeipräsident die Gäste begrüßte und zur Laudatio auf Häberle anhob. Ungeachtet aller Differenzen, die es in jüngster Zeit gegeben hatte, lobte der Redner den scheidenden Ermittler: Der sei kein Einzelkämpfer, sondern einer, der es verstanden habe »mit menschlicher und fachlicher Kompetenz ein Team zu leiten.« Er beherrsche

Ermittlungsführung und Taktik, und sein Charisma habe ihn zu einem erfolgreichen Ermittler gemacht. Häberles Fähigkeit, vorauszudenken, sei geradezu sprichwörtlich, ebenso sein fotografisches Gedächtnis. Er habe seine Führungsaufgabe mit großer menschlicher Kompetenz erfüllt.

Häberle wusste zwar, dass die Redner bei derlei Anlässen zu Übertreibungen neigten, aber dass der Präsident solche Worte fand, hätte er nicht gedacht. Als dieser dann auch noch versicherte, man hätte ihn »gerne noch ein, zwei Jahre in den Reihen der Polizei gesehen«, musste Häberle eine Träne unterdrücken, während Susanne ihn sanft stupste, ohne ihn anzusehen.

Der Leitende Oberstaatsanwalt bedauerte Häberles Ausscheiden ebenso vehement wie der Vorsitzende des Personalrats. Als eine Bläsergruppe zwei feierliche Musikstücke in den Saal geschmettert hatte und der Präsident jene Urkunde auspackte, mit der im besten Bürokratendeutsch die »Zurruhesetzung« amtlich vollzogen werden sollte, stand Häberle auf, als wolle er diesen würdigen Verwaltungsakt vor versammelter Mannschaft über sich ergehen lassen. Doch während der Präsident zum Rednerpult schritt, holte Häberle tief Luft, fing einen aufmunternden Blick von Susanne ein, und sagte, was noch niemand in so einer Feierstunde gesagt hatte: »Herr Präsident, meine Damen und Herren, liebe Kolleginnen und Kollegen. Wenn ich nach all diesen lieben Worten und nach langen Tagen des Überlegens und der Unterstützung meiner lieben Frau jetzt gefragt werde: ›Nehmen Sie diese Urkunde an?‹, dann komme ich gerne dem Wunsch unseres verehrten Präsidenten nach« – dieser stand völlig konsterniert hinterm Rednerpult – »und sage nun: Nein.«

Ein Raunen aus den Besucherreihen mündete in lautes Lachen und schließlich in einen Beifallssturm, aus dem stehende Ovationen wurden.

Die Verantwortlichen sahen sich noch sprachlos an, dann verzog auch der Präsident sein zunächst säuerliches Gesicht zu einem Lächeln, legte die Urkunde auf das Rednerpult zurück und klatschte ebenfalls.

Häberle hob die Arme und bedankte sich für diese Wertschätzung. Als der Beifall abgeebbt war, sagte er mit belegter Stimme und tief gerührt: »Diese Entscheidung gilt natürlich nur unter dem Vorbehalt, dass man mich auch weiterhin will.«

Wieder Beifall. Ein Videofilmer kam dicht an Häberle heran, um ihn formatfüllend im Bild zu haben.

Mittlerweile hatte sich der Präsident wieder gefasst. »Sie haben uns – und ich sage dies aus tiefstem Herzen – eine freudige Überraschung bereitet, die ihresgleichen sucht. Soweit mir bekannt ist, hat es dies noch nie gegeben. Ich gehe davon aus, dass das Innenministerium Ihre kurzfristige Entscheidung akzeptiert.« Er dachte kurz nach. »Soweit mir bekannt ist, spricht nichts dagegen, den Empfang der Urkunde abzulehnen. Zwar hätte eine Verlängerung der Dienstzeit ein halbes Jahr vor Ablauf beantragt werden müssen, aber in Fällen, in denen noch kein Nachfolger bestimmt ist – und das trifft hier zu – dürfte auch das Innenministerium nichts dagegen einzuwenden haben.«

Die Besucher bedachten diese Aussage erneut mit Beifall.

Dann griff der Präsident in das Ablagefach unterm Rednerpult und brachte eine bunte Schachtel hervor. »Obwohl es nun voraussichtlich also kein Abschied ist, möchte ich Ihnen ein kleines Geschenk überreichen, dessen tiefere Bedeutung Sie vielleicht gerade jetzt, da Sie noch weitermachen wollen, zu schätzen wissen.« Der Präsident hob langsam den Deckel ab. »Es hat uns einige Mühe gekostet, es in der Kürze der Zeit zu besorgen. Aber das Internet macht bekanntlich fast alles möglich.« Er griff in die

Schachtel und brachte einen braunen Plüschaffen zum Vorschein, um dessen Hals sich ein Junges klammerte. Dünne Arme und Beine baumelten in der Luft.

Die Beamten der Sonderkommission wussten sofort, worauf es anspielen sollte: auf jenes Äffchen, das im jüngsten Fall eine wichtige Rolle gespielt hatte. Der Präsident deutete auf den grauen Hut, den das Äffchen trug: »Herr Häberle kann Ihnen nachher sicher am besten erzählen, was es damit auf sich hat. Hier steht: ›Pura Vida‹.« Der Polizeichef lächelte und hob das Plüschtierchen in die Höhe, damit es alle sehen konnten. »Wenn Ihnen das spanisch vorkommt, dann haben Sie recht. ›Pura Vida‹ heißt ›pures Leben‹ – frei übersetzt wohl: Genieße das Leben, alles mit der Ruhe, alles wird gut.«

ENDE

DANKSAGUNG

Meinem Anspruch, einen Roman so realitätsnah wie möglich zu schreiben, kann ich nur dank vieler Informanten und geduldiger Gesprächspartner gerecht werden. Dazu zählten diesmal Anton Trenkwalder von Semper-Beton sowie Robert Herrla (Laborant und Baustoffprüfer von Semper-Beton) und Sprengmeister Thomas Kuhn. Freundliche Unterstützung erhielt ich auch von Reinhold Willing und Eva-Maria Kapp von der Pressestelle des Bahnprojekts Stuttgart-Ulm, von Rudi Bauer (Pressesprecher des Polizeipräsidiums Ulm) und Dr. med. Frank J. Reuther (stellvertretender Ärztlicher Direktor der Klinik für Psychiatrie, Psychotherapie und Psychotraumatologie am Bundeswehrkrankenhaus Ulm) sowie Rolf Bernhard Hauff (Leiter des Urwelt-Museum Hauff in Holzmaden/Teck). Neben ihnen gilt mein Dank in ganz besonderer Weise meiner Lektorin Claudia Senghaas, die seit über zehn Jahren mit Geduld und großem Einfühlungsvermögen die Krimis um August Häberle begleitet.

MANFRED BOMM
Machtkampf

978-3-8392-1515-9 (Paperback)
978-3-8392-4325-1 (pdf)
978-3-8392-4324-4 (epub)

»Kriminalkommissar Häberle ermittelt im ländlichen Idyll.«

Das ländliche Idyll wird jäh zerstört: Der rätselhafte Selbstmord eines Viehhändlers erschüttert ein Dorf auf der Alb. Dass es sich um den besten Freund eines Großgrundbesitzers handelt, der nach den Hofgütern der kleinen Bauern trachtet, erweckt sofort den Argwohn von Kommissar August Häberle. Und als gegen den neuen örtlichen Pfarrer eine schwerwiegende Anschuldigung erhoben wird, tun sich menschliche Abgründe auf …

MANFRED BOMM
Grauzone

978-3-8392-1385-8 (Paperback)
978-3-8392-4091-5 (pdf)
978-3-8392-4090-8 (epub)

»Kommissar Häberle in seinem 13. Fall«

Gibt es einen Zusammenhang zwischen einem lange zurückliegenden Flugzeugabsturz und dem angekündigten Weltuntergang? Von Zweifeln geplagt, schließt sich eine Frau einer Gruppe Gleichgesinnter an, die diesen Fragen nachgeht. Der schwäbische Kommissar August Häberle und sein Assistent Mike Linkohr treffen bei der Suche nach einem Mörder Menschen, die an den baldigen Weltuntergang glauben – oder davon profitieren wollen. Und alle scheint ein Geheimnis zu verbinden …

GMEINER SPANNUNG

WWW.GMEINER-VERLAG.DE
Wir machen's spannend

Das Neueste aus der Gmeiner-Bibliothek

Unser Lesermagazin

Bestellen Sie das kostenlose Krimi-Journal in Ihrer Buchhandlung oder unter www.gmeiner-verlag.de

Informieren Sie sich ...

www ... auf unserer Homepage:
www.gmeiner-verlag.de

@ ... über unseren Newsletter:
Melden Sie sich für unseren Newsletter an unter www.gmeiner-verlag.de/newsletter

f ... werden Sie Fan auf Facebook:
www.facebook.com/gmeiner.verlag

Mitmachen und gewinnen!

Schicken Sie uns Ihre Meinung zu unseren Büchern per Mail an gewinnspiel@gmeiner-verlag.de und nehmen Sie automatisch an unserem Jahresgewinnspiel mit »mörderisch guten« Preisen teil!